지은이

## 고바야시 다키지小林多喜二 1903-1933

일본 프롤레타리아문학 작가. 일본 아키타현에서 가난한 농부의 둘째 아들로 태어났다. 1907년 고바야시 일가는 가난을 피해 홋카이도로 이주했다. 가난한 환경에서 어린 시절을 보냈지만 백부의 도움으로 오타루상업학교에 진학했다. 이때부터 교우회지를 편집하거나 중앙 잡지에 작품을 투고하는 등 문학적 재능을 보였다. 1921년 역시 백부의 도움으로 오타루고등상업학교(지금의 오타루 상과대학)에 입학했으며 졸업 후 은행에 취직했다. 다키지는 초기에 가난한 사람들에 대한 인도주의적 정의감에 서 있었지만 점차 비판적 현실주의로 나아가, 하야마 요시키와 고리키 등의 작품을 통해 프롤레타리아문학에 관심을 가지게 되었다.

다키지는 1928년에 『방설림』을 완성한 후, 상경하여 일본 프롤레타리아문학의 대표적 이론가인 구라하라 고레히토를 방문했다. 그의 영향을 받아 완성한 처녀작 『1928년 3월 15일』은 천황제 지배 권력의 잔학성을 폭로하고 이것에 저항하는 노동자의 불굴의 정신력을 다루어 일본 프롤레타리아문학에 새로운 전기를 제공한 작품이다.

다키지는 1929년 북양 어부의 실상을 취재하여 『게잡이 공선』을 완성했다. 『게잡이 공선』은 다키지의 대표작으로 일본 프롤레타리아문학뿐만 아니라 일본 근대문학사에서도 획기적인 작품이다. 이 작품을 통해 다키지는 일본 프롤레타리아문학의 대표적인 작가로 인정받았다. 1933년 2월 가두연락을 위한 접선장소에서 체포되어, 그날 고문에 의해 학살되었다. 만 29세 4개월이었다.

다키지가 남긴 작품으로는 『부재지주』(1929), 『동굿찬행』(1930), 『공장 세포』(1930), 『전형기 사람들』(1931), 『지구의 사람들』(1933) 등이 있다. 사후에 일본 문학에서 처음으로 공산주의적 인간의 조형에 성공하였다고 평가 받는 『당 활동가』가 출판되었다.

옮긴이

## 이귀원李貴源

경남 통영 출생. 부산대학교 사학과를 졸업하고 동 대학원 사학과에서 문학석사 학위를 받았다. 1987년 도서출판 친구에 근무하면서 고바야시 다키지의 중편소설들을 번역하여 국내에 처음으로 소개하였다. 현재는 부산 북구에서 대천마을학교 대표, 마을밥상협동조합 이사장, 북구마을공동체합두레 회장으로 일하고 있다. 역서로는 『게공선』(1987), 『결혼의 자격』(1990) 등이 있고, 저서로는 『한국근현대지역운동사(영남편)』(1993, 공저)가 있다.(*『공장 세포』, 『당 활동가』 및 작품 해제 관련 글 번역)

## 전혜선田惠善

서울 출생. 고려대학교 동양사학과를 졸업하고 이화여자대학교 통역번역대학원 한일통역학과에서 석사 학위를 받았으며 동 대학원에서 통역번역학 박사과정을 수료했다. 현재 국제회의통역사로 활동하면서 이화여자대학교 통역번역대학원에서 강사로 일하고 있다. 역서로는 『역로』(2013)가 있다.(*『전형기 사람들』, 『독방』 및 작품 해제 관련 글 번역)

# 고바야시 다키지 선집 Ⅱ

고바야시 다키지 선집 II

**옮긴이** 이귀원, 전혜선

**처음 찍은 날** 2014년 4월 8일
**처음 펴낸 날** 2014년 4월 15일

**펴낸곳** 이론과실천
**펴낸이** 김인미
**등록** 제10-1291호
**주소** 서울 마포구 잔다리로 71(서교동, 아내뜨빌딩) 503호
**전화** 02-714-9800
**팩스** 02-702-6655

**ISBN** 978-89-313-6044-8 04830
978-89-313-6042-4 (세트)

*값 35,000원
*잘못된 책은 바꿔 드립니다.

# 고바야시 다키지 선집 Ⅱ

이귀원 · 전혜선 옮김

공장 세포

당 활동가

전형기 사람들

독방

이론과실천

# 들어가는 글

『고바야시 다키지 선집』은 일본 프롤레타리아문학의 대표적 작가인 고바야시 다키지(小林多喜二, 1903~1933)의 작품을 다루고 있다. 1권에는 다키지의 대표작인 『게잡이 공선蟹工船』을 비롯하여 『방설림防雪林』, 『1928년 3월 15일一九二八年三月十五日』 세 편이 실려 있으며, 이 책 2권은 중편소설 두 편과 장편소설 한 편, 단편소설 한 편의 작품으로 구성되어 있다.

첫 번째 중편소설 『공장 세포工場細胞』는 1928년 벌어진 3·15 사건 이후 거대 공장 안에서 비합법 공장 세포(공산당의 조직)가 활동하는 모습을 그리고 있으며, 두 번째 중편소설 『당 활동가黨生活者』는 다키지가 죽기 일 년 전인 1932년 8월에 쓴 작품으로 당시 프롤레타리아문학의 최고 수준을 보여 주고 있다. 장편소설 『전형기 사람들轉形期の人々』은 다키지가 1931년 집필을 시작하여 서장부터 전편, 중편, 후편까지를 구상했지만 갑작스런 죽음으로 미완에 그친 작품이다. 마지막에 실린 단편 『독방獨房』은 초고 수준의 이야기 몇 편을 묶은 작품이다.

다키지 자신의 직·간접적인 체험을 바탕으로 만들어진 이들 작품은 당시 일본 사회의 정치적·계급적 상황을 생생하게 매우 사실적으로 묘사하였으며, 유럽 여러 나라에 잘 알려지지 않았던 일본의 문학 운동에 대해 커다란 반향을 이끌어 냈다.

2014년 봄

이론과실천

고바야시 다키지의 문학과 삶

내 작품을 보자면, 고정화 천편일률화의 대표작으로는 『사회운동』이 있으며, 일상생활적인 것으로는 『독방』이 있다. 이들 작품의 잘못된 경향을 청산하면서 새로운 단계의 지도정신으로 쓰고 있는 것이 『전형기 사람들』이다. 이 작품에서는 위에서 말한 세 가지 관점을 비판하면서 한 시대를 그려 갈 생각이다.

**「『전형기 사람들』의 창작에 즈음하여」, 『단창(短唱)』 1932년 3월호**

1930년대의 다키지.

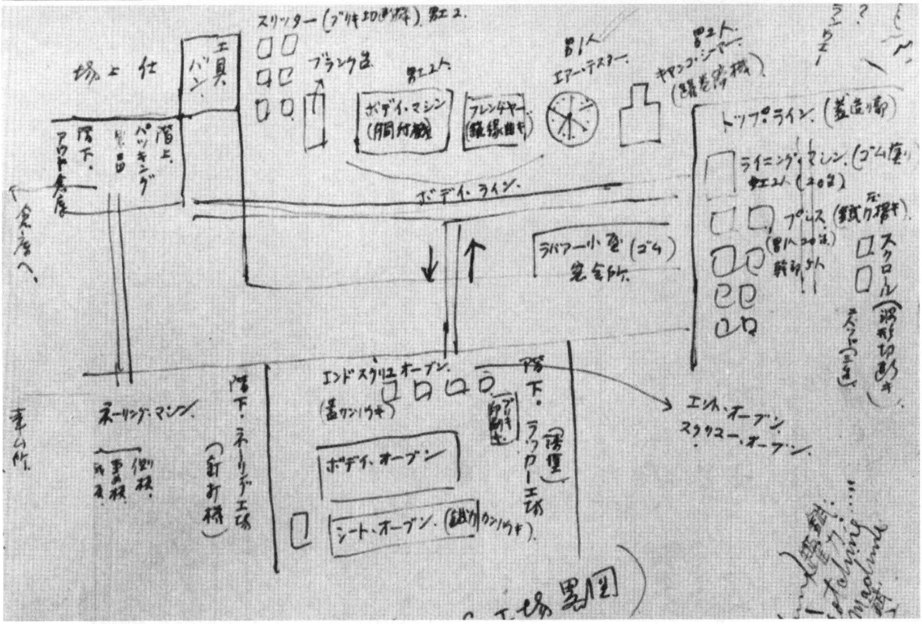


**위** 『공장 세포』의 배경이 된 오타루의 홋카이(北海) 제관공장.
**아래** 홋카이 제관공장의 기계공구 이름, 공장 약도, 직제, 배치 인원표 등이 그려진 다키지의 메모.

—뭐, 자세한 것은 또 다른 기회에 천천히 이야기하기로 하지. 어쨌든, 이제 와서 이런 말을 꺼내는 것도 우스운 노릇이긴 하지만, '3·15 사건'에서 왜 우리가 그렇게까지 불필요한 희생을 치렀는가 하는 걸 생각해 봐야 해. 그것은 아까 말했던, 그 화려한 운동을 하던 선배들이 불법 운동으로 넘어가고 나서도, 이때껏 해 오던 습관을 버리지 못하고, 때때로 금붕어처럼 거품을 일으키며 수면에 몸을 드러낸 데서 비롯되었다고 생각해. 공장에 뿌리를 내린, 깊이 가라앉은 활동을 하지 않았기 때문이란 말이지.

**『공장 세포』(1930. 2. 24.) 중에서**

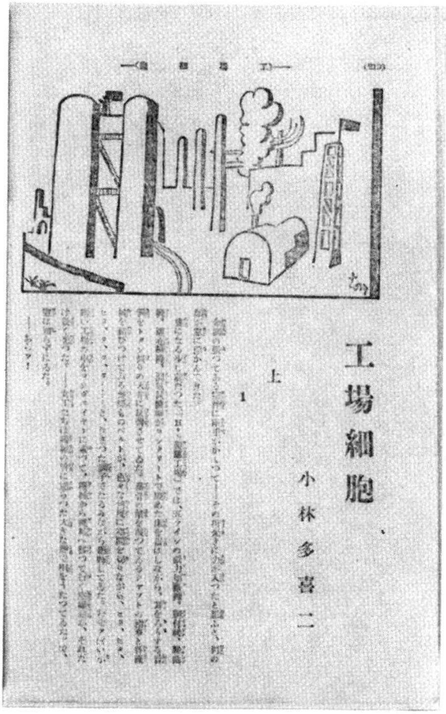
工場細胞

小林多喜二

上

1

『개조(改造)』 4월호에 실린 『공장 세포』.

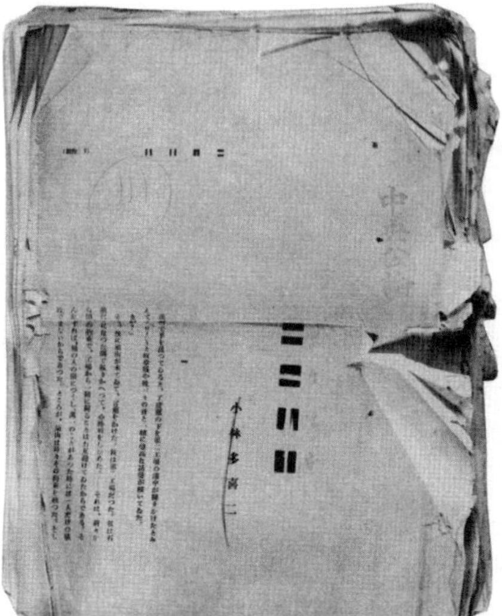

# 轉換時代

小林多喜二

一

『중앙공론(中央公論)』 1933년 4월호. 다키지가 쓴 『당 활동가』가 '전환시대(轉換時代)'라는 가제로 발표되었다. 전체의 1/5이 복자(伏字)로 처리되었다.

나머지 구호는 많은 사람들의 함성 소리에 파묻혀 버렸다. 붉고 노란 유인물은 햇빛을 받아 반짝반짝 빛나며 아름다운 꽃처럼 날았다. 유인물이 뿌려지자 사람들은 깜짝 놀라면서 멈칫했으나 이내 와—와 함성을 지르며 유인물이 뿌려진 장소에 몰려들었다. 흥분한 수십 명의 노동자들은 뭉텅이로 떨어진 유인물을 다시 뿌려 대었다. 그러자, 처음에는 일정한 곳에만 뿌려졌던 유인물이 눈 깜짝할 사이에 육백 명 종업원 머리 위에 골고루 흩어졌다.

**『당 활동가』(1932. 8. 25.) 중에서**

『당 활동가』 속 구라다공업사의 모델이 된 도쿄 후지쿠라전선(藤倉電線).

『전형기 사람들』에 나오는 '이와키빌딩'.

『나프』 1931년 10월호와 거기 실린 『전형기 사람들』. 이 미완의 장편은 『나프』에 2회 연재된 뒤, 일본 프롤레타리아 작가동맹의 기관지 『프롤레타리아문학』에 1932년 1월 창간호부터 4회 연재되었다.

작가동맹 제5회 대회(1932년 5월). 1931년 10월 『전형기 사람들』을 발표하고 지속적인 집필을 계획했으나, 제5회 작가동맹 대회 준비와 3월 말부터 가해진 탄압으로 집필은 중단되었다.

日五十二月九年

無産者新聞

社説

日本軍奉天を占領す

帝國主義戰爭と鬪へ！

一人の兵士も送るな！

武器の輸送製作を中止せよ！

1931년 9월 25일자 『무산자신문(無産者新聞)』.

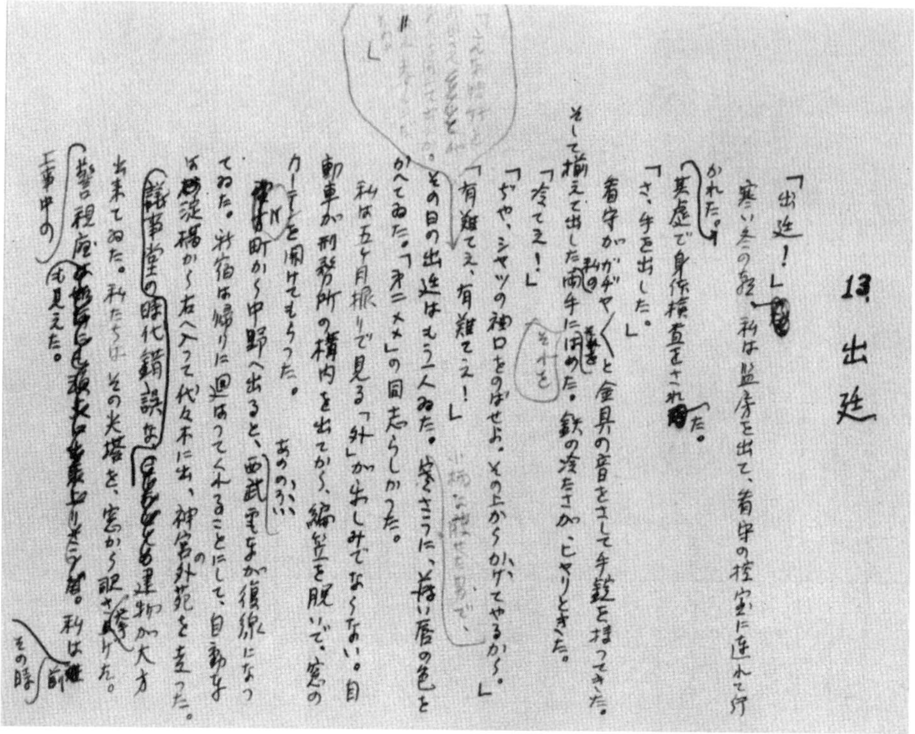

13 出廷

「出廷！」

寒い冬の朝、私は監房を出て、看守の控室に連れて行かれた。其処で身体検査をされた。

「さ、手を出した。」

看守がガチャガチャと金具の音をさして手錠を持ってきた。私の両手にはめた。鉄の冷たさが、ヒヤリときた。

「冷てえ！」

「やや、シャツの袖口をのばせよ。その上からかけてやるから。」

そして揃えて出した両手にはめた。

「有難てえ、有難てえ！」

その日の出廷はもう一人ゐた。寒さうに、蒼い唇の色をかへてゐた。「オニメメ」の同志らしかった。

私は五ケ月振りで見る「外」が珍しみでならない。自動車が刑務所の構内を出てから、編笠を脱いで、窓のカーテンを開けてもらった。

中野町から中野へ出ると、西武電車が複線になってゐた。新宿は帰りに廻はってくれることにして、自動車は淀橋から右へ入って代々木に出、神宮外苑を走った。

議事堂の時代錯誤な建物が大方出来てゐた。私たちはその尖塔を、窓から覗き上げた。私は

警視庁も見えた。

**위** 『독방』 자필 원고.
**아래** 스기나미구 마바시에 있던 다키지의 집(1932년경).

차례

# 작품

공장 세포工場細胞

당 활동가黨生活者

전형기 사람들轉形期の人々

독방獨房

# 공장 세포

工場細胞

## 상

### 1

철망이 쳐 있는 창틀에 양손이 걸리고—그 손가락 끝에 힘이 들어가는가 싶더니 한 사내의 얼굴이 창문으로 솟아올라 왔다.

점심시간이 되기 조금 전이었다. 'H·S제관공장'에서는 다섯 라인의 슬리터, 보디메이커, 플랜저, 권체기, 에어테스터가 콘크리트 바닥을 진동시키면서 쉼 없이 돌아가고, 귀를 먹먹하게 하는 굉음이 함석을 이어붙인 천장에 부딪쳐 되울리고 있다. 철골 빔을 가로지르는 샤프트의 도르래와 각 기계를 연결하는 여러 가닥의 벨트가 갖가지 각도로 공간을 구획하면서, 힛, 힛, 힛, 타, 타, 타…… 하고 일정한 가락으로 풀리며 돌아간다. 숨이 막힐 듯, 어스레한 공장 안에서 컨베이어를 타고 기계에서 기계로 옮아가는 빈 캔만이 날카롭게 빛을 퉁기고 있다. —여자 직공들은 기계 소리에 맞서기라도 하듯 큰 소리로 노래를 부르고 있었다. 그래서 창문 쪽에서 일어나는 일은 전혀 눈치 채지 못했다.

—어머나!

'다나카 기누요'가 소리를 질렀다. 다나카 기누요*와 닮은 그 여자 직공을 아무도 실명으로 불러 주지 않는다. 그것이 이 공장의 관습이었다. 그녀는 창가로 달렸다. 컨베이어 앞에 서서 캔 테스트를 하고 있던 남자 직공의 눈이 그녀의 뒤꽁무니를 좇아갔다. —창문 바깥에 한 사내의 얼굴이 솟아올라 있다. 그 사내는 가늘게 돌돌 만 종이를 공장 안으로 밀어 넣으려는 것 같았다.

여자가 달려오는 기척을 알아차리자 사내의 얼굴에 갑자기 생기가 돌았다. 그녀는 철망 사이로 종이를 건네받고는 귀를 창문에 갖다 댔다.

—감독한테 빼앗기지 않게 조심해서 나누어 주세요. 부탁합니다.

사내는 창문 아래로 둔탁한 소리를 내며 떨어져 갔다. 하지만 이내 담을 타고 넘어가는 다부진 뒷모습이 눈에 들어왔다.

점심시간을 알리는 벨이 울리고 기계의 소음이 차례차례 빨려 들어가듯 잦아들자—갑자기 여자 직공들의 새된 목소리가 왁자하게 튕겨 올라 왔다.

—뭐야, 기누요, 러브레터?

* 일본 영화의 아이콘, 유명 배우이자 일본 최초의 여성 감독.

—러브레터 견본인가? 러브레터라고 하기엔 너무 크잖아.

옆에서 지켜보던 남자 직공들도 슬금슬금 다가왔다.

—이 사실을 알면 덴메이가 울 텐데.

—그래? 그 퉁방울눈 덴메이 말이야? 기누요도 참 독특한 취향인가 봐.

다들 웃음을 터뜨렸다.

다나카 기누요가 유인물을 사람들에게 한 장 한 장 건네주었다.

—응? 뭐야, 무슨 러브레터가 요따위로 멋대가리가 없어?

—조합 유인물이에요.

실업노동자대회

- 시청으로 쳐들어가자!
- 우리에게 일을 달라!
- 실업자의 생활을 시에서 보장하라!

금형 작업장 쪽에서 천장이 낮은, 어둑어둑한 화차 궤도 레일을 밟으며 모리모토를 비롯한 한 무리의 직공들이 수건으로 목덜미와 얼굴을 쓱쓱 문지르면서 걸어 나왔다. 바지 주머니에는 똑같은 유인물이 아무렇게나 쑤셔 넣어져 있었다.

—야! 좆 빠지게 쇠만 깎다 오냐!

그 무리를 보더니 제관부 직공이 입버릇처럼 농을 걸었다.

—뭐라고 지껄이는 거야. 이 깡통 버러지가!

서로 지지 않았다.

—쇠 깎다가 네놈들 몸까지 가쓰오부시*처럼 깎여 나갈지도 모르니까 조심들 하라구!

제관부와 금형 작업장 직공들은 만났다 하면 언제나 으르렁거린다. 한쪽은 숙련공이고, 다른 쪽은 기계에 붙어 있기만 하면 되는 미숙련공이다. 그 탓이었다. 보통 때는 그래도 괜찮았지만, 뭔가 일이 생겼다 하면 어느 사이엔가 제각기 따로따로 뭉쳤다. —예컨대 금형 작업장의 누군가가 환영을 한자로 '환영歡迎'이라 쓰는지 '관영觀迎'이라 쓰는지 헷갈렸다고 하자. 그러면 금형 작업장의 모든 직공이 마치 무슨 '큰 사건'이라도 난 듯이 와글와글 떠들어 댄다. 그들은 이 정도 일에도 기꺼이 머리를 처박곤 했다. 하지만 머리를 여럿 늘어놓아 봤댔자 고만고만한 수준의 머리로는 결국 아무리 해도 판단이 서지 않아 난감해진다. 그래도 도로 두 개를 건너야 하는 '사무소'까지 가서 넥타이를 맨 사무원에게 묻는 일이 있을지언정 제관부 쪽으로는 발길을 돌리지 않는다.

상대방의 심기를 건드릴 만한 농지거리를 주고받으면서 줄지어 계단을 올라 식당으로 들어갔다. 의자 다리가 바닥에 끌리는 소리와 여자 직공들의 깔깔거리는 웃음소리가 소금에 절인 송어 굽는 냄새 속

* 대패로 얇게 민 가다랑어포.

에서 왁자하게 들려왔다.

이날 Y의 합동노동조합 유인물이 'H·S제관공장'으로 삼백 매가량 들어갔다. 각 작업장 감독조차도 유인물을 갖고 있었다. 그러나 그 유인물에 관한 이야기는 식사 도중에 누구의 입에도 오르지 못했다.

식사가 끝나고 모리모토가 천천히 계단을 내려오면서 둘러보니 계단 여기저기나 공장 구석구석에, 그 유인물이 마구 구겨지거나 휴지로 쓰이거나 여러 장이 겹쳐진 채 내팽개쳐져 있었다. —그의 얼굴이 완연히 일그러졌다.

2

'H·S제관공장'은 운하에 바싹 붙어 있었다. —Y항의 서쪽에 철도청 매립지가 있고 그 가까이에 운하가 놓여 있다. 운하의 물은 기름과 매연을 띄운 채 웅덩이처럼 고여 있다. 발동기선이나 가자미처럼 납작한 바지선이 수문 교량 아래를 빠져나가 운하를 들락날락거린다. —'H·S제관공장'은 그 한 모퉁이에 초특급 함선 같은 회색 몸집을 드러내고 있었다. 그것은 완연히 군함을 연상시켰다. 캔을 제품창고에서 운하안벽岸壁으로 곧장 하역할 수 있게끔 설비가 되어 있었다.

시내 사람들은 'H·S제관공장'을 'H·S왕국'이라든가 'Y의 포드'**라 부르고 있다. —젊은 직공들은 퇴근할 때에는 푸른 작업복을 벗고 금

** 미국의 자동차회사. 자동생산시스템인 포디즘을 확립하여 대량생산방식을 도입, 자동차 대중화 시대를 열었다.

빛 단추가 달리고 옷깃이 낮은 학생복으로 갈아입었다. 중년의 직공이나 작업감독은 와이셔츠를 입고 넥타이를 맸다. —Y역 플랫폼에 있는 '근교 명소 안내'에는 'H·S제관공장—약 2km'라고 씌어 있다.

Y시는 항구도시인 탓에 해륙 화물을 다루는 운수노동자—부두막일꾼, 짐꾼이 압도적으로 많다. 그리고 그 가운데 조선인이 삼 할을 차지하고 있다. 그래서 '노동자'라고 하면 Y에서는 으레 그들을 가리켰다. 그들은 대부분 반半자유노동자이므로 누구나 할 것 없이 비참한 생활을 하고 있었다. 그런 까닭에 'H·S제관공장' 직공은 자신들이 '노동자'라 불리는 것을 싫어했다. —'H·S제관공장'에 근무하고 있다는 것이 이웃 사람들에게 '자랑'으로 받아들여지는 분위기조차 흐르고 있었던 것이다.

모리모토는 작업대에 붙어 있긴 했지만 좀체 일이 손에 잡히지 않았다. —그는 오늘 조합 유인물이 뿌려지리라는 것을 미리 알고 있었다. 더구나 그 유인물이 뿌려졌을 때 'H·S제관공장' 안에서 일어나는 움직임에 대해 다음번 회의에서 보고를 해야만 했다. 하지만, 한번 생각해 보라, 도대체 이런 꼬락서니를 무슨 낯으로 누구에게 보고할 수 있단 말인가. 직공 가운데 누구 한 사람 화제로 삼지 않을 뿐만 아니라 전직 경찰 출신인 수위에서부터 공장장까지 그 누구도 유인물을 빼앗으려 들지도 않는다. 유인물 대신에 등에나 벌 한 마리가 공장 안으로 들어왔더라면 차라리 이보다는 더 큰 소동이 벌어졌을지도 모른다. ―여기까지 생각이 다다르자 그는 벌써 맥이 탁 풀렸다.

작업장 한쪽 구석에 설치되어 있는 십 마력의 발동기는 끊임없이 음울한 신음 소리를 내면서 눈에 띄지 않을 만큼 가늘게 발판을 흔들고 있었다. 정전에 대비한 가솔린 엔진이 바로 옆에 장착되어 있다. ―그곳은 공장의 심장이었다. 거기에서 간선 동맥처럼 뻗어 나간 벨트가 작업장 천장을 가로지르고 있는 주동축(메인 샤프트)의 도르래에 걸려 있었다. 그리고 그것이 거기를 기점으로 하여 다시 각각의 기계에 제각기 다른 너비의 벨트로 연결되어 있었다. 그 모습 그대로 인간의 동맥그물을 떠올리게 했다. 천공기, 선반, 밀링……이 날카로운 음향을 울리면서 쇠를 깎고 구멍을 뚫고 불꽃을 번뜩이게 하였다.

작업을 하고 있는 직공들은 마치 기계에 묶인 채 있는 힘을 다해 바르작거리고 있는 것처럼 보였다. 허리를 힘껏 버팅기고, 실팍한 어깨를 딱 자리 잡아 놓으면 강철 끝을 누르고 있는 팔목에 온몸의 힘이 미묘하게 실린다. 산 사람 뼈에 줄칼을 대고 있는 듯한 불쾌함이 곧바로 팔로 전달되어 온다. 날 끝에서 비비 꼬인 쇠찌끼가 물거품처럼 떨어져 나간다. 단야장鍛冶場에서는 리베팅* 소리가 드르륵, 드르륵 기관총 소리처럼 일었다.

이곳은 제관부와 같이 짧은 간격으로 반복되는, 일정한 리듬을 가진 음향이 아니라 둔중하고 투박한 음향이 가늘고 날카로운 음향과

* 금속 재료를 땜을 하지 않고 리벳을 사용하여 접합하는 과정.

뒤섞이고, 스팀 해머의 둥! 둥! 하는 땅울림과 모루 위에서 새되게 울려 퍼지는 소리가 버물려지고…… 뒤죽박죽 한 덩어리로 엉겨 공장 전체가 천둥 치듯 우르릉거리고 있었다. 단야장의 화염이 송풍기 바람에 거세게 달아오르자 금형 작업장에 있는 직공의 한쪽 뺨만이 한 순간 활활 붉게 타올랐다.

와이어 플레이를 팽팽하게 매단 크레인이 천장을 종단하고 있는 두 가닥의 레일을 타고 아래에서 작업을 하고 있는 사람들 머리 바로 위로 무시무시한 소리를 내며 지나갔다. 그것은 주물 작업장에서 이제 막 성형된, 기관차 차량의 세 배나 되는 대형 장비로, 와이어 로프를 감을 수 있게끔 홈을 파기 위해 드릴링 머신에 설치될 예정이었다.

—이봐, 조심해! 나는 남부센베이*가 되고 싶진 않다구.

몸을 피하면서 위를 향해 고래고래 고함을 쳐 댄다.

—아가리 닥치고 네 일이나 해. 긴축이 제일이라잖아! 너 같은 놈 하나 죽어 나가면 속이 후련해 할걸!

핸들을 잡고 있던 직공이 위에서 침을 뱉는 시늉을 했다.

—야, 이 개새끼야!

아랫것은 길길이 뛰었다.

—위에서 보면, 이놈이나 저놈이나 몽땅 다 너절한 인간쓰레기일 뿐이야.

* 깨를 묻혀서 만든 남부 지방의 명물과자(전병).

—조금 높은 데 올랐다 싶으냐? 불쌍한 새끼, 벌써부터 으스대는 꼬락서니 하고는.

—흥! 내가 네놈들을 턱으로 부릴 날이 올 테니 어디 두고 보라구.

드릴링 머신 옆에 네다섯 명의 직공과 빵모자를 쓴 작업감독이 모여, 와이어 플레이를 삐뚜름하게 매단 크레인이 덜컹거리며 다가오는 것을 올려다보고 있었다.

—좋았어!

외래 직공인 작업감독이 손을 들어올렸다. 손끝을 보고 있던 조종석 직공이 핸들을 힘껏 자기 쪽으로 잡아당겼다. 크레인이 멈추어 서자 그 여세로 와이어 플레이가 느리게 흔들렸다. 그때마다 체인이 끼익끼익 삐걱거렸다. 주변을 에워싸고 있던 직공들이 그 흔들림의 박자를 포착해서 정확하게 발판 위로 밀고 갔다.

—이쪽으로, 이쪽으로.

작업감독은 아이에게 이리 온, 이리 온 하듯이 손짓으로 지시했다. 체인이 확 늘어졌다. 어여차, 디여차, 어여차, 디여차…… 사람들은 구령을 외치기 시작했다. 와이어 플레이는 밑 부분이 두 개의 도르래에 실린 채 그 축과 날개가 드릴링 머신 팔에 꽉 조여 고정되었다. 크레인이 시끄러운 소리를 내며 체인을 감아올렸다. 분필을 귀에 꽂은 이들은 이제 막 설치된 기계 둘레를 돌거나 손가락 끝으로 문질러 보며 감탄하는 표정을 지었다.

—모리모토에게는 그것이 마치 개미가 스스로 감당할 수 없는 큰

물건에 달라붙어 무리하게 질질 끌고 가는 것처럼 보였다. 엄청나게 커다란 철제 기계 앞에 인간은 볼품없는 쇠 부스러기마냥 작았다. 그는 제관부 라이닝 머신의 손상된 부품을 바이스에 끼워 줄칼을 대고 있었다. ―발판에 올리는 작업이 조금만 어그러졌다고 하자. 그때 체인이 풀려서……. 그렇게 되면 저 거대한 와이어 플레이는 전혀 아무 소리도 내지 않고 앞으로 확 기울어진다. 직공 네 사람의 갈빗대가 문살보다 맥없이 으깨어져 버린다. 단지 조금만 어그러졌다고 해도. 2엔도 안 되는 쥐꼬리만 한 일당을 벌기 위해 직공들은 아무렇지도 않게 목숨을 걸어야 한다. ―그런데도 직공들은 '유인물'을 휴지로 만들어 버렸다!

그는 기계기름으로 더러워진 손을 작업복 엉덩이에 쓱쓱 문질렀다.

"그래, 당해도 싸……!"

―그리고 그는 흥 하고 콧방귀를 뀌었다.

## 3

작업 종료 벨이 울리자 사람들은 쏜살같이 작업장에서 세면장으로 뛰어나갔다. 콘크리트 벽 사이의 좁은 공간이 여탕마냥 왁자그르르한 소리로 가득 메워졌다. 칠이 벗겨져 얼굴이 군데군데밖에 비치지 않는 낡은 거울 앞에서 웃통을 벗어젖힌 남자 직공들이 비누 거품과 뜨거운 물을 사방으로 튀기며 얼굴을 씻었다. 그때마다 우락부락한 어깨와 위 팔의 근육이 울퉁불퉁 부풀어 올랐다.

—야, 이 멍청한 놈아, 비누가 울겠다. 그냥 줄칼로 북북 문질러 버려.

—다나카 기누요한테 퇴짜 맞는 꼴이 보고 싶어서 그래.

—아이구, 이 자식아. 니 꼬라지나 보고 말해라.

뒤에서 비집고 들어오려고 하자 양편 사람이 엉덩이와 엉덩이를 붙여서 방해를 했다.

—뭐야, 예쁘지도 않은 엉덩이를! 엉덩이 치워 이놈아!

—헤, 죄송하네요, 에미 양 방뎅이가 아니라서.

—껴안고 싶어도 껴안을 수가 없었겠지. 하하하하하하하.

그 뒤편에서 사람들은 수건을 목에 두르고 우두커니 서 있거나 흰 뿔 모양으로 생긴, 물에 뜨는 비누를 높이 던져 올렸다 받기도 하며 무료하게 차례를 기다리고 있었다.

—이런 젠장, 그 좀 빨리빨리 하고 나오슈. 가만히 기다리고 있으니까 누굴 말뚝인 줄 아나.

그 말을 들은 사람이 비누거품이 범벅이 된 얼굴로,

—허어, 공돌이가 언제 사람이 되셨던고. 나는 또 사람이 아닌 줄만 알았지!

엉뚱한 쪽을 향해서 말대꾸를 한다.

명색뿐인 칸막이를 사이에 두고 여자 직공 세면장이 바로 붙어 있었다. 세면장에 쪼그리고 앉으면 여자 직공들의 허리 아래가 다 보였다. 남자 직공들은 허리 아래 '모습'만으로도 누구누군지를 식별하는데 익숙해져 있었다. 짐짓 얼굴을 씻는 척하며 남자 직공들은 그쪽을 곁눈질하고 있었다.

—저 세 번째가 '몬나미' 아야 양이구만.

공장에서는 Y시의 유명한 카페나 바의 야릇한 이름을 따서 '섹시' 한 여자 직공의 별명을 지어 불렀다.

—저 잘록한 허리, 죽이잖아!

—저게, 요즘 부쩍 물이 올랐어. 흐흐.

—허리를 보면 거기도 알 수 있다니까.

—이쪽은 누구지?

—야, 야, 이쪽으로 몸을 돌린다. 다리를 꼬잖아. 아우, 미쳐!

—어이구, 이 자식들아!

뒤에 서 있던 사람이 그 짓거리를 보고는 나란히 붙어 있는 두 사람의 머리를 느닷없이 박치기 시켰다.

—치한들 같으니라구!

여자 쪽에서 뭐라고 뭐라고 말을 하더니 한꺼번에 와 하고 웃음이 터졌다. 그러자 이쪽에서도 일부러 소리를 높였다.

세면장을 나서면 출구에서 남녀 직공이 얼굴을 부딪치게 된다. 퇴근할 때면 여자들은 전혀 딴사람이 되어서 나갔다.

—네가 누구더라?

연통이나 보일러 리베팅을 하고 있는 예순에 가까운, 눈과 귀가 어두운 직공으로서는 누가 누군지 도무지 알아보기가 어려웠다.

—풋! 할아버지, 영 맛이 가셨네.

여자가 등을 때렸다.

—할머니를 몰라보진 마세요.

—이런 망할 년!

회사로서는 퇴근할 때 여자 직공이 '멋쟁이 아가씨'가 되거나 카페의 '웨이트리스'가 되거나, 남자 직공이 '학생'이 되거나 '회사원'이 되거나 전혀 알 바가 아니었다. 자기들이 하고 싶어서 그러는 것이고, 그럴 만해서 그러는 것이니 못하게 할 까닭이 있을 리가 없다. Y시를 쭉 둘러보아도 직공에게 이만큼 대우를 잘 해 주는 공장은 없다. 공장장은 걸핏하면 그렇게 말하곤 했다.

세면장을 나와서는 서로 어깨가 부딪치는 좁은 복도를 지나 2층 '탈의실'로 올라간다. 양옆이 폐품 창고로 쓰이고 있어 궤짝이 몇십 층 빌딩처럼 높다랗게 쌓여 있다. 그곳은 어둡다. —여자가 꺅! 하고 비명을 질렀다. 거기에 올라가면 누군가가 여자 직공에게 못된 장난을 하곤 했다.

—어휴, 이 지긋지긋한 인간아!

—이봐, 오늘 어때?

—오늘? 약속이 있어.

—정말? 무슨 약속이지? 누구랑?

—그것까지 네가 알 필요는 없잖아.

—이런 젠장!

그곳에서는 언제나 은밀한 '수작'이 오고 가게 마련이었다.

남자 직공은 작업 시간에 옆 부서에 있는 여자 직공과 데이트 약속을 하기 위해, 컨베이어를 타고 오는 캔에다가,

"다리, 6"

그렇게 써 놓는다. 남자는 일을 하는 체 하면서 그 깡통이 기계 건너편에 있는 여자 앞을 지나가는 것을 보고 있다. 여자는 흘끗 보고는 그것을 지우고 사내를 향해 방긋 웃음 짓는다.

—"6시, 언제나 만나던 다리에서 만나자." 하는 뜻이었다. 그런 사내 커플이 여럿 있었다.

모리모토는 얼굴을 찌푸렸다. 도대체 이들 중에서 같이 활동을 해 나갈 동료를 몇 사람이나 찾아낼 수 있을까. 그것을 생각하면 가슴 아래쪽에 묵지근한 불안감이 밀려와 가만히 있을 수가 없었다.

탈의실 입구에 게시문이 나붙어 있었다. 모리모토는 마음속으로 '이런!' 하고 소리쳤다. 사람들이 옷소매에 손을 넣고서 그 앞에 서 있었다.

공고

여러분도 아시다시피 오늘 누군가가 우리 공장에 '실업자대회' 유인물을 뿌리고 갔습니다. 말할 필요도 없이 최근의 불황은 잇달아 실업자를 거리로 내몰고 있고, 그로 말미암아 차마 눈 뜨고 볼 수 없는 일조차 벌어지고 있습니다. 그러나 우리 공장은 다행스럽게도 여러분의 근면 노력 덕분에 조그마한 영향도 받고 있지 않습니다. 한번 공장 밖으로 나가 보시

면 알 수 있는 것처럼 우리 공장은 참으로 'Y의 포드'라는 이름에 부끄럽지 않게 노동시간에서나, 임금에서나 충분한 대우를 여러분에게 해 드리고 있습니다. 이때에 즈음하여 결코 이런 선전에 부화뇌동하지 않도록 각별히 당부 말씀 드려 두고자 합니다.

이상 공장장

모리모토는 그것을 읽고 있자니 까닭 모를 초조함이 밀려와 툭 쏘아붙였다.

—쳇! 빈틈없이 잘도 해치우는군!

그 말이 입 밖으로 나오는 순간, 이미 깃발을 내려 버린, 해이한 마음가짐이 은연중에 드러나 버린 듯싶어 제풀에 흠칫 놀랐다. 그는 기름때에 절은, 찌그러진 헌팅캡을 아무렇게나 눌러 썼다.

공장 앞의 좁은 거리를 가득 메운 남녀 직공이 한 방향으로 흘러가고 있었다. 그는 그 속에 파묻혀 있으면서도 혼자라는 스산함을 느꼈다.

운하 철교를 지나면 세관, 선창, 해양경찰서, 기선회사, 창고가 한 줄로 죽 늘어서 있는 해안도로였다. —부두 인부가 울렁거리는 '디딤널'을 건너 바지선에서 짐을 부리고 있었다. 하지만 선창 곳곳에는 꽤 많은 다른 인부들이 옹기종기 모여 서성이고 있었다. 그들은 사기그릇을 포갠 커다란 도시락을 땅바닥에 내려놓거나 손에 들고서 노동자들이 일하는 모습을 물끄러미 지켜보고 있었다. —일감을 잡지 못해 '공친' 인부들이었다.

불경기라 부두에는 일다운 일은 하나도 없다. 시청으로 쳐들어가자고 하는 사람들이 바로 그들이다. 안벽에 연결되어 있는 바지선들은 하나같이 죽은 가자미를 떠올리게 했다. 잔교에 가까운 길가에서 사과나 귤을 높이 겹쳐 쌓은 행상들이 멍하니 앉아 오가는 사람들의 발치께에 시선을 떨구고 있었다.

그 '공친' 인부들은 'H·S공장' 직공들이 철교를 건너오는 것을 쳐다본다. 완연한 선망의 눈빛이 쏟아지자 직공들은 얼굴을 찡그렸다. 'H·S' 직공들은 "우리는 너희들 따위와는 다르다구." 하는 태도를 티나게 드러내며, 척척 그들 앞을 지나쳐 가 버렸다. 탈의실 입구에 나붙은 게시문이 아니더라도 그들은 언제나 그랬던 것이다.

부두 인부라 불리는 이 운수노동자들은 '십장제'니 뭐니 하는 노무공급 조직에 코가 꿰여 소규모로 제각각 찢어진 채 가혹한 봉건적 착취를 받다가, 해고를 당하여 막다른 구석에 내몰리곤 했기 때문에, 여차하면 파업을 일으켰다. Y시의 '합동노동조합'은 이들 노동자를 중심으로 조직한 것이었다. 그러나 'H·S공장' 직공은 거기에 한 명도 들어 있지 않다고 말해도 좋을 지경이었다.

모리모토는 부두노동자 중에 아는 얼굴 몇몇을 발견했다. 조합에서 마주친 적이 있는 사람들이었다. 그러나 그는 지금 이 직공들 틈바구니에서 그 사람들에게 말을 걸 만큼의 '낯 두꺼움'을 갖고 있지 못했다.

## 4

아버지는 아직 돌아오지 않았다. ―예순을 넘긴 아버지는 모리모토보다 한 시간 빨리 나가서 두 시간 늦게 돌아온다. 육상 화물 운송업체인 '야마산겐바'에 다니고 있었다. 귀가 먼 데다가 눈에 '안개'가 끼고 있었다. 전화도 받을 수 없고 정해진 일의 절반조차 해내지 못하기 때문에, 십장은 날마다 노골적으로 싫은 티를 내곤 했다. 하지만 십장으로서도 20년 이상 근속하고 있는 아버지를 어떻게 해야 좋을지 몰라 난감해 하는 모양이었다.

―힘들구나……!

불쑥 그 말이 튀어나온다. 역시 출근하기가 싫은 것이다.

―일을 하는 건 괜찮아. 하지만 십장 얼굴만 보면, 도저히……. 아!

아직 어둑어둑한 출근길을 나서려 할 무렵, 작업복 입은 아버지가 우두둑 하는 소리를 내며 허리를 편다. 그 소리를 들을 때마다 그는 견디기 힘든 고통을 느꼈다. ―그러나 그는 언젠가 아버지를 더욱 더 비참하게 만들어 버릴지 모른다는 예감을 문득 떠올렸다.

집 안은 한낮의 더위로 습기와 오줌 냄새가 가득 차 있었고, 후끈 달아오른 다다미 거죽이 부풀어 올라, 땀이 밴 발바닥에 끈적끈적 달라붙었다.

팬티 하나만 걸치고 책상 앞에 앉았더니 편지 하나가 놓여 있었다. 보낸 사람 이름이 "나카노 에이이치"라 씌어 있었다. 같은 공장의 여자 직공이었다. 모리모토는 어렵사리 한 사람을 찾아내었던 것이다. 우선 그 단 '한 사람'을 발판으로 삼아 여자 직공 속에 관계를 만들어 가야 했다. 조합의 가와다로부터 그 방침에 대해 지시를 받고 있었다. 편지는 간단히 "어쨌든, 자세한 이야기를 나누어 보도록 하죠. 내일 8시, 채석장 아래에서 기다리겠습니다." —쓰지 말라고 일러 준 대로 자신의 본명도, 수취인인 모리모토의 이름도 쓰지 않았다.

한여름의 더딘 해거름이 밀려오면 부채 바람 정도의 조금 선선한 바람이 —슬며시 불어온다. 하얀 무명 속옷 하나만 달랑 걸친 채 골목에 나와 있던 쪽방 사람들이 한 사람 한 사람 낮은 빵가마 같은 집 안으로 들어갔다. 나무 막대기를 손에 쥔 아이들 한 무리가 기모노 앞섶을 풀어 헤치고, 하수구를 덮은 널빤지를 덜컹거리며 뛰어다니고 있었다. 저녁놀이 비낀 맑은 하늘로, 아이들의 함성이 높이높이 울려 퍼졌다.

—굶주린 아귀들 같으니라구!

아버지가 돌아왔다. 아버지는 문 앞에서 목청을 높여 소리를 질렀다.

—어땠어요, 아버지 쪽은?

—응?

그는 아버지가 언제나 '노동자대회'니 '노동조합'이니 하는 따위에 반대해 온 것을 잘 알고 있다. 아버지는 그 덕분에 스물 몇 해나 근속할 수 있었는지도 모른다. 그리고 지금 언제 날아갈지 모르는 터럭 한 올 마냥 간당간당하게 목을 보존하고 있다 할지라도, 자신은 결코 '일용직'이 아니다. 그러므로 그런 쓰잘 데 없는 일에 휩쓸려 들어가

보았자 좋을 게 없다고 생각하는 것 같았다.

—사무실 앞에서 기세만 올리고 있더구나. 공친 놈들만 모여 가지고선.

—그것들, 다 조합 사람들이야!

아버지는 신문에 나온 이야기를 읊조리기라도 하는 듯 심드렁하게 말했다.

—남 일이 아니에요, 아버지. 아버지도 언제 해고당하실지 모르잖아요.

아버지는 대꾸를 하지 않고 어둑한 토방에서 부스럭부스럭 소리를 냈다. 눈에 '안개'가 낀 아버지는 조금만 어두워도 손으로 여기저기를 더듬어야 했다. 아버지는 뒤꼍으로 돌아갔다. 화장실 바로 옆에 엉성한 선반을 만들어 놓고, 거기에 화분을 세 개 정도 늘어놓았다. 그 근처에는 화장실 냄새가 코를 찔렀다. 아버지는 집에서 나가면 어김없이 야시장에서 값을 깎은 싸구려 화분을 사 온다.

—이 철없는 영감탱이야! 밥도 제대로 못 먹는 판에 이게 다 뭐꼬!

어머니는 그 때마다 야단을 쳤다. 다른 일 같으면 심하게 다툼이 벌어졌을 테지만, 화분 일이라면 이상하게도 아버지는 언제나 히죽거리기만 했다. —아버지는 우스꽝스러우리만치 화분을 소중하게 다루었다. 집에 돌아오면 방 안에 들기 전에 꼭꼭 손수 물을 주었다. 어쩔 수 없이 누군가에게 부탁을 하였는데, 그 부탁을 받은 사람이 자칫 잊어 먹기라도 했다 하면 아버지는 불같이 화를 냈다. —딱한 양반,

노예근성의 배출구인가, 하고 모리모토는 속으로 웃어넘기고 말았다.

—오늘 더위로 죄다 시들시들해졌구나.

뒤꼍에서 혼잣말하는 소리가 들렸다.

'H·S공장'에도 조금 나이 든 직공 가운데는 작은 새를 기른다거나 화분을 이것저것 모은다거나 자신이 돌보는 생물의 생육 일지를 노트에 꼼꼼히 적는다거나, 공휴일마다 집 안의 자잘한 가재도구를 손질한다거나 하는 사람이 많이 있었다. 어떤 직공 한 사람은 공장에 화분을 가져와 자기 작업대 옆에 두기도 했다.

—꽃 같은 미인이라고들 하지. 그러니까 이것은 말하자면 미인 같은 꽃이야. 미인 같은 이 꽃만 보고 살 거야.

공장에 놓인 그 꽃은 기계기름 냄새와 쇠찌끼와 먼지와 요란한 소음에 시달리다가 결국 그곳에서 일주일도 견디지 못하고 죽어 버렸다.

—아니!

사람들은 눈을 동그랗게 떴다.

—그렇다면, 사람은 어떻게 되는 거지?

마침 그 자리에 있던 모리모토가 무심코 농담을 뱉었다. —뱉고 나서야 자신이 한 말의 큰 의미를 깨달았다.

보디메이커의 다케바야시가 조금 멍청하게 웃었다.

—야시장에서 다른 놈이랑 바꿔 오면 그만이야. 노동자는 마음대로 골라 잡힐 자유가 있다구, 하하하하하하.

신문사 인쇄공 사람들과 친분을 갖고 있는 아나키스트 직공이었다.

아버지가 뒷문에서 뭐라고 말을 하고 있다. 목소리는 들리지 않고, 때가 잔뜩 낀 유리 너머로 입의 움직임만이 보였다.

—너, 돈 15센*쯤 가지고 있냐?

체통머리 없이 그렇게 말하고 있었다.

그는 또 시작하는구나, 하고 생각했다. "예" 하고 말하자, 아버지는 아이처럼 기쁨을 그대로 얼굴에 드러냈다.

—좋은 화분이 있어. 시내에 나갈 때마다 눈독을 들였던 거야……!

## 5

어두워지기를 기다렸다. 그 '회의'는 비밀리에 열어야만 했다.

—밖에 잠깐 나갔다 올게요.

집에는 그렇게 말했다. —낮의 열기가 남아 집 안에서 지내기가 힘겨운 쪽방 사람들은 저녁밥을 먹자마자 문이란 문은 활짝 열어 놓은 채 바깥으로 평상을 들고 나와 바람을 쐬었다. 골목은 하수구 냄새가 코를 찔렀다. 그래도 집 안보다는 지내기가 한결 나았다. 대개 알몸이었다. 이웃 사람들끼리 큰 소리로 이야기를 나누고 있었다. 젊은 남자와 여자가 멀리 떨어진, 으슥한 곳에 쭈그리고 앉아 있었다. 부채만 하얗게 팔랑팔랑 움직이는 것이 보였다. 모리모토는 그 사람들에게 인사를 하면서 큰길로 빠져 나갔다. —이 동네는 '공장'에 나가는

* 엔의 백분의 일.

사람들, '항구'에 나가는 사람들, '날품팔이'로 살아가는 사람들이 제가끔 어딘가 서로 다른 정서를 가지고 살고 있다.

이 일대는 Y시의 변두리였다. 변두리이긴 하지만 그래도 Y시인 것은 틀림없었다. 그러나 이 T동 사람들은 볼일이 있어 시내에 나갈 때면 "Y에 갔다 오겠다."고 말했다. 멀리 떨어진 시골에서 도시로 일 보러 나가기라도 하는 양. 버스나 택시, 인력거도 T동까지라고 하면, 시외와 같은 '할증'을 붙였다. —이곳은 어둡고 구질구질하고 냄새나고 칙칙했다. 그야말로 노동자의 거리였다. 찌부러진 양갱 같은 쪽방이 지반을 다지지 않은, 질퍽질퍽한 습지에 몸을 파묻고 있었다.

모리모토는 어두운 쪽을 골라 가며 걸었다. 모퉁이를 돌 때만 잠깐 멈춰 섰다. 회합 장소는 일부러 사람들이 북적거리는, 휘황한 큰길가에 있는 집으로 정해 놓았다. 다만 출입은 뒷문을 이용하기로 되어 있었다. 그는 미리 약속해 놓은 대로 두 번 그 집 앞을 왕복하고 나서 뒷문으로 돌았다. 문을 열자 코앞에 경사가 가파른 계단이 다가섰다. 그는 손톱 끝으로 더듬어—계단을 한 칸 한 칸 올랐다. 낡은 계단은 발밑에서, 지렛대를 써서 물을 길어 올리는 두레박마냥 삐걱삐걱 소리를 냈다. 그는 약간 구부정한, 두꺼운 어깨를 옹색하게 웅크렸다. 머리가 받혔다.

—누구?

위에서 빛줄기와 함께 가와다의 목소리가 미끄러져 내려왔다.

—모리.

—그래, 고생했다.

방 안 가득 담배 연기가 자욱하고, 빈 담뱃갑과 꽁초가 재떨이에서 넘쳐 다다미 위로 어지럽게 떨어져 있었다. 뭔가 심각한 토론을 벌인 뒤인 모양이다. 잠깐 나갔다 돌아온 가와다는 모리모토를 따라 들어오며 문을 닫았다. 그는 절구통 같은 커다란 머리를 빡빡 깎았다. 게다가 느릿느릿하고 덩치가 커서 '땡중'을 떠올렸다. 말하는 품새가 언제나 무뚝뚝해서 사람들은 그를 거만하다고 생각할지도 모른다. 하지만 조합 사람들은 그 때문에 오히려 바위 같은 안정감을 느낀다고 말했다.

드러누워서 담배 은박지로 받침대가 달린 컵을 만들고 있던 이시카와가 그를 보더니 고개를 들었다.

—여! 오래간만일세.

이시카와는 예전에 'R주물공장'에 있었던 적이 있어서 옛날부터 잘 알고 있었다. 그가 가와다를 알게 된 것도 이시카와가 다리를 놓아준 덕분이었다. 이시카와가 조합에 들어오고 나서부터 모리모토는 그로부터 여러 가지 교육을 받았다. 그 전까지 그는 평범한 직공들과 마찬가지로 매춘부를 희롱하거나 영화관을 기웃거리거나 군것질이나 싸움질을 하며 쏘다니곤 하였다. 그를 만나고부터는 청년단에서 얼쩡거리는 일도 딱 끊어 버렸다.

나머지 한 사람인 스즈키는 전에 잠깐 얼굴을 부딪친 적이 있을 따름이었다. 신경질적이며 매우 날카로운 낯빛을 띠고 있었다. 늘 어딘가 언짢은 듯한 표정인 데다 거의 입을 열지 않기 때문에 모리모토로서는 그다지 친근감이 느껴지지 않았다. 그는 무릎을 껴안은 채 몸을 흔들고 있다가 담배 연기를 내보내기 위해 창문을 열었다. 갑자기 파도가 밀려오듯 큰길에서 커다란 소리가 쏟아져 들어왔다. 창문 아래 아스팔트를 사람들이 줄지어 오가고 있다. 그 발소리였다. 은방울꽃 모양의 장식용 조명등이 양쪽에서 팔을 벌리고, 그 아래에 야시장이 늘어서 있었다. ―묘목 가게, 헌책방, 만년필 가게, 과일 가게, 중국인, 교복을 차려입은 대학생……. 사람들은 방향이 다른 두 개의 넓은 벨트처럼 양쪽으로 하염없이 흘러가고 있었다. 언제까지 쳐다보고 있어도 쉬 매듭이 나지 않았다.

―한가한 인간들도 참 많구나.

―스즈키, 얼굴을 밖으로 내밀면 위험해.

가와다가 등사판 인쇄 번호를 맞추고 있다가 얼굴을 들었다.

―얼굴을 내밀면 위험하다고? 하하하하, 기차를 탄 것 같구만.

―자, 마저 해치울까…….

재떨이를 에워싸고 네 사람이 앉았다.

―모리모토는 우리랑 고작 두 번밖에 만나지 못했기 때문에, 아직 우리 관점을 잘 알지 못할 수도 있을 거라고 생각하는데…….

가와다는 눈썹에 힘을 주면서 담배 연기를 급히 빨아들였다.

―간단히 말하면 이렇게 정리해 볼 수 있을 것 같아……. 지금까지 일본의 좌익운동은 상당히 활발했다고 말할 수 있어. 일본은 자본

주의 발전이 어느 분야에서나 많이 뒤떨어져 있었어. 하지만 전쟁이라든가 그 밖에 여러 가지 사정으로 급격히 ―외국이 10년이나 걸린 것을 5년 정도로 단축해서 발전해 온 거야. 노동자계급 역시 급격히 불어나게 되었지. 그런데 전쟁이 끝나고 나서 불경기가 들이닥친 거야. 그 반작용으로 일본의 좌익운동이 높이 솟구쳐 오를 수 있었어. 그러나 문제는 그 '활발함'이라는 거야. 왜 활발했는가 하는 거지. ―우리로서는 저 '3·15 사건'*을 겪고 나서야 비로소 분명히 알게 된 것이지만……. 간단히 말하면 공장에 뿌리를 가지고 있지 않았기 때문에 오히려 겉으로는 활발해 보였다는 거야. 더욱이 '대공장', '중공업 공장'에는 전혀 손이 닿아 있지 않았다고 말해도 좋을 거야. Y를 봐도 그렇지. 노동조합의 실제 세력을 이루고 있는 것은 항구의 운수노동자야. 그들은 각각 잘게 나뉘어 있어. 게다가 실제로 반자유노동자니까 사업장에서 떨어져 있단 말이야. 사안이 있을 때마다 잘 동원해 낼 수 있으니까, 언뜻 보기에는 확 불꽃이 타오르듯이 너무나 화려해 보이지. 일본의 좌익운동이 활발했던 이면에는 이런 사정이 깔려 있었던 거란 말이지. 하지만 정작 중요한 조직의 관점에서 말하면 빵점이었던 셈이야. 뿔뿔이 흩어져 일어나니까 싸움이 끝난 뒤에도 곧바로 뿔뿔이 흩어지고 마는 거지. 통계를 봐도 알겠지만, 그동안 대공장은 잠자고 있는 소처럼 전혀 움직임이 없었어. ―공장을 움직이는 일은 무척 힘

* 1928년 3월 15일 새벽에 일본 경찰이 전국에서 일천육백여 명의 좌파 활동가를 검거한 사건이다.

들어. 고만고만한 작은 공장은 어떻게 해 볼 수도 있지만, 몇천 명, 몇만 명의 노동자를 고용하는, 고도로 발달한 대공장이라면 도무지 쉽지가 않은 거야. ―쉽지 않다고 해서 '대공장 조직'을 제외한다면 우리의 운동은 절대로 앞으로 나아갈 수가 없어. 쉽게 말해서 유바리와 비바 두 광산에서만 파업을 일으켜 보라구. 일본의 중요 산업이 그 자리에서 딱 멈추어 버리는 거지. 이 근처에서 작은 쟁의를 천번 일으키는 것보다 그쪽이 훨씬 큰 영향력을 미친단 말일세. 내 말에는 조금도 허풍이 들어 있지 않아. 우리의 파업투쟁은 반드시 이런 방향으로 진행되어 나가야만 해. ―다람쥐 쳇바퀴 돌듯 하는 지금까지의 파업투쟁은 이제 그만두자는 거야. 그래서 …… 이거 참, 아무래도, 내가 꼭 선생 흉내를 내고 있는 것 같네…….

가와다가 '절구통'을 쓱쓱 어루만졌다.

―뭐, 자세한 것은 또 다른 기회에 천천히 이야기하기로 하지. 어쨌든, 이제 와서 이런 말을 꺼내는 것도 우스운 노릇이긴 하지만, '3·15 사건'에서 왜 우리가 그렇게까지 불필요한 희생을 치렀는가 하는 걸 생각해 봐야 해. 그것은 아까 말했던, 그 화려한 운동을 하던 선배들이 불법 운동으로 넘어가고 나서도, 이때껏 해 오던 습관을 버리지 못하고, 때때로 금붕어처럼 거품을 일으키며 수면에 몸을 드러낸 데서 비롯되었다고 생각해. 공장에 뿌리를 내린, 깊이 가라앉은 활동을 하지 않았기 때문이란 말이지. ―실제로, 우리의 운동은 공장 안으로, 안으로 깊이 가라앉아 들어가서, 아예 보이지 않을 정도가 되어야 하는

데도, 운동이라고 하면 연단 위로 뛰어 올라가, 여러분! 하고 큰 소리로 외치거나, 유인물을 가지고 거리를 뛰어다니는 것이라고 착각하고 말았던 거야. —일본 좌익운동도 이제야 제대로 방향 전환을 하게 된 셈이지…….

—하지만 실제로는 그렇게 간단하지가 않아. 만만찮은 일이라구.

이시카와가 가와다의 말을 받았다. 은박지로 만든 컵을 빈 담뱃갑 위에 세우면서, 특유의 알 듯 말 듯한 엷은 웃음기를 담은 얼굴을 붙임성 있게 모리모토에게로 향했다.

—말하자면 낡아빠진 고물배의 방향타랑 비슷해. 핸들을 돌리고 나서 한 시간이나 지나야 겨우 움직이는 식이란 말이야. 지금까지 잘못 흘러온 운동의 실천 상의 타성이라는 게 있잖아. 그건 생각보다 훨씬 강해. 반면에 공장 쪽 활동은 끈덕지게 곰삭혀야 하는 일이란 말이야. 또 곰삭히면 곰삭힐수록 더 강력한 힘을 발휘할 수 있으니까……. 간단하지가 않아.

—그건 사실이야. 우리가 왜 입만 열면 "공장 안으로 깊이 가라앉은 조직"이라는 말을 줄기차게 해 대느냐 하면, 가령 Y합동노조 같은 붕 떠 있는 노동조합을 천번 만든다고 해도 마찬가지로 '3·15'와 같은 탄압이 천번 저질러지면 천번 모두 납작하게 찌부러지는 거야. 그러면 혁명이고 폭동이고 할 것 없이 몽땅 다 도루묵이 되는 거지. 내 이야기가 너무 심한가? 하지만 한번 보라구. 최근에 전쟁 위기가 다가오고 있다 싶으니까 관영 군수 공장에서는 이 불황에도 불구하고 몰

래 사람을 늘리고 있단 말이야. M시의 S공장 같은 경우에는 삼천 명이던 노동자 수가 오천 명으로 늘어나고 있다고 하더군. 바로 이런 경우지. 우리가 그 공장 안에 조직을 만들어 간다고 하자. 그러면 당연한 얘기지만 바깥으로 '활발하게', '화려하게' 드러내어서는 안 돼. 절대로 비밀리에 진행해 나가야지. 그러다가 드디어 전쟁이 터진다. 그러면 그때 그 조직이 움직이기 시작하는 거야. 파업을 일으키는 거지. —군수품 생산을 반대한다, 이거야. 그렇게 되면 군수품 생산이 딱 멈추게 되겠지. 그것이 예를 들어 오사카 같은 곳이고, 그리고 하나의 공장만이 아니라고 한다면 전쟁도 멈추게 할 수 있지 않겠어. 내 얘기는 바로 이거라구. —하지만 이런 말을 Y합동노조의 누군가에게 하면, 무슨 꿈같은 소리야, 꿈 깨 하는 말만 듣게 된다는 거야. 하지만 이 일만은 반드시 지금부터 착실하게 해 나가야 돼. 그렇지 않으면, 거지 머릿수 모으는 것처럼, 막상 그 상황이 닥쳤을 때는 도무지 어떻게 손을 써 볼 방법이 없게 될 테니까.

—우리는 그렇게 해 나가려고 마음먹고 있어. 그래서…….

—나도 실패하긴 마찬가지였어.

이시카와가 말했다.

—공장에서 나오는 게 아니었어. 안 그래? 가와다!

—하지만 그 시절에는 조합에 빠짐없이 나가고, 유인물을 등사판으로 찍어 뿌리는 것만을 '운동'이라고 생각했잖아.

—그렇긴 하지. 솔직하게 말해서, 그때는 공장에 가만히 틀어박혀

있다는 게 양심상 견딜 수가 없더라구.

모리모토가 처음으로 입을 열었다.

―하지만 공장을 움직인다는 건 너무나 어려운 일이라고 생각합니다. 대공장에는 '감옥실' 같은 것은 없기 때문에…….

그는 지금의 공장 상황을 자세히 이야기했다. 가와다를 비롯한 세 사람은 한 마디 한 마디 주의 깊게 들었다.

―그건 그래.

하고 가와다가 말했다.

―그렇기 때문에 지금까지 항상 공장이 뒷전으로 밀려났던 게지.

6

모리모토는 가와다의 부탁을 받고 'H·S공장' 지도를 그렸다. 가와다는 그 밖에도 시내 여러 공장의 지도를 가지고 있었다. 그는 Y시의 전도를 펼쳐 'H·S'라 적혀 있는 곳에 빨간색으로 표시를 했다.

―해양경찰서는 얼마만큼 떨어져 있지?

―사…… 사오백 미터쯤일 겁니다.

―사오백 미터라구?

―위치가 안 좋구만.

이시카와가 고개를 들었다.

―Y시의 해양경찰은 워낙 미친개처럼 사납게 덤벼드니까 말이야.

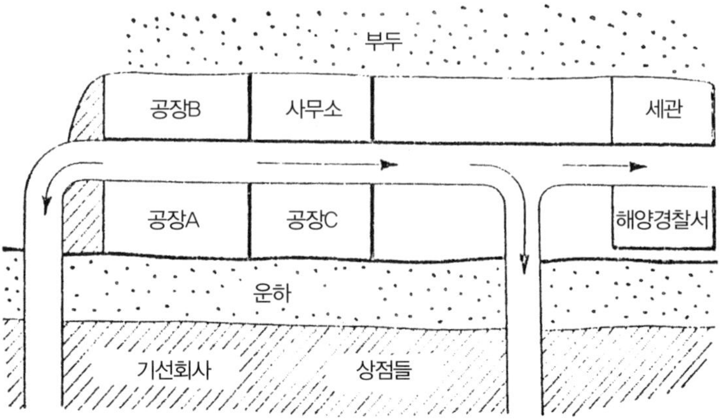


모리모토는 공장에 대해 대략적인 설명을 했다. —공장A가 제관부로서 캔 몸통을 만드는 보디 라인과 캔 뚜껑을 만드는 톱 라인으로 나뉘어져 있다. 보디 쪽은 함석을 절단하여 동그랗게 몸통을 만들고, 뚜껑을 붙여서 단단히 죄고, 거기에서 공기가 새지 않는지 어떤지를 조사한다. 슬리터, 보디메이커, 플랜저, 권체기, 에어테스터 등을 쓰고 있고, 톱 쪽은 프레스, 파형 절단기와 뚜껑 홈에 고무를 휘감는 라이닝 머신을 쓰고 있다. —공장B는 아래층이 래커공장이다. 캔에 옻칠을 하는 곳으로, 작업은 비밀리에 이루어지고 있다. 위층은 캔을 담는 상자를 만드는 네일링공장으로 옆널, 측면에 대는 판자, 상자 칸막이를 만들고 있다. —다 만들어진 캔과 빈 상자는 창고 2층의 패킹 룸에서 합쳐져 포장된다. 공장C는 모리모토가 속한 금형 작업장으로 쓰이고 있다.

—그 밖의 부속 기관은?

가와다가 물었다.

—실험실이 있습니다. 이곳에서는 러버(고무를 입히는 것) 시험과 옻칠 도료 연구를 하고 있습니다. 여기서 일하고 있는 사람은 우리를 아주 잘 이해해 줍니다. 어느 대학에 재직하고 있다가 잘렸다고 하더군요.

—자유주의자인 모양이지.

—그 다음에 제도실이라고 해서 산업 합리화인가 뭔가를 연구하는 곳이 있습니다.

—호오, 산업 합리화?

가와다의 말에 색다른 가락이 실렸다.

—'H·S공장'이 처음 완전한 컨베이어 조직으로 바뀔 때도 이 제도실 직원이 큰 역할을 했다고 합니다. —그 당시 회사가 직공 수를 줄이려고 하니까 결국 파업이 일어나, 직공들이 한밤중에 공장으로 몰려가서 수위를 때려눕히고 그 컨베이어 벨트를 엉망으로 만들어 버렸어요. 아무튼 작업과 작업 사이에 잠깐의 쉴 틈도 없어요. 각 사업장 직공들은 컨베이어를 타고 오는 캔이 자기 앞을 지나가는 동안에 할당된 일을 해내야만 하니까 작업 강도가 몇 곱절 늘어났어요. 플랜저 같은 것도 원래는 직공이 붙어서 조작을 했지만, 지금 사용하고 있는 기계는 자동화가 되어서 단 한 사람도 붙어 있을 필요가 없게 되었어요.

—흠.

—지금은 공장에서 함석판을 옮기는 데 트럭을 사용하고 있지만,

만약 컨베이어 장치로 처리해 버리기라도 한다면, 거기에서도 또 사람이 퇴출될 겁니다.

—그렇겠군.

—머잖아 그렇게 될 것 같아요. 제도실과 실험실 사람들한테 포상금을 내걸었거든요.

—달콤한 미끼를 던지는 거지.

—그 사람들은 늘 모터랑 보일러 사진이 잔뜩 실려 있는 미국 잡지를 읽고 있더군요.

—앞으로 우리가 여러 가지 일을 진행해 나가기 위해서는 직공 쪽과는 별도로 회사의 이른바 '고등 정책'까지도 반드시 알아 두어야만 해. 그 의미에서 그쪽 친구들을 활용하는 것도 괜찮을 거야.

모리모토는 고개를 끄덕였다.

—공장 일이라고 해도, 사실 우리가 알고 있는 것은 진짜 조금밖에 안 됩니다.

—그럴 테지. …… 그리고…….

눈길이 손목시계 위로 흘끗 미끄러졌다.

—그러니까…….

피로한 듯 이시카와는 밀려 올라오는 하품을 애써 입 안으로 밀어 넣었다.

—이를테면 공장 내부에 갈등 관계랄까, …… 그런 것도 있겠지?

—네……. 사업장 사이에 갈등이 있습니다. 금형 작업장 쪽은 숙련

공이고, 제관부 쪽은 말하자면, 여성 직공이라도 할 수 있는 일이죠. 그래서…….

모리모토가 그렇게 말하고 나서 머리를 긁적였다. 가와다는 그가 수줍게 웃는 얼굴을 처음 본 듯했다. 딱딱하고 투박한 얼굴이라고 생각했는데, 살짝 웃으니까 윤곽이 부드러워지며 눈꼬리에 다정다감한 맛이 묻어났다. 뜻밖이었다.

—우리는 걸핏하면…… 금속공입네 하고…… 그쪽 사람들한테 대장처럼 으스대는 겁니다. 게다가 직공은 일용직이나 하역 쪽과는 조금 다르다는 생각을 갖고 있죠. 사무실 직원에 대해서도 그런데, 그건 어디라도 마찬가지일 겁니다. —여자 사무원은 대개 여학교는 나왔기 때문에 복장부터가 달라요. 볼일이 있어서 공장을 지나는 일이라도 있을라치면 여자 직공들 사이에서는 입방아가 요란하죠.

모리모토는 큰 소리로 웃으며,

—남자 직공들도 쫙 빼입은 사무원을 보면 똑같은 반응을 보이죠. 그런데, 회사에는 근면한 직공을 사무원으로 발탁한다는 규정이 있어요. 회사는 그걸 참 잘 써먹고 있는 것 같아요. 아주 오래 전에 한두 사람을 과감하게 사무원으로 올린 적이 있었대요. 하지만 단지 그때뿐이고, 그 이후로는 단 한 번도 그렇게 한 적이 없어요. 그런데도 그게 직공들한테 묘하게 잘 먹혀들고 있어요.

가와다는 누구보다 귀 기울여 듣고 있었다. 스즈키는 끝까지 한마디도 꺼내지 않았다. 엄지손톱을 씹거나, 머리를 북북 긁거나—그러다가 불쑥불쑥 고개를 들고 듣기만 할 따름이었다.

이윽고 모리모토는 가와다한테서 다음 회의에 제출할 조사 사항을 건네받았다. '공장 조사표' 1호, 2호.

가와다는 이런 식으로 Y 시내의 '주요 공장'을 아주 세밀하게 조사했다. 그 공장들 안에 조직을 만들고 그 대표자들로 하나의 '조직' 및 '연락' 기관을 만들기 위한 것이었다. '공장대표자회의'가 바로 그것이었다. ―가와다는 그렇게 큰 그림을 그려 놓고 일을 진행하고 있었다. 그렇게만 한다면 어느 한 공장에 문제가 발생했다고 하더라도 그 기관을 통해 즉시, 그리고 일시에 Y시 전체 공장의 문제로 확대할 수 있다. 이 작업을 물밑으로 깊이 가라앉혀 강고하게 한 발 한 발 추진해 나간다! 그것이야말로 어떠한 '탄압'에도 견뎌 낼 수 있는 조직이 될 것이다. 그리고 그 기초 위에 흔들림 없는 산업별 노동조합을 세울 수 있다. ―가와다는 눈을 빛내며 그 이야기를 들려주었다.

―부르주아도 이와 동일한 모임을 이미 꾸리고 있다네. '삼삼회三三會'니 '수요회水曜會'니 하는 이름으로 공장주 자기네들끼리 빈틈없이 연락과 유대를 도모하고 있단 말이지.

어두운 계단을 양편 난간에 몸을 싣고서 내려오자, 가와다도 곧 뒤따라 내려왔다.

―자넨 소중한 사람이야. 절대로 경찰에 얼굴이 팔려선 안 돼.

모리모토는 뺨에 와 닿는 가와다의 숨결을 느꼈다.

―자네가 '공장 세포'로 활동해 주길 바라고 있다네.

그의 오른손은 계단 아래 두껍게 가라앉은 어둠 속에서 가와다의 오른손에 단단히 그러쥐어져 있었다.

그는 밖으로 나왔다. 머릿속이 텅 비어 있었다. 하수구를 덮은 널빤지를 피해 골목길을 걷다가 몇 번이나 발이 걸려 넘어졌다.

—공장 세포!

그는 그 단어를 곱씹고 또 곱씹었다. 그렇게 곱씹는 동안에 가슴이 밑바닥에서부터 차츰차츰 뜨겁게 데워져 오는 것을 느꼈다.

## 7

이 회의에는 올 때와 마찬가지로 돌아갈 때도 서로 동행하지 않기로 약속해 놓았다. 모리모토도 스즈키도 따로따로 돌아갔다.

…… 놈들이 나한테 진드기처럼 달라붙는다고 해도 이 일만은 기어코 해내고야 말 테다. 목숨을 걸어야 할지도 모르지만…….

앞서 떠난 사람과 간격을 두기 위해 기다리고 있던 가와다가 실팍한 어깨를 흔들었다.

—경찰에서는 나나 자네나 스즈키처럼 이미 바깥에 드러난 사람은 조금도 두렵지 않고, 아직 얼굴이 드러나지 않은 사람들이 문제일 뿐이라고 뇌까리고 있다더군. 놈들의 말투로 미루어 보면, 틀림없이 우리의 운동 방향을 포착한 것 같아. 그래서 놈들도 스파이 정책을 바꾸는 모양이야. 특별고등경찰계니 뭐니 하는, 바깥에 걸어 놓은 간판 따윈 놈들 스스로도 그다지 중요하게 생각하지 않는 눈치란 말이지.

—흥, 어디 한번 해 보라지.

—합법적으로 활동을 할 때도 그랬듯이, 우리 운동이 물밑으로 깊이 가라앉아 들어간다고 해도 놈들은 필시 스파이가 발을 들여놓을 수 있는 곳이 어딘지 찾아낼 거야. 가장 무서운 건 동료가 간첩일 때야. 혹은 동지였던 사람이 중간에 스파이가 될 수도 있어. 매수지. 쉽게 말하면…….

—이봐, 이봐, 그만해.

이시카와가 정색을 하고 말했다.

—하하하하하. 만일 자네가 몰래 돈을 받고 있다고 하면 오늘 밤의 일은 그대로 새어 나가겠지. 특별고등경찰계 따윈 내가 노동운동가입네 하고 소문내고 다니는 합법주의자와 마찬가지라구. 그러니 그다지 두려울 게 없지. 문제는 외부가 아닌 내부란 말일세.

—재수 없는 말 자꾸 지껄일래?

가와다는 천연덕스럽게 커다란 머리통을 쓱쓱 긁으며 웃었다. 그리고 나서,

—허튼소리가 아니라니까!

하고 말했다. 그리고 손목시계를 보았다.

—오늘은 내가 먼저 나갈게.

가와다는 그 집을 나서자, 백화점 앞의 아스팔트를 한 손에 손수건을 들고 걸었다. 잠깐 몸을 숙이면 들여다볼 수 있는 잡화점의 시계가 8시를 가리키고 있었다. 그는 그곳을 두 번 왔다 갔다 했다. 시키

시마 담배를 피우며 다가오는 사내를 만나기 위해서였다. 그 사내가 일전에 그에게 보낸 편지에 찍힌 소인 날짜로부터 정확하게 10일째가 되는 날 오후 8시였다. 그게 약속 시간이었다. 그는 바깥쪽을 살피면서 3센 우표 한 장을 샀다. 만났을 때 서로 신호를 주고받는 데 그것이 필요했다. 그 가게를 막 나가려고 할 즈음에, 문득 앞에서 다가오는 양복 입은 사내가 시키시마 담배를 물고 있는 것을 발견했다. 그는 그 사람의 옷차림을 눈여겨보았다. 짧은 순간 망설임이 일었다. 그러나 그 눈은 분명히 누군가를 찾고 있었다. 무심결에 손수건을 쥐고 있는 그의 손아귀에 힘이 들어갔다.

사내가 다가왔다. 그도 아무렇지 않은 양 그 사내와 같은 방향으로 걷기 시작했다. 그가 먼저 말문을 열었다.

—야마다山田입니다.

그러자 양복 입은 사내는 곧바로,

—가와무라川村.

하고 말했다. '산山'과 '내川'가 만났다. 두 사람은 사람 통행이 그리 많지 않은 강변으로 내려갔다. 조금 가다가 사내가,

—어디 쉴 만한 곳이 없습니까?

하고 말했다.

—있습니다.

가와다는 이쪽저쪽을 살피며 걸었다. 그러다가 작은 레스토랑 2층으로 올라갔다.

테이블에 앉자 사내가 주머니에서 3센 우표를 꺼냈다. 그 3센의 3이 잉크로 지워져 있었다. 가와다도 아까 샀던 3센 우표를 꺼냈다. 3센의 센 쪽을 지웠다. 두 사람은 '동지'임을 완벽하게 확인했다. ―사내는 중앙에서 파견되어 온 당의 조직가이었다.

가와다는 Y 지역의 정세와 당원 획득 수 등을 상세히 이야기하기 시작했다.

8

스즈키는 잠시라도 가와다나 이시카와와 자리를 함께 하는 일이 힘겨웠다. 정말이지 마음이 불편하기 짝이 없었다. 좀 더 솔직히 말하자면, 자기 자신이 모두로부터 멀어지고 있다는 느낌이 들었다. 그리고 그런 감정에 빠져드는 자신을 추스를 마음도 내지 않았다. ―전혀 노동자계급의 투사답지 않다! 나는 도대체 '운동'에 대한 믿음으로 운동을 하고 있는 것인가, 아니면 '사람'에 대한 믿음으로 운동을 하고 있는 것인가? 가와다나 이시카와가 어떤 사람이든, 그것 때문에 운동에 대한 나의 '마음가짐'을 바꿀 수야 없지 않은가? ―또, 바뀌어서도 안 되지 않는가? 그렇다. 그것은 분명하다. 하지만 곧이어 밀어닥치는 이 '외로움'은 도대체 무엇이란 말인가? ―그는 이미 자신이 길을 헤매고 있다는 것을 알고 있었다.

이론적으로도, 실천적으로도, 더구나 개인적인 감정에서까지도, 조바심만 치고 있는 자기 어깨 위를 휙휙 타고 넘어가는 동료들을 보고 있으면 고문을 견디는 것보다 더 큰 고통이 밀려왔다. 이런 종류의 갈등과 혼란을 터럭 끝만큼도 느껴 본 적이 없는 듯한 다른 동지들을, 그는 더없이 부럽게 생각했다. ─더구나 노동운동이 밖에서 보는 것만큼 대단하고 순수한 것이 아닐 뿐더러 추한 반목과 장사치보다 못한 술수로 가득 차 있다고 느껴질 때면 그는 몸서리치는 실망감에 젖어들었다.

─운동에서는 네가 가와다 걔네들의 선배잖아?

그 말 속에는 "그래도 분하지 않으냐?" 하는 속삭임이 담겨 있었다. 그것은 유인물 살포로 29일간 구류를 살 때의 일이었다. 그런 식으로 툭툭 던지는 언사가 흔히 써먹는 특별고등경찰계의 '수법'이라는 것을 그는 잘 알고 있었다.

─너도 의외로 참 둔감하다. 함께 일하고 있으면서, 가와다나 이시카와 걔네들이 뭔가를 감추고 너를 따돌리는 걸 전혀 눈치 채지 못했단 말이야?

그는 아무 말 없이 바깥쪽으로 눈길을 돌렸다. ─하지만 자신의 의지와는 달리 얼굴에서 핏기가 빠져 나가는 것을 분명하게 느낄 수 있었다.

─너는 틀림없이 '또 수법을 쓰는구나' 하고 생각할 테지.

특별고등경찰 주임이 엷은 웃음을 지었다.

─그렇긴 해. 솔직하게 말해서, 우리가 그런 '수법'을 곧잘 쓰곤 하지. 하지만 이것이 '수법'인지 아닌지는 나보다 네가 더 잘 알고 있을

거야. 요전에 이시모토하고도 이야기를 나누었는데, 그 친구가 이런 말을 하더군. 스즈키는 가엾게도 실컷 따돌림만 당하고 있다, 그런데도 전혀 개의치 않고 운동을 함께 해 나가는 너그러운 마음을 갖고 있다, 그건 우리로선 도저히 흉내도 낼 수 없는 대범함이다, 하고 말이야.

—……

—…… 그럼 좀 더 알려 줄까?

특별고등경찰 주임이 갑자기 머리를 앞으로 바싹 기울이며 속삭였다. 스즈키는 그 말투에서 불현듯 몸이 옥죄어 드는 공포를 느꼈다.

—이것은 함부로 발설해선 안 되는 일이지만, 우린 모종의 경로를 통해 이미 가와다 개네들이 공산당에 가입해 있다는 확증을 잡았어. 이게 세계 제일을 자랑하는 우리 경찰망의 힘이지. —그런데, 거기에 네가 들어 있지 않은 거야. …… 들어 있지 않으니까 이런 사실을 너에게 말해 주는 거지. 내 말이 거짓말인지 아닌지는 네가 더 잘 알고 있을 거야.

—……

—우습게 들리겠지만, 나는 그 사실을 알았을 때 기뻐해야 좋을지 슬퍼해야 좋을지 모르겠더라구.

—들어 있지 않다는 사실을 알고 기뻐하거나 말거나 당신들 좋을 대로 하라고 말하고 싶을 테지. 그래, 그렇다면 그걸로 좋아. 우리야 어차피 사람들한테 결코 환영 받을 수 없는 직업을 갖고 있으니까. 하지만 '동지'라는 감정은 우리들로서는 도저히 짐작할 수 없을 만큼

깊은 신뢰의 감정이라는 것 정도는 알고 있어. 그런데, 넌 그 감정을 배신당하고 있는 거라구. 그것을 알았을 때, 나는 너에 대해 뭐라고 표현해야 좋을지 모를 쓸쓸하고 우울한 기분에 사로잡히더라니까!

—함부로 지껄이지 마!

가슴이 말려 올라가 목구멍으로 밀고 들어왔다. 그것을 단숨에 토해 내야만 했다. 그래서 고함을 질렀다. —그는 가슴 가득 눈물을 삼켰다.

특별고등경찰 주임은 연필을 빙글빙글 돌리면서, 그의 얼굴을 빤히 쳐다보았다. 잠깐 침묵이 흘렀다.

—그뿐만이 아냐. 분쟁 교섭이나 쟁의 비용으로 받은 돈을 분배할 때도 네가 얼마나 속고 있었는지 모를 테지. —가와다 그놈들이 그런 돈으로 흥청거리고 다닌다는 정보가 꼬박꼬박 들어오고 있어. —그래도 너는 청빈에 만족할 텐가…….

그 이야기들이 거짓인지 진실인지는 알 수 없지만, 그가 마음속으로 조금이나마 미심쩍은 마음을 품고 있던 것들을 여지없이 헤집어 내고 있었다.

신경 쓰지 말자, 신경 쓰지 말자, 그렇게 다짐하면 할수록 오히려 그 다짐이 그의 마음을 구부러뜨리고 말았다. 이제 가와다와 솔직한 심정으로 말을 나눌 수가 없었다. 가와다는 물론 그와 가까운 사람들의 얼굴조차 마주보기가 힘겨웠다. 스스로도 우스꽝스러울 만큼 마음이 헝클어져서 눈길을 어디에 두어야 할지 갈피를 잡을 수가 없었던 것이다. 그런가 하면 가와다가 하는 말 한 마디 한 마디에 면도날처럼 날카롭게 신경을 곤두세우고 있었다.

얼마 전이었다. 언제나 자기 하숙집에 찾아오곤 하던 특별고등경찰계가 거리에서 그를 보더니 슬며시 다가왔다.

—너, 어지간히 하숙비가 밀려 있더구나.

하고 능글맞게 히죽거리며 말했다.

—그럼, 당신이!

그는 그 자리에 우뚝 멈춰 섰다. 형사는 큰 소리로 웃었다. —4, 5일 전, 스즈키 친구라며 어떤 사람이 그가 묵고 있는 하숙집에 와서 이제껏 밀려 있던 하숙비를 다 지불하고 간 일이 있었던 것이다.

—좋잖아, 이런 건. 누이 좋고 매부 좋고 말이야. 은혜를 베풀었다고 해서 따로 뭘 바라는 것도 아니니까.

붉고 성긴 턱수염을 정사각형 모양으로 기른 그 사내는, 잠깐 묻고 싶은 것이 있는데, 하며 주위를 둘러보았다.

큰길에서 들어앉은 카페 몬나미가 눈에 띄었다. 도어 스위치를 누르고 2층으로 올라갔다. —특별고등경찰은 그에게는 물어보지도 않고 맥주와 비프스테이크를 주문했다.

—미리 말해 두지만, 이런 건 당신들 마음대로 해도 좋아, 하지만 따로…….

말이 채 끝나기도 전에,

—알았어, 알았어. 긴장 풀어. 한 번 정도는 뭐, 천천히 이야기 나눠

볼 수도 있는 것 아니겠어. —아무리 우리라고 해도 말이야.

이렇게 말하며, 히히히히히 하고 웃었다.

그는 이제 될 대로 되라는 감정으로 빠져들었다. 그리고 그곳에서 엉망으로 취해 버렸다.

'2층' 회의 때도 가와다가 몹시 급한 눈치였지만, 스즈키는 자기가 앞서 나와 버렸다. 한 발 한 발 다가오는 압박감을 견딜 수 없었던 것이다. —하숙집에 돌아와 보니, 누군가가 소포를 두고 갔다고 했다. 그는 그 말을 듣자 곧바로 그 의미를 알아챌 수 있었다.

2층에 올라가서 풀어 보니 처음 보는 야담 책이었다. 그는 책등을 잡고 흔들어 보았다. 꼬깃꼬깃 접은 10엔 지폐가 두 장, 불그죽죽하게 바랜 다다미 위에 떨어졌다.

갑자기 그의 낯빛이 바뀌었다. —10엔 지폐가 나왔기 때문이 아니라 자기도 모르게 책등을 잡고 흔드는 동작을 한 자신에게 흠칫 놀랐기 때문이다.

그는 지폐를 움켜쥐더니 계단을 내려가서 거리로 나섰다. 그의 얼굴은 반쯤 넋이 나가 있었다.

## 중

9

—기미 양, 기미 양. —기미 양!

2층 포장실에서 남녀 직공이 컨베이어 양쪽에 마주서서 빈 캔을 상자에 담고 있었다. 포장된 상자는 2층에서 에스컬레이터를 타고, 운하의 안벽 옆에 바싹 대어 있는 배에 바로 실릴 수 있도록 되어 있었다. —점심시간이 가까워지자 캔이 동이 났다. 사람들이 수건으로 몸에 묻은 먼지를 털면서 침침한 계단을 내려간 뒤였다. 시커먼 입을 열고 있는 '제품창고' 안에서 낮게 깔린 목소리가 한 사람을 부르고 있었다. 앞치마를 고쳐 조이고 있던 기미가 "킥" 하고 웃더니—서둘러 주위를 둘러보았다. 쥐죽은 듯 조용했다.

—기미 양, 제발 애태우지 마!

기미는 다시 쿡 하고 웃고는 창고 안으로 뛰어들었다.

—아, 어두워.

일부러 상기된 목소리를 내면서 양손으로 눈을 가렸다. 숨바꼭질 놀이를 하고 있는 것처럼.

—이쪽이야.

사내의 손이 어깨를 잡았다.

—싫어.

여자가 몸을 뺐다.

—뭐가 싫다고 그래. 손 치워.

—……

기미는 육박해 오는 사내의 가슴을 느끼면서 몸을 도리질 쳤다.

—손 치우면 안, 할, 거, 야.

여자는 그렇게 하고 노는 데에 묘한 흥분과 재미를 느꼈다. 사내는 억지로 양손을 떼게 하고는 뒤로 돌린 한쪽 손으로 여자의 몸을 단단히 죄어 버렸다. 여자는 사내의 팔 안에서 몸을 비비 꼬았다. 그리고 얼굴을 추켜올린 채, 장난치듯 사내의 입술을 요리조리 피했다. 사내는 여자의 뺨과 이마에 입술을 찧었다.

—이러지 마. 곧 사람들이 올 거란 말이야!

남자는 안달이 나서 목이 잠긴 소리를 냈다. 기미는 끝내 큰 소리로 웃음을 터뜨렸다. 그리고 발돋움을 하듯 남자의 어깨에 손을 얹었다…….

—제법 능숙하군.

사내가 말했다.

—물론이지! 버릇이 되면 안 되니까 너랑은 이걸로 끝이야!

사내를 마음껏 쥐었다 놓았다 하는 것이 재미있었다. —기미는 그렇게 말하고는 몸을 휙 돌려서 빨이 상기된 얼굴로 계단을 뛰어 내려갔다.

점심시간이 지나고부터 기미는 더 이상 장난을 치거나 수다를 떨 마음이 싹 가셔 버렸다. 점심 때 식당에서는 언제나 그렇듯이 여자 직공들이 와글와글 떠들며 자기 자리 쪽으로 친구들을 불러 모았다. 기미는 단짝 친구가 잡아 놓은 자리로 가서 허리를 나란히 하고 점심을 먹었다.

—얘!

특별히 기미를 불러 앉힌 수다쟁이 친구가 목소리를 낮추었다.

—나, 깜짝 놀랐어!

여자는 어제, 작업 뒤처리를 하느라, 다른 사람들이 다 나가고 나서 공장 안이 어둑어둑해질 무렵에야 탈의장에서 내려왔다. 그 출구가 마침 '러버 작업실'이었다. 무심코 내려오던 친구는 문득 거기서 발걸음을 멈췄다. 작업실 안에 누군가가 있다는 느낌이 들었기 때문이다. 여자가 발을 멈춘 곳에서 약간 비스듬하게 아래쪽, 높이 끼워 넣은 작은 유리창 안에 —남녀의 희미한 그림자가 움직이고 있었다.

—그게 글쎄!

여자는 입을 막고 더 낮은 목소리로 말했다.

사내는 이쪽으로 등을 보인 채 바지 허리띠를 조이고 있었고, 여자는 창 쪽을 향한 채 고개를 숙이고 손으로 머리를 매만지고 있었다. 사내는 허리띠를 조이고 나더니 뒤에서 여자의 어깨에 손을 올렸다. 그리고 한 손을 주머니에 찔러 넣었다. 주머니 안으로 들어간 손이 무언가를 찾고 있는 것 같았다.

—돈이야! 남자가 그 돈을 여자 허리띠 사이에 넣어 주더라니까!

—……!?

—그런데 넌, 그 여자가 도대체 누굴 거라고 생각해?

장난기를 가득 담은 눈빛으로 기미를 뚫어지게 응시했다.

—얼굴을 봤어?

—그렇다니까! 그게 말이야.

—……?

—가오루 양이야!

—뭐? 말도 안 돼!

기미는 반사적으로 반발했다.

—흥, 믿기 싫음 관둬라.

여자는 어깨를 으쓱했다.

기미는 잠시 입을 다물었다.

—상대는?

—상대? 누구면 뭐하겠어. 싸구려를 찾아오는 손님이야 날마다 바

껄 텐데. 아무라도 좋을 테지.

언제나 추운 듯한 입술 색을 띠고 있는 가오루는 네 명의 가족을 혼자 부양하고 있었다. 기미는 그 사실이 머리에 떠올랐다. ―그 가오루를 이런 식으로 말해 버리는 친구에게 기미는 발칵 화가 치밀어 올랐다.

―우리가 받는 일당이 얼마지? 50센에서 70~80센. 한 달에 얼마나 되는지 계산해 봐. ―정말 밝히는 여자라면 공짜로 하게 해 주었겠지!

기미는 식사를 마치고 일어나면서 그렇게 쏘아붙였다. 그리고는 혼자 먼저 식당을 나와 버렸다.

―사람을 깔보고 지랄이야!

10

오후에 여학생의 '공장 참관'이 있다고 하니, 남자 직공들은 들떠서 야단이었다.

―헛물켜고들 있네. 작업복과 여학생이란 말이지! 썩도 잘 어울리겠다!

여자 직공들은 노골적인 반감을 드러냈다.

―삐쳤구나! ―여학생들이 들어오면 우리 공장 아가씨들 눈초리가 달라지겠지. 아이구, 무서워라, 무서워!

―달라지긴 뭐가 달라진다고 그래! 그쪽이 달라지겠지!

―야, 너무 그러지들 마. 가끔은 남자 대학생도 참관하러 올 테니까.

언제나 대놓고 빈정거리는 말을 내뱉곤 하는 남자 직공이었다.

—그러면 어떻게 되는 거야? 대학생과 여공인가? 하하하, 요즘은 그게 유행이라지!

—네프류도프*라도 오기를 기다리고 있으려나……!

'문예 직공'이 끼어들었다.

—여학생들이 참관을 다녀가고 나면 희한하게 공장 아가씨들 콧대가 수그러지더라니까. 그러니 가끔은 여학생 참관이 있는 편이 좋은 거야.

나이 많은 직공이 차마 듣고 있을 수 없다는 듯,

—'꼬시래기 제 살 뜯어먹기'는 그만둬!

하고 말했다.

기미도 입을 다물었다.

—이러니저러니 해도 우리 공장 식구들밖에 없어…… 막판에는!

막판에는? 그 대목에서 모두들 서로 어색하게 웃어 버렸다.

'Y의 포드'는 어디에 내놓아도 부끄럽지 않을 만큼 시설을 완벽하게 갖춘 공장이라는 것을 홍보하기 위해 '공장 참관'을 환영했다. 말하자면 광고비가 들지 않는 광고인 셈이다. '제관업'을 최대한으로 독점하고 있는 'H·S회사'로서는 공장 설비와 직공 대우를 이 정도 수준으로 높인다고 해도 그다지 큰 부담이 되는 것도 아니었다. 게다가 더욱

* 톨스토이의 소설 『부활』에 나오는 남자 주인공 이름.

더 환영할 일은 그 효과가 직공들에게 반작용을 불러일으킨다는 것이다. —직공들은 곧잘 "우리 공장은—", "우리 회사는—", 하고 말한다. 자신이 근무하는 공장에 대해 누군가가 험담이라도 할라치면, 그들은 지나치다 싶을 만큼 정색을 해서 변호하곤 했다. 미쓰이에 근무하는 사원은 다른 어떤 회사에 근무하는 사원 앞에서도 확고한 긍지를 가지고 있다. 그런 사원은 결코 미쓰이를 배반하는 짓을 하지 않는다. 'H·S회사'의 전무는 그 점을 누구보다도 잘 알고 있었던 것이다.

전령이 왔다. 유년공을 시켜서 소식을 알려 온 것이다.

—왔어요. 미인이 있어요.

—기미, 들었어? 미인이 있대.

—어디, 우리도 적정 시찰이나 하러 나가 볼까?

같은 포장실에서 일하는 얌전한 여자 직공이 우울한 표정을 지으며 말했다.

—얘, 기미 양, 난 싫어. 여학생이라면 초등학교 때 같이 다니던 친구도 있을 거야.

—그게 무슨 상관이야!

기미는 사내 같은 말투로 말했다.

—이쪽으로 오면 그동안만 잠깐 화장실에 가 있을게, 부탁이야.
—정말이지 무슨 마음으로 남들 일하는 걸 보러 오겠다는 건지 모르겠어.

—뭐가 부끄러워서 그래. 여기가 무슨 동물원인 줄 아나 본데, 그

아가씨들 낯짝에다가 빈 깡통이나 냅다 던져 주자구.

—그만! 그만!

—뭐가 그만이야. 일해서 번 돈으로 학교를 다닌다면 말도 안 해. 뭐야, 제까짓 것들이!

—야아, 기미 양도 제법인걸. 오늘 밤에 내가 한턱 쓰지. 어때, 영화 보러 안 갈래? 쓰키가타 류노스케가 출연하는, 뭐더라, 참인참마斬人斬馬의 칼인가. 사람을 만나면 사람을 베고 말을 만나면 말을 벤다! 덤빌 테면 덤벼라! —어때, 재미있을 것 같지 않아?

—가끔은 이 기미한테도 약속이 있다구요.

—기미가 요즘 부쩍 뻣뻣하게 구는군.

기미는 오늘 밤에 모리모토와 만나야만 했다.—

많은 사람이 계단을 올라오는 발소리가 울렸다.

—드디어 왔구나!!

## 11

그날 점심시간에 모리모토는 가사하라를 꼬드겨서 회사 옆에 있는, 깔끔하게 손질된 잔디밭에 앉아 한참을 노닥거렸다. —그는 언제나 이런 기회를 노렸다. 가사하라는 공장장의 조수로 일하고 있었다. 갑종 상업학교 출신으로, 마르크스가 쓴 책도 조금은 읽은 것 같았다.

잔디밭에서는 사무실 앞에서 와이셔츠를 입은 사무원이 캐치볼을 하고 있는 모습이 보였다. 힘껏 던진 공이 미트에 빨려 들어갈 때마다 한낮의 깨나른한 공기를 뭔가가 헤치고 나가는 듯한 경쾌한 소리가 났다. 공을 놓치면 옆에 서 있던 여자 사무원이 손뼉을 치며 놀렸다.

하지만, 공장 건물 그늘이 드리운 쪽에는 아이가 업고 온 젖먹이를 한쪽 무릎 위에 앉히고 다른 쪽 무릎을 세우고 앉은 서른 살 남짓한 여자 직공이 가슴을 풀어 헤치고 있었다. 그런 여자가 네다섯쯤 보였다.

모리모토는 푸른 하늘을 보았다. 고개를 젖혀서 올려다보면 하늘은 더욱 더 파랬다. —그때 신물이 올라왔다. 모리모토는 입 안에서 그것을 다시 씹었다.

—야!

옆에 누워 있던 가사하라가 고개만 벌떡 들고 모리모토를 쳐다보았다.

—……? 되새김하냐? 밥맛 없게시리.

그는 아주 불쾌한 듯한 표정을 지으며 히죽거렸다.

모리모토는 가사하라를 통해서 회사 일을 이것저것 들을 수 있었다.

회사는 지금 '산업 합리화'에 대해 매우 면밀한 조사를 진행하고 있었다. 그렇다고 해서 합리화 정책 그 자체에 무슨 큰 하자가 있는 것은 아니었다. 다만 그 정책을 어떻게 실행에 옮길 것인가 하는 문제, 즉 직공들이 눈치 채지 못하도록, 그들에게 격분을 불러일으키지 않도록 하려면 어떻게 하면 좋을까 하는 문제로 머리를 싸매고 있었다.

'H·S'에서는 새로 채용하는 직공은 반드시 현재 근무하는 직공의 가족이어야 했다. 전무는 공장 사람들을 일종의 대가족주의로 묶어세울 생각을 하고 있었다. —그러나 그 진정한 의도는 어떤 직공도 제멋대로 행동할 수 없도록, 눈에 보이지 않는 '책임의 연대 사슬'을 만들어 두는 데 있었다. 그것은 또한 임노동 고용이라는 차가운 물질적 관계를 회사의 그 가족에 대한 '은혜'로 보이게 만드는 효과도 있었다. 그러나 무엇보다도 파업을 방지할 수 있는 방패막이 구실을 톡톡히 해낼 것이다. 예컨대 지금처럼 합리화 정책을 시행하고자 할 경우에 그것이 큰 도움을 줄 수 있을 것이다.

회사는 또한 시내에 넘쳐나는 실업 노동자나 바로 눈앞에서 동물 이하의 노동을 강요당하고 있는 반자유노동자—부두노동자의 존재를 충분히 염두에 두고 있었다. 그들의 상황이 심각해져 가면 갈수록 그것이 또한 'Y의 포드'인 'H·S' 직공들에게도 민감하게 영향을 끼치게 된다는 것을 잘 알고 있었다. —다른 노동자들의 그러한 '열악한 조건'에 대해 필요한 때에 필요한 만큼만 콕콕 암시를 던짐으로써 직공들로 하여금 강한 주장을 할 수 없도록 만들었다. —'H·S'는 만일의 사태가 발생했을 때 그러한 강점을 잘 활용할 수 있었다.

합리화의 방식 가운데 하나로서, 예를 들어 노동시간의 연장을 단행한다면, 그것이 직공들의 반감을 크게 불러일으킬 것은 불을 보듯 뻔한 일이다. 그러나 군수품을 만드는 S시의 '제마製麻회사'와 M시의 '제철소' 등의 사례를 보면, 자기네 사업이 단순한 '영리사업'이 아니라 중대한 '국가적 의무'라는 식으로 선전함으로써 힘들이지 않고 노동시간을 연장할 수 있었다. —'빠져나갈 구멍은 어디에나 있다.' 그러므로 그 공장이 갖는 각각의 특수성을 교묘하게 활용하면 의외로 쉽게 일을 풀어나갈 수 있었다. —'H·S'도 그랬다.

자랑이 아니랍니다.
제관공장 여공님은
러시아 땅 캄차카 차가운 하늘에
목숨을 건 통조림 작업
없으면 안 되는 깡통 만든다.

부러워라
제관공장 여공님은
한번 항구를 나가면 통조림이 되어
돌아와 나라를 기름지게 하고 몸을 살찌우네
없으면 안 되는 깡통 만든다.

자랑이 아니랍니다.
제관공장 여공님은
게을리 할 수 있으랴 회사를 위해
방심할 수 있으랴 나라를 위해
목숨을 건 일은 끝이 없어라.

('H·S회사' 발간 『캔클럽』에서)

그런 노래와 글을 투고해 오면 회사는 『캔클럽』에서 특별대우를 해 주었다. 또한 회사가 몰래 누군가에게 그런 글을 쓰게 하고는 그것을 싣기도 했다.

'H·S회사'는 캄차카에 오천팔백만 캔, 게공선에 칠백팔십만 캔, 쿠릴, 홋카이도, 사할린에 구백팔십만 캔을 내보내고 있었다. 백분율로 하면 캄차카가 압도적이었다.

가사하라는 공장장 밑에서 '과학적 관리법'과 '테일러 시스템'을 연구하거나 다양한 통계를 작성하기 때문에 회사의 계획을 구체적으로 잘 알고 있었다. 일본을 포함해서 세계 각 나라 임금의 높낮이를 모눈종이에 그렸다. —전 세계적으로 명목 임금이 내려가고 있고, 생필품 가격과 비교해 보면 실질 임금도 역시 하락을 거듭하고 있다. 'H·S'만 언제까지나 예외일 수는 없다. 또한 생산력 강화를 도모하기 위하여, 현재 가동하고 있는 기계 조직을 더 분업화하고, 임금이 높은 숙련공을 쓰지 않고 부녀자로 대체할 수 없을까, 컨베이어를 어디 다른 곳에 더 활용할 수 없을까, 아직도 노동자가 '농땡이 부리거나', '한숨을 돌릴' 틈이 있는 것은 아닐까, 임금을 성과급으로 하면 어떨까……. 직공들이 좁디좁은 공장 안의 일로 머리를 처박고 낑낑대고 있는 동안, 그들은 '세계'와 발맞추어 그 방안을 추진하고 있었다.

'H·S공장'의 5개년 통계를 살펴보면, 생산량은 증가하고 있는데도 노동자 수는 줄어들고 있다. 이것은 두 가지 의미를 갖는다. —하나는 이전보다 더 노동자가 착취당하고 있다는 것, 또 하나는 줄어든 수만큼 실업자로 거리에 내몰렸다는 것이다. 컨베이어가 완비되고 나서 '운반공'이나 '잡역 인부'가 특히 눈에 띄게 줄었다. 숙련공과 미숙련공의 인원수 차이나 임금 차이도 훨씬 줄어들고 있다. 놀라운 것은, 어느 사이엔가 '여자 직공'이 크게 증가한 일이다. 게다가 여자 직공이 증가하면서부터 공장 전체의 임금이 눈에 띄지 않을 만큼 조금씩 하락하고 있었다. —공장장은 여자를 쓰면 임금 면에서 이익이 될 뿐 아니라 노동조합과 같은 조직에 들어갈 염려도 없고, 저항할 수 있는 힘도 약하기 때문에 웬만큼 무리한 일을 시켜도 쉬 먹혀들어 간다고 번죽거리며 떠들어 댔다.

그러나 이것들은 모두 단지 '능률 증진'이나 '공장 관리 기법'의 강화라고 말해도 좋을 정도의 것으로, '산업 합리화'라는 큰 구호 아래 진행되는 내밀한 내용의 일부일 따름이었다. —'산업 합리화'는 진정한 목적을 다른 데에 두고 있었다. 그것은 '기업의 집중화'라는 말로 표현할 수 있다. 중규모나 소규모의 너절한 상공업체를 정리하고 큰 놈은 더욱 더 크게 만들어 기업의 수를 점점 더 줄여 나가자는 것이 그 의도였다.

그러므로 그 궁극의 목적은 살아남은 소수의, 수익성 높은 대기업으로 하여금 쉽사리 독점의 단물을 빨아먹을 수 있게 하는 데 있었다. 그리고 그 이면에서 실제로 이 '산업 합리화'라는 실을 조종하고 있는 것은 '은행'이었다.

예를 들어 은행이 다수의 철공업자에게 막대한 대출을 할 경우, 자기 이윤의 관점에서 보더라도 그들이 서로 경쟁을 하는 것은 바람직한 일이 아니다. 그래서 은행은 기업 간 경쟁을 가능한 한 제한하거나 철폐하는 것이 이익이라고 생각한다. 이럴 때 은행은 자기 필요에 따라서, 또 자신이 채권자라는 힘 관계를 이용해서 그들 동종 산업체 사이에 협정과 합동을 꾀하고, 나아가 합쳐서 한 덩어리로 만들어, 본래대로라면 아직 경쟁 시대에 있을 경제 발전 단계를 독점적 단계로 끌어올리는 작용을 하는 것이다. ―합리화 정책은 명확히 '거대 금융자본가'의 이익을 좇고 있었다.

매달 미타은행에 제출할 '업무보고'를 쓰고 있는 가사하라는 자본 관계인 '은행과 기업'이 어떻게 엮여 있는지 잘 알고 있었다. ―'H·S공장'에 대한 감독 권한도, 지배, 통제 권한도 몽땅 미타은행이 쥐고 있다는 것, 영업 성적 문제로 곧잘 회사에 불만을 제기한다는 것, 전무가 거의 날마다 미타은행에 불려 가고 있다는 것, 조금 과장해서 말하면 전무는 마치 미타은행에서 'H·S'에 파견 나와 있는 출장원 같은 존재라는 것……, 이런 관계가 머지않아 더 재미있게 진행되리라는 것……, 가사하라는 그런 이야기들을 들려주었다. 모리모토는 어느 사이엔가 푸른 하늘을 올려다보고 있지 않았다.

산업 합리화는 나아가 구매와 판매 쪽에서도 나타났다. 자본가끼리 '공동 구매'와 '공동 판매' 조합을 만들어, 원료 가격과 판매 가격에 대해 '통제'를 한다. 그렇게 하면 노동자를 희생해서 벌어들이는 잉여가치를 한층 더 늘릴 수 있을 뿐 아니라 거기에 더해서 가격까지 '보장' 받음으로써 이중으로 이윤을 올릴 수 있다. 그들의 독점적인 가격 담합 때문에 싼 물건을 살 수 없어 고통 받는 것은 누구인가? 국민의 대다수를 차지하고 있는 노동자였다.

—더 이상 필요 없게 된 허름한 공장은 폐쇄된다. 노동자는 잇달아 거리로 내몰린다. 다행히 목이 붙어 있는 노동자는 더욱 더 과학적으로, 한 방울의 낭비도 없이 착취당한다. —이런 무자비한 희생을 수반하면서, 자본주의라는 괴물은 거대하고 사회화된 조직, 이른바 독점 단계로 나아가는 것이다. 그러므로 산업 합리화라는 것은 어느 항목이나 할 것 없이 결국 자본주의를 마지막 단계까지 발달시켜 사회주의 혁명에 맞춤한 조건을 만드는 것이지만, 또 어느 항목을 뜯어보더라도 모두 결국은 '노동자'에게 그 희생을 강요하면서 진행될 수밖에 없는 것이다. —남의 일이 아니야. 'H·S'에서도 이제…… 곧…….

가사하라는 햇살이 부셔서 눈을 가늘게 뜨고 모리모토를 보았다.

—'Y의 포드'도 언제까지나 '포드'로 남아 있을 수는 없지 않을까 싶어.

12

작업 시작을 알리는 벨이 울리자 두 사람은 벌떡 일어났다. 가사하라는 바지를 탁탁 털고는 사무실 쪽으로 달려갔다.

스팀 해머가 일으키는 땅울림이 발바닥을 간지럽혔다. 침침한 작업장 입구에서 안으로 들어가려다가, 모리모토는 문득 창문으로 골프

치러 나가는 전무의 모습을 발견하고는 발걸음을 멈추었다. 급사가 골프채 가방을 짊어지고 있었다. 바로 그때 안에서 나오던 사에키와 몸을 부딪치고 말았다.

—실례!

—망할 놈! 눈 좀 똑바로 뜨고 다녀!

사에키? 이 자식이 뭐 하러 여기를 들락거리는 거지. —모리모토는 재수 없는 놈이라고 생각했다.

—무슨 소리야, 너, 눈멀었냐, 가자미눈깔이야?

—애먼 소리 그만 하고 창밖이나 봐!

사에키는 흘끔 그쪽을 보더니 싫은 표정을 지었다.

—저 꼴 좀 보라지. '쇼와昭和의 회춘옹'이 아닌가. 골프는 저런 차림으로 해야만 되는 건가.

—흥, 뭐가 어때서…….

모호한 반응을 보였다. 사에키로서는 아픈 구석이었다.

—실은 말이야, 아베 이소*가 이번 유세에 올 거야. …… 그것을 기회로 시내 강연이 끝나고 나서 한 시간쯤 공장을 방문하게 할 생각이야. 이 일은 전무도 찬성이고…….

—주최는? …… 너희들이 부르는 거야?

—다름 아닌 전무야. 놀랍지?

* 일본의 초기 사회주의운동가로 1901년 사회민주당 결성을 주도했으며, 1932년부터는 사회대중당에서 1940년까지 명예의장을 지냈다.

—전무가!?

모리모토는 희미하게 웃었다.

—히야, 엄청나게 대담한 일을 벌일 생각인가 보네.

—훌륭한 생각이시지.

사에키는 모리모토가 하는 말의 의미를 눈치 채지 못하고 딴에는 아주 진지하게 말했다.

전무가 '사회민주당'에서 시의원으로 출마할 거라는 소문을 모리모토도 들은 적이 있었다. 그런 이야기를 꺼낸 것도 역시 사에키였다. 그때 모리모토는,

—그럼, 사회민주당은 누구의 당이야? '노동자의 당' 아닌가?

하고 말했다.

사에키의 낯빛이 바뀌었다. 그리고는,

—공산당은 아니니까.

하고 얼버무리고 넘겼다.

회사는 직공들이 좌파 노동조합으로 쏠리는 것을 방지하기 위해 은밀히 사에키와 그 동료들을 지원하여 공장 안에서 조금 위험해 보이는 직공을 '노동총동맹'에 가입시키도록 하고 있었다. 그것은 모리모토와 그 동료들도 익히 알고 있는 사실이다. —그러나 그 책략은, 'H·S'의 전무는 참으로 자유주의적이라든가, 직공에 대한 이해심이 깊어서 스스로 나서서 노동조합에 가입시키기까지 하고 있다든가 하는 평판으로 교묘하게 가려지고 있었다. 회사에서 일하고 있는 대부분의

직공들은 그들 사이의 관계를 전혀 모르고 있었다. 회사 측의 주요 인사와 노동자 측의 주요 인사가 가령 '사회민주당 계열'로 뭉쳐진다고 한다면 '공장' 안에서 노동자에게 어떤 가혹하고 불리한 일이 벌어진다고 해도, 그것은 그냥 그대로 무사통과다. 그것은 불을 보듯 뻔한 일이다. —모리모토는 문제의 심각성을 느낄 수 있었다. 회사가 직공들에 대해 적극적인 태도로 한 발 한 발 다가오고 있는 것이다.

아베 이소의 방문 또한 거기에 대한 모종의 준비가 아닐까? —그는 중대한 임무가 점점 자신에게 육박해 오고 있음을 느꼈다.

그는 '공장 세포'가 감당해야 할 임무를 아직 그다지 구체적으로 알고 있진 못했다. 그러나 그는 지금까지의 오랜 공장 생활의 경험으로, 요즘에 와서야 겨우 깨닫기 시작한 그 얽히고설킨 구조 속에 자신이 차지하는 위치를 가늠해 볼 수 있을 것 같았다.

—그리고 이번 기회에 공장 안에도 사회민주당의 기초를 만들고 싶어. …… 금형 작업장 쪽에도 대충은 말해 두었어. —그럼 부탁하네.

사에키는 그 말만 던지고는 화차 궤도를 달려갔다. 달려가면서 함석을 쌓은 화차를 밀고 있는 여자 직공의 엉덩이에 손을 갖다 댔다. 그의 행동이 이쪽에서 보였다. 여자가 꺅! 하고 펄쩍 뛰며 사에키의 등을 세게 때렸다.

—헤, 헤, 헤!

그는 익살스런 모습으로 허리를 흔들며 굽은 길을 돌아서 뛰어갔다.

사에키는 노동자들이 몰려 사는 T동에서 '중심회中心會'라는 일종의 청년단 모임을 만들었다. 그 칠 할가량이 'H·S' 직공이었다. 그는 유도를 잘했고, 그 모임도 얼마간은 유도 동아리 같은 성격을 지니고 있었다. 유도장까지 갖추고 있었다.

그 모임은 'H·S회사'로부터 상당한 보조를 받고 있는 모양이었다. 그들은 어딘가에 파업이 벌어지면 '일반 시민의 이익을 위해서'라는 논리를 앞세워 쟁의를 방해했다. 정신 수양, 심신 연마의 이름을 빌려, 명백히 파업을 깨는 '폭력단'을 양성하고 있었던 것이다. 회사에서 이따금 '무술대회'가 열리는데, 그때도 그 패거리들이 중심이 되곤 하였다.

모리모토는 작업장으로 내려가면서 자기가 벌여 나갈 싸움의 순서와 목표가 눈앞에 또렷하게 떠오르는 것을 느꼈다.

그날 집에 돌아와 보니, 신문에 싸인 팸플릿이 책상에 놓여 있었다. 톱니바퀴 그림이 있는 장정에 사오십 페이지가량의 분량이었다.

- 「공장 신문」
- 「공장 세포의 임무와 활동」

표지에 연필로 "곧바로 읽을 것"이라고 휘갈겨 써 놓은 가와다의 글씨가 눈에 들어왔다.

13

—여자가 들어오게 되면 정신을 바짝 차려야 해. 자칫하면 운동을 엉뚱하게 만들어 버릴 수 있으니까.

가와다는 곧잘 그렇게 말하곤 했다. —그래서 모리모토도 기미와 만날 때 마음의 고삐를 단단히 죄고 있었다.

'채석장'에서 기다리고 있다가 만나서 거기서 함께 걸어 나오면서 이야기를 나누었다.

기미는 가슴을 펴고 몸을 뒤로 젖힌 채 꼭 사내 같은 걸음걸이로 걸었다. 공장에서 하루 종일 서서 바쁘게 일하고 있는 여자 직공들은 일본 여자라면 으레 몸에 익혀 온 '여성스러운' 걸음걸이를 잃어 버렸다. —좀 더 합리적인 공장 생활이 이루어진다면 일본 여자 가운데 양장이 가장 잘 어울리는 것은 아마도 여자 직공일 거라고, 아나키스트 감바야시가 그렇게 말한 적이 있었다.

공장에서는 모리모토도 여자 직공들에게 장난을 걸거나 우스갯소리도 곧잘 하곤 하였다. 하지만 이렇게 단 두 사람이 걷게 되자 일에 관한 이야기조차도 좀체 입을 뗄 수가 없었다. 불쑥불쑥 말을 꺼내 보지만 어색하게 말을 더듬었다. 술집 여자와 함께 있는 것과는 전혀 느낌이 달랐다. 골목을 뚫고 나와서 밝은 큰길을 지나가야 할 때, 그는 우스꽝스러우리만치 심하게 허둥거렸다. 기미가 뒤에서 쿡쿡 웃었다. —혼자 앞서서 빠른 걸음으로 썩썩 가로질러 가서 맞은편 골목에서 여자를 기다렸다. 기미는 차분하게 가슴을 펴고, 양장을 입던 사람이 일본 옷을 입었을 때처럼 옷자락을 척척 날리며—눈만 모리모토 쪽을 향한 채 웃고 있다—다가왔다. 어깨를 나란히 하고 걸으면서,

—모리모토 씨는 더운가 봐요.

하고 기미가 말했다.

—아, 네, 땀이 좀 나네요.

—남자라서 그런가? 아닌가……?

얇은 유카타는 포동포동하고 통통한 여자의 몸매를 그대로 드러내 보였다. 이따금 어깨와 어깨가 맞닿았다. 그럴 때면 모리모토는 흠칫 놀라 어깨를 뺐다.

—아, 목말라. 차가운 레모네이드라도 마셔야겠다. 어디 가서 쉬면서 이야기하지 않을래요?

조금 가다 보니까 빙수 가게가 있었다. 유리로 만든 발이 시원한 소리를 내며 흔들렸다. 작은 석가산에 모조 분수가 꿈결처럼 물을 뿜어 올리고 있었다. 시멘트로 엉성하게 만든 연못 안에 금붕어가 몇 마리 붉은 등을 보이고 있었다.

—아저씨, 차가운 레모네이드. 당신은?

—빙수로 하죠.

—알았어요. 아저씨, 빙수도 하나.

자기가 먼저 나서서 시원시원하게 일을 처리해 나갈 것 같은 여자라는 느낌이 들자, 모리모토는 매우 흡족한 마음이 들었다. 그는 앞으로 해 나갈 일에 대해 뜻밖의 '활기'를 예감했다.

—그래서 말인데요…….

목울대를 오르내리며 꿀꺽꿀꺽 단숨에 레모네이드를 마셔 버리더니, 또 여자가 먼저 말을 꺼냈다.

—여기까지 오면서 당신한테서 여러 가지 이야기를 잘 들었어요. 하지만 저는 조금 다르게 생각해요. …… 회사가 그럴듯하게 포장해서 떠들어 대고 있을 뿐, 여공은 역시 여공일 따름이라구요. 여공 일당이 얼마나 되는지 아세요? 그것만 봐도 바로 알 수 있죠.

기미는 친구한테서 들었던 '가오루 양' 이야기를 그녀의 이름을 밝히지 않은 채 들려주었다.

—친구는 그 여자가 난잡하다고 말하더군요. 그렇지만 정말 난잡한 여자라면 돈을 받을 리가 없죠. 정작 나쁜 것은 가족 네 사람을 부양해야 하는 여자가 아니라—하루 일당으로 60엔밖에 주지 않는 회사잖아요? —당신도 알고 있죠? 회사를 그만두고 스탠드바 접대부가 되거나 때론 매춘부 노릇을 하는 여공이 있다는걸. 그것도 실은, 회사를 그만두고 난 뒤에 그런 일을 하게 되는 게 아니라, 회사에서 받는 돈만으로는 도무지 살아 나갈 수 없기 때문에 버티고 버티다가 결국에는 회사를 그만두는 거예요. —그런데도 회사 사람들은 반대로 저 년은 타락해서 저렇게 되었다든가, 회사에 착실히 근무하고 있었으면 저렇게 되지 않았을 텐데, 하고 말하지만, 다 거짓말이야, 거짓말!

모리모토는 놀란 눈으로 여자를 쳐다보았다. 정확한 이야기를, 게다가 이렇듯 날카롭게 말하는 여자! 이 사람이 여자 직공이라니!

—여공으로 사는 게 비참한 거예요. 그러니까 기껏 입에서 나오는 이야기라고 해 봤자, 한 달에 몇천 엔을 벌어들이는 여자 배우 이야기라든가, 접대부나 게이샤 이야기뿐이라구요.

—듣고 보니 그렇군요.

—그러다가 자기들 일당을 셈하면서 푸념을 늘어놓는 거죠. 당신이 이야기한 '공장위원회'라는 게 우리한테 도움이 된 적이 한 번도 없지만 거기서조차 여공은 무시하잖아요.

—두 명쯤 참석하는 걸로 아는데.

—그건 방청이에요. 꿔다 놓은 보릿자루처럼 서 있기만 하지 발언권은 없는 거라구요.

—흐음, 그랬군요.

—빙수 더 시켜도 돼요?

—아, 예.

—당신은 금형 작업장에서 우리보다 배 이상이나 버니까, 한턱 써도 돼요.

기미는 활달하게 웃었다. 희고 가지런한 치아가 드러나 보였다. 모리모토는 기미의 구김살 없는 자유로움에 빠져들면서 그 덕분에 점점 어깨 결림이 사라져 가는 것을 느꼈다. 기미의 말투는 군더더기 없이 똑똑 부러졌다. 대답을 할 때도 "그래", "응" 같은 투의 예사말을 섞어 쓰곤 했다. 그것만으로도 모리모토가 이제껏 여자에 대해 갖고 있던 선입견과는 많이 달랐다. —그는 예전의 일본 여자들은 생각도 하지 못했던 공장 생활이 이런 모습을 길러 낸 것이 아닐까 하고 생각했다.

—회사를 벗어나서 서로 이야기를 나누어 보면 잘 알 수 있어요. 모두 불평불만이 가득해요. 당신은 '포드'니까 어렵다고 비관하고 있는

것 같지만 저는 각 라인에 한두 명씩은 동료를 만들어 낼 수 있을 거라는 자신이 들어요. —여자라는 게…….

기미가 킥 웃었다.

—여자라는 게 묘한 구석이 있어요. 일단 방향을 잡고 움직이기 시작하면 남자보다 더 잘 해치워 버린다니까요. 변형 히스테리일지도 모르죠.

—변형 히스테리라, 그것 참 재밌군.

모리모토도 웃었다.

그는 가와다한테서 들었던 '방법'을 자세하게 기미에게 들려주었다. 그러자 기미는 전혀 딴사람처럼 신중하고 진지한 표정으로 하나하나 새겨들었다.

—할게요. 다 같이 서로 힘을 모아서 꼭 해 볼게요!

기미는 한쪽 뺨만 붉게 상기된 얼굴을 들어올렸다.

빙수 가게를 나와 조금 가다 보니 철도 건널목이었다. 목책이 조용히 내려와 앞길을 막아섰다. 미지근한 바람을 끼치고 땅울림을 울리면서 밝은 창을 일렬로 단 객차가 지나갔다. 증기기관의 열기가 뒤에 남았다. —페인트를 칠한 하얀 울타리가 어둠 속에서 조용히 올라갔다. 맞은편에 멈춰 서 있던 대여섯 사람이 스쳐 지나갔다. 그 얼굴 하나하나가 모두 이쪽을 향했다.

—야아, 미인인데.

모리모토는 철렁했다. 더구나 '연인 사이'로 보일 수 있겠다는 생각이 들자 확 얼굴이 붉어졌다.

—눈이 삐었나 봐.

기미가 말대꾸를 했다.

그녀는 걸으면서 공장 일을 이야기했다. …… 얼굴이 이상하다고 아무도 상대해 주지 않고, 게다가 오랫동안 무미건조한 일만 하다 보니 중성처럼 변해 버린 중년 여자 직공이 얼마간의 목돈을 모으고 있는데, 그러다 보니 다른 여자 직공들하고는 절대 어울려 지내지 않는다거나, 얼굴 예쁜 여자 직공은 급료 인상이 빠르다거나, 한 명의 남자 직공한테 두 명의 여자 직공이 마음을 준 까닭에 한 사람이 실연했는데, 실연한 쪽 여공이 다른 사람과 결혼하더니 곧바로 '물방울이 뚝뚝 떨어질' 듯한 빨간 댕기에 올림머리를 하고 공장에 찾아와서는 여 보란 듯이 한 바퀴 휙 돌고 가더라거나, 일당을 올려 받기 위해 감독하고 영화를 보러 가거나 같이 음식점을 들락거리는 여자 직공이 있다거나, 사무원이 여자 직공에게 아이를 배게 해 놓고는, 그 여자 직공이 다른 남자 직공에게 희롱당하고 있는 장면을 보고, 그 남자와 관계가 의심스럽다는 구실을 꾸며서 차 버린 일이 있다거나…….

경사진 언덕을 다 내려오면 부두 근처에 닿았다. 바람 쐬러 나온 사람들이 항구의 불빛이 보이는 잔교 근처에서 어슬렁거리고 있었다.

—사과, 귤, 배가 있습니다.

길가의 행상이 쉰 목소리로 소리쳤다.

—사과 먹고 싶다.

혼잣말처럼 말하더니 기미가 행상에게 다가갔다.

다른 여자 직공과 마찬가지로 기미도 밖에 나오면 군것질하기를 좋아했다. —기미는 걸으면서 소매로 새빨간 사과 껍질을 반질반질하게 문지르더니 그대로 껍질째 덥석 물었다. 어둠 속에 하얀 치아가 그의 눈에서 언뜻 미끄러졌다.

—맛있다! 당신도 먹어 볼래요?

사과와 이 여자가 너무나도 잘 어울린다.

—글쎄, 하나 먹어 볼까…….

—하나? 하나밖에 사지 않은걸.

여자는 참고 있던 웃음을 지었다.

—…… 사람이 못됐네.

—그럼, 이쪽을 한번 베어 먹을래요?

여자는 다시 한 번 소매로 사과를 닦더니, 그의 눈앞에 쑥 내밀었다.

그는 쑥스러웠다.

—그럼 이쪽?

여자는 장난스럽게 자기가 베어 문 쪽으로 빙글 돌렸다.

—……

—숫기가 없군요. 그럼 역시 이쪽을 한번 베어 먹어 봐요.

그는 마지못해 한 입만 살짝 베어 먹었다.

그곳에서 'H·S공장'이 보였다. 덩치가 커다란 회색 물체는 소리를 죽인 '전투함'이 안개에 감싸여 있는 것처럼 보였다.

이 첫날 밤의 만남은 모리모토를 완전히 사로잡아 버렸다. 그는 걸핏하면 기미에 대한 생각에 빠져들곤 하였다. 그는 이제 공장 활동에 특별한 '의욕'을 느꼈다. 그것이 기미한테서 비롯되고 있음을 깨닫자, 그는 어쩐지 떳떳지 못하다는 생각이 들었다. ―그리고 이제 자신이 가와다가 주의를 주었던 바로 그 상황으로 빠져들어 가고 있는 것이 아닐까 하고 생각했다.

14

누구 하나 괜찮은 직공은 없다, 모두 얼빠진 놈들뿐이다―밖에서는 그렇게 보였겠지만 그것은 사실이 아니었다. '포드'라고 해도, 역시 노동자는 노동자로밖에 대우 받지 못하는 것이다. 다만 어느 쪽을 둘러보아도 바닥 모를 불경기로 꼼짝달싹할 수 없으니 어쨌든 매달려 있어야만 했다. 게다가 그들은 역시 'Y의 포드'라는 자기착각의 아편에 얼마간 빠져 있기도 하였다.

―회사를 벗어나서 서로 이야기를 나누어 보면 잘 알 수 있어요. 모두 불평불만이 가득해요.

기미가 그렇게 말한 적이 있다. 그 말은 사실이었다. 다만 아무리 그런 형편에 놓여 있다고 하더라도 누군가가 도화선에 불을 댕겨 주기까지는 마냥 주저앉아 있는 것이다.

모리모토도 옛날에는 친한 동료와 만나도 공장 문제라든지 정치 이야기 따위를 입에 담은 적이 없었다. 그런 쪽으로 관심을 갖게 된 것은 친하게 지내던 이시카와가 조합에 들어가게 되면서부터였다. 그때까지 그는 견습공에서부터 차근차근 단계를 밟아 올라온 금속공으로 여자 직공 엉덩이를 쫓아다니거나, 매춘부와 하룻밤을 보내거나, 여자 이야기 외에는 할 줄 모르는 그저 그렇고 그런 사내일 뿐이었다. —하지만 그가 변화된 의식을 가지고 이전의 그 동료에게 이야기를 걸어 보면 뜻밖에도 음담패설을 즐기던 바로 그 사람이라고는 도저히 생각할 수 없는 반응을 보이곤 했다. 그 점을 보더라도 지금까지 아무도 그 계기를 제공해 주지 못했을 뿐, 적절한 계기를 마련해 준다면 그들의 의식은 얼마든지 달라질 수 있다. 그들은 모두 자신의 생활에는 세밀한 계산을 하고 있었다. 회사의 소비조합에서 구입하는 오징어 값이 조금 비싸다고 대판 싸움을 벌일 만큼 예민한 반응을 드러내곤 하는 것이다.

다달이 내는 월부금과 건강보험 의사의 불친절과 냉대 때문에 그들은 '건강보험법'이라고 하면 진절머리를 내고 있었다. 그뿐만 아니라 '건강보험'이 시행된 뒤부터는 직공이 공무가 아닌 사적인 일로 부상을 입었을 경우에는 삼분의 이, 공무 중에 부상을 입었을 경우에는 전액을 회사가 부담을 해야 하지만, 그 의무를 요리조리 회피해 버렸다. "건강보험은 당연히 회사가 전액 부담해야 하는 거잖아." —아무도 가르쳐 주지 않았지만 직공들은 그렇게 말하고들 있었다. 직공들로서는 '공장위원회'도 있으나마나 한 기구라고밖에 생각하지 않았다. 회사가 자기들 좋을 대로 '얌전하고 배알 없는' 직공을 뽑아다 앉혀 놓고 건성으로 여는 그 따위 '공장위원회'에 눈곱만큼도 희망을 붙이고 있지 않았다.

지금까지 단 한 명의 여자 직공도 쓰지 않던 보디 라인을 임금이 싼 여자 직공으로 대체할지도 모른다는 이야기가 돌자 남자 직공들은 낯빛이 굳어 있었다.

겉으로는 아직 전혀 아무 일도 일어나고 있진 않지만 단지 이 사실만 보더라도 직공들 내부에서 분노를 치솟아 오르게 할 수 있는 힘을 충분히 느낄 수 있었다.

모리모토는 매일 아침 공장에 출근하는 자신의 기분이—자기도 모르는 사이에 예전과는 많이 달라져 있음을 깨달았다. 추운 날 아침, 어깨를 옹송그리고 목을 잔뜩 움츠린 채 뽀드득뽀드득 눈을 밟으며 집을 나설 때, 그는 말 그대로 노예와 같은 비참함을 느꼈다. 새벽의 따뜻한 잠자리에 두 발을 쭉 뻗고 한 시간만이라도 더 자고 일어날 수는 없는 걸까 하고 생각했다. —이른 아침이어서 아직은 좁다란 눈길을 한 줄로 늘어서서 너 나 할 것 없이 생기 없는 얼굴을 하고서 한 방향으로 걸어가는 노동자들. 얼룩처럼 점점이 이어져 길게 휘돌아 나가는 그 대열을 보고 있노라면, 저들이 언제 저 '러시아'와 같은 엄청난 힘으로 결집될 수 있을까 하는 생각이 밀려들었다. 그 긴 대열은 다만 쇠사슬이 보이지 않을 뿐, 음산한 죄수 행렬을 떠올리게 했다.

공장에서도 스스로 마음을 쏟아 일을 하지는 않았다. 그도 한때는 출세해서 '사무원'이 되겠다고 마음먹고 열심히 일을 한 적이 있었다.

그러나 아무리 일을 해도 사무원으로 올려 줄 가망이 보이지 않자 열아홉 살 때부터는 아예 포기하고 말았다. 공장에서는 인간이 기계를 부리는 것이 아니라, 기계가 인간을 꼼짝없이 붙들어 매여 있게 만들었다. 인간이 기계에 꽁꽁 묶인다는 게 될 말인가. 그는 비딱하게 팔짱을 끼고 있는 편이 낫다고 생각했다. —고양이 여러 마리를 기르는 노파의 얼굴이 점점 고양이를 닮아 가듯이, 이제 너희도 기계를 닮아갈 거야, 하고 모리모토는 떠벌리고 다녔다. 공장의 굉음 속에서 이야기를 해야 하는 그들로서는 그라인더가 쇳덩이에 불꽃을 튀기는 듯한 목소리가 자연스런 말소리로 굳어져 간다. 그들의 허리는 기계의 확고부동함과 같은 뚝심과 적확함을 가지고 있다. 그들의 두꺼운 무표정은 쇳덩이의 차가운 검은 빛을 닮아 있다. 그들의 손가락 마디마디는 강철 끌의 견고함을 가지고 있다. 그리고 그들은 스팀 해머와 같은 의지를 가지고 있다. —이 노동자의 목덜미에 벨트가 걸리면, 그들은 선반이 샤프트를 깎고, 드릴링 머신이 구멍을 뚫고, 셰이퍼나 플레이너가 쇠를 평면으로 깎고, 밀링이 기어를 가공하는 것과 똑같은 힘을 낸다. 핸들을 잡은 노동자의 어디에서 어디까지가 기계이고, 어디에서 어디까지가 노동자인가 하는 것을 분별하기란 어려운 일이었다.

거기에서 인간의 동작을 결정하는 것은 인간 자신이 아니다. 컨베이어화된 제관부에서는 노동자들이 일 분 사이에 몇십 번 손끝을 움직이는가, 기계 주위를 하루에 몇 번, 어떤 속도로, 얼마만큼의 범위 안에서 걷는가 하는 것은 제 마음대로 결정하는 것이 아니다. 기계의 회전과 컨베이어의 속도가 그것을 빈틈없이 결정한다. 흔히들 '직공'이 일하고 있다고 하지만, 그 말은 지나치게 인간적일 뿐 아니라 정확하지도 않다. ―공장 안에서 일을 하고 있는 것은 기계밖에 없다. 컨베이어 옆에 서 있는 여자 직공이 생리 때문에 피를 흘린다고 해도, 기계의 일부로 끼워 넣어져 있는 '여자 직공이라는 이름의 부품'으로서 기계에서 떨어져 나올 수가 없었다.

이대로 가면 노동자가 기계를 닮아갈 뿐만 아니라 아예 기계 그 자체가 되어 버릴 것이다, 모리모토로서는 그렇게 생각할 수밖에 없었다. '인조인간'이라는 말은 아마도 이런 생각에서 나온 것일 게다. 다른 직공들은 '인조인간' 이야기를 하면 못마땅해 했다. ―누군들 기계가 되고 싶겠는가. 노동자는 누구라도 인간이 되고 싶을 것이다.

모리모토는 '운동'을 하게 되고, 여러 가지 것들을 알아 나가게 되자 자신이 몸담고 있는 공장이 새삼 신기한 매력을 가지고 다가왔다. ―출근할 때, 오늘은 누구한테 다가갈지를 결정한다. 그 동료의 이런 저런 성격과 취미를 떠올리고, 어떤 방법으로, 어떤 이야기로 접근해 가면 좋을까를 생각한다. 같이 슬렁슬렁 걸어서 그 동료의 집으로 놀러 가면 어떨까……. 그런 일을 골똘히 생각하면서 집을 나서면 자신의 앞뒤에서 기름때에 찌든 작업복을 입고 서둘러 걸음을 옮기고 있는 노동자 모두가 언젠가는 자기의 '동지'가 될 사람들뿐이라는 생각이 들었다. ―그것은 예전의 스산하고 침울한 생각을 그에게서 말끔히 사라지게 만들었다.

가와다와 이시카와의 지도 아래 반을 둘로—남자 직공과 여자 직공으로 나누어 남자 직공 쪽은 모리모토가 책임자가 되고, 여자 직공 쪽은 기미가 맡아서 그 대표자만이 '2층'에서 가와다를 비롯한 간부와 연락을 취하고 거기서 중요한 활동 방침을 결정해 나가기로 했다.

아울러 각 반에서는 기초적인, 당장 필요한 경제적, 정치적 지식을 쌓기 위해 작은 '모임'을 가지게 되었다.

그 첫 모임에, 가와다가 중앙의 지도자가 쓴 짧은 글을 모리모토로 하여금 소리 내어 읽게 하였다. —그것은 어느 지방 소도시에 있는 동지에게 보낸 그 지도자의 편지라는 형식을 띠고 있었다.

"…… 통신에 따르면 자네가 그곳에서 노동자 연구 모임을 조직하는 데 성공했다고 하는 것이 아닌가. 나는 너무나 기뻐하고 있다네. 더구나 ××철공소 노동자가 일곱 명이나 참여하고 있다는 것은 정말로 대단한 일일세. 누가 뭐래도 그 ××철공소는 그 지역에서 가장 큰 공장이지 않나. 대단한 일이야. 고작 일곱 명! 누가 그런 경박한 말을 입에 올릴 수 있겠나. 만약 우리가 몇천 명이나 되는 공장에서, 더구나 회유 정책과 탄압으로 철옹성을 쌓아 놓은 공장에서 단 한 사람이라도 자본의 착취에 반대하여 떨쳐 일어나고자 하는 노동자를 친구로 만들 수 있다면, 우리는 이미 그것만으로도 그 공장의 절반을 획득한 것이나 진배없다네. —중요한 것은 어떻게 그러한 성과에 도달할까 하는 것이지. 우리가 제시하는 정책이 옳다면, 길은 급속하게 열려 나갈 걸세……."

"그래서 그 연구 모임 이야기로 돌아가자면, 자네는 일곱 명의 노동자를 박식한 사람으로 길러 내려고 하는 것은 아닐 거라고 생각하네. 그렇다면 일단 노동운동이나 사회운동, 마르크스주의 경제학을 먼저 이해하고, 그런 다음에 조직하고 투쟁한다는 저 유명하고도 진부한, 그리고 언제나 크나큰 실패와 정력의 낭비를 되풀이해 왔던 방식이 아니라—지금 이 땅의 노동자는 자본가에게 어떠한 불만을 가지고 있는가, 특히 ××철공소 노동자의 노동 조건은 어떠한가, 현재 가지고 있는 노동자의 불만을 어떤 요구로 묶어세워서 투쟁을 선동할 것인가 하는 방식으로 활동이 진행되어야 할 걸세. 그렇게 된다면 그 모임은 박식한 사람들의 연구 모임과는 완전히 다른 모습을 띠게 될 거야. 아마도 현실에 대해 생생한 관심을 가지고 활기차게 진행될 테지."

—우리도 또 저 유명한 과오에 발을 들여놓고 있었던 것은 아닐까?

그 글은 좀 더 이어졌다.

"예를 들면, ××철공소에 투쟁을 촉발하기 위해 선동 유인물을 반입할 경우, 그 일곱 명의 노동자를 전면에 내세우는 것은 결단코 좋은 방침이 아니라네. 그것은 우리네 공장에서 아직 일이 시작되기도 전에 그 싹을 잘라 버리는 이적 행위를 의미하기 때문일세. 이러한 활동은 해당 공장 외부의 사람이 담당하는 것이 제일 좋다고 생각하네. 그리고 공장 안의 노동자는 그 유인물이 공장에서 어떤 반향을 일으키는지, 얼마나 많은 동조자가 있었는지, 그날 밤 연구 모임에서 보고하는 리포터의 역할을 맡도록 하는 거지. 그래서 오늘 공장 안에서 일어난 움직임에 비추어 볼 때 다음에는 어떤 형태로 선동이 이루어져야 하는지, 공장 내에 새로 발견한 동조자를 놓치지 않으려면 어떤 식으로 조직 사업을 진행해 나가야 하는지…… 등등. 이렇게 논의를 진행해 나간다면 모임은 완연히 활기를 띠게 되지 않을까 싶네……."

—이 글은 전적으로 정확해.

하고 가와다가 말했다.

—자칫했으면 큰일 날 뻔 했어. 우리도 이 노선을 따라야만 해.

15

어떤 어려움이 있더라도 무엇보다 먼저 '공장 신문'을 발행해야만 한다. 노동자계급의 신문은 '선전, 선동' 기관일 뿐만 아니라, 동시에 집단적인 '조직자'의 역할을 한다. 공장 신문은 공장 안의 노동자가 스스로 체득한 나날의 경험, 공장 안의 크고 작은 사건, 회사의 기만적인 정책 등을 알기 쉽게 구체적으로 폭로하고, 거기에 마르크스주의적인 해답을 제시해 줌으로써 점차 그들을 계급의식에 눈뜨게 하는 임무를 가지고 있었다. —하지만 이 신문이 가지는 궁극의 의미는 그로써 노동자계급 정당(공산당)의 영향을 깊숙이 공장노동자 대중 속에 침투하게 하여 결국에는 당을 공장의 기초 위에 건설하는 데 있었다. 가와다가 온 힘을 기울이는 진짜 목적은 바로 여기에 있었다. 그러나 아직은 아무도 그것을 알지 못했다.

'H·S공장'의 경우, 공장 신문을 등사판으로 인쇄하여 'H·S뉴스'라는 이름으로 발행하기로 했다. 가와다는 많은 선배의 사례를 통해 자기처럼 현장에서 멀리 떨어져 있는 사람이 자기가 사업 대상으로 삼고 있는 공장의 구체적인 사실도 모른 채, 언제나 판에 박은 문구로 추상적인 내용만 써 갈겨 댐으로써 공장 안의 모든 사람을 질리게 만드는 경우가 왕왕 있어 왔다는 것을 잘 알고 있었다. 그래서 그는 모리모토나 기미와 함께 논의하고 함께 작업하여 신문을 만들어 나갈 생각이었다. 또한 가와다는 다른 제철공장, 고무공장, 인쇄공장에도 동일한 계획을 진행하고 있었다.

'H·S뉴스'가 나온다. 그것은 소형이라도 좋다. 노동자에게 재미있게 읽히고 사랑 받고 친근감을 주는 것이기만 하면 된다. 그 안에 삽입되어 들어가는 만화나 캐리커처는 '뉴스'로 하여금 노동자에게 다가가기 쉽게 만들어 줄 것이다. 공장장의 캐리커처를 아주 쏙 빼닮게 그리면 어떨까. 장황한 설득, 지겨운 논설일랑 집어치우자. 노동자는 그런 글은 읽지 않으니까……. 가와다는 자신의 아이가 태어날 날을 손꼽아 기다리기라도 하는 듯 설레는 마음으로 '뉴스'를 상상해 보곤 하였다.

'H·S뉴스'가 발행된다면 모리모토가 공장의 여러 직공들과 맺는 관계는 이전과 같은 막연하고 성글고 엉성한 상태를 훌쩍 뛰어넘게 될 것이다. 나아가 그들 속에서 우수한 '공장 세포'를 찾아낼 수도 있을 것이다. '뉴스'는 그것 말고도 또 하나의 커다란 임무를 가지고 있었다. 'H·S회사'는 '캔클럽'이라는 이름으로 사보를 정기적으로 발행했다. 어느 회사에서나 그렇듯이 그 편집에 단 한 사람의 직공도 끼워 넣지 않고, 모인 원고를 사무원들끼리 입맛대로 처리할 뿐만 아니라 공장장이 보기에 회사의 이익 증대에 조금이라도 지장을 초래할 성싶은 글은 빼 버린다. 'H·S뉴스'는 이런 어용 매체가 갖는 기만적인 기사, 역선전, 부르주아적인 설교에 맞서 끊임없이 투쟁하고 폭로하고, 때로는 그것을 역이용해 '허를 찔러' 가야 한다.

『캔클럽』에 투고할 때는 익명이라도 상관이 없었기 때문에 대놓고 말할 수 없는 내용도 거리낌 없이 써서 보내는 모양이었다.

—이런 생각을 하는 직공이 있었나 싶을 정도로 섬뜩한 원고가 들어온다니까.

편집을 맡은 사무원이 그렇게 말한 적이 있다.

그것이 빈말이 아니라는 것은 가와다도 익히 알고 있었다. Y항에 제국 군함이 스무 몇 척 들어온 적이 있었다. 기함旗艦인 '무쓰'는 그 함선에서만 발행하는 '신문'을 가지고 있었다. —신문은 이렇듯 갖가지로 쓰인다! —그 편집을 맡고 있던 사관이 "원고는 넘칠 만큼 모이는데, 정작 실을 만한 원고가 없어서—대신 메꾸어 넣느라 머리가 지끈거릴 지경이야." 하고 말했다. "졸병까지도 겁대가리 없는 글을 써대니까 어디 실을 수가 있어야 말이지."

가와다는 그 말을 들었을 때 저도 모르게 눈이 번쩍 뜨이더라고 이시카와에게 말한 적이 있었다.

—그것도 다른 곳도 아닌 제국 군함에서 말이야! 그 안에도 역시

사람이 있었던 거야!

'뉴스'는 그 '섬뜩한 글'을 쓰는 사람을, 그 '겁대가리 없는 글'을 쓰는 사람을 모래 안에 섞여 있는 쇳가루를 빨아 당기는 자석처럼 빨아 당겨야만 한다.

석 달이 지나자 모임에 나오는 여자 직공이 네 사람이나 되었다. 남자 쪽보다 한 명이 적을 뿐이었다.

기미과 가오루가 그 중심이었다. ―'H·S뉴스'는 모임 구성원의 수에 맞게 아홉 장만 인쇄하였다. '모임'에서는 여자 직공들이 잠시도 지루할 틈 없이 재미있게 분위기를 이끄는 스즈키가 모두로부터 환영을 받았다.

―스즈키가 요즘 엄청나게 적극적으로 변했어.

하고 가와다가 말했다. 그리고 나서,

―여자들이 있어서 그런가?

하며 웃었다.

동료가 한 사람 늘어날 때마다 뉴스를 한 장씩만 늘려서 발행했다. 모임에 나오는 직공들은 공장에서 자신이 점찍은 사람에게 손에서 손으로 건넸다. ―그 뉴스는 흰개미를 떠올리게 하였다. 바깥으로는 모습을 드러내지 않고서 전혀 눈치 채지 못하는 사이에 누각의 뼈대를 허물어, 사태를 깨달았을 때에는 그 거대한 건축물이 그대로 폭삭 무너져 버리게 만드는 흰개미를.

—향후의 운동은 거리로 나가서 유인물을 뿌리거나, 연설을 하거나 하는 방식이 되어서는 안 된다네.

가와다는 이제 갓 의식을 갖기 시작한 젊은 직공이 조급증을 내는 것을 보고는 그렇게 말했다.

—지금부터 5년간 뉴스를 꾸준히 발간해 나가는 지구력이 절대적으로 필요해.

'H·S뉴스'에는 아베 이소와 전무가 악수를 하면서 뒤로는 몰래 직공의 목을 조이고 있는 만화가 실렸다. '여우 회의'가 열리고 있다. 큰 테이블을 둘러싸고, 여우로 그려진 공장장 이하 주임, 사무원이 직공들에게 '말똥' 모양의 돈을 빼앗고 있다. 그것이 '공장위원회'였다. '공제회' 기금이나 '건강보험'의 부금이 어디에 어떻게, 누구의 이익을 위해 쓰이고 있는가? —부모상이나 출산 같은 경조사에 공제회 부조를 받는 것은 너무나 당연한 일인데도 직공으로 하여금 일일이 '감사 편지'를 쓰게 하여 식당 입구에 부착하는 얄팍한 계략을 비꼬아 놓기도 하였다…….

그 모든 기사는 회사를 'Y의 포드'라고 여기고 있던 직공들을 깜짝 놀라게 했다.

## 16

—눈치도 없냐, 넌. 기미와 가와다의 관계가 예사롭지 않은 걸 모르겠어?

모임을 마치고 돌아오는 길에 스즈키가 불쾌한 듯이 말했다. 모리모토는 갑자기 발걸음을 멈췄다. ―그는 공장에서 기미와 키스를 했다는 사람이 둘이나 있다는 것은 진작에 알고 있었다. 하지만 역시 기미답구나 하고 생각했을 뿐 이상하게도 그다지 신경이 쓰이지는 않았다. 하지만 가와다랑! 하고 생각하자 발밑이 갑자기 푹 꺼져 들어가는 충격을 느꼈다.

―가와다 그 친구, 실제로 그 방면으로는 단정하지가 못해.

―……

그러나 사실은 스즈키가 기미를 사랑하고 있었다. 그는 자신의 '마지막 보루'가 기미라고 생각했다. 이미 경찰한테서 받은 돈 200엔 가까이를 어영부영 다 써 버렸다. 그는 자신의 비참한 처지를 잊어야 했다. 조급했다. 그러나 그 몸부림은 그를 더욱 더 궁지로 몰아넣을 따름이었다. 바닥없는 수렁이었다. ―그리고 이제 지푸라기라도 잡는 심정으로 매달렸던 기미마저도 잃어 버렸다. 자신은 무엇을 위해 '모임'에서 그토록 열성을 보였단 말인가! ―이렇게 되자 그는 이번에야말로 정말 자신이 가려는 길이 어디로 향하고 있는지를 똑똑히 깨달을 수 있었다. 밤이면 식은땀을 흘리거나 무서운 꿈을 꾸곤 하였다.

네닷새 후였다.

―가오루 양이 어떤 남자한테 완전히 마음을 빼앗겨 버렸나 봐요.

하고 기미는 장난스레 웃었다.

―그래서 이 생각 저 생각으로 끙끙 앓고 있는 거예요. 그 모습이

우습더라구요. 그래서 내가 말해 주었지요. 네가 무슨 '요조숙녀'냐고. 달을 보면 안타깝고 꽃을 보면 애틋하고……. 그런 건 요조숙녀나 하는 짓이야. 자기 마음을 속 시원히 털어놓고 딱 부러지게 결말을 지어 버리라고 말예요.

—기미 양답군!

하고 모리모토는 쓸쓸하게 웃었다.

—그런 문제로 일이 엉뚱하게 꼬이면 큰일이죠. 나 같으면 그 사람한테 말해 줄 거라고……. 키스하고 싶으니까 키스해 달라고……. 그러면 일에도 더 의욕이 생길 것 아니냐고 말해 주었어요. 그랬더니 너무 그러는 건 부끄럽다나요. —참 나, 뭐가 어때서?

기미는 거리낌 없는 큰 목소리로 말했다. 이런 말투가 모두 가와다한테서 오고 있는 것이 아닐까 하는 생각이 문득 밀려오자, 그는 괴로웠다.

—가오루 양이 부끄러울 게 뭐야? 요조숙녀 같은 구석이 있다니까.

그때 모리모토는, 기미가 만약 남자라면 아마도 가와다 같은 모습이지 않을까 하고 생각했다. —가와다가 만약 연애를 한다면, 아마 '운동과 같은 색깔의 사랑'을 할 것이라고 모두들 농담을 하곤 하였다. 그가 사랑을 한다고 해도 자신의 감정은 물론이려니와 활동 또한 터럭 끝만큼의 흔들림도 보이지 않을 것이란 뜻이었다.

가오루 양이 연모하고 있는 상대가 누군지 기미는 끝내 말하지 않았다.

# 하

## 17

그해 여름은 유난히 무더웠다. 그러나 가을로 접어들면서 비와 우박이 번갈아 쏟아져 항구의 거리는 을씨년스러웠다. 겨울이 오자 이번에는 날씨가 드물게 화창했다. 하지만 이런 날씨가 계속되면 제설 작업마저 없어져, 노동자들은 더욱 여위어 갈 수밖에 없다.

게다가 부두노동자의 생활은 정부의 긴축 정책 때문에 더 깊은 나락으로 떨어졌다. ―'십장제', '보합제'와 같은 수공업적인 착취 제도를 겹겹이 짊어지고 있는 노동자들은 설령 항구에 나와 일을 한다고 해도 그 임금은 이런저런 명목으로 깎여 나가 실제로 손에 쥐는 금액은 그 절반밖에 남지 않았다. 보합제로 일을 할 경우에, 십장은 '양륙고(작업량)'를 공표하지도 않은 채 제멋대로 눙치고, 그나마 눙친 양륙고의 몇 할밖에 주지 않았다. 긴료金菱가 석탄 운수 현장에 적재 기계(컨베이어)를 설치하자 등짐을 져 나르던 인부가 오십 명이나 한꺼번에 실직했다.

아낙들은 더 이상 집 안에 가만히 있을 수가 없었다. 하지만 그렇다고 뾰족히 어떻게 해 볼 도리도 없었다. 멍하니 난롯가에 앉은 채로 하루를 흘려보내고 있었다. 반쯤 넋이 나간 듯했다. 아무 생각도 떠오르지 않았다. —일어나서 부엌에 들어간다. 그러나 정작 부엌에 들어와 있으면 무엇 때문에 들어왔는지 생각이 나지 않는다. 한 자리에 진득하게 머물러 있을 수가 없다. 줄곧 뭔가에 마음이 쫓긴다. —아낙들은 남편이 돈 벌러 나가 있는 항구로 나선다.

저녁때까지 서성이고 있던 아낙들은 집으로 돌아오는 길에 십장을 찾아갔다. 다만 얼마라도 돈을 꾸어 오고 싶었다.

—장난이 아니라니까!

접수처에서 십장이 얼굴을 내밀었다.

—이런 불경기가 없어요. 여기가 제일 먹고살기 힘들어.

그런 말을 듣고도 아낙들은 접수처 난간에 팔꿈치를 건 채 꼼짝 않고 있었다. 돌아가야 한다는 것조차 잊고 있었다…….

'H·S공장' 창문으로 물이 고인 운하 너머에 있는 그들의 모습이 보였다. —바닷가가 소란스러워졌다.

'Y노동조합'은 그들 사이를 누비며 활동하고 있었다. 자그마한 '계기'만 주어지면 언제든 격렬한 파업이 터져 나온다. 따라서 노동조합은 그것을 대비하는 충분한 연락과 조직망을 갖추어 두어야 했다.

'공장대표자회의'가 긴급하게 열렸다. 그것은 두 가지 의미를 가지고 있었다. ―운수노동자들이 일제히 궐기한다고 해도, Y시의 '공장노동자'가 이 투쟁의 바깥에 놓여 있으리라는 것은 다른 어느 도시에서나 그렇듯이 불을 보듯 뻔했다. 따라서 '공장대표자회의'의 힘으로 어떻게든 이 투쟁을 전 도시의 파업투쟁으로 발전시켜야 했다. 또 하나는 'H·S공장'에서 최근에 일어나고 있는 동요에 관한 것이었다.

네 개의 철공장에서 여섯 사람, 세 개의 인쇄공장에서 세 사람, 두 개의 고무공장에서 네 사람이 모였다. 그들은 각각 자기 공장 수십 명 노동자의 의견을 대표하고 있었다.

그중에는 모리모토가 견습공 때 떠돌아다니던 철공소 동료가 두 사람이나 있었다.

―역시 우리들은……!

하고 말하며 서로 밝게 웃었다.

'공장대표자회의'를 이 정도 규모로 꾸려 내기 위해 가와다를 비롯한 활동가들은 반년 이상이나 무던한 노력을 해 왔다.

'H·S회사'는 전전긍긍하고 있었다. 사무원도 직공도 일이 손에 잡히지 않았다. ―그것은 미타은행이 일본의 일류 은행인 긴료은행에 합병되기 때문이었다. 정부는 금융 기관의 전국적인 통제―그 집중을 도모하고 있었다. 이 합병도 그 일환이었다. 은행은 점점 거대한 소수의 자본으로 정리되어 가고 있었다. 그에 따라 'H·S회사'에 대한 미타은행의 지배권도 당연히 긴료은행에 그대로 넘어갔다.

그런데 긴료은행은 이미 자신의 지배 아래 'N·S제관회사'와 'T·S제관회사'라는 두 회사를 거느리고 있었다. 하지만 지금까지 제관업에서는 긴료 계열 회사가 항상 'H·S회사'에 압도당해 왔다. 그런데 이제 'H·S'를 손에 넣게 된다면 일본에서 제관업을 완전히 독점할 수 있을 것이다. —그 제품을 전국적으로 '단일화'하여 생산 능률을 올릴 수 있고, 기술과 공장 설비를 동일하게 개량 정리함으로써 인력을 절감할 수 있으며, 무엇보다도 그 판매 분야에서 이제껏 쓸데없이 벌였던 가격 하락 경쟁을 막고, 독점 가격을 제정하여 마음껏 이윤을 뽑아 올릴 수 있다. —따라서 긴료는 미타은행이 지금까지 취해 온 '단순한 지배'를 넘어 적극적으로 사업 그 자체에 대해 여러 가지로 간섭을 해올 게 분명했다. —그것은 직공들이 두려워하던 '산업 합리화'가 직접적으로, 그리고 매우 잔혹하게 실행되는 것을 의미했다. 공장은 그 소문으로 술렁거리고 있었다.

그러나 문제는 한층 더 복잡했다.

—이번 일로는 전무와 지배인, 공장장, 그놈들이 더 똥줄이 타게 될걸.

하고 가사하라가 말했다. 그는 인수인계를 위해 새 은행에 제출할 서류를 작성하는 일로 날마다 사무실에 남아 잔업을 하고 있었다.

—긴료에서는 자기네 계통에서 중역이나 주요한 임원을 데려와서 저놈들을 내쫓을 심산인가 봐. 그래서 놈들도 바싹 쫄아 있는 거지. —이제부터 재미있어질 거야. 놈들도 필사적으로 무슨 일인가를 꾸미

고 있는 눈치니까.

언제나 그들 곁에서 일을 하고 있는 가사하라로서는 그들이 어떻게 나올지를 대강 짐작할 수 있었다. ―그들은 긴료의 악랄한 진출이 '친애하는' 공장 직공 모두를 어떻게 희생양으로 내몰고 그 생활을 망가뜨려서 'Y의 포드'를 하루아침에 'Y의 감방'으로 추락시킬 것인가 하는 내용으로 선동하여 모든 종업원의 일치단결된 행동을 이끌어 냄으로써 몰락으로 치닫고 있는 자신들의 지위를 어떻게든 지키려고 할 것 같았다.

―아무래도 얼마간은 먹혀들겠지.

하고 가사하라가 말했다.

―하지만 긴료한테 걸리면, 제까짓 전무 놈이 아무리 발버둥 쳐 본댔자 규모로 보나 뭐로 보나 상대가 안 돼. 이제는 '금융자본가' 하고 끈이 닿아 있지 않은 '산업자본가'는 하나둘 몰락해 나갈 거라구. 아마 앞으로 자주 보게 될걸. 그러고 보면 스즈키기계도 동일한 수법으로 당한 셈이야. 금융 자본 제패의 한 과정이란 말씀이지.

그뿐만 아니라 'H·S'가 생산한 캔은 대부분 모회사인 '니치로회사'에 팔려 캄차카로 보내지고 있었다. 따라서 한편으로는 소비에트 러시아의 '인민경제 5개년 계획'의 약진, 다른 한편으로는 국내 자본가들 사이의 불필요한 경쟁으로 말미암아 심각한 위기 상황에 놓일 수밖에 없었다. 어구漁區 낙찰 수의 증감은 즉각 제관 생산고에 영향을 미쳤다. ―이러한 상황에 대처하기 위해, 'H·S'로서는 정부를 움직여 국민

일반의 애국심과 소비에트 러시아에 대한 적개심을 부추겨야만 했다.

더욱이 올해 들어와서는 러시아가 갖가지 수단을 써서 조직적으로 우리 우량 어구를 잠식하고 있다는 확실한 소문이 퍼지고 있었다. '니치로'와 'H·S'의 주가는 엎질러진 물처럼 폭락을 거듭했다.

'H·S'의 그러한 정세에 대응하기 위해, 가와다는 '공장 세포'의 적극적인 활동, '뉴스'를 통한 폭로와 선동, 새로운 '세포'의 획득은 물론이려니와, '우왕좌왕' 하는 직공들의 심리적 동요를 파고 들어가서 그들이 노동자라는 자기 입장과 이익을 확고히 틀어쥘 수 있도록 하기 위해 '공장위원회'의 자주화 투쟁에 떨쳐 일어서는 데 온 힘을 기울일 것을 제의했다.

노동자가 어떠한 자본의 '공세'에도 굳건히 버텨 낼 수 있으려면 무엇보다도 먼저 공장 전체 노동자가 '발걸음'을 나란히 하는 일이 절실히 필요하다. 각 사업장끼리 보조가 잘 맞지 않아서 엉망이 되고 마는 것은 드물지 않은 일이다. 그 원인은 각 사업장 노동자가 한데 모여 공장 전반에 걸친 갖가지 문제를 충분히 토의할 수 있는 '기관'을 갖고 있지 못한 데서 비롯되었다. —바로 그런 기관으로서 자주적인 공장위원회가 필요한 것이다. 지금까지 공장위원회는 공장장과 관리직이 자기들 입맛대로 완장 찬 직공이나 고분고분한 직공들로 채워 넣고서 회사의 결정을 일방적으로 지지하게 하는 거수기로 이용되어 왔다. 우리는 그것을 노동자의 이익을 위한 기관으로, 노동자의 손으로 조직할 것을 요구해야 한다. —그 제의는 가결되었고, 시기, 방법을 비롯한 구체적인 방안이 오랜 시간에 걸쳐 신중하게 가다듬어졌다.

그에 이어서 다른 대표자의 정세보고가 있었다.

운수노동자가 파업을 할 때에는 그들이 내거는 '요구'에 공장노동자도 움직일 수 있는 '조항'을 반드시 넣을 것. 아울러 공장 세포는 전력을 다해 운수노동자 파업과 자기네 공장 고유의 문제를 결부시켜 선전, 선동을 벌일 것 등이 결의되었다.

논의가 끝나자 가와다는 뒤로 벌렁 드러누웠다.

—벌써 사흘째 한숨도 못 잤어.

가와다는 경찰의 격심한 추적을 받고 있었다. 이리저리 거처를 바꾸어 가며 숨어 다녔다. 그러면서도 가는 곳마다 연락을 취하여 노동조합과 모리모토 그룹을 지도했다. 그러나 인구수가 채 이십만 명도 되지 않는 작은 도시에서 그런 활동을 지속한다는 것은 무모하리만큼 위험한 일이었다.

18

모임이 끝나자 한 명씩 따로따로 밖으로 나갔다. 번화한 거리를 벗어나 T동 어귀에 왔을 무렵, 모리모토 등 뒤로 누군가가 쓱 따라붙어 어깨를 나란히 했다. 앗, 하고 고개를 돌려 보니 가와다였다.

—잠깐 T동에 볼일이 있어.

모리모토는 그때 문득 이상한 예감을 느꼈다. —가와다는 기미의 집으로 가는 것이 아닐까.

가와다는 함께 걸으면서 운동에 대해 열정 어린 어조로 이야기하기 시작했다. 가와다의 그 열정 어린 어조는 언제나 그렇듯, 독단적이고 무모한 구석이 있었다. 그것은 처음 듣는 사람에게 무의식적인 반감마저 갖게 했다. 하지만 모리모토는 가와다한테서 그런 이야기를 듣고 있을 때면 언제나, 자신이 몸담고 있는 일에 대해 왠지 모를 '든든함'을 느끼곤 했다. 그 어조에서는 거부할 수 없는 힘을 느낄 수 있었다.

—넌 이 일에 헌신할 수 있겠어?

하고 물었다. 모리모토는 할 수 있다고 대답했다.

—헌신이라고 하면…….

가와다는 그렇게 말하고는 잠깐 생각에 잠겨 뜸을 들였다. —거리에는 아직 오가는 사람들의 발길이 이어지고 있었다. 자동차의 헤드라이트가 때때로 가와다의 얼굴을 반만 가르고는 커브를 돌아갔다.

—헌신이라고 하면 평생을 바친다는 정도의 각오라야겠지.

하고 말했다.

발밑에서 낮에는 녹았다가 밤새 다시 얼어붙어 굵은 설탕 모양이 된 눈이 사락, 사락 소리를 냈다. 봄이 가까이 온 것이다.

—물론 우리 일은 놀이 삼아 할 수 있는 것도 아니고, 게다가 우리 같은 사람들이 끊임없이 이어져 나와서 쓰러지고 쓰러져도 또 앞으로 나아가기를 몇 번을 되풀이해야 겨우 이루어질까 말까 하는 일이니까 당연한 말이긴 하지만…….

모리모토는 가와다의 말투가 달라졌다는 느낌이 들었다.

—'뉴스'가 반년 동안 그래도 이 정도 수준으로까지 발전할 수 있었던 것은 일사불란한 '조직'의 힘이었다고 생각해. —그와 마찬가지로 우리의 궁극적 목적인 사회주의 국가 건설을 위해서는 무엇보다도 쇳덩이와 같은 '조직'과 그것을 움직이고 사수해 나갈 헌신적인 동지의 힘이 필요할 거야…….

가와다답지 않게 그 대목에서 또 한 번 말을 끊었다.

—내 말이 무슨 뜻인지 알겠어?

—알겠어요. 그런데, 이상하네요, 오늘. 이제 와서 새삼스럽게…….

그가 그렇게 말하자, 가와다는 입 안에서만 "후훗" 하며 웃는 것 같았다.

—그 쇳덩이와 같은 조직은 공장 세포를 통해 공장노동자 속에 단단히 뿌리를 박고서 노동자의 맨 앞에 서서 싸우는 정당이어야만 해. —그러니까 노동자의 당이라고 하면, 그것은 '공산당'밖에 없어.

하지만 그런 이야기라면 모리모토로서는 질리도록 들어 온 것이었다. 그래서 그는 "그야 그렇지요." 하고 말했다.

—냄비우동이나 먹고 가자.

가와다는 멈춰 서서 그 주변을 둘러보았다. 조금 가다 보니 작은 식당이 눈에 띄었다. 두 사람은 거기에서 냄비우동을 먹었다. —가와다는 모리모토의 집안 사정이나 수입, 식구 이야기를 묻고 나서 자기 이야기를 하기 시작했다.

이런 운동을 하게 된 동기라든지, 스파이 셋에 맞서서, 쇠파이프를 가지고 난투극을 벌인 적이 있다는 이야기, 밑바닥 생활을 하고 있는 의지가지없는 여자가 때때로 자신에게 돈을 보내 주는데, 그 사람이 자기에게는 오직 하나뿐인 여자라는 이야기, 자기 집에서는 어머니가 자기 일로 마음에 병이 나서 몸져누워 시름시름 앓고 있다는 이야기 등등을 들려주었다. 그는 '너에게만 부모가 있단 말인가' 하는 시를 들려주었다. 그 시를 듣고 있자니 가슴이 먹먹해졌다. ―단 한 번도 흔들린 적이 없는 그의 눈동자가 그 시를 다 읊고 나자 물기에 젖어 있었다. 모리모토는 이런 모습의 가와다를 처음 본 듯 싶었다. 같이 일을 할 때 가와다는 그런 모습을 누구에게도 잠깐이나마 보여 준 적이 없었다.

―공장에서는 아직 괜찮아?

하고 가와다가 물었다. 그는 언제나 모리모토의 '얼굴'이 드러나는 것에 대해 걱정했다.

―조금은 주목을 받는 것 같아요. 활동을 한 기간이 제법 오래 되었으니까.

―흐음, 조금이라도 주목을 받는 건 좋지 않아.

―같은 회사에 근무하는 가사하라 말로는, 최근에 공장장한테 경찰 고등계가 뻔질나게 와서 무슨 이야긴가를 나누고 간다고 하더군요.

냄비우동의 뜨거운 튀김을 혀 위에서 이쪽저쪽으로 굴리던 가와다가 갑자기 눈썹을 움찔 움직였다.

―공장장이 때때로 낯선 사람을 데리고 공장 안을 안내하고 다니

는데, 어쩌면 그 사람이 고등계일지도 몰라요. 게다가 기미 양 이야기로는, 직공 중에도 사람들의 움직임을 일일이 보고하는, 회사에 매수된 놈이 있다더군요. 사에키 일당의 끄나풀인 줄도 모르고 다가갔다간 무슨 일을 당할지 몰라요!

—……!? 정신을 바싹 차려야만 해.

—'뉴스'가 돌고 있다는 걸 놈들도 알고 있어요. 그래서 바짝 긴장한 눈치예요. 어디에서 만들고, 어떤 경로로 들어오는가를 알아내려고 기를 쓰나 봐요.

—흥!

'뉴스'는 처음에는 몰래 손에서 손으로 건네졌다. 그러나 조직의 뿌리가 퍼져 웬만큼 튼실해지자 '뉴스'를 공장 안의 눈에 띄는 곳에 일부러 슬쩍 흘려두거나, 소규모지만 여기저기 뿌리기도 했다.

—공장장은 노동조합 사람들이 만들고 있다고 생각하고 있나 봐요. '뉴스' 16호이던가? 전무의 일 년간의 세세한 소득, 가정생활과 일 년간 지불한 게이샤 화대와 첩 이야기를 실은 그 호가 엄청난 인기를 끌어서 결국 공장 안에서 몇 바퀴나 돌았어요. 그래서, 여자 직공 중에는 이것이 사실이라면 우리가 그동안 전무님 '작업복'에 속아 넘어간 꼴이라며 울음을 터뜨린 사람이 많이 있었다더군요.

어처구니없는 이야기이지만 두 사람은 큰 소리로 웃었다.

—무엇이든 남김없이 까발려질 테니까, 놈들도 이제 두 발 뻗고 잠을 자긴 틀린 거지.

밖은 인적이 뜸해져 있었다. 두 사람은 조심해서 걸었다.

모리모토 집 근처의 언덕에 다다랐을 때, 가와다가 안주머니에서 신문으로 싼 소포를 꺼냈다.

—이걸 내일까지 읽어 둬. 그리고 읽고 나면 즉시 태워 버려.

모리모토는 그것을 받았다.

—그럼 내일 9시 무렵에 자네 집으로 갈 테니까 집에서 기다려 주게.

그렇게 말하고, 가와다가 어두운 골목을 돌아 나갔다. —그는 가와다의 발소리를 듣고 서 있었다.

다음 날, 모리모토는 가와다로부터 '공산당' 가입 권유를 받았다.

## 19

'H·S공장' 세포는 날마다 모임을 가졌다. 한 치의 오차도 발생하지 않게끔 세세한 방침이 결정되었다. 그 자리에는 가와다도 끼어 있었다.

유인물의 형태로 뿌려지는 대중적인 뉴스가 정말로 생생한 반응을 불러일으키기 위해서는, 그 '시기' 선택이 절대로 중요하다. 공장위원회가 열리기 직전이면서 동시에 '긴료'의 정리 단행이 확정된 날이어야 했다.

유인물을 뿌린 뒤의 제2단계, 제3단계 전술, 종업원대회 개최의 건 등이 결의되었다.

이번에는 전무 쪽에서도 직공을 이용하려고 한다. 보통의 파업투쟁과 다르다. 전무는 몰락해 가고 있다. 그러므로 투쟁의 목표는 전무와 공장장이 아니었다. 이 커다란 '동요'를 활용해서 직공들이 단결할 수 있는 기관을 획득하는 데 있었다. 그러나 전무를 비롯한 경영진이 노리고 있는 것도 직공의 단결이라는 점에서, 그 형태는 동일하였다. —이처럼 동일한 한 점으로 향하고 있는 정반대의 두 힘이 어떻게 뒤엉킬까?

유인물은 대략 다음과 같은 내용을 담고 있었다.

1. 공장장이 낙하산 방식으로 공장위원을 선정하는 것은 안 된다. 우리는 모든 위원을 전체 직공의 선거에 의해 선정할 것을 요구한다. 2. 이제껏 의안은 공장장이 먼저 살펴보고 자기 눈에 거슬리지 않는 것만 상정해 왔다. 이런 어처구니없는 일이 계속되어서야 되겠는가. 노동자의 절박한 일상적 이해가 걸린 문제를 기탄없이 상정할 것. 3. 공장장이 제멋대로 위원장직을 차지해 왔다. 이래서는 직공에게 이익이 되는 사항이 의결될 수가 없다. 위원장은 모든 위원의 호선으로 결정할 것. 4. 위원회에서 결정한 것인데도 실행에 옮겨지지 않는 사례가 잦고, 또 공장 안의 중요한 규약을 개정할 경우에조차 한 번도 위원회에 상정하지 않은 채 전무와 공장장이 자기들 멋대로 결정해 버린다. 결국 이래도 좋고 저래도 좋을 경미한 사안만 위원회에 상정한다. 이래 가지고는 위원회라는 건 허울 좋은 간판일 뿐 아무런 의미도 없다. 우리는 이런 속임수를 모조리 반대한다. 5. 여자 직공도 일하고 있는 곳인 만큼 여자 직공 가운데서도

위원을 선정할 것. 6. '긴료'의 가혹한 정리, 노동자에 대한 혹사와 해고에 맞설 수 있는 유일한 힘은 공장위원회의 자주화를 틀어쥐고, 그에 발맞추어 모든 직공이 굳게 단결하는 것 말고는 없다. 7. 전무를 비롯한 경영진이 자기네 지위를 유지하기 위하여 어떤 책동을 꾸밀지 모른다. 거기에 끌려가서는 안 된다. 8. 시내 고무회사, 인쇄회사, 철공소에서도 우리와 같은 문제를 제기하며 들고일어나고 있다. 'H·S'의 동지에게도 같이 손을 잡을 것을 요구하고 있다. 9. 부두노동자의 궁핍한 처지를 더 이상 강 건너 불구경하듯 할 수가 없다. 동일한 운명이 우리에게도 기다리고 있다. 그들과도 우리는 손을 잡고 함께 떨쳐 일어서야 한다. …… 등등.

여기저기서 흘러나오는 소문이나 억측이 입에서 입으로 떠돌아다니는 사이에 눈덩이처럼 커졌다. 그것이 직공들 마음을 마구 휘저어 혼란을 일으켰다. 다들 침착함을 잃어 버렸다. 휴식 시간이 되자 모두들 한 자리에 모여들었다. 작업감독조차 그 무리에 머리를 디밀고 들어왔다.

언제나 남몰래 공장장에게 갖가지 소품을 만들어 주던 금형 작업장 직공들은 이제 노골적으로 욕을 퍼부었다. 직공은 공장에서 자기가 필요한 물건을 만드는 것은 말할 것도 없고 쇠 부스러기 하나, 양철 조각 하나만 갖고 나가도 바로 해고였다.

—또 새 공장장한테도? 하하하하하, 아무쪼록 잘들 해 보슈!

회사 간부들로부터 환심을 사서 거들먹거리던 사람들이 이제 바닥으로 굴러떨어졌다. 붙들고 있던 기둥이 하루아침에 무너지자, 그들은 사람들로부터 완전히 따돌림을 당했다.

—꼴좋다!

사람들은 대놓고 침을 뱉었다.

특히 그 중심에 놓여 있던 작업감독들은 핏기 없는 얼굴로 허둥거리고 있었다. 하지만 잔머리를 빨리 굴리더니 직공대회를 열어 대책을 강구해야 한다고 떠들어 대기 시작했다. 사에키 패거리들이 앞장을 섰다. "H·S가 존망의 기로에 놓인 이때, 여러분의 궐기를 바란다!"며 애사심을 부추기고 다녔다. —그들은 이럴 때만 직공의 이해를 대변하는 듯한 시늉을 했다.

점심시간이 되자 여자 직공들은 이야기에 열중하고 있는 남자 직공들 주변을 어슬렁거렸다.

—어떻게 되는 거예요?

하고 물었다.

—남자든 여자든 절반은 해고래!

남자 직공이 흥분해서 소리쳤다.

## 20

유인물은 용의주도하게 여자 직공의 손을 거쳐 공장에 반입되었다. 잔업 때문에 여자 직공들의 퇴근이 늦어지는 틈을 타서 '탈의실' 상의에 한 장 한 장 꽂아 넣어졌다. 열 명 가까운 여자 직공이 빠른 손놀림으로 바지런히 움직였다.

다음 날 아침, 모리모토가 공장 입구에서 '타임리코더'를 누르고 있으려니까, 빵모자를 쓴 금형 작업장 감독이,

—야단났어!

하고 말했다.

—대담한 유인물이야. '뉴스'랑 같은 계통인 것 같아.

—허어, 그래요?

—이번에는 모든 사람들한테 다 배부된 것 같아. 어떤 놈들이 이런 짓을 하는 걸까? 그나저나 이 공장도 이젠 맛이 갔나 봐.

감독은 쓰루미 인근 공장에서 흘러들어 온 '외래 직공'이었다. 그는 직공들한테 걸핏하면, "너희 같은 시골 직공"이 뭘 알겠냐며 콧방귀를 뀌곤 했다. 파업이 일어나면 전무보다 먼저 감독 이놈을 크레인에 묶어서 대롱대롱 매달아 놓겠다고 금형 작업장에서는 벼르고 있었다. —'흥, 두고 보라지!' 모리모토는 마음속으로 씩 웃었다.

공장 안은 드디어 조간신문에 발표된 긴료의 방침에 관한 기사와 유인물에 실린 기사로 술렁거리고 있었다. 작업장에 한 발을 들여놓는 순간 바로 그 분위기가 감지되자 모리모토는 됐구나 하고 생각했다. 작업 시작 시간을 앞두고 직공들은 모두 기계 옆에 군데군데 모여 유인물 이야기를 떠들고 있었다.

—이렇게 되면, 역시 이게 제일 문제야.

모리모토는 빙 둘러선 사람들 틈에서 들려오는 소리에 귀를 곤두세웠다.

제관부에 얼굴을 내밀자 톱 라인에 있던 기미가 재빨리 알아보고 모리모토 쪽으로 걸어왔다. 그리고는 아무렇지도 않은 듯이,

—걱정 말아요. 위원회는 선거제로 하는 것이 이치에 맞다고들 말하고 있어요. 당신 쪽 감독, 저 꽉 막힌 대머리! 저 머저리만 막무가내로 유인물을 빼앗아 대면서 난리를 치고 있어요.

그 말만 하고는 사내처럼 달려갔다.

아나키스트 감바야시가 플랜저에 기름을 바르고 있었다. 그러다 난데없이 눈을 치뜨고는,

—네가 한 짓일 테지.

하고 말했다.

—무슨 소리야. 다들 저렇게 흥분하고 있는데, 너만 공장장이라도 된 것처럼 굴겠다는 거야.

모리모토는 흠칫 놀라 칼끝을 피했다.

—노선이 달라.

—그래? 자기만 당하지 않으면 그만이라는 게 너네들의 노선인가? 거참, 쓸 만하네.

—그렇지. 바로 그거라구.

모리모토가 제관부에서 특별히 눈여겨보고자 한 것은 서로 육친관계를 가지고 있는 직공들의 움직임이었다. 기미를 비롯한 동지에게도 그 움직임에 대해 각별한 주의를 기울이도록 당부해 놓았다. 그러나 아직 별다른 움직임은 눈에 띄지 않았다.

다만 걱정스러운 것은 공장장이 공장 전체의 움직임을 미리 간파하고, 'H·S' 전 종업원의 이해가 걸린 문제라며, '공장대회' 혹은 또 다른 무언가의 방식으로 '선수'를 치고 나오지 않을까 하는 점이었다. —공장 안의 움직임 속에는 자신들의 처지나 계급적 감정에서 비롯되는 반응이 아니라 '회사 전체의 운명이 걸린 큰 문제'라는 막연한 흥분이 자리 잡고 있다는 것을 간과할 수 없다. 자칫 속아 넘어가기 쉬운 조짐을 느낄 수 있었다.

주물 작업장에서는 차바퀴의 사형沙型을 뜨고 있는 쪽에 서너 사람이 모여 서 있었다. 목형木型 목수도 섞여, 흘러내리는 콧물을 연신 훌쩍이고 있었다.

—누군가 큰맘 먹고, 확 치고 나가는 사람이 없으면, 이런 일은 안 돼.

말을 하고 있는 것은 마스노였다. —견습공 때 그는 녹인 쇳물을 담은 양동이를 들고 용광로에서 사형 쪽으로 달려가다가 바닥에 뒹굴고 있던 목형에 발이 걸리는 바람에 얼굴의 절반에 화상을 입었다. 그 뒤로 심한 흉터가 남았다.

—각 작업장에서 한두 명씩 사람을 내야 돼.

모리모토는 그를 '세포' 후보자로 점찍어 두고 있었다.

주물 작업장 직공은 모두 얼굴에 재를 뒤집어쓰거나 손에 붕대를 감았다. 사형에 쇳물을 부을 때 일어나는 수분의 급격한 발산과, 그와 더불어 튀어 오르는 불꽃으로 말미암아 다들 덴 자국을 갖고 있었다. 단야장의 귀먹은 기타가와 영감이 모리모토를 보더니,

—유인물에 적힌 대로 한판 싸움이 벌어질까? 아무래도 그런 식으로 하지 않으면 안 될 거야. 그렇지? 모리모토!

하고 말했다.

—그래요. 그렇게 되면 영감님도 안심하고 일을 하실 수 있을 거예요.

기타가와 영감은 말귀를 알아듣지 못한 채 모리모토를 바라보면서 고개를 갸웃하고 모호한 웃음을 지어 보였다.

리베팅의 야마우에는

—한번 해 보자구!

하고 말했다. 그는 동지 가운데 한 사람이었다.

—금형 작업장은 어때?

팔을 조금만 움직여도 상박의 근육이 불룩불룩 솟아올랐다. 건장한 몸을 가지고 있었다.

—뭐니 뭐니 해도 본 공장이 문제야.

—본 공장은 괜찮아. 우리가 이끌고 나갈 수 있어.

하며 웃었다.

—그렇게 해 보고 싶은 거겠지.

숙련공이 근무하는 금형 작업장은 '긴료' 문제로 곧바로 위협을 받지는 않을 터이므로 이번 싸움이 자신들에게 그다지 절박한 건 아니었다. 하지만 제관부처럼 곧바로 대체 인력을 투입할 수 없다는 강점을 가지고 있었고, 무엇보다 모리모토를 비롯하여 '세포'의 중심이 거기에 있었기 때문에 든든한 허리 역할을 맡고 있었다. 보링 머신에 분필로 동그라미를 그리고 있던 동료가 모리모토를 흘끗 보더니 눈웃음을 지었다. 분필 가루가 묻은 손을 작업복 엉덩이에 쓱쓱 닦으며,

—'종이'는?

하고 물었다.

—아침에 바로. 선수를 칠 필요가 있어.

선반이나 밀링에 붙어 있는 동료들이 싱글싱글 웃음 띤 얼굴로 이쪽을 보고 있었다. 기계에 한쪽 발을 걸고 '긴료 정책'에 대해 입가에 거품을 튀기며 이야기하고 있는 중이었다. 밀링에는 어제부터 톱니를 깎는 기어가 설치되어 있었다.

대승반 옆 빈자리에 주문한 기어, 샤프트와 리베팅할 연통이며 철판이 가득 쌓여 있었다. 완성된 기계에 갓 칠한 빨강 페인트 냄새가 물씬 코를 찔렀다.

작업 시작 사이렌 소리가 물결 모양의 지붕까지 가득 울려 퍼졌다. 감독은 두 사람밖에 모습을 드러내지 않았다. 사무실에 가 있는 모양이었다. —사람들은 언제나 그렇듯 사이렌이 울려도 곧바로 기계에 다가갈 기색을 보이지 않았다.

벨트가 힛, 힛, …… 하고 돌아가기 시작하면 큰 소리로 떠들던 사람들의 목소리가 바닥에서 쭉쭉 치고 올라오듯 높아지는 기계 소리에 파묻혀 갔다. 샤프트에 벨트를 걸면 갑자기 생명이 깨어난 것처럼 기계는 톱니바퀴와 톱니바퀴를 맞물리게 하여 실린더로 바람을 갈랐다.

일정한 간격으로 빈 캔을 실은 컨베이어가 영화 필름처럼 기계와 기계 사이를 미끄러져 갔다. 블랭크 받침대로 커다란 함석판을 트럭에서 옮길 때마다 함석에서 튕겨 나오는 빛이 천장과 벽과 기계의 측면을 쇠붙이보다 날카롭게 쏘았다. 톱 라인의 여공들이 뚜껑을 맞추거나 캔 숫자를 세면서 무슨 노래인가를 흥얼거리는 소리가 기계의 굉음이 잦아드는 사이사이에 문득문득 들려왔다. ―천장의 빔이 기계의 힘을 버티며 눈에 띄지 않을 만큼 미세하게 흔들렸다.

―그 뉴스 나부랭이는 공산당 선전을 하고 있는 거라구, 앙.

감독이 양손을 뒤로 돌린 채 기계 사이를 오가고 있었다.

―자아, 내놔.

그 말을 들은 직공은 무뚝뚝하게 거절했다. 하지만 속으로 흠칫했다. ―그는 세포 가운데 한 사람이었다. 'H·S뉴스'에 만화가 많이 실리거나 하면 그는 곧잘 풀을 발라서 기계에 찰싹 붙여 놓곤 했다.

―배후에는 틀림없이 공산당이 있을 거라구. 아무렴, 그렇고말고.

―만약 그런 사람들이 공산당이라면, 공산당은 너무나 옳은 말만 하는 사람들인가 봐요.

―그래서 무서운 거야.

그는 웃어 버렸다.

―그럼 아무 일도 없을 거라는 말이 사실입니까?

작업이 시작된 지 20분이나 지났다. ―가까이에서 일하고 있던 직공이 뒤에서 등을 쿡 찔렀다.

—돌고 돌다가 나한테까지 왔어.

종이쪽지를 주머니 안에 살짝 찔러 넣어 주었다. 다행히도 감독이 두 명밖에 없었다.

> '공장위원회'의 선거제를 의논할 예정이니 작업 시간 후 한 사람도 빠짐없이 식당에 집합할 것. 위기는 다가오고 있다. 단결의 힘으로 우리 스스로를 지키자.

—다음 사람한테 돌리래. 수상한 놈한테는 돌리지 말고.

—그래! 알았어.

동시에 동일한 종이쪽지가 '금형 작업장'에도, '주물 작업장'에도, '보디 라인'에도, '톱 라인'에도, '래커공장'에도, '네일링공장'에도, '포장부(파킹)'에도 마찬가지 방식으로 돌고 있었다.

감독들이 사무실에서 나와 어슬렁어슬렁 이야기를 주고받으면서 작업장으로 돌아왔다. 기계에 붙어 있던 감독이 그들을 보더니 당황해서 달려갔다. 그는 공장 구석에서 선 채로 뭐라고 떠들어 대기 시작했다. 직공들은 일을 하면서 그들을 곁눈질로 매섭게 노려보았다.

금형 작업장을 감시하는 유리문 안에서 '크레인' 감독이 허겁지겁 튀어나왔다. —그라인더에 쇠붙이를 대고 있던 사이토가 바로 옆 선반에 붙어 있던 직공한테서 무슨 쪽지를 받아 주머니에 집어넣는 장면이 문득 눈에 들어왔기 때문이다. 그만큼 신경을 바싹 곤두세우고 있었던 것이다. ―사람들은 무슨 큰일이라도 일어났나 하고 생각했다. 그 '외래 감독'의 꽁무니를 좇아 일제히 고개를 오른쪽으로 돌렸다.

―야!

커다란 손이 사이토의 어깨를 움켜잡았다. 그러나 뒤를 돌아본 사이토는 침착한 얼굴이었다.

―뭡니까?

천천히 말을 하면서, 한 손으로는 잽싸게 주머니 안의 쪽지를 구겨서 바닥에 떨어뜨린 다음 신발 밑창으로 짓이겼다.

―아, 앗, 앗, 그 종이!

감독이 안달했다.

―종이?

모래 바닥은 물에 젖어 있었다. 사이토는 신발 앞꿈치로 쪽지를 뭉개면서,

―종이가 어떻게 됐다는 겁니까?

―어떻게 됐냐고? 이 빌어먹을 자식.

그러나 감독은 더 이상 어쩔 수 없었다. '원망스러운' 듯 짓뭉개진 쪽지를 내려다보면서,

―이 새끼, 언제까지 나를 속일 수 있을 것 같아! 망할 놈의 자식!

하고 말했다.

기계에서 손을 내려놓고 쳐다보고 있던 직공들은 고소해 죽겠다는 표정을 지었다.

—크레인에 매달릴 날도 이제 얼마 안 남았어.

감독은 계획이 어그러져서 무안한 듯 어깨를 흔들며 돌아갔다. 사방에서 쏟아지는 직공들의 눈빛은 그를 실컷 조롱하고 있었다.

—멍—청—한—새—끼.

연마기로 샤프트에 궤도를 파고 있던 동료가 손을 말아서 입을 감싸고 놀렸다. 모두가 왁자그르르 웃음을 쏟아 냈다. 감독이 획 돌아서서 작업장을 둘러보았다. 갑자기 다들 진지한 얼굴을 하고 기계를 만지는 시늉을 했다. 참을 수가 없어서, 누군가 구석 쪽에서 풋 하고 웃음을 터뜨려 버렸다.

—괘씸한 놈들!

유리문을 거칠게 열고 안으로 들어갔다.

—니 목이나 조심해라, 이 멍충아!

점심시간에는 모리모토를 비롯하여 주요한 동료 네 사람이 한자리에 모여앉아 다시 한 번 면밀히 계획을 가다듬었다.

—여자 쪽은 어떨까?

—어떤 전술을 써도 안 먹힌다니까. 하하하하하.

—그래?

기미가 멀리 떨어진 건너편 구석에서 동료에게 뭔가를 열심히 설명하고 있는 모습이 보인다. 온 얼굴로 오만 가지 표정을 지어 가며 크게 입을 벌리고 무슨 말인가를 하고 있다. 기미는 완전히 전면에 나서고 있었다. —모리모토는 그 여자에게 자신의 마음을 한 조각도 내비

칠 수 없다는 사실에 문득 쓸쓸함을 느꼈다. 식사가 끝나 갈 무렵, 기미가 식기를 든 채 사람들이 모여 있는 곳을 지나갔다.

—어때?

—사분의 일 정도. 그다지 반대하는 사람은 없어요. 그래도 여자들은 나서지 않을 거예요.

—으음.

—그래도 끝까지 노력해 볼게요.

—부탁해.

—모리 씨, 오늘은 '목'을 던져 보지 그래요. 당신 목이 잘리면 우리가 보살펴 줄 테니까.

기미는 환하게 웃으며 매점으로 갔다.

—'위에 있는 놈들'은 어떻게 하고 있을까.

하고 모리모토가 동료한테 물었다.

—'공장대회'에 대해서는 아직 크게 신경 쓰지는 않겠지만, 자기들 나름대로 대책은 세우고 있을 거야.

—급사가 그러는데, 전무가 자동차를 타고 들어왔대. 아마 공장장이 전화로 부른 모양이야. 그런데 전무는 뭔가에 홀린 사람처럼 여기저기 바삐 뛰어다니고 있나 봐. 아직도 공장 상황에 대해서는 그다지 신경 쓰지 않는 눈치야.

—우리는 그 틈을 파고드는 거야.

탈의장은 집회 장소로 쓰일 2층 '식당'과 붙어 있다. 그리고 통로는 하나밖에 없다. —그래서 퇴근할 때에는 어쩔 수 없이 2층으로 올라가서 식당을 거쳐 탈의장에 들어갔다가 다시 식당을 지나 아래층으로 내려와야 한다. 그것이 집회를 준비하는 사람들에게는 더할 나위 없이 유리한 조건을 만들어 주었다. 식당에서 열리는 집회에 들르지 않고서는 퇴근할 수 없었던 것이다. —평소에 직장 동료들에게 신용을 얻고 있는 '세포'를 계단 통로에 세워 두고 직공을 붙들었다.

집회에 찬성하지 않는 남녀 직공들도 공장 안에 남아서 기계 옆이나 구석 쪽에서 툴툴거리면서 어슬렁거리고 있었다. 퇴근하고 싶어도 퇴근할 수 없었다. 나이 많은 직공과 가정이 있는 직공이 많았다. 여자 직공들은 군데군데 모여서 물끄러미 서 있었다. 다른 이유는 없었다. 어쩐지 어색하고 주제넘게 느껴져서 머뭇거리고 있을 따름이었다.

—파업을 하자는 건 아닙니다. 위원을 선거로 뽑아 달라, 이것만 요구하는 겁니다.

모리모토가 그렇게 말을 하고 다니자니까, 단지 그것뿐이라면 좀 더 온건하게 이야기할 수도 있는 게 아닌가 하는 반응을 보이기도 하였다.

—우리가 온건하지 않은 게 뭐가 있다고 그래. 회사랑 죽기 살기로 싸우자는 게 아니라 우리가 바라는 걸 전달해 보자는 거라구.

기미나 가오루는 여자 직공들을 설득했다. 그 가운데 대여섯 명이 한 덩어리로 찰싹 엉겨 붙어서 계단을 올랐다.

작업감독들은 일이 터졌다고 생각하고 사무실 쪽으로 되돌아가 있었으므로 그 누구도 가로막고 나서는 사람이 없었다.

식당에는 뜻밖에 삼분의 이 이상의 직공이 밀려들어 왔다. 하지만 그들 대부분은 '회사가 문을 닫느냐 마느냐 하는 문제'라는 생각으로 모여들었다. 그 사실을 오판하면 일을 그르치고 만다. 그런 위기의식이 아니고서야 이 포드의 직공이 이만큼 모일 리가 없다. 그러므로 그 사실을 민첩하게 파악하고, 강력한 선동을 통해 그 흐름을 우리 쪽으로 끌어당겨야 한다.

그때 어둑한 공장 안을 그림자 하나가 곧장 가로질러 왔다. 공장의 요소요소에 세워 둔 파수꾼(피켓)이었다.

—모리, 사에키 패거리가 자재 창고에 모여서 쑥덕쑥덕 떠들어 대고 있어. 게다가 다들 유도복을 입고 있어!

—사에키!?

모리모토의 낯빛이 확 달라졌다. —폭력으로 때려 부수러 온다? 그 생각이 모리모토의 머리를 스쳤다. 그는 그런 일에 익숙하지 않았다.

—좋아, 그럼 금형 작업장의 젊은 직공들한테 여기를 지키고 서 있어 달라고 말해 줘. —더 이상 시간 끌지 말고 바로 시작하는 거야!

모리모토는 계단을 올라갔다. 오백여 명의 직공이 웅성웅성 떠드는 소리가 발소리, 의자 끄는 소리와 뒤섞여, 무거운 압력처럼 짓눌러 왔다. 순서를 정해 놓은 찬조 연설이 그 소리들을 뚫고 울려 나왔다. 멀찍이 떨어져서 보고 있으려니까 그 말 한 마디 한 마디가 여운을 길게 끌며 직공들의 마음을 사로잡아 가는 듯 했다. 파도소리 같은 우렁찬 박수 소리가 군중의 기세를 말해 주고 있었다. 그 연설을 통해 회사를 구해야 한다는 마음가짐으로 모여든 직공들을 우리 쪽으로 끌어들여야 한다. ―그는 예전에 경험해 본 적이 없는 격렬한 피의 흐름을 느꼈다. 앞으로 실수 없이 해내야 할 커다란 임무를 생각하자 와들와들 몸이 떨리기 시작했다. 불끈 뒷덜미에 힘을 넣고 턱을 당겨 보아도 떨림이 멈추지 않았다. 그는 마음속 깊이 얕은 공포가 희미하게 피어오름을 느꼈다. 이런 때에 가와다가 곁에 있어 준다면, 단지 곁에 있어만 주어도 힘차게 해 나갈 수 있을 것 같았다.

아는 얼굴이 뒤돌아보고 웃었다. ―제대로 해 줘, 웃는 얼굴은 그렇게 말하고 있었다.

식당 안은 스팀의 열기와 사람의 훈김으로 숨이 막힐 듯 매우 후끈거렸다. 기름 냄새 나는 작업복을 입은 사람들이 어깨와 어깨, 얼굴과 얼굴을 나란히 한 채 걸터앉거나 서거나―혹은 팔짱을 끼고, 혹은 팔꿈치를 세워 손바닥으로 볼을 괴고 연설에 귀를 기울이고 있었다. 그들은 자신들도 의식하지 못하는 사이에 어느덧 작업장별로 한 무리씩 모여 있었다. 아나키스트 감바야시의 동료들은 맨 뒤에서 마뜩잖은 듯한 부르퉁한 모습으로 판자벽에 기대어 서 있었다.

왼편의 여자 직공들은 사람들의 시선이 쏠리고 있는 것을 의식하고 거북한 듯 물웅덩이처럼 한데 모여 있었다. 지금까지 회사의 어떤 '집회'에도 여자 직공만은 열외였다. 여자들은 이제 그 첫 경험과 자신들의 높아진 지위에 조금은 들떠 있었다.

단상에는 주물 작업장의 마스노가 서 있었다. "왜 내 얼굴 반쪽이 이렇게 괴물같이 되었나?" 그는 그 이야기를 들려주고 있었다. 몸을 흔들며 말할 때마다 붉게 짓무른 얼굴이 그야말로 '괴물'처럼 일그러졌다. —처음 얼마간 사람들 속에 쑥덕거림이 일었다.

—어휴, 저 얼굴 좀 봐. 꿈에 볼까 무서워!

때때로 작은 웃음소리가 섞였다. 그러나 그들은 마스노의 열변에 세차게 빨려들어 갔다.

—우리는 '매일매일의 노동'에 이런 정도의 위험을 감수하고 있습니다. 이런 내 얼굴을 보고 여러분은 눈을 돌리고 싶을 것입니다. 하지만 나는 그나마 얼굴만 상해서 다행이라고 생각합니다. 하루 2엔도 안 되는 돈을 받는 대가로 우리는 '목숨'조차도 데꺽 내걸어야 합니다. 양철 깡통을 손질하고 있는 제관부 여러분, 여러분 가운데 손가락이 없는 사람이 몇 명인지 나는 알고 있습니다. —손가락이 없는 인간! 그 인간들이 일하는 제관공장이 일본 최고라는 평판을 듣고 있습니다. 그래서 우리는 무슨 꼴을 당해도 그저 회사가 하라는 대로 할 수밖에 없습니다. 왜냐? 우리는 우리 직공의 이익을 옹호해 주는 기관을 가지고 있지 못하기 때문입니다. 그렇지 않습니까? —마스노는 더욱 기운을 내서 말했다.

—긴료가 어쩌고저쩌고, 산업 합리화가 어쩌고저쩌고, 그런 복잡한 이야기는 전 모릅니다. 다만 우리 가운데 절반 이상이 당장 목이—목

이 날아가고, 임금이 깎이고, 더욱 더 들들 볶이고 더 세게 조이고 눌리며 일해야 한다는 것입니다. 잘난 사람들은 돈을 더 많이 벌어들이겠지요.

그는 그쯤에서 물을 마시려고 컵을 찾았다.

—그래서…….

물이 담긴 컵이 없었다. 그는 거기에서 그만 말을 더듬어 버렸다. 불끈 흥분하자 그는 똑같은 말을 되풀이했다. 어디까지 얘기했는지 생각이 나지 않았다. 무수한 얼굴이 그의 앞에서 겹쳐지고 일그러지고 흔들렸다. 그들이 뭐라고 외치고 있었다. 그는 난감해져 버렸다. 결국 마지막 결론만 크게 소리쳤다.

—그래서, 공장위원회입니다. 그놈들이 멋대로 주무르고 있는 위원회를 우리의 것으로 만들어야 합니다. 그 첫 단계가 위원 선거입니다. 우리는 전부 단결했습니다. 이 목적을 이룩하기 위해 끝까지 투쟁할 것을 간절히 바라는 바입니다. —아이구야, 내가 무슨 소리를 했는지 하나도 모르겠네!

마지막에 턱없이 큰 소리로 혼잣말을 덧붙였다. 그 소리가 사람들한테 다 들렸다. 모두가 와 하고 웃었다.

—잘 알았어!

일부러 누군가가 손뼉을 쳤다.

기미가 모리모토 뒤에 와 있었다. 살짝 등을 찔렀다. 기미는 흥분해 있을 때면 곧잘 한쪽 뺨만 새빨개졌다.

—귀 좀…… 잠깐.

—응?

—저기요, 가오루 양이 앞에 나가 주기로 했어요.

—가오루?

그 '오갈 데 없는 고아'가? 하고 생각했다. 무슨 말이든 거침없이 내뱉는 가와다의 표현에 따르면 가오루는 '오갈 데 없는 고아'였다. 얼굴 피부가 버석버석 윤기가 없고 언제나 추운 듯 어깨를 옹송거리고 있는 여자였다. 말수가 적어, 사려 있는 말 몇 마디를 할 때 말고는 거의 입을 굳게 닫고 있었다. 기미가 곁에 있으면 그늘이 진 것처럼 그 존재가 더욱 초라해 보였다.

—그래요, 진실한 사람은 의외로 대담한 일을 할 때가 있는 법이니까요. 나도 할 수는 있지만, 다들 저 여자라면 응당 그런 말을 할 수도 있는 여자라고 생각하고 있을 거잖아요. 그렇기 때문에 그다지 큰 감동을 주지는 못할 거라구요. 하지만 가오루라면 다들 헉! 하고 놀랄 거예요. —선동 효과 만점일 거야! 등을 떠밀어서라도 내보내야지.

기미는 능글맞게 웃었다. 촉촉이 젖은 붉은 입술이 귀 바로 옆에 있었다.

다음에는 누가 나올까? 사람들은 모두 단상으로 눈을 모은 채 궁금해 했다. 그런데 사람들 눈에 뜻밖의 인물이 들어왔다. 한쪽 구석에서 앞으로 나간 것은 뜻밖에도 '여자'가 아닌가! 사람들의 말소리가 뚝 끊어졌다. —게다가 그 사람이 다름 아닌 '가오루'임을 확인했을 때, 억제된 침묵이 갑자기 확 깨어졌다. 사람들은 와글와글 떠들어 대기 시작했다.

—저 여자가!

가오루는 강단 위로, 위태위태한 발걸음으로 올라가더니 약간 옆으로 동료 여자들이 있는 쪽을 향하여 단정하게 양손을 내린 채 고개를 숙이고 섰다. —얼굴이 하얬다.

—이렇게 많은 사내들 앞에 나서다니. 저 가시나가 어떻게 된 것 아냐.

옆에서 래커공장 직공이 하는 말이 모리모토의 귀에 들어왔다.

가오루는 얼굴을 들지 않은 그대로의 모습으로 말을 꺼냈다. 말이 잘 들리지 않자, 사람들의 말소리가 잦아들었다. 다들 귀 뒤에 손바닥을 대고 발돋움을 했다.

—…… 여기에 오르는 데, 얼마나 많은 각오가 필요했는지……. 제가 주제넘은 일을 하고 있는지도 모르겠습니다……. 하지만 무슨 일이 있어도 꼭 해야겠다고 생각했습니다……. 역시 누군가 앞장서서 주제넘은 일을 하지 않으면, 우리는 어떻게 될까요…….

—저게 그 온순하던 가오루 양이란 말이야? 보기하고는 영 딴판이네.

한 마디 한 마디 할 때마다 사람들의 말이 끼어들었다.

—이봐요, 어때요?

기미가 물었다.

—확실히 잘하고 있어.

—우리들이랑 일을 같이 하고 나서부터 자신도 느낄 만큼 정말 많이 달라졌어요.

—…… 우리는 남자로부터도 회사로부터도…… 언제든지 차별 대우를 받아 왔습니다…….

말이 때때로 끊겼다.

—여자가 이런 곳에 나와서 이렇게 이야기할 수 있는 것은…… 이 공장이 문을 열고 나서 처음이 아닐까 생각합니다……. 우리도 한 사람도 빠짐없이 함께하여…… 서로 도와서 이 어려움을 헤쳐 나가고 싶습니다. 여러분도…… 부디…….

가오루가 내려가자 와 하는 함성과 함께 박수 소리가 일었다. 그 소리가 오래도록 이어졌다. 기미가 말한 대로 남자 직공들에게 예상 이상의 반향을 불러일으켰다.

—역시, 너무 떨렸나 봐요.

하고 기미가 말했다.

—가오루 양으로서는 엄청난 사건이야. 하지만 잘해 주었어. 듣고 있으니까 나도 모르게 눈물이 나와.

—그래요.

기미는 자기 눈을 훔쳤다.

—이제, 가서 칭찬해 줘야지.

기미는 여자 직공들 쪽으로 달려갔다. 가오루는 사람들에게 둘러싸여 있었다. 조금 지켜보고 있으려니까, 그녀는 참고 있던 흥분을 이기지 못하고 제품에 왕! 하고 울음을 터뜨려 버렸다.

—그래도 안심할 수 없어. 돌아다녀 보니까 여기 모여 있는 사람들 가운데 다수는 여전히 회사를 살려야 한다는 생각을 가지고 있어.

동료 한 사람이 모리모토에게 그렇게 말했다.

—그러나 일단 이렇게 모이고 나면 집회의 기세에 휩쓸려 들기 마련이니까 의외로 큰 문제가 되지 않을 수도 있어.

—그래도 지금까지는 기민하게 상황을 돌파해 내는 데 성공했어. 이제부터는 어떻게든 이쪽으로 끌어당기는 거야.

이어서 각 작업장의 대표자가 한 명씩 단상에 올랐다. 그들은 모두 '세포'였다. 한 사람 한 사람 불같은 열변을 토했다. '회사 존망의 위기'를 명분으로 하여 전 직공을 팔아넘기려고 하는 놈들의 계략을 남김없이 다 까발렸다. —그렇게 되자, 요란한 바람이 불어닥친 숲처럼 직공들 사이에서 거센 동요가 수런수런 일었다. 모리모토는 깜짝 놀랐다. 가차 없는 폭로가 잇달아 터져 나오자 그 동요는 삽시간에 하나의 거대한 파도와 같은 움직임으로 변하여 갔다.

전등이 켜졌다. 옅은 어둠 속에 오직 잿빛 일색으로 가득 차 있던 직공들이—그 집단이—그들의 우락부락한 어깨와 어깨가 한순간에 또렷이 눈에 들어왔다. 누군가가,

—어, 전등이 켜졌네!

하고 말했다.

그 의미 없는 말은, 그러나 사람들의 마음을 갑자기 생기 넘치게 만들었다.

단결은 이때야.

갑자기 네다섯 명이 제자리걸음을 하며 노래를 부르기 시작했다. 선술집을 돌아다니는 직공이라면 누구나 그 노래만큼은 알고 있었다. 그것이 지금 조금의 억지스러움도 없이 무심결에 입 밖으로 튀어나온 것이다. 모두가 일제히 그쪽으로 눈길을 돌렸기 때문에, 그들은 조금 쑥스러운 듯 다음 가사가 끊어졌다. 하지만 곧이어 굵고 고르지 않은 목소리가 이어졌다.

비겁한 자여 갈 테면 가라.

모리모토가 단상에 오른 것은 맨 나중이었다. 그는 아무 말도 할 필요가 없었다. 다만 준비해 놓은 '결의문'과 '요구서'의 내용을 설명하고 모두의 동의를 얻으면 되었던 것이다. 이 모든 세세한 곳에 가와다를 비롯한 여러 사람들의 준비가 담겨 있었다.

그의 말이 채 끝나기 전이었다. 격렬한 말다툼이 아래 계단에서 일었다. ―직공들은 한꺼번에 걸상을 박차고 일어섰다. 하나의 세력으로 뭉쳐진 그들은 곧장 좁은 입구 쪽으로 몰려갔다.

—방해하러 들어온 놈이라면 해치워 버려!

그때 뭔가에 억눌린 듯 싸움이 멈췄다. 잠시 후 보초 한 사람이 허둥대며 뛰어 올라왔다.

—사에키 패거리가 올라오겠다는 거야. 그래서 시비가 붙었는데, 방금 전무랑 공장장이랑 감독이 왔어. 어떻게 하지?

—좋아!

모리모토는 단호하게 말했다.

—전무와 공장장만 올라오라고 해. 감독이나 사에키 패거리는 절대로 올려 보내지 말고.

—그래. 알았어!

단칼에 제압하느냐, 단칼에 제압당하느냐, 마지막 결전의 순간에 와 있다!

공장장을 앞장세우고 전무가 올라왔다. 공장장은 흥분한 입술에 힘을 잔뜩 실은 채 입을 꾹 다물고 있었다. 그러나 전무의 얼굴에는 온화한 미소가 피어나고 있었다. 직공과 대표자들에게 정중하게 인사를 했다. 언제나 그렇듯 온후한 전무의 모습이었다. 아니나 다를까 남녀 직공 가운데 일부가 전무 쪽으로 움직였다. —전무의 속셈을 읽고 있는 모리모토로서는 선수를 치고 나가야 한다는 것을 직감했다. 자칫 전무 쪽으로 기울어질지도 모를 움직임. 선수! 이것 하나로 이 승부가 결정된다고 그는 생각했다. 전무로 하여금 단 한마디라도 먼저 떠벌이도록 놓아두는 것은 이 집회의 성과를 감쪽같이 빼앗긴다는 것을 의미했다.

그는 모든 직공 앞에서 단호한 어조로 지금까지의 경과를 설명하고 한 사람도 남김 없는 찬성을 얻어 '공장위원회'의 위원 선거 제도가 결의되었음을 알린 다음 '결의문'과 '요구서'를 내밀었다. 그 순간, 공장 세포들이 일제히 박수를 터뜨렸다. 미리 계획한 일이었다. 오백 명의 박수가 약간 흐트러진 채 그 뒤를 이었다. 모리모토는 조마조마했다. 그러나 박수는 천장이 낮은 함석지붕과 유리 창문을 뒤흔들며 계속 울려 퍼졌다. 그 기세는 그들 속에서 단 한 명밖에 아군을 갖지 못한 전무의 작은 몸집을 낙엽처럼 의지가지없게 만들었다.

전무는 확실히 당황하고 있었다. '요구서'를 손에 든 채 자신이 지금 어떻게 하면 좋을지를 잊은 듯, 어정쩡한 표정을 지었다. ―사실, 그는 이 식당에 들어올 때까지 하나의 밝은 기대를 품고 있었다. 자신이 이제껏 오랫동안 직공들에게 베풀어 왔던 'Y의 포드'로서의 과분한 온정은 그렇게 간단히 무너질 리가 없다. 오직 그것만을 믿고 있었다. 비록 소수의 '배은망덕한' 선동가들에게 약간 마음이 흔들린다고 해도 이 몸만 그곳에 모습을 나타내면, 직공 전부는 눈사태처럼 '순식간에' 우르르 자기 발아래로 몰려올 게 뻔하다, 하고. ―하지만 그 믿음이 이렇게 무참하게 깨어진다는 게 말이 되는가!? 그리고 일제히 쳐 대는 박수! 전무는 무엇보다 배신당한 자신의 기분에 망연자실해졌다. 게다가 더 불리한 것은, 전무는 양쪽에서 위협을 받고 있다는 점이었다. 한편으로는 자신의 지위에 대해! ―이것은 충분히 전무를 비참하게 만들었다. '금융자본가'에게 완전히 좌지우지당하여 몰락할 수밖에 없는 '산업자본가'의 비애가 그의 뼈를 씹고 있었다. 그뿐만 아니라 올해 러시아가 게공선의 어부 공급 문제에 대한 복수로 캄차카의 우량 어업 구역을 더 많이 침범해 오리라는 건 두말할 나위가 없었다.

이윽고 공장장이 입을 열었다. ―위험하다는 것을 직감적으로 알아차린 것이다.

―어쨌든 중대한 문제로 전무님이 모든 직공들한테 들려주고 싶은 말씀이 있으니까……. 먼저 그 말씀부터 듣고…….

―이봐! 잠깐 기다려 봐!

모리모토 뒤에서 래커공장의 세포가 바늘처럼 날카롭게 쏘아붙였다.

―우, 우리 소, 손으로 뽑게 할 건지……. 그것만! 그것만!

말보다 먼저 흥분이 목을 치고 올라왔다. 그래서 모리모토가 말을 이었다.

―그러니까…… 잠깐, 당신들…… 마음대로는…….

그로서는 전무와 공장장한테, 더구나 바로 코앞에서 말을 해 보기는 처음이었다. 그는 상기되어 몇 번이나 말을 더듬거렸다. 평소 전무의 얼굴도 제대로 볼 수 없는 구석자리에서 쇠부스러기처럼 일만 하고 있던 모리모토였다. 게다가 얼굴을 마주하고 보니 전무는 의외로 상당한 위엄을 지니고 있었다. ―하지만 공장장은 이 '쇠부스러기 같은' 직공의 말을 되받아치지 못했다.

―우선 '확답'이다!

—요청을 수락해 달라! 그 이후의 일은 그 다음이다!

식당을 가득 메우고 있는 직공 속에서 누군가 그렇게 외쳤다. 윗사람에게 그렇게 말하는 것은 이 공장에서는 매우 드문 일이었다. 이런 식으로 하나로 모이자 그들은 무의식중에 자신들의 힘을 믿게 되었다. 그들은 전혀 딴사람처럼 거리낌 없이 말을 토해 냈다.

공장장은 물론 모리모토까지도 동시에 눈이 휘둥그레졌다. 누가 어느새 직공들을 이렇게 성장시킨 걸까?

—바로 당장 여기에서는 아무래도 무리이지 않겠습니까. 말미를 주시면 안 되겠습니까?

비로소 전무가 입을 열었다. 이 말투는 '작업복'과 함께 'H·S'의 자랑이었던 것이다.

—말미? 하지만 조금도 하자가 없는 이 결의를 더 이상 늦출 까닭이 없습니다.

—하지만 이쪽의…….

모리모토는 쐐기를 박아야 했다.

—우리의 운명이 내일 당장 어떻게 될지 모르는 마당에 한가하게 답변을 기다리며 시간을 흘려보낼 순 없습니다. 고단한 하루살이 인생으로 내몰리고 있는 우리들로서는 적어도 공장위원회만은 사수해야 합니다. 우리에게는 더 이상 물러설 곳이 없습니다. 아까부터 많은 직공들이 이 강단에 뛰어올라 와서, 우리의 요구가 받아들여지지 않으면, 모두 파업에 나서서라도 우리의 정당한 권리를 획득해야 한다고

한목소리로 외치고 있습니다. 그렇다고 우리가 파업을 바라는 것은 아닙니다…….

파업! '방금' 그 말이 전무와 공장장의 가슴을 깊이 찔러 왔다. 캄차카의 육천육백만 캔의 주문!

—……

직공들은 모두 숨을 죽였다.

모리모토는 마지막 한 방을 더 날려야 했다.

—물론 '긴료' 문제와 관련해서는 전무님과도 여러 가지로 함께 상의할 수 있다고 생각합니다만…….

전무는 갑자기 얼굴을 들었다. 모리모토는 불현듯 싱긋! 했다. 그러나 그는 태연하게 전무의 마음속으로 파고들어 갔다.

—그러나 이 요구서가 승인되어 규약 상으로 분명히 그렇게 개정된 뒤라야 그 문제를 서로 상의할 수 있을 것입니다. …… 그렇지 않으면 우리 쪽이 너무 불리하니까요.

—……

전무는 조금 전까지만 해도 이 '노동자대회'를 자기에게 유리한 방향으로 너끈히 이용할 수 있을 것이라고 생각하고 있었다. 모든 직공으로 하여금 자신에 대해 지지를 결의하도록 함으로써 '긴료'가 새로 중역을 파견하는 것을 반대하게 만든다. 나아가 직공과 사무원으로 구성되는 '상경上京위원회'를 결성하고 다 같이 돈을 갹출하여 관계 기관을 순방하며 전무 유임 운동을 벌이게 한다. —무엇보다도 이번 일이 자기 한 사람만의 문제가 아니라는 것이 호조건이었다. 직공들조차 자발적으로 집회를 열 수 밖에 없는 상황으로 치닫고 있다는 사실이야말로 그 명백한 증거가 아니고 무엇인가. 그러므로 전무는 감독한테서 직공들의 집회 소식을 들었을 때, 당황해 하는 그들과는 반대로, 오히려 득의의 미소를 지었던 것이다. 이렇게 마음이 척척 맞고 일이 잘 풀려 나갈 수가 없다고 생각하면서. 만약 그렇지 않았더라면, 전무는 당장이라도 경찰에 전화를 거는 쪽을 선택하였을 것이다. 그렇게 하지 않을 까닭이 만무하지 않은가. —하지만 이제야 비로소 전무는 직공들의 자신에 대한 마음을 자신이 터무니없이 착각하고 있었다는 것을 명확히 깨달았다. 더구나 이런 방식으로 치고 들어오리라고는 전혀 상상도 할 수 없었다. 누군가 뒤에 있다! 그러나 'Y의 포드'가 이렇게도 허약했단 말인가? 노동자는 정말 알 수 없는 존재다. —감쪽같이 당한 꼴이다! 그러나 이미 때는 늦었다!

—그럼, 2, 3일 안에…….

전무는 스스로도 자신의 참담한 비굴함을 느낄 수 있었다.

—2, 3일 안에! 하지만 '긴료'가 2, 3일을 기다려 줄까요? 그럴 리가 없을 텐데요.

모리모토는 승패를 일거에 아퀴 지어 버릴 마지막 '외통수'를 쓰고 있는 것이다!

—……

오백 명 노동자의 귀는 전무의 단 한마디 말을 기다리고 있다. 상황이 여기에 다다르자 전무 편을 들어주던 사람도, 원하지도 않는 집회에 억지로 끌려 나오게 되었다고 떨떠름해 하던 사람도 다를 바가 없었다. 오백 명의 노동자는 단 하나의 호흡만 하고 있었다.

—……

누군가 맨 뒤에서, 툭, 신발 뒤축을 바닥에 부딪는 소리가 났다.

—내일까지…….

파도 같은 환호성이 이는가 싶더니, 다음 순간에는 식당 천장을 날려 버릴 듯한 굉음이 되어 "만세"를 외치고 있었다.

그는 다만, 눈에 눈물을 가득 담고 손을 가슴께에 꽉 모아 쥔 채 자기 쪽을 뚫어지게 바라보고 있는 기미를, 사람들의 어깨 너머로 언뜻 보았다고 생각했다…….

## 21

가와다가 얼마나 초조하게 기다리고 있을까. 바로 그 '2층'에서 가와다는 앉지도 서지도 못한 채 목을 빼고 기다리고 있을 것이다. —하지만, 모리모토는 도대체 오늘의 이 크나큰 성과를 어디서부터 어떻게 말해야 좋을지 알 수가 없었다. 그건 기미도 마찬가지였다.

두 사람은 가와다에게 정세보고를 하고 전무의 응답 여하에 따른 대책을 결정한 뒤 바로 돌아서서 동료 가운데 한 사람의 집에서 열릴 세포 모임에 나가야 했다. '2층'에 오르기 전에는 반드시 두어 번 집 앞을 지나치며 동태를 살펴보기로 되어 있었다. —두 사람은 길 건너편 어두운 곳을 지나면서 2층을 올려다보았다. 전등은 켜져 있었다. 사람의 그림자는 보이지 않았다. 아래층 옷가게에 안면이 있는 안주인이 계산대에 앉아서 바깥을 내다보고 있었다. —얼핏, 이쪽을 알아본 듯 낯빛이 살짝 달라진 것 같았다.

그러더니 안주인은 눈앞의 연기라도 흩트리는 양 손을 흔들었다. 그것은 "안 돼, 안 돼." 하는 신호 같았다.

—이상해.

멈춰 서 있을 수 없기 때문에 그대로 지나갔다. 조금 가다가 다시 같은 곳으로 돌아왔다. 사방을 경계하지 않으면 안 되었다.

—이봐요, 기미 양, 손님을 가장하고 화장지라도 사 와 봐.

—글쎄. 이상하네. 놈들이 여기를 알아냈을 리가 만무한데.

기미는 종종걸음으로 밝은 옷가게 안으로 들어갔다. —잠깐 있으려니까 기미가 가게를 나오는 모습이 보였다. —모리모토는 조금 떨어진 공터 담벼락에서 기다리고 있었다.

—어떻게 됐어?

—일이 잘못된 것 같아요.

기미는 숨을 멈추고 있었다.

—아줌마가 소리를 내어 말을 하지 못하는 걸 보면 안에 누군가가 잠복하고 있는 것 같아요. 거스름돈을 건넬 때, 빨리 나가라, 빨리 나가, 하듯이 밀어내는 거예요.

오한이 오싹 그의 등골을 타고 달렸다. 주위가 밝았다면, 그의 얼굴이 바래서 희읍스름한 반죽처럼 변한 것을 기미가 보았을지도 몰랐다. 그것은 전무를 옴쭉달싹 못하게 만들었던 모리모토답지 않은 얼굴이었다.

—음, 무슨 일일까? 파업 때문일까?

혀가 끈적거렸다.

—어쨌든 이 주변은 위험해요.

그들은 밝은 큰길을 피했다. 모임이 있는 동료의 집에 잠깐 얼굴을 내밀었다. 하지만 걱정할까 봐, 가와다의 일은 말하지 않았다. 두세 사람이 와 있었다. 모두 흥분하여 신나게 떠들어 대고 있었다. —그는 자신의 집이 걱정이 되었다. 목구멍이 바싹 말라 들었다. 그는 두 번이나 물을 마시려고 부엌으로 들어갔다.

그는 잠시 나갔다가 다시 돌아오겠다고 말하고 밖으로 나왔다.

—안색이 안 좋아. 중요한 때이니 각별히 조심해야지.

막 나가려고 할 때에 한 사람이 그렇게 말했다.

기미도 함께 나왔다. 그는 전혀 평소의 그답지 않게 아무 말도 하지 않고 곧장 걷기만 했다.

—스즈키 씨는 참 이상한 사람이야.

기미가 뭔가 골똘히 생각하고 있다가 불현듯 그렇게 말했다. 거기에는 언제까지고 말없이 걷고만 있는 상황에서 벗어나고 싶다는 속내도 담겨 있었다.

—그 사람이 이상한 말을 하는 거예요. …… 너는 가와다한테도

…… 키스를 했을 거니까 나한테도 해 줄 수 있지 않느냐고! 그리고는 술에 만취해서 제 눈을 뚫어지게 쳐다보더라구요. 그 일이 있고 난 뒤로는 그 사람이 끔찍하게 싫어졌어요. 뭔가 오해를 하고 있는 모양이에요. 나도 내가 오해 받을 만한 구석이 있다고 생각하긴 하지만 말예요. …… 그래도 나는 이 일을 하고 나서부터는 옛날 같은 철없는 짓은 딱 잘라 그만두었어요. 그런 마음이 싹 없어진 게 제일 신기해요. 게다가 가오루가 애타게 그리워하는 상대가 가와다 씨예요. 아직 가와다 씨한테 고백하진 않은 것 같지만…….

그는 앗! 했다. 그리고는 스스로도 우스꽝스러울 만큼 허둥거렸다. 과연 사실일까? 그러고 보니, 가와다가 자신에게는 밑바닥 생활을 하고 있는 의지가지없는 여자가 있는데, 그 사람이 자신에게는 오직 한 사람의 여자라고 말한 적이 있었다.

—스즈키 씨뿐만 아니라 남자란…….

기미가 그렇게 말하고, —평소의 버릇처럼 장난스럽게 킥 하고 웃었다.

—당신만은 그래도 조금 달라요.

—그건 말야.

모리모토는 스스로도 알 수 없는 어떤 힘에 이끌려 해서는 안 될 말을 불쑥 내뱉었다. 그러나 왠지 지금 말하지 않으면 그냥 이대로 끝나 버릴 것 같은 생각이 들었다. 그는 무서우리만치 진지한 낮은 목소리로 말했다.

—그건 말야, 기미 양을 정말로 …… 사랑하고 있기 때문이야!

"어머머, 웃긴다! 지금 무슨 소릴 하는 거야, 이 남자가!" —너무나 밝게, 하늘 높이 울려 퍼지는 큰 웃음소리가 스스로 생각해도 달달한 고백을 단번에 날려 버릴 것이다. 모리모토는 말을 뱉은 순간 그 사실을 깨닫고 낯이 확 붉어졌다. —하지만 뜻밖에도 기미는 입을 굳게 다물었다. 두 사람은 그 이후로 아무 말도 하지 않은 채 어색한 상태로 줄곧 걸어갔다.

다리 위에 왔을 때, 그는 문득 뭔가를 깨달았다. —기미를 잠깐 앞서 가게 하고서 호주머니를 뒤졌다. 안주머니 안에서 네 겹으로 접은, 접힌 부분이 너덜너덜해진 얇은 팸플릿이 나왔다. 가와다가 주면서 읽고 바로 태워 버리라고 한 것이었다. 그는 그것을 아주 잘게 찢어서 강에 버렸다. 어둠이 엉겨 있는 강물 위로, 그 종잇조각들이 하얀 빛깔을 퉁기며 팔랑팔랑 떨어져 갔다. 시차를 두고 여러 번에 나누어서 그렇게 했다. —그렇게 하는 가운데, 그는 차분해지는 자신을 느낄 수 있었다.

기미는 두꺼운 쇼윈도에 몸을 기댄 채 그를 기다리고 있었다. 그는 여전히 아무 말도 하지 않았다.

헤어져야 할 곳에 이르러 멈춰 섰을 때 비로소 모리모토는 여자의 손을 꼭 잡고 말했다.

—힘내, 조금만 더 힘을 내서 버틸 수 있는 데까지 버텨 보자! 'Y의 포드'를 우리 힘으로 완전히 멈출 날도 있을 테니까!

기미는 고개를 숙인 채, 그의 얼굴을 보지 않고서, ―손을 잡고만 있었다.

모리모토는 대문을 열자마자 헉! 했다. 사실 본 것은 아무것도 없었다. 그것은 이런 상황에서 발휘되는 그들 특유의 섬광 같은 직감이었다. ―드르륵 미닫이문이 열렸다. 양복을 입은, 낯선 사내 둘이 거기에 우뚝 서 있었다. ―끝났구나 하고 생각했다. 그로서는 첫 경험이었다. ―하지만 막상 그 상황에 부딪치자, 그는 이상하게도 마음이 침착해졌다.

―누구십니까?

―푯.

양복 입은 얼굴이 빈정대는 웃음을 지으며 일그러졌다.

―경찰서에서 왔어.

그는 말없이 마루 위로 올랐다. 아버지는 아직 돌아와 있지 않은지 보이지 않았다.

―얘야, 얘야, 너!

어머니는 넋이 빠진 채 앉아만 있었다. 기다리는 동안에 이 가련한 어머니가 형사들에게 차를 대접한 듯, '남부센베이'가 담긴 접시와 유노미 찻잔 두 개가 나란히 놓여 있었다. 그것을 보자, 그의 가슴이 무너져 내렸다. 그는 다음 말을 잇지 못하고 있는 어머니에게,

―아무 일도 아니에요. 바로 돌아올게요.

하고 말했다.

그는 양복 입은 두 형사에게 주머니라는 주머니는 모조리 수색당했다. 집안은 이미 '가택수색'을 당해 온통 흐트러져 있었다.

토방에서 신발 끈을 매면서 키가 땅딸막한 쪽이

—이런 곳에 그쪽 조직 일에 관계하는 사람이 있으리라고는 생각도 못했어.

하고 말했다.

그는 그 말 속에 담긴 예사롭지 않은 의미를 알아차렸다. 그는 가와다가 당부한 말을 잘 지켜 오고 있었다. 이제껏 한 번도 놈들에게 얼굴이 팔린 적이 없었을 것이다. 그렇다면 가와다가 불기라도 한 걸까. 절대로 그럴 리가 없다. 그렇다면—. 그는 뭔가 문제가 있었구나 하고 생각했다.

어머니는 앉아 있기만 했다. 그가 뭐라고 말을 건네면 당장이라도 그 자리에서 울어 버릴 것 같은 느낌이 들었다.

—다녀올게요.

그는 그 말만 남긴 채 끌려 나갔다.

22

처음 얼마 동안은 악취 나는 유치장이 모리모토를 잠 못 들게 하였다. 그곳은 독방이었다. 그는 무겁게 내려앉은 공기 속에서 등을 판자벽에 기댄 채 가만히 앉아 있었다. —갖가지 생각이 차례차례 머리를 스쳐 갔다. 그러나 이상하게도 공포감이 밀려오지는 않았다. 그저 시간이 흐를수록 머리만 또렷해져 올 뿐이었다.

새벽이 가까웠다. 그러나 아직 날이 밝진 않았다. 조각조각이긴 했지만 그래도 기미의 모습을 꿈에 본 듯 싶었다. 추웠다. 그는 턱을 가슴에 파묻고 등을 둥글게 말았다.

똑, 똑……, 똑, 똑, 똑……

맑게 비어 있던 그의 귀가 어디에서 들려오는지 모를 그 소리를 잡아챘다. 귀를 기울이자 문득 소리가 끊어졌다. 그는 숨을 죽였다. 귀가 앵 하고 울렸다. 모든 것이 얼어붙어 있었다.

똑, 똑, 똑……, 똑……, 똑……

그는 귀를 판자벽에 갖다 대었다. ─그 소리는 바로 옆에서 들려왔다. 그러나 무슨 소리인지 분명하지 않았다. 그는 반사적으로 바깥쪽에 신경을 곤두세웠다. 그리고 나서 살짝 주먹을 대고 가볍게 똑, 똑, 똑 하고 세 번가량 두드려 보았다. ─저쪽에서 소리를 멈췄다. 이런 짓을 해도 괜찮을까? 모리모토도 문득 흠칫했다. 잠시 양쪽이 잠자코 있었다.

똑, 똑, 똑……

다시 저쪽에서 두드리기 시작했다. 하지만 이번에는 두드리는 장소가 달랐다. 그는 그쪽으로 다가갔다. 그곳에서 작은 빛의 다발이 새어 나오고 있었다. 어느 유치장에서나 늘 그렇듯이 전에 들어온 몇몇 사람들의 손으로 조금씩 뚫린 듯, 거기만 작게 구멍이 나 있었다. ―다행스럽게도 거기는 바깥에서는 잘 안 보이는 구석진 곳이었다. 그는 과감하게 바로 그곳을 똑, 똑, 똑 두드려 보았다.

그러자 낮은 목소리가 거기에서 새어 나왔다!

그는 천천히 몸을 뒤로 물려서 구멍에 정확하게 맞추어 귀를 갖다 대었다.

―누…….

소리가 분명하지 않았다. 몇 번 귀를 바꿔 대 보았다.

―누구냐…….

"누구냐?" ―하지만, 정작 그런 당신은 도대체 누구란 말인가. 그는 입을 구멍에 가져갔다.

―누구냐?

하고 물었다. 그리고 바로 귀를 갖다 대었다. 상대는 가만히 있는 것 같았다. 하지만 조금 큰 소리로,

―누구냐?

하고 되풀이하였다.

앗! 그 목소리는 가와다가 아닌가! 갑자기 피가 소용돌이치기 시작했다. 바깥쪽을 살피고서 다시 입을 갖다 대었다.

—가와다야?

상대는 확실히 깜짝 놀란 것 같았다.

—누구냐?

—모리!

—모리냐?

상대도 알아차린 것이다. 그는 온몸의 신경을 귀로 가져갔다.

—몸은…….

—몸?

—괜찮아?

—아, 몸은 괜찮냐고? 응, 괜찮아.

……

무슨 말을 하는지 알아들을 수 없었다.

—못 알아들었어. 좀 더 크게!

—공장…….

—공장? 그래.

—괜찮아?

—응, 잘됐어.

—뒤는? …….

—뒤는?

—어떨까?

—괜찮을 거야.

—주…….

—응?

—주저앉으면 안 돼.

—응!

—언제…….

—언제?

—아니, 언제까지나.

—언제까지나.

—기운을 차려서…….

—알았어!

그는 이토록 부자유스럽게 이야기를 주고받는 동안에도 늘 한결같은 가와다의 체취를 느낄 수 있었다. 가슴이 확 뜨거워졌다. 그의 목이 꿀꺽 하고 소리를 내었다.

—누굴까…….

—응?

—안에까지…….

—응? 안에까지?

그는 열심히 귀를 귀울였다.

—아니, 동지.

—아, 동지.

—우리…… 중에…….

—우리…… 중에……?

가와다의 말소리가 분명하지 않았다. 하지만 그는 마음속으로 앗! 하고 소스라쳤다.

—배신자가 있었다고?

무심코 큰 소리를 냈다.

—응.

—정말인가?

—정말이야.

자신도 모르는 사이에 꽉 그러쥐고 있던 그의 손바닥에 끈적끈적하게 땀이 배어 있었다.

—알…….

—응, 알.

—알 리가 없는…….

—응? 응?

—알 리가 없는 것까지…….

—알 리가 …… 응.

—모두…….

—모두.

—알고 있었어.

—……!

—사건은…….

—사건? 응.

—사건은…….

—응, 알아들었어.

—공산당!

—역시!

역시 그랬구나 하고 생각했다. 그는 허리조르기를 당한 것 같은 '가슴 답답함'을 느꼈다.

—마…….

—응?

—마지막까지…….

—응.

—힘내라.

—알았다!

—저…….

그때 그는 흠칫 놀라 몸을 벌떡 일으켰다. 복도를 걸어오는 발소리를 들었다고 생각했기 때문이다.

그것은 정말 발소리였다. —맞은편 끝에서 갑자기 뭔가 심상찮은 일이 벌어진 모양이었다. 형식적인 검속을 받고 들어와 유치장 안에서 특별대우를 받고 있던 스즈키가 오늘 새벽녘에 목을 매달아 숨져 있던 것을 간수가 발견한 것이었다.

*　　　　*

다음 날 'H·S공장'의 노동자들은 예정된 대로 '공장위원회'의 자주화를 획득했다. 비록 그 안에는 전무가 숨겨 놓은 모종의 속셈이 포함되어 있다 하더라도. ―그러나 그들은 머지않아 다가올 결전에서 반드시 승리하기 위해 굳건한 '발판'을 쌓아 두어야만 한다.

모리모토의 후계자는 남겨져 있었다.

―처음으로 두 사람을 하나로 묶었던 악수가 헤어짐을 위한 것이었던가 하고 기미는 생각했다. 그 일을 생각하면 가슴이 쓰라렸다. ―그러나 그가 돌아올 때까지 자신들이 해 둬야만 할 일이 무엇인지 기미는 잘 알고 있었다.

기미는 공장 퇴근길에 가오루와 그 일을 의논했다. ―가오루는 살짝 눈가를 훔쳤다.

―울지 마! 울면 안 돼!

기미는 가녀린 그녀의 어깨에 손을 걸었다. 가오루는 가와다를 생각하고 있었다.

봄이 가까웠다. ―낮에는 녹았다가 밤새 다시 얼어붙어 굵은 설탕 모양이 된 눈이 발밑에서 사락사락 밟히고 있었다.

(1930. 2. 24.)

# 당 활동가

黨生活者

1

작업을 마치고 세면장에서 세수를 하고 있으려니까 창문 아래로 제2공장 사람들이 이제 막 퇴근하는 참인 듯 어지러운 신발 소리와 뒤섞인 왁자지껄한 이야기 소리가 들려왔다.

"아직 멀었나?"

그때 등 뒤에 스야마가 와서 말을 걸었다. 그는 제2공장에서 근무하고 있다. 나는 비누 범벅이 된 얼굴로 뒤돌아보고 약간 눈살을 찌푸렸다. ―공장에서 동지들끼리 함께 붙어 다니는 일은 서로 삼가기로 예전부터 약속을 정해 놓았다. 단짝처럼 행동하는 것은 다른 사람들 눈에 띄게 마련이어서 만일의 사태가 벌어졌을 때 한 사람의 희생만으로 사태를 마무리 지을 수 없기 때문이다. 그런데도 스야마는 이따금씩 그 약속을 어겼다. 그리고는 "야, 너무 화내지 마." 하며 붙임성 있게 웃어 버린다. 몸놀림이 경쾌하고 애교가 넘치는 스야마는 밉지 않은 성격의 사내였다. 그래서 스야마가 그럴 때마다 피식 웃고 넘어갔지만 지금은 시기가 시기인 만큼 단호한 표정을 지어 보였던 것이다. 더구나 오늘은 새 멤버를 데리고 어느 '단팥죽집'에 들를 예정이기도 했다. …… 하지만 얼핏 보니 여느 때의 익살스런 모습이 아니다. 순간, 나는 우리와 같은 일을 하고 있는 사람들만이 갖고 있는 '직감'으로 무슨 일이 있다는 걸 알아차리고, ―"응, 곧 끝나." 하고서 푸푸 소리를 내며 얼굴을 씻었다.

내 표정을 읽었는지 스야마는 급히 말투를 바꾸어, "맥주나 한 잔 할까?" 하고 말했다. 평소의 스야마다운 말투이긴 했으나 아무래도 어색한 구석이 남아 있었다. 심상찮은 느낌이 바로 와 닿았다.

공장 밖으로 나오자 스야마는 나보다 십 미터쯤 앞서 걸어갔다. 공장에서 전찻길로 나가는 길은 한쪽은 철둑에 접해 있고 맞은편은 상점이 즐비하게 늘어서 있는 좁은 길이다. 길목 두 번째 전봇대 부근에서 사복이 이쪽을 보고 있다. 하지만 보는 둥 마는 둥 하는 그의 눈길에선 귀찮아 하는 티가 느껴졌다. 나는 뒤따라오는 대여섯 명의 노동자들과 어깨를 나란히 하여 잡담을 나누면서도 한편으로는 곁눈질로 사복의 동태를 살폈다. 사복은 매일 반복되는 잠복근무에 진절머리가 나서 그런지 게을러터진 태도가 역력했다. 스야마는 그 사복을 은근히 얕본 듯, 옆을 지나칠 때는 보란 듯이 다리를 활짝 벌리고 발을 쭉쭉 뻗으며 걸어갔다. 나는 뒤에서 그 모습을 바라보면서 혼자 웃었다.

번잡한 전찻길을 벗어나면서 나는 스야마를 따라붙었다. 그는 코를 만지작거리면서 아무 일 없다는 듯이 사방을 둘러보고 난 다음 재빨리 말했다.

"아무래도 이상해……."

다음 말을 기다리는 나를 향해 스야마가 말했다.

"우에다가 털보랑 연락이 끊어졌대……!"

"언제?"

내가 다급히 물었다.

"어제."

털보는 '예비선' 같은 걸 따로 정해 놓을 필요가 없을 만큼 빈틈없는 사내라고 알고 있었지만,

"예비선은 있었던가?" 하고 물었다.

"따로 정해 두었던 모양이야."

그의 이야기에 따르면 어제 일은 하루만 늦어져도 막대한 차질을 빚을 수 있는 중요한 용건이었던 까닭에 각별히 대비를 했다고 한다. S천과 M동과 A다리, 세 전차 정류소 사이의 길거리를 약속 장소로 이용하기로 하고 그 전날 두 사람이 바로 그 장소를 걸어가면서 '여기서부터 저기까지'라고 분명히 확인했다. 드문 일이지만, 털보는 다시 "만일의 경우를 대비해 놓을 필요가 있다."며 길가의 안전하다 싶은 다방을 정해 두고, 만약 길거리에서 약속이 어긋나 못 만나게 되면 20분 후에 그 다방에서 만나자고 했다. 게다가 헤어질 때 서로 시

계를 맞추기까지 했다. '털보'라 불리는 그 동지는 우리 가운데서 제일 높은 지위에 있는 중요한 당 세포 책임자이다. 여태까지 천번가량 연락 업무를 수행했고, 더구나 모두 가두 연락뿐이었는데도 자기 쪽에서 늦은 적은 꼭 두 번뿐이라는 동지였다. 우리가 활동가임을 자처하는 한 당연한 일이긴 하지만 실제로 그런 사람은 흔치 않다. 게다가 그 두 번 가운데 한 번은 서로가 약속을 잘못 알고 있었기 때문이었지 시간은 역시 정확히 지켰다고 한다. 다른 한 번은 그날 오후부터 시계에 고장이 난 것을 미처 몰랐기 때문이었다. 다른 사람이라면 한 번 정도 약속 장소에 나타나지 않았다고 해도 그렇게 대단한 일은 아니었겠지만, 털보가 안 나왔다는, 더욱이 예비선에조차 안 나왔다는 사실은 도무지 믿을 수가 없었다.

"오늘은 어떻게 한대?"

"어제 그 장소에 다시 가 본다고 했어."

"몇 시에?"

"7시. 그리고 다방에는 7시 20분. 나도 걱정이 되어서 8시 반에 우에다하고 만나기로 해 두었어."

나는 오늘 밤 일정을 가늠해 보고 말했다.

"그럼 나랑은 9시에 만나기로 하지."

스야마와 나는 약속 장소를 정하고 헤어졌다. 헤어질 때 스야마가 말했다.

"털보가 당했다면 나도 자수하러 갈 거야!"

물론 농담이었지만 그 말엔 묘한 감정이 실려 있었다. "바보 같은 소리 말어, 이 자식아." 하고 대꾸하긴 했지만 그가 그렇게 말한 심정을 나 자신이 너무나 잘 알고 있었다. —털보는 그만큼 우리 동지들 사이에서 신뢰를 받고 있었고 힘이 되어 주는 존재였다. 우리에게 털보는 등대와 같은 사람이라 해도 조금도 과장된 표현이 아니었다. 실제로 그에게 무슨 변고가 생겼다면 당장 다음 날부터 일을 어떻게 꾸려 나가야 좋을지 참으로 막막한 기분이었다. 물론 사정이 그렇게 되면 그렇게 된 대로 어떻게든 일을 해 나갈 수는 있을 테지만. —스야마와 헤어져 돌아오면서 나는 그가 붙잡히지 않고 우리 곁에 있어 주었으면 하고 마음속으로 간절히 기원했다.

집으로 돌아오는 길에 조그만 과자가게에 들러 모리나가 캐러멜을 한 통 샀다. 집 가까이에 오다 보니 내가 세 들어 사는 주인집 아이가 동네 아이들과 함께 과자 자동판매기 앞에 서 있었다. 1센을 넣고 손잡이를 당기면 야구 베이스에 공이 날아간다. 공이 들어가는 베이스에 따라 아래 구멍에서 나오는 과자가 달라진다. 최근에 이런 기계가 유행하기 시작하여 길가 어디나 아이들이 떼 지어 있는 모습을 볼 수 있다. 어느 아이나 할 것 없이 눈을 비벼 가며 입을 잔뜩 오므리고 매우 긴장된 표정으로 손잡이를 당긴다. 1센으로 그 이상의 것을 손에 넣을 수 있을지도 모르는 일이다.

나는 호주머니를 뒤져 1센짜리 동전 두 개를 주인집 아이에게 주었다. 아이는 처음에는 손을 조금 빼더니 갑자기 얼굴 가득히 기뻐하는 빛을 떠올렸다. 보아하니 주인집 아이는 그때까지 딴 아이들이 하는 걸 뒤에서 보고만 있었던 모양이다. 좀 전에 샀던 캐러멜도 아이의 호주머니에 쑤셔 넣어 주고 집으로 들어갔다.

8시까지 오늘 공장에서 일어난 일들을 원고로 작성하여 내일 뿌릴 유인물을 만들기 위해서는 서두르지 않으면 안 된다. 그 원고를 8시에 만날 S에게 넘겨주기로 되어 있다. 나는 벽장 안에서 각종 자료가 들어 있는 트렁크를 꺼내어 작업을 시작했다.

구라다공업사는 이백 명가량의 노동자를 고용하고 있는 금속 공장이었지만, 전쟁이 시작되자 비정규직을 육백 명이나 모집했다. 나와 스야마, 그리고 여성 동지 이토는 그때 다른 사람의 이력서를 가지고 들어갔다. 정규직 이백 명으로 굴러가던 공장에 비정규직이 육백 명이나 채용될 정도라면 얼마나 많은 일감이 쏟아져 들어왔는지 짐작하고도 남을 만하다. 구라다공업사는 전쟁이 터지자 주 생산 품목인 전깃줄 제작을 중지하고 방독면과 낙하산, 비행선 선체를 만들기 시작했다. 하지만 오래지 않아 그 일이 일단락될 예정이었으므로 비정규직 육백 명 가운데 사백 명가량은 해고당할 운명이었다. 그래서 요즘 공장에서는 온통 그 문제로 시끌시끌했다. —노동자들은 "해고할 건가 봐.", "또 모가지 날아가게 생겼군." 하고 말하는 반면, 회사에서는 "원래 비정규직한테는 해고고 뭐고 없어! 오히려 처음 약속보다 보름이나 더 일을 하게 해 주고 있잖아." 하고 말했다. 약속 기간보다 더 오래 일을 한 것은 사실이지만 분초를 다투는 급박한 일들뿐이어서 너무나 무리한 작업이었다. 여성 노동자들은 아침 8시부터 밤 9시까지 내리 작업을 하고도 일당이래야 1엔 8센밖에 받지 못했다. 오후 6시부터 9시까지 잔업은 한 시간에 8센씩이었는데, 그나마 저녁밥을 먹는 20분 내지 30분가량의 시간조차 잔업 시간에서 빼고는 수당에서 2센 내지 3센씩 일일이 계산을 해서 공제했다.

밥 먹을 때 내가 말을 꺼냈다.

"그러니까 회사는 노동자를 밥 안 먹어도 돌아가는 기계쯤으로 생각하는 거로군."

같이 일하고 있는 비정규직 한 사람이 "그런가 보지……." 하고 대꾸했다. 그 "그런가 보지"라는 말이 너무나 천연덕스럽게 나왔으므로 다들 웃고 말았다. 회사는 날마다 사백 명 가까운 여성 노동자들에게 일당을 지불하면서 그 끝자리 8센을 5센짜리 한 장에다 1센짜리 동전 세 개를 보태어 일일이 세어 주었다. 그것은 여간 번거로운 짓거리가 아니었다. 6시에 작업을 마쳐도 그놈의 동전 세는 일 때문에 7시나 되어서야 퇴근할 수 있었다.

"더럽고 치사해서 정말! 8센을 10센으로 해 주면 간단할 걸 가지고. 차라리 우리가 3센을 손해 보고 5센짜리 한 장만 받아가는 게 낫겠다."

사람들은 줄 속에서 웅성웅성 떠들어 대었다.

"있는 놈들이 더하다니까. 이런 게 자본가 근성이라는 건지, 원. 찔러도 피 한 방울 안 나올 거야. 지독한 놈들!"

그런데 뜻밖에도 비정규직을 해고할 때 회사에서 한 사람 앞에 10엔씩을 지급할 것이라는 소문이 떠돌고 있었다. 비정규직이니까 돈을 더 주고 말고도 없지만, 모두가 열심히 일을 해 주었기 때문에 특별히 얹어 준다는 이야기였다. 그 소문이 신빙성이 있는가 없는가를 따지기 전에, 여하튼 사람들은 여기를 그만두게 되면 또다시 당분간 일자리를 얻을 수 없는 처지인지라 은근히 그 소문에 기대를 걸고 있었다. 그렇지만 저녁 식사 시간을 임금에서 2센, 3센씩 공제하거나 몇백 명의 사람들을 예사로 한 시간이나 기다리게 해놓고 1센짜리 동전 세 개씩 또박또박 세어 주는 회사가 무슨 까닭에 육백 명이나 되는 사람에게 10엔(무려 10엔!)을 내놓는단 말인가. 필시 회사 쪽의 꿍꿍이가 숨겨져 있을 것이다. 그런 소문을 퍼뜨려 해고를 코앞에 둔 노동자들의 동요를 막고, 막판에 가서 오리발을 내밀겠다는 수작일 게 분명하다.

오늘 공장에서는 온통 그 10엔이 화제였다. 10엔의 유혹은 그 뻔한 술수마저 꿰뚫어 보지 못하게끔 노동자들의 시야를 가리고 있었다. 나는 내일 뿌릴 유인물에다가 그 술수를 폭로하기로 했다. 그저께 돌린 유인물에 그 앞날 사람들이 와글와글 떠들어 대던, 일당 지불 시간을 단축해 달라는 요구가 오롯이 실려 나오자 (사소한 일이었지만) 사람들 사이에서 뜨거운 반응이 일었다. 나는 책상 앞에 양반다리를 하고 앉았다.

잠깐 있으려니까 아래층 아주머니가 계단을 올라왔다.

"아까 우리 애한테 그래 주신 거, 정말 고마워요!"

그녀는 평소와는 달리 온 얼굴에 웃음기를 머금고 있었다. 우리 같은 사람은 아무것도 아닌 일에도 '보통 사람'처럼 보이도록 신경을 써야 한다. 같은 집에서 사는 사람들에게 '2층 방 사람은 아무래도 좀 이상하다'든지, '무슨 일을 하는 사람일까?' 하는 궁금증을 자아내는 행동은 어떻게든 삼가야 한다. 지금 옥중에서 투쟁하고 있는 H라는 동지는 음식점, 다방, 이발소, 목욕탕에까지도 현상 수배 사진이 나붙을 만큼, 우리하고는 비교가 안될 만큼 격심한 추적을 받으면서도 어떤 때는 같은 집에 사는 사람들을 데이코쿠 극장에 데리고 가기도 했다. 또한 우리는 '보통 사람'처럼 세상사에 관한 시시껄렁한 잡담이나 겉치레 인사말도 할 줄 알아야 한다. 하지만 그 일이 내게는 여간 어려운 게 아니다. 최근에 와서야 조금 익숙해지고 있긴 하지만…….

"아이구, 뭘, 그까짓 걸로……."

대꾸를 해 놓고 보니 뭔가 어색해서 얼굴이 화끈거린다. 아무래도 잘 안 된다.

원고용지로 기껏해야 두 매나 두 매 반밖에 안 되는 분량이지만 낮에 일을 하고 와서 글을 쓴다는 것은 그리 쉬운 일이 아니다. 10엔을 준다는 거짓 소문을 폭로하는 원고를 그럭저럭 다 써 놓고 나니까 벌써 7시가 넘어 있었다. 나는 그 사이에 몇 번이나 수건으로 얼굴을 훔쳤다. 원고를 쓸 때면 유난히도 땀이 흘렀다. 다 쓴 원고를 봉투에 넣고 겉봉에다가 알지도 못하는 여자 이름을 적어서 러브레터로 꾸미고 7시 40분에 집을 나섰다. "산책 갔다 오겠습니다."라는 나의 인사에 평소에는 눈길 한 번 보내지 않던 아주머니가 "다녀오세요." 하며 이쪽을 보고 말대답을 했다. 효과가 있었나 보다. 나는 어둠 속으로 나가면서 쓴웃음을 지었다. 한번은 그녀가 외출하려는 나를 향해 "총각은 자주 나가는 편이네요." 하고 말한 적이 있었다. 가슴이 철렁했다. 사실 매일 밤 외출하고 있었으니 의심하자면 얼마든지 의심할 수 있는 일이었다. 순간적으로 당황했지만, 그래도 "저, 그건……." 하며 웃으면서 변명을 둘러대려니까, 아주머니가 말꼬리를 잘라 "연애하시나 봐요?" 하면서 웃었다. 나는 그제야 아주머니가 딴 의미로 한 말이라는 것을 알고 마음을 내려놓았다.

8시에 만나기로 한 장소는 전찻길의 뒷골목으로 들어가 조그만 공장들이 많이 늘어서 있는 곳이었다. 길에는 가게 사람들이나 앞머리만 기른 공장노동자들이 많이 눈에 띄었다. 나는 내가 가는 장소에 따라서 되도록이면 그곳에 어울리는 복장을 하려고 신경을 많이 쓰는 편이다. 충분할 수는 없지만 그건 꽤나 중요한 일이다. 불심검문을 피하기 위해서는 깔끔한 옷차림이 필수적이지만, 그렇다고 오늘처럼 이런 장소에서, 더구나 8시라는 시각에 양복을 입고 지팡이를 가지고 걸어 다니면 오히려 더 눈에 띄어서 좋지 않다. 그래서 나는 수수한 옷에 아무렇게나 허리띠를 두르고 모자도 쓰지 않은 차림으로 나갔다.

곧게 뻗은 길 맞은편에서 오른쪽 어깨를 흔드는 버릇이 있는 S가 다가오고 있었다. 그는 나를 발견하고는 잠시 쇼윈도에 다가섰다가 짐짓 아무렇지도 않은 체하며 골목을 돌아 나갔다. 나는 그 뒤를 똑같이 돌고 그리고 한 번 더 골목을 꺾어 돈 뒤에야 그와 어깨를 나란히 하고 걷기 시작했다.

S의 첫마디는 그저께 들어간 유인물의 공장 내 반응에 대한 물음이었다. 비교적 자세히 내 얘기를 듣고 난 후 S가 진지하게 말했다.

"공장에서 화제가 되고 있는 사안에서 출발한 문제 제기 방식 자체는 좋았어. 하지만 거기서 한 걸음 더 나아가 정치적 관점에서 다루어야 한다는 점에서는 미흡해."

전혀 예기치 못한 S의 말에 깜짝 놀라 그의 얼굴을 쳐다보았다. 정말 그랬다. 나는 유인물에 대한 반응이 좋다는 데 만족하고 그걸 한 단계 더 높은 관점에서 보는 데 대해서는 미처 생각하지 못했다.

"그러니까 결국 대중의 자연발생적인 감정을 마냥 쫓아다니고만 있는 꼴이야. 일상의 불만에서부터 제국주의 전쟁의 본질을 분명하게 인식케 하기 위해서는 특별하고도 계획적인, 게다가 상당히 전문적인 노력이 필요하다구."

S는 그저께의 유인물이, 여태까지 쏟아져 나온 공식적이고 추상적인 전쟁 반대 유인물이 가지고 있던 결점을 극복하려는 데 급급하여 이번에는 거꾸로 문제를 경제적인 요구의 한계에 가두어 버리는 잘못을 범하고 있다고 지적했다. 덧붙여 그런 우익적 편향은 대중추수적인 태도이므로 당장은 반응이 좋을 수밖에 없을 테지만, 그 '반응이 좋다'는 것이 어떤 의미를 갖는지 다시 한 번 곰곰이 생각해 볼 필요가 있다고 말했다. 우리는 걸어가면서 그 문제에 관해서 줄곧 이야기했다.

"반성했다고 하면서 윗돌 빼서 아랫돌 괴고 아랫돌 빼서 윗돌 괴는 방식이라면 무슨 소용이 있겠어. 말짱 도루묵이야! 이때까지 우리는 장님 코끼리 만지듯 사물의 단면, 단면밖에 보지 못했던 거라구."

S와 나는 다방으로 들어가 자리를 잡았다.

"러브레터 좀 전해 줘."

내가 그렇게 말하며 원고를 테이블 아래 선반에 얹자, S는 흥얼흥얼 콧노래를 부르며 웨이터 쪽을 살피면서 그걸 호주머니에 쑤셔 넣었다. 그러고 나서 코 밑을 쓸어 보이며 물었다.

"자네 쪽에선 털보와 연락이 되나?"

나는 퇴근할 때 스야마한테서 들은 사실들을 들려주었다. S는 일부러 콧노래를 흥얼거리면서, 그러나 눈에 주의를 모으며 내 이야기를 들었다. 그게 버릇이었다.

"나하고도 어제 6시에 약속이 있었는데 안 나왔더구만."

불길한 예감이 덮치면서 가슴이 쿵쿵 뛰었다.

"당한 걸까……?"

나는 말은 그렇게 하면서도 실은 '아니, 별일 없을 거야' 하고 대답해 주길 바랐다.

"으음—."

S는 골똘히 생각하더니, "글쎄, 조심성이 많은 친구니까……." 하며 말끝을 흐렸다.

우리는 어느 쪽에서건 털보와 연락이 닿으면 알려 주기로 했다. 그리고 다음 날 아침에 돌릴 유인물 반입 문제에 관해 의논을 끝내고 헤어졌다.

9시에 스야마와 만났을 때 그의 낯빛만으로도 금방 눈치 챌 수 있었다. 털보의 소식은 없는 모양이다. 하지만 그렇다고 모든 게 절망적이라고 할 수는 없다. 우리는 가능한 모든 방법을 동원해서 털보의 행방을 수소문하기로 하고 곧바로 헤어졌다.

자기 아지트 부근에서 볼 수 있는 간단한 용무가 아니라면 9시 반을 넘겨서 나다니는 일은 삼가는 것이 우리의 불문율이다. 그 시간의 길거리는 너무 위험하기 때문이다. ―나는 스야마와 헤어져 혼자 돌아오면서, 털보가 의외로 가슴속 깊이 자리 잡고 있었음을 새삼 깨달았다. 그리고 왠지 모르게 걸음이 불안해지는 자신을 발견했다. 무릎이 풀리고 숨이 차다. ―평범하게 살아가는 사람들은 지금 나의 이런 상태에 얼마간 과장과 거짓이 섞여 있다고 생각할는지도 모른다. 그러나 외부로부터 모든 것이 차단된 채 개인적으로 오래 사귀어 온 친구들과도 관계가 모두 단절되어 버리고, 심지어 잠깐 목욕탕에 가는데도 마음을 놓을 수 없을 뿐 아니라 잡히기라도 하면 적어도 6, 7년은 감옥에서 썩어야 하는 처지에서는 의지할 데라곤 동지들뿐이다. 한 사람이라도 동지를 빼앗겨 본 사람이라면 우리를 이어 주고 있던 감정이 얼마나 깊고 도타운 것이었던가를 새삼 절감한다. 더구나 그가 항상 우리를 지도해 온 동지일 경우 특히 더 그러했다. ―이전에 어떤 반동적 조합 안에서 반대파로 합법 활동을 하던 때에도 똑같은 일이 있었지만 이 정도까지는 아니었다. 그때는 아무래도 여러 가지 일상생활이 그 충격을 완충해 주었기 때문이라는 것은 숨기려야 숨길 수 없는 사실이다.

셋방에는 오타가 기다리고 있었다. ―그는 내 아지트를 알고 있는 유일한 동지다. 단 한 사람에게도 아지트를 알리지 않는다는 원칙을 세워 두고 있었으나 윗선의 양해 아래 그에게만은 특별히 알려 주었다. 구라다공업사에서 원활히 활동하기 위해서는 아무래도 전담자를 한 사람 정해 두고 그 사람과 끊임없이 만날 필요가 있기 때문이다. 밖에서 만나는 것으로는 급한 일이 생길 경우에 즉각 손발을 맞추기가 어려웠고 또 충분히(여러 문제에 관해 납득이 가도록) 이야기를 나누기가 어렵기도 하였다.

오타는 내일 돌릴 유인물 때문에 온 것이다. 그래서 내일 아침 7시에 T역 철도 플랫폼에서 S가 유인물을 건네주기로 되어 있다는 사실을 알려 주었다.

그 밖에 필요한 사항에 대한 의논을 마치고 나서 우리는 잠시 잡담을 했다. 내가 "잡담이나 할까?" 하고 싱긋싱긋 웃으면서 말을 꺼내자 오타는 "또 그놈의 잡담 타령이 나오는군." 하고 말하며 웃었다. 일을 끝내고 나면 나는 으레 "잡담이나 할까." 하고, 그것도 너무나 절실히 얘기했으므로 예의 그 '잡담 타령'은 나의 트레이드마크처럼 되고 말았다. 그런데 최근에 와서야 내가 왜 그토록 잡담에 집착하는지 그 이유를 깨달았다. ―그것은 한마디로 숨통 같은 거였다. 우리는 일 문제로는 거의 매일같이 동지들을 만난다. 하지만 그런 경우 찻집에서조차 될 수 있는 대로 작은 소리로 쓸데없는 말은 줄이고 용건만 간단히 이야기한다. 그리고 이야기가 끝나기 무섭게 바로 그 장소를 나와 되도록 빨리 헤어져 간다. 이런 식의 만남이 365일 되풀이되는 셈이다. 물론 나는 그런 일상생활 양식을 좇아 과거 내 생활 방식을 청산하고 지금은 거기에 익숙해져 있다. 그러나 유치장에 오래 있다 보면 견딜 수 없게 '단 것'이 먹고 싶어지고, 때로는 그 욕구가 발작적인 질병처럼 찾아드는 적이 있듯이 끊임없이 반복되는 메마른 생활에 대한 반작용이 동료들의 얼굴을 보고 있으면 때때로 잡담을 하려고 드는 모습을 빌려서 나타나는 듯싶다. 오타는 그런 내 기분을 이해하지 못했다. 그의 생활은 '보통 사람'과 크게 다를 바가 없다. 때로는 맥주집 같은 데서 거리낌 없이 큰 소리로 떠들어도 무방한 그로서는 잡담을 나누고 싶어 하는 내 기분을 그저 극히 낙천적인 내 성격 정도로만 이해하는 듯했다. 그래서 잔혹하게도(!) 나의 잡담 제의를 단호히 거부한 채 돌아가 버리는 때도 있었다.

오타는 '잡담'을 한다면서 공장의 여러 여성 노동자들에 대한 비평을 늘어놓고 돌아갔다. 그가 어느 사이에 그렇게 많은 여성 노동자에 대한 일들을 소상히 알게 되었는지 나는 그저 놀라울 따름이었다.

"여성 노동자들이야 부르주아 아가씨들처럼 시시콜콜 격식을 차리는 법이 없지. 마음에 들면 워낙에 직접적이고 구체적이라서 난감할 때가 많아."

'직접적이고 구체적'이라는 말이 우스워서 우리는 함께 키득키득 웃었다…….

2

'당'의 서명이 선명하게 박힌 유인물이 한 번 뿌려지고 난 다음부터 구라다공업사에서는 아침저녁 출입 통제가 갑자기 엄중해졌다. 시기가 시기이고 제조하고 있는 제품이 군수품인 터라 회사도 당황하기 시작한 것이다. 내 옆에서 일하고 있는 여성 노동자 한 사람이 어느 날 아침에 꺅 하고 비명을 지르며 뛰어 들어온 적이 있다. 공장 출입구 옆에 창고가 있는데 언제나 문이 반쯤 열려 있어 어두침침한 안쪽이 들여다보였다. 그녀가 아무 생각 없이 그곳을 지나가는데, 구석에서 검정 옷을 머리에서부터 뒤집어쓴 '물체'가 엉기적엉기적 움직이기 시작하더라는 것이다. 나중에야 그것이 경비원이었음이 밝혀졌다. 경비원을 그런 식으로 잠복시키는 것만 보더라도 놈들이 얼마나 겁을 집어먹었는지 알 만했다.

전쟁이 터지자 젊은 공장노동자들이 줄줄이 군에 입대한 반면 군수품 제조 작업은 급격하게 늘어났다. 이 틈을 메우기 위해 어느 공장에서나 노동력 확보에 혈안이 되어 있었다. 이전까지는 단 한 사람의 노동자를 채용하는 데도 엄중한 신원 조사를 했고, 신원보증인을 내세워야만 했다. 하지만 전쟁이 터지고부터는 사정이 달라져 그렇게 하고 있을 겨를이 없었다. 우리는 그 기회를 노렸다. 물론 그렇게 고용된다

하더라도 어디까지나 '비정규직'이었다. '국가 비상시'라는 사정을 명분으로 계속해서 비정규직을 쓰는 것은 결국은 노동자 전체(공장 측에서 본다면 정규직을 고용할 때)의 임금을 깎아 내리는 데도 도움이 된다. 결국 한편으로는 대량의 노동력을 비정규직으로 확보하여 초과 이윤을 획득할 수 있는 반면, 다른 한편으로는 단기간에 다급하게 노동자를 긁어모아야 하므로 채용 과정이 허술해질 수밖에 없다. 놈들은 이 틈바구니에 끼어 검정 옷을 머리에서부터 둘러쓰고 염탐을 하는 어이없는 짓거리를 하지 않을 수 없었던 것이다.

그런 염탐 따위는 아무래도 괜찮았지만 나로서는 잠복하고 있는 사복이 문제였다. 내 사진은 경찰서마다 깔려 있었다. 물론 변장을 하고 있기는 하지만 마음이 놓이지는 않았다. 13년 전에 찍은 사진을 경찰이 갖고 있는 바람에 한 번도 실제 얼굴을 본 적도 없는 스파이에게 붙잡힌 동지가 있었다. 동료 가운데 어떤 사람은 나보고 완전히 '잠수'하라고 권유하기도 했다. 물론 그보다 더 좋은 건 없지만, 여태까지 경험으로 볼 때는 공장 바깥에서 그 조직을 움직여 나가기란 공장 안에 있을 때보다 백배나 어려운 일이기도 하려니와 백분의 일의 성과도 거둘 수가 없다. 공장에 있는 멤버들과 극도로 긴밀한 연계가 맺어져 있는 경우라도 사정은 마찬가지다. 당연한 말이지만, 우리가 '잠수'한다고 할 때 그것이 은거한다는 뜻은 결코 아니다. 또 단순히 모습을 감춘다든지 도망 다닌다는 것도 아니다. 모르는 사람들은 간혹 그렇게들 생각한다. 하지만 만일 '잠수'한다는 게 그런 것이라면 놈들에게 얌전히 잡혀서 유치장에서 꼼짝 않고 지내는 편이 백배나 더 편할 것이다. '잠수'란 오히려 적의 공격으로부터 몸을 차단하여 더 대담하고 단호하게 투쟁할 필요가 있을 때 쓰는 전술이다. —물론 활동하기가 용이하다든가, 그 밖의 여러 가지 점을 고려하면 합법적인 편이 훨씬 낫긴 하다. 그래서 오타나 다른 동료들에게 되도록이면 합법성을 오래 유지하라고 이야기한다. 그 의미에서 '잠수한다'는 것은 올바른 표현이 아니다. 우리는 결코 스스로 잠수하는 것이 아니라 놈들에게 잠수를 강요당하고 있을 따름이다…….

이렇듯 열악한 상황에서 적 앞에 몸을 드러내 놓는 위험을 감수해야 하느니 만큼 아침저녁으로 사복 앞에서 몸을 도사리지 않으면 안 된다. 요즈음 공장 앞에 서 있는 사복이 언제나 같은 얼굴들이어서 다행이긴 하다. 그래도 멀리서 보아 낯선 얼굴이 서 있을 때는 걸음을 천천히 하고 모자를 고쳐 쓰면서 내가 아는 얼굴인지 아닌지 확인한다. 이 첫 번째 관문을 통과하면 이번에는 수위실의 검문이 기다린다. 그러나 여기에서는 유인물을 가지고 들어가는 사람만이 문제였다. 그 사람만 걸리지 않도록 하면 그뿐이다. 오타는 그런 일은 여성 멤버에게 맡긴다. 오타는 "여자 배꼽 밑에다가 넣어 두면 웬만해선 발각당하지 않는다."고 말했다. 놈들이 아직 그곳까지 뒤질 만큼 뻔뻔스럽지는 않은 모양이다.

이튿날 아침 옷장을 여니까 유인물이 들어 있다! 순간, 물밀 듯한 감동이 짜릿하게 온몸을 타고 흐른다. 작업장에 들어가자 옆자리의 아가씨가 유인물을 읽고 있었다. 초등학교 학생처럼 또박또박 한 자씩 짚어 가다가 어려운 글자가 나오면 머리에 새끼손가락을 넣고 긁으며 고개를 갸웃거렸다.

"이게 정말이에요?"

10엔 수당 건을 두고 하는 말이다.

"왜, 거짓말 같아요? 그거 정말이에요. 정말이고말고요."

"너무너무 분해요."

공장에서는 내가 '믿음직한 사람'으로 떠오르고 있다. 나는 유인물이 돌 때나 아닐 때나 언제든 사람들이 회사 일을 가지고 이러쿵저러쿵 이야기를 주고받으면, 그 일의 경중을 가리지 않고 적극적으로 말참견을 하여 올바르고 명확한 방향으로 이야기가 전개되게끔 애를 쓰고 있었다. 무슨 일이든 사건이 일어날 때는 언제든지 자기들의 선두에 나서 줄 수 있는 사람이라는 신뢰는 평소부터 쌓아 두어야 한다. 대중의 선두에 서서 많은 노동자를 '대중적으로' 획득해 낼 수 있어야 한다. 예전에는 공장 안에서 몰래 한 사람 한 사람씩 동료로 끌어들이는 종파주의적인 방법이 쓰였지만 그 이후의 실천에서 그런 방식을 가지고는 운동의 대중화가 요원하다는 것을 깨달았다.

작업이 시작되기 전에 시간이 좀 비었으므로 작업대에 둘러서서 이야기하고 있는 사람들 쪽으로 가 보려는 참에 작업감독이 들어왔다.

"유인물을 가지고 있는 사람은 내놔!"

사람들은 무의식적으로 유인물을 감추었다.

"숨겨 봐야 득 될 게 없어!"

작업감독은 내 옆의 아가씨에게 윽박지르듯 말했다.

"어이, 너 이리 내."

아가씨는 순순히 허리띠 안에서 유인물을 꺼냈다.

"이렇게 위험한 걸 그렇게 소중하게 간직하고 있는 놈이 어딨어!"

하며 작업감독은 씩 웃었다.

"하지만 회사가 너무 지독하잖아요, 아저씨!"

"그래서, 그래서 유인물이 나쁘다는 거야."

"그래요? 그럼 회사 그만둘 때 정말 10엔이 나오는 거예요?"

"그런 걸 내가 알 게 뭐야, 회사 사장한테 물어봐!"

대답이 궁해진 작업감독이 얼버무렸다.

"언젠가 아저씨도 그런 말을 한 적이 있었잖아요! 아, 역시 유인물에 적힌 말이 정말이구나!"

아가씨의 그 말에 작업장에 있던 사람들은 모두 웃음을 터뜨렸다.

"어이, 감독, 똑바로 해!"

누군가 소리쳤다.

작업감독은 갑자기 얼굴이 시뻘게지더니 허겁지겁 코를 문지르며, 제대로 대거리도 못하고 씩씩거리면서 나가 버렸다. —순간 우리 작업조에서는 환호성이 터져 나왔다. 작은 소동이었지만 그 덕분에 작업감독 놈이 다른 사람들한테서 유인물 빼앗는 걸 잊어 먹었다.

그날 작업이 시작되고 나서 한 시간도 채 안 되었을 때 오타가 작업 현장에서 붙잡혀 갔다는 소식을 들었다. 유인물을 갖고 들어온 것이 발각된 모양이었다.

오타는—무엇보다 내 아지트를 알고 있다!

그는 예전에 자기에게 무슨 일이 생기면 사흘까지는 버티겠다고 말했다. 사흘이라는 게 무슨 근거에서 나온 거냐고 물었더니 다들 그렇게 말하고 있지 않느냐고 반문했다. 그 무렵 어쩐 영문인지 '사흘'이라는 것이 하나의 결정 사항처럼 되어 있었다. 나는 그때 농담으로 이야기를 돌려 버렸지만 퍼뜩 오타의 어딘가에 나약한 구석이 있음을 느꼈다. 오타가 붙잡혔다는 이야기를 들었을 때 내 머리에 맨 먼저 떠오른 것은 바로 그 일이었다.

내가 아는 어느 동지는 자기와 같이 살고 있던 사람이 붙잡혔는데도 태연히 그 아지트에서 지냈다. 나나 다른 사람들은 당장 거처를 옮겨야 한다고 했다. 그러자 그 동지는 이해가 안 된다는 표정을 지어 보였다. 아니나 다를까 닷새째 되던 날 아지트가 습격당했다. 그때 그 동지는 창문으로 뛰어내렸다. 뛰어내리기는 했지만 발이 접질리고 말았다. 그는 길거리에서 도망치지 못하도록 발가벗겨진 채 끌려갔다. 그는 경찰서 유치장에 들어가서 먼저 잡혔던 동료를 보자마자 "이 얼간이, 멍청한 놈아!" 하고 고함을 질렀다. 그러자 그 동료는 오히려 자기가 잡혔는데도 유유자적하면서 피신하지 않은 그를 향해 '멍청한 놈'이라고 욕을 해 주려고 벼르고 있었노라고 대꾸했다. 뒤에 그 동지가 풀려 나왔을 때 우리는, 그러니까 피신하라고 했을 때 말을 들었어야 하지 않았느냐, 번연히 알고서도 붙잡힌 건 규율의 문제다 하고 나무랐다. 그러자 그는 그놈(먼저 잡힌 동료)이 불었기 때문이다, 한마디라도 그놈들 앞에서 까발린다는 게 말이 된다고 생각하나, "자네들이 오히려 규율상 문제가 있네." 하며 거듭 항변했다. 실제로 그 동지는 취조 받을 때 한마디도 불지 않았다. 그로서는 분다는 사실 자체를 애당초 상상할 수 없었고, 따라서 다른 사람들도 마찬가지일 것이라고 생각했기 때문에 '유유자적'하면서 아지트에 눌러 있었던 것이다. 나는 그때 누구보다도 제일 아픈 곳을 찔렸다고 생각했다. 아지트에서 달아나라고 말했던 것은 '내가' 만일 잡히게 되면 사흘이나 나흘째에 아지트를 불고 말 것이라는 패배주의를 자인하는 꼴인데, 그것이야말로 전혀 볼셰비키적이지 못한 태도가 아닌가. 그 이후 우리는 그 동지의 자세를 모범으로 삼는 규약을 우리의 의무로 받아들이기로 했다. 하지만 지금 저 믿기 어려운 오타를 앞에 두고서는 결코 '유유자적'하게 아지트에서 죽치고 있을 수가 없다. 나는 당장 셋방을 옮겨야만 한다.

그건 그렇다 치더라도 역시 아지트는 아무한테도 가르쳐 주지 않았어야 하는 건데…… 하는 후회가 밀려왔다. 일찍이 뛰어난 활동을 해 오던 동지가 '일곱 명'이나 되는 사람들에게 자기 집을 알려 주고 출입하도록 했었다. 개중에는 동지뿐만 아니라 단순한 '동조자'까지 들어 있었다. 그 때문에 그 동지는 아지트를 습격당하는 불운을 겪었다. ―우리는 세계 최고의 완전무결을 자랑하는 경찰망의 감시 속에서 활동하고 있음을 언제나 명심하지 않으면 안 된다.

그나마 다행스러운 일은 스야마와 이토 요시의 존재에 대해 오타가 모르고 있다는 점이다. 나는 일을 순조롭게 추진하고자 그에게 두 사람이 우리가 믿어도 좋은 동지라는 사실을 귀띔해 주려고 마음먹은 적이 있었다. 그러나 만일의 경우를 생각하고 그만두었다. 무엇보다 먼저 탄압의 파장을 일정한 범위 안에서 막기 위해서였고, 또 한 가지는 누구누구가 멤버라는 사실을 알게 됨으로써 안이하게 일을 처리하려는 위험한 편의주의로 기울 것을 경계했기 때문이었다.

공장에서 퇴근하는 길에 나는 스야마, 이토 요시와 함께 '단팥죽집'에서 긴급 대책을 의논했다. 그 결과 나는 즉시(오늘 밤 안에) 거처를 옮길 것, 상황이 분명해질 때까지 공장에 출근하지 말 것, 남은 동지들과 연락을 더욱 긴밀하게 하고, 이중 삼중의 대비책을 마련할 것을 결정했다. '오늘은 별일 없을 테지'라든지 '설마 그런 일이야 있을라구' 하고 방심한 탓에 여태껏 얼마나 많은 동지들이 실패를 거듭해 왔던가. 위의 세 가지 사항은 '공장 세포'의 결정으로서 반드시 실행에 옮기기로 약속했다. 그리고 스야마와 이토는 그날 받아 온 일당 중에서 각각 80센, 50센을 나한테 건네주었다.

스야마는 평소 그의 버릇대로 뭘 생각해 냈는지 간다 하쿠잔* 이야

* 이 이름은 삼대에 걸쳐 계승되었다. 일대는 에도 말기 야담계의 패권을 쥔 야담가였고, 이대는 거물 배우였으며, 삼대는 협객물로 유명했다. 여기서는 1932년에 타계한 삼대를 말하는 것 같다.

기를 아느냐고 내게 물었다. 나는 웃으면서 "또 시작이군." 하고 말했다. 그의 이야기에 따르면 간다 하쿠잔은 늘 옷섶 속에다 현금 100엔을 넣어 둔 채 무슨 일이 있어도 손을 대지 않고 (죽을 때까지) 간직하고 다녔다고 한다. 이유는 그가, 사람은 언제 어디서 무슨 변을 당할지 모르는데, 막상 일이 벌어졌을 때 단지 돈 몇 푼이 없어서 사내로서 씻을 수 없는 창피를 당할 수야 없지 않은가 하고 생각했기 때문이라고 한다.

"마찬가지라구. 돈이 떨어져 꼼짝달싹 못하다가 붙들리면 그 또한 계급적 배신일 테니까!"

스야마는 말을 이었다.

"우리는 그들의 경험에서도 교훈을 찾아내서 배워야 해."

나와 이토는 그런 갖가지 이야기를 다양하게 알고 있는 스야마의 머리는 '스크랩북'과 같다면서 웃었다.

우선 짐을 옮기기 위해 내 자취방으로 향했다. 설마 그렇게까지 빨리 오타가 내 거처를 까발리리라고는 생각조차 못했기 때문에 마음을 놓고 있었다. 하지만 골목 모퉁이를 꺾어 도는 순간, 나는 흠칫 놀라 우뚝 멈추어 섰다. 2층 내 방에 불이 켜져 있지 않은가! 그리고 그 방에 적어도 한 사람 이상이 있다는 낌새를 느낄 수 있었다. 놈들이 덮쳤다는 것은 의심할 여지가 없었다. 방 안에는 여러 가지 가져가야 할 물건들이 있었고, 그중에는 당장 요긴하게 써야 할 물건도 있었다. ― 그러나 그런 생각을 하고 있을 겨를조차 없었다.

무엇보다 나로서는 지금 당장 어디 갈 만한 곳이 없다. 지금까지 여기저기를 전전하면서, 평소 알고 지내던 사람들의 집은 이제 거의 다 써먹어 버렸고 그런 곳을 두 번 다시 쓸 수는 없는 노릇이다. 어쨌든 우선은 이 지역을 벗어나야만 한다. 전찻길로 나가자마자 사방을 살펴보고 나서 택시를 잡아탔다. 특별히 행선지가 있는 것은 아니었지만,

"S동까지 갑시다."

하고 말했다.

그제야 퍼뜩 내 옷차림에 눈길이 갔다. 공장에서 퇴근해 나온 그대로여서 택시에는 도무지 어울리지 않았다. —택시 안에서 곰곰이 생각해 보았다. 그러나 여전히 갈 만한 곳이 떠오르지 않았다. 초조해서 애가 탔다. 다만 오직 한 사람, 나한테 지금까지 몇 차례 도피 장소를 물색해 주던 여자가 있긴 하다. 내가 부탁하면 꼭 들어주던 사람이다. 그 여자는 어느 가게 3층에 세 들어 살면서 조그만 상업회사에 나가고 있었다. 좌익운동에 호의를 가지고는 있지만 특별히 스스로 애써 운동을 하고 있지는 않았다. 그 여자의 주소를 알고 있긴 했으나 여자 혼자 사는 곳에 찾아가기도 곤란해서 볼일이 있을 경우에는 회사로 전화를 걸어 그 근처에서 만나곤 했다. 하지만 지금 나로서는 그 여자밖에 남아 있지 않다. 그런 걸 따지고만 있을 겨를이 없다. —나는 S동에서 택시를 내려 마음을 굳히고 전차에 올라탔다.

될 수 있는 대로 구석 쪽에 앉아 무릎 위에 양손을 얹었다. 그리고는 은근슬쩍 전차 안을 빙 둘러보았다. 다행히도 '수상한 놈'은 없다.

내 옆자리에는 은행원인 듯한 양복 입은 신사가 『도쿄 아사히』를 읽고 있다. 슬쩍 보니까 신문 2면 중단에 '구라다공업사의 적색분자 검거'라는 표제가 눈에 띈다. 몇 번이나 곁눈질해 보지만 본문은 읽을 수가 없다. ―그날처럼 전차가 느리게 느껴지긴 처음이었다. 가만히 있지도 서 있지도 못하는 기분이었다.

조심하기 위해서 두 정거장 전에 내리고 골목길로 들어가서 두세 번 꺾어 돌다가 그 여자가 사는 곳으로 갔다. 처음 가는 길인 데다가 꼬불꼬불한 골목길을 이리저리 헤쳐 나가야만 했기 때문에 조금 헤맸다. 가게 앞에는 한 늙은 사내가 고약을 붙인 어깨를 드러내 놓고 그 부위를 자기 손으로 두드리고 있었다.

"위층에 가사하라 씨 계십니까?"

늙은이는 내 얼굴을 멀뚱멀뚱 쳐다볼 뿐 묵묵부답이었다. 두 번째는 약간 큰 소리로 물었다. 그러자 미닫이문이 꼭 닫혀 있는 거실 쪽을 향해 무슨 말인지 알아들을 수 없는 소리를 질렀다. 누군가가 미닫이문 중간에 난 유리창을 통해 이쪽을 내다보았다.

"나갔어요."

퉁명스런 대답이 들려왔다.

난감했다. 언제쯤 돌아오느냐고 물어봐도 그건 모르겠다고 한다. 내 인상(특히 옷차림)을 눈여겨보는 듯했다. 막막한 심정으로 나는 그 자리에 멈추어 서 있었다. 어쩔 수 없다. 9시쯤에 다시 들러 보기로 하고 밖으로 나왔다. 나오면서 3층을 올려다보니 불이 꺼져 있다. 갑자기 맥이 탁 풀렸다.

야시장이 선 밤거리 큰길가로 나가서 책을 뒤적거려 보거나 야바위 바둑판 앞에서 구경을 하다가 찻집에 들어가서 두 시간가량을 겨우겨우 때우고 다시 찾아갔다. 골목을 돌아들자 3층 창문에서 밝은 빛이 쏟아져 나오고 있었다.

나는 가사하라에게 간단하게 사정 이야기를 하고 어디 갈 만한 집이 없겠냐고 물었다.

"갈 만한 데는 이미 다 써먹어 버렸어요. 회사 여자 친구가 두엇 있긴 하지만…… 걔들은 그쪽을 전혀 이해하지 못할 거예요. 게다가 다들 미혼인데……."

가사하라는 한참 고개를 갸웃거리며 생각해 보았지만 역시 별수가 없는 모양이다. 시계를 보니까 10시가 다 되어 간다. 10시 지나서 바깥을 돌아다니는 것은 위험천만한 일이다. 게다가 나는 여전히 푸른 작업복을 걸친 상태라 더더욱 위험하다.

"당신이 여자라면 몰라도 남자라서 곤란해요."

가사하라가 쓴웃음을 지었다. 나도 곤란하긴 마찬가지였다. 그러나 어떻게든 내가 잡히지 않으려면 딱 한 가지 방법이 남아 있긴 했다. 물론 그 말을 꺼내는 데는 상당한 용기가 필요했지만.

"여기는 어떨……?"

작심하고 말을 꺼내긴 했지만 저절로 얼굴이 붉어져 더듬거렸다. 남들에게는 어처구니없어 보일 테지만 나로선 어쩔 도리가 없다.

"……!"

가사하라는 갑자기 동그란 (동그래진) 눈으로 내 얼굴을 뚫어지게 쳐다보며 잠깐 숨을 들이켰다. 그리고는 얼굴이 확 붉어지더니 당황한 듯 다리를 가지런히 옆으로 모으고 있던 앉음새를 이리저리 바꾸었다.

한참 만에야 결심을 굳힌 가사하라가 아래층에 내려갔다. S동에 사는 오빠가 왔다가 자고 갈 거라고 변명을 해 놓고 올라왔다. 하지만 오빠라는 건 아무리 생각해도 우스웠다. 그녀는 간소하지만 항상 말쑥한 양장을 입었고 머리 모양도 깔끔한 반단발(?) 스타일이었다. 게다가 푸른 작업복을 입은 오빠 따윈 찾아온 적이 없었다. 가사하라가 그렇게 말하자 아래층 아주머니는 아무 말도 하지 않고 다만 '이 철없는 아가씨 좀 보게' 하는 표정으로 가사하라를 위에서부터 아래까지 훑어보더라고 했다. 가사하라의 얼굴은 긴장으로 딱딱하게 굳어 있었다. 보통의 여자로서는 그저 남자가 묵고 간다는 사실만으로도 예삿일이 아닐 것이다.

그 방에서 하룻밤을 지내기로 하고 나자 두 사람은 왠지 모르게 갑자기 어색해져서 이야기가 끊어져 버렸다. 나는 연필과 종이를 얻어서 내일의 활동 계획을 세우기 위해 방바닥에 배를 깔고 누웠다. 즉시 오타가 하던 역할을 보충할 것, 오타가 검거당한 사실을 유인물에 실어서 구라다공업사의 모든 노동자에게 호소할 것. 연필을 핥아 가면서 원고를 써 나갔다. 그러다 문득 가사하라의 존재가 의식되었다. 그녀는 아무 말 없이 방 한쪽 구석에서 난처한 표정으로 오도카니 앉아 있었다.

"가사하라 씨는 몇 시에 잡니까?"

"보통 지금쯤……."

"자, 그럼 잡시다. 내 일도 다 끝났으니까."

나는 몸을 일으키며 하품을 했다.

담요는 한 장밖에 없었다. 그녀가 이불만큼은 나한테 주겠다는 걸 한사코 거절하고 단젠*만 입고 누웠다. 전등을 끄고 난 뒤 그녀는 구석진 곳에서 잠옷으로 갈아입는 듯했다.

나는 여태껏 (집을 나오고서부터 줄곧) 여러 곳을 전전하며 돌아다녔으므로 이런 잠자리에는 익숙해져 있었고 금방 잠이 들곤 했다. 그러나 여자 방은 처음이었다. 아무래도 잠이 잘 오지 않았다. 나는 깜빡깜빡 졸다가 꿈을 꾸고는 곧 깨어났다. 그러기를 몇 번이나 되풀이하였다. 꿈을 꾸어 봤자 쫓기는 꿈뿐이었다. 발이 떨어지지 않아 달아날 수가 없다. 애가 타서 가슴이 터질 것만 같다. 아, 아, 아, 악! 놀라 깨어 보면 잠은 다시 달아나고 만다. 그리고 가만히 있으면 머리 한쪽이 욱신욱신하면서 쑤셨다. 나는 거의 잠을 이루지 못했다. 몇 번이나 몸을 뒤척거렸다. —그러나 가사하라는 아침까지 단 한 번도 뒤척거리지 않았고, 조금이라도 몸을 움직이는 소리를 내지 않은 듯했다. 그녀는 처음부터 밤을 꼬박 밝히려고 마음먹었음이 분명했다.

선잠이긴 해도 나는 조금 눈을 붙이긴 했다. 눈을 떴을 때 가사하

* 솜을 두껍게 둔 소매가 넓은 일본 남자의 겨울 옷. 방한용의 실내복 또는 잠옷으로 쓰인다.

라의 잠자리는 가지런히 치워져 있었고, 그녀는 밥을 하러 아래층에 내려갔는지 보이지 않았다. 한참 만에 가사하라가 계단을 삐걱거리며 올라왔다.

"잘 잤어요?"

"예……."

나는 괜히 눈부셔 하며 그녀의 물음에 어물어물 대답했다.

가사하라의 출근 시간에 맞추어 셋방에서 함께 나왔다. 아래층 아주머니는 부엌에 있다가 일손을 멈추고 내 뒷모습을 뚫어져라 바라보았다.

밖으로 나서자마자 가사하라는 마치 어제부터 골치를 앓았던 걱정거리를 단숨에 토해 내듯 크게 한숨을 쉬었다.

"휴―우!"

그러고 나서 "빌어먹을 놈의 할망구!" 하며 살짝 눈을 흘겼다.

3

그날 밤 S를 만났을 때, 지난밤에 있었던 일을 들려주자, "오타, 그 자식 형편없는 놈이군." 하면서 셋방을 얻을 돈을 마련해 주었다. 평소 보아 두었던 집이 있었던 터라 스야마와 이토한테서 살림도구를 챙겨 받아서 바로 옮기기로 했다. 처음에는 구라다공업사와 같은 지구에 머물까 딴 지역으로 옮길까를 놓고 한참을 망설였다. 같은 지역이라면 상당한 위험이 따른다. 그러나 다른 지구로 옮기면 교통비 부담이 만만찮다. 교통비 문제뿐이라면 물론 다른 지역으로 옮기는 게 좋겠지만, 경찰 쪽에서는 필시 내가 다른 지역으로 도피했을 거라고 생각하고 있을 것이다. 그렇다면 놈들의 허를 찔러 같은 지역에 그대로 눌러 있는 것도 나쁘지는 않겠다는 생각이 들었다. 예전에 이와 관련된 얘기를 들은 적이 있다. 지금 소련에 가 있는 동지의 얘긴데, 그 동지는, 다른 동지가 고토* 방면에서 활동할 때에는 죠사이** 방면에서 출몰하고 있다는 소문을 퍼뜨리게 하는 전술을 취하고 있다고 말하자, 그건 수가 낮다, 나 같으면 고토에 있을 때에는 고토에 있다는 소문을 퍼뜨리겠다고 응수했다고 한다. 나는 이 지역에서 아직 경찰에게 얼굴이 명확히 알려지지는 않았다. 더욱이 공장까지 그만뒀으므로 경제적인 이유에서라도 같은 지역에서 셋방을 구하는 편이 낫다.

셋방은 작은 가게의 2층 정도가 괜찮다. 특히 그 주인이 노인 부부라면 더욱 좋다. 그들은 우리 활동과는 관계가 적고 2층에 사는 사람의 행동을 이해하는 데 한계가 있기 마련이다. 어중간한 인텔리의 집이라면 위험하다. 그네들은 세 든 사람의 바깥출입이나 방 안 풍경을 조금만 눈여겨보아도 '보통 사람' 같지 않다는 낌새를 민감하게 알아차리기 때문이다. 그런가 하면 작은 가게에는 경찰들이 뻔질나게 호구조사를 나와 무람없이 조사해 가는 반면에, 대문이라도 번듯하게 세

* 도쿄 동쪽 지역.

** 도쿄 서쪽 지역.

워져 있는 집에는 두 번 할 걸 한 번 하고, 그것도 그저 "별일 없습니까?" 하는 정도로 그친다. —이번에 새로 세 든 집은 그 중간쯤 되는 집이었다. 아주머니는 이전에 요정을 한 적이 있다고 했으며 지금은 어떤 사내와 내연 관계에 있는 모양이었다.

스야마와 이토한테서 살림도구를 넘겨받아 겨우 자리를 잡아 놓자 한숨을 돌릴 수 있었다. 다만 아래층에 따로 세 들어 사는 사람이 있는 게 흠이다. 먼저 그 사람이 뭐하는 사람인지 알아볼 필요가 있다. 나는 화장실로 내려갔다. 그 방 미닫이가 열려 있고 방 주인은 안에 없었다. 나는 무엇보다 책장에 눈길을 주었다. 이것은 내가 새로 옮긴 집에 다른 사람이 살고 있을 때 맨 먼저 하는 일이다. 책장을 보면 그 사람이 어떤 사람인지 바로 알 수 있기 때문이다. —책장에는 극히 예사로운 책들만 꽂혀 있었다. 어느 학교의 선생인 듯 지리며 역사에 관한 책이 많았다. 책상 위에는 『일본문학전집』 한 권이 얹혀 있었다. 슬쩍 보니까 가타오카 텟페이*, 하야마 요시키** 등의 사진이 실린 책머리 부분이 펼쳐져 있었다. 그러나 그 전집 가운데 나머지 책들은 갖고 있지 않은 듯했다.

우리 동지들이 집을 옮길 때, 어렵사리 셋방을 구했는데 하필 그 집주인이 경찰 계통에 근무하는 사람인 경우가 더러 있었다. 그나마 셋

* 일본 근대문학 신감각파 작가.

** 일본 프롤레타리아문학의 선구자, 소설가.

방 주인의 직업을 바로 알 수 있으면 나은 편이다. 어떤 때는 한 달이나 모르고 지내는 경우도 있다. "주인 양반께서는 직업이 무엇입니까?" 하는 이 단순한 물음도 우리네 처지가 처지인 만큼 쉽사리 꺼내기가 어려운 것이다.

나는 아주머니에게 공중목욕탕의 위치를 물어보고 밖으로 나갔다. 제2단계 조사를 하기 위해서였다. 우선 매일 지나다니게 될 길에 접한 집들의 문패를 눈여겨보며, 비누와 수건을 든 채 어슬렁어슬렁 걸었다. 대여섯 채를 보면서 지나가다가 길모퉁이에서 '경시청 경찰 아무개'라고 적힌 문패를 보았다. 그러나 그것은 큰 저택 뒷문에 붙어 있으므로 크게 걱정할 필요는 없다. 목욕탕에서 나와서 이번에는 그 부근에 있는 골목길이나 샛길을 살펴보고 돌아왔다. 이 도시는 (다른 도시도 그럴지 모르지만) 기묘하게도 공장지대와 고급 주택가가 바싹 붙어 있다. 이번에 얻은 셋집도 구라다공업사와 같은 지역인데도 어수선한 큰길에서 벗어난 한적한 주택가에 위치해 있다. 이런 집은 한적한 긴 도로를 따라가면 바로 번화가에 연결되므로 볼일을 보고 돌아오면서 뒤에 누가 따라붙는지 아닌지를 쉽게 알아차릴 수 있고, 집을 나서면 바로 번화가에 파묻힐 수 있으므로 의외로 조건이 좋다.

2층 내 방의 창은 빨래를 널어 말리는 받침대와 바로 잇닿아 있다. 그리고 옆집에서 빨래를 널어 말리는 곳까지는 한 번 가랑이를 벌리면 닿을 수 있는 거리이고 그쪽을 통하면 쉽사리 다른 집 담을 뛰어넘어 갈 수 있다. 그래서 나는 신발 한 켤레를 사서, 창문을 열면 바로 신을 수 있게끔 빨래를 널어 말리는 받침대에 놓아두기로 했다. 오직 하나 곤란한 것은 이 부근은 '파리의 지붕 밑'처럼 집들이 빽빽하게 들어차 있어서 창문을 조금만 열어도 주위의 대여섯 채 가옥에 사는 사람들이나 2층에 세 들어 사는 사람들한테 얼굴이 드러날 위험이 있다는 점이다. 그 사람들의 직업을 확실히 알 수 있을 때까지는 창문을 닫아 놓고 틀어박혀 있어야 한다. 그래서 나는 아래로 내려갔다. 이런저런 잡담 속에서 이웃 사람들의 면면을 파악해 볼 속셈이었다. 이야기를 들어보니 법률사무소에 다니는 사무원, 샤미센* 교습자, 그 집 2층의 주식매매업자, 파출부, 그 밖에 일고여덟 명의 회사원, 피아노를 갖고 있는 부잣집 등이었다. 셋방에 들어온 첫날에 이웃 사정을 이만큼이나 알게 된 것은 대성공인 셈이다. 말 많은 파출부만 빼면 주변 상황은 대체로 양호한 편이라고 할 수 있다.

다만 여태까지 경험으로 미루어 보건대 아지트가 습격당하거나 수상한 일이 생기면 바로 피신할 수 있는 숙소를 따로 마련해 두어야 한다. 아무리 안전할 것 같아 보이더라도 그것은 결코 항구적인 안전을 의미하지 않는다. 지지난번 셋집에 있을 때, 입주하고 이틀이 지나서 목욕탕에 갔다 오는데 세 든 집 앞에 양복을 입은 사내가 서 있었다. 외길인 데다가 이미 발길을 돌리기는 곤란할 만큼 가까이 다가가 있었다. 나는 별수 없이 몸을 건들거리며 젖은 수건을 눈에 띄도록 늘

* 세 줄로 된 일본의 대표적인 현악기.

어뜨린 채 어렴풋이 기억하는 "환상의 그림자를 좇아 멀리 멀리……" 하는 노래를 휘파람으로 부르며 세 든 집을 지나쳐 갔다. 양복 입은 사내는 내 쪽을 쳐다보는 듯했지만 잠복 근무자의 눈길치고는 어딘지 미심쩍은 구석이 있었다. 나는 한동안 가다가 뒤를 돌아보았다. 사내는 여전히 거기에 서서 이쪽을 보고 있었다. 나는 그날 밤에 한 동지 집에서 신세를 졌다. 그 동지는 경험이 풍부한 동지로서, 첫째 그런 식으로 잠복하는 법이 없으며, 둘째 새로 옮기고 나서 2, 3일도 채 안 된 사이에 아무런 예비 조사도 없이 들이닥친다는 것은 있을 수 없다는 판단을 내려 주었다. 그 다음 날 사람을 시켜 알아보니까 역시 아무 일도 없었다. 하지만 어쨌든 느닷없이 들이닥칠 재난에 대해서 즉각 대응할 수 있는 제2단계의 대책을 마련해 두는 게 필요하다. 나는 가사하라에게 그 문제를 부탁하기로 했다.

활동은 곧바로 회복되었다. 이토 요시가 최근 들어 눈에 띄게 적극적이었으므로 오타가 하던 일을 보충하기로 했다. 탄압의 회오리가 휘몰아칠 때 적극성을 보이는 사람은 그리 많지 않다. 그녀는 고등학교를 나왔으나 오랫동안 (여기저기 옮겨 다니긴 했지만) 공장 생활을 지속해 왔기 때문에 학생 시절의 생활 습관은 어디에도 남아 있지 않았다. 그녀는 비합법 활동에 뛰어들고 나서는 줄곧 공장에 잠입해 있었고 투쟁 과정에서 몇 차례나 붙들려 갔다. 그것이 그녀를 단련시켰다. 잠수한다는 핑계로 가두 활동으로만 흘러 노동자의 실제 생활 분위기에서 멀어져 가는 타입과는 정반대의 길을 이토는 걸어온 것이다.

이토가 경찰에 연행되어 갈 때마다 그녀의 어머니가 한바탕 곤욕을 치렀다. 경찰들에게 몇 번씩이나 고맙다는 인사를 하고 딸을 잘 단속하겠다는 다짐을 한 뒤에야 이토를 데리고 나올 수 있었지만 이토는 반나절도 안 되어 또 집을 뛰쳐나가 잠적해 버렸다.

"이번에는 제발 나가지 말아라."

어머니의 눈물겨운 호소도 이토를 집에 붙들어 두지는 못했다. 그래서 어머니는 딸이 붙들려 왔으니 출두하라는 경찰의 통지가 오면 오히려 반가운 마음이 들기까지 했다. 세 번짼가 네 번짼가 집으로 돌아왔을 때 이토는 오랜만에 어머니와 함께 목욕탕엘 갔다. 상황이 점점 엄중해지면서 또 다시 잡히면 쉽게 빠져나오기 힘들 것이라는 판단을 한 이토가 은밀한 이별 의식을 준비한 셈이다. 그런데 어머니는 목욕탕에서 처음으로 자기 딸의 알몸을 보고 그 자리에서 풀썩 주저앉고 말았다. 이토의 몸뚱이는 거듭된 고문으로 시퍼런 멍투성이가 되어 있었다. 그 일이 있고 나서부터 이토의 어머니는 딸을 이해하게 되었고 딸의 편이 되었다.

"내 딸을 이렇게 만든 경찰 놈들한테 머릴 수그릴 필요가 없다. 내가 생각이 모자랐구나……. 아이구 분해라!"

그 이후 생활비나 교통비가 떨어져 인편으로 어머니에게 도움을 청할 때면, "그 돈 가지고 되겠나? 자, 더 갖다 주어요." 하고 말했다. 2엔을 부탁하면 4엔, 5엔을 부탁하면 7, 8엔씩 건네주었다.

"집안일은 걱정 말라고 해요. 제 몸이나 잘 간수해야지……." 하는 말도 덧보탰다.

"내 딸이라서 하는 얘기가 아니라우. 단지 가난한 사람들을 위해 일한다는 이유만으로 죄 없는 사람을 그렇게 두드려 패다니, 그것도 여자를. 경찰이 참 나빠."

어머니는 만나는 사람마다 그렇게 말씀하셨다.

'자기 어머니조차 같은 편으로 끌어들이지 못하고서야 어떻게 공장 안에서 다양한 성향의 사람들을 조직할 수 있겠는가' 하는 말에 커다란 진실성이 담겨 있다면 이토야말로 그 말에 꼭 들어맞는 사람이었다. 미조직 노동자들을 다루는 그녀의 솜씨에 나는 마냥 혀를 내둘렀다. 이토는 조금만 짬이 나면 아사쿠사에 연극 공연을 보러 가거나 국산 영화를 보거나 프롤레타리아 소설을 읽었다. 그것들은 미조직 노동자를 상대할 때 더할 나위 없이 좋은 소재로 둔갑하여 적절히 활용되었다. (여담이지만 그녀는 뭇사람들의 시선을 끌 만큼 예쁜 얼굴이어서 가만히 있어도 남성 노동자들이 공장에서 퇴근할 때 시라키야 백화점이나 마쓰자카야 백화점에 데리고 가서 여러 가지 물건을 사 주었다. 그녀는 그것도 대단히 침착하게 잘 활용했다.)

이토는 딴 사람의 의견에 귀를 기울일 줄 아는 온유한 여자이면서도 자기가 여태껏 오랜 경험을 통해 획득한 방법에 대해서는 돌덩이처럼 완강했다. 지금은 그런 여성 동지가 무엇보다도 필요한 시점이다. 특히 구라다공업사의 노동자 팔백 명 가운데 칠십 퍼센트가 여성 노동자이므로 그 중요성은 더 크다.

나는 구라다공업사 말고도 '지방위원회' 일도 하고 있었고 털보가 당한 게 거의 확실한 상황에서 그의 일 가운데 한 몫을 새로 떠맡아야 했으므로 갑자기 바빠졌다. 하지만 아지트가 확보된 데다가 공장 생활도 하지 않게 된 까닭에 촘촘한 생활 계획에 맞추어 그 어느 때보다도 정력적으로 활동에 매달릴 수 있었다.

공장에 있을 때는 공장 안에서 일어나는 하루하루의 '움직임'을 파악하고 그것을 바로 다음 날 유인물에 반영할 수 있었다. 지금 그 일은 스야마와 이토에게로 넘어가 있다. 처음에 나는 내가 공장에서 떨어져 나온 이후의 일들을 염려했다. 그렇지만 스야마나 이토와 밀접한 조직적 연계를 유지함으로써 그 부분을 벌충할 수 있었다. 재미있는 것은, 오히려 떨어져서 봄으로써 스야마나 이토나 (그리고 이전의 나도) 눈앞의 일들에만 모든 주의를 빼앗겨 한 걸음 더 발전적으로 사물을 보지 못한다는 사실을 깨달았다는 점이다. 대단히 정밀하고 섬세한 관점을 갖고 있는 듯하지만, 실지로는 어떤 고정된 테두리 안에서만 황소눈을 크게 뜨고 있을 뿐이다. 물론 이런 깨달음은 내가 상황을 더 잘 조감할 수 있는 '지방위원회' 활동을 하고 있는 데에서 오는 것이기도 했다. 그래서 나는 내가 현장에서 떠나 있다고 해서 그렇게 우려할 필요가 없다는 걸 알게 되었다.

내가 먼저 깨달은 사실은 팔백 명이나 되는 공장에서 네다섯 명의 세포만 가지고 맹렬히(참으로 맹렬히!) 활동하려는 경향의 오류였다. 물론 네다섯 명의 맹렬한 활동조차 없다면 공장 전체를 움직이는 일은 숫제 불가능하다는 것은 명백한 사실이지만, 더욱 원활한 활동을 위해서는 공장 안의 대중적인 조직과 결합하는 문제(또는 그런 것을 만들고 그 속에서 활동하는 문제)를 구체적인 과제로 설정해야 한다. 이를 위한 실질적인 계획을 강구하지 않으면 여전히 네다섯 명의 고립된 활동, 그것만으로는 전혀 발전성이 없는 외로운 싸움에 머물러 버릴 위험이 있다. —그리고 실제로 여성 비정규직 사이에서 "우리가 이렇게 만난 것도 인연인데, 머잖아 해고되면 다시 뿔뿔이 흩어져 버릴 거 아냐. 옷깃만 스쳐도 전생의 인연이라는데 함께 고생한 사람들끼리 '친목회'라도 만들자."는 이야기가 오가고 있었다. 또 정규직 가운데서도 비정규직과 정규직이 임금 문제나 처우 문제로 사이가 틀어지는 것은 회사가 일부러 그렇게 조장한 탓이라며 '동병상련'의 마음으로 비정규직과 친하게 지내는 사람도 있었다. 이것들은 그저 한두 가지 예일 뿐이다. 하지만 만일 세포가 그런 자연발생적인 움직임을 더 큰 움직임으로 (조직으로) 발전시키기 위해 노력하면서 동시에 그 속에서 (자기들 네다섯 명 속에서가 아닌) 활동하는 법을 배운다면 머지않아 들이닥칠 육백 명의 해고에 즈음해서는 공장 전체를 움직이는 일이 결코 어렵지 않을 것이다.

특히 구라다공업사는 방독면이나 낙하산, 비행선 선체 등을 제작하는 군수품 공장이므로 전쟁 시기에 그 조직의 중요성은 두말할 나위 없이 크다. 우리는 전쟁이 터지자 군수품 공장(주로 금속과 화학 계통이다)과 교통 산업(군대와 무기 수송을 담당한다)에 조직의 중심을 두고 일을 추진해 왔다. 그래서 전시에 새로운 중요성을 인정받게 된 구라다공업사에 나와 스야마, 오타, 이토 등이 침투한 것이다. 다만 우리는 모두 비정규직이므로 곧 해고될 것이다. 그 전에 조직의 뿌리라도 심어 놓아야 한다. 그러기 위해서는 정규직을 획득하는 것이 반드시 필요하다. 그렇게만 된다면 우리가 해고되더라도 남아 있는 조직의 뿌리와 긴밀히 연계하여 차질 없이 일을 지속할 수 있을 터이다. 그러므로 아무리 작은 사안일지라도 항상 정규직과 비정규직을 접촉케 하여 그 결합을 높여 나가기로 결의하였다. 또한 동시에 비정규직의 조직화에도 신경을 썼다. 그들은 해고되더라도 다시 어느 공장이든 제각각 찾아 들어갈 것이다. 그들은 말하자면 홀씨다. 따라서 비정규직 한 사람 한 사람과는 먼 훗날까지도 결코 끊어지지 않을 연계를 맺어 두어야만 한다. —우리는 이런 일들을 해고되기 전의 극히 짧은 기간 안에 해내야 한다.

2, 3일 후 약속 장소에 나갔더니 스야마가 특이한 손짓을 하며 다가왔다. 그는 무슨 일이 있을 때면 종종 그런 행동을 한다. 만나서 이야기하기까지 마음을 꾹 눌러 앉히는 일이 그로서는 너무나 힘겨운 노릇인 듯 곧바로 몸으로 표현해 버린다. 나는 또 무슨 일이 있었구나 하고 짐작했다. 우리는 골목을 두 번 꺾어 돌고 나서 어깨를 나란히 하여 걷기로 되어 있었다. 하지만, 골목 하나를 돌아 나오자마자 스야마는 벌써 종종걸음으로 좇아오며 야, 하고 소리를 질렀다.

"오타한테서 쪽지가 들어왔어!"

스야마가 흥분할 만도 했다.

감방 안에서 부탁을 받았다며 조폭이 쪽지를 가지고 왔다. 구라다 공업사에서 전찻길로 나가면 그 일대는 홍등가이다. 전찻길을 끼고 양쪽 골목에는 둥근 창문을 단 기생집이 늘어서 있다. 밤이 되면 야시장이 서서 흥청거린다. 그리고 그 주변 일대를 '무슨 무슨 파의 누구 누구'라는 조폭들이 주름잡고 있다. 그들 가운데 '또라이'라 불리는 어떤 조폭이 협박죄로 N서에 끌려갔을 때 감방에서 우연히 오타와 함께 지내게 된 모양이다. 그 작자가 나올 때 오타는 우리가 아는 T 쪽에 쪽지를 전해 달라고 부탁을 했다.

쪽지의 내용은 나를 맹렬히 추적하고 있다는 것, 로이드안경을 쓰고 있는 것까지 다 알고 있더라는 것, 따라서 그놈을 잡는 건 시간문제라고 떠들고 있으니 각별히 주의하라는 것 등이었다.

"오타 이놈 몽땅 다 불었군."

"그렇겠지. 자네가 로이드안경을 쓰고 있다는 걸 경찰 녀석들이 무슨 수로 알아내겠어?"

스야마가 어이없는 듯 웃었다.

우리는 오타가 스스로 저지른 짓을 얼버무릴 목적으로 쪽지를 보낸 것으로 결론지었다. 그러나 그것보다도 정작 알고 싶은 내용은 오타가 어떤 사실을 어느 선까지 불었는가 하는 것이다. 거기에 따라서 우리의 대처도 달라질 것이기 때문이다. 그나저나 조금 빨리 나오려고 그런 식으로 경찰에 협조하다니, 오타가 참으로 한심하게 느껴졌다.

그러나 작업 현장에서 오타가 끌려간 만큼 공장에서는 적잖은 파문이 일었다. 이제껏 유인물을 넣어 준 사람이 바로 그 사람이었던가 하는 친근한 감동을 모든 사람에게 불러일으켰다. 더구나 걸핏하면 작업감독이 '과격분자'니 '국가의 적'이니 하면서 호들갑을 떨던 그 무시무시한 '공산당'이 오타라니, 자기들과는 전혀 동떨어진 아득히 먼 곳에 있는 존재라고 생각했는데 날마다 함께 낙하산 천에 다리미질을 하며 일하던 오타라니! 사람들은 너무나 뜻밖이어서 입을 다물 수가 없었다.

"오타 씨 생각이야 어떤지 몰라도 우리 여공들한테 얼마나 잘해 줬어요? 항상 우리 편이 되어 준 사람이었는데 그 때문에 끌려가다니, 원……. 고생하는 그 사람한테 우리의 작은 정성이라도 모아서 뭘 좀 넣어 주는 게 어때요?"

이토 요시는 오타에 대한 동정적 여론을 불러일으키며 돈이나 물품을 모았다. 일곱 명가량이 돈을 내었다. 개중에는 오타를 좋아했다는 아가씨도 있다. 이토 요시는 오타 사건으로부터 유인물 이야기며 공장 일 이야기를 자연스럽게 풀어 나가 결국 여덟 명을 동료로 만들어 내는 데 성공했다. 그녀는 오랜 동안의 공장 생활을 통해서 어떤 이야기를 꺼내야 사람들이 따라오는가를 잘 알고 있었다. 낙하산 쪽은 대부분 아가씨들이었던 데다가 오타가 상당한 '평판'을 얻고 있었다. 그녀는 그것도 노련하게 포착했던 것이다. 그녀는 여덟 명 가운데 적극적인 사람을 뽑아 '구라다공업사 내 여직원 일동'이라는 이름을 내걸고 경찰서에 가서 물품을 차입하게 했다. 팬츠, 내의, 겹옷, 허리띠, 수건, 화장지, 거기에 현금 1엔. 경찰에서는 그 아가씨를 잠시 기다리게 해 놓은 뒤에, 안에서 오타가 뜻은 고맙지만 생각하는 바가 있어 받지 않겠다고 하니까 그냥 가지고 돌아가라고 했다. 이런 일에 익숙하지 않은 그 아가씨는 동료 네다섯 명과 함께 차입물을 갖고 돌아왔다. 이토는 자기가 직접 경찰서에서 그런 속임수를 당해 본 경험이 있었기 때문에 다시 경찰서로 가서 막무가내로 차입물을 놓아두고 오게 했다. ―하지만 뒤늦게 스야마한테서 오타 이야기를 듣게 되자 그녀는 너무 화가 나 분을 삭이느라 무진 애를 썼다.

오타는 자신의 심경 변화나 비굴함이 단지 '자기 문제'일 뿐이라고 생각할지도 모른다. 하지만 그것은 많은 노동자 위에 어두운 그림자를 드리우는 일이다. 그놈은 개인주의자에다가 패배주의자이며 그리고 무엇보다 배신자다. 여태껏 경찰이 파악하지 못하고 있던 나의 부서나 활동에 대해서도 나발을 불었다. 그렇다면 내가 지금부터 구라다공업사의 동료들과 함께 활동을 진행해 가기가 몇십 곱절 힘들어질 터이다. ―우리는 이렇듯 적의 스파이뿐만 아니라 우리 내부의 '부패분자'로 말미암아 십자포화를 뒤집어쓰기도 하는 것이다.

그날은 차비도 그다지 충분하지 않아서 터덜거리며 집으로 향했다. 걸어오는 동안 내 신경은 몹시 곤두서 있었다. 만나는 사람마다 경찰 끄나풀 같아 보였다. 나는 몇 번이나 뒤를 돌아보았다. 놈들은 오타의 '이실직고'를 실마리 삼아 나를 잡으려고 이 지역을 삼엄하게 감시

할 게 뻔하다. 털보 얘기에 따르면 (예전에 들려준 적이 있었다) 놈들은 우리 가운데 한 사람을 붙잡으면 50엔 이상의 포상금을 받는다고 한다. 놈들은 그 미끼에 꼬여 미쳐 날뛰고 있을 것이다.

하지만 이렇듯 평정심을 잃을 때 자칫 위험에 빠져들 수 있다. 나는 붙잡혀서는 안 된다. 일단 '단팥죽집'에 들어가서 천천히 쉬다가 집으로 돌아왔다.

우리에게 퇴로란 없다. 우리의 온 삶은 오직 운동으로만 채워져 있다. 합법적인 생활을 하고 있는 사람하고는 너무나 다르다. 여기에 엎친 데 덮친 격으로 예기치 못한 배신행위까지 있다. 우리는 그런 행위에 대해 온몸으로 분노와 증오를 느낀다. 지금 우리로서는 사생활이라고 할 만한 게 없는 만큼 '온 삶에서 우러난 감정'으로(만약 이런 용어가 허용된다면) 분노하고 증오하는 것이다.

나는 정신없이 화가 나 있었던 듯하다. 내 방에 드나들 때에는 아주머니에게 늘 몇 마디 말을 건네기로 작정해 두었지만 그것도 잊고 2층으로 바로 올라가 버렸다.

나는 책상 앞에 앉자마자 씹어 뱉었다.

"못난 자식!"

그 일이 있고 난 후 나는 가사하라와 급속히 가까워지게 되었다. 스스로 생각해도 야릇한 일이었다. 그녀는 부탁 받은 일을 이것저것 깔끔하게 처리해 주었다. 나는 오타의 배신 때문에 딴 지역으로 옮겨

가기로 결정했지만 직접 나서서 집을 알아보러 다닐 수는 없어 그 일을 가사하라에게 부탁했다. 그와 동시에 나는 가사하라와 같이 사는 문제를 곰곰이 생각해 보았다. 비합법 활동을 확실하게, 오랫동안 수행하기 위해서도 그 편이 나았다.

셋방에 남자 혼자 살면서 아무 직장도 없이 매일 밤 (밤만 되면) 외출한다. ―이거야말로 의심 받을 요소를 완벽히 갖추고 있는 셈이다. 특히 하루 밤에 평균 잡아 서너 번 연락 업무가 있고 그 사이에 한 시간가량 공백이 있을 때는, 그렇다고 밖에서 어영부영 돌아다닐 수는 없는 노릇이니까 일단 집에 들어간다. 그리고 다시 나간다. 그럴 때 지금 세 들어 있는 집 아주머니는 의아한 표정을 짓는다. 뭘 해서 먹고 사는 걸까? 아주머니의 미심쩍어 하는 표정은 그렇게 말하고 있다. 이런 상태라면 경찰이 호구조사를 나올 때 바로 의심을 불러들일 우려가 있다.

가사하라는 회사에 근무하고 있으므로 매일 아침 정해진 시간에 나간다. 그러면 내가 빈둥빈둥 놀고 있는 것처럼 보이더라도 아내가 벌어 오는 돈으로 생활하고 있구나 하고 생각할 것이다. 세상에는 일정한 직장을 갖고 있는 사람만이 신용 받는 법이다. ―그래서 나는 가사하라에게 같이 살아 주겠느냐고 물었다. 그 말을 들은 그녀는 또 갑자기 그 동그란(동그래진) 눈으로 내 얼굴을 쳐다보았다. 그녀는 그러나 아무 말도 하지 않았다. 나는 잠시 후 대답을 재촉했다. 하지만 그녀는 좀체 입을 열지 않았다. 그날 그녀는 끝내 아무 말도 하지 않고 돌아가 버렸다.

그 후에 다시 가사하라를 만났을 때 그녀는 전에 없이 다소곳이 내 앞에 앉아 있었다. 정말이지 너무나 다소곳한 모습이었다. 어깨를 움츠리고 양손을 무릎 위에 얹어 놓은 채 온몸이 딱딱하게 굳어 있다. 그녀의 셋방에서 묵고 난 다음 날 아침 그 집에서 한 발짝 나섰을 때 "휴―우, 빌어먹을 놈의 할망구!" 하며 사내 같은 활달함으로 소리치던 그녀다운 모습은 온데간데없다. 나는 그런 그녀의 모습을 불가사의한 눈으로 바라보았다.

우리는 여러 가지 용건에 대해 이야기를 나누었다. 잠깐씩 이야기가 끊기면 그녀는 안절부절했다. 두 사람이 똑같이 저번 이야기를 애써 피해 나갔다. 용건에 대한 이야기가 모두 끝나고 나자, 나는 마침내 뒤로 밀쳐 두었던 그 이야기를 꺼냈다. ―그녀는 이미 마음의 결정을 내리고 있었다.

우리 두 사람은 곧바로 새로운 셋방으로 옮겼다. 그곳은 구라다공업사에서 꽤 떨어져 있었지만 스야마와 이토는 전차로도 나다닐 수 있는 '신분'이므로 그들이 이쪽으로 나와 주기로 했다. 덕분에 나는 교통비를 아낄 수 있었고 길거리에서 부닥칠 위험을 줄일 수 있었다.

### 4

스야마는 내 어머니가 계신 집 가까이에 볼일이 있으면 종종 들러서 내 소식을 전하기도 하고 어머니 말씀을 내게 전하기도 했다.

집을 나와 피신할 때 상황이 워낙 급박했던 지라 어머니한테 사정을 말씀 드리지도 못했다. 그날 저녁 6시경 나는 여느 때처럼 연락 장소에 나갔다. 당시 나는 비합법 활동을 하고 있긴 했지만 어용 노조 조합원의 한 사람이자 그 반대파로서 광범한 합법 공간을 누비고 다녔다. 그런데 6시에 만난 그 동지는 나하고 같이 일하던 F가 갑자기 붙잡혔다, 붙잡힌 이유가 아직 명확하진 않지만, 직접 그와 접촉해 온 나도 즉각 피신해야 한다고 말했다. 나는 한순간 눈앞이 캄캄했다. F로 말미암아 내 존재가 알려지게 되면 단지 어용 노조의 혁명적 반대파 문제로만 끝나지 않는다. 곧바로 당 조직으로 연결된다. 나는 일단 집에 돌아가서 정리할 건 정리하고 준비를 갖추어서 잠수하겠다고 말했다. 그 정도의 여유는 있다는 게 내 생각이었다. 그러자 그 동지는(그가 털보였다),

"농담 좀 작작 하시지."

하며 우스갯소리처럼 말하면서도 그러나 단호하게 집에 들어가선 안 되며, 정리할 일은 다른 사람을 시켜서 하도록 하고, 옷은 입은 옷 그대로 걸치고 가는 수밖에 없다고 말했다. "수학여행 가는 게 아니니까." 하고 웃었다. 털보는 가장 단호한 말을 붙임성 있게 말할 수 있는 몇 안 되는 사람 가운데 한 사람이었다. 그는 잠수하고 있던 한 동지가 결국 갈 데가 없어서 "오늘 밤에야 설마 별일 있을라구." 하면서 자기 집에 들어갔다가 그 다음 날 아침에 붙잡힌 이야기나, 도사리고 있을 위험성을 충분히 예감할 수 있으면서도 어떻게든 절박한 문제를 처리해 보고자 밖에 나갔다가 붙잡힌 예들을 들려주었다. 그는 '어찌어찌 해서는 안 된다'고 애써 강조하는 어법을 구사하지 않는다. 그럴 때는 거기에 맞춤한 예를 들려줄 뿐이다. 다양한 경험을 가진 털보는 그런 일화를 풍부하게 알고 있었다.

그날 나는 털보로부터 돈 5엔을 얻고서 친구 부부가 사는 집에서 신세를 졌다. —다음 날 털보의 예상대로 우리 집에 경시청과 S서 경찰이 네 명이나 들이닥쳤다. 아무것도 몰랐던 어머니는 깜짝 놀라서 엊저녁에 나가서 아직 안 들어왔다고 말했다. 그러자 그중에서 제일 '높아 보이는' 사람이 "벌써 냄새를 맡고 튀었군." 하더라는 것이다.

나는 그 이후로 집에는 단 한 번도 들어가지 않았다. 그래서 스야마가 내 소식을 가지고 집에 들르면 어머니는 마치 자기 자식이라도 돌아온 것마냥 집 안에 들여 차를 대접하면서 얼굴부터 찬찬히 들여다보셨다. 그럴 땐 정말 어쩔 줄 모르겠더라며 스야마는 머리를 긁적였다. 그가 내 대신 내가 집을 나간 이후의 사정을 이것저것 말씀 드리다가 중도에 말이 잠시 끊어지기라도 하면 어머니는 "그래서? 그래서?" 하며 말을 재촉했다. 어머니는 내가 나간 이후로 밤에 변변히 잠도 못 주무셨던 모양인지 눈 아래가 부어서 부석부석해졌고 볼도 홀쭉히 패어 얼굴이 말이 아니라고 했다. 더욱 안쓰러운 마음을 자아내는 것은 어떻게 머리를 지탱해 낼까 싶으리만치 목이 가늘게 야위어진 모습이었다.

"이제 며칠이나 있어야 우리 야스하루가 돌아올 수 있을까?"

어머니의 이 물음에 스야마는 말문이 꽉 막히더라고 했다. 며칠이라고요? 되묻고 싶었지만 노인네의 가련한 모습이 안타까워서,

"……저어, 뭐 그리 오래 가지는 않을 겁니다……." 하며 얼버무렸다.

어머니는 내가 여태껏 몇 차례 경찰서에 끌려가 29일간씩 구류를 산 탓에 그런대로 그런 일에는 익숙해져 있었다. 특히 재작년에 팔 개월 동안 복역을 할 때 어머니는 야무지게 옥바라지를 해 주셨다. 다만 이번에는 왜 예전처럼 경찰서에 고분고분 잡혀 들어가지 않고 필사적으로 도망 다니려 하는가를 이해할 수 없었다. 이리저리 도망만 다니면 뒷일이 안 좋을 거라는 게 어머니의 걱정이었다.

여태까지의 내 행동이 어머니에겐 너무 모진 것이었을 테지만 물러설 곳이 없는 나로선 단호한 행동으로 내 의지의 강인함을 보여 드리는 수밖에 없다. 육십 노인인 어머니가 나를 이해하기 위해 기울이는 노력은 우리가 이 운동을 해 나갈 때 부딪치는 어려움보다 몇백 배나 힘겨운 내면의 싸움을 동반할 것이다. 어머니는 가난한 농민 출신이었던 탓에 초등학교조차 다니지 못했다. 그런 어머니가 언제부턴가 글을 익히기 시작했다. 안경을 쓰고 무릎난로 속에 발을 넣고 등을 구부린 채 내가 휘갈겨 쓴 원고용지를 모아서 그 뒷면에다 연필로 글씨 연습을 했다. 어머니의 뜻밖의 모습에 나는 그저 웃기만 했다. 어머니는 재작년에 내가 감방에 있을 때 글을 몰라 나한테 편지 한 통 못 보낸 것이 못내 마음에 걸린다고 말씀하신 적이 있다. 내가 나오고 나서도 더욱 더 운동에 몰입해 들어가는 모습이 어머니 눈에도 확연해

보였다. 그렇다면 언젠가는 또 반드시 끌려가게 될 것이다, 설사 그런 일이 없다 하더라도 지금은 보석 중이니까 형량이 결정되면 어차피 다시 들어가게 될 것이다, 그러니 그때를 대비하여 편지라도 써 보낼 수 있도록 글을 배워 놓는다는 것이다. 내가 잠수하기 얼마 전에는 고르지 않은 큰 글씨였지만 그래도 또박또박 쓰는 것을 보고 나는 깜짝 놀랐다.

스야마가 하직 인사를 하자 어머니가 물었다.

"저어……, 내가 야스하루를 만날 수 없을까?"

"글쎄, 안 만나시는 게 좋지 않겠어요?"

스야마가 완곡하게 대답하자 어머니는 "편지도 안 되겠지?" 하고 슬픈 표정을 지어 보이더라고 했다. 어머니의 감정이 고스란히 전해져 왔다. 나는 가슴이 쓰라려 견딜 수 없었다.

스야마가 돌아갈 때 어머니는 팬티와 겹옷, 내의, 양말을 챙겨 넣은 보따리를 건네주고 나서 스야마에게 조금 기다리라고 이르시곤 부엌으로 들어가셨다. 한동안 달그락거리는 소리가 나더니 어머니는 달걀 다섯 개를 삶아 가지고 오셨다.

"요새는 달걀이 싸단다. 10센에 서너 개는 살 수 있으니 신선한 걸로 골라 꼭 챙겨 먹으라고 전해 줘." 하고 부탁하셨다. 나는 그 '삶은 달걀'을 스야마, 이토와 함께 나누어 먹었다.

"이봐요, 이토 씨 우리는 한 개씩만 먹읍시다. 나중에 어머니께 원망 들으면 곤란하지 않겠어요."

스야마가 농을 걸며 웃었다. 이토는 몰래 눈가를 닦아 냈다.

나는 스야마더러 다음번에 우리 집에 들를 일이 있으면 4년이나 5년이 지나도 결코 돌아갈 수 없다는 걸 어머니께 명토 박아 말씀 드리라고 했다. 그리고 내가 돌아갈 수 없는 까닭은 내가 운동을 하기 때문이 아니라 자본가들의 앞잡이인 경찰 때문이니 나를 원망할 게 아니라 거꾸로 된 사회를 원망해야 한다는 것을 차근차근 일러 드리라고 부탁했다. 흐릿하던 것이 또렷해지면 오히려 거기서 저항력이 나오게 마련이다. 내가 아는 동료들이 경찰에 붙잡혀 갔을 때 공산당과 관계가 있다는 말을 들으면 흔히 그 가족들이 내 남편이나 자식에게는 그런 '검은 그림자' 따윈 없다거나 '죄를 뒤집어씌우기 위해 공산당이니 뭐니 있지도 않은 사실을 꾸며 내고 있다'고 말하곤 한다. 하지만 만일 그렇다면 공산당이라는 건 '검은 그림자'이고 또 그런 운동을 하는 사람이라면 죄를 뒤집어씌워도 좋다는 것을 가족들 자신의 입으로 이야기하는 꼴이 된다. 내 어머니가 비록 육십 늙은이지만 그런 가족들과 똑같이 생각하거나 말해서는 안 된다. 내 어머니는 과거 50년 이상의 생애를 가난의 구렁텅이에서 살아왔다. 정확하게 알려 드리기만 한다면 얼마든지 이해하실 수 있을 것이다.

스야마의 말에 따르면 어머니는 그 이야기들을 말없이 듣고 계셨다고 한다. 그리고 조용히 입을 열었다.

"내 나이 지금 예순이야. 늙은이의 몸은 장담할 수가 없단다. 내일이라도 덜컥 죽을 수도 있어. 내가 임종할 때는 잠깐이라도 돌아와

줄 수 있겠지?"

스야마는 이 예기치 못한 질문에 뭐라고 말씀을 드려야 좋을지 몰라 난감했다고 한다. 나는 다시 그럴 때에도 돌아갈 수 없다는 걸 분명히 말씀드리라고 했다.

"나는 그 말만은 차마 못하겠네!"

스야마가 곤혹스런 표정을 지었다.

나도 그 말이 어머니한테 너무 잔혹하다고 생각하지만 어쩔 수가 없다. 이 모든 과정을 통해 어머니 가슴에 지배계급에 대한 온 삶에서 우러난 증오를 (어머니의 일생은 사실 전적으로 그러했다) 품게 하기 위해서도 필요한 일이다. 그래서 나는 마음을 다잡고 내가 어머니의 임종을 지키지 못하는 경우가 있더라도 그것은 모두 지배계급이 그렇게 몰아가기 때문이라는 걸 거듭 말씀드려 달라고 부탁했다. ―그렇지만 다시 우리 집을 다녀온 스야마를 만났을 때에는 가슴이 두방망이질 쳤다.

"어떻게 되었나?"

"그렇게 말씀드렸어……."

어머니는 요즘 더욱 야위고 얼굴이 창백해진 것 같더라고 했다. 그리고 딱 한 번만이라도 만나 볼 수 없겠느냐고 물어보시더라고 했다.

나는 불현듯 와타마사*에 얽힌 이야기가 생각났다. 와타마사가 '잠수'했을 때 그의 어머니는(이 어머니는 지금 와타마사만의 어머니가 아니라 모

* 와타나베 마사노스케. 일본공산당 위원장이었으나 대만에서 경찰에게 습격당하자 자결했다.

든 노동자계급의 어머니이기도 하다) "마사를 이제 더는 만나 볼 수 없는 걸까?" 하고 아들의 동지에게 물었다. 동지들은 "만날 수 없습니다." 하고 대답했다고 한다. 나는 그 이야기를 스야마한테 했다.

"그건 아는데, 자네 거처를 알리지 않고 한 번쯤은 어디 밖에서 만나 뵐 수도 있지 않나."

어머니 상태를 직접 본 스야마는 어머니 쪽으로 마음이 기울어 있었다.

"하지만 그렇잖아도 저놈들이 눈알을 뒤집고 날 찾고 있는 판인데, 만약 일이 잘못되기라도 하면 어쩔려구……."

그러나 나는 마침내 스야마에게 설득당하고 말았다. 안전에는 철저히 신경을 쓰기로 했다. 우리가 전혀 활동하지 않는 지역에서 장소를 물색해 스야마가 자동차로 어머니를 모셔 오기로 했다. 시간에 맞추어 나는 약속 장소로 정한 작은 요릿집으로 나갔다. 어머니는 테이블 맞은편 의자에 몸을 기댄 채 다소곳이 앉아 계셨다. 수심이 가득한 얼굴이었다. 어머니는 나들이할 때 입는 제일 좋은 옷을 입고 있었다. 그 사실이 왠지 서글퍼서 가슴이 쓰렸다.

우리는 서로 말이 없었다. 어머니는 테이블 밑에서 보자기를 끌러 바나나와 비파, 그리고 또 '삶은 달걀'을 꺼냈다. 먼저 자리를 뜨는 스야마에게 어머니는 억지로 달걀과 바나나를 쥐어 주었다.

얼마간 시간이 흐르자 어머니는 조금씩 말씀을 꺼내셨다.

"집에 있을 때보다도 얼굴에 살이 붙은 것 같아 안심이 된다."

어머니는 요즘 거의 날마다 내가 비쩍 말라빠진 모습으로 나오는 꿈이나 경찰서에 끌려가 거기서 '징벌' (어머니는 고문당하는 걸 그렇게 말씀하신다) 받는 꿈만 꾸다가 잠이 깬다고 했다.

"이바라키에 있는 네 매부가 어떻게 해서든 돌봐 준다니까 내 걱정은 하지 말아라."

이야기가 그런 방향으로 흐르자 나는 이때껏 스야마를 통해 전달한 이야기를 내 입으로 다시 한 번 말씀드렸다.

"알고 있다……."

나직이 대답하시는 어머니 얼굴에 체념에 가까운 엷은 웃음기가 떠올랐다.

얘기하는 도중에야 깨달았지만, 어머니는 왠지 침착하지 못하고 어딘지 모르게 허둥대며 말도 끝까지 차분하게 하지 못했다.

"너를 만나기 전까지는 애가 타서 가만히 있을 수가 없더니 이렇게 만나고 나니까 이러고 있다가 네가 잡히지나 않을까 조바심이 나서 못 견디겠다. 이제 그만 돌아가자."

실제로 어머니는 다른 테이블에 손님이 앉으면 그쪽을 보고 "저 손님은 괜찮은 것 같다."거나 "저 사람은 인상이 험악하다."고 말씀하셨다. 내가 어쩌다가 무심코 집에 있을 때와 같은 말투로 이야기하면 어머니가 도리어 말소리를 낮추라고 주의를 주셨다. 어머니는 이렇게 만나서 마음 졸이기보다는 안 만나더라도 네가 건강하게 일하고 있다는 소식을 듣는 쪽이 훨씬 낫겠다는 말씀도 하셨다.

"지금 내 나이가 예순인데 여든까지 앞으로 20년은 더 살 작정이다. 하지만 내일이라도 당장 죽을지도 모르지. 내가 죽었다는 소식을 들으면 네가 불쑥 집으로 찾아오지 않으리라는 보장도 없잖니. 네 입으로야 못 온다고 해 쌓지만 말이다. 그럼 네가 위험해. 그러니 너한테는 내 임종을 알리지 않으마."

자식이 부모의 임종을 지키는 문제는 보통 사람들로서는 그보다 큰 일이 없는 일일 터이다. 더욱이 나이 예순의 어머니로서 당신 스스로 이렇게까지 모질게 결심하는 것을 보자 나는 몸이 죄어드는 듯한 벅찬 감동을 느꼈다. 나는 잠자코 있었다. 아니 잠자코 있는 것 말고 달리 무엇을 하겠는가.

밖으로 나오자 어머니는 내 뒤에서 이제 혼자 돌아갈 수 있으니 너나 조심해서 돌아가라고 말씀하셨다. 그리고 나서 황급히 걱정 어린 목소리로 덧붙였다.

"왜 그런지 너는 어깨를 흔드는 버릇이 있어. 아는 사람이라면 뒤에 서라도 단박에 알아보겠다. 어깨를 흔들지 않도록 걷는 버릇을 고치렴……."

"예, 여러 사람들한테서 그런 말을 들었어요."

"그럴 게야. 쉽게 알아챌 수 있으니까."

어머니는 헤어질 때까지 혼잣말처럼 몇 번이고 "쉽게 알아챌 수 있다"는 말을 되뇌셨다.

나는 이렇게 해서 지금까지 남아 있던 개인적 생활의 마지막 퇴로—육친 관계를 끊어 버렸다. 반드시 오고야 말 새 세상이 열리지 않는 한 (우리는 그것을 위해 투쟁하고 있지만) 나는 어머니와 함께 살지는 못할 것이다.

그때쯤 털보한테서 쪽지가 날아들었다.

털보는 처음에는 T서에서 닷새가량 있다가 그 다음 K서로 옮겨져 거기서 29일간 갇혀 있었다. 스야마와 이토가 드나드는 T의 집에 털보와 같은 감방에 있었던 조선인 노동자가 쪽지를 전달함으로써 비로소 그 사실을 알게 되었다. 쪽지에는 자기는 아지트에서 잡혔다는 것, 그러나 그 이유는 아무리 생각해도 짐작이 가지 않는다는 것, 우리의 전열을 재건하기 위해서는 결코 조급해 하거나 맹목적으로 앞만 보고 돌진한다든가 편의주의로 흘러서는 안 된다는 것 등의 내용이 적혀 있었다. '조급해 하거나 맹목적으로 앞만 보고 돌진'이라는 구절과 '편의주의'라는 단어에는 일부러 방점까지 찍어 놓았다.

그 글을 읽고 나와 스야마, 이토는 '조급해 하거나', '맹목적으로 앞만 보고 돌진'할 위험을 우려하기에는 우리의 활동이 턱없이 미약하다는 사실에 마냥 부끄러웠다.

털보의 집에는 부모형제가 살고 있었는데 그쪽에서도 내 이름 앞으로 (우리들 사이에서만 불리던 이름으로) 쪽지가 날아 왔다. —거기에는 자기는 '백지 조서'를 만들 작정이라는 것, 모든 취조에 오로지 '모른다'

는 말만으로 끝까지 버티고 있다는 것 등이 적혀 있었다.

"이제 오타 때문에 쌓였던 응어리가 확 풀렸어!"

우리 모두 같은 기분이었다.

우리는 어떤 배신자나 기회주의자가 나오더라도 똑바른 선이 붉고 굵게 그어져 있기만 하면 그들을 명확하게 분리해 준다는 것을 확신했다.

털보는 평소에 입버릇처럼, 놈들 앞에서 한마디라도 입 밖에 낸다는 것은 적의 신문에 일절 불응한다는 우리의 철의 규율을 어기고 무엇이건 실토하라는 적의 규율에 굴복하는 꼴이다, 당 활동가로서 적의 규율이 아니라 우리의 철의 규율에 따라야만 한다는 것은 두말할 나위도 없는 것 아닌가 하고 말하곤 했다. 지금 그는 스스로 그 전범을 보이고 있는 것이다.

"요시 씨는 샤발로프라는 사람을 알고 있어요?"

스야마가 물었다. 그리고는 대답을 듣기도 전에 자기가 먼저 말을 이었다.

"마르크스주의의 길을 몸으로 구현한 이들 가운데 한 사람이지요."

"또 스크랩북이냐?" 하며 나는 웃었다.

"그는 붙잡혔을 때 칠 개월 동안 한마디도 하지 않고 완강하게 버텨 냈어. 그리고 가라사대, ―한 사람의 '평범한 인간'이라면 어떠한 진술도 거부할 것, 내가 칠 개월을 완강히 버텼던 바로 그 전술을 따르는 것보다 나은 건 없다고 말했어."

그 말을 듣고서 이토는,

"요전에 프롤레타리아 연극으로도 만들어진 적이 있는 여성 동지 이야기가 생각나요. 그 동지는 상대방이 뻔히 알고 있는 자기 이름이나 본적조차도 말하지 않고 끝까지 버티다가 풀려났어요. ―샤발로프 이상이에요!"

하고 마치 자기 이야기인 양 말했다. 스야마는 한 대 얻어맞았다는 듯이 머리를 긁적였다.

우리는 '한 사람의 평범한 인간으로서' 적의 신문에 대해서는 한마디도 대답해서는 안 된다는 것을 우리 세포 회의의 결의로써 실행하기로 했다. 나아가 이 결의를 상부 기관에 보고하여 당 전체의 결의로 채택될 수 있도록 추진해 가기로 했다.

그 뒤에 T한테 들어온 쪽지에 따르면 경찰 놈들은 털보의 구류 기간을 늘리기 위해 또 다시 O서로 이송하여 거기에서 사흘 동안 아침부터 밤까지 칠팔 명이 번갈아 가며 고문을 가했다. 고문 기술자들은 양손을 등 뒤로 묶은 채 취조실 천장에 거꾸로 매달아 놓고 죽도로 후려갈겨 댔다. 그가 기절하면 물을 끼얹어 가면서, 그런 짓을 몇십 번이나 되풀이했다. 그렇지만 그는 끝내 한마디도 하지 않았다.

이토는 그 쪽지를 보더니, "치가 떨려 견딜 수가 없어요!" 하며 분노했다. 그녀도 두 번 정도 경찰서에서 드로어즈까지 벗겨진 알몸 상태로 죽도 끝에 마구 찔려 본 경험이 있었던 것이다.

동지의 영웅적 투쟁은 우리를 바짝 다잡았다. 나는 졸음이 밀려와 당장 처리해야 할 일을 다음 날로 미루고 싶은 유혹을 느낄 때마다 안에 갇혀 있는 사람들을 생각하면서 꾹 참고 버텼다. 안에 있는 사람들을 생각하면 졸음 정도는 아무것도 아니다. ―'지금 안에 있는 사람들은 어떻게 하고 있을까. 고문당하고 있을 테지. 자, 이 일을 다 해치우자.' 이렇듯 우리의 일상생활은 안에 있는 동지들의 생활과 직결되어 있다. 안과 밖은 달라도 지배계급에 대한 투쟁이라는 점에서는 조금도 차이가 없기 때문이다.

5

이토는 비정규직 가운데서 팔구 명의 동료를 만들었다. 구라다공업사에서 육백 명의 비정규직이 해고된다는 사실이 점점 명확해지고 수당 10엔이 지급되지 않으리라는 사실도 (당의 유인물이 뿌려지고 나서는) 누구의 눈에나 분명해 보였다. 이런 현실에 대한 불안감이 우리의 방침과 맞물리면서 생각보다 쉽게 친목회 비슷한 모임이 만들어졌다.

여직공들은 공장에서 퇴근할 무렵에는 몹시 허기가 지기 마련이다. 이토와 쓰지, 사사키는(쓰지와 사사키는 동료들 가운데 가장 자질이 뛰어나다) 여러 사람들을 데리고 단팥죽집이나 메밀국수집에 들렀다. 하루 내내 서서 일을 하느라 파김치가 되어 버린 사람들은 달콤한 것만 찾았다. 그리고 모두들 비로소 요란한 기계 소리에서 벗어나 하루 동안에 있었던 일들을 한꺼번에 쏟아 내느라 큰 소리로 떠들어 댔다.

세 사람은 이야기를 어떻게 풀지 미리 입을 맞추어 놓았다. 이토는 사람들 사이에서 '그런 사람'으로 통하고 있다. 그래서 단팥죽집 같은 곳에서 이토가 '그런 이야기'를 해도 그다지 어색하지 않았다. 쓰지와 사사키는 '야바위꾼' 노릇을 했다. 일부러 이런저런, 때로는 반동적인 이야기를 꺼내어 이토로 하여금 그 문제에 대해 이야기할 수 있는 실마리를 던져 주었다. 처음 얼마 동안은 서로 박자가 제대로 맞지 않아 말을 더듬거리거나 이야기가 겉돌기도 했다. 어떤 때는 한통속이 되어 짜고 한다는 사실이 드러날까 봐 마음이 조마조마하기도 했다. 그런 날엔 자리를 파하고 단팥죽집을 나설 때면 세 사람 모두 등줄기가 땀에 흠뻑 젖어 있음을 느꼈다. 하지만 그런 일을 몇 번 겪고 나자 그들은 눈에 띄게 능숙해져 갔다. 세 사람의 역할 분담을 전혀 눈치채지 못하고 그저 좋은 친구들 정도로 생각하고 따라온 여직공들을 감쪽같이 빨려들게 할 수 있었다. 무엇보다도 야바위꾼 노릇을 하는 사람은 의식이 낮은 평범한 여직공이 자기도 모르게 품고 있을 법한 생각이나 편견 따위를 정확히 알고 있어야만 한다.

여직공들은 모이기만 하면 누가 누구랑 연애를 한다느니 누가 누구를 쫓아다닌다느니 누구누구가 동거하다 헤어졌다느니 하는 이야기뿐이다. 이토가 저번 모임 때 이런 이야기를 나한테 들려준 적이 있다. ―방독면공장에 있는 요시무라라는 정규직이 기누라는 낙하산공장 여직공에게 "어디 조용한 곳에서 오붓하게 이야기를 나누고 싶습니다." 하고 러브레터를 보냈는데, 그 사실이 알려지자 다들 공장에서 나오자마자 그 이야기로 입방아를 찧어 댔다. 메밀국수집에 가서도 온통 그 일이 화제였다. 기누 양이 그 편지를 받고 난 뒤부터 갑자기 화장을 진하게 하더라는 둥, 손거울에 끈을 매달아 허리띠 앞에다 묶어 놓고 일을 하면서도 계속 들여다보고 있더라는 둥 끝없이 말이 이어져 나갔다. 그때 동료들 가운데 조금 영리한 시게라는 아가씨가 이런 말을 했다. 기누 양이 자기한테 진지하게 하소연을 털어놓더라는 것이다. 조용한 곳에서 오붓하게 이야기 나누고 싶다지만, 공장 안은 쿵쾅쿵쾅 시끄럽지, '그 사람'은 7시쯤 퇴근하지만, 자기는 잔업 마치고 9시 10시가 되면 지쳐 떨어져 집에 가기 바쁜데 언제 데이트를 할 수 있겠냐고. 누군가 한숨 섞인 목소리로 읊조렸다.

"불쌍한 기누 양……."

야바위꾼 역을 맡은 사사키가 기회를 놓치지 않았다.

"이래 갖고는 우리는 연애도 한 번 못해 보는 기라!"

다들 "그래", "정말이야!" 하면서 열을 내어 이야기하기 시작했다.

"사랑을 속삭이기 위해서라도 우선 이 지긋지긋한 장시간 노동을 없애야 해. 가끔은 좋아하는 사람이랑 둘이서 영화 정도는 볼 수 있어야 하잖아, 그치?"

다들 웃으면서 "맞아, 맞아." 하고 대꾸했다.

"그것도 그렇지만 이런 쥐꼬리만 한 일당으로 뭘 하겠냐!"

"그래, 조금 시간을 줄이고 일당을 올려 받지 않으면 연애도 못 해!"

"정말 회사는 지독해!"

"우리 감독 그놈이 오늘 이러더라. 지금이 어느 땐지 알아? 전시야

전시, 너희들도 군대의 일부라고 생각하고 정신 똑바로 차리고 일을 하라구. 이제 좀 더 전쟁이 치열해지면 너희들도 군인과 똑같은 일당을 받고 뼈가 가루가 되도록 일해야 돼. 그게 나라를 위하는 길이란 말야. ―그 대머리가 그렇게 떠들어 대더라니까!"

이토도 깜짝 놀랐다. '사랑을 속삭이는' 이야기가 이토조차 의식하지 못하는 사이에 회사의 처우 문제로까지 나아간 것이다. 이제 짜고 말고 할 것도 없었다. 이야기는 그때부터 전혀 거리낌 없이 회사의 처사에 대한 공격으로 내달렸다.

나는 그 이야기를 이토로부터 듣고 정말 그렇구나 하고 생각했다. 전쟁이 터지고 나서부터 어디나 할 것 없이 노동 강화가 날로 가혹해지고 있긴 하지만, 동일 노동(어쩌면 동일 그 이상의 노동)을 하고 있는데도 여성 노동자에 대한 착취는 더 극심해지고 있다. 지금으로서는 '사랑을 속삭이는' 일조차 이러한 경제적인 문제의 해결 없이는 전혀 불가능하다. 그것을 사람들은 논리로써가 아니라 직접 몸으로 느끼고 있는 것이다.

이토는 조만간 그 사람들을 데리고 재미난 연극을 보러 갈 작정이다. 다들 아사쿠사에서 열리는 버라이어티 쇼나 가타오카 치에조*가 나오는 영화를 보러 가고 싶어 하지만, 그들을 어떻게든 '노동극장'으로 유도해 보려고 사사키, 쓰지와 함께 궁리를 짜고 있다.

* 1950~1960년대 일본 시대극의 영웅.

나는 이토의 보고를 듣고 나서 그 그룹에 남성 노동자를 넣을 것, 그 일은 스야마와 연락을 취하면 그다지 어렵지 않을 것이고 한 사람이라도 남성 노동자가 들어가게 되면 사람들의 사기를 높일 수 있다는 것, 또한 무엇보다 중요한 것은 그 그룹에 비정규직만이 아니라 정규직도 가입시켜야 한다는 것 등, 내 생각을 이야기했다. 그녀도 동의했다.

그때부터 우리는 육백 명의 해고를 대비하기 위해, 지금까지 공장 안에 뿌리던 공장 신문 형식의 유인물을 유인물과 공장 신문 둘로 나누어 제작하기로 했다.

스야마에게 공장 신문의 제호를 생각해 놓았으면 말해 보라고 하자, 그는 '사랑의 낙하산'이라고 하면 어떻겠냐며 코를 벌름거렸다.

공장 신문은 방독면을 의미하는 '마스크'라는 제호로 내기로 했다. 나는 공장에 나가지 않기 때문에 S로부터 그 편집을 인수 받은 다음 이토, 스야마의 보고를 모으고 이를 기초로 원고를 작성하여 프린트 쪽으로 넘겼다. 그것을 다시 이토가 프린트 담당 연락원으로부터 아침 일찍 받아 가기로 했다. 나는 이토, 스야마랑 날마다 연락을 취하여 공장 신문의 반향을 조사하고, 그 교훈을 바로 『마스크』의 다음번 편집에 반영했다.

이토와 스야마의 보고를 들어보면 회사 측도 시시각각으로 대책을 세우고 있음을 알 수 있다. 회사 측은 이제 10엔 수당 건이나 해고 건에 관해서 일절 아무 말이 없다. 그건 분명 제2의 작전을 세우고 있다는 징표이다. 물론 그것이 수당 10엔을 지불하지 않고 감쪽같이 해고를 단행하기 위한 책략이라는 것은 두말할 나위도 없다. 하지만 그 책략이 실제로 어떤 것일까를 확실히 알아내고 그것을 사람들 앞에 폭로해야만 한다. 사태 변화에 대응하지 못하고 똑같은 이야기만 되풀이한다면 사람들은 우리한테서 떨어져 나간다. 우리의 전술은 상대편 자본가계급의 교묘한 전술에 적확하게 대응해 나가야 한다.

여태껏 우리의 실패를 살펴보면 처음 한동안은 우리가 적을 위협한다, 하지만 일단 우리의 활동 방식을 파악하면 적들은 우리 뒤로 돌아가 허점을 노린다, 그런데도 우리는 적이 도대체 어떤 식으로 대응하려 하는가를 간파하려 하지 않고 구태의연하게 한 가지 방식으로만 일을 해 나간다. 그 결과 적은 마지막 순간에 우리에게 회심의 일격을 가한다.

역시 이토도 느낌이 안 좋은지 "아무래도 요즘 이상해요." 하고 말했다. 그러나 그 이상한 낌새의 정체가 무엇인지 판단이 서지 않았다.

다음 날 스야마가 작은 종이쪽지를 가지고 왔다.

공고문

여러분의 근면 정진에 힘입어 회사의 사업이 대단히 순조롭게 운영되고 있음을 여러분과 더불어 기쁘게 생각합니다. 여러분도 아시다시피 전쟁이라는 것은 결코 군인만으로 치를 수 없습니다. 만일 여러분이 방독면이나 낙하산, 비행선 선체 제작을 더욱 열심히 하지 않으면 절대 우리나라는 승리할 수 없습니다. 그러므로 혹 작업이 조금 고되다고 하더라도 우리 역시 전쟁터에서 적의 총알을 무릅쓰고 싸우는 군인과 같은 마음가짐과 각오로 임해 주어야 한다고 생각합니다.

아무쪼록 여러분의 각오를 촉구할 따름입니다.

공장장

"우리의 활동은 제2단계로 접어들었어."

스야마가 말했다.

공장으로서는 애초에 말한 대로 작업이 일단락되면 육백 명 모두 내보낼 작정이었지만 이번에 방침을 바꾸어 성적이 우수하다고 인정되는 사람 이백 명 정도는 정규직으로 전환하기로 했으니 각자 좀 더 열심히 일해 주기를 바란다는 소문이 퍼져 나가기 시작했다.

나와 스야마는 신음 소리를 뱉었다. 명백히 그 '소문'은 해고를 단행할 순간까지 반항이 조직화되는 것을 가로막기 위해 꾸며 낸 계략이다. 또 한편으로는 '공고문'과 '소문'이 연관되어 있는 것인 양 비치게 하여 정규직으로 뽑힐 수 있다는 환상을 심어 주고 이를 미끼로 일을 더 열심히 하게 만들어 좀 더 착취해 먹겠다는 속셈이기도 했다.

스야마는 그 본질을 폭로하는 데 쓸 목적으로 공고문을 베껴 온 것이다. 이로써 우리는 회사의 제2단계 전술을 알게 되었다.

나와 스야마, 이토는 날마다 연락을 취했다. 하지만 연락만으로는 정밀한 대책을 세울 수 없으므로 일주일에 한 번꼴로 세 사람이 함께

'좌담'을 하기로 하고 그 장소의 물색은 이토가 맡았다. 스야마와 이토는 존재가 합법적이므로 문제가 없지만, 일정한 장소에서 두세 시간씩 눌러앉아 있는 것은 나에게는 세심한 주의가 필요한, 매우 위험한 일이었다. 나는 이토와 가두 연락을 통해서 장소를 전해 듣고 그 일대의 동정을 파악한다. 안전하다고 판단되면 그녀와 스야마를 먼저 보내고 나서 그들과 다른 길을 택해 그 장소로 접근한다. 그 장소에 가서도 바로 들어가지 않고 주위를 관찰한다. 그 집에 이상이 없으면 정해진 곳에 이토가 '표시'를 해 두기로 한 까닭이다.

낮 사이에 열을 받아 데워져 있던 아스팔트로부터 뜨뜻미지근한 바람이 불어오던 어느 날 저녁, 나는 스야마와 이토에게 건네줄 『아카하타』*와 팸플릿을 가지고 집을 나섰다. 그날 밤은 '좌담'을 하기로 되어 있었다. 얼마쯤 걸어가자 길모퉁이에 경찰 두 사람이 서 있다. 거기서 또 하나의 모퉁이를 돌아 나오자 거기에는 세 사람이 서 있다. 이거 큰일 났다 싶었다. '문건'을 가지고 있으니 위험하다. 오늘 회합을 어떻게 한다지. 미처 결심을 끝내지 못한 채 걸어가는데 파출소 쪽에도 순경 두세 명이 서 있다. 놀랍게도 턱 끈까지 매고 있다. 도중에서 다시 되돌아가기는 어색하지만 방법이 없다. 나는 잠깐 멈칫거렸다. 그러자 파출소 순경 한 사람이 이쪽을 본 듯하더니 내 쪽으로 걸어올 듯한 낌새를 보였다. —나는 아차 싶어 조금 허둥지둥하는 모습

* 붉은 깃발이라는 뜻의 일본공산당 기관지.

을 보이고 모자에 손을 대면서,

"저어, S동으로 가려면 이쪽인가요? —아니면……." 하고 물었다.

순경은 귀찮다는 눈초리로 내 얼굴을 힐끔 보았다.

"S동은 이쪽이요."

"예, 대단히 고맙습니다."

나는 짐짓 경찰이 일러 준 방향으로 발걸음을 옮겼다. 조금 가다가 아무렇지도 않은 듯이 뒤를 돌아보니 나를 눈여겨보던 그 순경은 등을 돌리고 다른 두 사람과 무슨 이야긴가를 하고 있었다. 나는 가슴 속의 『아카하타』와 팸플릿을 툭툭 치면서 혼잣말로 중얼거렸다. "멍청한 놈들! 원통할 거야. 50엔을 눈앞에 두고 놓쳤으니!"

나는 만일의 경우를 생각해서 결국 집으로 돌아오고 말았다. 다음 날 아침 신문을 보고서야 살인 사건이 있었음을 알았다. 우리는 종종 다른 사건 때문에 엉뚱한 봉변을 당하곤 했다. 하지만 놈들은 그런 사건을 구실로 여차하면 '빨갱이 사냥'에 열을 올렸다. 실제로 놈들은 그때마다 '생각지도 않은 부산물이 있었다'고 뇌까리곤 했다. S의 말에 따르면 외국 잡지에서 일본에는 밤늦게 길을 걸을 자유도, 강압적인 경찰 검문을 받지 않고서 다방에서 한가로이 이야기를 나눌 자유도 없다고 했다는데, 그건 모두 사실이었다.

나는 아침저녁으로 나갈 때 내가 가는 쪽에 무슨 사건이 있었는지는 꼼꼼히 신문을 살펴보곤 했다. 특히 오랫동안 여기저기 도망쳐 다니던 살인범이나 강도가 체포된 기사는 구석구석 샅샅이 읽었다. 그럴 때에는 내가 받아 보고 있는 신문 말고도 갖가지 신문을 가사하라더러 사 오라고 해서 주의 깊게 읽었다. 7년간 숨어 지냈다는 어떤 범법자의 기사는 많은 점에서 내게 도움이 되었다.

—나는 지금 함께 잠수하고 있는 S, N 등과 '안 잡히기 5개년 계획' 경쟁을 벌이고 있다. 5개년 계획은 6개년, 7개년으로 연장되면 될수록 좋다. 그래서 숫제 '5개년 계획을 6개년으로!'라는 슬로건을 내걸고 있다. 그러자면 일상 행동을 우연성에 내맡겨서는 안 된다. 늘 과학적인 고려를 거쳐서 행동할 필요가 있다. 가사하라는 때때로 헌책방에서 『신세이넨新青年』*을 사 와서 나한테 읽으라고 했다. 나도 잠깐 짬이 날 때는 탐정 소설을 진지하게 읽기도 했다.

다음 날 정기 연락에 나가자 스야마는 떨 듯이 기뻐했다.

"무사했구나, 무사했어!"

그는 내가 (나는 약속을 어긴 적이 없으므로) 당한 게 아닌가 싶었더란다. 그래서 내 얼굴을 다시 보기 전까지는 온갖 재수 없는 상상만 떠올라 애가 탔다고 했다. 나는 어제 일을 이야기했다. 그리고,

"5개년 계획을 6개년 계획으로!"

하며 웃었다.

"그건 그렇고……."

스야마는 전날의 살인 사건 때문에 열지 못한 '좌담'을 오늘 하자

* 1920년에 창간된 일본 잡지. 수많은 번역 탐정 소설을 소개해서 인기를 끌었다.

고 했다. 장소는 이토의 자취방이었다. 그녀는 하루 이틀 안에 자취방을 옮길 작정이므로 그곳을 사용하기로 한 것이다. 이토 말고도 자취하는 사람이 많아 조건은 그다지 좋지 않았다. 나는 화장실 출입을 하지 않고 이토가 아플 때 사다 놓은 변기를 쓰기로 했다. 화장실에서 다른 사람과 얼굴이 마주치는 건 좋지 않다. 더구나 그 사람이 아는 사람이기라도 하면 큰일이다.

나는 두 사람에게 "저쪽을 보세요." 해 놓고 구석진 자리로 가서 그 유리 변기에 볼일을 봤다. 이토는 어깨를 들먹거리며 쿡쿡 웃었다.

"아이구 냄새야!"

스야마는 야단스레 코를 쥐어 보이며 익살을 떨었다.

"신선한 생맥주다."

나는 변기를 구석 쪽에 바싹 밀어붙여 놓으며 농담으로 두 사람을 웃겼다.

구라다공업사는 드디어 최후의 공세로 나오고 있는 게 분명하다. 이토의 보고에서 그런 낌새를 확연히 감지할 수 있다. 이토와 같이 일하는 낙하산공장 여성 노동자가 오늘 아침에 들어간 『마스크』 제3호를 읽고 있는데 4, 5일 전에 공장에 새로 들어온 남성 노동자가 느닷없이 그걸 가로채더니만 그 여성을 후려갈기더라는 것이다. 『마스크』와 유인물이 뿌려지면 사람들은 작업감독한테만 조심할 뿐 같이 일하는 동료들한테는 신경을 쓰지 않았다. 이번 같은 일은 처음이었다. 이토는 아무래도 낌새가 수상하다고 생각하고 그 남자를 조사해 보기로 했다. 나중에 청소부 아줌마한테 들은 바에 따르면 그 남자는 이 지역 청년단 단원으로서 재향군인인데 전쟁이 터지고 나서 특별히 채용되어 입사했다는 것이다. 그 후 그 남자를 예의 주시하고 있자니 제1공장과 제3공장에도 같은 패거리가 있는 듯했다. 작업 시간 중에도 작업대를 벗어나 다른 공장에 다니러 가는 일이 있었다. 작업감독은 그걸 보고서도 아무 말도 하지 않았다. 게다가 최근에는 구라다공업사 안에 예전부터 있던 (있긴 했으나 이제껏 아무런 활동도 없던) 대중당 계열 '사우회社友會'의 기요카와, 아쓰타 패거리와도 어울리고 있는 것 같았다.

수상한 일은 먼저, 이제까지 아무런 활동도 없던 사우회가 요즘 조금씩 움직이기 시작한다는 것, 둘째, (그 출처가 어딘지 확실히 알 수 없지만) 국가 비상 시기이기도 하려니와 군수품 생산이라는 중대한 책임을 맡고 있는 우리는 다른 산업노동자보다 좀 더 자중하고 긴장해야 한다, 그러므로 구라다공업사의 군 출신자들로 재향군인회 분회를 만들 필요가 있다는 이야기가 퍼지고 있다는 것이다. 이번에 특별히 채용된 패거리한테서 나오고 있는 듯한 그 이야기에 대해 공장장이 찬성할 뿐 아니라 사우회의 한두 사람까지도 동조하고 있다는 사실이 확인되었다. 또한 이런 일은 회사가 표면에 나서서는 효과가 없으므로 직원들 속에서 자발적으로 의견이 모였다는 모양새를 띠게끔 일을 꾸미고 있는 것도 명확했다.

"자네 쪽은 어때?"

내가 스야마에게 물었다.

"이토 얘기를 듣고 보니 짚이는 데가 있어. 요 며칠 점심시간에 열심히 전쟁 이야기를 하고 다니는 놈들이 있거든……. 이때까지 전쟁에 관한 얘기가 없었던 건 아니지만 기껏 해 봐야 어디서 주워들은 걸 마치 자기 얘기인 양 한바탕 장광설을 풀어 놓거나, 아니면 소박한 자기 생각을 자신 없는 목소리로 몇 마디 늘어놓는 게 고작이었는데 그놈 얘긴 확실히 달랐어. 곰곰이 생각해 보니 어딘지 계획적이고 선동적이었던 것 같아."

—이야기를 종합해 보면 저쪽이 전면적으로 치고 나오고 있다는 건 이미 의심할 나위가 없다.

우리가 놈들을 누르기 위해서는 놈들의 세력에 대한 정확하고 과학적인 인식이 필요하다. 지금 놈들은 위에서 노동자들을 찍어 누르는 것만으로 충분하지 않다는 것, 또 공장의 출퇴근 시간에 사복 경찰을 잠복시키는 것만으로도 충분하지 않다는 것을 알고 제3단계의 조치로써 노동자들 내부에서 우리 조직의 침투를 봉쇄하려 하고 있는 것이다. 그럴 목적으로 사우회를 움직이기 시작하고 공장 안에 청년단이나 재향군인회 분회 조직을 억지로 만들어 내려고 한다. 공장이 공장인 만큼 (군수품 공장이므로) 그런 반동 조직을 쉽게 만들 수 있는 조건이 갖추어져 있다. 우리는 지금 세 갈래 방향에서 적의 세력과 대치해 있는 셈이다.

스야마의 말에 따르면 공장 안에서 전쟁 이야기를 지껄이고 돌아다니는 품새가 예전처럼 그저 '충군애국'이라든지 중국 놈들이 미운 짓을 하니까 해치워야 한다든지 하는 수준이 아니다. 이번 전쟁은 결국은 미쓰이나 미쓰비시가 점령지에 큰 공장을 세우도록 하기 위해 벌였던 이전의 전쟁과는 달리 노동자들이 살 길을 열어 주기 위해 치르고 있다는 것이다. 만주를 뺏으면 대자본을 배제하고 우리끼리 왕국을 건설한다, 일본의 실업자가 줄줄이 만주로 건너가면 끝내는 일본에 실업자가 한 사람도 남아 있지 않을 것이다, 소련에는 실업자가 한 사람도 없는데 우리도 그 나라처럼 되어야 한다, 말하자면 이번 전쟁은 노동자계급을 위한 전쟁인 셈이다, 그러니 우리도 미력하나마 각자 주어진 부서에서 열심히 일해야 한다, 등등이 그 이야기의 골자였다.

사우회의 기요카와나 아쓰타는 점심시간에 재향군인회나 청년단에 소속한 노동자들을 모아 놓고 토론을 벌였다. 거기서 기요카와는 이번 전쟁은 결국 대자본가가 식민지에서 새로운 착취를 하기 위한 것이긴 하지만, 어떤 측면에서는 노동자들에게도 이익을 가져다주고 있다는 주장을 폈다. 예를 들면 금속이나 화학 계통의 군수품 공장은 사람이 아무리 많아도 부족할 만큼 성황이다, 그것은 이른바 '전쟁 주식'의 폭등을 보더라도 분명하다, (그리고 어디서 들었는지) 테이코쿠화약의 주식은 원래 4엔 하던 것이 지금은 9엔으로 두 배 이상 폭등세를 보이고 있고, 이시카와지마조선소의 주식은 5엔이던 것이 25엔으로까지 뛰어올랐으며, 탄환 제조에 쓰이는 안티몬은 20엔 전후로 거래되던 것이 지금은 100엔을 호가한다. 그리고 독일이 전쟁에 져서 엉망진창

이 되었다고들 하지만 크루프제철 등은 평시의 열 배 이상 순이익을 올리고 있다, 그만큼 우리 생활도 전쟁 덕을 보는 셈이니까 일률적으로 전쟁에 반대해 봤자 득 될 게 없다, 전쟁을 이용할 수 있는 데까지는 이용해야 한다……, 대강 이런 내용이 그들 주장의 요지였다. 이야기가 여기까지 다다르면 대중당의 사우회와 청년단, 재향군인회 사이에는 전혀 이견이 없었고 오히려 짝짜꿍이 잘 맞았다.

노동자들은 청년단의 '만주왕국' 이야기는 왠지 꿈같아서 믿어도 될까, 만일 사실이라면 좋긴 하겠지만…… 하는 정도였지만, 기요카와 쪽 이야기에는 다들 고개를 끄덕였다. 전쟁터에 나가서 죽을지, 불구가 될지 또는 '만주왕국'이라는 곳이 자기들에게 득이 될지 어떨지는 잘 모를 일이지만, 어쨌든 전쟁이 났기 때문에 자기들도 장기간의 실업 상태에서 벗어나 일자리를 얻을 수 있었던 것이다. 다만 비정규직이라는 이유로 수당도 없고 강제 잔업에 시달리고, 정규직과 똑같이 일을 하고도 임금이 턱없이 낮다는 점이 불만이긴 하지만, 여하튼 전쟁 경기의 혜택을 입고 있는 건 분명하다고 생각하고 있었다.

기요카와는 자기가 적어도 '노동자를 위한 정당'이라는 대중당의 당원이라는 사실조차 망각하고 마치 자본가라도 된 양 주식 가격을 걱정하거나 그 혜택을 기대하는 듯한 의견을 내놓음으로써 교활하게도 노동자들(특히 비정규직)을 당장 눈앞의 이익에 휘둘리게 하고 있었다.

이토나 그 동료들은 그런 허구적인 논리의 이면을 들추어 내어 여성 노동자들을 충분히 납득시키기에는 역부족인지라 쉽사리 반박할 수가 없었다.

"속이 타서 견딜 수 없어요." 하고 이토가 토로했다.

이토의 그 말에 수긍이 간다. 우리는 이번 전쟁의 본질이 무엇인지 확실히 인식하고 있다. 그러나 그것을 모든 사람들에게 충분히 납득시키는 것, 곧 사람들의 일상생활 속에서 피부에 와 닿을 수 있게끔 설명해 내는 데에는 아직 서툴다. 레닌은 전쟁에 관한 문제에서는 혁명적 노동조합에서조차 이따금 잘못을 저지르는 경우가 있다고 지적한 바 있다. 게다가 기요카와나 아쓰타 같은 패거리들이 교묘히 기만공작을 하고 있으니 우리의 작업은 더욱 더 힘들어진다.

회사에서는 작업 종료 시간을 5시에서 6시로, 다시 7시로 일방적으로 늦추면서도 연장된 작업 시간에 대해서는 따로 임금을 지불하지도 않았다. 그런 일이 너무나 자연스레 날마다 저질러지고 있었다. 비정규직들은 투덜대면서도 회사의 지시에 따르지 않으면 나중에 정규직으로 뽑히지 못할 거라며 남아서 작업을 했다. 그러자면 아무래도 도시락을 먹어야 하지만 그 비용은 스스로 부담해야 한다. 늦게까지 일을 하고도 오히려 일당은 줄어드는 꼴이다. 임금을 깎겠다는 말은 한마디도 하지 않았지만 실제로는 임금이 깎이고 있다. 노동자들은 "사람을 바보 취급한다."며 분개하기 시작했다. 이토가 있는 낙하산공장에서는 잔업을 할 경우 "도시락 값을 내주지 않으면 절대로 못 한다."고 드러내 놓고 불평을 터뜨리는 분위기였다.

그뿐만이 아니다. 최근에는 작업 시간이 같은 열 시간이라 해도 예전의 열 시간하고는 완전히 딴판이다. 정규직으로 뽑힐지 모른다는 기대 때문에 노동자들의 동작은 눈에 띌 만큼 빨라져 간다. 이전에는 작업을 하면서 옆에 있는 사람과 몇 마디 이야기 정도는 나눌 수 있었고, 기누 양처럼 허리띠에 손거울을 매달아 수시로 들여다볼 수도 있었지만 지금은 뚝뚝 떨어지는 땀조차 소매로 훔칠 틈이 없다. 낙하산 공장에서는 전기다리미를 사용하므로 뜨거운 열기가 피어올라 작업을 하고 있으면 비 오듯 땀이 흘렀다. 펼쳐진 낙하산에도 땀이 뚝뚝 떨어졌다.

생산고를 보면 회사는 이전보다 사십 퍼센트 이상 이익을 내고 있음이 분명하다. 그러나 임금은 그대로다. 실제로 일을 하고 있는 노동자들은 그 점을 잘 알고 있었다. —하지만 다들 자기 생활 문제로 들어가면 '전쟁'은 전쟁, '작업'은 작업으로 나누어서 생각하고 있다. 노동 강도의 가혹함이 점점 더 심해지는 현실이 전쟁에서 비롯되고 있다는 것을 전혀 눈치 채지 못하고 있다. 그 둘이 하나로 이어져 있음을 적절히 짚어 주기만 하면 기요카와나 청년단이 내세우는 논리의 기만성을 노동자들은 본능적으로 알아차릴 것이다.

그런 사정들을 두루 검토하고 나자 공장 세포로서 어디에 새로운 투쟁의 역점을 두어야 하는가가 분명해졌다. 기요카와나 아쓰타 등이 비정규직들 사이에서 확보하고 있는 영향력을 차단하기 위한 첫 단계로 노동자들로 하여금 '노동 강화 반대'라든가 '임금 인상', '처우 개선' 등을 사우회가 나서서 요구하도록 제안하게 한다. 그러면 그들은 갖가지 구실을 늘어놓으면서 투쟁의 선두에 서기는커녕 오히려 노동자들을 구슬려서 주저앉히려 들 것이다. 그러면 적당한 기회를 잡아 노동자들 앞에서 놈들이 결코 우리 편이 아님을 확실히 밝혀 줄 작정이다. 나아가 우리는 세포 회의에서 『마스크』를 통해 공장 안의 파시스트, 사회파시스트에 대한 폭로를 새로이 집요하게 다루어 나가기로 결의하였다.

글을 휘갈겨 적었던 종이쪽지를 한 장 한 장 성냥불로 태우면서 스야마가 말했다.

"상황을 보아 하니 이기느냐 지느냐 하는 한판 싸움이 점점 다가오고 있어. 최후의 결전이 임박했다구!"

"그래, 놈들한테 이기려면 과학적인 올바른 방침과 그것을 무슨 일이 있어도 끝까지 관철해 내겠다는 결연한 의지가 필요할 따름이야. 파시스트 일당이 설친다면 우린 목숨을 걸고 싸우는 거야!"

내가 그렇게 응답하자,

"우리한테 공장은 성채가 아니라 전장이다!"

스야마는 웃으면서, 그러나 결연한 어조로 말했다.

"멋있는 말인데, 스크랩북 속의 누구 말을 인용한 거야?"

"오로지 본인의 말씀이시다!"

며칠 후 나는 지방 오르그(당 지방위원회의 조직부 모임)에서 관영 N병기공장에서는 권총과 칼을 겨눈 헌병의 감시만으로도 모자라 각 직장마다 주요 작업 라인에 작업복을 입은 헌병들을 들여놓는다는 이야기를 들었다. N공장의 세포가 최근에 체포되었는데 알고 보니 멋모르고 '작업복을 입은 헌병'에게 접근을 한 탓이었다. 그런 '직공'은 겉보기에 짐짓 의식 있는 체하고 있으므로 위험하기 짝이 없다. 구라다공업사는 본디 병기 공장은 아니기 때문에 그런 헌병까지 들어와 있지는 않다. 하지만 사태가 좀 더 진전되면 그런 상황이 닥치는 건 시간문제일 뿐이다.

6

시계를 보니 9시가 조금 못 되었다. 필요한 얘기는 끝이 났고 시간은 좀 남은 터라 우리는 비스듬히 누워 잠깐 쉬었다. 나는 이토의 화장대를 바라보았다. 가사하라의 화장대보다 훨씬 좋았고 노랑, 빨강, 초록색 화장품이 가지런히 놓여 있었다.

"와— 대단한데!"

이토는 내 말뜻을 대뜸 알아챘나 보다.

"무슨 말을 하려는 거예요. 주책이야, 정말!"

그녀는 발끈했다.

"이토는 빨강, 파랑, 노랑 색깔로 온갖 홀림수를 다 부려 밤마다 놀라운 실적을 올린다니까."

이번에는 스야마가 받아넘기며 웃었다.

"저것 보라구, 저기 미쓰코시나 마쓰사카야 백화점 포장지가 잔뜩 있지? 다 진상 받은 물건이야. 행복한 신분이시지."

이토는 눈에 띌 만큼 예쁜 얼굴이어서 감독, 계장이나 남성 노동자들이 환심을 사려고 선물을 주거나 마쓰사카야 백화점에 데려가거나 단팥죽집 같은 데서 한턱 쓰기도 한다. 이토는 가능성이 있어 보이는 노동자가 가자고 하면 흔쾌히 따라가기도 하고, 더러는 스스로 데리고 가기도 한다. 그런 필요 때문인지 몰라도 그녀는 항상 얼굴을 예쁘게 꾸미고 다닌다. 그런 사정은 남성 노동자도 마찬가지여서 조금 깔끔한 옷차림과 미끈한 얼굴을 하고 있으면 여성 노동자들이 오타의 말대로 '직접적이고 구체적으로' 따라붙기도 한다.

"요즘은 좀 어때?"

내가 스야마를 향해 묻자 그는 턱을 문지르면서 히쭉히쭉 웃었다.

"아주 불경기야!"

"요시 씨는 아직인가요?"

나는 손으로 턱을 괴면서 고개는 그대로 둔 채 눈만 돌려서 물었다.

"뭐 말이에요?"

이토는 짐짓 반문했지만 눈치를 채고는 순간적으로 눈빛이 약간 흔들렸다. 그러나 이내 태연함을 되찾으며 또박 대답했다.

"네, 아직이에요."

"혁명이 오고 난 이후라야겠지. 우리 남성 동지들은 삼천 년간 내려온 습성이 몸에 배어서 제 아무리 마르크스주의자라도 결혼하고 나면 요시 님을 바로 노예로 만들어 버릴 테니까."

스야마가 웃으며 얘기했다.

"스야마 씨는 자기 이야기를 자백하는 거예요?"

이토는 오히려 냉담한 표정이었다.

"좋은 동지가 나타나지 않아서 그럴 거요."

나는 이토를 바라보면서 말했다.

"나는 어떻소?"

스야마가 벌떡 상반신을 일으키면서 말했다.

"과분하다, 과분해!"

"어느 쪽이? 내 쪽이?"

스야마가 익살스럽게 물었다.

"이 친구, 터무니없이 뻔뻔한 자만심을 가지고 있군!"

세 사람 모두 소리 내어 웃었다.

나는 사실 우리 주위를 둘러봐도 이토와 대등하게 맺어질 수 있을 법한 동지는 찾기 어려울 거라 생각했다. 그녀가 만일 진짜 자기 상대자를 찾았다고 한다면 그 사람은 필시 빼어난 동지일 것이며, 두 사람의 생활은 서로 당 생활을 보완할 수 있는 '훌륭한' 모범일 거라 생각했다. ―나는 여태껏 같이 일해 오면서 이토를 한 번도 그런 상대로 생각해 보지 않았다. 그것은 이토의 견실성이 무의식중에 우리 감정에까지도 반영되어 아예 그런 생각을 할 엄두도 낼 수 없게 만든 탓일 게다.

"제가 책임지고 좋은 사람을 소개해 드리지요."

나는 농담 투였지만 진심을 담아서 말했다. 하지만 이토는 그때 못마땅한 표정으로 나를 쳐다보았다…….

이토의 자취방을 나와 큰길에서 택시를 탔다. 택시는 샛길로 질러가는 듯 자꾸만 어두운 거리를 돌더니 갑자기 환한 번화가로 나왔다. 나는 조금 취한 체 하며 모자를 앞으로 푹 눌러썼다.

"여기가 어딥니까?"

"긴자입니다."

이런 번화가는 곤란하다. 하지만 그렇다고 말을 할 수도 없다. 나는 남들의 눈길을 피하고자 모자를 좀 더 앞으로 눌러썼다. 하긴 내가 긴자를 한눈에 알아보지 못한 것도 무리는 아니다. 손가락을 꼽아 보니—벌써 넉 달이나 긴자 쪽으로는 발걸음을 하지 않았다. 나는 수시로 양쪽으로 눈길을 주었다. 긴자는 마지막 본 이후로 상당히 달라져 있었다. 어느 사이엔가 나는 탐하듯이 긴자 거리에 눈을 빼앗기고 있었다. 예전에도 이와 비슷한 감정을 가진 적이 있다. 재작년에 교도소에 가 있을 때였다. 예심 법정에 출정하기 위해 수갑이 채워진 채 호송차에 올라 법원으로 실려 가는 도중에 촘촘한 쇠창살이 쳐진 창문을 통해 실로 반년 만에 신주쿠의 번화가를 바라볼 수 있었다. 평소 무심코 지나쳤던 그 모든 풍경이 기막히게 새롭고 형언할 수 없는 안타까움을 동반한 채 눈앞에 펼쳐지고 있었다. 나는 건물 하나하나, 간판 하나하나, 자동차 하나하나, 거리를 어지럽게 오가는 사람들 하나하나를 빠뜨리지 않고 눈에 담으려고 했다. 그 인파 속에서 행여 얼굴을 아는 동지라도 발견할 수 있을까 싶어 얼마나 주의를 기울였는지 모른다. 나중에 교도소 독방에 돌아와서도 한참 눈이 따끔따끔 아릴 정도였다.

택시가 네거리 교차 지점에 이르자 벨 소리가 울리며 맞은편 신호등에 빨간불이 들어왔다. 내가 타고 있는 자동차는 정지선 가까이에서 멈추었다. 창가로 많은 사람들이 스쳐 지나간다. 혹시 나를 알아보는 사람이 있을까 조바심이 나서 안절부절못했다. 개중에는 차 안을 들여다보며 지나가는 사람도 있다. 나는 여차하면 튈 수 있게끔 반대편 문손잡이에 손을 얹고 턱을 가슴에 처박았다. 이윽고 신호등 벨이 울렸다. 가까스로 안도의 숨을 내쉬며 손잡이에 얹었던 손을 내렸다.

한가한 걸음걸이로 산책을 하고 있는 수많은 사람들을 보다가 문득 내 생활에는 산책이란 게 전혀 없다는 걸 깨달았다. 나에게는 확실한 목적지 없이 바깥을 쏘다니는 건 허용되지 않으며 방 안에서조차 창문을 통해 얼굴을 바깥에 노출시켜서는 안 된다. 그런 점에서는 유치장이나 독방에 있는 동지들과 조금도 다를 바가 없다. 아니, 어떤 의미에서는 그런 동지들보다 더 고통스럽다. 왜냐하면 훌쩍 밖으로 나갈 수 있는 자유는 얼마든지 있으면서도 그것을 애써 억눌러야만 하기 때문이다.

나야 어떻게든 참아 내야 한다는 자각이 있기 때문에 괜찮았지만 함께 사는 가사하라는 도저히 견딜 수 없는 모양이었다. 가끔 나와 함께 외출을 하고 싶어 하는 눈치였다. 그것이 도무지 가능하지 않다는 것을 익히 알면서도 속을 끓이는 것 같았다. 더구나 가사하라가 근무를 마치고 돌아올 때쯤이 나에게는 밖으로 나가야 할 시간이었다. 그러다 보니 방 안에서 같이 지내는 시간도 좀체 없었다. 그런 상태가 한 달 두 달 지속되자 가사하라는 눈에 띄게 속상해 했다. 그녀는 그래서는 안 된다고 자신을 억누르는 듯했지만, 오래지 않아 자제심을 잃고 나와 다투곤 했다. 전혀 개인적인 생활을 할 수 없는 사람과 개인적 생활이 거의 전부인 사람이 함께 산다는 것은 여간 힘든 일이 아니었다.

"당신은 나랑 같이 살면서 한 번도 저녁에 같이 있어 준 적도 없고 산책 한 번 같이 가 준 적이 없어요!"

가사하라는 뻔히 알면서도 볼멘소리를 터뜨렸다.

나는 그런 틈을 메우기 위해서는 가사하라를 내가 하는 활동에 끌어들여야겠다고 생각하고 몇 번이나 시도해 보았다. 그러나 같이 살고 나서야 가사하라가 거기에 적합한 사람이 아니라는 걸 알게 되었다. 그녀는 정말이지 감정이 얕고 의지력이 약한 여자였다. 나는 그런 가사하라를 보고 이렇게 말했다.

"당신은 기상대야."

하찮은 일로 들뜨거나 또 쉽게 뽀로통해졌다. 그런 성격으로는 결코 우리처럼 활동을 해 나갈 수가 없다.

물론 그녀는 하루의 대부분을 타이피스트라는, 노동자의 생활과는 거리가 먼 일로 소비하고 집에 돌아와서도 음식 장만에다가 일요일 같으면 두 사람 몫의 빨래까지 갖가지 집안일들에 쫓긴다. 몹시 시간에 쪼들리고 힘에 부치는 생활을 하고 있는 그녀가 가여웠지만 정작 스스로 거기서 박차고 나가 보려는 기력이나 의식조차 찾아보기 어려웠다. 내가 그렇게 만들어 보려고 애를 써도 따라와 주지를 않았다.

나는 집에서 멀찍이 떨어진 곳에서 택시를 내려 정류소 두 구간을 걷고 골목을 돌아 집으로 들어갔다. 가사하라는 창백하고 울적한 표정을 한 채 방 한구석에 쪼그리고 앉아 있었다.

"해고당했어요……."

그녀의 말이 너무나 갑작스러웠으므로 나는 선 채로 아무 말도 못하고 그녀를 바라보았다. ―가사하라는 특별히 무슨 활동을 하고 있지 않은데도 왠지 회사에서는 의심을 받고 있었다. 그날 회사 주임이 보증인인 저번 셋방 주인집을 찾아갔고 그녀가 꽤 오래 전부터 그 집에 살지 않고 있다는 사실을 알게 되었다. 내 아지트는 절대로 비밀이어야 했으므로 그녀는 주소를 지난번 셋집으로 해 두고 있었다. 그런 사실이 기왕에 품고 있던 의심을 입증해 준 셈이 되었고 그녀는 재깍 쫓겨나고 만 것이다.

가사하라의 급료로 방세나 자잘한 일상 경비를 충당하며 활동에 지장이 없게끔 빠듯하게 생활을 꾸려 왔던 터라 그녀의 해고는 상당한 타격이었다. 기왕 이렇게 된 바에는 한 푼이라도 더 많은 돈을 회사에서 받아 내야 할 테지만, 내가 비합법 신분인지라 강한 요구를 제기할 수도 없었다. 회사 주임은 경찰 손에 넘기지 않은 것만 해도 다행인 줄 알고 얌전히 나가 달라며 은근히 협박을 했다.

우리는 당장에 곤란해졌다. 우선은 아래층 주인아주머니에게 알려지지 않도록 하는 게 급선무다. 집주인에게만큼은 착실하게 신용을 얻어 놓지 않으면 의심을 사기 십상이다. 그것은 그저 안 좋은 정도로 끝나는 게 아니라 매우 위험하기조차 하다. 그러니 방세만큼은 무슨 일이 있어도 제때 지불해야만 한다. 하지만 방세를 빼고 나면 2, 3엔밖에 남지 않는다. 2, 3엔은 금세 없어진다. 가사하라는 일자리를 알아보기 위해 날마다 나가야 했고, 나도 하루 평균 네 건가량의 약속이 있었다. 나는 여태껏 차를 타고 다니던 곳을 걸어 다니기로 했다. 그 때문에 한 번 연락을 취하는 데 앞뒤로 30~40분이면 충분하던 것이 이제 두 시간 이상 걸렸다. 일의 능률이 확연히 떨어졌다. 나는 '기금 모금 운동'을 벌이고 있다면서 만나는 동지마다 5센, 10센씩 뜯어냈다. 상황이 이쯤 되고 보니 스야마의 '간다 하쿠잔' 이야기도 먼 나라의 일이 되고 말았다며, 나는 씁쓸하게 웃었다. 스야마와 이토가 걱정을 해 주었다. 자기들은 합법적인 생활을 하고 있으므로 돈이 떨어지더라도 나처럼 치명적이지는 않고 정말 급하면 어떻게 해서든 돈을 빌릴 수 있다면서 일급에서 50센, 1엔씩을 떼 주었다. 어렵기는 마찬가지인 그들에게서 받은 돈을 한 푼이라도 허투루 써 버릴 수는 없었다. 그 돈은 몽땅 활동을 위한 교통비에 충당하고 먹는 걸 아꼈다. 가지가 싸서 5센어치 사면 이삼십 개는 좋이 되었으므로 그걸 가지고 아래층 아주머니에게 된장독에 박아 넣어 달라고 부탁을 했다. 간이 배인 가지는 그럭저럭 먹을 만했다. 그러나 아침 점심 저녁 세 끼를 모두 그 짠 가지로 때우게 되자 사흘이 지나면서 당장 몸에 반응이 나타났다. 계단을 올라갈 때마다 숨이 가쁘고 진땀이 나서 괴로웠다.

배는 몹시 고프고 몸이 지쳐 있는데도 가지 반찬뿐인 밥상을 마주하면 전혀 식욕이 일지 않았다. 끝내는 더운 물에 만 밥을 눈을 질끈 감고 입에 쓸어 넣었다. 그래도 밥이 있을 때는 좋은 편이었다. 차비마저 떨어져 서너 번의 연락을 위해 걸어 다녀야 할 때, 더구나 끼니마저 하루 한 끼밖에 때우지 못했을 때는 비참한 기분이 들었다. 한번은 만나기로 한 동지에게서 빵 정도는 얻어먹을 수 있을 거라고 벼르고 갔는데 여지없이 예상이 빗나간 적이 있었다. 그 동지는 딱한 표정을 지으며, 자기는 나와 헤어져 M과 만나기로 되어 있는데, 어쩌면 M이 빵값 정도는 갖고 있을 거라고 하면서 같이 가 보자고 했다. M과는 서로 안면이 있는 사이였고, 또 무엇보다 배가 고파 견딜 수 없었던 나는 그렇게 하기로 했다. 그래서 마침내 M에게서 빵과 버터를 얻어먹을 수 있었다.

"빵 한 조각 얻어먹으려고 사내대장부가 여기저기 기웃거리고 돌아다니다가 잡히기라도 하면 창피도 그런 창피가 없을 걸세!"

M이 웃으며 말했다.

"먼저 나에게 빵을 다오!"

나는 그렇게 말하며 눙쳐 넘겼다. ―하지만 이런 상태가 오래 이어지면 좋을 게 없다. 확고하게 자리를 잡고 오랫동안 완벽하게 잠행하면서 활동해 나가자면 이렇게 무리하거나 쪼들려서는 안 된다.

나는 최후의 수단을 써 보기로 마음먹었다. 그날 귀가 후 단단히 용기를 내어 가사하라에게 카페 같은 데는 일자리가 많을 텐데 알아보면 어떻겠느냐고 말을 건넸다. 그녀는 요즘 날마다 일자리를 알아보러 여기저기 돌아다니느라 몹시 지쳐 기분이 좋지 않은 상태였다. 내 말을 듣자 그녀는 내 쪽으로 몸을 홱 돌렸다. 불쾌해 하는 표정이 역력했다. 그런 그녀의 얼굴을 차마 바로 대할 수가 없어 눈길을 피했다. 가사하라는 그대로 완강하게 침묵했다. 나도 별수 없이 잠자코 있었다.

"일을 위해서라고 말하지 그래요……?"

한참 만에 가사하라가 나를 쳐다보지도 않은 채 오히려 착 가라앉은 낮은 목소리로 말을 꺼냈다. 그리고 나서 내 대답도 듣지 않고 갑자기 앙칼진 목소리로 내뱉었다.

"창녀라도 되겠어요."

가사하라는 나와 같이 살기 전부터도 하는 일 모두가 나를 위한 희생이라는 식으로밖에 생각하지 않았다. 만일 그것이 희생이라면 내 경우에는 온 삶을 희생하고 있는 셈이다. 스야마, 이토 등을 만나고 돌아올 때면 그들이 보통의 세계, 보통의 자유로운 생활로 돌아가는 데 반해 나는 여전히 조금의 방심이나 흐트러짐도 허용되지 않는 생활로 돌아가야만 한다는 감상에 젖어들 때가 있다. 그리고 일단 잡히기만 하면 4년, 5년의 감방 생활이 기다리고 있을 뿐이다. 하지만 그런 희생 정도야 수백만 노동자, 빈농이 하루하루 생활에서 겪고 있는 희생에 견주면 아무것도 아니다. 평생 동안 가난한 농민으로 사시면서 갖은 고초를 겪은 아버지 어머니의 삶을 돌이켜보는 것만으로도 그런 사실은 충분히 알 수 있다. 그러므로 나는 내 희생도 이 몇백만 희생자들을 해방하기 위해 반드시 필요한 희생이라고 생각하고 있다.

하지만 가사하라에게는 그 사실이 여전히 절실하게 받아들여지지가 않는 것이다. 더더욱 안 좋은 것은 무엇이든 '나를 위한 희생'이라는 식으로 생각하는 데 있다.

"당신은 위대한 사람이니까 나 같은 바보가 희생하는 건 당연하겠죠!"

가사하라의 가시 돋친 말이었다. ―그러나 나는 개인 생활이라는 것을 전혀 갖고 있지 못한 '나'이다. 그렇다면 그런 '나'를 위한 희생이란 무엇을 의미하는가. 나는 조직의 일원으로서 조직을 지키고 우리의 활동 곧 노동 형제의 해방을 위한 활동을 지칠 줄 모르고 수행해 나가야 할 의무를 짊어지고 있다. 그 의미에서 나는 나를 가장 귀중하게 여기지 않으면 안 된다. 내가 위대하다거나 영웅이라서 그런 것은 결코 아니다.

개인 생활밖에 모르는 가사하라로서는 다른 사람까지도 끝내 개인적인 잣대로밖에 이해하지 못했다.

나는 가사하라에게 이 점에 대해 충분하게 알아듣게끔 이야기를 했다. 그녀는 잠자코 듣고만 있을 뿐 한마디도 하지 않았다. 그러더니 내가 얘기를 마치기가 무섭게 잠자리에 들어 버렸다.

## 7

밤에 『마스크』 원고를 쓰고, 지방 오르그에 제출할 보고서를 정리한 다음 원고를 배포 팀에게 넘겨주고 와서 밀려 있던 팸플릿과 자료를 챙겨 읽느라 늦게 잠이 들었다가 다음 날 아침엔 늦잠을 잤다.

평소 아래층에 누가 찾아오거나 하면 스스로도 놀랄 만큼 민감하던 나는 늦잠 끝에 '앗!' 하고 눈을 떴다. 역시 경찰이었다. 귀를 기울여 보니 호구조사하러 온 것이다. 나는 이럴 때 내가 안 불려 갈 수 있게끔 미리 본적이나 이름 등을 적어서 아주머니한테 맡겨 놓았다. 경찰은 아주머니 가족에 대해서까지 마치 범죄라도 조사하듯 세세하고 집요하게 물어보고 있었다. 아무래도 심상찮은 예감이 들었다. 나는 귀를 바싹 기울이면서 서류가 들어 있는 트렁크에 자물쇠를 잠그고 소리 나지 않게 옷을 갈아입기 시작했다.

"셋방은?"

"예, 있어요."

아주머니는 주방으로 들어갔다 나와서 내가 적어 놓은 종이쪽지를 건네주는 모양이다.

"여기에는 이전에 살던 곳이 안 적혀 있군." …… "부부요?"

"그런가 봐요." 하는 주인아주머니의 대답이 들려왔다.

"언제 호적에 올랐는지, 아니면 아예 호적에 안 올랐는지조차 이걸로는 분명히 알 수가 없소."

아주머니가 무슨 말인가를 했다.

"남편 되는 사람은 직장에 다니지 않습니까?" …… "지금 있어요?"

나는 올 게 왔구나 싶었다.

"지금은 나가고 없어요."

아주머니의 말이 들렸다. 나는 가슴을 쓸어내리면서 역시 있는 돈을 몽땅 털어서라도 방세만은 냈던 것이 백번 잘한 일이라고 생각했다.

"자, 그럼 다음에 또 들를 테니까 좀 더 자세하게 알아 놓으시오."

경찰이 대문을 나서는 소리가 들렸다. '아이고 살았구나' 싶어 다시 담요 위에 드러누울 찰나에 경찰의 말소리가 들려왔다.

"요즘 빨갱이가 흔히 이런 셋방에 살고 있다니까 아주머니도 조심하시오."

나는 움찔했다. 아주머니가 "예? 누구요?" 하고 반문했고 경찰의 대꾸가 두세 마디 이어지는 것 같았으나 알아들을 수는 없었다. 아주머니는 '빨갱이'가 어떤 사람을 가리키는지 몰랐을 게다.

나는 예전과 다른 꼼꼼한 조사를 접하면서 예사롭지 않다는 느낌을 가졌다. 그날 연락 임무를 마치고 돌아오는데 이웃 동에서 경찰이 호적부를 가지고 조그만 가게로 들어서고 있었다. 거기서 조금 떨어진 곳에서도 경찰 두 명이 호적부를 가지고 골목에서 나오는 것을 볼 수 있었다. S를 만났을 때 그날 오전의 호구조사 건에 대해 이야기했더니 S는 온 시내에 걸쳐 이 잡듯이 여염집 셋방을 조사하고 있는 모양이니 정신을 바짝 차려야 한다고 했다. 역시 놈들의 기세가 심상치 않다.

놈들은 여태껏 몇 번이나 당은 괴멸되었다거나 뿌리째 뽑혔다거나 하는 말들을 해 왔다. 그걸 자기네 기관지나 다름없는 주요 신문에 대서특필해서 사정을 제대로 알지 못하는 노동자들에게 그대로 믿게끔 만들어 대중으로부터 당의 영향을 차단하려고 핏대를 올린다. 그러나 그런 기사가 대문짝만 하게 실린 신문의 잉크가 마르기도 전에 도처에서 우리의 조직은 조금도 굴하지 않고 활동을 계속했다. 아무리 속임수를 쓰려고 해도 속임수가 먹히지 않는 것이다. 특히 전시 상황에서 '메이데이'나 8월 1일의 '국제 반전 데이'에 대규모 대중투쟁이 일어날 것이 두려워, 놈들은 어떻게든 당 조직의 기반을 송두리째 흔들어 놓으려고 자기들이 장악하고 있는 모든 국가권력을 총동원하는 데 온 힘을 쏟고 있다. 모든 보도 매체를 통해 당을 모욕하거나 악선전을 퍼뜨려 모함하고 있지만, 바로 그 사실이야말로 당 조직의 존재가 놈들에게는 최대의 공포라는 사실을 웅변해 주고 있다. 외국의 어느 신문 기사에는 일본의 당을 두고 '작으나 전투적인 당'이라고 써 놓았다는 얘길 하면서 S는(스야마가 '간다 하쿠잔' 따위의 일들에 해박한 데 반해 S는 이런 사실들을 잘 알고 있다), "이 작으나 전투적인 당은 한 나라 국가권력과 맞먹는, 아니 그 이상의 힘으로 맞서고 있는 큰 세력이라네." 하고 말했다. 이 '작으나 전투적인 당'을 뿌리째 뽑으려고 몇만 배나 더 큰 조직을 갖춘 국가권력이 눈알이 뒤집혀 초조하게 날뛰는 꼴이라니.

"어때? 이만하면 우리 한 사람 한 사람이 자부심을 가질 만하지 않아? 얼마나 근사한 자부심이냐구!"

S가 그렇게 말했을 때 우리는 날아갈 듯이 기뻤다. 그 자부심을 최

후까지 관철하기 위해서라도 놈들한테 잡혀서는 안 된다.

나의 거처는 경찰이 다녀간 후로 대단히 위험한 상태에 놓이게 되었다. 나와 스야마, 이토는 메이데이를 겨냥하여 구라다공업사를 움직여 보기로 마음먹었다. 비정규직 육백 명의 해고라는 좋은 싸움거리가 있느니만큼 우리들만 견실하게 대처해 나간다면 그 가능성은 충분하다. 이런 중요한 시기에 붙잡힌다는 것은 계급적 배신일 뿐이다. S는 요즘 머리맡에 굵은 몽둥이와 신발을 놓아두고 잔다고 했다. 나는 그 말을 듣고 빨래를 널어 말리는 받침대에 신발을 놓아두기로 했던 계획을 여태껏 잊고 실행하지 않은 데에 생각이 미쳐 집에 돌아오는 길에 한 켤레 사 가지고 들어갔다.

그날 밤 스야마를 만나고 나서야 '빨갱이 사냥'이 바깥에서만 일어나는 일이 아니라는 걸 깨달았다. 연락 장소로 나갔더니 맞은편에서 스야마가 얼굴에 온통 붕대를 감고 다리를 절뚝거리면서 다가오는 것이 아닌가. 나는 깜짝 놀라 눈이 휘둥그레졌다.

"당했어!"

그는 이따금 붕대가 감긴 얼굴을 어루만졌다. 다친 데가 아파서 나올까 말까 망설였지만 시기가 시기인 만큼 연락이 끊어지면 곤란하니까 억지로 나왔다고 했다. 우리는 걷기를 중단하고 단팥죽집으로 들어갔다. 스야마의 이야기는 이러했다.

공장 측에서는 외부 경찰만으로는 그다지 효과가 없다고 판단하고 기요카와나 아쓰타의 사우회나 재향군인회 청년단을 끌어들여 내부에서도 '빨갱이 사냥'에 나섰다. 하지만 『마스크』나 유인물에서 그 사실마저 폭로되어 버리자 초조해진 모양이다. 회사는 요 2, 3일 전부터 '위문금' 모금을 벌이기 시작했다. 때늦게 구라다공업사가 이 일을 벌이는 것은 이로써 공장 안의 분위기를 다잡고 이른바 빨갱이가 파고들 여지를 없애겠다는 속셈이다. '충군애국'이든 뭐든 자기들에게 이익이 되지 않는 일은 거들떠보지도 않는 회사에 이 방책을 갖다 바친 것은 낙하산공장에서 『마스크』를 갖고 있던 여성 노동자를 구타했던 '작업복을 입은' 재향군인회 청년단원들인 듯하다.

스야마는 이 문제를 틀어쥐고서 '사우회'의 기요카와나 아쓰타를 대중으로부터 떼어 놓을 궁리를 했다. 이토도 거기에 찬성했다. 노농대중당은 어쨌거나 노동자를 위한 당이고, 또한 제국주의 전쟁에도 반대하고 있다. 하지만 사실은 전혀 '노동자를 위한 당'도 아니고 제국주의 전쟁에도 겉으로만 반대하고 있다는 사실을 많은 사람들 앞에서 까발릴 필요가 있다. 스야마와 이토는 '사우회' 회원으로 가입해 있었다. 노동자계급이 자본가계급의 온갖 기만적인 정책의 본질을 파헤쳐 내고, 전쟁을 반대하는 지난한 작업을 해 나가기 위해서는 무엇보다 '사우회' 같은 사이비 아군—우익 기회주의자와 싸워 이겨야 한다. 스야마는 위문금 모금에 대한 토론 건으로 '사우회' 정기총회를 여는 게 어떠냐고 기요카와 측에 제의했다. 그와 동시에 '위문금' 모금 문제를 이토 동료와 자기 동료를 통해 모든 사람들에게 알리기로 했다.

총회에 나가 보니 그 자리에 놀랍게도 청년단 소속 노동자들도 나와 있었다. 우리가 '사우회'를 중시한 것은 그 안에 비정규직은 아주 적은 반면 정규직이 많았기 때문이다. 이토와 스야마 동료 중에는 정규직이 한두 사람밖에 없었다. 정규직을 획득하는 일의 중요성이 되풀이 강조되었으나 워낙 만만찮은 일인지라 성과가 좀체 오르지 않았다. '사우회'도 두세 사람을 빼면 막연한 생각으로 가입한 사람들로 구성되어 있어 눈앞에서 기요카와가 옳은지 스야마가 옳은지 분명히 보여 주면 그들을 우리 쪽으로 끌어들일 가능성이 충분히 있었다.

'사우회'는 전쟁이 터지고 나서 반년이나 지났는데도 한두 번밖에 회의를 소집하지 않았다. 회원들 가운데서도 그 때문에 투덜거리는 사람이 제법 있었다. 스야마는 먼저 여러 사람들 앞에서 이렇게 많은 노동자와 농민이 전쟁터에 끌려가고, 또 노동 현장에서도 이렇게 지독한 강행군에 시달리고 있는데도 '사우회'가 한 번도 진지하게 회의를 열지 않은 것은 계급적 배신이라고 목소리를 높였다. 대여섯 명이 "그렇긴 하지……." 하고 말했다. 그런데 그들은 그렇게 말해 놓고 나서도 옆 사람들의 눈치를 살폈다. 나나 스야마는 반동 조합의 혁명적 반대파로서 활동한 경험이 있어 "그렇긴 하지" 해 놓고 옆 사람들의 눈치를 살피는 이유를 잘 헤아리고 있었으므로 슬며시 함께 웃었다. 스야마는 웃다가 상처가 아픈지 "아야, 아야!" 하면서 붕대 위로 얼굴을 눌렀다.

위문금 이야기가 나오자 기요카와는 만주에 가 있는 병사들은 노동자, 농민으로서 우리의 동료이다, 그러니 노동자계급의 연대 정신에 따라 위문금을 보내는 것은 문제 될 것이 없다고 말했다. 사람들은 손톱을 만지작거리면서 잠자코 듣고 있었다. 우리 동지들은 공장에 있을 때도 자본가에게 착취당하고 전쟁터에 나가서는 적탄에 희생물로 바쳐지고 있다, 이 동지들을 돌봐 줄 사람은 우리밖에 없다, 그러므로 우리는 위문금 모금에 발 벗고 나서야 한다, ―이런 기요카와의 주장에 여러 사람들이 그럴듯하다고 고개를 주억거렸다.

듣고 있던 이토가 못 참겠다는 듯 이맛살을 찌푸리며 이의를 제기했다.

"그럴까요?"

사우회에는 여성 노동자가 열네댓 명 있었지만 모임에 나오는 사람은 두 사람 정도밖에 안 된다. 하지만 그날은 이토의 권유로 여섯 명가량이 참석했다. 사우회로서는 드문 일이다. 하물며 사우회에서 여자가 발언한 적이 여태껏 한 번도 없었으므로 사람들의 눈길이 모두 이토의 얼굴에 쏠렸다.

"기요카와 선생님 말을 듣자니 그럴싸한 게 왠지 육군대신의 훈화를 듣는 것 같아요……."

사람들은 와 하고 웃었다.

"기요카와 선생님이건 누구건 이번 전쟁이 우리를 위해서가 아니라 결국은 자본가를 위해서 치러지고 있다는 걸 부인하진 못할 거예요. 만일 우리 노동자나 실업자, 가난한 농민을 위해 치러지는 전쟁이라면 우리는 발가숭이가 되는 한이 있더라도 있는 돈 없는 돈 다 긁어모아 위문금으로 보내야 할 거예요. ―하지만 그렇지가 않아요."

이토가 강단지게 말을 이어 가자 청년단 소속 노동자들이 갑자기 말참견을 하며 훼방을 놓기 시작했다. 그래서 스야마가 끼어들었다. 그는 기요카와의 말을 빌려 써 가면서 열변을 토했다.

"우리 노동자는 공장에 있을 때는 착취당하고 자본가들에게 쓸모가 없어지면 바로 길거리로 쫓겨나고 전쟁이 나면 제일 먼저 끌려갑니다. 언제 어디서나 자본가를 위해 희생될 뿐입니다. ―그러므로 만일 위문금을 내야 한다면 그놈들이 내야 합니다!"

스야마의 말에 사람들은 또 그럴듯하다는 표정을 지었다.

"위문금을 우리보고 내라고 하는 것은 전쟁이 자기들을 위해서 치러지는 게 아니라 국민 모두를 위해 치러지는 거라고 믿게 만들려는 술책입니다."

이번에는 이토가 스야마의 말끝을 이어받아 '빨간 위문주머니'* 이야기를 들려주기도 하고 전쟁이 일어나고 나서 우리의 생활이 눈곱만큼도 나아지지 않았음을 힘주어 말하기도 했다. 이쯤 되자 기요카와 패거리는 이미 적수가 될 수 없었다. 사우회 '대장'이라는 기요카와의 관록이 많은 사람들 앞에서 여지없이 허물어지고 말았다. 청년단 소

* community chest. 사회복지를 위한 기부금 모집을 뜻하는데, 스위스 산골 목사가 길가에 빨간 나무상자를 설치하고 여기에 "주시오, 가지시오."라고 써서 부자는 돈을 넣고 빈자는 이것을 꺼내 가도록 한 것이 기원이다. 구세군 냄비가 빨간색인 것도 이 때문이다.

속의 노동자들도 별수 없었다. 하지만 사회파시스트란 대중 앞에서가 아니라 등 뒤에서 진짜 각본을 연출하는 데 그 본질이 있는 법이다. 그러니 그 정도로 끝났다고 생각하면 큰 오산이다.

그 모임이 끝나고 돌아오는 길에 청년단 두세 놈이 스야마에게 슬슬 다가와서 시비를 걸었다.

"너 이 새끼, 순 과격분자 아냐, 잠깐 따라와 봐."

그런 다음 골목으로 끌고 들어가더니 여럿이 다짜고짜 주먹질과 발길질을 퍼부었다.

"세 놈이 한꺼번에 달려드니 낸들 당해 낼 재간이 있나. 쫙 뻗어 버렸지!"

이야기를 끝내며 스야마가 씁쓸하게 웃었다.

스야마는 바로 이토를 통해 전날 모인 사우회 회원들에게 이 야비한 행동에 대해 알리기로 했다. 그 행동이 다른 무엇보다도 명백히 어느 쪽이 옳은지를 말해 줄 것이기 때문이다.

스야마와 헤어지고 나서 한 시간가량 지나 이토를 만났더니 그녀는 위문금 일로 스야마가 폭행당한 내막을 사람들이 흥분해서 들었으며, 그 덕분에 위문금의 진짜 의미를 말해 주기가 훨씬 좋았다며 기뻐하고 있었다. —위문금 문제를 모든 사람들에게 올바로 이해시키기가 어려워 애를 먹고 있었는데 뜻밖에 이번 사건이 터짐으로써 모금은 실패로 끝나 버렸다. 사람들은 논리 이전에 무자비한 폭행에 격분하여 죽었으면 죽었지 돈만은 빼앗길 수 없다고 버텼던 것이다.

공장 안에서는 폭행당한 스야마에 대한 신뢰가 갑자기 크게 높아졌다. 직공들은 역시 그가 옳았다며 엄지손가락을 들어 보였다. 반면, 작업감독에게 주목을 받게 되었으니 자칫하면 스야마에게 위험이 닥칠 수 있다고 이토는 염려했다.

"이번 위문금 모금 건은 아무래도 이상해요. 혹시 회사가 노동자들 가운데 우리 같은 사람을 가려내기 위해 일부러 꾸민 일이 아닐까요……?"

나는 확실히 그렇다고 했다.

"말려들어 버렸군요―."

그녀가 침울한 목소리로 말했다.

나는 그런 그녀의 모습이 평소의 이토답지 못하다고 생각했다.

"그건 그렇지 않아요! 우리는 그 대신에 몇십 명이나 되는 노동자들 앞에서 누가 올바른가를 보여 줄 수 있었어요. 또 동시에 사우회 속에 우리의 영향력을 끼칠 수 있게 되었으니까 그걸 놓치지 않고 조직적으로 확대해 나간다면 훌륭한 성과를 거둘 수 있을 거요. 아무런 희생 없이 일을 해 나갈 수는 없는 법이지요. 이번 싸움은 최후의 결정적 순간에 가면 반드시 유익했던 일로 판명될 테니 두고 보시오."

이토는 내 말에 얼굴을 붉히며 수긍했다.

"알겠어요……. 그래요, 맞아요."

이토는 특유의 사려 깊은 눈매로 몇 번이고 고개를 끄덕였다.

나는 농담을 던졌다.

"최후에 웃는 사람이 진짜 웃는 사람이지요. 그러니 스야마에게 지금은 잔뜩 우거지상을 짓고 있으라고 해요."

이토도 웃었다.

이어서 그녀는 자기 그룹을 쓰키치 소극장 연극 공연에 데려갔던 이야기를 했다. 다들 연극이라곤 한 번도 본 적이 없고 가부키나 미즈타니 유에코밖에 몰랐는데 남녀 노동자가 나와서 '소동'을 피워 대는 그 연극을 보고 깜짝 놀랐다. 극이 끝나자 모두 "저건 연극이 아니야." 하는 반응들이었다. 이토가 "그럼 뭐지?" 하고 묻자 그들의 대답은 한결같았다.

"실제 사실이야."

"재미는 있었어?"

이토가 물었다.

"그럼—!"

어지간히 놀랐던지 그 이후에도 자주 쓰키치 연극 이야기를 꺼내더란다. 이토를 언제나 따라다니는 몸집이 자그마한 기미라는 아가씨가,

"나보고 여공이라고 부르면 몹시 창피해요. 그런데 그 연극에서는 여공이라는 걸 자랑스럽게 내세우더라구요. 엉터리라고 생각했어요."

하고 말했다. 그리고 나서 좀 더 생각해 보더니 "파업이라도 벌이고 나면 어깨가 으쓱해질지도 모르지만 이웃 사람들에게 여공이라는 말을 들으면 아직은 창피해요!"

이토가 모두에게 언제 또 한 번 가지 않겠냐고 물어보자 가겠다는

사람이 많았다고 한다. 그 연극을 보면 '우리'('우리'란 자기가 일하는 공장을 말한다!) 작업감독과 아주 흡사한 놈이 된통 혼이 나는 속이 시원한 장면이 나온다는 게 그 이유였다.

이토는 지나가는 말처럼 어차피 우리는 해고당할 거고 고분고분하게 있어 봤자 퇴직 수당도 못 받을 텐데 그 연극에서처럼 모두가 합심해서 파업이라도 벌여 가지고 작업감독한테 혼뜨검을 내 줄까 하고 넌지시 떠보니까 다들 싱긋싱긋 웃으며,

"음……." 하더니 서로 쳐다보면서 "하면 재밌겠다!" 하고는 작업감독을 혼내 주는 방법을 키득키득 웃어 가며 이야기한다. 가만히 들어보니 자기들도 모르는 사이에 쓰키치의 연극과 똑같은 방법이 나오더라고 했다.

이토의 노력으로 기존 멤버 외에 사우회 여성 노동자 세 사람이 새로 들어왔다. 그들은 합법적인 노동조합의 공기를 조금이나마 마셔본 터라 이토가 평소 쓰지 않으려고 주의를 기울이던 단어들을 거리낌 없이 마구 썼다. 그것이 동료들 사이에 약간의 틈을 만들었다. 또한 그들은 어딘지 '티'가 났다. '운동'이라는 걸 알고 있다는 태도를 드러낸 것이다. —이토는 그들 사이의 틈을 메우기 위해 여러 가지 기회를 만들고 있었다.

"소설처럼 잘 되지는 않아요." 이토가 해맑게 웃으며 말했다.

우리는 '좌담' 날짜를 정하고 장소는 이토가 물색하기로 했다. 바야흐로 최후의 대책을 세울 때가 된 것이다.

"더 이야기할 건 없죠?"

이토가 일어서면서 그렇게 물었다.

"아—, 덕분에 무릎 관절이 어긋날 지경이오."

이토는 잠시 허리띠 안에 손을 넣더니 조그맣게 사각으로 접은 종잇조각을 나에게 건넸다. 나는 보고서인가 싶어 그녀의 얼굴을 흘끔 쳐다보고 호주머니에 넣었다.

집에 돌아와서 그걸 꺼내어 보니 얇은 종이로 싼 5엔권이었다.

8

가사하라는 조그마한 다방에 일자리를 얻었다. 막상 다방에서 일을 한다고 생각하니 그녀가 정말 안쓰러웠다. 운동하는 사람이 생계 문제 때문에 다방 같은 데서 일을 하는 것은 누가 뭐래도 우려할 만한 일이다. 그런 동지는 자신을 아무리 견실하게 지켜 나간다고 해도 흐트러진 구석이 눈에 띄게 마련이다. 우리에게 '분위기'라는 것은 고기에게 물이나 다를 바 없을 만큼 중요하다. 여성 동지가 다방에서 일을 하는 이유가 자기 한 개인을 위해서건, 또는 남녀가 함께 일을 하다가 둘 다 나락에 떨어지는 상황만은 모면하기 위해서건 사정은 매한가지다. 더구나 가사하라는 그런 활동에 필요한 기본적인 훈련조차 되어 있지 않았으므로 점점 더 안 좋은 쪽으로 기울어질 게 분명하다. —하지만 무슨 일이 있어도 온 삶을 바쳐 운동을 지속해 나가겠다는 기백을 가진 사람으로서, 더구나 조직 활동을 끝까지 사수해야만 하는 절체절명의 순간에 와 있는 나로서는 더 이상 감상에 젖어 있을 수만은 없다.

가사하라는 처음에는 셋방에 나랑 같이 살면서 다방에 출퇴근을 했다. 어느 날, 몸에 익지 않은 일, 게다가 밤늦게까지 정신적인 피로에 시달리는 일을 하느라 지칠 대로 지친 그녀가 잔뜩 찌푸린 얼굴로 돌아왔다. 핸드백을 아무렇게나 던져 놓은 채 그대로 퍼질러 앉더니 어깨를 축 늘어뜨렸다. 말을 하는 것조차 귀찮아했다. 잠시 후 그녀는 내 앞으로 말없이 발을 내밀었다.

"……?"

나는 가사하라의 얼굴을 보고 발을 만져 보았다. 무릎 관절과 복사뼈가 살짝 부어 있었다. 그녀가 조심스레 무릎을 구부리자 무릎 관절에서 '뚜두둑' 하는 소리가 났다. 기분 나쁜 소리였다.

"하루 종일 서 있었더니 몹시 쑤셔요……."

나는 이토한테서 들은 적이 있는 방적공장의 사례를 들려주었다. 다리가 부어올라 덜덜 떨리고 도무지 기계 앞에 붙어 있을 수가 없는 지경인데도 구둣발로 채여 가면서 일하고 있는 여성 노동자들의 이야기였다. 그리고 그런 노동의 고통을 자기만의 고통이라고, 자기만 거기서 벗어나려고 하면 벗어날 수 있는 고통이라고 생각하지 말고 바로 그것이 노동자계급 전체를 짓누르고 있는 고통이라고 생각해야 한다고 말해 주었다. 가사하라는 잠자코 듣고 나서 말했다.

"정말 그래요!"

나는 오랜만에 가사하라의 자그마한 몸을 내 품 속에 가만히 껴안았다. 그녀는 눈을 감은 채 그대로 잠들어 버렸다…….

가사하라는 그후 다방에서 아예 숙식을 하게 되었다. 그 다방 마담은 누군가의 내연녀 노릇을 하고 있는 모양인데, 여자 혼자 살기에는 불안하니 같이 지내자, 숙식을 해도 급료는 똑같이 주겠다고 한다는 것이다. 그래서 가사하라는 셋방 주인집에는 잠시 고향에 다녀오겠다고 속이고 다방에서 살았다. 마담은 고등사범학교인지 여자대학인지를 나온, 영어가 능통한 여자인데, 남자는 한 명이 아니라 셋 정도는 있는 듯했고 남자를 바꿔 가면서 바깥에서 자고 아침에야 돌아오기가 일쑤였다. 그 세 남자는 교수, 소설가, 영화배우였다. 마담은 다방에 돌아오면 늘 간밤에 있었던 일을 아슬아슬한 대목까지 상세하게 들려주며 비교를 해 대기 때문에 가사하라로서는 매우 거북했다. 그리고는 마담은 오후 두세 시까지 잠만 잤다. 나는 아침 끼니거리가 떨어졌을 때에는 그 다방으로 갔다. 아침나절에는 손님도 거의 없으므로 가사하라가 먹는 것처럼 꾸며서 배를 채울 수 있었다. 처음에 가사하라는 몹시 부담스러워 했지만 나중에 가서는 "이쯤이야 당연하지." 하고 말했다. 다방 주방은 좁고 어수선했으며 축축하게 습기가 차 있었다. 나는 거기에 웅크리고 앉아 재빠르게 밥을 쓸어 넣었다.

"볼 만한 풍경이네요."

가사하라는 2층 쪽에 주의를 기울이면서 내 모습을 보고 소리를 삼키며 웃었다.

하지만 가사하라의 상태는 대단히 안 좋았다. 마담의 무절제한 생활의 영향도 큰 데다가 여자가 있는 다방에 오는 손님들이란 그저 차를 마시기 위해서가 아니라 여자를 상대로 실없는 소리나 하러 오는 사람이기 십상이다. 가사하라는 억지로라도 그 사람들에게 일일이 응대를 해 주어야 한다. 그런 일들이 무의식중에 가사하라에게 영향을 끼친다. 나는 결코 한 번도 가사하라를 완전히 포기한 적은 없다. 기회가 닿으면 여러 가지 책을 주기도 하고 될 수 있는 대로 많은 이야기를 들려주려고 애를 썼다. 하지만 그녀는 전보다 더 많이 성가셔 했고 어떤 문제든 끈기 있게 사고하지 않으려고 했다.

그러나 그렇다고 해서 가사하라에게 매달려 있을 수만은 없다. 급박한 일들이 나를 잡아당겼다. 구라다공업사의 여러 가지 상황이 점점 다급하게 돌아가고 있었고 그런 사정에 비례해서 가사하라에게 할애하는 시간은 줄어들었다. 기껏 교통비를 받으러 가거나 밥 먹으러 가는 일 말고는 그녀와 만나는 일이 거의 없어져 갔다. 가사하라는 때때로 우울한 표정을 지었다. 그녀의 의기소침한 모습을 바라보는 게 가슴 아팠지만 어쨌든 가사하라 덕에 일상 활동을 무난히 해 나갈 수 있으니 그런 의미에서 보면 그녀 역시 활동의 중요한 몫을 맡고 있는 거라고 생각하고 넘겼다. 나는 그 얘기를 가사하라에게 들려주고 그녀가 거기에 대한 자각을 확고하게 가지고 자기 자세를 흩트리지 말라고 타일렀다.

그러나 교통비나 밥을 해결하기 위해 그녀에게 들를 여유조차 없어져 갔다. 사흘에 한 번, 나중에는 이레에 한 번, 열흘에 한 번으로 횟수가 점점 줄어들었다. 지방, 지구 조직 일에다가 공장 세포 일까지 겹쳐 하루에 열두세 차례 연락 임무를 맡게 되는 경우도 있었다. 그럴 때는 아침 9시에 나가면 밤 10시께까지 쫓아다녔다. 집에 돌아오면 목덜미가 막대기처럼 뻣뻣해지고 머리가 욱신거리며 아팠다. 간신히 계단을 올라가 그대로 다다미 위에 고꾸라졌다. 게다가 웬일인지 몸을 바로 누이고 편안한 자세로 잠을 잘 수가 없었다. 극도의 피로 때문에 몸 어딘가가 나빠진 듯 병약한 어린아이처럼 앞으로 엎어져서 잠을 잤다.

옛날에 아버지가 아키타에서 농사를 짓고 계실 때 밭에서 돌아오면 흙 묻은 신발을 신은 채 마루에 엎드려서 낮잠을 주무시곤 하던 일이 떠올랐다. 아버지는 몸이 감당해 낼 수 없을 만큼 무리하게 일을 하셨다. 소작료가 너무 가혹했기 때문에 마을 사람 아무도 손을 대지 않는 자갈투성이 황무지까지 경작했다. 거기서 조금이나마 소출이 나면 생활에 보태려고 하신 것이다. 그 때문에 아버지는 심장을 크게 상하셨다. 엎드리지 않고는 잠이 안 올 때면 내가 점점 아버지와 닮아 간다는 생각이 들었다. 그러나 아버지는 지주에게 항의하여 소작료를 내리려고는 하지 않고 당신 몸을 망치면서까지 일을 해서 가난에서 벗어나려고 했다. 하지만 그것은 이십 몇 년이나 흐른 옛날 일이고, 지금의 나는 다르다. 나는 오직 한 분뿐인 어머니와도 발길을 끊고 누이와 동생에게도 행방을 감추었다. 이제는 가사하라와 함께하는 생활마저 희생하고 있다. 게다가 내 몸뚱아리조차 조금씩 허물어 가며 투쟁하고 있다. ―아버지처럼 지주나 자본가에게 좀 더 갖다 바치기 위해서가 아니라 그들에 맞서기 위해서 싸우고 있다!

나에게는 개인 생활이라고는 전혀 남아 있지 않다. 이제는 계절조차 조직 생활 속의 일부일 뿐이다. 사계절이 바뀌는 것, 꽃과 나무와 풍경, 푸른 하늘이나 비마저도 그저 나와 동떨어진 자연 현상으로 비치지 않는다. 비가 내리면 나는 기쁘다. 연락하러 갈 때 우산으로 얼굴을 가릴 수 있기 때문이다. 또한 여름이 빨리 지나가면 좋다. 여름이 싫어서가 아니라 여름이 오면 옷이 얇아져서 개라도 깔볼 지경인 내 여윈 몸매가 고스란히 드러나기 때문이다. 일찍 겨울이 오면, '또 한 해 목숨을 늘려서 활동을 계속할 수 있겠구나!' 하는 생각에 기쁘다. 도쿄의 겨울은 너무 밝아서 사정이 나쁘긴 하지만.

이런 생활에 접어들고부터 계절에 대해 무관심해진 게 아니라 오히려 이제껏 전혀 예상치 못한 방향으로 민감해져 갔다. 그리고 그 민감함은 재작년 교도소에 있으면서 계절이 바뀔 때마다 느꼈던 특별한 감상과는 확연히 달랐다.

그런 변화는 미처 알아차리지 못하는 가운데 일어난다. 내가 놓여 있는 생활이 은연중에 그렇게 만든 것이다. 예전, 정확히 말해서 경찰에 쫓기기 전에는 노동자계급의 해방을 위해 온몸을 바치고 있다고 해도 그래도 아직은 많은 '자기' 생활이 허용되었다. 때로는 공장 안의 노동조합(그 노동조합은 사회민주당 계열의 반동 노동조합이었다. 나는 그 속에서 반대파로 활동하였다) 동료들과 한담을 나누면서 신주쿠나 아사쿠사 같은 데를 이리저리 돌아다니기도 했고, 공장 세포로서 엄중한 정치 생활에 매여 있었지만 합법 생활에 따르기 마련인 술자리가 더러 있기도 했고 영화 구경(그러고 보니 최근 나는 영화가 존재한다는 사실조차 까맣게 잊어먹고 있다!), 회식 등등이 내 생활에서 적지 않은 부분을 차지했다. 어떤 때는 이런 생활을 즐기느라 공장 세포로서 해야 할 일을 하루 이틀 늦추기도 했다. 또한 나도 모르게 명예욕이 발동하여 내 이름을 높이는 일과 공장 세포 일이 맞물렸을 때 문득 내 일에 먼저 손이 간 적도 여러 번 있었다. 물론 그 이후의 활동 속에서 달라지긴 했지만 그래도 당원으로서 '이십사 시간 정치 생활'을 완벽히 수행해 내고 있다고는 말할 수 없었다. 그러나 나한테만 책임이 있는 것은 아니었다. 어차피 일상생활로 뒷받침되지 않는 의식적 노력에는 한계가 있는 법이다. 일체의 개인적 관계가 차단되고 당 생활에 귀속되지 않는 개인적 욕망이 모두 규제당하는 생활 속에 놓이자 내가 일찍이 아무리 청산하려고 해도 할 수 없던 것들이 지극히 자연스럽게 청산되었음을 알고 깜짝 놀랐다. 한두 해에 걸쳐 애써 왔던 일이 최근 두세 달 만에 이루어진 셈이다. 처음 이 새로운 생활에 뛰어들었을 때에는, 어릴 때 누가 제일 오래 물속에 잠수하고 있는가 내기할 때처럼 말로 표현할 수 없는, 가슴이 터져 버릴 듯한 괴로움을 맛보긴 했지만.

물론 내가 진정한 고난 속에서 단련되려면 아직은 한참 멀었다. 스야마와는 또 다른 방면에서 스크랩북이라 불러도 손색이 없을 S는 나의 '이십사 시간 정치 생활'이라는 말을 받아서 '하루 이십팔 시간 일해도 피로를 모르는 타입'으로 자신을 단련해야만 한다고 했다.

하루 이십팔 시간 일한다는 것이 처음에는 실감으로 와 닿지 않았으나 하루에 열두세 번의 연락 임무를 수행해야 했을 때 비로소 그 말의 의미를 온몸으로 깨달을 수 있었다. ―개인적인 삶이 동시에 계급적인 삶인 그런 생활, 거기에 조금이라도 가까이 다가가는 게 내 소망이다.

구라다공업사는 비정규직 중의 일부를 정규직으로 전환시켜 줄지도 모른다는 소문으로 최후의 공세를 올리고 있었다. 우리는 거기에 대처하기 위해서 공장 세포를 재편성하기로 했다. 스야마의 영향 아래 있는 그룹에서 한 사람(그 사람은 젊은 정규직이다), 이토 그룹에서 두 사람(그 가운데 한 사람은 정규직, 다른 한 사람은 비정규직이다), 합해서 세 사람을 새로운 세포로 추천하기로 하고 '이력'을 받아 지방 조직에 가지고 가서 승인을 얻었다. 그리고 각 세포에 대해서는 직장 안에서 책임을 명확히 나누어 맡김으로써 스야마나 이토에게 만일의 사태가 벌어질 경우에도 예정해 놓은 일들이 전혀 차질 없이 추진될 수 있도록 만반의 준비를 해 두었다. 스야마와 이토에게 무슨 일이 생기면 공장 안에서는 바로 알 수 있으니까 그때는 새로운 세포가 스야마와 나의 연락 장소에 나오기로 했다. 우리 모임은 투쟁 사령부이므로 어떤 이유에서든 연락이 끊어지거나 그로 말미암아 일각을 다투는 급박한 상황에서 제대로 대책이나 방침을 세우지 못하기라도 한다면 그것은 계급적 배신이 되고 만다. 누군가가 붙들려서 연락이 끊어지는 바람에 목적한 대로 일을 해내지 못했다―이런 식의 지금까지의 사업 작풍은 마치 애초부터 우리에게 탄압이란 없기라도 할 듯한, 혹은 탄압을 전혀 예상하지 못하기라도 한 듯한 패배주의적인 관점에 서 있는 것이다. 누군가 당할 수도 있다는 것은 명백한 사실이다. 따라서 처음부터 이중 삼중의 준비를 해 놓고 투쟁을 이끌어 나가야만 한다.

'사우회' 일로 난투극을 벌이고 나서 스야마는 극도로 위험해졌다. 스야마가 당하는 것은 시간문제일지도 모른다. 그는 그것을 매일 각오하고 공장에 나갔다. 어디로 튈 수도 없는 공장 안에서 일을 하고 있을 때 "잠깐 봅시다." 하면 그걸로 끝장이다. 그러나 그렇다고 공장 노동자들을 조직해 낼 수 있는 가능성이 높아지고 있는 상황에서 뒤로 물러날 수는 없었다. 신변의 위협을 받게 된 대가로 공장 안에서 어느 정도까지는 드러내 놓고 이야기할 수 있는 자유를 얻었고 사람들의 신뢰도 얻게 되었다.

월말이 가까워졌다. 회사는 30일이나 31일에 해고를 단행할 모양이다. 정규직으로 전환한다는 얘기는 빈말일 뿐 전혀 구체화되는 기미가 없자 사람들은 차차 의심을 품게 되었다. 『마스크』에 그것은 비정규직에 대한 기만이며 그런 사탕발림으로 작업 능률을 끌어올리는 한편 노동자들의 반항을 주저앉히기 위한 술책이라는 폭로 기사를 실었는데, 그 의미가 피부로 와 닿기 시작했다. 조직 행동의 주체는 주로 비정규직이므로 서둘러야 한다. 일단 해고가 발표되고 나면 단결력은 급격히 떨어질 게 뻔하다. 2, 3일 안으로 결판을 내야만 한다.

우리는 유인물이나 소식지를 통해 전쟁에 반대해야 한다고 호소해 왔지만 그것만으로는 부족하다. 노동자들이 일단 해고 반대 투쟁에 떨쳐 일어서기만 한다면 왜 전쟁에 저항해야 하는지를 '옛날이야기 들려주듯 쉽고 빠르게' 깨닫게 해 줄 수 있다. 특히 군수품을 생산하는 공장인 만큼 뚜렷한 정치의식을 담은 투쟁을 할 수 있을 것이다. — 무엇보다 먼저 노동자들을 일으켜 세워야만 한다.

나는 최후의 결정을 내렸다.

이토와 스야마의 영향 아래 있는 멤버와 새로운 공장 세포에게 각 작업장을 나누어 맡게 하여 한꺼번에 '해고 반대' 집회를 열게 한다. 이 일을 성사시키기 위해 스야마로 하여금 공공연하게 유인물을 뿌리게 한다. —이토의 '단팥죽집 동호회'에 오빠가 구라다공업사 사무원인 여성 노동자가 있었다. 그 노동자를 통해 31일이 아니라 (31일이라고 믿게 해 놓고) 기습적으로 29일에 전원 해고를 단행하리라는 사실을 알아냈다. 그날은 경찰뿐 아니라 군대까지 출동시킬 듯하다고 했다. 그렇다면 무슨 일이 있어도 28일에 파업을 일으켜 우리 쪽에서 오히려 선수를 치고 나가야만 한다.

그나저나 아무래도 스야마가 조만간에 당할 것만 같다. 이토의 보고에 따르면 사복 경찰이 두어 차례 공장 사무실에서 나오는 걸 목격했고, 그가 스야마가 있는 제2공장 입구에서 작업감독과 이야기를 나누기도 했다고 한다. 그게 요 근래 하루 이틀 사이의 일이다. 오타가 붙들려 가고 나서도 당의 유인물이 두 번, 『마스크』가 두 번 뿌려졌으므로 놈들이 스야마를 주시하고 있으리라는 건 의심할 나위가 없다. 사람들은 '공산당'이라고 하면 어딘지 모를 '아득한 곳'이나 '땅속'에 숨어 있다가 출몰하는 뿔 달린 귀신이나 요물인 양 생각한다. 아니, 그렇게 세뇌당해 왔다. 하지만 사실은 그들이 스야마처럼 모든 사람들로부터 신뢰를 받으며 자기들과 어깨를 맞대고 땀 흘리며 일하는 사람이라는 걸 분명이 보여 줌으로써 당에 대한 친근함과 믿음이 생겨나게 할 필요가 있다. —내가 스야마로 하여금 공공연하게 당의 유인물을 배포하게 하려는 것은 그런 필요 때문이다. 이 최후의 투쟁을 위해서는 설령 스야마가 아니라 하더라도 다른 누군가가 꼭 해야 하는 임무인 것이다. 음모적인 방식만으로는 대중투쟁은 결코 일어나지 않는다. 보이지 않는 조직을 거미줄처럼 펼쳐 놓고 거기에 공공연한 선동을 불어넣어야 하는 것이다.

마지막 대책을 세우기 위해서 우리는 좌담회를 열기로 했다. 나의 제안은 그 자리에서 제출되고 결의될 것이다. —그러나 스야마에게 그 일을 맡기려고 생각하니 정말이지 가슴이 아렸다. 당의 유인물을 뿌렸다고 하면, 투쟁 경력에 따라 차이가 있긴 하지만, 2, 3년에서 4, 5년의 징역살이는 각오해야 한다. 평소대로라면 집 밖을 나서자마자 모든 공상이나 잡념을 끊고 오로지 주위를 살피는 데만 주의를 집중해야 하는 나였지만 (그리고 그런 습관이 꽤 몸에 익어 있었지만) 그날은 문득문득 스야마 생각에 빠져들곤 했다. 하지만 스야마 일로 이렇게 마음이 약해져서는 안 된다. 스야마 역시 우리 앞에 놓여 있는 정세를 확실히 파악하고 있다면 이 일이 필연적이며 반드시 필요하다는 것을 이해할 수 있을 터이다. 다른 길이나 빠져나갈 길이 전혀 없고, 더욱이 노동자계급의 해방을 위해서는 무슨 일이 있어도 그 길을 통과해야만 한다면 우리는 이런 일을 하는 것이 '잔혹한 짓'은 아닐까, '동정 받지 못할 짓'은 아닐까 하는 감상적 상념에 빠져 있을 수만은 없다.

그렇지만 모임 장소로 갈 때까지 내 머리 속에서는 저 엉뚱하기 짝이 없는 스크랩북으로 우리를 웃겼던 스야마의 얼굴이 자꾸만 떠올라 견디기 힘들었다.

모임 장소는 여태껏 세 번가량 이용한 적이 있는 스야마 친구 집이었다. 발밑이 잘 안 보이는 봉당에서 나막신을 벗어서 품 안에 넣고 2층으로 올라가자 불빛이 새어 나오는 문틈으로 스야마의 얼굴이 엿보였다.

이토는 벽에 기대어 단정하게 앉아서 다리를 주무르고 있었다. 내가 들어서자 그녀는 귀 뒷머리를 쓸어 올리면서 나를 올려다보았다.

"요전에는 고마웠습니다……."

이토는 내 말에 아무런 대꾸를 하지 않았다. 그날따라 이토는 유난히 예쁘게 화장을 하고 있었다. 우리끼리 모일 때는 한 번도 화장한 얼굴을 내민 적이 없었고 또 그럴 필요도 없었다. 의아해 하는 나에게 스야마가 장난기 어린 말투로 말했다.

"동지 이토께서는 이제 방금 남성 정규직 한 사람을 조직하고 돌아오셨다네—."

이토는 평소처럼 잠자코 있었지만 무슨 까닭인지 내 얼굴을 얼핏

보았다.

모임이 시작되자 나는 스야마의 보고에 특별히 주의를 기울였다. 스야마의 보고 요지는 이러했다. 지난번 세포 회의의 결정에 따라 각 작업장 별로 집회를 가질 수 있게끔 준비를 했는데, 공장 상황을 고려하건대 앞으로 2, 3일이 결정적인 순간이 될 듯하다는 것, 그렇기 때문에 지금 당장 어떻게든 조치를 취해야만 한다는 것.

이토는 거기에 덧붙여 공장 측에서 문제의 해고 날짜를 31일인 것처럼 믿게 해 놓고 실지로는 29일에 감행할 것 같다, 낙하산이나 방독면 생산량으로 가늠해 보면 거의 확실하다, 그러므로 모레로 다가온 28일에는 기어코 결정적인 투쟁을 벌여야 한다고 말했다.

견해는 일치했다. 이제 남은 문제는 그 결정적 투쟁을 어떤 형태로 벌여 나가느냐에 있다. 한동안 묵묵히 생각에 잠겨 있던 스야마가 말했다.

"이제까지 준비는 거의 다 되어 있고 사람들의 사기도 충만해 있어. 그러니 남은 일은 대중적 선동으로 단번에 투쟁의 열기를 불어넣는 일이야."

그리고 나서 잠시 말을 끊었다가,

"단숨에 해치우느냐 한숨 늦추어지느냐에 따라 승부가 판가름 나지 않을까……?"

"그래요. 이젠 도화선에 불을 붙일 사람만 있으면 돼요.―팔백 명을 위해서!"

이토는 모처럼 얼굴에 흥분의 빛을 드러내었다.

"나는 요즘, 그래 봐야 2, 3일 정도지만, 마음에 걸리는 일이 좀 있어. 지금까지 여러 가지 방식으로 후쿠모토이즘* 시대의 섹트주의를 청산해 왔지만 아직까지 여전히 남아 있는 것 같단 말야. 지금 단숨에 해치우겠다고 스야마가 말했는데 그 말은 이 공장에서 정작 필요한 지속적 투쟁을 간과하고 있는 건 아닌지……, 또 그런 발상이 후쿠모토이즘의 잔재에서 오는 게 아닐는지……."

내 말이 끝나자 스야마는 뜻밖이라는 듯 내 얼굴을 보면서 진지하게 말을 했다.

"누군가가 대중 앞에서 공공연히 치고 나가지 않으면 싸움이 되지 않을 거라고 생각해. 그걸 계기로 양에서 질로 전환이 이루어질 테니까 말야. ―나는 그런 방법이 결코 '극좌적'이라고 생각하지는 않아. 자넨 그렇지 않다고 보는 건가?"

스야마는 누군가가 자기 얘기를 '극좌적'이라고 말하기나 한 것처럼 그 대목에 힘을 주어 말했다.

나는 '독단'이 아닌 '이해'에 바탕을 두고 투쟁을 진행시켜 나가야 한다. 그래서 나는 입을 닫고 문제가 올바른 방향으로 나아가도록 주의를 기울이고만 있었다. 역시 논의는 올바른 방향을 잡아 나갔다. 특히 이토와 스야마는 이론을 따지는 것이 아니라 시시각각 공장 안

* 福本主義. 1920년대 후반 일본사회주의운동에 대두한 극좌 노선으로, 후쿠모토 가즈오(福本和夫)가 그 이론적 지주였다.

에서 일어나는 움직임을 풀어 나간다는 실천적 관점에서 투쟁 과업에 접근하고 있으며, 나아가 그것이 올바른 방향으로 합치하고 있다. 이는 우리가 노동자의 생활과 한시도 떨어져 있지 않은 데서 온 것이며, 여기에 이론과 실천의 미묘한 통일이 있다.

—나는 그것을 극좌적이라고 비난하는 것은 비겁한 우익기회주의자가 실천에서 물러나 앉은 자신의 패배주의를 감추기 위해 뇌까리는 말일 뿐이라고 스야마에게 말했다.

스야마는 "그렇지!" 하며 무릎을 쳤다.

나는 그쯤 해서 내가 생각해 온 방안을 꺼냈다. 순간, 숨막힐 듯한 긴장감이 감돌았다. 그러나 그것은 극히 짧은 순간이었다.

"나도 그렇게 생각해……."

스야마가 굳어진 목소리로 침묵을 깼다.

나는 스야마를 바라보았다. 스야마가 내 눈을 맞받으며 결의에 찬 말투로 말했다.

"그 일은 마땅히 내가 해야 돼!"

나는 그 말에 고개를 끄덕였다.

이토는 몸을 꼿꼿이 세운 채 스야마와 나, 나와 스야마의 눈만 번갈아 쳐다보았다. —내가 이토 쪽을 바라보자 그녀는 입안을 맴도는 낮은 목소리로 "이의, 없, 어, 요." 하고 말했다.

다시 스야마 쪽으로 눈길을 돌리자, 그는 자기도 모르는 사이에 앞에 놓인 빈 담뱃갑을 잘게 잘게 찢고 있었다.

그렇게 그 방안이 결정되자 방 안은 잠시 침묵에 휩싸였다. 그러자 그때까지 느끼지 못했던, 길거리를 지나가는 사람들의 발자국 소리와 거듭해서 외쳐 대는 야시장 야바위꾼의 커다란 목소리가 갑자기 크게 귀에 들어왔다.

구체적인 문제에 대한 논의는 쉽게 풀렸다. —그 무렵 유인물과 공장 신문 『마스크』가 여성 노동자에 대한 몸 검사가 허술한 틈을 타서 공장에 반입된다는 사실을 알아챈 공장 측은 여성 노동자에 대한 몸 검사를 갑자기 엄중하게 실시하고 있었다. 그래서 당일에는 이토가 모든 책임을 지고 유인물을 반입하기로 결정했다. 그녀는 아침에 S로부터 유인물을 전해 받으면 시내 공중화장실에 들어가, 넓적다리가 꽉 조이는 드로어즈에 넣고 공장으로 들어온다. 그리고는 시간을 정해 역시 화장실을 이용하여 스야마에게 전달한다. 유인물은 점심시간에 옥상에서 뿌린다. 그렇게 모든 것이 결정되었다.

모임이 끝나자 그때까지 억누르고 있던 감정이 갑자기 가슴 가득 밀려왔다.

"오랫동안 헤어져야 되겠군……!"

내가 스야마를 보고 말했다. 그가 대답했다.

"내 친구들 중에 이런 경우가 있었어. 절친한 친구 두 명이 있었는데, 한 명은 3·15로 3년 살았어. 그런데 다른 한 명은 이듬해 4·16*으

* 1929년 4월 16일 전국에 걸쳐 천 명이 넘는 좌파 활동가를 검거한 사건이다. 이후 좌파 운동은 합법성을 박탈당하고 고난에 찬 지하활동을 벌이게 된다.

로 4년을 살았지. 그런데, 3·15로 들어간 친구가 나왔다가 작년 12월에 다시 잡혀 또 3년을 받은 거야. 그 친구는 4·16으로 들어간 놈이 나오기를 학수고대하고 있었는데 말이야. 그래서 그 친구, 감옥에 들어갈 때 말하기를 나와 그놈은 아무래도 이렇게 엇갈리다가 영원히 못 만날 모양이야. 하지만 괜찮아……!"

그리곤 혼잣말처럼 덧붙였다.

"이게 내 마지막 스크랩북인가?"

나와 이토는 엉겁결에 웃음을 터뜨렸지만 이내 얼굴과 마음이 굳어졌다.

"무슨 일이 있어도 이 조직만 튼튼하게 남아 있으면 투쟁은 끈질기게 이어져 나갈 테니까 자네들만은 잡히지 않도록 해 줘. 너희들마저 잡히게 되면 내가 한 일도 허사가 되고 개죽음이 될 테니까……!"

우리는 결정한 대로 준비를 추진하기로 하고 중간 점검을 위해 26일 저녁에 다시 한 번 만나기로 했다.

"그럼……." 하면서 내가 일어섰다.

그때 나와 스야마는 엉겁결에 방 한가운데 우뚝 마주선 채 서로 힘을 넣어 악수를 나누었다.

갑자기 스야마가 어린애처럼 수줍어하며 말했다.

"뭐야, 사사키는 손이 조그마하군!"

밖으로 나온 스야마는 앞으로는 기회가 없을 것 같아서 얼마 전에 내 집에 한 번 다녀왔었다고 말했다.

"너희 어머니는 만날 때마다 왠지 점점 작아지시는 것 같애."

"……?"

나는 무슨 말일까 하고 생각했다. 한데 불현듯 그 "점점 작아져 간다"는 스야마의 말이 내 심장을 때렸다. 그 말 속에 근심걱정으로 야위어 가는 어머니의 자그마한 모습이 또렷이 보이는 듯했다. —하지만 지금은 그런 말을 할 계제가 아니라고 생각했다. 나는 아무렇지도 않은 양 그저 "그러실 테지." 하고서 이야기의 꼬리를 잘라 버렸다.

스야마가 자리를 뜨고 난 후 이토는 다음 약속까지 30분가량 시간이 남는다며 나와 함께 천천히 걸었다. 우리는 26일 모임 때 스야마를 위해 조촐한 자리를 만들어 주기로 했다. 이토는 자기가 과자와 과일을 사 가지고 오겠다고 했다.

이토는 늘 남자처럼 다리를 쭉쭉 뻗으며 어깨를 약간 흔들면서 걷는 버릇이 있었다. 함께 걸을 땐 오히려 내 쪽이 왠지 여자처럼 종종걸음 치는 듯이 보였다. 헤어질 때 그녀가 말했다.

"잠깐 기다려요."

그녀는 조그만 상점으로 들어가더니 포장한 물건을 가지고 나왔다.

"이거 받으세요."

자꾸 이러면 안 됩니다 하고 사양하는 나에게 한사코 그 상자를 손에 쥐어 주었다.

"요즘 당신 셔츠에 때가 많이 탔어요. 저쪽에서는 그런 것까지도 예사롭게 보아 넘기지 않나 보더라구요!"

집에 돌아와서 그 꾸러미를 열어 보면서 문득 나는 이토와 가사하라를 비교해 보았다. 같은 여자였지만 나는 이때껏 한 번도 이토를 가사하라하고 견주어 생각해 본 적이 없었다. 하지만 이토와 비교해 보고서야 비로소 가사하라가 얼마나 나와 멀리 떨어진 곳에 있는가를 절감했다.

—나는 벌써 열흘이 넘도록 가사하라가 있는 곳에 가 보지 못하고 있었다…….

## 9

구라다공업사의 옥상은 신축 건물인 제3공장 옥상을 말했다. 그곳은 점심시간에 사람들이 휴식을 취할 수 있는 유일한 공간이었다. 노동자들은 그곳에서 비로소 햇볕을 온몸에 한껏 쬐며 잠깐 눈을 붙이기도 하고 삼삼오오 잡담을 나누거나 장난치며 돌아다니기도 했다. 또 어떤 패거리들은 비좁은 공간에서 배구를 하기도 했다. 그날은 콘크리트 바닥에 초여름 햇살이 눈부시게 쏟아지고 있었다. 스야마는 자기 주변에 동료들을 배치하여 만일의 경우 체포를 방해할 준비를 해 두고 작전 개시 시간을 기다렸다.

정확히 1시 15분 전이 되자 그는 별안간 큰 소리를 지르며 유인물을 힘껏, 그리고 연달아 던져 올렸다.

"대량 해고 절대 반대!"

"파업으로 반대하자!"

나머지 구호는 많은 사람들의 함성 소리에 파묻혀 버렸다. 붉고 노란 유인물은 햇빛을 받아 반짝반짝 빛나며 아름다운 꽃처럼 날았다. 유인물이 뿌려지자 사람들은 깜짝 놀라면서 멈칫했으나 이내 와—와 함성을 지르며 유인물이 뿌려진 장소에 몰려들었다. 흥분한 수십 명의 노동자들은 뭉텅이로 떨어진 유인물을 다시 뿌려 대었다. 그러자, 처음에는 일정한 곳에만 뿌려졌던 유인물이 눈 깜짝할 사이에 육백 명 종업원 머리 위에 골고루 흩어졌다. —이런 일이 있을까 봐 미리 옥상 곳곳에서 노동자들의 동태를 감시하고 있던 경비들은 "이봐, 이봐! 유인물을 줍지 마!" 하면서 고래고래 소리 지르며 달려왔지만 정작 유인물을 뿌린 사람이 누군지 찾아낼 수조차 없었다. 옥상엔 너나 할 것 없이 여기저기서 유인물을 뿌려 대고 있었다.

당황한 경비들은 옥상에서 나가는 좁은 출구를 틀어막고, 거기서 한 사람씩 통과시키며 일일이 조사를 하려고 했지만, 그런 식으로는 한 시간이 걸려도 일이 끝나지 않을 판이었다. 이윽고 굵은 콘크리트 굴뚝에서 작업 시작 신호음이 울리자, 노동자들은 스크럼을 짜고 그 좁은 입구를 향해 "영차, 영차!" 하며 밀어붙였다. 몇 안 되는 경비들로서는 더 이상 어떻게 손을 쓸 수가 없었다. —이토가 보고 있자니까 스야마는 인파 속에 파묻혀 너무나도 태연자약한 모습으로 '유유히' 걸어 내려가고 있었다.

나중에 작업감독이 작업장을 돌면서 "누가 뿌렸는지 몰라?" 하며 일일이 묻고 다녔지만 스야마가 뿌렸음을 뻔히 아는 사람조차 시치미를 떼었다. 청년단의 바보들은 꼴사납게 잔뜩 골을 내고 있었다. 그날 스야마가 있는 제2공장과 이토가 속한 낙하산공장에서는 기세가 등등하여 대표를 뽑고 다른 공장과도 합세하여 회사에 항의하자는 논의로 발전했다.

퇴근길에 스야마와 이토는 함께 걸었다.

"이런 때는 우리도 눈물 좀 흘려도 괜찮겠지!"

스야마는 흥분을 감추지 못한 채 연방 모자를 고쳐 쓰고 얼굴을 벅벅 문지르며 허둥대었다.

"이렇게까지 열광적이리라곤 생각하지 못했어! 아, 정말 대단해! 대중의 지지라는 것은 정말 놀라운 것이야!"

스야마는 길을 걷다가 문득 멈추어 같은 말을 되풀이했다.

나는 유인물을 뿌린 날의 상황을 듣기 위해서 그날 느지막하게 이토와 약속을 정해 놓았다. 나는 스야마가 이토와 함께 오리라고는 전혀 생각조차 않고 있었다. 이토를 따라 들어서는 스야마를 보자 믿기지 않아 두 번 세 번 다시 쳐다볼 정도였다. 그가 틀림없이 스야마임을 알았을 때 나는 엉겁결에 벌떡 일어섰다.

낮의 상황에 대한 자세한 이야기를 듣자 나도 흥분하고 말았다. 나는 스야마가 이토에게 했다는 말투를 흉내 내어 말했다.

"이럴 때는 우리도 맥주 한 병 정도는 마셔도 괜찮겠지!"

세 사람은 기린 맥주를 한 잔 하기로 흔쾌히 동의했다.

흥분이 가시지 않은 스야마는 들떠서 평소의 장난기가 되살아났다.

"오늘 유인물에서 좋은 향기가 나던걸!"

이토에게 그런 농담을 던지자 이토는 살짝 얼굴을 붉혔다.

"이런, 음흉한 친구야!"

나와 스야마는 어깨를 붙잡고 맘껏 웃었다.

그러나 결정적인 투쟁은 오히려 다음 날의 한판 승부에 달려 있으므로 우리는 거기에 대한 준비를 다시금 면밀히 점검했다.

다음 날 아침 회사는 육백 명 비정규직 가운데 사백 명에게 이틀분의 급료를 지급하고 공장 입구에서 전격 해고해 버렸다. 파견 나온 경찰 열대여섯 명이 일당을 받기는 했지만 어리둥절해서 주변을 어정어정하고 있는 여성 노동자들에게 으르딱딱거렸다.

"자, 돌아가, 돌아가!"

일당 지불 계산대 옆에는 커다랗게 공고가 나붙어 있었다.

"29일에 작업 마감을 할 예정이었습니다만 사정상 오늘 실시하게 되었습니다. 그러나 회사는 결코 여러분에게 피해가 가지 않도록 29일까지 이틀분의 일당을 앞당겨 지불하기로 했사오니 당 회사의 취지를 양해하시기 바랍니다. 그리고 또 새로운 일거리가 있을 때 회사에서는 여러분에게 채용의 우선권을 인정할 터이니 유념하여 주십시오."

비정규직 이백 명을 해고에서 제외한 것도 교묘한 교란 책략이었다.

해고당한 사람 가운데에는 스야마와 이토도 들어 있었다. —우리는 막판에 감쪽같이 선수를 빼앗기고 말았다. ―스야마와 이토는 보기 딱할 만큼 풀이 죽고 말았다. 나 역시 마찬가지였다. 놈들도 역시 얼간이는 아니었다.

우리는 마음을 추슬렀다. 좌절과 패배감 속에서 마냥 허우적거릴 수는 없다. 역전당한 정세를 방기하지 않고 실패의 경험을 곱씹어서 다음 투쟁을 위한 밑거름으로 삼아 곧바로 다시 일어서야 한다.

뿔뿔이 내쫓겼다고는 하지만 정규직 가운데 두 명의 멤버가 남아 있지 않은가. 또 해고당한 사람들은 제각기 일을 찾아서 흩어져 가겠지만 그중에는 이토와 스야마의 그룹이 열 명 가까이 있지 않은가. 그러므로 그들과 더욱 굳게 연대를 유지함으로써 우리의 투쟁 범위는 오히려 더 빠르게 확산될 것이다.

놈들은 '선수'를 쳐서 우리 활동을 박살내 버렸다고 승리감에 도취해 있을 테지만 천만의 말씀이다. 사실은 자기네 손으로 언젠가는 자기 숨통을 끊어 놓을 우리 조직의 홀씨를 널리 퍼뜨려 주었을 뿐이라는 걸 모르고 있는 것이다!

지금 나와 스야마와 이토는 전보다 더 굳건하게 새로운 활동에 임하고 있다. …… (전편 끝)

(1932. 8. 25.)

작가 부기 : 이 한 편을 동지 구라하라 고레히토에게 보낸다.

# 전형기 사람들

轉形期の人々

1

항구의 물은 푸르고 깊었으며 바닥은 바위로 이루어져 있었다. 그리고 층층이 겹쳐진 화산질의 산이 바로 뒤쪽으로 버티고 있었다. 오타루 시가지는 산허리의 높고 낮음에 따라 해안선 옆으로 길게 이어져 있었다. 그리고 항구를 껴안고 있는 양쪽 곶 끄트머리까지 이어지다 끊어지는가 싶으면 이번에는 산을 깎아 내고 골짜기를 기어오르는 것 같은 형태로 주택들이 계단식으로 한 층씩 자리 잡고 있었다. 마을 곳곳에는 붉은 단층이 잔혹하게 잘려 나간 단면을 그대로 드러내고 있었다. 하지만 채 한 달이 지나기도 전에 그곳은 평평하게 다져져 나무 냄새도 채 가시지 않은 새 집이 세워졌다. 전망 좋고 공기 맑은 고지대 주택가로 변했다. 울창한 숲에 둘러싸인 기와지붕의 주택가가 완성되어 갔다.

기선이 들어올 때 바라보면, 계단식으로 형성된 푸른 나무숲과 군데군데 붉은 단층이 보이는 이곳 항구의 풍경은 장관이었다. 가장 아래는 세관, 창고, 운하, 대형 기선회사가 위치한 바닷가였고, 그 바로 위에는 은행, 회사, 대형 상점들이 들어선 빌딩가, 또 그 위에는 카페, 찻집, 노점상들이 위치한 아름다운 산책로, 그리고 더 위로 올라가면 공원, 학교, 운동장이 있는 울창한 녹지대가 나왔고, 고지대에 위치한 고급 주택가로 이어졌다. 각 층은 서로 전등의 밝기가 달라서 확실히 구분되었다. 시가지의 전등 불빛은 그대로 항구의 어두운 바다에 반짝반짝 반사되어 흔들렸다.

선원들이 갑판 위에서 귀를 기울이면 바다를 통해 거리를 질주하는 자동차 소리나 주택가를 통과해 절벽 아래를 누비고 나아가는 기차 소리가 들려올 때가 있었다. 여름밤에는 가끔 밝은 아스팔트 거리에 수많은 사람들이 지나다니는 소리도 들려왔다.

고지대에 위치한 집 툇마루에서는 긴 겨울 동안 눈 때문에 썩어서 검게 변한 각양각색의 지붕들이 들쑥날쑥 들어선 모습 너머로 항구가 한눈에 내려다보였다. 항구에 들어온 기선에서 닻을 내리는 소리와 끌어올리는 소리가 손에 잡힐 듯 들려왔다. 날이 저물면 낡은 나무젓가락이라도 올려놓은 것처럼 보이는 방파제 틈, 그리고 항구 입구의 양 끝에 설치한 빨강과 녹색 불빛의 등대에서 일정한 간격을 두고 두 가지 색 전등이 번갈아 가며 점멸하는 모습이 보였다. 전등이 켜질 때마다 빨강과 녹색 빛이 쓱 지나가며 어두운 바다에 긴 잔상을 남겼다.

시베리아에서 곧바로 북풍이 불어왔다. 북풍은 항구의 파도를 성나게 만들었고 집들의 문을 덜컹거리게 만들었으며 버썩 마른 먼지를 일으켰지만 고지대 고급 주택가까지는 다다르지 않았다. 울창한 숲이 먼지를 막아 주었기 때문이다.

세관과 콘크리트로 만든 고층 창고, 캔제조회사가 위치한 선창에는 사방으로 운하가 파여 '매립지 제1호', '매립지 제2호' 같은 이름이 붙어 있었고, 그것들을 이어 주는 워런식 교량*이 곳곳에 설치되어 있었다. 매연이나 쓰레기, 빵부스러기들로 탁해져 거의 반쯤 썩은 듯한 냄새를 풍기는 물 위로 발동기선이 거품을 일으키며 '퐁, 퐁, 퐁' 소리와 함께 둥그런 연기를 내뿜으면서 끊임없이 다리 밑을 오고 갔다.

운하 안벽에는 다양한 기호를 가진 창고와 보세창고가 있고 열려 있는 무거운 철문을 통해 직접 조그만 거룻배 위로 짐을 내렸다. 수많은 돛대줄이 달린 어선, 발동기선, 거룻배, 돛단배, 삼판선들이 쭉 늘어서 서로 뱃전을 밀치고 부딪쳐 가며 안벽에 매여 있었다. 작은 증기선이나 모터가 달린 배가 지나가면 스크루로 인해 밀려오는 파도 때문에 배들의 선체가 심하게 흔들렸다.

그곳에는 뱃짐을 나르는 인부들이 수십 명씩 일렬로 줄을 지어 유연하게 휘는 '디딤널'을 건너 쌀이나 잡곡을 어깨에 짊어진 채 어두운

* 경사재가 상·하향이 교대로 되어 있는 트러스.

창고 입구를 드나들고 있었다. 찹쌀떡이나 단팥빵, 라무네*를 상자 위에 늘어놓고 파는 행상인 여자가 오가는 인부들에게 희롱을 당하면서도 그에 지지 않고 말대꾸를 했다.

녹슨 닻, 어른 팔뚝보다 굵은 사슬이 내팽개쳐져 있는 곳 그늘에는 뜻밖에도 작업복을 입은 남자가 바닥에 널브러져 입을 벌린 채 자고 있었다.

세관의 감시대 아래는 여행객이나 선원들만 타고 내리는 잔교였으며, 작은 안벽이 항구 쪽으로 튀어나와 있었다. 배가 들어와 선원들이 상륙할 때가 되면 갈봇집 여자들이 그곳 손잡이에 몸을 기대고 바다를 향해 손을 흔들어 댔다. 여름밤이 되면 목덜미를 드러낸 많은 여자들이 부채를 부치며 나타났다.

매립지에는 임해철도가 깔려 있었다. 지저분한 화물기차가 시커먼 석탄더미나 목재, 각재 보관소를 지나 시종일관 시끄러운 소리와 함께 드나들면서 선로를 바꾸었다. 그 주변에는 홋카이도 오지에서 모인 완두콩, 팥, 대두가 마대자루에 담긴 채 참호처럼 쌓여 있었다. 오래된 타입의 소형 기관차가 하얀 증기를 내뿜으며 대형 철제석탄차를 끌고 고가 잔교의 비탈진 길을 올라갔다. 그 장면이 작게 보였다. 고가 잔교에는 어떤 기선이든 그대로 옆을 갖다 붙였다. 기선의 텀블 홈으로 석탄을 떨어뜨리는 소리는 바다를 통해 잔교 있는 곳까지 들렸다.

* 청량 탄산수에 시럽·향료를 가미한 음료.

빌딩이나 은행가는 5시가 넘으면 여러 건물 입구에서 쏟아져 나온 사람들로 가득 찼다. 사람들은 그 도로에서 한 도로씩 계단식으로 높아지는 길을 계속 가로질러 고지대의 주택가로 올라갔다. 부두 인부나 공장 노동자들은 항구의 양쪽 끄트머리를 향해 돌아갔다. 발동기선이 정신없이 오고 가는 소리, 기선이 울려 대는 징소리, 사슬 감는 소리, 인부들의 고함 소리, 석탄화차가 서로 맞부딪히는 소리, 땅을 울려 가며 목재나 철판, 레일을 내리는 소리, 배가 삐거덕거리는 소리……. 그러한 소리들이 초저녁 소금기 밴 끈적거리는 바람에 빨려들 듯 작게 옅어져 갔다. 그리고 전등이 켜지고 밤이 찾아왔다.

시가지 한가운데는 눈부신 전등 빛으로 가득했다. 그러나 항구의 양쪽 끄트머리 동네는 밤이 되면 깊은 골짜기 바닥처럼 캄캄했다. 띄엄띄엄 켜진 전등은 하나같이 누르스름하고 희끄무레했다. 그곳은 주로 노동자들이 사는 변두리 지역이었다. 직업이 뭐냐는 질문을 받으면 이 동네 노동자들은 자신의 직업 대신 "데미야초에 산다."고 말했다. 그것으로 대답은 충분했다. 그래서 동네 사람들은 그곳 경계에 산을 깎아 만든 길을 통과해 데미야초 방면으로 걸어가는 모습을 누군가에게 들키는 것을 싫어했다.

같은 오타루 지역이었지만 데미야초 사람들은 중심가로 외출할 때면 "오타루에 다녀올게."라든가 "시내에 좀 다녀올게."라고 했다.

데미야초 가운데에는 강이 하나 흘렀는데 강 양쪽이 높아서 양쪽 주택가가 서로 마주보는 형태를 띠고 있었다. 집들은 전부 하나같이 낡고 찌든 나가야*로, 계단을 따라 규칙적으로 늘어서 있었다. 하지만 아래로 내려갈수록 집이 난잡하게 들어서 지저분하고 작은 집들이 우글우글 난립해 있었다.

강 하류에는 영화관이 있는 조금 넓은 도로에 '공설시장'이 있었는데 그 근처에 장이 섰다. 빈 맥주 상자 위에 판때기를 걸쳐 놓고 생선, 채소, 단무지, 두부, 콩자반, 조림을 파는 노점상이 양쪽으로 빽빽이 들어섰다. 노점상들 사이로 축제 때 나타나는 잡상인들까지 가게를 펼쳤다. 시장 주변은 언제나 질퍽거렸다. 3, 4시가 되면 어느 집 할 것 없이 모든 여자들이 장바구니를 들고 그곳으로 모여들었다. 아기를 포대기로 싸서 등에 둘러업은 여자, 아이 손을 끌고 오는 여자, 옷자락을 옆으로 벌려 커다랗고 처진 가슴을 내놓은 여자가 서로 부딪히며 북적거렸고, 시끄럽게 수다를 떨거나 고함을 쳤다.

노점상들이 나무판 아래를 마구 두들기며 저마다 외쳤다.

"와, 싸다 싸. 진짜 거접니다. 사세요. 이래도 안 사실라고?"

바나나 장수는 수건으로 얼굴의 땀을 닦으며 지지 않겠다는 듯이 큰 소리로 외쳤다. 등에 업힌 아이가 손발을 버둥거리며 울기 시작했다. 상대방을 부르는 소리, 발을 밟힌 소리, ……, 그런 소리들이 뒤엉켰다. 사람들의 열기, 과일의 시큼한 냄새, 장아찌 냄새, 비린내, ……,

* 일본의 전통적인 연립주택.

그런 냄새가 한데 뒤섞였다. 집으로 돌아와도 그 냄새는 축축하게 옷에 배어들어 좀처럼 빠지지 않았다.

그 다음 도로 두 개 정도를 가로질러 아래로 내려가면 석조 창고와 콘크리트 창고가 늘어서 있었다. 잡곡 화물을 내리느라 그 주변에는 콩들이 흘러넘쳐 떨어져 있었기 때문에 여자들이 자루를 등에 진 채 작은 소쿠리와 빗자루를 가지고 그걸 줍기 위해 모여들었다. 창고와 창고 사이는 서늘하고 황폐한 곳이었다. 밤늦게 순사가 회중전등을 가지고 골목길을 순찰했다. 야간작업을 마치고 돌아갈 때 공장에서 일하는 여자와 남자가 어두운 곳으로 자주 숨어들곤 했기 때문이었다.

창고를 지나가면 항구 매립지 운하를 가운데 두고 공장이 늘어서 있었다. 공장의 굵은 굴뚝에서 뿜어져 나오는 연기는 운하의 물을 탁하게 만들고, 데미야초로 낮게 깔려 지붕을 더럽히고 도로를 우중충하게 만들었으며, 창문이란 창문을 통해 죄다 집 안으로 스며들었다. 길가나 질퍽한 골목에서 노는 아이들의 콧구멍도 매연으로 새까맸다. 다리 옆이나 거리 곳곳에 심어져 있는 나뭇잎을 손으로 만지면 손가락 끝이 까맣게 더러워졌다. 이 동네의 집에는 대부분 시계가 없었다. 대신 공장에서 들려오는 기적 소리로 시간을 구별했다. 길에서 놀던 아이가 갑자기 귀를 쫑긋 세우더니 아빠가 돌아올 시간이라고 말하곤 했다.

시장이 있는 곳에서 아래쪽으로 내려가지 않고 강을 건너 오른쪽으로 두세 골목 들어가면 수백 개의 '갈봇집'이 줄줄이 처마를 맞대고 골목 여기저기 들어서 있었다. 입구에 '즉석요리'라고 적힌 포렴*을 걸어 두고 어두컴컴한 봉당에 여자가 서서 지나가는 남자들에게 말을 걸었다. '갈봇집' 사이사이에 끼어 있는 것처럼 보이는, 겉에만 페인트를 칠한 싸구려 '바'가 축음기 소리를 길거리로 토해 내고 있었다. 선원들은 삼판선으로 육지에 오르면 모두들 이곳으로 몰려왔다. 이곳 여자들은 기적 소리의 특징과 울림 방식으로 무슨 배가 들어왔는지, 또는 무슨 배가 출항하는지 알았다. 여자들은 대부분 홋카이도 오지에 있는 농가의 딸이나 근해 작은 어부의 딸이었는데 팔이 굵고 햇볕에 그을렸으며 말투가 거칠었다. 그 거리 입구에 늘어선 약국, 양품점, 방물가게들은 하나같이 '콘돔'이라는 간판을 크게 내걸었다.

데미야초라 해도 전부 똑같은 것은 아니었다. 근대적인 대형 공장에 다니는 노동자는 그나마 제대로 된 깔끔한 집에 살았고, 개중에는 두세 그루 나무가 있는 작은 정원을 갖고 있는 사람도 있었다. 직공 같은 경우에는 전망이 좋은 곳에 지어진 단독주택에 살았다. 동네 공장이나 이른바 조금 큰 대장간 같은 곳에서 일하는 노동자들도 그나마 조금은 깔끔한 나가야에 살았지만, 부두 인부나 하역 인부, 일용노동자들은 축축하고 습하며 구불구불한 골목길에 밀집해 있었다. 그 동네에서는 양쪽 집 벽에 붙인 널빤지들로 인해 공간이 좁아 하늘

* 술집이나 복덕방의 문에 간판처럼 늘인 베 조각.

이 허리띠보다도 가늘게 보였다. 낮에도 발밑을 살피며 조심스럽게 한 걸음씩 내딛어야만 했다. 여름이 되면 모든 집들이 모깃불을 피웠고 집 앞 한쪽에 여름용 걸상을 꺼냈다. 또 여자들은 하얀 무명으로 된 속옷과 속치마, 남자들은 잠방이나 훈도시** 차림에 부채를 들고 더위를 피하러 밖으로 나왔다. 집 안에는 도저히 있을 수가 없었다.

큰길에는 노동자를 상대로 한 작은 상점과 투박한 나무 의자 대여섯 개를 놓아 둔 중화소바가게, 선술집, 흰색 포렴을 내걸은 빙수가게, 주인 여자가 큰 가슴을 드러내 놓고 아기를 겨드랑이에 낀 채 가게 앞에 앉아 있는 방물가게…… 등이 늘어서 있었다. 동네 사람들은 단팥빵만주나 '못키리자케'***를 먹고 돈을 떼먹는 사람이 많았다.

전체적으로 완만하게 비탈진 거리를 세 골목 정도 올라가 오른쪽으로 들어가면 '조선인'들이 잔뜩 모인 구역이었다. 그곳에 사는 조선인들은 일용직이나 막노동꾼, 하역 인부들이었다. 집들이 어지럽게 들어서 있었고 골목 전체에서 고약한 냄새가 났다. 아이들은 길가의 땅바닥에 그냥 주저앉아 놀고 있었다. 낯선 사람이 지나가면 놀다 말고 뒤에서 졸졸 쫓아왔다. 불그스름한 수염이 난 덩치 큰 남자가 집 앞 평상 위에서 입을 크게 벌리고 자고 있곤 했다. 이 주변에서는 가끔 싸움이 일어났다. 서로 패를 갈라 치고받았다. 항구 화물 하역이나 막

** 일본식 남자 속옷.

*** 선술집에서 잔을 가득 채워 한 잔씩 파는 술.

노동판에서도 조선인들이 일본인 노동자보다 품삯이 싸고 몇 시간이든 일을 시킬 수 있었기 때문에 자본가들은 기꺼이 조선인들을 썼다. 때문에 조선인들은 일본 노동자들과 사이가 나빴다.

그리고 그 동네에는 삐걱거려 쓰러지기 일보 직전의, 허술한 창문 수십 개가 달려 있으나 규모만 큰 3층 정도의 낡은 건물이 곳곳에 서 있었다. 아무리 가난해도, 그리고 아무리 좁은 골목 안쪽에 있는 집이라 해도 일단 단독주택에 사는 사람들은 그래도 형편이 나은 편이었다. 이렇게 구제불능의 덩치만 큰 건물의 방 한 칸을 빌려 사는 수십 명의 가족, 수십 명의 독신자들은 모두 그 이하의 생활을 하는 사람들뿐이었다. 복도의 마루는 죄다 마른 오징어처럼 뒤집혀져서 걸을 때마다 깜짝 놀랄 정도로 큰 소리를 내며 삐걱거렸다. 계단은 뒤틀어졌고 먼지로 끈적끈적했으며 검게 번들거렸다. 누군가 2층이나 3층 복도에서 뛰기라도 하는 날에는 건물 전체가 흔들렸다. 온 집에서 아기들이 울어 대고 엄마들은 소리를 질렀다. 어디선가 싸움이라도 나면 모든 방에서 남자, 여자, 아이 할 것 없이 일제히 튀어나왔다.

낡고 덩치만 큰 건물은 대체로 그 집주인의 이름을 따서 '야마다빌딩'이라든지 '이와키빌딩', '오야마빌딩'과 같은 식으로 불렸다. 하지만 그 건물들이 빌딩도 아니면서 왜 '○○빌딩'으로 불리는지 아는 사람은 아무도 없었다.

그중 하나인 '이와키빌딩'은 산을 깎아서 만든 길 근처에 있었다.

류키치 일가는 그곳 가장 아래층에 살고 있었다.

## 2

류키치가 부모 손에 이끌려 아키타 시골에서 이곳으로 온 것은 일고여덟 살 무렵이었다. 그때는 겨울이었는데 쓰가루 해협의 바다는 어둡고 파도가 거칠었다. 그는 어둡고 거친 바다 위로 웩웩거리며 누렇고 쓴 위액을 계속 토해 냈던 것도 (잘은 아니지만) 기억한다. 그가 기차라는 것을 보고 기선이라는 것을 타고 (그 당시에는 증기라고 불렀다)…… 했던 건 그때가 처음이었다.

그는 머리가 크고 콧대가 낮은 아이였다. 기차에서도, 기선에서도 멀미를 하는 바람에 시종일관 불쾌하다는 듯 눈썹을 찡그린 채 어머니 소매에 매달려 있었다. 그래도 보는 것, 듣는 것이 전부 신기한 것들뿐이라 그는 아주 먼 훗날까지 그때의 즐거운 기억을 간직했다. 그는 가족들이 왜 기차를 타고, 기선을 타는지 몰랐지만 굉장히 즐거운 일이라 생각했고, 또 어딘가 즐거운 곳에 가는 것이라고도 생각했다.

류키치는 지금은 아키타 시골에 살던 때의 일은 선명하게 기억하지 못했다. 어떤 일을 하고 있을 때 뜬금없이 갑자기 머릿속에 뭔가 떠오를 때가 있었다. 어렴풋한 기억에 '아, 참. 어렸을 때 그런 일이 있었지.' 하고 깨닫곤 했다. 그런 일은 정말 우연한 계기로 일어났고, 스스로 어렸을 때 일을 기억해 내려고 해도 좀처럼 생각이 나지 않았다.

하지만 시골에서 살던 때의 일을 생각하면 언제나 떠오르는 건 지글지글 타들어갈 것 같은 뙤약볕 아래, 흙을 실은 광산용 화차가 브레이크 걸린 상태로 바람을 가르며 급경사를 질주하는 모습을 바라보는 자신의 모습이었다. 화차에는 남자와 여자 한 쌍이 타고 있었다. 남자 쪽은 한쪽 발을 흙더미에 걸치고 몸을 완전히 뒤로 젖히면서 브레이크를 걸었다. 레일은 위험한 절벽 끄트머리의 가장자리를 따라 커브를 그리며 너무나 불완전하고 엉성하게 깔려 있었다. 화차로 실어 나른 흙은 차례로 절벽 끝에서 계곡 아래로 떨어졌다. 계곡을 메워서 그곳에 철도를 부설하기 위해 공사판이 생긴 것이다. 논일이나 밭일만으로는 도저히 먹고 살 수 없던 농민들이 돈을 벌기 위해 찾아왔다.

예전과 달리 여러 가지 잡화, 집에서 사용하는 물건을 집에서 만들어 파는 부업을 해도 그것만으로는 부족했다. 반대로 그런 물건들은 점점 더 싼 가격에 도시에서 시골로 흘러들어 왔다. 부업으로 겨우 하루하루 생계를 꾸려 가던 농민들은 아무것도 안하고 손을 놓아 버렸다. 돈 일부를 떼여 가면서도 여러 차례 가불을 해서 홋카이도의 (청어)어장으로 나가 집을 비우는 사람이 늘어났다. 류키치 가족이 살던 마을에서는 그런 것을 '품을 판다'라고 말했다. 2월이 끝날 무렵 마을을 떠나 5월 5일 무렵 마을로 돌아왔다. 어장에 나가지 않는 사람은 목재를 베러 산으로 들어갔다. 하지만 7, 8월 농번기에도 농민들은 무리를 해서라도 날품팔이를 하러 나섰다.

류키치는 농사꾼인 부모가 논에서 일하는 모습을 별로 기억하지 못했다. 오히려 그냥 자신이 쨍쨍 내리쬐는 뙤약볕 아래 역삼각형의 커다란 머리통을 그대로 내놓고 햇볕에 달아오른 흙이 내뿜는 숨 막히는 열기에 붉은 대지의 살을 드러내듯 무너진 절벽 옆에 서서, 아버지와 어머니가 화차에 브레이크를 걸면서 바람을 일으키며 그의 곁을 지나쳐 가던 모습을 바라보던 장면만 생각났다. 지금 생각해도 기묘한 기억이었다.

굵은 땀이 흙투성이가 된 얼굴에 흔적을 남기며 줄줄 흘렀고, 그 땀은 햇빛 아래 검붉게 빛났다. 아버지는 입고 있던 셔츠 소매로 땀을 닦았다. 필사적인 얼굴로 브레이크를 걸면서 그 와중에도 류키치를 발견하면 웃으면서 뭔가 말을 걸어 주었다. 류키치는 그럴 때면 가슴이 철렁 내려앉았다. 왠지 그 순간 아버지와 어머니가 탄 화차가 데굴데굴 굴러서 완전히 절벽 아래로 떨어져 버리는 건 아닌지 걱정이 되었기 때문이다. 어린 마음에도 아버지와 어머니가 안 웃어 줘도 괜찮으니 조심해 주길 바라며 가슴을 졸였다.

어느 날 류키치는 '할머니'가 만들어 준 도시락을 보자기에 싸들고 화차가 움직이는 길을 올라갔다. 도시락은 매일 그가 배달하기로 되어 있었다. 그는 날씨가 더워서 옷자락을 걷어 허리띠에 끼워 넣고 조롱박 모양의 작은 고추를 그대로 드러낸 채, 그 당시 외우기 시작해서 취미가 되어 버린 휘파람을 조금씩 불어 가며 절벽 끝을 돌아갔다. 그때 류키치는 갑자기 어깨라도 세게 잡힌 듯 오므리고 있던 입술을 바로 펴지도 못한 채 그대로 정지했다. 갑자기 모퉁이를 돌아온 화차가 쓰러질 것 같다고 느낀 것이다. 공중에 붕 뜬 한쪽 바퀴가 소리를 내며 헛돌았다. 그리고 다음 순간 화차는 공중제비를 하듯 굴러 레일 반대편으로 사라져 갔다. 정말 한순간이었다. 류키치는 꿀 먹은 벙어리가 되어 입술을 내민 채 그대로 얼어붙었다. 그리고 화차가 눈앞에서 사라진 뒤 갑자기 어, 어, 어…… 하고 소리치며 달려가기 시작했다. 왠지 그 화차에 아버지, 어머니가 타고 있을 것만 같았다. 하지만 아버지와 어머니는 세 번째 정도 뒤에 도착한 화차에 타고 계셨다. 질질 짜면서 달려오는 류키치를 보더니 아버지와 어머니는 손을 흔들었다. 그는 갑자기 힘이 빠지면서 자리에 주저앉았다. 그는 지금껏 그렇게 마음이 놓인 적이 없었다.

화차와 흙에 깔려 죽은 사람은 남자와 여자로, 남자는 막노동꾼이었지만 여자는 옆 동네에 사는 농촌 아낙이었다. 갈기갈기 찢긴 무지기 치마 아래 뒤틀린 자줏빛 다리가 흙에 파묻혀 있는 게 보였다. 가랑이 부근부터 절대 불가능한 방향으로 뒤틀려 있는 다리를 보고 있자니 자신의 다리가 실제로 우지직 소리를 내며 그렇게 뒤틀리는 듯 신경의 통증이 느껴졌다.

"자, 비켜, 비켜."

십장이 둥그렇게 모여 있는 사람들을 연방 쫓아냈다. 교대시간에 아이에게 젖을 물리고 있던 여자들이 앞치마 끝으로 자신의 입을 틀어막으며 사람들 어깨 너머로 그 광경을 훔쳐보았다. 연달아 침을 뱉는 사람도 있었다. 그곳에 삽을 든 막노동꾼이 다가왔다. 사체를 파내기 위해서였다.

"근처에 오지 말란 말이야!"

십장은 진심으로 화가 난 듯 고함을 질렀다.

류키치는 사람들 사이에 조용히 끼어 있었다. 삽이 흙 속에 푹 하고 박힐 때마다 아직 살아 있는 것처럼 사체의 보라색 다리가 움찔거렸다. 그는 그 순간 현기증을 느꼈다.

"밭갈이는 어쩐대. 요시 씨가 일을 해도 먹고살기 힘든 판에!"

"김매기랑 수확도 물 건너갔네."

"그러게."

"아이고, 이게 웬 마른하늘에 날벼락이야. 엎친 데 덮친 격이지, 참나. 지지리 복도 없지!"

동네에서 품을 팔러 온 사람들이 그 자리에서 쫓겨나며 투덜거렸다.

점심을 먹을 때 류키치는 뒤틀린 보라색 다리가 마음에 걸려 어린 마음에도 마음이 무거웠다. 하지만 왠지 어머니와 아버지는 평소보다 눈에 띄게 기분이 좋아 보였다. 밥을 다 먹고 나자 어머니는 류키치를 겨드랑이에 끼고 책상다리를 한 다음 무릎에 앉히고는 땀으로 끈적끈적해진 뺨을 몇 번이고 계속해서 쓰다듬었다. 그는 목을 움츠리며 피했다. 하지만 어머니는 끈질기게 뺨을 쓰다듬으며 말했다.

"아이고, 귀여운 내 새끼, 귀여운 우리 새끼."

류키치는 밥을 먹고 나자 뒤틀린 보라색 다리는 벌써 다 잊고 흙장난을 하며 놀았다.

날이 저물 때까지 일은 계속되었다. 그곳은 지대가 높아 구름을 붉게 물들이며 저물어 가는 태양이 한층 낮게 보였다. 류키치는 대나무 막대기를 휘두르며 아버지와 어머니를 앞서거니 뒤서거니 하면서 휙휙 소리가 날 정도로 공중에 봉을 휘두르거나 길가의 풀을 베는 시늉을 하며 언덕을 내려갔다. 절벽 끝을 돌자 끼익 하는 소리가 나서 보니 감시초소에서 들것이 나오는 중이었다. 사람들이 그 주변을 둘러싸고 웅성웅성 떠들고 있었다.

아버지는 그것을 보더니 고개를 돌리고 침을 뱉었다. 어머니는 순간 앞치마로 입 주변을 가렸다.

"흠, 오늘은 내가 아니어서 재수가 좋았어!"

아버지가 말했다.

류키치는 그 순간 오늘 아버지와 어머니가 기분이 좋았던 것을 떠올렸다.

"뭐가 갖고 싶으냐? 사탕? 팥빵? 미키? …… 뭐가 갖고 싶으냐?"

아버지는 흙투성이의 거친 손바닥 안에 방금 받아온 50전짜리 동전을 움켜쥐면서 류키치에게 물었다.

그 앞인지 그 뒤인지 모르지만 어느 가을 저녁이었다.

류키치는 거적이 깔린 어두컴컴한 봉당에 다리를 뻗은 채 털썩 주저앉아서 엄지손가락에 짚을 걸고 짚신 짜는 흉내를 내고 있었다. 그리고 아직은 서툰 휘파람을 불고 있었다. 램프의 불빛이 닿지 않아 그곳은 어둠에 잠겨 있었다. 뒷문에서 마구간 바닥에 까는 짚에서 나는 습하고 달콤한 냄새가 흘러들어왔다. 때때로 말이 콧김 내뿜는 소리나 말굽으로 벽에 붙인 널빤지를 차는 소리가 들려왔다. 고요하고 차디 찬 밤이었다.

그때까지 밖에서 쌀가마니를 만들던 어머니가 봉당으로 들어왔다. 온몸에 지푸라기를 묻힌 채 머리도 눈썹도 먼지로 새하얬다. 어머니는 봉당에서 어두운 부엌 쪽을 향해 얼굴을 내밀고 손으로 물을 떠서 꿀꺽꿀꺽 마셨다. 그런 다음 아버지와 함께 밖에서 축축하게 젖어 무거워진 빈 가마니를 잔뜩 가져왔다.

그 작업이 끝나자 아버지는 난롯가에 자리를 잡고 앉아 담뱃대로 살담배를 피우기 시작했다. 손바닥 위에 담뱃재를 굴리면서 뭔가 생각에 깊이 빠진 채 담배를 피웠다.

그러는 사이 어머니는 부엌에서 가까운 봉당에 지푸라기를 모아 산을 만들었다.

"류키치 아부지."

어머니가 아버지를 재촉했다.

아버지는 자리에서 일어났다.

"류키치, 여기 램프 좀 갖고 오너라."

류키치에게 말했다.

어머니는 산처럼 쌓여 있는 지푸라기 더미에 불을 붙였다. 그리고 아버지와 어머니가 축축하게 젖어 무거워진 가마니의 양쪽 끝을 잡고 불 위로 덮었다. 류키치는 손잡이가 달린 램프를 소중하게 양손으로 들고 내밀면서 부모님이 지금 뭘 하는지 궁금해졌다. 짚불이 기세 좋게 타오를 때마다 어두운 봉당에서 아버지와 어머니의 얼굴이 붉게 떠올랐다.

"어머이, 지금 뭐 하는 거야?"

류키치는 자신이 들고 있던 램프 아래에서 들여다보며 물었다.

어머니는 갑자기 무서운 표정을 지었다. 하지만 아무 말도 하지 않은 채 아버지에게 말했다.

"이 정도면 괜찮을 거예요."

아버지는 잠깐 가마니를 뒤집어 바깥 표면의 마른 정도를 살폈다.

그때 뒷문에서 덜컹하는 소리가 들렸다. 아버지와 어머니는 깜짝 놀란 듯 동시에 뒤를 돌아보았다.

"말 소리야."

류키치가 그렇게 말했다.

"그래?"

부모님은 그렇게 말했지만 여전히 귀를 기울였다.

"응, 말이구나."

부모님은 그렇게 말하고는 다시 작업을 시작했다.

"어머이, 뭐 하는 거야?"

류키치는 다시 한 번 물었다. 그러자 갑자기 어머니가 호통을 쳤다.

"입 다물고 있어! 넌 알 필요 없어."

작업이 끝나자 이번에는 그 가마니에 쌀을 담기 시작했다.

한 되들이 되를 돗자리 위에 있는 쌀더미에 넣고 한 손으로 쓰윽

쓰다듬었다.

"하나, 하나, 하나……, 둘, 둘, 둘……, 셋, 셋, 셋, 셋……."

어머니는 끊임없이 수를 세어 가며 가마니를 채웠다.

돗자리는 두 장 있었는데 각기 품질이 다른 쌀이 쌓여 있었다. 처음에는 질 좋은 쪽 쌀을 넣고 중간부터는 조금 거무튀튀한 쌀을 넣고, 또 그 위에 좋은 쌀을 넣었다.

어머니가 채운 가마니는 아버지가 지체 없이 새끼줄로 동여맸다. 다섯 가마니 정도 작업이 끝나자 나사가 풀린 시계가 느리게 8시를 알렸다. 어머니는 허리에서 으드득 소리를 내며 기지개를 폈다.

"이걸로 끝이네."

돗자리 위에는 쌀이 아직 어느 정도 남아 있었다.

"얼마나 남았어?"

아버지는 가마니에 다리 한쪽을 올리고 끈을 조이면서 새끼줄을 입에 문 채로 물었다. 어머니는 손바닥 사이로 쌀이 빠져나가는 걸 보면서 그 동작을 반복했다.

"음. 한 되는 나왔어요……."

어머니가 말했다. 어머니는 가슴, 얼굴, 헝겊을 뒤집어쓴 머리까지 전부 새하얬다.

"한 되? …… 감사한 일이군! 야마시로 씨에겐 한 되쯤이야 별거 아닐 거야. 하지만 우리한테는……."

"……!!"

어머니는 아직 돗자리 위에 남아 있는 쌀을 손으로 어루만지고 있었다.

다음 날 일찍 옷을 갈아입은 아버지는 손수레에 그것을 싣고 끌고 갔다. 어머니가 대문에 한동안 서 있다가 집 안으로 들어갔다. 류키치는 집구석에서 그 모습을 바라보고 있었다. 지금도 그 장면이 떠오른다.

홋카이도로 오기 바로 직전인 듯했다. 모든 집들이 가을 추수를 끝낸 데다 아직 겨울 채비를 하기에는 여유가 있었다. 조금 유복한 집 할머니들은 네다섯 명씩 짝을 지어 며칠씩 부적을 얻으러 참배를 다녔고 작은 신사들이 여는 축제가 곳곳에서 시작되었다. 그 시기가 되면 모두들 노는 일만 생각했다. 축제를 즐기다가 늦게 귀가할 때 거의 반 숙면 상태로 형한테 기대어 어두운 숲길을 걷다 보면, 부스럭거리는 소리와 함께 풀숲이 흔들리며 갑자기 누군가 비명을 지르며 헝클어진 발소리로 도망을 쳤다. 그럴 때마다 류키치는 깜짝 놀라 잠이 깨서 형의 손을 꼬옥 잡았다. 여자 옷처럼 보이는 옷자락이 어둠 속에서 순간적으로 펄럭이던 장면이 언제까지고 뇌리에 선명하게 남았다.

아버지와 어머니는 이 시기가 되기를 기다리고 있었다. 그리고 겨울이 올 때까지 매일 아침마다 된장을 바른 커다란 주먹밥을 만들어 가지고 '들판'으로 나갔다. 그가 '들판'이 무엇을 뜻하는지 알게 된 것은 한참이 지난 뒤였다. 바로 '황무지'였다. 야마시로 씨한테 빌린 소작지만으로는 도저히 생계를 이어 나갈 수 없었다. 그래서 야마시로 씨도 손을 못 대고 그대로 방치해 둔 황무지를 무료로 빌린 다음, 돌투성이의 질퍽거리는 땅을 개간해서 작물을 키울 수 있게 되면 2년 뒤에는 싸게 빌리는 조건으로 농한기에 황무지를 경작하려고 한 것이다.

그 무렵에는 아침 일찍 집을 나서면 마을에는 아직 잠을 자고 있는 집, 겨우 아침 준비를 시작하는 듯 초가지붕의 틈새, 방문, 진흙 벽을 삐뚜름하게 잘라 낸 창문 등 틈새라는 틈새에서는 죄다 연기가 빠져나오는 집도 있었다. 그 연기가 가을의 깊어진 아침 공기 속으로 천천히 물처럼 옆으로 퍼져 나가며 위로 피어올랐다.

빈 석유 깡통 가운데를 잘라 내서 만든 부뚜막을 뒷문으로 꺼내 그 앞에 수그리고 앉아 불을 피우고 있던 아주머니가 지나가는 류키치 가족을 보더니 허리를 펴고 일어섰다.

"이런……, 이런……!"

그러자 아버지는 익살스러운 목소리로 말했다.

"아, 엄청 큰돈이라도 버는 줄 알면 곤란해."

"우리 집 남편은 아직도 자고 있는데. 정말 대단하네!"

그런 말을 듣자 아버지는 손을 내저었다.

"아니지, 당신네 집 형편이 더 낫지. 우린 지금 이 시간에 일을 해야 되니까!"

아침 일찍 깬 손자를 돌보느라 노파가 벌거벗은 등에 발가벗은 아기를 업고 몸을 흔들며 거리를 왔다 갔다 하고 있었다.

류키치에게는 아침의 차가운 공기에 두 뺨과 귓불이 빨개진 채 떠듬떠듬 휘파람을 불며 따라가는 것이 하나의 즐거움이었다.

황무지까지는 20분 정도 걸렸다. 강 구석에 지면이 울퉁불퉁해 자갈이 뒹굴고 있는 곳이었는데, 처음에는 돌을 주워 모은 다음 강으로 던졌다. 류키치도 작업을 도왔다. 강을 목표로 가능한 멀리 던지는 것이 재미있었다. 너무 힘을 주다가 비틀거려 엉덩방아를 찧기도 했다. 아버지와 어머니가 그 모습을 보고 웃었다.

대강 돌을 다 치우자 이번에는 호미와 손으로 풀을 뽑기 시작했다. 그 다음에는 흙을 갈아엎기 시작했는데 가끔 뭔가 쨍하고 부딪히는 소리가 들려서 보면 흙 속의 돌이 호미와 부딪히는 바람에 호미 날이 빠지곤 했다. 기름진 흙이 부족하고 땅속에는 돌이 여전히 많이 남아 있는 듯했다.

어느 날 아침 어머니가 아버지를 아무리 깨워도 아버지는 일어나지 않았다. 어머니는 결국 이불을 잡아채고는 나가 버렸다. 그러자 아버지는 아무 말 없이 몸을 반 정도 일으킨 다음 다시 이불을 뒤집어썼다. 조금 뒤 어머니가 들어왔다.

"이 사람이!"

어머니는 큰 소리로 고함을 쳤다.

"나갈 거야, 안 나갈 거야? 그만둘 거야, 안 그만둘 거야? 도대체 어쩔 셈이야?"

아버지는 이불에서 얼굴도 내밀지 않고 말했다.

"그만둘 거야."

"—!!"

어머니는 맥이 빠져 말문이 막힌 듯 그곳에 서 있을 뿐이었다.

"그만둔다고? ……"

혼잣말처럼 계속 중얼거렸다.

"어." "지금까지 이렇게 고생했는데. 이 사람이 미쳤나! 저래 보여도 내년이면 먹고사는 데 도움이 되잖아!"

아버지는 여전히 얼굴을 이불 속에 숨긴 채 말했다.

"아무리 해도 거긴 가망이 없어, 돌 때문에. 쓸데없이 괜히 허탕 친 거야!"

어머니는 뭔가 말하려고 하다가 그대로 휙 나가 버렸다.

류키치는 그 뒤의 일에 대해서는 기억하지 못했다. 하지만 다시 아버지와 어머니를 따라 '들판'에 다녔다. 아버지는 그곳을 개간하기 시작하면서 야마시로 씨한테 목이 처지고 비쩍 마른 말을 빌려 왔다. 그 무렵에는 지금까지 집에서 키우던 말은 없어진 상태였다. 아침, 저녁 오고 갈 때면 아버지가 고삐를 쥐고 류키치를 그 말에 태워 주었다.

황무지는 '시내'로 나가는 길 근처였기 때문에 검붉게 햇볕에 그을린 얼굴이나 손과는 어울리지 않는 새 모자와 옷, 게타*를 신은 마을 사람이 아이한테 여러 모양의 고무풍선을 사 주고 돌아가는 모습이 보였다. 류키치가 멍하니 서서 그 모습을 보고 있자 아버지가 갑자기

* 일본 나막신.

거칠게 그의 소매를 잡아당겼다. 그리고 엄한 목소리로 말했다.

"뭘 쳐다보는 거야!"

류키치는 오타루로 이사한 뒤 문득 그 '들판'에 관한 기억을 떠올리고 어머니에게 여쭤 본 적이 있었다.

"아—, 아……."

어머니는 그렇게 입을 연 뒤 조금 있다가 다시 입을 열었다.

"이쪽으로 오게 됐으니…… 야마시로 씨한테 거의 공짜로 개간해서 밭으로 만들어 준 거나 다름없어. —지금은 그곳에서 제대로 된 소작료가 나올 텐데……."

'들판'을 개간하러 나선 해의 겨울인지, 그 다음 겨울인지 확실치 않았다.

류키치는 게타 바닥에 대나무를 붙여 그걸로 눈썰매를 타다가 배가 고파져서 새빨갛게 부어오른 손등을 게 집게발처럼 늘어뜨린 채 집으로 돌아왔다. 날은 벌써 저물어 있었다. 류키치는 집에 들어가자 순간 멈칫했다. 왠지 모르지만 뭔가 집안 분위기가 변한 듯한 느낌이 들었다.

아버지와 어머니는 어두컴컴한 손잡이 달린 램프 불빛 아래 덩그러니 앉아 있었다. 큰 난로에는 나무뿌리가 통째로 재만 남아 불이 꺼져 가고 있었다. 아버지와 어머니는 류키치가 들어갔는데도 이쪽을 쳐다보지도 않았다. 불이 꺼져 간다는 이유만이 아니라 발치에서 뭔가 묘하게 차가운 느낌이 스멀스멀 올라왔다.

아버지는 느릿느릿한 손길로 한참 만에 담뱃대로 살담배를 피웠다. 몸이 움직일 때마다 봉당에서 비틀어진 진흙 벽까지 이어진 그림자가 흔들리면서 일그러졌다.

류키치는 어두운 봉당에서 '어머이!' 하고 불렀다. 어머니는 움찔하더니 두리번거리며 어두운 봉당 쪽을 쳐다보았다. 뭔가 나쁜 짓을 하다가 들킨 것처럼 허둥대는 모습이었다.

류키치가 혼자 밥을 먹는 동안에도 아버지와 어머니는 그 모습 그대로 한마디도 하지 않았다. 그는 거북한 상태로 겨우 밥을 목에 넘겼다. 다 먹고 나자 어머니는 옆방에서 자고 있던 여동생을 그에게 업으라고 시킨 다음 한동안 바깥에 좀 나갔다 오라고 말했다. 어머니는 어느 때보다 엄하게 말했다. 평소 같았으면 류키치는 바닥에 주저앉아 싫다며 떼를 썼을 테지만 이상하게도 분위기에 눌려 그대로 여동생을 둘러업고 밖으로 나갔다. 잠이 들어 손발을 늘어뜨린 여동생은 평소보다 무거웠다. 그는 끈으로 가슴을 십자로 묶고 목 근육을 부풀린 채 열심히 몸을 흔들며 아직 모두가 썰매를 타고 있을 언덕 쪽으로 발길을 향했다.

류키치는 한 시간 정도 지나 집으로 돌아왔다. 집 안은 휑하니 비어 있었다. 손잡이 달린 램프 아래에 행장이 두 개 굴러다니고 있었다. 아버지는 가는 노끈을 가지고 한쪽 행장에 짐을 싸기 시작했다. 한쪽 발을 걸치고 끈을 조일 때마다 행장이 꼭 조여졌다. 어머니는 벽장에 머리를 집어넣고 열심히 뭔가 꺼내고 있었다.

"조금만 더 놀다가 와!"

아버지가 노끈 끝을 입에 문 채 류키치를 힐끗 쳐다보았다.

그는 입을 삐죽거리며 울음을 터뜨리기 일보 직전이었다. 양 어깨는 포대기 끈이 파고들어 얼얼했다. 그는 거북이처럼 목만 앞으로 내민 채 가끔씩 멈춰 서서 여동생을 다시 제대로 둘러업는 과정을 반복하며 겨우 집에 돌아온 참이었다. 그는 그대로 집에 들어감과 동시에 무너지듯 여동생을 업은 채 쓰러져 버렸다. 여동생은 잠이 깨서 갑자기 울기 시작했다. 하지만 아버지도 어머니도 딱히 더 이상 아무 말도 하지 않았다.

그 다음 어느 정도의 시간이 흘렀는지 모르지만 어머니가 류키치를 흔들어 깨웠다. 시간이 상당히 늦은 데다가 자다 깨서 그런지 추위로 온몸이 떨려 왔다. 그는 아직 반쯤 잠이 든 채 가끔 휘청거리며 어머니가 입혀 주는 망토를 입고, 발에는 짚으로 만든 설피를 신었다.

"자, 이제 정신 차려!"

류키치는 졸려서 기분이 안 좋았다.

"어디 가는 거야?"

울먹거리는 목소리로 물었다. 그리고 대문으로 나가야 하는데 잠결에 설거지대가 있는 쪽으로 불안하게 비틀거리며 걸어갔다.

"멍청하긴! 이쪽이야!"

아버지가 어깨를 그러잡았다.

자잘하고 건조한 느낌의 포슬포슬한 눈이 바람 때문에 옆으로 세

차게 들이치며 내리고 있었다. 아버지는 행장을 등에 지고 그 위에 외투를 입었는데 머리에는 완전히 뒤집어쓰는 문어 모양의 모자를 쓰고 있었다. 어머니는 여동생을 등에 업었다. 대문을 닫자 아버지가 물었다.

"괜찮겠어……?"

"괜찮아요."

어머니가 작은 목소리로 그렇게 말하고 코를 훌쩍거렸다.

아버지는 뒷문 쪽을 돌고 바로 돌아왔다.

"그럼 좋아……!"

"……."

아버지가 앞장서서 걷기 시작했다. 류키치를 가운데 두고 어머니가 뒤를 따랐다. 추위가 심해 짚신 아래로 마치 유리가 깨지는 것 같은 소리가 났다. 역풍을 만나면 눈이 얼굴을 때렸다. 얼마 지나지 않아 볼이 얼얼해지기 시작했다.

지나다니는 사람은 한 명도 없었다. 어디를 봐도 깜깜했다. 모든 사람들이 자고 있는지 불빛이 흘러나오는 곳은 없었다. 내려오는 눈 조각들은 한두 치 앞에서만 조금씩 보일 뿐이었다. 오랫동안 아버지도 어머니도 말 한 마디 하지 않았다. 언 눈을 밟는 소리만이 세 명의 귀에 들려왔다. 세 명의 발걸음이 무의식중에 보조가 맞춰졌다가 모르는 사이 흐트러지기도 했다. 류키치는 눈앞에서 번갈아 가며 움직이고 있는 아버지의 발을 보면서 말을 걸려고 했으나 왠지 목소리를 내는 것이 두려웠다.

어두워서 류키치는 몰랐지만 길이 언덕길로 변했다. 그 정도 걸으니 온몸이 달아올라 눈이 뺨에 닿으면 쓰윽 녹는 게 기분이 상쾌했다. 바람이 강해졌다. 그때 그는 문득 귀를 쫑긋 세웠다.

바로 오른쪽에서, ―그리고 가끔 땅속에서 들려오는 것처럼 느껴졌다―웅웅거리는 목소리가 들려왔다. 간격을 두고 다시 웅웅거리는 소리가 들렸다. 류키치는 갑자기 뒤에서 아버지를 끌어안았다.

"아이고 깜짝이야!!"

아버지도 깜짝 놀라 멈춰 섰다.

"무슨 일이야!?"

"귀신!"

그는 있는 힘껏 아버지 외투를 그러잡았다.

"귀신?"

"왜…… 그, 웅웅거리는 소리!"

그 말을 듣자 아버지는 별거 아니라는 투로 말했다.

"저거 말이냐? …… 바보로구나. 야타테 고개인데, 저건 숲에 바람이 부딪치는 소리야."

어머니도 뒤에서 웃으며 머리를 쓰다듬어 주었다.

"아무 것도 아니야, 류키치!"

그대로 다시 걷기 시작했다. 숲에 바람이 부딪치는 소리라는 것을 알면서도 웅웅거리는 소리가 날 때마다 류키치는 아버지의 외투를 붙잡았다. 옛날이야기 책에 나오는 귀 부근까지 입이 찢어진 새까만 스님이 하늘에 가득해 금방이라도 조그만 류키치를 한입에 삼켜 버릴 것 같은 생각이 들어 무서웠다. 그는 다시 생각이 난 듯 몇 번이고 말했다.

"거짓말이야! 저건 귀신이야!"

정거장이 있는 마을에 도착해서도 류키치의 귀에서는 여전히 웅웅거리는 소리가 들려왔다. …… 그 동네는 모든 집들이 문을 걸어 잠그고 잠을 자는 듯 고요했다. 텅 빈 어두운 거리에 눈만이 스쳐 지나갔다.

아버지와 어머니가 그를 데리고 아키타 고향에서 '야반도주'를 했다는 것을 류키치가 알게 된 건 그 뒤로 상당히 시간이 흘렀을 때로, 상업학교에 들어가고 난 뒤였다.

러일전쟁이 끝나고 그 영향으로 불경기가 찾아왔다. 도시로 돈을 벌기 위해 나온 사람들은 실패해서 고향으로 되돌아갔고, 그 사람들이 지주에게 빌붙어 치열한 경쟁이 시작되었다. 지주는 그것을 기회 삼아 소작료를 점차 올리기 시작했다. 그 무렵에는 물론 '조합' 같은 것은 없었다. 소작인들은 어찌해야 좋을지 몰랐다. 무게를 기준으로 소작미를 낸다는 점을 이용해 물에 담근 짚으로 가마니를 짜서 시중에 파는 가마니보다 두껍게 만들거나, 질 나쁜 쌀을 섞기도 했다. 또 아무리 일을 해도 소작료조차 못 내는 건 본인이 제대로 일을 못해서라고 생각해 몸을 혹사해 가며 황무지를 개간하는 등 어떻게든 생계를 이어 가려 했다. 할 수 있는 일이라곤 고작 그게 다였다.

야반도주를 하게 된 이유에 대해서는 아버지, 어머니가 한마디도 말하지 않았기 때문에 정확히는 몰랐지만, 소작료 내는 날 속임수를 쓴 사실이 다른 사람들 앞에서 철저히 폭로됐다는 것과 소작료가 밀리는 바람에 지주로부터 대신 소작할 사람은 얼마든지 있으니 나가 달라는 말을 들은 것이 원인이었다. 고향의 같은 처지에 있는 소작인들은 류키치 일가가 그렇게 됐음에도 모두 모르는 척했다.

그렇게 류키치 일가가 쓰가루 해협을 건너 오타루에 오게 된 것이다.

3

홋카이도로 건너왔다고 해서 일가의 생활이 나아진 것은 아니었다.

나중에 알게 된 사실이지만, 당시 아버지는 계속된 과로로 인해 심장이 상당히 안 좋아져 있었다. 더 이상 농사일을 하기에는 무리였다.

차가운 논에 몸을 구부리고 몇 시간이나 들락날락하다 보면 진흙이 튀어 더러워진 아버지의 얼굴은 마치 다른 사람이라도 된 듯 푸르죽죽한 색으로 부어올랐다.

집에 돌아오면 축축해진 짚신도 벗지 않은 채 집 입구에 그대로 대자로 뻗어 누워 가쁜 숨을 골랐다.

"류키치, 여기 손 좀 대 봐……."

그렇게 말하고서는 자신의 거친 손으로 류키치의 손을 잡아 왼쪽 가슴 아래 가져갔다.

"느껴지니? …… 이것 봐! 두근, 두근거려!"

류키치는 어쩐지 무서운 것을 만지는 기분이 들어 대충 손을 가져갔지만 깜짝 놀랄 만큼 크고 힘차게 뛰는 고동을 느끼고 자신도 모르게 손을 움츠렸다.

"뭐야, 이게!? …… 아부지 가슴에 시계가 들어 있는 거야?"

"시계? 으이구, 이 바보!"

아버지는 퉁퉁 부은 얼굴을 일그러트리며 웃었다.

류키치의 아버지는 몸이 약한 편은 아니었다. 심장에 병이 생긴 건 너무 무리해서 일을 했기 때문이었다. 아버지가 돌아가셨을 때 류키치는 뼈와 가죽만 남은 아버지의 시신을 보고 앙상한 손바닥이 머리보다도 넓고 컸다는 사실을 깨달았다. 아버지는 고향에서 제일 부지런한 일꾼이었다.

"니 아부지는 일하기 위해 태어난 부처님 같은 사람이었어."

이건 어머니가 늘 입버릇처럼 하던 말이었다. 어머니뿐만 아니라 이웃 주민들이나 모든 친척들도 입을 모아 그렇게 말했다.

하지만 그렇게 부지런한 일꾼이었던 아버지가 몸 둘 곳 하나 없었던 것이다. 그렇다면 대체 무엇을 위해 부처님처럼 그렇게 일을 한 것일까?

"아무리 일을 해도 모두가 부자가 될 수는 없어. —운이라는 것도 있고……."

어머니는 그렇게 말했다.

류키치의 아버지는 오타루에서 큰 '제빵공장'을 운영하는 형을 의지해서 찾아왔다. 아버지의 형님은 데미야초에 '단팥빵', '막과자', '덩어리빵', '풍선', '비행딱지', '미키', '라무네' 같은 것들을 파는 작은 가게를 내주었다. 그 주변은 같은 데미야 지역이라 해도 변두리여서 맑은 날이 이어져도 축축하게 습기가 찼다. 어두컴컴한 골목길이 거미줄처럼 얽혀 있어 지저분한 얼굴의 아이들이 막대기를 가지고 시궁창 물을 튀기면서 큰 소리를 지르고 우당탕 동네를 뛰어다녔다. 도대체 어디에 그 많은 아이들이 살고 있는지 궁금해질 정도로 주변에는 아이들이 득실거렸다. 집들은 하나같이 비좁고 어두컴컴했으며 축축해서 아이들은 모두 집 안에서 놀지 않았다. 비가 내려도 빡빡머리와 어깨를 적셔 가며 뛰어놀았다. 게다가 어차피 집에 돌아가도 돈을 버느라 어머니도 아버지도 집을 비워서 아이들은 밖에서 노는 것에 익숙해 있었다.

아이들은 집에서 1전, 2전을 얻어 와서 류키치네 가게에서 '딱지'를 사 갔다. 그리고 두세 명이 나란히 서서 딱지를 벽에 붙은 널빤지에 던져 맞춘 다음 벽에 맞은 딱지가 얼마나 멀리 튕겨 나오는지 그 거리로 승부를 매겼다.

류키치는 아키타 사투리를 썼기 때문에 무리에 끼지 못했다. 사투리 때문에 놀림을 당하거나, 아이들이 사투리 흉내를 내는 바람에 울면서 집에 돌아갔다. 학교에서도 마찬가지였다. 상급생이 일부러 아키타 사투리 쓰는 놈이 누구냐며 찾아오기도 했다. 운동장 구석에서 어두운 눈빛을 한 채 서 있는 류키치를 발견하면 모두들 둘러싸고 괴롭히기 시작했다. 류키치는 무슨 일을 당해도 고집스럽게 입을 다물었다.

하지만 괴롭힘이 너무 심해지면 류키치는 울면서 자신도 모르게 외쳤다.

"아, 고마 해라!"

"아, 고마 해라!? ―입을 열었어, 입을 열었다! 드디어 사투리를 썼어!"

모두들 즐거워하며 일제히 난리 법석을 피웠다.

"아, 고마 해라."

"아, 고마 해라가 무슨 뜻이냐?"

그러자 동급생 중에 항상 류키치를 괴롭히기만 하는 덩치 큰 '거북이'가 말했다.

"그건 말이지, 이런 거 좀 하지 말라는 뜻이야."

모두 와 하고 웃었다.

그 뒤로 '아, 고마 해라', '아, 고마 해라'라는 말이 학교에서 유행하기 시작했다.

류키치는 학교에 가는 것이 싫었다. 그래도 처음에는 학교 가는 시늉을 하고 하루 종일 뒷산에 올라 막노동꾼이 돌을 잘라 내는 모습을 구경했다. 막노동꾼들은 높은 절벽 여기저기서 곡괭이를 휘두르며 일하고 있었다. 가끔 어떤 때는 곡괭이의 긴 끝부분이 번쩍하고 빛나기도 했다.

그는 '발파' 작업도 몇 번인가 본 적이 있었다. 화약 냄새가 나면 갑자기 바위 모서리가 불뚝 솟아오르고 그 다음 팍 하는 소리와 함께 토사가 날아왔다.

그는 나중에는 젊은 십장과 친해졌다. 류키치는 자신에게 잘해 주는 사람도 있다고 느끼자 이상한 기분이 들었다. 하지만 학교를 빼먹고 있다는 것을 아버지에게 들켰다. 학교에서 여자 선생님이 찾아온 것이다. 그 사실이 밝혀지자 류키치조차 이상하다고 느낄 정도로 아버지는 슬픈 표정을 지었다. 다음 날 아버지는 류키치를 데리고 학교에 갔다. 그날 쉬는 시간에 운동장에 나가 보니 아버지가 짚신을 신은 채 서 있었다. 그리고 류키치 쪽만 바라보고 있었다. 아버지는 집에 돌아가지 않고 계셨던 것이다. 아버지는 다음 날에도 학교에 따라왔다.

평생을 힘들게 살아온 아버지는 학교에서 공부를 잘하는 류키치에게 모든 희망을 걸고 있었다. 적어도 류키치만은 뭔가 해 주길 바랐다. 이유는 모르지만 류키치가 학교에 가는 시늉을 하면서 지금까지 학교를 빼먹고 있었다는 사실을 알았을 때, 아버지는 갑자기 땅이 꺼지는 듯한 느낌을 받은 것이다. 그것은 아버지에게 보통 일이 아니었다. 아버지는 류키치를 학교에 보내기 위해 지금까지 엄청난 고생을 해 왔기 때문이었다.

아버지는 매일 아침 어두컴컴할 때 짚신을 신고 상자를 등에 맨 채 오타루 중심에 있는 제빵공장에 '단팥빵', '대용빵', '된장빵' 등 그날 팔 물건을 구입하러 갔다. 배달은 해 주기로 되어 있었지만 이쪽에서 빵을 가지러 가면 두세 개씩 더 넣어 줬기 때문이다. 그리고 출근하는 노동자나 등교하는 학생들이 빵을 사러 오는 시간에 딱 맞춰서 돌아왔다. 아버지는 농사일을 하며 돈을 벌던 때 골병이 들어, 비가 와서 추운 아침에는 허리 통증이 심해졌다.

점심시간이 가까워지면 사방이 유리로 되어 있는, 선반이 두세 개 달린 두 개의 상자에 찹쌀떡이나 빵을 진열한 다음 그것을 짊어지고 막노동꾼들이 일하는 곳으로 팔려 갔다. 비가 와서 공사장이 쉴 때는 세관 쪽 잔교가 있는 광장으로 갔다. 하루 종일 길거리에서 먼지를 뒤집어쓴 채 파김치가 되어서 돌아왔다.

류키치의 누나는 돈을 벌기 위해 '화산재회사'에 다녔다. 화산재가 풀풀 일어나는 곳에서 입과 코를 손수건으로 가리고 일을 했다. 누나는 집에 돌아오면 물이 묻지 않도록 옷을 벗고 화산재로 새하얘진 머리를 오랜 시간을 들여 감았다. 누나는 피부가 하얗고 예뻤다. 어느 날 류키치는 문득 누나의 오른쪽 어깨가 검붉게 부풀어 있는 것을 발견했다. 그것은 누나의 하얀 피부에는 뭔가 몹시 끔찍하게 보였다.

류키치가 뒤쪽에서 물었다.

"누야, 그게 뭐야?"

머리를 감고 있던 누나는 처음에 류키치가 무슨 말을 하는지 몰랐다. 그는 누나의 대답을 재촉하며 무심코 부풀어 오른 곳에 손을 댔다.

누나는 움찔하며 뒤를 돌아보더니 얼굴색을 바꾸며 당황스러운 듯 팔을 소매에 끼워 넣고 감췄다. 류키치는 이상하게 찜찜한 기분으로 거기 그대로 멍하니 서 있었다.

그는 나중에 누나가 화산재회사에서 '시멘트통'을 져 나르는 일을 한다는 것을 알았다. 그러고 보니 당시 누나가 공장에서 돌아오면 집 문지방을 넘을 때 다리를 벌려 넘지 못하고 한 발씩 다리를 들어서 겨우 들어오던 것을 기억한다.

여동생은 학교에 다녔다. 하지만 집에 돌아오면 화산재회사 뒤쪽에 산더미처럼 쌓여 있는 석탄재 쓰레기장에 소쿠리를 들고 나가 코크스를 주웠다. 석탄재 더미를 파면 코크스가 된 것들을 찾을 수 있었다. 겨울이 되면 몸통에 작은 구멍이 잔뜩 뚫린 양동이에 주워 온 코크스를 넣어 난로 대용으로 썼다. 코크스는 유독한 자줏빛 불꽃을 내며 타올랐는데 그 때문에 집안 전체가 연기로 가득해서 콧구멍이 아릴 정도였다.

누나와 여동생은 그렇게 일을 했다. 하지만 아버지는 무슨 일이 생겨도 누나와 여동생을 시켰고 류키치에게는 시키지 않았다.

"류키치, 너는 아부지의 소중한 자식이니깐!"

누나는 지쳐서 기분이 안 좋을 때면 그런 말을 하곤 했다. '소중하다'는 뜻은 귀여움을 받는다는 뜻이었다. 아버지는 될 수 있는 대로 류키치에게 공부를 시키고 싶었던 것이다. 하지만 과묵한 아버지는 그에 관해서는 한마디도 입 밖에 내지 않았다. 그만큼 류키치는 아버지의 마음을 이해할 수 있었다.

류키치가 6학년이 되었을 무렵 아버지는 뭔가 걱정거리라도 생겼는지 '제빵공장'을 경영하는 큰아버지를 매일같이 찾아갔다. 큰아버지 댁에 가면 항상 귀가가 늦었다. 밤에 상을 닦고 난 뒤 그 위에서 공부를 하고 있으면 큰아버지 댁에서 돌아온 아버지가 어머니와 소곤거리며 긴 대화를 나누었다.

어느 날 글짓기 시간이 조금 남았을 때 담당 선생님이 말했다.

"이 중에 상급 학교에 진학할 수 있는 사람들은 누가 있는지 손 좀 들어 봐."

그러자 모두들 서로 얼굴을 쳐다보고 뒤를 돌아봤다. 네다섯 명이 조금 머뭇거리며 얼굴을 붉히면서도 반쯤은 의기양양한 표정으로 손을 들었다. 선생님은 확실하게 손을 들라면서 몸을 쭉 펴고는 하나, 둘, 셋, 넷 하며 수를 셌다. 모두들 부러워하는 얼굴로 갑자기 시끄럽게 떠들기 시작했다. 상급 학교에 진학하는 학생들은 모두 그다지 성적이 좋은 학생이 아니었다. 류키치는 그런 학생이 상급 학교에 갈 수 있는 건지 의아한 생각이 들었다.

쉬는 시간에 '교무실'에서 선생님이 류키치를 호출했다. 그는 무슨 일인지 궁금했다. 언제나 '교무실'에 불려 간다는 건 좋은 일은 아니었다. 그는 벌벌 떨면서 육중한 문을 열고 안으로 들어갔다.

담당 선생님은 난로에 등을 돌리고 담배를 피우고 있었다. 류키치는 선생님의 안색을 살피며 그 앞에 아무 말 없이 섰다.

"너네 집……, 가난하냐……?"

"…… !?"

류키치는 생각지도 못한 말이었기 때문에 말문이 막혀 옷 앞자락을 손가락으로 만지작거렸다.

"그러냐? …… 그렇게 많이 가난하냐……?"

그는 고개를 끄덕였다.

"그렇구나. 나는 너같이 머리가 좋은데 상급 학교에 진학을 못하는 학생을 보면 너무 안타까워. 어떠냐, 집에 가서 부모님한테 말씀 좀 드려 보지 않을래? 나도 가서 너희 아버님을 만나 볼 테니까……."

그는 지금까지 한 번도 상급 학교에 대해서는 생각해 본 적이 없었다. 그래서 아까 상급 학교에 진학하는 사람이 손을 들었을 때도, 다른 학생들처럼 부러워하지도, 특별한 생각이 들지도 않았다. 하지만 선생님의 말씀을 듣자 스스로도 생각지 못한 뭔가가 끓어오르면서 참을 수 없어졌다. 상급 학교라는 곳이 열심히 공부해서 성적이 좋은 사람이 가는 곳이 아니라 자기보다 두세 배 공부하는 것도 아니고 머리도 나빠서 성적도 훨씬 안 좋은 학생이 가는 곳이라는 게 도저히 납득이 가지 않았다.

그날 그는 서둘러 집으로 돌아왔다. 아버지는 집에 없었다. 그는 집 안으로 뛰어들어 갑자기 어머니 앞에서 영문도 모르는 말을 급하게 쏟아 내고는 그대로 엉엉 울어 버렸다.

날이 저물 무렵 아버지는 팔다 남은 빵이 든 상자를 짊어지고 공사장에서 돌아왔다. 아버지는 류키치의 말을 듣더니 그것 때문에 요즘 매일 큰아버지 댁에 찾아간 거라고 말했다. 아버지는 류키치를 꼭 상급 학교에 보내고 싶어 큰아버지에게 부탁을 하러 간 것이었다.

그로부터 2, 3일이 지난 뒤 수업이 끝나고 류키치와 다른 학생들이 왁자지껄 떠들며 학교 밖으로 나오는데 누군가 소리쳤다.

"저기, 오무라의 아버지 와 계신다!"

쳐다보니 학교 교문 앞에 단팥빵과 찹쌀떡 상자를 맨 아버지가 짊신을 신은 채 벽에 기대어 서 있었다. 그는 학생들 앞에서 얼굴이 빨개졌다.

아버지는 비슷한 복장을 한 학생들 가운데 류키치를 발견하자 주름진 얼굴 가득 웃음을 지었다. 그리고 겹겹이 쌓아올린 상자를 삐걱대면서 종종걸음으로 다가왔다. 류키치는 얼굴에서 가슴까지 빨개졌다.

"잘됐다! 잘됐어!"

아버지는 이가 없어 늘어진 입술을 쉴 새 없이 움직이며 그렇게 말했다. 잘됐다니, 뭐가? 하지만 류키치는 아버지가 부끄러워 미칠 것 같았기 때문에 그 말이 어떤 의미인지 알아차리지 못했다. 모두들 그의 아버지 행색을 힐끔거리며 지나갔다.

"잘됐다! 류키치, 너 상급 학교에 갈 수 있게 됐다!"

큰아버지와 겨우 얘기가 마무리된 것이었다. 아버지는 류키치가 집에 돌아올 때까지 기다릴 수 없었다. 게다가 아버지는 공사장에 빵을 팔러 가야만 했기 때문에 그렇게 되면 이 사실을 밤이 되어서나 류키치에게 알려 줄 수 있었다. 생각해 보면 아버지는 자신의 비참한 오십몇 년 평생에 이런 일은 한 번도 없었을 것이다. 그런데 어떻게 느긋하게 기다릴 수 있겠는가. 아버지는 류키치가 자신을 보고 창피해 할 것이라는 건 예상하고 있었다. 하지만 그보다 한시라도 빨리 알려 주고 싶었던 것이다…….

류키치는 아버지보다 조금 뒤처져 걸으면서 그 사실을 떠올리고 자신이 얼마나 돼먹지 못한 인간인지 생각했다. 그는 몸속 깊은 곳에서 밀려 나오듯 울음이 터지는 것을 막지 못했다. 그는 소리 없는 울음으로 어깨를 들썩이며 걸음을 계속했다.

아버지는 끊임없이 뭔가 말씀을 하셨다. 그렇게 말이 많은 아버지는 여태까지 본 적이 없었다. 아버지는 한참을 걷다가 혼자만 떠들고 있다는 사실을 깨닫고 멈칫 뒤를 돌아보았다.

"왜 그러냐, 류키치? —아니, 왜 그래?"

아버지는 그렇게 말하고는 갑자기 소리 내어 울기 시작했다. 그리고 아버지의 땀에 찌든 작업복 소맷자락으로 연방 눈물을 훔쳤다.

하지만 상급 학교(상업학교였다) 진학에는 조건이 붙어 있었다. 류키치가 큰아버지 집에 살면서 학교에서 돌아오면 직공들과 함께 '제빵공장' 일을 돕기로 했다. 제빵공장 일은 학교를 다니면서 할 수 있는 일치고는 힘든 일이었다. 큰 가마솥에 든 '홉'을 큰 주걱으로 휘젓거나, 감자를 으깨고, 얼굴, 머리, 가슴, 배까지 온통 새하얗게 뒤집어쓴 채 양 손을 겨드랑이 깊이까지 찔러 넣고 밀가루를 반죽하기도 했다. 아침에는 학교 가기 전에 트럭을 타고 빵 배달을 나갔다. 트럭이 못 가는 곳에는 짐수레에 상자를 싣고 소매점을 돌았다. 때문에 류키치는 학교에 가서 책상에 앉으면 아무리 애를 써도 졸기 일쑤였다. 하지만 다른 한편으로는 학비를 대 주는 덕분에 학교에 다닐 수 있는 것이라 좋은 성적을 얻어야만 했다. 뿐만 아니라 큰아버지 집에서는 시종일관 눈치를 볼 수밖에 없었다. 모두들 그에게는 찬바람이 쌩쌩 불었다.

류키치는 시험이 시작되자 큰아버지 집에서 도망쳐 나와야겠다고 몇 번이고 진지하게 생각할 정도였다.

귀찮은 시험이 있기 전날이었다. 그는 노트를 읽느라 조금 늦게 공장에 도착했다. 그때 공장은 가마 안에서 연달아 구워져 나오는 빵을 상자에 넣어야 하는 가장 바쁜 때였다. 마침 그때 짚신을 신은 아버지가 공장 구석에 위치한 물건 수령 테이블에 상자를 올려놓고 빵을 받기 위해 대기하고 있었다.

류키치는 평소처럼 '상자에 빵 담는 일'을 돕기 위해 직공들이 나란히 서서 더위로 얼굴 가득 땀을 뻘뻘 흘리며 일하는 사이로 비집고 들어갔다. 긴 손잡이가 달린 주걱으로 가마에서 철판 위의 빵을 끄집어내던 직공장이 그때 그가 있는 쪽을 힐끗 쳐다보았다. 직공장은 익숙한 손놀림으로 주걱 위에서 한 번 휙 철판을 돌리더니 그것을 그의 앞으로 휙 던지며 안정감 있게 건넸다. 옆에 있던 직공이 철판 위의 빵에 재빠르게 솔로 꿀을 살짝 발랐다. 다음에 그는 두꺼운 헝겊으로 철판 끝을 잡고 구워진 빵을 자루 위에 엎었다. 그때였다. 눈, 코, 입에서 윙 하는 느낌이 들었다. 그렇게 느낀 다음 순간 류키치는 자신도 모르게 뭔가를 붙잡은 채—뭔가에 붙잡힌 채 돌이 깔린 봉당 위로 쓰러졌다. 그는 깜짝 놀라 얼굴을 가린 채 일어서려고 했다.

"이 더부살이 새끼가!"

직공장이 갖고 있던 긴 손잡이 주걱이 다시 한 번 날아왔다. 그는 한쪽 손을 땅에 짚은 채 다시 비틀거렸다. 류키치는 필사적이었다. 하지만 아프다는 생각이 들기도 전에 그 순간 이 장면을 눈앞에서 보고 있을 아버지의 찢어질 듯 아픈 마음이 생각나 가슴이 아팠다!

"무슨 짓입니까!?"

그는 그 말만 했다.

"뭐고 자시고 간에! 더부살이 하는 놈이면 더부살이답게 해! 왜 이제야 어슬렁거리며 나타나는 거야!"

"……"

몸이 덜덜 떨릴 정도의 굴욕감이 가슴 가득했다. 하지만 그 말에 그가 대체 무슨 말대꾸를 하겠는가. '덕분에' 먹고사는 그가! 할 수 있을 리가 없었다.

류키치의 아버지는 꼼짝도 하지 않고 그곳에 서 있었다. 결국 아버지는 아무 말도 하지 않았다. 빵이 완성되자 아버지는 묵묵히 빵을 상자 세 개에 채운 뒤 돌아갔다.

류키치는 그날 밤 자리에 누워 머리끝까지 이불을 뒤집어썼다. 낮에 누르고 눌러 두었던 감정이 한꺼번에 봇물처럼 쏟아져 나왔다. 그는 이불 안감을 잘근잘근 씹었다. 눈물이 끊임없이 흘러나왔다…….

"네……, 네……."

얼마나 지났는지 알 수 없었다. 식모인 듯 누군가 안쪽에서 그렇게 대답하는 소리가 들렸다. 류키치는 문득 그 내용에 신경이 쓰였다.

"네, 지금 나가겠습니다……."

역시 식모의 목소리였다. 그는 고개를 들었다. 눈물로 젖은 이불 안

쪽과 베개 때문에 뺨이 식어 있었다. 덜컹거리는 소리가 들리고, 식모가 일어나서 가는 것 같았다. 누군가 찾아온 것이다. 류키치는 아무 일도 아니라 생각하고 들었던 고개를 내리고 몸을 뒤척였다.

식모가 대문을 열었다……. 그러자 갑자기 류키치 어머니와 누나의 비명 소리가 들려오고 식모가 당황해서 달려왔다. 그는 자신도 모르게 이불에서 벌떡 일어났다.

"아부지가……. 아부지가!"

그는 전부 알아듣지 못했다. 하지만 알 수 있었다!

끄지 않은 등롱을 든 채 하얗게 질린 누나가 그 뒤에 들어왔다. 그 소리에 안쪽에서 자고 있던 큰아버지까지 일어나 나왔다.

흥분한 누나가 뭔가 말했다. 하지만 더듬거리는 아이의 말소리처럼 정신이 없었다.

"아부지가 어떻게 됐다고!"

류키치는 누나의 어깨를 꽉 쥐었다.

"기차에! …… 아부지가 기차에!"

누나는 겨우 그렇게만 말하더니 류키치 몸에 무너지듯 기대어 엉엉 울기 시작했다.

아버지는 밤 10시경 목욕을 다녀오겠다고 말한 뒤 데미야 역에서 갈라진 임해철도가 매립지로 들어가는, 어두운 창고가 즐비한 모퉁이에서 기차에 치인 것이다. 그곳은 철로 건널목과 가까운 곳이었다. 류키치와 큰아버지가 그곳에 도착하자 선로에서 조금 떨어진 키 작은 잡초 옆에 거적으로 덮어 놓은 아버지의 시신이 놓여 있었다. 경찰과 역무원 대여섯 명이 그 옆에 서 있었다.

기차가 통과할 때마다 기관차의 헤드라이트 덕분에 그 주변이 밝아졌다. 하지만 류키치는 그럴 때마다 눈을 감았다. 춥지는 않았지만 쉴 새 없이 몸을 덜덜 떨고 있었다.

"…… 바로 커브를 돈 순간이었습니다. 그 근처에……."

기관차 화부로 보이는 남자가 그렇게 말하며 창고와 창고 사이를 가리켰다.

"잘 모르지만 사람이 서 있는 것 같았습니다. 그렇게 생각한 순간 뭔가 언뜻 눈앞을 스쳐지나간 듯 느껴졌습니다. …… 기분 나쁜 소리였어요.……"

누군가 고개를 돌리더니 여러 번 침을 뱉었다.

아직 경찰이 조사하지 않았기 때문에 시신은 내일까지 돌려줄 수 없다고 했다. 모두 그곳에 서서 이야기를 나누며 검시관이 오기만 기다렸다. 류키치는 어머니와도, 누나와도 말을 하지 않았다.

"날이 밝아야 보이지. 손가락 한두 개는 저쪽 레일에 붙어 있을지도 모르고……."

그렇게 말한 사람은 파출소 순사인 듯했다.

창고 반대편 함석이 붙어 있는 벽에 스포트라이트 같은 빛의 작은 원이 다양한 형태로 비치며 흔들리고 있었는데 느닷없이 가스등을 든 정거장의 순경이 모퉁이를 돌아 다가왔다.

"무슨 일이야?"

순경은 가스등 불빛을 거적 위로 두세 번 비추더니 그 다음에는 사람들 얼굴을 한 사람씩 차례로 비추었다.

"기차에 치여 죽은 사람입니다."

"헉, 또!"

순경은 다시 한 번 가스등을 거적 위로 갖다 댔다. 류키치는 아버지가 지금 거적 아래에 완전히 다른 존재가 되어 누워 있다는 사실이 본인과는 전혀 상관없는 일처럼 느껴져서…… 몇 번이고 다시 생각해도 그렇게밖에 느껴지지 않았다. 뿐만 아니라 누나, 어머니, 순사 할 것 없이 그의 주위를 둘러싸고 있는 모든 것들이 휙휙 뒤쪽으로 사라져 가는 것을 느꼈다. 누군가 자기 옆에서 무언가 말을 하고 있다는 것을 느낀 순간 류키치는 의식을 잃었다. 그때 그는 뇌빈혈을 일으켰다…….

아버지의 시신은 급하게 문짝으로 만들어진 들것으로 옮겨졌다. 아직 날은 밝지 않았고 물처럼 차가운 공기가 인적 없는 도로와 주택가 사이로 유유히 흐르고 있었다. 류키치와 어머니는 들것 뒤를 쫓아갔다. 들것은 아버지의 체중 때문에 삐걱거리는 소리를 냈다.

어머니는 손수건으로 얼굴을 가리고 어깨를 크게 들썩이며 울었다. 아버지가 매일 아침마다 '제빵공장'에 상자를 등에 지고 다니던 골목길에 다다르자 어머니는 소리 높여 울었다.

"이것 봐요, 류키치 아부지. 여긴 당신이 매일 다니던 길이잖아요!"

어머니는 들것 위의 아버지 시신에 대고 말했다.

류키치는 짚신을 신고 이 길을 걸어가는 아버지가 생생하게 떠올랐다.

그곳부터 길이 조금씩 언덕으로 접어들었다. 들것을 운반하는 사람들은 가끔 멈춰 서서 메는 어깨를 바꿨다. 조금 더 가자 막노동꾼들 사무소가 위치한 '현장' 옆을 지나갔다. 아침 일찍 막노동꾼들이 곡괭이를 어깨에 짊어지고 비어 있는 화차를 밀면서 흙을 허물어 내고 있는 절벽 쪽으로 구불구불 올라가던 참이었다. 모두 들것 쪽을 돌아보더니 뭔가 말을 했다.

"이것 봐요, 류키치 아부지. 기억나요? 여긴 당신이 매일 빵을 팔러 오던 곳이에요!"

어머니는 차마 말을 끝맺지 못했다. 말끝이 떨려 와 거의 울음소리처럼 들렸다. 들것의 앞쪽을 메고 가던 친척 청년이 몰래 눈물을 훔쳤다.

현장을 지나자 이번에는 조금 내리막길로 변했고 집까지는 얼마 남지 않은 때였다. 여기저기 대문을 열어 놓고 사는 이웃들이 놀라 달려왔다. 어머니는 고개를 들지 않았다.

집 앞에는 어린 여동생이 친척들과 함께 서 있었다. 들것이 오는 것을 보자 달려왔다.

"아부지, 이것 봐요, 집에 왔어요! 여기 당신 집이에요."

어머니는 그렇게 말하더니 집에 내려놓은 들것 옆에 쓰러져 다른 사람들을 의식하지 않고 큰 소리를 내며 울기 시작했다.

류키치는 그날을 끝으로 큰아버지 공장에 발을 들여놓지 않았다.

아버지의 비참한 죽음은 단 한 가지로 많은 것을 가르쳐 주었다. 류키치는 학교를 그만두었다. 계속 다니고 싶었지만 큰아버지 댁을 나오면 그날 먹고살기도 힘든 상황이었다. 그리고 제2호 매립지에 있는 '나카지마철공소'에 취직했다.

'이와키빌딩'으로 이사한 것은 바로 그 즈음이었다. 자질구레한 도구들이 남아 있었기 때문에 어머니는 그곳에서 작은 '막과자 가게'를 열었다. 어머니는 갑자기 나이를 먹어 버렸다…….

4

'이와키빌딩'에 집세 문제가 발생했다.

"모두 잊지 말고 내일 밤 아래층에 모여 주세요!"

세를 들어 사는 사람들이 대부분 집에 있을 시간인 저녁 9시 무렵, 3층에 사는 후루야마(이럴 때면 언제나 그가 뽑혔다)가 계단 난간에서 술 때문에 거칠어진 목소리로 크게 외쳤다.

뭔가 용건이 생기면 이곳에서는 모두 후루야마처럼 행동했다.

이와키빌딩의 뒤틀리고 삐걱대는 계단은 집 한가운데에 위치해 3층까지 연결되었는데 2층까지의 계단과 3층까지의 계단이 서로 교차되게 만들어져 있었다. 계단은 단순히 삐걱댈 뿐만 아니라 뒤에 댄 판자 곳곳이 벗겨져 있어 여자들은 그곳을 오르내리는 것을 싫어했다. 게다가 손잡이도 없었기 때문에 살짝 발이 걸려 넘어지기만 해도 위험했다. 그래서 3층 사람이 1층 사람에게 뭔가 볼일이 있을 때는 창문을 사용했다. 창문에서 몸을 반 이상 내밀고 아래를 향해 큰 소리로 고함을 질렀다.

"아래 엿 가게 아줌마!"

두세 번 그걸 반복하다 보면 삐걱거리는 소리와 함께 창문 열리는 소리가 나면서 잔뜩 줄지어 있는 창문 한 곳에서 엿 가게 아줌마가 불쑥 얼굴을 내밀고 몸을 비틀어 3층 쪽을 올려다보았다. 그것으로 볼일을 해결할 수 있었다.

볼일이 있는 상대가 반대편에 산다면 이번에는 복도로 나가 계단 손잡이를 잡은 채 몸을 숙여 반으로 접고 아래를 향해 고함을 질렀다. 고함 소리는 빌딩 구석구석까지 울려 퍼졌다. 그래서 이곳에 사는 사람들은 하나같이 목소리가 컸다.

"자기들 발등에도 불이 붙은 일이니까 꾀부리지 말고 모여!"

후루야마는 3층 손잡이를 잡고 다시 한 번 외쳤다. 그리고 자신의 방으로 돌아가며 혼잣말로 툴툴거리며 중얼거렸다.

"에잇, 하여간 하나같이 개인주의자들만 모여서 골치라니까……."

"오호, 역시 자네는 일찍 나타나는군!"

류키치가 들어가자 후루야마는 벽에 등을 기댄 채 양복 입은 다리를 다다미 위에 아무렇게나 내팽개치고는, 일부러 피우는 것처럼 보이는 담배 연기를 반대쪽 벽으로 '후우' 뱉으며 책을 읽고 있었다.

후루야마는 매일 외출할 때 류키치네 가게에서 담배 두 갑을 사 갔다. 게다가 류키치는 읽을거리가 없어지면 후루야마의 방으로 책을 빌리러 다녔기 때문에 이 빌딩 안에서는 서로 친하게 지내는 편이었다. 류키치네 가족이 사는 방에서 한 칸 건너뛴 옆방에 살고 있는 관리인 히라카 할아범은 후루야마가 매일 류키치네 가게로 담배 두 갑을 사러 가는 건 류키치의 누나를 점찍어 둬서 그런 거니 조심해야 한다고 말했다.

"무엇보다 공갈이나 치는 신문사의 기자들은 나쁜 놈들뿐이라고! 게다가 술주정뱅이라니!"

'아부지'로 불리며 항구 제3현장에서 일하는 짐꾼인 오카와 씨가 류키치보다 한 발 늦게 들어왔다. 늘 그렇듯 '아부지'는 햇볕에 그을린 단단한 근육이 보이는 양손, 목, 얼굴과는 어울리지 않게 깔끔한 옷을 입고 있었다. 그리고 앞쪽만 기른 머리에 포마드를 듬뿍 발랐기 때문에 그가 들어서자 포마드 냄새가 두 사람의 코를 직격했다. 그는 짧은 겉옷인 한텐* 차림에 갈고리를 든 채 잡곡을 져 나르거나 콩깻묵 판을 짊어지면서 창고에서 일했는데 '회의'에 참석할 때면 항상 그런 옷을 입었다. 그는 엉뚱한 단어를 많이 알고 있었는데, 발음이 어딘가 하나씩 완전히 틀린 문장 안에 그런 단어를 섞어 쓰며 모든 '회의'에서 다른 사람보다 말을 많이 했다. '뭔 짓을 하는 거야' 같은 항구에서 쓰는 거친 말을 쓴 다음 '그렇다고 생각합니다' 같은 말투를 사용했다. '회의'('아부지'는 그렇게 불렀다)를 너무 좋아해서 회의가 있으면

* 깃을 뒤로 접지 않고 가슴의 옷고름 끈이 없다.

퇴근하고 목욕할 시간까지 미리 계산해서 일을 일찍 마치고 돌아왔다. 그리고 그런 자리에서 다른 사람이 하는 모든 말에 일일이 고개를 끄덕이며 듣는 것을 좋아하기도 했다. 그래서 언제나 다른 사람보다 일찍 모임에 나왔다.

"어이, 후루야마 씨, 오늘은 '냄새'가 안 나네!"

'아부지'는 소맷자락에서 담배를 꺼내며 햇볕에 탄 검은 얼굴에 놀랄 정도로 하얀 이를 보이며 웃었다.

"아니, 중대한 문제가 있을 때는 안 마셔."

"그런데 오이시 쿠라노스케*는 중대한 문제가 있을 때 더 술에 취해 있었다던데."

'아부지'는 본인이 생각해도 '중대한 문제' 라는 말을 자연스럽게 잘 쓴 것 같아 내심 기뻤다.

"아무래도 자네는 척척박사인가 보군!"

후루야마가 말했다.

"'아부지'는 짐을 나르면서 그런 걸 외우는 거야?"

류키치가 히죽대며 놀렸다.

"공부를 하니까 그렇겠지."

후루야마는 류키치 쪽을 힐끗 보더니 소리 내어 웃었다.

'아부지'는 어찌됐든 간에 그런 말을 들었다는 사실에 기분이 너무

* 17세기의 대표적인 충신.

좋아져서 함께 큰 소리로 웃었다.

그리고 말했다.

"무엇보다 매일 밤 후루야마 씨가 혼잣말로 떠드는 걸 들으니까!"

후루야마는 매일 아침 10시경 빨간 가방을 들고 집을 나서면 항상 밤 12시가 넘어 술에 취해 돌아왔다. 이와키빌딩은 8시나 9시가 되면 대개 쥐죽은 듯 조용했다. 대부분 노동자들이라 모두 일찍 잠자리에 들었기 때문이었다. 그래서 모든 주민들은 그가 흐트러진 발걸음으로 계단을 삐걱대며 가끔 알 수 없는 혼잣말로 투덜대며 3층으로 올라간다는 사실을 알고 있었다. 그의 발걸음 소리를 듣게 되는 시간은 대개 한숨 자고 났을 무렵이었기 때문에 모두들 "아아, 후루야마 씨가 또 술에 취해 돌아왔군……." 하고 말했다.

"말도 안 되게 중요한 비밀을 혼잣말로 중얼거린 건 아니겠지?"

후루야마는 손가락을 갈퀴 모양으로 만들어 긴 머리를 긁적거렸다.

"글쎄! …… 오무라의 누님 얘기 정도는 했을지도 모르지."

"어어, 어어, 뭐라고?" 후루야마는 아무렇게나 뻗고 있던 다리를 끌어당겨 옆으로 모아 앉았다. 그리고 류키치와 '아부지', 두 사람을 지금까지와는 다르게 비교하는 시선으로 쳐다보았다. 그러자 오히려 류키치의 얼굴이 빨개졌다. 류키치는 갑자기 '아부지'에게 화를 냈다.

"누구한테 들었어, 어, 아부지? 히라카 할아범이 한 말이지?"

그는 공장에서 일할 때처럼 퉁명스럽게 말했다. 공장에서는 벨트나 선반, 스팀 해머, 캔제조공장의 리베팅 소리를 거스를 만큼 언제나 큰 목소리로 말했기 때문에 어쩔 땐 말하고 나서 본인도 깜짝 놀랄 정도로 탁한 큰 소리를 내는 경우가 있었다.

"농담이야! …… 그래도 네 누님은 상당히 예쁘니까 누구라도 담배나 사탕 하나라도 사고 싶어지는 게 인지상정이지!"

류키치가 뭔가 말을 하려고 할 때 문이 열렸다.

"농담은 이제 그만, 아부지!"

그는 그렇게만 말하고 고개를 돌렸다.

후루야마는 아무 말도 하지 않았다. 옆으로 모으고 있던 다리를 다시 쭉 펴서 눈을 감은 채 깊게 들이마신 연기를 반대편 벽으로 뿜어냈다.

그때 네다섯 명이 들어왔다.

딸과 단 둘이서 방을 빌려 쓰고 있으며, 둘 다 수출완두 '콩선별공장'에 다니는 사와이 아줌마가 검게 물들인 이를 약간 감추듯 입을 손으로 가리고 말했다.

"지금 저기 히라카 할아범이 있었는데 저더러 오늘 회의에는 안 나가는 게 좋을 거라던데요. 그래서 제가 더 이상 방세가 오르면 딸과 나는 몸이라도 팔아야 한다고 큰 소리로 말해 주고 왔어요."

"그랬더니 뭐라고 하세요?"

아부지가 웃으면서 물었다.

"아마 당신들이 매춘부가 되면 저놈의 여자 밝히는 할아범이 제일 먼저 손님으로 갈 걸요!"

"틀림없어, 틀림없어!"

함께 들어온 긴 씨가 고개를 끄덕였다. 그는 매일 북을 두드리며 작은 깃발을 잔뜩 가지고 때로는 익살맞은 복장으로 '종이연극'*을 해 주면서 '엿'을 팔러 다녔다. 이름은 따로 있었지만 키가 크고 얼굴이 넓적해서 중국인처럼 긴 씨라고 불렸다.

"할아범, 저래 보여도 꽤 잘한다니까!"

얼마 전 긴 씨는 히라카 할아범이 한밤중 2시경에 2층 모퉁이 방에서 몰래 빠져나오는 것을 목격했다. 그 방에는 몸집이 작은 창녀가 살고 있었다. 긴 씨도 월급에서 조금 여유가 생기면 가끔 외출을 했기 때문에 잘 알고 있었다. 빌딩에서는 그 여자를 '모퉁이 방의 여자'라고 불렀다. 할아범이 방을 나오자 그 여자는 문을 열어 둔 채 복도를 밝게 비춰 주었다. 빛을 등지고 있었기 때문에 옷 앞섶을 한쪽 손으로 누르고 있는 여자의 모습은 보였지만 얼굴은 보이지 않았다. 할아범은 조금 걸어간 뒤 작게 손을 흔들었다. 그러자 여자는 조용히 문을 닫았다. 할아범은 계단 쪽으로 와서 멈춰 섰다. 가만히 보고 있으니 조심스러운 동작으로 살짝 계단 위에 엎드렸다. 어떻게 하려는지 궁금해져서 계속 관찰하니, 계단 위에 엎드린 채 쓰윽 계단을 미끄러지듯 내려가기 시작했다…….

처음에는 할아범이 할 건 다 한다며 대수롭지 않게 생각했던 긴 씨

* 일본의 전통 그림연극으로 이야기를 몇 장의 그림으로 만들어 설명한다.

는 그 모습을 보고 갑자기 자신도 모르게 등골이 오싹해졌다.

계단 중간쯤에서 옷자락이 뒤집히기 시작했다. 배 껍질처럼 칙칙하고 앙상한 허벅지와 가랑이가 완전히 노출됐고 그리고 육십 먹은 노인의 작고 뾰족한 엉덩이까지 옷이 벗겨졌다……. 그것은 자신도 모르게 눈을 돌리고 싶어지는 광경이었다. 긴 씨는 황급히 자신의 방으로 돌아갔다. 그리고 몇 번이고 쓰레기통 안에 침을 뱉었다.

"정말 만만하게 볼 노인네가 아니라니깐!"

긴 씨는 소맷부리에서 네 번 접은 시커먼 휴지를 꺼내 그 위에 담뱃재를 털었다. 긴 씨는 종종 류키치에게 종이연극에서 쓸 호리베 야스베* 같은 인물을 그려 달라는 부탁을 했다. 그리고 그의 집에서 연습을 해 보이며 모두를 웃겨 주었다.

8시가 넘자 사람들이 하나둘씩 모여들기 시작했다. 데미야초에서조차 이곳 '이와키岩城빌딩'이라는 글자에서 '키'**를 따서 빈대의 '성城'이라 부를 정도로 이곳 주민들은 하나같이 지저분했다. 주민들이 모이면 여러 사람들의 체취가 뒤죽박죽 섞여서 사람들의 열기와 합쳐져 후끈거렸다.

'아부지'와 류키치가 일어나서 옆방과 구분 짓는 미닫이문을 열었다. 회의에는 비어 있는 방을 사용했기 때문에 다다미에서는 요상한

* 일본 교토의 무사.

** 일본어에서 '성(城)'.

냄새가 났고 축축했다. 방이 넓어지자 모여든 사람들이 자연스럽게 서로 두세 명씩 그룹을 만들어 앉았다. 최근 이사를 와서 아는 사람이 별로 없는 사람들은 그런 사람들끼리 모여 앉았다.

"오늘 밤에는 특히 사람들이 많이 모였군!"

아부지가 모인 사람들의 면면을 내려다보며 말했다.

"이럴 줄 알았으면 한 잔 하고 오는 건데!"

류키치는 어이가 없다는 표정을 지으며 아부지를 쳐다보았다. '아부지'는 회의에서 무슨 말을 하려고 할 때는 반드시 차가운 술을 한 잔 걸치고 왔다. 그러면 자신도 놀랄 만큼 평소 생각지도 못한 말들이 연달아 술술 나왔기 때문이었다.

"음, 너……."

후루야마가 류키치의 귀에다 대고 말했다.

"이렇게 사람들이 모인 건 방세가 달려 있기 때문이야. 그게 아니라면 아마 오분의 일도 안 모였을 거야. 여기 모인 사람들은 한 푼이라도 자신에게 도움이 되는 일이 아니면 꿈쩍도 안 할 사람들이야. …… 하지만 이걸 반대로 생각해 보면 노동자나 가난한 사람들이란 이런 문제에서만큼은 정말 보조를 잘 맞춘다는 사실을 보여 주지. 나는 그렇게 생각해."

들어오는 사람들은 모두 후루야마에게 인사를 했다. 이 빌딩 안에서는 뭔가 '사건'이 일어나면(이곳에서는 종종 여러 가지 사건들이 일어났다) 모두들 후루야마에게 해결해 달라고 부탁했다. 그는 비록 겉모습은 뭔가 수상쩍은 데가 있었지만 언제나 중간에서 협상을 잘 도와주었다. 굉장히 복잡하게 얽혀 골치 아픈 일이라도 무슨 수를 쓴 건지는 잘 모르지만 대체로 잘 해결되었다. 한번은 관리인인 히라카 할아범이 그런 건 쓰레기 신문기자가 아니면 할 수 없다고 말한 적이 있었다. 그러자 빌딩 사람들은 후루야마에 대한 존경심에서 '쓰레기'라는 앞의 수식어를 떼고 그를 신문기자라고 여겼다. 빌딩 사람들로서는 '신문기자'라고 하면 감히 자신들과 함께 살 만한 수준의 사람이 아니라고 생각했기 때문이다.

류키치는 화장실에 가기 위해 복도로 나왔다. 그때 2층에서 데미야의 작은 동네 공장에 다니는 사이토와 쓰지가 젠체하며 사냥모자를 비스듬히 쓰고 거리낌 없이 발소리를 내며 내려왔다.

"어이."

나는 아래쪽에서 말을 걸었다.

"같이 안 갈래?"

자주색 잇몸이 입술보다 더 튀어나온 쓰지가 그렇게 말하며 한창 노는 시기의 젊은이들만 알아들을 수 있는 방식으로 웃었다.

"죽여줘!"

"어딘데?"

류키치는 두세 번 사이토, 쓰지와 함께 놀러 나간 적이 있었다.

"응? 이번에는 아무도 모르는 곳이야! 그치, 사이토?"

사이토는 오늘 처음으로 입은 옷인 듯, 폭이 넓은 흰 줄무늬가 엷으로 들어간 재킷의 소매를 연신 당겨 대며 말했다.

"나도 잘 모르는 곳이야!"

류키치는 웃으면서 "약 올리지 마!"라고 말했지만 그 제안에 왠지 마음이 끌렸다.

"같이 안 갈래? 우리 공장에서 일하던 진짜 예쁜 여공이 그만둔 뒤에 사라졌다고 생각했는데 최근에 어떤 바에 나가더라고! 그리고 예쁜 목소리로 〈마른 참억새〉 노래를 불러! 내가 그걸 발견했지!"

잠시 고민하던 류키치는 모두가 모여 있는 방 쪽을 턱으로 가리키며 말했다.

"오늘 밤엔 회의가 있잖아?"

"저거?"

키가 작은 쓰지는 사람을 무시하듯 어깨를 약간 흔들며 말했다.

"그런 일은 늙은이들한테 맡기면 돼!"

"그런 일이라면 뭐든 물불 안 가리고 맡아서 하기 좋아하는 인간들이 꼭 한 명씩 있기 마련이야……."

류키치는 그 말을 듣자 갑자기 기분이 나빠졌다.

"돈은 있어?"

류키치가 물었다.

"잔뜩 있지."

사이토가 그렇게 말하고 잇몸을 드러내며 히죽거리더니 자신의 왼쪽 팔을 류키치 눈앞에 들이댔다.

"뭐?"

류키치가 영문을 모르겠다는 표정을 지었다.

"팔을 잘 봐. 손목시계를 내다 팔았어."

그렇게 말하는 사이토의 팔에는 손목시계의 끈 자국만 남아 있었다.

"어때!"

그는 그곳에 서서 망설였다.

"네 것까지는 충분히 내줄 수 있다고. 같이 가자."

"그래? 그럼 조금만 기다려 줘. 입구에서……."

류키치는 두 사람의 얼굴을 쳐다보다가 그렇게 말하고는 서둘러 화장실로 달려갔다. 류키치는 갑자기 기분이 들떴다. 외출하기로 마음을 먹자 참았던 소변을 보는 것조차 짜증스러웠다. 그런데 이 회의에서 빠져나가려면 무슨 구실을 대는 게 좋을까? 갑자기 일이 생겨서 공장 사람이 찾아왔다며 나가야 한다고 할까? 왠지 그게 자연스러운 구실처럼 느껴졌다.

그는 화장실에서 나와 아이처럼 폴짝폴짝 뛰면서 방으로 돌아갔다.

"야, 너, 오늘 회의 기록은 네가 필기해 줘. 내용만 대충 적으면 되는데 여기 집주인과 협상할 때 꼭 필요해서 말이야, 부탁해."

류키치가 방에 들어서자 후루야마가 방 반대편 구석에서 류키치를 향해 말했다.

생각지도 못한 일이라 그는 자신도 모르게 당황해서 말했다.

"아, 그래……."

일단 그렇게 말을 하고 나니 다른 구실을 댈 수가 없었다. 그 뒤에는 아예 무리여서, 빤히 속이 들여다보이는 거짓말로 들릴 게 뻔했다.

그가 밖에서 기다리던 친구들에게 거절의 뜻을 전하고 돌아와 앉자 한동안 그 회의가 갑자기 참가하게 되어 익숙하지 않은 회의인 것처럼 낯설게 느껴졌다…….

1층의 어두운 북향 방에는 구두수선공이 살았는데, 그는 회의에서 사람들 뒤쪽 벽에 등을 기대고 앉아 때때로 실눈을 뜨고 있다가 조느라 고개가 뚝 떨어지는 바람에 깜짝 놀라 두리번거리며 주위를 둘러보는…… 그러다가 또 다시 실눈을 뜨고, 그런 행동을 반복하고 있었다. 그렇게 졸면서도 한쪽 손을 품속에 집어넣고 그 팔꿈치를 다른 한쪽 손으로 누르면서 등 쪽으로 손을 돌려 끊임없이 온몸을 돌아다니는 이를 손으로 잡아내고 있었다. 그런 행동을 계속 반복하니, 옆에 앉아 담뱃대로 살담배를 피우던 '콩줍기' 켄 아줌마가 갑자기 옆구리를 푹 찔렀다.

구두수선공은 깜짝 놀라 품속에 넣고 있던 손을 빼서 앞으로 가져갔다. 그런 다음 자신을 놀라게 한 사람이 '콩줍기' 켄 씨라는 걸 깨닫고 말했다.

"지금 건 무슨 신호야? 오늘 밤에 방으로 와 달라는 거야?"

"응, 맞아. 도저히 못 봐주겠네! 그리고 여기 주변에 이라도 떨어진 거 아냐?"

"이? 자네는 자네 엉덩이 바로 아래 말도 안 되는 물건 떨어뜨리고 가지 않도록 조심하는 게 좋을 거야!"

"뭔 헛소리야? 열일고여덟 살도 아니고."

그때 옆에서 켄 씨에게 누군가가 물었다.

"켄 씨, 켄 씨는 하루에 꽤 많이 벌지?"

손톱이 뭉그러진 손가락을 두세 개 가진 가와니시라는 이름의 중년 남자가 물었다. 그는 동네에서 대장간과 별 차이 없는 규모의 작은 철공소에 다니고 있었다. 익숙하지 않은 손놀림으로 담배를 피우고 있었는데 입으로 가져갈 때마다 그다지 연기가 나지 않는데도 불구하고 얼굴을 찡그리는 버릇이 있었다.

"그렇지도 않아. 요즘에는 가마니에서 떨어지는 콩조차 드문 불경기라서 무서울 정도라니까."

콩을 주워 생계를 꾸리는 여자들은 두세 명에서 네다섯 명이 한 조가 되어 주로 잡곡을 싣고 내리는 항구의 창고 부근을 돌아다녔는데, 도중에 가마니에서 떨어진 콩을 손으로 긁어모아 작은 소쿠리에 담은 뒤 그것을 등에 멘 주머니 안에 모은 다음 나중에 먼지를 털어 내고 전문 도매상에 팔아 돈을 벌었다.

"아무리 얼마 되지 않는다고는 하지만 부잣집 사모님이 아니니 남편이 돈 벌러 나가면 나도 일하러 나간다고."

게다가 콩을 주우러 다니는 여자들 중 절반은 콩만 줍는 게 아니라 대놓고 조선소 안에 들어가서 가져오면 안 되는 쇳조각이나 놋쇠 조각, 철사를 몰래 주워 와 그것을 '만물상'에 팔았다. 그런 이유로 경찰에 불려 간 여자가 '이와키빌딩'에도 있었다. 켄 씨는 그런 일에는 익숙했다. '콩'만 주워서는 돈이 되지 않았던 것이다.

켄 씨는 경찰에서 돌아오면 불평불만을 늘어놓으며 소리를 질렀다.

"완전 사람 무시하네! 경찰도 이놈의 세상도, 전부 가난한 사람의 적이야! 철사 부스러기 요만큼 가져오는 게 뭐라고, 그대로 두면 썩힐 게 뻔한 쇳조각이 무슨 대수라고! 그놈들 손톱만 한 양인데! 가만 보자보자 하니까 그대로 둘 거면서 그거 좀 주워 왔다고 떽떽거리네! 그놈들 손톱만 한 양이면 우리는 삼 일을 먹고 산다고!"

켄 씨가 이틀간 경찰 유치장에 갇혀 있다 돌아왔을 때 부아가 치밀어 못 살겠다며 후루야마 씨를 붙잡고 그렇게 하소연한 적이 있었다.

"요즘에 사정이 너무 안 좋아서 우리 마누라한테도 뭔가 일을 시켰으면 하는데 켄 씨가 하는 일은 어떨까 해서……."

중년 직공은 거북한 듯 얼굴을 찡그리면서 신중하게 말했다.

"그렇지. 가만히 있는 것보다야 그렇게라도 하는 게 조금이라도 형편에 도움이 되겠지."

잘 보니 손톱만이 아니라 손 여기저기에도 화상 자국이 보였다. 남자는 심사숙고하는 듯 말을 흐리다가 말했다.

"역시 우리 마누라도…… 일을 해야 하나……."

"맞아!"

구두수선공이 옆에서 대답했다.

"당신은 입 다물어! 잘 알지도 못하면서!"

켄 씨는 남자처럼 고함을 쳤다. 항구를 돌아다니며 일을 해서 그런지 켄 씨 같은 여자들은 말도 행동도 남자 같았다.

"해도 별 거 없어."

켄 씨가 가와니시에게 말했다.

그런 다음 살담배를 비틀면서 말했다.

"굶지 않으려면 뭐든 해야지……."

켄 씨는 그 말을 끝으로 입을 다물었다.

그녀는 모임이나 '계'에 나가면 심지어 아무렇지도 않은 얼굴로 책상다리를 하고 앉았다. 그래서 이와키빌딩에서는 진지하게 '켄 씨처럼 하세요.'라고 말하면 그건 '책상다리 하세요'라는 의미였다. 하지만 켄 씨는 아직 '책상다리'를 하지 않고 있었다.

약간 기분이 상한 구두수선공은 옆쪽 그룹으로 몸을 틀어 가 버렸다. 구두수선공은 이와키빌딩 안에서도 가장 형편이 안 좋은 편이었지만 원래는 호사스러운 생활을 하던 사람이었다. 이와키빌딩 옆 공터에 멍석을 깔고 구두를 고치면서 언제나 작은 목소리로 조루리*나 운치 있는 노래를 불렀다. 그의 노래는 동네 공장에 다니는 사이토나 쓰지가 창틀에 앉아 싸구려 카페에서 듣고 외운 것을 시끄러운 목소리로 뻔뻔하게 부르는 노래와는 천지차이였다. 담백하고 음정이 잘 맞는 목소리로, 그에 맞춰 샤미센을 쳐 주는 사람이 옆에 있어도 한 치의

* 浄瑠璃. 이야기 형식의 음악.

오차도 없이 잘 맞아떨어질 법한 노래였다. 하지만 사람들 앞에서 노래를 부른 적은 없었다. 무엇보다 언제나 회의에 나오면 졸기만 하고 깨어 있을 때는 품속에 손을 넣고 이를 잡는 구두수선공이 그런 노래를 부르리라고는 아무도 생각하지 않았기 때문이었다.

관리인 히라카 할아범과는 죽이 잘 맞는지 가끔 외출해서 같이 얘기를 나누기도 했다.

"하루에 평균 100엔으로 한 달 정도 논 적이 있었는데 그 무렵 나는 한 번도, 진짜 단 한 번도 내 구두 닦는 데 손가락 하나 댄 적이 없었습니다."

등을 구부리고 듣고 있던 히라카 할아범이 물었다.

"뭐라고, 어쨌다고?"

전에도 이미 몇 번이나 같은 얘기를 들었으면서 그 대목이 되면 언제나 되물었다. 구두수선공은 이미 이렇게 말하는 것에 익숙해졌는지 몇 번이고 전에 한 얘기를 한 글자도 틀리지 않고 말할 수 있었다. 그러면 할아범은 눈을 감고 몇 번이고 고개를 끄덕였다.

"흠, 흠."

그건 뭔가를 씹고 또 되씹는 것처럼 보였다.

"그런데 한번 망하고 난 뒤에 하는 일이라는 게 구두수선이라니! 부처님의 지옥극락에 뭔가 비슷한 운명의 이야기가 있다는데 등에 완전 소름 돋는 느낌이에요."

"그건 그래. 그건 그렇지."

히라카 할아범은 이가 없어서 그렇게 말할 때면 '흐허느 흐래, 흐허느 흐래'처럼 들렸다.

구두수선공은 옆에 모여 있는 그룹 쪽으로 다가가다가 그만두고 벽에 등을 대고 기댄 채 이번에는 두 다리를 뻗고 다시 졸기 시작했다. 옆에 모여 있던 그룹에는 조선인들밖에 없었기 때문이었다. 그는 이와키빌딩의 모든 사람들에게 상대방이 놀랄 만큼 비굴하게 인사를 했지만 조선인을 만나면 휙(나는 일부러 이렇게 행동하는 거라는 걸 알려 주기 위해) 고개를 돌리고 어깨를 으쓱하며 지나가고 말았다. 관리인도 조선인 가족만은 2층 구석방 이외에는 들이지 않았다. 아무리 봐도 일본인과 다를 바 없는 작은 체구의 독신 남자 이 씨. 그리고 이 씨 외에 다른 사람들은 가족이 있었는데, 언제나 듬성듬성한 수염을 기르고 입술을 반쯤 벌리고 다니는 사십 가까운 홍 씨, 유바리 탄광에서 7년이나 광부 생활을 했으며 항상 감기에 걸린 듯 누렇게 부은 얼굴에 어딘가 무서운 데가 있는 눈을 가진 양 씨라는 사람뿐이었다. 이와키빌딩에는 매일같이 조선인들이 지저분한 보따리 하나에 캥거루처럼 아이를 등에 업은 부인을 데리고 방을 빌리러 왔다. 방이 비어 있어도 히라카 할아범의 이른바 그 특정 구역이 비어 있지 않으면 방이 다 찼다고 거짓말을 해 돌려보냈다. 추워 보이는 옷을 입은 조선인들은 아무리 말을 해도 집 안을 들여다보거나 가끔 알아듣지 못하는 말을 중얼거리며 좀처럼 돌아가려 하지 않았다. 오타루 지역에는 삼천 명 이상의 조선인들이 살고 있었다. 오타루에서 조선인을 가장 많이 고용해 값

싼 임금으로 돈을 제일 많이 버는 상업회의소 부회장의 말에 따르면 그들은 '오타루의 이'였다!

"오늘 현장에 '합동노동' 사람이 찾아왔는데……."

그 그룹 안에서 젊은 축에 속하는 이 씨가 낮은 소리로 말했다. 홍 씨는 유심히 보면 붉은색에 숱이 없는 수염이 달린 입을 반쯤 벌리고 제대로 듣고 있는지 의심스러운 표정을 한 채 두 손을 비스듬히 품속에 집어넣고 한껏 벌려 책상다리를 한 무릎을 가끔 떨어댔다.

"뭐라고 했어?"

양 씨가 담배 빨아들이는 부분을 덜렁덜렁 늘어뜨리듯 입에 물고 말했다. 그는 책상다리 안에 두 손을 비스듬히 집어넣고 있었다. 눈을 데굴데굴 굴렸다.

"합동노동에서는 조선 노동자 문제가 걸림돌이라고 하더군."

이 씨는 일본인보다도 말을 잘했다. 양 씨도 홍 씨도 모르겠다는 표정을 짓자 이번에는 그 말을 조선어로 해 주었다. 그것도 두세 번 반복하고 나서야 겨우 상대방이 알아들은 듯했다.

"윽!"

양 씨가 고개를 흔들었다. 그 바람에 재가 다다미 위로 뚝 떨어졌다. 하지만 양 씨는 떨어진 재를 커다란 손바닥으로 다다미 위에 그대로 스윽 문질렀다. 홍 씨는 무표정하고 멍한 눈빛으로 그 모습을 바라보았다.

"어쨌든 항구에서 일하는 합동노동자들이 조선인에 대해 확실한 대책을 세워 주지 않으면 굶어죽는다고 조합에 호소한다더군. 현장 감독은 또 그걸 구실 삼아 너희들이 조합을 탈퇴하면 조선인을 해고하고 대신 일을 하게 해 주겠다며 협상을 해 왔다네. 오늘 온 사람도 말했지만 논리는 간단해. 어디까지나 조선 노동자 임금을 일본 노동자와 같은 수준으로 올리기 위해서는 조선 노동자들이 일본 노동자들과 함께 모두 단결해서 일본 노동자들과 똑같은 임금을 획득하면 문제가 해결되겠지만 그게 잘 안 되니 큰일이라며 하소연하고 갔어."

이 씨는 점점 목소리가 낮아지더니 쉴 새 없이 얼굴로 떨어지는 머리카락을 쓸어 올렸다. 상대방 표정을 보면서 군데군데 조선어를 섞어서 설명했다. 이 씨는 오히려 조선어가 서툴렀다. 상대가 알아들을 때까지 그만큼의 내용을 말하는 데는 긴 시간이 걸렸다.

"유바리 탄광 역시 마찬가지야."

양 씨는 '유바리 탄광'을 '유바리 탄산'이라고 잘못 발음했다.

"유바리 탄광 조합 없어. 그래도 똑같아. 일본인들 전부 싫어해!"

그는 어미를 힘주어 말하는가 하면 갑자기 조금 손짓을 섞어 가며 조선어로 빠르게 말하기 시작했다. 구두수선공이 깜짝 놀라 벽에서 등을 뗐다.

"곤란하다, 곤란하다 말만 하면 언제까지나 곤란할 뿐이야. 일본 노동자들도 곤란하고, 언제까지나 값싼 임금으로 마구간보다 더 지저분한 곳에 사는 조선 노동자들도 곤란해. 방법이 하나밖에 없다면 간단하지 않더라도 역시 해야만 해!"

그것이 조선어로 말한 내용이었다.

이 씨는 양 씨가 말한 조선어를 누군가 알아듣지는 않았는지 놀라 식은땀을 흘리며 고개를 빼고 주위를 둘러보았다. 이 씨는 조선어로 양 씨에게 더 작은 목소리로 말하라고 요구했다.

늦게 온 사람들은 입구 쪽에 갑갑하게 무릎으로 몸을 지탱하며 어정쩡한 자세로 앉아 있거나 머뭇거리며 무릎을 접은 상태로 모여 있었다. 일이 늦게 끝났기 때문에 저녁을 먹고 바로 오느라고 왔는데도 그랬다. 그들 가운데 이틀 정도 전에 새로 이사 온 남자가 제일 뒤쪽에 앉아 혼자 담배를 피우고 있었다. 그는 단단한 턱에 짙은 눈썹을 가진 젊은 남자였다. 이따금 무릎 위에 놓아둔 얇은 잡지를 뒤적거리다가 덮었다.

두 방을 하나로 터놓은 곳은 이미 담배 연기로 가득했다. 류키치와 후루야마는 일어서서 삐걱거리면서 좀처럼 열리지 않는 먼지투성이 창문을 열었다.

"아부지, 잠깐만 도와줘."

류키치가 불렀다.

"아무래도 말야, 이렇게 좋은 옷을 입고 있기 때문에 도와주기 힘들 것 같은데."

아부지는 얼굴을 찌푸리며 오지 않았다.

창문을 열면서 후루야마가 말했다.

"오무라 군, 모인 사람들을 보면 젊은 녀석들이 적지 않지?"

"그렇네……."

류키치는 잠시 돌아보았다.

"하지만 집세나 방세라고 하면 아버지나 어머니의 문제인 것 같아서 왠지 움츠러드는 기분이 들지 않을까?"

"그건 아니야! 부잣집 도련님이나 아가씨처럼 부모한테 빌붙어 사는 사람들하고 달라서 어렸을 때부터 스스로 일해서 생계를 꾸려 나가야 하는 가난한 사람들한테는 이런 문제가 바로 눈앞에 닥친 중대한 문제야. 당장 너만 해도 그렇잖아, 아니야?"

류키치는 자신도 모르게 흠칫 놀랐다. 아까 가지 않아서 다행이라고 생각했다.

"이 빌딩에 중년 아줌마, 아저씨나 노인들만 사는 거라면 어쩔 수 없지만 젊은 독신자들도 많이 사니까! 젊은이들이 항상 앞에 나서서 이런 문제에 대해 중년 아줌마, 아저씨, 가족이 많은 사람들을 이끌어 간다면 멋질 텐데!"

"이제 시작하는 게 어때?"

입구에 있던 하역 인부가 후루야마에게 큰 소리로 말했다.

"시작하는 게 좋겠어!"

"시작하자! 모두 아침에 일찍 나가야 하니까."

지금 말한 짐꾼이 누군가에게 묻듯 말했다.

"히라카 씨는 오늘 오나?"

"글쎄."

"여기 와서 우리 얘기를 듣는 편이 좋을 거 같은데……."

이를 검게 칠한 사와이 아줌마가 입가에 손을 가져가며 그게 좋을 것 같다고 말했다.

"히라카 씨는 당신들이 이번에 회의를 여는 이유를 도저히 이해할 수 없다고 그러더군요. 이 집에 조금이라도 강한 지진이 나면 모두 센베이보다도 더 납작해져서 죽을 거라고 그랬어요. 이와키 씨가 그래서 수리를 해 주겠다고 하는데 대체 뭐가 불만이냐고……."

모두 사와이 아줌마가 말을 끝내기도 전에 왁자지껄하게 웃어 대기 시작했다.

"그래서 방세를 올린다는 논리는 대체 어디서 나오는 거야, 어?"

아부지가 모두를 제압하듯 큰 목소리로 말했다.

"그걸 위해 방세를 내는 거잖아! 우리들이 정당한, 그것도 결코 저렴하지 않은 방세를 내고 있는데 그럼에도 불구하고 무너져 가는 쓰레기통처럼 계속 방치하는 건 명백히 집주인의 책임이라고!"

아부지는 이런 말을 잘했다. 그는 '저렴하지 않은'이라든가 그런 종류의 말을 좋아했다. 그런데 그런 단어를 아무런 어려움 없이 술술 잘 뱉어 냈다. 그리고 회의에서 모든 사람들의 주목을 끌 수 있어서 기뻤다.

"에잇, 진짜! 우리를 바보로 아나!"

켄 씨가 조금 무릎을 폈다. 그것은 '책상다리'를 하려는 징후였다.

"맞는 말이야!"

모두들 '아부지'의 말에 연달아 외쳤다.

"누가 히라카 씨를 불러오는 게 어때?"

얼마 전 창부와의 일을 알고 있는 긴 씨가 혼자 히죽거리며 말을 꺼냈다.

구두수선공은 잠이 깼지만 얼굴을 찌푸렸다.

"그럴 필요 없어……."

"뭐라고?"

켄 씨가 갑자기 구두수선공을 팔꿈치로 쿡 찔렀다.

"또 당신이군! 당신 같은 사람은 잠이나 자든지 이라도 잡아!"

"여기 오게 해서 우리 의견을 들려줍시다. 그게 좋……."

양 씨가 발을 뻗고 있는 후루야마에게 말했다. 조선인이라 모두들 그쪽 그룹을 쳐다보았다.

"맞아. 단순히 여기서 이렇게 결정됐다는 것보다도 아무런 비밀도 음모도 없으니까 눈앞에서 할아버지가 납득하도록 설득하는 게 필요해."

입구에 있던 짐꾼이 조선인 쪽을 보며 말했다.

"여기서는 거만하게 굴지만 이와키 씨 앞에 가면 꼼짝도 못하고 납작 엎드린다고!"

긴 씨가 웃었다.

"저런 놈들은 의외로 그렇다니깐!"

"그럼 잠깐 불러올까?"

입구의 짐꾼이 자세를 고쳐 다시 쭈그리고 앉더니 모두의 머리 위로 후루야마를 쳐다보았다.

"그거 좋군! 그럼 다테이시 군한테 불러와 달라고 부탁할까……."

짐꾼 다테이시는 잘됐다며 복도로 나갔다. 다테이시는 다른 사람들한테 건방지다는 소리를 자주 듣는 사람이었다. 하지만 사실은 건방진 것이 아니라 그 또래에서는 드물게 사리가 밝고 의지가 강했기 때문이었다. 그는 부두 하역작업이라는 위험한 일을 하고 있었다. 겨울이 다가와 항구에 파도가 심해지면 출항을 서두르기 위해 한밤중까지 목재를 쌓을 때가 있었다. 그럴 때가 제일 위험했다. 배는 끊임없이 흔들리고 그 안을 휴대용 석유등 불빛 하나로 비추고는 몇백 척 되는 선창을 내려가서 바다에 잠겨 있어 미끌미끌해진 목재 위를 건너면서 머리 위에 엄청난 소리를 내며 기중기가 내려주는 목재를 손잡이가 긴 갈고리로 받아서 쌓아올려야만 했다. 와이어 열쇠를 풀면 목재가 떨어졌다. 그 소리가 선창 안으로 쿵쿵 울려 퍼졌다. 다테이시는 목재가 와이어에서 빠져나올 때 바로 옆에서 일하던 동료가 불과 반 보 정도 발이 미끄러지는 통에 납작한 쓰레기처럼 눌려진 모습을 본 적이 있었다.

통나무나 각목은 뗏목 형태로 만들어서 기선의 배 옆에 붙인 다음 거기서 한두 개씩 윈치로 끌어올렸다. 와이어가 팽팽하게 감기고 목재가 끌어올려지면 바닷물이 주르륵 떨어졌다. 한밤중이라 작업을 서두르다 보면 약간 와이어 균형이 안 맞는 것 같아도 처음부터 새로 하지 않고 그대로 진행해 버렸다. 그런 일은 거의 없었지만 그래도 텀블 바로 위에서 목재에 감긴 와이어가 풀린 적이 있었다. 정말 한순간에 벌어진 일이었다. 목재는 수백 척 아래로 엄청난 소리와 함께 떨어졌다. 와이어는 그 반동으로 빙글빙글 돌며 그대로 하늘로 튀어 올랐다. 다행히 바로 밑에는 아무도 없었지만, 모두들 제자리에 못이라도 박힌 듯 멍하니 얼어붙어 버렸다. 모두들 목숨을 건졌던 것이다. 다테이시도 그중 한 명이었다. 하지만 아무도 입을 열지 않았다. 서로 눈만 쳐다보거나 자신의 손발을 쳐다본 뒤 잠시 움직여 볼 뿐이었다. 그러한 행동은 흡사 본인의 손발이 무사한지 확인하는 것처럼 보였다. 저 높은 곳에 위치한 갑판이 갑자기 소란스러워지며 사람들이 당황해서 서둘러 내려오는 소리가 들렸다.

다테이시가 동료 다섯 명과 함께 오타루 합동노동조합에 가입한 것은 바로 그 무렵이었다. 조합 안에서도 다테이시는 '똑똑한 놈'이었다. 지금 그 동료들과 같이 와 있었다.

그는 곧바로 돌아왔다.

"할아범이 온다네."

"잘됐어. 재미있어지겠는걸?"

"젊은 여자들은 코빼기도 안 보이네."

'아부지'가 턱을 치켜들고 모두를 돌아보았다.

"젊은 사람들은 도대체가! 나처럼 늙어 봐야 정신을 차리지."

사와이 아줌마는 손으로 입을 가리고 켄 씨를 쳐다보았다.

"모두들 저 '모퉁이 방의 여자'가 왔으면 하는 거지?"

긴 씨는 그렇게 말하더니 혼자 헤헤거리며 웃었다. 그러자 모두들 웃음보가 터졌다.

"이래 봬도 긴 씨 꽤 거시기하다니깐."

갑자기 회의에서 딱딱한 느낌이 사라지고 한층 화기애애한 분위기가 조성되었다.

"캔제조공장에 다니는 여공이 두 명이나 있는 데다가 아무래도 여자가 없으면 얘기가 삐걱대기 마련이지. 어때, 아무나 여자들을 불러올 뜻있는 인사는 없나?"

후루야마는 본인이 말을 꺼내 놓고도 조금 쑥스러운 듯 머리를 긁적거렸다.

"진짜! 누구 없어?"

"무엇보다 여공들은 독립해서 일하니까 다른 여자들과 달리 이곳 방세 문제는 직접적으로 영향을 받아. 그러니까 농담이 아니라 반드시 여기 참석해야지."

후루야마가 다시 말을 덧붙였다.

"맞아, 누구 행운아 안 계신가?"

다테이시가 그렇게 말하며 한 사람씩 둘러보았다.

"이런 건 젊은 녀석들이 좋은데……. 어때, 거기 나카지마철공소 다니는 형씨는?"

모두 류키치를 쳐다보았다. 그러자 그는 귀 뒤쪽까지 새빨개졌다. '아부지'가 그의 옆구리를 손가락으로 쿡쿡 찔러 댔다.

"벌게져서는. 아직 귀여운 구석이 있구만!"

"여자들뿐만 아니라 지금 보니 아직 모이지 않은 사람들이 그밖에도 많아. 이제 세상은 불경기로 접어들 게 뻔하고. 그러다 보면 이런 문제가 계속해서 등장할 거야. 때문에 모두 힘을 합쳐서 헤쳐 나가는 습관을 지금부터라도 들여 두어야 해. 오늘 모이지 않은 사람들은 무슨 생각인지 모르겠지만 방세를 내리거나 깎아 달라든가 이런 간단한 일에도 사람들이 제각각 개별행동을 하면 제대로 될 리가 없어. 그럼 여기서……."

후루야마는 그렇게 말하며 붙임성 있게 남자로는 보기 드문 긴 속눈썹을 가진 눈으로 류키치를 쳐다보았다.

"그럼 여기서 오무라 군한테 사냥을 부탁해 볼까?"

"사냥……!"

'아부지'는 싱긋 웃었다. 그 말은 확실히 선거 때 사용하는 말이었다. 잘 기억해 뒀다가 언젠가 써먹어야지 생각하고 있었다.

류키치는 커다란 몸을 무겁게 일으켜 세우고 말했다.

"일일이 집집마다 돌 필요도 없어. 이와키빌딩 식으로 저기 가서 고함 한 번 치고 올게."

"어쩜, 오무라 군은 덩치만 컸지 아직 애구나!"

켄 씨가 책상다리를 한 채 오무라를 놀려 댔다.

"그런 말 말고 집집마다 찾아가. 혹시 좋은 일이라도 생길지 누가 알아?"

긴 씨가 그 말을 한 뒤 실실거렸다.

류키치가 나가자 바로 교대하듯 등을 둥글게 만 히라카 할아범이 들어왔다.

"아, 미안하네."

지금까지 제각각 떠들고 있던 사람들은 갑자기 동작을 멈췄다. 그것은 자유롭게 주변을 돌아다니던 '소라게'가 적을 만나면 갑자기 껍질 속에 몸을 숨기는 모습과 닮아 있었다. 이곳에 모인 사람들은 하나같이 매월 히라카 할아범으로부터 심한 재촉을 당하고 있었다.

할아범은 입구에서 조금 들어간 곳에 앉았다. 그러자 그 주변에 앉아 있던 사람들이 모두 비켜나는 바람에 그곳만 텅 비었다. 그런 행동이 나온 것은 할아범이 동료들과는 다른 존재라든가 적이라든가 그런 생각에서 나온 것이 아니라 오히려 모두가 속으로는 아무래도 이런 사람한테는 자리를 양보해야 한다고 생각하는 부분이 있었기 때문이다. 하지만 할아버지가 모두로부터 동떨어져 홀로 외롭게 앉아 있는 걸 보자 모두들 할아범이 수많은 회의 참석자들 가운데 단 한 사람의 '다른 존재'라는 느낌을 받았다.

류키치가 복도에서 고함치는 소리가 들려왔다.

"자, 그럼 시작하지!"

모두 꿈지럭거리며 자세를 고쳐 앉았다.

5

"방세 문제라고 하면 그다지 큰 문제가 아닌 것처럼 들릴지도 모르지만 이곳 이와키빌딩에 살고 있는 우리들에게는 전례 없이 큰 문제입니다."

후루야마는 이례적으로 공식적인 말을 사용했다. 그 옆에서 '아부지'는 들어본 적 없는 말이나 논리는 없는지 열심히 귀를 기울였다.

"맞아!"

사탕 가게 긴 씨가 히라카 할아범을 뚫어져라 쳐다보았다. 할아범은 등을 둥글게 말고 양 팔꿈치를 무릎에 댄 자세로 손바닥으로 턱을 괸 채 눈을 감고 있었다.

"우리들처럼 한 푼 두 푼 장사하는 사람들한텐 바로 먹고사는 문제지."

"오늘은 많은 분들이 모이셨고, 또한 문제가 지금까지 한두 번 했던 회의처럼 단순히 화장실을 고쳐 달라든가 비가 새는 곳을 수리해 달라든가 그런 부분적인 게 아니기 때문에 우선 먼저 오늘 밤 회의를 어떤 식으로 어떤 순서로 진행할지 정했으면 합니다. 어떤 식으로 하시겠습니까?"

"어떤 식으로……."

모두들 웅성거리기 시작했다. 아무도 후루야마가 한 말을 제대로 알아듣지 못했다.

"어떤 식으로라니, 간단한 거 아니야? 이와키 씨 의견을 받아들일 것인지 말 것인지, 그걸로 다 된 거 아닌가?"

"맞아."

"아니, 그것 갖곤 안 되지. 받아들이지 않을 거면 어떻게 하면 좋을

지도 정해야 해."

"맞아. 그렇지."

"잠깐만!"

가장 뒤에 앉아 있던, 최근 이사 온 단단한 턱을 한 젊은 남자가 굵은 목소리로 말했다.

"이런 식으로 모두들 마음대로 말을 하니까, 아무래도 방식을 정할 필요가 있을 것 같습니다."

남자는 말 한 마디 한 마디를 천천히 발음했다. 마치 한 구절 한 구절마다 마침표나 쉼표를 찍는 듯 확실하게 말하는 방식이었다.

"저는 이렇게 하면 어떨까 합니다. 이 모임의 좌장 혹은 의장, 이름은 뭐든 상관없습니다만, 그런 사람을 정한 다음 자신의 생각이나 의견을 말하고 싶은 사람이 있을 경우, 마음대로 말하는 게 아니라 일일이 좌장의 허가를 얻어서 발언하게 하는 겁니다."

사람들은 마치 딱딱한 돌이라도 씹을 수 있을 것 같이 생긴 턱을 가진 낯선 남자를 주시했다. 후루야마도 깜짝 놀랐다.

"좌장이 된 사람은 원래 주제에서 벗어나는 발언은 중지시키고, 여러 의견을 취사선택해 나가면 혼란 없이 진행되리라 생각합니다."

하역 인부인 다테이시는 아까부터 잡지만 들춰 보던 자기 바로 옆의 남자가 뜬금없이(그에게는 그렇게 느껴졌다) 그런 발언을 했기 때문에 그 땅딸막한 남자를 뚫어져라 내려다보았다. 하지만 그가 놀란 건 그것보다 다른 데 있었다. 그를 조합에 소개한 사람이 아무 것도 아닌

이야기 도중에 입버릇처럼 '의장님!'이나 '이의 있습니다!'를 쓰기에 대체 그건 무슨 말이냐, 혹시 코쟁이들 말이냐 물어본 적이 있었다. 그러자 요즘 유행하는 말이라는 대답이 돌아왔다. 다테이시가 그 기억을 문득 떠올린 것이다. 땅딸막한 이 남자는 대체 정체가 뭘까 생각했다.

"그러면 말이 하고 싶으면 일일이 손이라도 들어서 허가를 받으라는 소리네……. 아니, 뭔가 이상해!"

"학교 학생 같아!"

켄 씨가 작두콩을 든 손을 들고 흉내를 내자 모두들 와 하고 웃음이 터졌다.

"저요, 저요, 저요…… 같은, 그거네!"

"안 돼요! 이런 식으로 떠드느라 정작 중요한 이야기는 전혀 진행이 안 되고 있잖아요! 그래서 그런 방법이 필요하다고 말하는 겁니다."

후루야마는 조금 큰 목소리로 말했다. 그는 특히 최근 책에서 '의장'을 정해 회의를 진행하는 방식을 알게 되었고, 그 방식을 이번 회의에서 써 보려고 그런 말을 꺼낸 것이었다. 그런데 자신처럼 그 방식을 알고 있는 사람이 이곳 이와키빌딩에 있으리라고는 상상도 못했다. 이런 방식을 알고 있는 사람이라면 아마도 그는 '좌익'(이 말도 최근 사용되기 시작했다)임에 틀림없을 것이다. 후루야마는 이 경우 같은 길을 걷고자 하는 사람이 새로운 동료를 발견했을 때 느끼는, 그 무엇과도 비교할 수 없는 깊은 감정을 느끼면서 저 멀리 구석에 앉은 남자 쪽을 쳐다보았다. 하지만 단단한 턱의 남자는 무릎 위에 놓인 책의 책장을 무심히 넘기고 있었다. 그리고 이쪽을 쳐다볼 생각도 하지 않았다.

"이장 정한다, 역시 좋아."

이 씨는 '의장'을 '이장'이라고 발음했다.

"듣고 보니 그러네. 아무래도 한두 사람이 말하는 게 아니니까 그렇게 하는 게 맞겠어!"

아무 말 없이 앉아 있던 조용한 성격의 가와니시는 담배를 입에 물고 있지 않을 때에도 눈썹 부근을 찌푸리는 버릇이 있었는데, 평소 버릇대로 눈썹을 찌푸리며 생각이 깊은 것처럼 천천히 입을 열었다. 켄 씨는 그가 형편이 어려워지고 난 뒤부터 걱정을 너무 많이 하는 바람에 머리가 어떻게 된 거라고 말하곤 했다.

모두 '의장'을 정해서 진행하는 방식에 찬성했다.

"그러면 누구를 의장으로 할까요?"

"그거야 자네지."

'아부지'가 후루야마의 옆구리를 손가락으로 찔렀다.

"후루야마 씨 밖에 없지!"

다테이시가 굵은 목소리로 말했기 때문에 의장은 후루야마로 정해졌다. 그는 쭉 펴고 있던 다리를 끌어당겨 다시 제대로 앉았다.

그리고 손가락을 갈퀴 모양으로 만들어 머리를 쓱쓱 넘겼다.

"아무래도 저도 처음인지라……."

"모두 다 마찬가지야."

다테이시가 또 다시 큰 소리로 말했다. 그는 어디서든 이런 식이었다. 그래서 그가 오만하다는 말을 듣는 것이었다.

"의장!"

반대편 구석에서 잠깐 손이 올라왔다.

"네."

그는 당황해서 입을 열었다.

"문제는 상당히 간단하다고 생각합니다만……."

말한 사람을 보니 조금 전 말을 꺼낸 단단한 턱의 남자였다.

"우리들이 방세를 지불하는 이상 집주인은 이 썩은 쓰레기통 같은 집을 즉각 수리할 의무가 있습니다. 수리를 위해 방세를 올린다는 건 말도 안 됩니다. 오히려 우리는 이번에 이와키에게('씨'라는 호칭도 붙이지 않았다) 방세 인하를 요구하는 게 어떨까 생각합니다. 방세 이 할 인하, 즉시 이와키빌딩을 수리할 것, 이 두 가지를 문제로 삼아 거기서부터 토론을 발전시키면 어떨까 합니다."

한 마디 한 마디를 또박또박 말했는데, 그 말투라든가 단어 선택은 이와키빌딩 사람들이 처음 접하는 것들이었다. 그래서 사람들은 그 남자의 말이 끝난 뒤에도 한참 동안 멍하니 입을 다물지 못하고 있었다. 하지만 '아부지'는 시종일관 고개를 흔들며 그 말투에 감탄했다. '문제는……'처럼 당당한 말투가 너무 마음에 들었다. 단단한 턱의 남자는 그 말만 하더니 다시 아무 일도 없었다는 듯 무릎 위에 놓인 책의 책장을 넘겼다.

후루야마는 그 남자의 말투가 최근 친구들이 읽으라고 권해 준 어려운 책과(그는 아직 일부밖에 읽지 못했다) 완전히 똑같다는 사실을 깨달았다. 하지만 그런 말투는 아마도 이와키빌딩과 가장 어울리지 않는 것이었다. 주위를 둘러보자 켄 씨, 사와이 아줌마뿐만 아니라 모든 남자들도 서로의 얼굴을 멀뚱멀뚱 쳐다보고 있었다.

"뒤쪽에 계신 분은 지금 수준으로도 충분히 방세는 비싸기 때문에 이번에 모두 이 할 인하하고, 동시에 집수리도 해 달라고 하는 게 좋을 것 같다고 하네요. 지금 방세조차도 제대로 못 내는 사람이 많으니까요. 어떠십니까?"

후루야마가 아무 것도 아니라는 듯 그런 말로 다시 고쳐 말해 주자 사람들 기분이 갑자기 풀어진 듯 시끌벅적하게 떠들어 대기 시작했다.

"가능하기만 하다면 그보다 더 좋은 일은 없지!"

"너무 뻔뻔한 거 아닐까?"

사와이 아줌마가 두세 명 건너 켄 씨를 향해 말했다.

"히라카 씨 앞이긴 하지만 난 방세 내기가 너무 힘들어! 방값이 이 할 싸지면 10엔이 8엔이 되는 거니까 그만큼 쌀값에 보탤 수 있어! 그렇게 되면 얼마나 고마울까!"

조선인들은 자기들끼리 뭔가 얘기하기 시작했다.

"우리들 일한다, 일본인보다 싸다, 언제나 싸다. 방값 일본인과 똑같고, 이건 안 된다. 방세도 똑같이, 그게 좋아!"

양 씨는 자신이 하는 말이 답답하다는 듯 입 앞에 두 손을 가져가 손가락을 불쑥불쑥 치켜들며 말했다.

"양 씨의 말은 사실이야. 우리들은 사해동포라는 넓은 입장에 있는 거야. 그런데 조선 사람들은 우리들 사이에서 실로 비참한 생활을 하고 있지. 문제는……."

거기까지 말하더니 아부지는 갈팡질팡하기 시작했다. '문제는……'이라는 단어를 너무 일찍 쓰는 바람에 자기가 무엇을 어떤 식으로 말할지 방향을 잃은 것이다.

"하지만 이 할이나 값을 깎고 집을 수리해 달라고 하는 건 너무 불쌍해. 적어도 방세를 올리는 것만은 봐 주고 수리를 부탁하는 게 어떨까? 그편이 온당……하다고 생각하는데."

그렇게 말한 사람은 구두수선공이었다.

그때 히라카 할아범이 잠시 실눈을 뜨고 몸을 꿈지럭거렸다.

"여러분, 잠깐만요! 마음대로 발언하지 말아 주세요."

후루야마가 모두를 제지했다.

"지금 다른 의견을 낸 사람이 있습니다. 방세는 그대로 두고 수리를 해 달라고 하자는 얘기입니다. 그럼, 어떻게 할까요……. 이 두 가지 중에 어느 쪽이 좋을지 의견을 말씀해 주세요."

"아무래도 구두수선 아저씨가 말한 쪽이 이치에 맞는 것 같은데……."

가와니시는 이번에는 자신의 정수리 위에 손바닥을 올리고 심사숙고하듯 천천히 말했다.

"그것도 일리가 있어!"

이번에는 모두 그 의견 쪽으로 우르르 몰렸다.

그때 모두에게 들키지 않게 젊은 여자 두 명이 입구에 앉아 있던 단단한 턱의 남자 바로 뒤에 살짝 앉았다.

"의장! 저는 이 경우 방세를 이 할 인하하고 안 하고의 여부를 집주인 이와키에게 가혹한 처사냐 아니냐의 문제로 가져가는 것에는 오류가 있다고 생각합니다. 그게 아니라 우리 실제 생활로 봤을 때 집세 이 할 인하가 정당한지 아닌지를 문제로 삼아야 한다고 생각합니다. 만약."

단단한 턱의 남자는 잡지로 머리를 긁으며 잠시 왼쪽 어깨를 흔들었다.

"만약 집주인이 너무 불쌍하다고 말한다면 하루하루 먹고살기도 빠듯한 우리들과 비교해서 집주인은 대체 평소에 어떤 생활을 하고 있을까요? 우선 여러분은 그가 어떤 집에 살고 있는지, 빈대가 나오거나 축축하고 습한 곳인지, 바로 비가 새는 집에 살고 있는지, 온몸이 시커멓게 될 정도로 석탄을 져 나른 적이 있는지 아십니까? 등골이 휘도록 콩깻묵 판이나 완두콩 자루를 나르는 일을 한 적이 있는지, 먼지가 풀풀 나는 가운데 콩 선별 작업을 한 적이 있는지, 사람들에게 멸시당하며 이 창고에서 저 창고로 콩을 주우러 돌아다닌 적이 있는지 아시나요? 없습니다! 단 한 가지도 없습니다! 그렇다면 이와키는 우리보다 훨씬 더 비참한 생활을 하고 있느냐. 아니오, 완전 그 반대입니다! 그는 동네 한복판의 훌륭한 저택에 삽니다. 그는 비가 샌다는 게 어떤 건지도 모릅니다. 그는 우리들이 본 적도 없는 맛있는 음식을 먹습니다. 그리고 우리들이 모르는 호사스러운 유흥으로 하루하루를 보내고 있습니다. 그것들은 전부 우리들에게 방세를 착취해서 누리고 있는 생활입니다. 바로 여기에서 우리가 즉각적인 방세 이 할 인하 및 가옥 수리를 요구할 수 있는 근거를 찾아볼 수……."

"찬성이야!"

'아부지'가 얼굴 만면에 기쁨을 감추지 못하며 목소리를 높였다. 그는 젊은 남자가 말한 논리에 찬성인지 아닌지 스스로 잘 판단할 수 없었지만, 다만 말 한 마디 한 마디가 그를 점점 열광하게 만들었다.

"과연, 말을 듣고 보니 그것도 그렇군……."

가와니시가 당연하다는 얼굴로 이번에는 그렇게 말했다. 조금 전 집주인 편을 들며 반대 의견을 내고 반대편 벽에 기대 있던 구두수선공이 눈을 힐끔거리며 가와니시를 쳐다보았다. 그런 다음 품속에 손을 집어넣었다.

"지금 말한 그쪽,"

켄 씨가 단단한 턱을 가진 남자 쪽을 보고 말했다.

"형씨가 말한 게 역시 맞는 말이라고 생각해. 배운 게 없는 나 같은 사람은 잘 모르지만……. 다만 그 방식이 말이야, 이와키 씨도 그렇게 호락호락하게 들어주지는 않을 거야."

"켄 씨, 잠깐만 기다려 주세요. 그런데 보아 하니 모두 저 뒤쪽에 앉아 있는 사람의 의견에 대체로 찬성인 것처럼 보이는데 그렇게 정해도 괜찮겠어요? 지금부터 단단히 일러두겠지만 일단 한번 정해지면 화살이 날아오든, 대포가 날아오든, 모두 그 방향으로 함께 움직일 테니 신중하게 생각해서 정해야 합니다. …… 그럼, 방향이 정해졌으니 다음은 방법을 정하도록 하죠."

사람들이 모두 그렇게 하자고 말했다.

"방세가 이 할 싸지면 큰 도움이 되지!"

다테이시는 누구보다도 찬성이었지만 자기 옆에 앉은 땅딸막하고 기분 나쁘게 퉁명스러운 낯선 남자에게 간단하게 넘어가자 묘한 반발심이 솟구쳤다.

"그럼 정해진 걸로 하고. 방법은 어떻게 할까요?"

후루야마가 그렇게 말하며 둘러봤을 때 다테이시는 가만히 있다가 순간적으로 손을 들었다.

'의—'까지 말하고 잠시 쑥스러워 하다가 다시 말을 이었다.

"저기, 이렇게 하면 좋지 않을까? 여기서 똑똑한 대표자 네다섯 명을 정하고 그 사람들에게 협상을 맡기는 거야. 또 그 사람들은 협상을 하는 한편, 계속 빌딩 사람들과 연락을 취하면서 낙오자나 배신자가 한 사람이라도 나오지 않게 하면……."

"오호!"

"그거야, 그거라고!"

"다테이시 씨도 이것저것 아는 게 많네!"

구두수선공이 품속에서 손을 빼더니 말하는 폼과는 전혀 다른 차가운 표정을 지었다.

"이와키 씨가 들어주지 않으면 우리 다 같이 방을 빼 버릴까?"

켄 씨가 책상다리를 흔들며 웃었다.

"그건 아니지!"

다테이시가 고개를 뺐다.

"켄 씨, 그건 아니야! 그렇게 하면 우리가 지는 거야. 이와키 씨가 들어주지 않으면 들어줄 때까지 이곳에 눌러앉아서 방세를 한 푼도 안 내는 거야. 여기서 한 발자국이라도 나가면 지는 거라고. 그리고……."

다테이시는 그렇게 말하고 잠시 생각을 한 뒤 아무렇지도 않은 듯 빠른 어조로 말했다.

"정말 성가신 일이 벌어진다면 조합한테 부탁할 거야!"

그 순간 지금까지 등을 굽힌 채 고다쓰* 위의 고양이처럼 눈을 감고 있던 히라카 할아범이 갑자기 몸을 일으켰다.

"내가 가만히 옆에서 듣고 있자니, 만약 조합이니 뭐니 해서 일이 커지면 이 큰 집을 관리하고 있는 내 입장으로서는 아무래도 경찰에 신고를 할 수밖에 없어. 그래서 웬만하면 방세 문제는 이 빌딩 안에서 조용하게 해결해 줬으면 해."

경찰! 그 단어가 등장하자 모두 쥐죽은 듯 조용해졌다. 사와이 아줌마는 다테이시에서 후루야마, 후루야마에서 히라카 할아범으로 한 사람씩 번갈아 쳐다보며 곤란하다는 표정을 지었다.

* 겨울에 발을 따뜻하게 하기 위해 이불 속에 넣는 난로.

"히라카 할아범, 그건 말이지, 이와키 씨가 어떻게 나오는지에 달린 거기 때문에 우리들이 먼저 나서서 그렇게 한다는 말이 아니야!"

다테이시가 바로 그렇게 말했기 때문에 모두 안심하는 듯 보였다. 하지만 그 뒤 대표자를 정할 때는 지금까지와는 달리 어딘가 막힌 것처럼 이야기가 전혀 활발하게 진행되지 않았다. 모두 말 한 마디라도 조심스럽게 꺼내는 듯했다. 그리고 혹시 자신이 대표자로 뽑히는 건 아닌지 벌벌 떨고 있는 게 보였다.

후루야마는 그 두려움이 어디에서 온 건지 알고 있었다. 그는 이렇게 모인 많은 사람들이 마치 스쳐 지나가는 구름 그림자처럼 여러 가지 말이나 생각에 시시때때로 영향을 받는 모습이 손바닥 보듯 훤하게 보였다. 그리고 '경찰'이라는 단 두 글자가 이와키빌딩 사람들의 마음에 이렇게 어둠을 드리운 것이다.

"대표자는 누가 뭐래도 우선 후루야마 씨지. 그리고 '아부지'……, 그리고 다테이시 씨……, 그리고……."

긴 씨가 한 사람씩 얼굴을 살펴보며 말을 이었다.

"그리고 또 여자 한 사람 넣으면 좋을 것 같은데, 어때?"

'아부지'는 자신의 이름이 거론되자 싫은 표정을 지으며 고개를 숙이고 발톱을 쑤셨다.

"저는 조금 전에 발언했던, 뒤에 앉아 있는 새로 이사 온 사람도 꼭 넣고 싶은데……."

후루야마는 단단한 턱의 남자를 지목했다.

"그거 좋은 생각이네!"

더 이상 자신에게 역할이 돌아오지 않을 거라는 걸 알자 모두 갑자기 힘이 넘치는 목소리로 말했다.

후루야마가 시계를 보니 9시 반이었다.

"그러면 시간도 늦었으니 오늘 회의는 여기서 이만하도록 하죠. 다른 내용들은 여기서 정해진 대표자들이 상의한 뒤에 바로 실행에 옮기도록 하겠습니다."

"이의 없습니다."

뒤쪽에서 누군가가 말했다. 사람들은 각자 기지개를 펴거나 하품을 하는 등 갑자기 왁자지껄하게 자리에서 일어섰다. 다테이시가 살펴보니 이의 없다고 말한 사람은 역시 단단한 턱의 남자였다.

"당신, 여기 최근에 이사 왔지? 이름이 뭔가?"

다테이시가 옆에 서 있던 구두수선공을 밀어내며 그 남자에게 말을 걸었다.

"시마다."

단단한 턱의 남자는 그의 얼굴은 쳐다보지도 않고 무뚝뚝하게 이름만 말했다.

나중에 들어왔던 젊은 여자 두 명은 일어선 사람들 사이에서 켄 씨에게 말했다.

"나오라고 해서 나오긴 했는데……."

그러자 켄 씨가 말했다.

"뭐야, 멍청하긴! 뭐라도 말을 해야지!"

눈이 조금 움푹 들어가고 얼굴 길이가 짧으며, 혈색이 좋고 동글동글하니 귀여운 얼굴을 한 조금 체구가 작은 쪽 여자는 사람들 어깨 너머로 류키치 쪽만 눈으로 좇고 있었다.

체구가 큰 여자가 말했다.

"후지코, 가서 자자. 내일 야근이야."

그리고 체구가 작은 여자의 손을 잡아당겼다.

모두 방에서 나갔다.

"아아, 머리 아파! 담배 연기!"

'아부지'가 자신의 머리를 치기도 하고 흔들어 보기도 하면서 긴 씨 뒤에서 말을 걸었다.

"내일 한 잔 하러 안 올래?"

아무도 말을 걸지 않는 히라카 할아범이 구부정한 등을 흔들고 투덜투덜 혼잣말을 하면서 출구에서 신고 왔던 슬리퍼를 찾고 있었다.

"여기요, 할아범"

구두수선공이 밟힌 슬리퍼를 들고 왔다.

"오, 구두장이군! 고마워, 고마워!"

할아버지가 드물게 친근하게 말을 걸었다.

"오늘 '모퉁이 방에 사는 여자'라도 왔으면 분위기가 살았을 텐데. 별로 재미없었어……."

그렇게 말하고 긴 씨가 사와이 아줌마를 쿡쿡 찔렀다.

"긴 씨는 못 말려, 금방 본성을 드러낸다니까!"

"요즘 외롭지 않아? 혹시 뭣하면……."

"이것 봐!"

사와이 아줌마가 긴 씨에게 엄포를 놓으며 등을 툭 쳤다.

긴 씨는 실실거리며 웃었다.

방에서 제일 나중에 나온 후루야마가 조금 기분 나쁜 목소리로 류키치에게 말했다.

"왜 넌 단 한마디도 안 했어?" 그는 고개를 숙이고 잠깐 입술을 깨물었지만 물음에는 대답하지 않았다. 그리고 말했다.

"내일 공장에서 돌아오면 후루야마 씨 방에 놀러 갈게요……."

"어?"

후루야마는 류키치를 보고 말했다.

"그래? 그럼 기다릴게. 요즘 후쿠모토인가 뭔가 하는 사람 책 중에 상당히 문제가 되고 있는 책이 있어……. 그럼 기다리지."

후루야마는 그 뒤 2층 계단을 올라가고 있는 단단한 턱의 남자인 시마다의 뒤를 쫓아갔다.

류키치가 어두운 복도로 돌아오자 뒤에서 종종걸음으로 다가오는 소리가 들렸다.

"류키치 씨."

그는 멈춰 서서 뒤를 돌아보았다.

뒤따라온 사람은 후지코였다.

## 6

다음 날 아침 류키치는 평소보다 조금 늦게 일어났다.

그런 회의는 별일 아닌 것 같이 보이지만 류치키 같은 사람들에게는 방에 돌아와 완전히 뻗을 정도로 피곤한 일이었다. 그 피로감은 공장에서 무리해서 야간작업을 하고 돌아올 때와는 또 다른 차원의, 머리 중심에서부터 나오는 짜증 나는 피곤함이었다.

'타임리코더'를 찍고 유리문이 달린 사무소 앞에 오자 공장 사람들이 그곳에 모여 웅성웅성 대고 있었다.

"여기."

류키치는 기름으로 빤질빤질해진 사냥모자에 손을 가져갔다.

"무슨 일 있어?"

"응."

수습공이었다가 최근에야 겨우 수습 딱지를 뗀 지바가 히쭉거리며 말했다.

"위를, 아래로, 대, 소—동이 일어났다고!"

그곳에 모여 있는 사람들은 모두 연배가 있는 감독 직공들뿐이었다.

"화재야……."

"화재라고? 어젯밤에?"

화재라는 소리를 듣고 문득 류키치는 어떤 예감과도 비슷한 것을 느꼈다.

"응. 그 화재가 일어난 곳이 사장 집에서 한 채 건너 아래에 있는 이

웃집이었대. 너, 어제 화재 현장에 갔었어……?"

지바는 의미심장하게 말하고는 양쪽 주머니에 손을 찔러 넣어 바지를 털었다. 류키치는 순간 고개를 돌리며 말했다.

"아니."

하지만 자신도 모르게 흐리멍덩하게 말했다.

지바는 류키치를 힐끔 쳐다보았다.

"그래서 난리가 났어. 사장이 머리끝까지 화가 난 모양이야. 자기 공장 사람들은 기껏해야 두세 명 정도밖에 안 달려왔는데, 오히려 다른 회사 사람들이 서둘러 달려와 잘 돌봐 줬다네."

회의가 끝나고 잠이 든 뒤 조금 있다가 일어난 화재였다. 류키치가 3층에 뛰어 올라가 비어 있는 방 창문에서 보아 하니 아무래도 고급 주택가에 위치한 사장 집 방향인 것 같았다. 어찌 됐든 달려가 볼 것인지, 아니면 그냥 잘 것인지…… 그는 그곳에 서서 잠시 생각했다. 하지만 보고 있는 사이 바로 불길이 잡혀서 불꽃이 반사되어 붉게 타오르고 있던 하늘이 점차 어둠 속에 잠겨 갔다. 그래서 그는 가지 않기로 결정했다. 게다가 아침에 일찍 일어나야 했고. 하지만 그는 결정은 그렇게 해 놓고도 계단을 내려가면서 찾아가 보지 않는다는 게 왠지 마음 한 구석이 찜찜해서 견딜 수가 없었다.

"……"

지바는 사람을 약간 무시하듯 히쭉거리며 말했다.

"그래서 감독 놈들이 겁을 집어먹고 선후지책을 세우고 있는 중이야. 선후지책이 필요하다니 참 겁나는 세상이지!"

다른 사람보다 훨씬 겁이 많지만 때로는 물어뜯을 듯 난폭해지기도 하는 지바가 말을 할 때 버릇으로 몸을 흔들면서 바지를 추켜올렸다.

류키치는 '탈의실' 선반에 국물이 샌 도시락 통을 올린 뒤, 끈적거리는 기름기 때문에 뒷덜미가 차갑게 느껴지는 작업복으로 갈아입고 몸을 부르르 떨며 공장으로 내려갔다. 평소라면 다들 기계에 붙어 있을 시간이었지만 여기저기 모여서 화재에 관해 이야기하고 있었다. 게다가 감독은 사무소에 가 있는 바람에 공장에 없었다. 다만 추위 때문에 얼굴에 소름이 돋은 수습공만이 바닥이 나무로 된 짚신 조리를 질질 끌면서 주둥이가 긴 기름 치는 도구와 기계기름 단지를 갖고 기계마다 기름을 넣으며 돌고 있었다.

나카지마철공소는 폭이 삼십육 미터가 넘고, 길이는 약 백구 미터에 가까운 철골 구조에 함석을 붙인 공장으로, 건물 용마루에는 굵은 벤틸레이터* 다섯 개가 버섯처럼 일렬로 늘어서 있었다. 가끔 높은 하늘에 대그락거리는 소리를 내곤 했다. 공장의 거의 절반은 마무리부와 선반부가 차지하고 있었고, 나머지를 단야장과 주물장이 양분하고 있었다. 마무리부, 선반부의 입구에는 삼면에 유리문이 달린 감시소 겸 사무소가 튀어나와 있었다.

공장 천장에는 빔이 걸쳐 있었고, 도르래가 달린 크레인이 여러 줄

* 환기 장치.

의 체인을 늘어뜨린 채 걸려 있었다. 천정 한쪽은 좁고 긴 2층으로 되어 있었는데 그곳에 목형부가 있었다. 모터에 스위치가 들어오면 메인 샤프트가 움직이기 시작하고, 그것을 지탱하는 철제 빔이 흔들거렸다. 인간의 동맥처럼 그곳에서부터 다양한 폭과 속도의 벨트가 아래 기계 하나하나에 연결되어 있었다. 그곳에 고장이 발생하거나 기름을 칠 때는 목형부가 있는 2층에서 빔을 건너가야만 했다.

류키치는 기름 치는 도구의 가늘고 긴 입구에서 소리를 내며 자신의 선반에 기름을 치고 있던 수습공 쇼지에게 물었다.

"너, 어제 화재 현장에 갔었어?"

쇼지는 추워 보이는 얇은 입술을 두세 번 우물거린 다음 잠시 입을 다물고 그를 쳐다보았다. 그리고 입을 열었다.

"갔으면 일당이 오르나요, 오무라 씨?"

류키치는 느닷없이 어딘가를 찔린 듯한 느낌이 들었다. 그는 자신도 모르는 사이에 안 간 사람이 한 명이라도 더 많기를, 그리고 누가 그런 데를 가겠냐고 말해 주는 사람이 있기를 바라고 있었던 것이다. 그리고 어떻게든 자신을 안심시키고 싶었던 것이다. 류키치에게는 그런 데가 있었다.

그는 거슬리는 녀석이라고 생각하며 선반 직원들이 모여 있는 곳으로 갔다. 쇼지는 누구에게나 거침없이 입바른 소리를 해 대는 바람에 사람들한테 귀여움을 받지 못했다. 그래서 늘 수습공에 머물러 있었다. 하지만 수습공 중에서는 상당히 신뢰를 받는 편이었다. 수습공이 여러 가지 이유 때문에 불만스럽지만 단념해야만 하는 상황에도 쇼지만은 모두를 위해 정색을 하고 대들며 반항했다. 하지만 집안 형편이 너무 안 좋아서 그런지 성격이 꼬여 있고 어딘가 차가운 데가 있었기 때문에 수습공들 사이에서도 그는 늘 외톨이였다.

선반 쪽에서는 화재 현장에 달려간 마무리공인 후쿠하라가 당시의 상황을 얘기하고 있었다. 하지만 그의 주위에서 듣고 있는 대여섯 명의 사람들은 의기양양하게, 때로는 손짓 발짓을 섞어 가며 말하는 후쿠하라에 대해 얼굴 전체에 불쾌한 감정을 숨기지 않고 있었다. 두세 명 밖에 안 갔다고 하니, 후쿠하라는 분명 사장님 머릿속에 좋은 인상을 확실히 남겼을 게 틀림없었다. 다들 그렇게 부러워하면서도 한편으로는 막연하긴 하지만 노동자 주제에 사장한테 잘 보이려는 놈은 경멸하는 마음이 있었다.

"내가 영화를 보고 나오니까 화재가 났더라고. 그래서 방향을 보니 딱 사장님 집이더란 말이지. 하지만 쌤통이라고 생각했어. 이런 때 우리들이 달려와 주기를 바란다면 평소부터 대우를 잘 해 주면 아무 소리 안 해도 달려갈 거라고 생각해서 그만뒀어!"

류키치의 옆에 있던 와타나베가 일부러 후쿠하라더러 들으라는 듯 말했다.

"그렇지!"

"사장 놈, 너무 뻔뻔해. 쥐어짤 때는 있는 대로 쥐어짜 놓고선!"

평소 정말로 그렇게 생각하고 있던 게 아니면서도 후쿠하라에 대한 부러움에서 그런 말을 내뱉었다.

조금만 더 있으면 감독으로 승진할 후쿠하라는 순간적으로 싫은 내색을 했지만 담배에 불을 붙이며 말했다.

"하지만…… 큰일을 당했을 때는 서로 마찬가지지……."

말끝을 흐리며 고개를 돌려 연기를 내뱉었다.

"서로 마찬가지일까?"

와타나베는 평소의 무뚝뚝함과는 걸맞지 않게 틈을 주지 않고 말했다. 그리고 상대방이 뭔가 말을 하려고 하자 이렇게 말했다.

"그래, 정말 그렇다면 우리들도 안심하고 일할 수 있겠어!" 와타나베의 말투가 이상했기 때문에 모두들 와 하고 웃음을 터뜨렸다.

사무소 앞에 모여 있던 감독들이 투덜거리며 공장 안으로 들어왔다. 평직공들은 그래도 괜찮다 치고, 감독들 중에 화재 현장에 달려가지 않는 사람은 자칫 회사에서 잘릴 수도 있었다!(그들은 자기들끼리 몰래 그렇게 생각했다.) 그래서 평소보다도 훨씬 기분이 안 좋은 표정이었다.

"오늘은 다들 기분이 안 좋으니 조심해야 해!"

모두 감독들 쪽을 쳐다보며 각자의 선반으로 돌아갔다.

그때 함석 지붕을 진동시키며 광폭의 기적이 울리기 시작했다.

주물장은 같은 건물에 있었는데, 바로 마무리장과 등을 맞대고 있었다. 용광로 입구를 열고 코크스와 철 덩어리를 던져 넣을 때마다 공장 전체가 새빨갛게 활활 타올랐다.

“화재 현장에 갔으면 우리들한테 딱 안성맞춤이었을 텐데.”

“흥, 덕분에 이렇게 화상만 입잖아!”

야마가타는 삽을 짚고 더러워진 건장한 몸으로 용광로 옆에 서서 코 아래를 두세 번 문질렀다. 그러는 바람에 입술에서 뺨으로 검댕이 수염처럼 묻었다.

“마누라랑 한참 분위기 좋을 때였단 말이야!”

그렇게 말하며 실실거리고 웃었다.

“너만 그런 거 아니야!”

양동이를 들고 용광로의 작은 주입구 앞으로 가져간 기타가와가 퉁명스럽게 말했다. 기타가와의 얼굴과 팔에는 화상자국이 가득했다.

“월급이라도 올려 주면 마누라 따위 문제도 아니지. 날아서라도 갈 텐데 말이야!”

용광로에 바람을 불어넣고 있는 구석 쪽의 ‘통풍기’가 잠이 올 것 같은 소리를 내며 웅웅거렸다.

“하지만 사장도 의외로 똑똑하질 못해. 아무도 안 왔다고 구시렁거리다니! 그건 그거잖아? 본인이 평소에 얼마나 인망이 없는 사람인지 증명하게 된 꼴이 아닌가!”

“항상 본인이 하고 싶은 것, 말하고 싶은 게 그대로 다 통하는 인간은 그런 이치도 모를 걸요!”

야마가타는 발뒤꿈치로 탁탁 소리를 내며 히죽거렸다.

기타가와는 잠시 입을 다물었다가 말했다.

"맞아! 사장 놈, 주물장에 있으면 매일 '화재다', '화재다' 하면서 떠들어댈 텐데."

야마가타는 삽으로 용광로 입구를 열고 다시 코크스와 철 덩어리를 던져 넣었다. 그럴 때마다 그의 떡갈나무같이 단단한 팔뚝이 울룩불룩하게 솟아올랐다.

공장 봉당에는 여기저기 한 치의 오차도 없이 기하학 모양의 '사형'* 이 떠져 있었다. 수습공이 목형이나 철 덩어리를 정리하고 통로에 물을 뿌리고 있었다.

"준비 됐어?"

양동이를 든 기타가와가 수습공에게 소리를 질렀다.

"됐어요!"

그는 눈만 내놓은 채 수건으로 얼굴을 꽁꽁 싸매고 용광로의 작은 입구 아래에 양동이를 가져다 대었다.

야마가타가 삽으로 걸쇠를 풀고 고정 역할을 한 점토 바른 벽돌을 제거했다. 그 순간 '팟' 하는 소리와 함께 흰색 빛이 나오면서 녹은 철이 불꽃과 함께 타는 냄새를 풍기며 양동이로 쏟아졌다. 그 장면은 수습공 입장에서 보면 기타가와가 불교의 부동명왕같이 불꽃 속에 서 있는 것처럼 보였다. 가슴, 팔, 어깨 근육 하나하나의 움직임까지 확실히 알 수 있었다.

* 모래로 만든 거푸집.

"좋아!"

"이제 됐어!"

야마가타는 벽돌을 가져다 댔다. 흐름이 멈추고 파편이 여기저기 탁탁 튀었다. 기타가와는 직경 구십 센티미터의 도르래 모양을 뜬 사형 입구에 그것을 부었다. 모래가 녹으면서 나오는 자주색 연기가 수증기와 함께 기타가와의 얼굴을 둘러쌌다. 그는 숨이 막혀 고개를 옆으로 돌리고 숨을 참았다.

쇳물을 다 붓고 나자 그는 옆으로 건너가 참고 있던 숨을 한꺼번에 들이마시며 말했다.

"내 폐는 완전 썩었을 거야."

야마가타가 히죽거리며 웃었다.

"이제야 안 것처럼 말하네요!"

야마가타는 나카지마철공소에 들어온 지 아직 일 년 정도밖에 되지 않았기 때문에 다른 사람들과 그다지 친하지 않았다. '혼슈'에서 여러 가지 직업을 전전하던 사람이라는 건 알고 있었지만 어떤 일을 했는지는 아무도 몰랐다. 하지만 인상이 좋아서 사람들은 그를 '야마 씨'라고 불렀다. 공장에서 퇴근할 때는 집의 방향이 같은지 선반부의 와타나베와 곧잘 함께 가곤 했다. 와타나베는 류키치의 옆 선반에서 일하고 있었고 나이도 동갑이라 그와도 같이 퇴근할 때가 있었지만 '야마 씨'가 뒤에서 따라오면 와타나베는 류키치와 헤어져 '야마 씨'에게로 갔다.

"뭐, 일당 2엔 30전을 폐와 바꾸는 거지."

야마 씨는 다시 코크스와 철 덩어리를 던져 넣었다.

"맞아, 그런 거지! …… 요즘 드는 생각인데 하루 빨리 이런 공장에서 손을 씻고 거시기 …… 뭐더라, 아담한 가게라도 열고 싶어!"

기타가와는 빈 양동이를 들고 돌아왔다.

야마 씨가 '우후후' 하며 웃었다.

"그거 좋은 생각인데. 살아 있는 동안 그렇게 된다면야."

주물장 천장에 옆으로 걸쳐 놓은 목재에는 손으로 미는 크레인이 걸려 있었는데 거기에 케이지를 사슬로 매달아 두었다. 그것을 용광로 입구까지 밀어서 큰 주입구에서 철을 쏟아붓고 큰 사형이 있는 곳으로 매달고 가는 것이었다.

"어이, 야마 씨, 할까?"

옆으로 걸쳐 놓은 목재에 올라가 있던 요시모토가 아래를 향해 외쳤다.

"어, 시작할까?"

야마 씨는 삽으로 용광로를 꽝꽝 두들겼다.

"해치우자고."

반대편 끝에 있는 파트너에게 신호를 보내고 크레인을 밀기 시작했다. 크레인 바닥에는 도르래가 달려 있어 그것이 궤도에 올라 있었다. 두 사람은 바로 아래에서 돌아다니거나 그을려 가며 일하는 직공들을 내려다보며 이영차 힘을 주어 밀기 시작했다. 그곳에서 내려다보면 사형이 외국 공원의 설계도처럼 보였다. 케이지가 흔들거리면서 용광로 쪽으로 다가갔다. 야마 씨와 기타가와, 수습공이 삽을 들고 그 케이지를 제어하면서 '주입구'로 가져갔다.

나이가 많은 기타가와가 민요처럼 동작에 맞춰 노래를 한두 소절씩 붙였다.

아—옆집 딸이
입술을 칠하고
머리를 올리고
아—어기야디야……

"좋아!"

모두가 삽으로 케이지를 커다란 주입구 아래에 대자 야마 씨는 걸쇠를 아래에서부터 꽝꽝 두들겨서 풀었다. 모두들 머리 위에서부터 불꽃 세례를 받았다.

"좋은 장사야! 이걸 머리에 한꺼번에 푹 뒤집어쓰면."

그 뒤는 요즘 항간에 유행하는 노래 식으로 붙였다.

"그걸로 끝이라……지."

"2엔 30전 정가야?"

"2엔 30전? 그런데 우리는 1엔 10전짜리 목숨인데."

함께 삽으로 케이지를 제어하고 있던 수습공이 생각지도 않은 말을 하는 바람에 모두 한꺼번에 웃음이 터졌다. 그 바람에 류키치는 삽 앞에서 휘청거렸다.

"이봐! 그러다 진짜 한 방에 훅 간다고!"

쇳물을 붓는 작업을 하던 야마가타는 걸쭉하게 녹은 쇳물의 반사를 그대로 받아 표정이 거의 '귀신' 같았다.

녹은 쇠의 열기 때문에 모래먼지나 그을음으로 더러워진 얼굴과 가슴 위로 땀이 뚝뚝 흘러내렸다. 셔츠를 말아 올린 한쪽 팔로 땀을 닦았다. 뿐만 아니라 용광로 입구를 열자 코크스가 타면서 발생하는 유독가스 때문에 콧구멍이 아렸다.

넘친 쇳물이 발치로 떨어지곤 했다. 젖은 모래바닥에 쇳물이 떨어지면 슉슉 소리를 내며 동글동글하게 뭉쳤다. 이 작업 하나에 항상 누군가가 작은 화상을 입었다. '주물장에서는 너도나도 화상만 입는 탓에 여자한테 인기가 없다. 마누라가 있는 놈은 그나마 낫다 쳐도 젊은 녀석들은 너무 불쌍하니까 이 일을 시키지 말라'는 것이 기타가와의 지론이었다.

케이지 안이 다 찼기 때문에 모두 지금까지 누르고 있던 삽을 뗐다.

"사장이 이 일을 했다면 아마 매일같이 문병을 가야 했을 거야."

야마 씨가 새카맣게 탄 얼굴로 웃었다. 그리고 불꽃이 튀어서 얼얼해진 팔을 문질렀다.

"내 말이, 타지도 않은 화재로……."

누군가 그 말에 맞장구를 치며 낮은 목소리로 말했다.

"자, 부탁해!"

기타가와가 천장 쪽을 올려다보았다.

케이지에 가득 찬 쇳물은 순서대로 늘어서 있는 사형으로 쏟아부었다. 크레인이 위치에 가면 핸들을 돌려 드르륵 사슬을 늘렸다. 아래에서 케이지 걸쇠를 풀면 그것이 자연스럽게 기울어지도록 되어 있었다. 모두 소리를 지르거나 가끔 콧노래를 부르면서 일했는데 마음속으로는 무의식중에 방심하지 않으려고 노력했다.

기타가와 할아버지는 도중에 몇 번이나 구석으로 달려가 헛기침을 하면서 손으로 물을 떠서 마셨다.

이 일을 한 차례 끝내면 모두 열기와 땀, 신경피로로 완전히 뻗었다. 주물장과 단야장 직공들은 선반이나 마무리장 직공보다 성격이 거칠고 가장 건강해 보였지만 자세히 들여다보면 안색이 나쁘고 눈이 어둡고 탁했다.

마무리장 위에 있는 급경사의 철사다리를 내려온 목수가 목형을 가지고 들어왔다. 귀에 연필을 꽂고 접이식 자를 주머니에 반쯤 걸어놓고 있었다. 유일하게 이 목수만 공장에서 반소매 작업복을 입고 있었다.

"공장장이 오늘 전부 집합시켜서 설교를 할 건가 봐……."

입구에서 목수가 그렇게 말했다.

"어이."

야마가타가 뒤에서 와타나베의 어깨를 쿡 찔렀다. 와타나베는 선반에 '철로 만든 봉'을 끼우고 강철끌을 댄 다음 샤프트를 깎고 있었다. '지잉' 하는 소리와 함께 강철끌 끝에서 순식간에 쇠 부스러기가 말려 나오고, 차가운 은회색의 피부를 드러내며 둥글게 변했다. 때때로 컴퍼스를 대고 지름을 재면서 붓 털끝에 기계기름을 듬뿍 묻혀 철로 만든 봉에 묻혔다…….

와타나베는 굵고 통통한 목을 비틀며 뒤를 돌아보았다. 그리고 벨트를 풀고 야마가타를 보더니 과묵한 사람에게만 있는 특유의 친근감을 표현하며 말했다.

"더러운 면상을 해 갖고는!"

주물장에서 이곳으로 들어오면 탄광에서 막 올라온 광부처럼 더러움이 눈에 띄었다.

"이곳은 주물장의 풍채 좋은 높으신 분이 오는 곳이 아니야."

그렇게 말하며 웃었다.

"뭔 소리를 하는 거야."

야마가타는 시커먼 손을 상대방 얼굴에 바르는 시늉을 했다. 그 뒤 감독 쪽을 힐끔 쳐다보았다. 하지만 감독들은 평소처럼 돌아다니면서 잔소리를 해 대기는커녕 두세 명이 모여 불안한 기색으로 안절부절못했다. 그는 작은 목소리로 재빠르게 속삭이듯 말했다.

"오늘 밤 7시야. 잘못하면 까먹을 뻔했어."

깎고 있던 샤프트 표면을 손가락으로 스윽 만져보더니 입을 열었다.

"아직 멀었네, 자넨. 표면이 사포처럼 꺼끌꺼끌하잖아!"

그 말만 큰소리로 말했다.

"흥이다, 야마 씨의 손가락이 꺼끌꺼끌한 거야! 말은 똑바로 해!"

"손가락으로 따지자면 너도 마찬가지지!"

야마가타는 용건이 없어도 짬이 나면 자주 와타나베를 찾아오곤 했다. 와타나베는 류키치 선반 바로 옆이었다. 나이는 비록 동갑이었지만 소학교를 나오자마자 바로 이곳 철공소로 들어왔다. 별로 농담은 하지 않았지만 과묵한 사람이 흔히 그렇듯 그가 가끔씩 던지는 농담은 다른 사람들과는 또 다른 골계미가 있었다. 기계로만 먹고살아왔기 때문에 키가 위로 자라기 전에 옆으로 퍼졌다. 다리도 류키치보다 짧았고 약간 개구리 다리 같았다. 집안 형편으로 따지자면 가난하긴 마찬가지였지만 류키치처럼 신경을 써야만 하는 정신없는 생활이나 시종일관 다른 사람 눈치를 봐야만 하는 생활은 아니어서 그런지, 어딘가 모르게 류키치보다는 구속되지 않는 둔한 무게감을 풍겼다. 와타나베의 경우 마치 성격부터 이런 '공장'에 딱 들어맞는 사람처럼 느껴졌다. 류키치는 그와 달리 중등학교를 도중에 그만두기는 했지만 다니긴 다녔다. 게다가 그는 언제나 뭔가 의미 차원에서 향상을 염두에 두었다. 그런 모습은 역시 어딘지 모르게 학생들이 갖고 있을 법한, 이곳과는 이질적인 것을 느끼게 했다. 나카지마철공소에서는 농담을 할 때 존경의 의미를 담아 류키치를 '학자'라고 불렀다. 그는 성실했고 학교 성적이 좋았던 것처럼 이해력도 빨랐기 때문에 공장 사람들은 혹시 모르는 글자가 있거나 이해되지 않는 사건이 생기면 류키치에게 물어보았다.

와타나베는 요즘 웬일인지 류키치와 친해지려고 하는 것 같았다. 하지만 옆에서 와타나베와 야마가타를 지켜보면 류키치보다는 오히려 그 두 사람이야말로 어딘가 사이가 좋아질 법한 공통점을 갖고 있는 것처럼 보였다.

류키치는 공장에 취직한 뒤 주로 와타나베로부터 일을 배웠다. 그는 말수는 적었지만 친절함이 직접적으로 느껴지는 교육 방식으로 가르쳐 주었다. 일이 끊임없이 밀려들어 산더미처럼 쌓이고 마감시간이 닥쳐 손목이 쇠막대기처럼 뻣뻣해져 더 이상 움직일 수도 없을 정도가 되면, 류키치는 머리에 열이 올라 자리에서 꼼짝도 하지 못했다. 그럴 때에도 와타나베는 기계보다도 더 무표정한 얼굴로 깔끔하게 일을 정리한 다음, 류키치에게도 똑같은 무표정한 얼굴을 한 채 적확한 손길로 도움을 주었다. 뿐만 아니라 류키치는 일을 시작할 때와 끝낼 때 항상 강철끌 미는 힘이 흐트러져 조밀도에 편차가 생겼는데, 와타나베는 언제나 한결같았다. 단순히 숙련되고 안 되고의 문제가 아니라 기질 차이가 쇠를 다루는 데 있어서도 확연히 드러나는 게 아닐까 생각하기도 했다.

"감독 왔어!"

와타나베가 작은 목소리로 말했다.

"응, 학자는 어때?"

상대는 시커먼 얼굴에 눈만 반짝거리며 코 아래를 문질렀다.

"……"

와타나베는 아무 말 없이 잠시 고개를 흔들었다.

"?"

"아직 모르는 부분이 있어……."

"그래?"

야마가타는 가까이 다가온 감독에게 히죽 웃어 준 다음 주물장으로 돌아갔다.

오만한 성격의 이세다 감독은 이상하게 와타나베를 엄청나게 아꼈다. 무슨 일이 생겨도 와타나베에게만은 고함을 치지 않았다. 그리고 와타나베의 얼굴을 보면 항상 "넌 조금 더 다듬어야 해!"라고 말했다.

"넌 조금만 더 다듬는다면 더할 나위 없을 거야!"

"저 녀석은 끈질긴 놈이니 조심해! 엉덩이만 노리는 녀석이니까!"

모두들 재미있어 했다.

"왜 나 같은 놈을 마음에 들어 하는 걸까?"

와타나베는 상당히 쑥스러워 했다.

그는 '너는 조금 더 다듬어야 해'라는 말을 또 듣는 게 귀찮아서 강철끌을 뺀 다음 그라인더로 갔다. 벨트를 채우자 둥근 숫돌이 바람을 가르며 회전하기 시작했다. 지잉, 지잉, 지잉, 지잉…… 소리를 내며 강철끌 끝에서 불꽃이 사방으로 튀었다. 그라인더를 다룰 때는 파편이 튀는 바람에 눈을 다치는 일이 빈번했다.

그라인더 옆 선반에서는 이 공장 직공 가운데 가장 비싼 일당을 받는 기시모토가 컴퍼스를 사용해 백묵으로 도면을 그리면서 그걸 구경하고 있는 동료들에게 카페에서 은행원과 여종업원을 사이에 두고 경쟁한 이야기를 하고 있었다.

"여자들이란 멍청하다니까!"

기시모토는 숙취에 시달리는 것 같은 뭉개진 목소리로 말했다.

"나도 술이 취해서 고함을 쳤어. 넌 내가 직공이라 싫어하는데 고등상업학교 졸업한 놈이든 대학 졸업한 놈이든 나보다 기하학이나 고등수학 잘하는 놈 있으면 나와 보라고 해. 내가 직공이긴 하지만 월급이 나보다 많고 적은 게 문제지. 내가 이래 봬도 하루에 4엔 받는 엄연한 신사라고 시원하게 쏘아붙여 줬어."

"풋내기 월급쟁이 따위하고 우리하고는 비교가 안 되죠!"

듣고 있던 상대는 늘 기시모토의 뒤를 따라다니며 얻어먹었기 때문에 확실하게 그의 기분을 맞춰 주려는 듯 말했다. 기시모토는 공장에서 퇴근을 할 때면 욕실에서 다른 사람보다 두 배나 시간을 들여 매일같이 안전면도칼로 수염을 깎고 머리는 샴푸로 감았으며 단정하게 넥타이를 매고 새 칼라를 달았다. 카페에서 은행원이나 회사원들만 인기가 많은 건 괘씸하기 짝이 없는 일이라고 말했다. 그러면서 본인은 매일 밤 은행원이나 회사원들과 똑같은 복장으로 카페를 돌아다녔다.

"나는 너희들 손과 달리 손에 굳은살 하나 없이 부드러워서 말하는 것만 조심한다면 절대 직공으로는 보이지 않는다니깐!"

기시모토가 욕실에서 고개를 빼고 넥타이를 매면서 왼손잡이 와타나베의 손을 쳐다보며 말한 적이 있었다. 그는 자신이 시궁창 속에 처박히는 한이 있더라도 직공이라는 소리를 듣는 것 보다는 낫다고 생각했다.

와타나베는 기시모토에게 먼저 말을 건 적이 한 번도 없었다. 그는 왼손에 금반지를 끼고 있었다. 들여다보던 사람은 가끔씩 그 반지를 힐끗거리며 부러운 시선을 보내고 아첨하듯 웃었다.

"너 어제 밤에 화재 현장에 갔었어?"

"안 갔어."

기시모토가 묻자 와타나베는 퉁명스럽게 대답했다.

"안 갔다고? …… 나는 갔다 왔지. 그럴 때는 무슨 일이 있어도 가야지. 나중을 위해서!"

와타나베는 그라인더를 멈추고 돌아왔다.

옆에는 긴장으로 어깨가 굳은 류키치가 앞으로 쓰러질 듯 선반에 딱 붙어 있었다. 혀를 입술 한쪽으로 조금 내밀고 그 혀를 씹어 가며 열심히 샤프트를 깎고 있었다. 벨트를 채우고 핸들을 돌린 다음 눈을 고정시켜 강철끝을 댔다. 삼 센티미터 지름의 샤프트였지만 오백 개 정도를 깎아야만 했다. 한 개 한 개가 끝날 때마다 류키치는 오른팔을 두세 번 허공에 턴 다음 어깨를 두들겼다. 그러다가 와타나베를 보면 잠시 눈웃음을 지었다. 와타나베는 그때 류키치가 맥을 못 추고 있다고 생각했다.

감독들은 4, 5일 전부터 야간작업으로 조립하던 신형 절삭기 설치가 끝나 그 시운전하는 쪽에 가 있었기 때문에 직공들은 이야기를 하며 여유롭게 일을 하고 있었다. 하지만 아무래도 뒤처지기 십상인 류키치는 잡담은 고사하고 열심히 일을 하고 있었다.

그 옆에 기어가 듣지 않는 낡은 선반을 배정 받은 수습 쇼지는 불만으로 가득한 표정으로 난폭하게 기계를 사용하고 있었다.

"이 공장은 참 재미있군! 화재 하나 가지고 공장 전체가 전전긍긍하다니!"

우에노가 화장실에 다녀오는 길에 고개를 내저으며 말하고 갔다.

나카지마철공소에는 동네 공장에서 파견을 나온 사람이 두세 명 있었다. 그들은 언제나 이세다의 잔소리에 시달리는 탓에 반쯤 기가 죽어 움츠러든 채 일했다. 우에노는 사이토와 쓰지가 일하는 오노타 공장에서 파견을 나온 사람이었다. 폐병이라도 걸린 사람처럼 창백하고 목이 가늘었으며 늘 추운 듯 어깨를 떨었다.

우에노는 자기 공장이 아니라 그런지 아무 말이든 내키는 대로 막 했다. 점심시간에 다른 사람들과 얘기하는 도중에 그런 말을 한 적이 있었다.

"여긴 조금 큰 공장이라 그런지 다들 만사태평이네. 동네 공장이라면 지금쯤 파업을 했을 거야."

그는 끊임없이 가느다란 목을 조금씩 떨었다. 때문에 그를 본인의 실제 나이보다 늙어 보이게 만들었다. 하지만 그가 한 마디 한 마디 말을 할 때마다 잘게 떠는 고개 움직임 때문에 일일이 방점이라도 찍는 것처럼 느껴졌다.

"여기 온 뒤로 공장 안에 전단지가 붙어 있는 걸 본 적이 없는데 우리 공장인 오노타에서는 하루가 멀게 붙어. 항구 노동자들 파업을 도와준다는 명목으로 공장에서 2전, 3전씩 돈을 걷어 간다니까!"

나카지마철공소 직공들에게는 드문 일이었기 때문에 모두들 흥미진진해 하며 이야기를 들었다. 그 이야기는 가끔 류키치에게도 매력적으로 들렸다. 사실 아침 7시부터 저녁 5시까지 계속 일을 하다 보면 화장실에 가서 쭈그리고 앉는 것조차 힘들었다. 언젠가는 자신의 몸이 뒤틀린 게 아닐까 생각한 적도 있었다. 욕실에서 옷을 벗은 모습을 보면 공장 사람들은 하나같이 몸이 짝짝이였다. 샤프트를 오백 개나 깎고! 아침부터 밤까지 똑같은 동작을 반복하고! 그리고 하루에 1엔 18전! 휴일을 빼면 겨우 45엔 정도였다! 그 돈으로 한 가족이 먹고살 수 있을 리가 없었다.

"러시아 직공들은 진짜 편하다고 그러더군! 하루에 일곱 시간만 일하면 된대."

우에노는 어디서 그런 걸 주워듣는지 그런 말을 했다. 작업 시간에 관한 이야기가 나오면 모두들 자신들의 일과 관련이 있으니까 추임새를 넣어 가며 눈을 동그랗게 뜨고 들었다.

"그런데 일곱 시간 일해 가지고 먹고살 수 있나? ……"

"맞아. 무리야. 일곱 시간이면 2시에는 퇴근을 한다는 얘긴데, 그건 좀……."

"그건 말이지."

우에노는 얘기가 조금 잘 풀린다 싶으면 평소보다 더 심하게 목을 가늘게 떨었다.

"사장이나, 공장장같이 중간에서 일은 안 하고 돈을 버는 사람이 없으니까 별 문제 없어!"

한번은 우에노가 늘 이런 얘기를 하고 다닌다는 사실이 감독의 귀에 들어갔다. 때문에 하마터면 오노타공장으로 되돌아갈 뻔했다. 그 다음부터 그는 그런 이야기를 딱 그만두었다. 마치 다른 사람이라도 된 것 같았다.

"우에노는 요즘 목도 안 떠네."

그렇게 말하며 와타나베가 웃었다.

점심시간이 되기 얼마 전 공장장이 할 말이 있으니 휴게 시간에 모두 식당으로 모이라는 '전달'이 내려왔다.

"쳇, 또 휴식 시간 날아갔네!"

"화재가 일어날 때마다 자다가도 벌떡 일어나 남쪽 하늘만 뚫어져라 쳐다봐야 하는 거냐고! 아이고, 미치겠다!"

이세다 감독은 평소 예뻐하는 와타나베에게 왔다.

"단야장에 그렇게 전달해 주고 와."

와타나베는 할 수 없이 히죽거리며 단야장으로 갔다.

"뭐? 뭐라고?"

공중으로 뿜어져 나오는 가마의 빨간 불길에 맨살 어깨 한쪽만 물들이면서 모루 위의 쇠를 두들기고 있던 오카야마가 한쪽 손 망치로 박자를 내며 와타나베는 쳐다보지도 않은 채 고함을 쳤다. 덥수룩한 가슴 털을 타고 땀이 흘러내렸다. 그 땀으로 가슴 전체가 번쩍거리는 것 같았다.

수습공 두 사람이 번갈아 가며 쑥 발돋움해 몸을 늘인 다음 그 반동으로 뒤에서 큰 망치로 크게 원을 그리며 무시무시하게 달아오른 쇠를 때리고 있었는데, 그 모습이 무척 재미있었다.

"바빠. 기다려!"

여기 사람들은 하나같이 성질이 거칠었다.

"같은 쇠를 다루고 있다고 해서 너희들처럼 우아한 동작 따위 하고 있을 여유 없어!"

그 옆에서는 큰 연통을 맞붙이는 작업을 하고 있었다. 작은 가마에서 빨갛게 열을 내고 있는 코크스 더미에 쑤셔 넣은 버섯 모양의 리벳을 큰 부젓가락으로 집어 올린 뒤, 던져 주는 것을 능숙하게 받아 땅땅거리는 기관총 같은 소리를 내며 리벳을 박아 넣고 있었다. 귀도 입도 울렸다.

"어때, 가끔은 이쪽에 와서 이 미묘한 음악에 귀를 기울이는 것도 잠 깨는 데는 좋아!"

큰 부젓가락을 든 스다가 건장한 몸과는 어울리지 않게 사람 좋은 웃음을 눈에 가득 담고 말했다.

"뭣하면, 스팀 해머 소리도 들려줄까? 이곳의 왕이니까!"

소리만이라면 그나마 나았다. 코크스와 석탄 연기가 목을 아리게 만들었다. 가마 위를 깔때기 모양의 연통이 덮고 있었는데 모두들 콧구멍, 입, 귀가 새카매져서 늘 시커먼 침과 시커먼 가래를 뱉었다. 그래서 단야장 직공들은 집에 가면 '곤약'을 자주 먹었다. '곤약'을 먹으면 위나 장의 노폐물이 제거된다고 한다. 하지만 '곤약'은 그다지 도움이 되지 못했다. 그 사실은 다른 어떤 공장보다 직공이 자주 바뀌는 것만 봐도 알 수 있었다. 한동안 쉬나 보다 생각하면 어느 틈엔가 공장을 그만두었다. 그리고 새파란 얼굴에, 목에 손수건을 두르고 병원 갔다가 돌아가는 길이라며 공장에 들르는 사람들이 있었다. 숨이 차 천천히 말을 이으면서 공장 다닐 때 사용하던 모루 위를 쓰다듬어 보거나 망치 손잡이를 쥐어 보고, 공장 안을 둘러본 뒤 돌아갔다. 그러고 나서 한참 동안 안 보이면 이번에는 죽었다는 소식이 들려왔다. 단야장 사람들은 건강한 사람일수록 폐병에 걸리기 쉽다고 말했다. 그래서 여기서는 모두 폐병에 걸리는 이유가 '곤약'이 잘 안 들어서, 그리고 몸이 건강하기 때문이라고 했다!

와타나베는 큰 부젓가락을 쥔 스다에게 공장장의 설교 이야기를 전하고 돌아갔다.

마무리장에 튀어나와 있는 삼면 유리문의 감시 겸 사무소에서는 여러 사람들이 바쁘게 드나들고 있었다. 류키치는 아직도 혀를 물고 조금 전 모습 그대로 샤프트를 깎고 있었다.

## 7

지겨운 설교가 끝나고 밥을 먹고 나자 쉬는 시간이 10분 정도밖에 남아 있지 않았다. 겨울이 다가오자 모두들 점심시간에 잠깐의 틈을 타서 즐기는 일광욕 시간을 매우 소중히 여겼다. 그런데 그토록 기대하던 시간이 줄어든 것이다.

"화재, 화재! 지겹게도 떠드네."

쇼지와 지바는 철사를 둘러친 잔디밭으로 나가 스펀지로 캐치볼을 하기 시작했다. 와타나베와 야마가타는 발동기선과 하역선이 안벽 가득 옆으로 붙어 있는 운하 쪽으로 나가 공장 콘크리트 벽에 등을 대고 양 무릎을 껴안고 있었다. 약하긴 했지만 따뜻한 햇볕이 먼지투성이에 기름 범벅인 몸을 부드럽게 데워 주었다. 야마가타가 평소처럼 코 밑을 재빠르게 문지르며 뭔가 이야기하는 소리를 들으면서…… 와타나베는 자신의 코 고는 소리에 깜짝 놀라 잠에서 깼다.

공장 사람들은 거의 대부분 그곳에 모여 있었다. 하역을 하러 온 부두 짐꾼도, 붉은색 ㊂이라는 도장이 찍혀 있는 기름 발린 두꺼운 커버가 덮인 철재 옆에 대자로 뻗어 자고 있었다. 운하 반대편 창고 2층에는 '콩선별공장'이 있었는데 수많은 여공들이 머리에 수건을 둘러쓰고 창문에 얼굴을 내민 채 이쪽을 향해 뭔가 말을 하고 있었다. 그것을 본 나카지마철공소 직공들이 큰 소리로 다시 되돌려 주었다.

발동기선이 목재가 실린 거룻배를 끌고 퐁, 퐁, 퐁, 고리같이 생긴 연기를 기분 좋을 정도로 뿜으면서 탁한 운하의 물에 스크루 소용돌이를 일으키며 들어왔다. 거룻배가 밧줄을 던지자 발동기선은 그대로 배를 후진시켜 나갔다.

직공들의 옷차림은 공장 안에서는 주변에 녹아들어 있어 잘 느끼지 못했지만 밝은 곳에 나오면 처음 느끼는 것처럼 더러운 것이 눈에 띄었다.

"이 녀석 졸고 있네……. 요즘 느끼는 건데 말이야."

야마가타는 코 밑을 두세 번 문지르더니 딴 목소리로 말했다.

"아무리 운동 초기라 해도 조합이 큰 공장 조직을 뒤로하고 손대기 쉽다는 이유로 운수노동자를 주체로 삼는 건 반대야……. 역시 홋카이도는 뒤처졌어!"

와타나베는 실눈을 뜬 채 아무 말 없이 듣고 있었다.

"조합에 하타쓰카라는 남자가 있어. 겉으로는 잘 드러나지 않는데 신뢰할 수 있는 사람이야……."

야마가타는 그 대목에서 또 목소리를 바꾸어서 말했다. 와타나베는 세우고 있던 양 무릎 사이로 고개를 처박은 채 여전히 실눈을 뜨고 있었다.

"언제 한번 너한테 소개할게……."

그는 왠지 드물게 '너한테'라고 말했다.

"어이, 와타나베하고 오무라, 여기 있어?"

이세다 감독이 두 손을 바지에 찔러 넣은 모습으로 나왔다. 와타나베는 비로소 고개를 들었다.

"첫, 또 다듬어야 하는 그 녀석을 찾는 건가……."

"신용 한번 엄청나네."

야마가타가 의미심장하게 웃었다.

"어이, 와타나베, 예쁜 여자가 널 찾던데!"

어디선가 누가 그렇게 말하자 모두들 와 하고 웃었다.

점심시간이 끝난 뒤 류키치와 와타나베는 화재 뒤처리를 위해 사장 집으로 파견되었다.

"이런 일에는 항상 나라니까!"

야마가타가 어깨를 두드리자 와타나베는 굉장히 부끄러워 했다.

하지만 평소 신용이 없는 직공은 그런 일에 동원될 리가 없기 때문에 류키치는 내심 기뻐했다.

사장 저택 문을 들어가자 류키치는 감탄을 금치 못했다.

사장의 저택은 먼지 많고 시커먼 석탄 현장, 창고, 세관, 물이 괴어 있는 운하가 위치한 해안가, 은행이나 큰 상점이 있는 빌딩가, 카페나 찻집이 있는 산책길, 그리고 학교나 공원이 있는 으슥한 곳을 한 층, 한 층 계단식으로 올라간, 산꼭대기의 가장 한적한 곳에 자리 잡고 있었다. 울창한 나무들 아래 나 있는 길은 쥐 죽은 듯이 고요했다. 오무라와 와타나베는 언덕을 오르면서 산울타리 안쪽 저택에서 들려오는 물이 넘치는 듯 가볍고 아름다운 피아노 소리에 귀를 기울였다.

"이럴 때 좋은 공기라도 마셔 둘까?"

와타나베는 그렇게 말하며 퉁명스러운 표정 그대로 가슴의 단추 하나를 풀며 기지개를 켰다.

사장 저택은 대문 안으로 들어갔는데도 불구하고 나무들이 너무 많아 어디로 가야 할지 몰라 두 사람 모두 잠깐 헤맸다. 서양식 옷을 입은 남자아이와 역시 서양식 옷을 입은 단발머리 여자아이가 보였는데, 귀가 쫑긋하고 늑대를 닮은 예쁜 털의 개와 함께 넓은 정원에서 뛰어놀고 있었다.

일은 굉장히 간단했다. 화재 뒤처리라 말할 수준도 아니었다. 창고에서 겨울용 덧문을 꺼내 와 현관에 달거나 응접실과 각 방에 스토브와 연통을 설치하는 일이었다.

창고에서 스토브, 연통, 문짝을 꺼내고 있는데 남자아이와 여자아이가 개와 노는 일을 그만두고 두 사람이 일하는 모습을 신기한 듯 구경하기 시작했다. 개는 와타나베 주위를 몇 번이나 킁킁거리며 냄새를 맡고 돌아다녔다. 사장 부인이 가끔 나와 살폈다. 류키치는 부인이 무슨 말을 할 때마다 얼굴이 새빨개져서 허둥댔다. 부인은 아직 젊고 아름다운 여자였는데, 두 사람에게 "죄송한데요……"라든지 "……해 주시겠어요?" 같은 말투를 썼다. 와타나베는 공장에서 일할 때와 마찬가지로 퉁명스러운 표정 그대로, 표정 하나 바꾸지 않고 류키치보다 능숙한 손놀림으로 처리했다.

설치를 위해 두 사람이 신발을 벗고 집 안으로 들어가려고 하자 부인이 말했다.

"아, 발을!"

그다지 더럽다고 생각하지 않던 와타나베는 잠깐 자신의 발바닥을 보고 그대로 멈춰 섰다. 그때 식모가 물기를 꼭 짠 예쁜 걸레를 들고 왔다. 두 사람은 할 수 없이 그것으로 발을 닦았다.

정원의 녹색을 그대로 비추는 반질반질한 복도를 지나자 큰 응접실이 나왔다. 한쪽에는 앉으면 몸의 반은 파묻힐 것 같은 긴 의자와 안락의자가 늘어서 있었고, 중앙에는 열대여섯 명은 족히 앉을 수 있을 것 같은 큰 테이블과 그 주위로 의자가 놓여 있었다. 벽에는 멋진 초록색이 들어간 서양화와 여러 가지 신기한 서양 접시가 장식으로 걸려 있었다. 차분한 벽지 색과 고상한 커튼을 통해 들어오는 빛 덕분에 방 안은 부드럽고 차분한 분위기였다. 류키치도 와타나베도 그렇게 큰 방을 실제로 본 건 외국 그림이나 사진을 빼면 처음이었다. 두 사람이 멀뚱멀뚱 서 있는 것을 보더니 식모가 쿡 하고 웃더니 나갔다.

응접실 오른쪽 구석 문으로 나가면 밝은 베란다로 이어졌다. 그곳에는 사장이 의자에 기댄 채 홍차를 마시면서 손님과 담소를 나누고 있었다. 베란다에서는 넓은 정원에서 늑대를 닮은 개가 뛰어노는 모습을 볼 수 있었다. 정원에도 훌륭한 테이블과 등나무 의자가 놓여 있었고 공원에서밖에 본 적이 없는 그네와 미끄럼틀까지 갖추어져 있었다.

두 사람은 그 응접실에 와타나베 키 높이 정도의 무연탄을 때는 독일식 스토브를 설치하게 되었다.

잠시 뒤 아이들이 뛰어들어 왔다. 그리고 "어머니, 과자요!"라고 말했다.

류키치는 일을 하면서 여자아이가 말한 대로 조용히 "어, 머, 니!"를 반복해서 발음해 보았다. '어머니', 그런 말은 처음 듣는 단어였다.

"과자 줄 테니 손을 씻고 오세요."

부모가 자기 자식한테 그렇게 정중하게 말하다니! 그것도 그에게는 상상도 못할 일이었다. 그에게 부모란 자식에게 시끄럽게 잔소리나 하는 존재였다. 아이들은 바로 큰 응접실 구석에 있는 '세면대'로 가 'H'와 'C' 중에 'C'라고 되어 있는 쪽 수도꼭지를 비틀어 나오는 물로 손을 씻고, 각자 자기 주머니에서 예쁜 손수건을 꺼내 손을 닦았다. 그런 다음 아이들은 의자에 똑바로 앉아서 과자를 먹었다. 여자아이는 자신의 무릎 위에 손수건을 펼쳐 두었다.

사장은 시가의 끝부분을 가위로 자르더니 그곳에 불을 붙였다. 두 사람이 와 있다는 것을 알면서도 특별히 이쪽을 쳐다보지도 않았다. 유명한 오시마의 기모노를 입고 편안하게 앉아 있었다.

식모가 베란다로 종종걸음으로 가더니 조금 떨어진 곳에서 고개를 숙였다.

"전화가 왔습니다만……."

사장은 식모의 말에는 대꾸도 하지 않고 자리에서 일어났다. 응접실을 지나면서 두 사람을 봤지만 딱히 아무 말도 하지 않았다.

"뭐라고? 확실히! 무슨 소린지 모르겠어!"

큰 목소리로 통화하는 소리가 들렸다.

"몰라! 그런 제멋대로가 어디 있어? 내가 큰일을 당했을 때는 모르는 척하더니!"

그러면서 쾅 하고 수화기를 내려놓는 소리가 들렸다. 사장은 곧바로 돌아왔다. 하지만 돌아올 때는 두 사람을 쳐다보지 않았다. 평소에는 좋은 사장이었지만 어젯밤 화재로 인해 아직도 화가 풀리지 않은 모양이라고 류키치는 생각했다.

큰 응접실에 스토브 설치가 끝나고 다음에는 서재 차례였다. 그곳은 큰 응접실의 화려함에 익숙해진 눈을 한층 더 휘둥그레지도록 만들었다. 묵직한 무게감이 느껴지는 술이 달린 커튼, 이중창, 벽 전체를 가득 메운 훌륭한 서적들, 소파, 장식을 해 놓은 전기스탠드, 푹신푹신하고 두꺼운 양탄자, 조각이 들어간 금시계……. 류키치는 이번에는 아무도 뭐라고 할 사람이 없는데도 입구에서 스스로 슬쩍 자신의 발바닥을 확인했다.

"어때, 오무라 류키치!"

와타나베가 이 저택에 들어와서 처음으로 입을 열고 꺼낸 말이었다. 하지만 퉁명스런 표정은 그대로였다.

"좋다……."

류키치는 마치 한숨을 쉬듯 말했다. 와타나베는 류키치를 힐끗 쳐다보았다.

"이런 데서 공부하면 얼마나 좋을까!"

금시계를 조심스럽게 만지며 예전에 자신이 빵공장 작업대 위에 책을 올려놓고 밀가루 반죽을 하면서 공부하던 과거를 떠올렸다.

와타나베는 다시 한 번 류키치를 바라보았다.

"오무라 류키치는 이런 곳을 보면 그런 생각을 하나 보지? ……"

그 뒤 와타나베가 뭔가 말을 하려 한 순간 사장 부인이 들어오는 바람에 말이 끊겼다.

"여기가 끝나면 차를 내줄 테니 조금 쉬세요."

류키치는 당황해서 얼굴을 붉히며 "네." 하고 대답했다.

갑자기 멀리 있는 방 쪽에서 피아노 소리가 들려왔다. 작은 아이가 치는 듯 서툰 음계가 울려 퍼졌다. 사람 말소리도 들리지 않는 넓고 조용한 저택 안에서 그 소리를 듣고 있으려니 두 사람은 지금까지 마치 자신들이 모르는 '이 세상이 아닌' 곳에 와 있는 것 같다는 생각이 들었다.

"다르구나, 오무라 류키치!"

와타나베는 받침대 위의 스토브 위치를 손보며 말했다.

"아……!"

와타나베는 그런 다음 말투를 바꿨다.

"이와키빌딩하고 비교하면 어때?"

그렇게 말하고는 의미심장하게 웃었다.

류키치는 멀미라도 난 듯 뭔가 다른 것을 생각하고 있었기 때문에 대답하지 않았다. 그리고 다만 '다르구나!' 하면서 가끔 생각이 난 것처럼 반복했다.

식모가 부르러 와서 두 사람은 차를 마시기 위해 식모의 뒤를 따라갔다. 막다른 곳에는 돌출된 창문이 많아 밝은 분위기의 서양식 방이 있었는데 그곳은 '아이들 방'이었다. 아이들이 방 한가운데 테이블에 기대어 책을 읽거나 장난감을 가지고 놀고 있었다. 피아노 소리는 그 옆방에서 들려왔다. 류키치는 데미야의 축축한 집과 단칸방에 온 식구가 북적대며 사는 모습을 떠올렸다. 큰 응접실로 가니 차 테이블 위에 뚜껑이 덮인 차가 두 개 나란히 놓여 있었다. 두 사람 모두 그런 찻잔으로는 차를 마셔 본 적이 없었다.

"그럼, 이쪽에서 손을 씻으세요."

식모가 새 수건을 가지고 욕실로 두 사람을 안내했다. 류키치는 기름과 쇳내가 몸에 배어 아무리 씻어도 그대로인 자신의 굳은살투성이 손을 바라보았다.

베란다의 손님은 다른 사람으로 바뀌어 있었다. 그리고 테이블을 둘러싸고 사장 부인도 같이 '마작'을 하고 있었다. 사장은 이번에는 뭔가 계속 농담을 던지며 좌중을 웃기고 있었다. 와타나베도 류키치도 '마작'이라는 이름은 알고 있었지만 진짜 하는 모습을 본 것은 이번이 처음이었다. 신문에서는 도쿄에서 요즘 유행하고 있다고 했다. 사장과 다른 사람들은 항상 대낮부터 이러고 있는 걸까?

"공장에서는 모두 슬슬 시계를 노려보고 있을 시간이네……?"

류키치는 자신도 모르게 이 집에 놀러라도 온 아이처럼 말했다. 그리고 선반이 쇠를 깎고, 스팀 해머가 땅을 쾅쾅 울리며, 석탄 연기가 가득하고, 기계기름 냄새가 풀풀 나는 공장을 잠시 머릿속에 떠올렸다.

"다르군!"

설치가 끝나고 사장 저택을 나선 것은 4시 조금 전이었다. 따져 보니 세 시간 정도였지만 다섯 시간, 아니 열 시간도 더 있다 나온 것처럼 길게 느껴졌다. 두 사람 모두 저택에서 한 걸음 나온 순간 마치 약속이라도 한 듯 '하아' 하고 크게 숨을 쉬고 자신의 어깨를 두들기고 뒷목을 당겨 보았다. 그런 다음에 언덕을 내려가면서 새삼스레 사장 저택을 뒤돌아보았다.

두 사람은 아무 말도 하지 않고 걸었다.

걸으면서 와타나베는 자신도 모르게 역시 흥분해 있었다. 그건 머릿속 어딘가가 취한 것 같은 느낌과 닮아 있었다.

"어때, 오무라 류키치, 나는 비로소 적의 본거지를 정찰하고 온 느낌이야!"

와타나베는 의미를 담은 말투로 류키치 쪽을 바라보았다.

"다른 거구나!"

류키치는 또 다시 몇 번이나 같은 말을 반복했다. 그는 자신이 느낀 감정을 어떻게 표현해야 좋을지 아직 스스로도 잘 몰랐다.

와타나베는 자신이 쓴 '적의 본거지'라는 말이 탄환처럼 박혀, 류키치에게 어떠한 반응을 일으키리라 기대하고 말한 것이었다! 하지만 반응은 없었다. 그는 '류키치'가 제대로 알아들었을 것이라고 생각했다.

그래서 그는 입을 다물어 버렸다.

한 층 한 층 아래로 내려오는데, 한 층 내려올 때마다 '산꼭대기의 고급 주택가'와는 다른 각각의 동네가 확실히 구분됐다. 그리고 마침내 공장 앞까지 오자 겨우 안심이 되었다. 그곳만이 마음대로 꾸밈없이 거친 말로 소리치고 마음대로 몸을 놀릴 수 있는 곳이라는 생각이 들었다.

"아, 오무라 씨!"

수습공인 쇼지가 류키치에게 달려와 갑자기 어깨에 손을 얹었다.

"이노우에가 다, 당했어요!"

그렇게 말하더니 목이 메었다. 그리고 오늘 시운전을 했던 밀링 앞의 봉당을 가리켰다. 그곳에는 새 모래가 백이십에서 백오십 센티미터 정도 사방에 깔려 있었다. 와타나베도 그 자리에 못이 박힌 듯 움직이지 않았다.

"어떻게 된 거야?"

"저쪽에서."

쇼지는 이번에는 메인 샤프트가 걸쳐져 있는 철제 빔을 가리켰다.

"벨트 수선하러 올라갔다가 일을 당한 거예요!"

이노우에는 처음에 다리를 당했다. 갑자기 꺅 하는 소리가 들려 밑에서 일하던 사람들이 전부 놀라 위를 쳐다 보니 벨트와 전동바퀴 사이에 이노우에의 몸이 납작해져서 너덜너덜하게 찢기듯 흔들리고 있는 광경이 보였다. 그리고 다음 순간에는 시꺼먼 덩어리가 된 이노우에 가랑이 윗부분 몸체가 완전히 거꾸로 뒤집힌 상태로 떨어졌다. 그걸 눈앞에서 목격하고 모두 그 자리에 얼어붙었다. 이노우에의 몸은 떨어지는 순간 두세 번 실룩실룩 움직였다. 그리고 뭔가 알아들을 수 없는 말을 한 듯 했으나 그대로 죽은 닭처럼 고개를 떨궜다.

모두 기계 멈추는 것도 잊었다.

벨트는 이따금 핏방울을 떨어뜨리면서 냉혹한 무관심으로 돌고 있었다. 하지만 기계는 바로 정지시켰다. 그런 다음 우선 급조한 들것으로 이노우에를 병원으로 옮겼다. 완전히 차게 식은 몸을 일으키자 봉당의 모래에 검은 지도처럼 피 웅덩이가 생겨 있었다. 그것을 처리하는 직공들의 표정은 새파랗게 질려 있었다. 그들은 이노우에의 시신을 들것으로 옮기면서 자신들의 몸이 그렇게 된 것만 같은 이유 없는 두려움을 느꼈다.

이노우에가 실려 가자 삽으로 피로 물든 봉당을 파낸 다음 그곳을 새 흙으로 덮었다. 벨트에는 살이 찢겨 나가고 남은 찌꺼기가 붙어 있었다.

직공들은 모두 한마디도 하지 않았다. 그리고 평소에는 귀를 막을 정도의 굉음이 함석 지붕을 울려 대다가 공장 전체에 소리가 뚝 끊겨 버리는 바람에 어딘가 깊은 물속에서 직공들이 묵묵히 움직이고 있는 것 같았다.

흔적 처리가 어느 정도 끝나자 비로소 무슨 일이 일어났는지 깨달은 모양인지 모두들 갑자기 웅성거리기 시작했다.

류키치와 와타나베는 그 이야기를 듣자마자 거의 동시에 표정이 변했다. 사장이 전화로 말하던 단어 하나하나가 큰 글자로 쓰인 타이틀처럼 떠올랐다. 뿐만이 아니라 바로 뒤에 마작을 하면서 농담을 하던 사장의 옆얼굴이 또렷이 떠올랐다. 그런데 따지고 보면 그렇게 능숙한 이노우에가 자신의 목숨을 잃은 이유도 화재 현장에 달려가 사장을 도와주느라 밤을 샜기 때문이었다!

와타나베는 평소보다 훨씬 더 격한 표정을 지었다.

"어때, 오무라 류키치!"

그는 평소처럼 '성'과 '이름'을 불렀다.

류키치는 자신의 발치 바로 아래가 실제로 와르르 무너져 가는 것을 느꼈다.

야마가타가 그곳으로 슬쩍 다가왔다.

와타나베는 '노동자'가 자본가 앞에 어떤 위치에 처해 있느냐 하면 바로 '이노우에의 위치'에 처해 있다고 말했다.

때문에 노동자는 '자신이 노동자'라는 자각을 가져야 한다는 말이었다.

솔직히 류키치는 와타나베가 말하는 것이 어떤 의미인지 제대로 안 것은 오늘이 처음이었다.

류키치는 몸의 떨림이 멈춰지지 않았다.

그는 지금까지 자신이 걸어온 길, 그리고 아버지의 죽음을 통해 여러 가지를 깨달았다고 생각했었다. 하지만 그 밑바닥을 살펴보면 결국 '나도 여기서 질 수는 없다!' 같은 마음이 전부였다. 학교에는 갈 수 없게 됐지만 머리는 꽤 좋았다. 학교 다니는 부잣집 자식들한테 질 수는 없다고 생각했다. 게다가 무엇보다 아버지도 어머니도 나와 형제들도 너무나 비참한 생활을 해 왔다. 그런 고통을 또렷이 알고 있는 그는 자신도 이곳에서 탈출해 그들에게 지지 않는 모습을 보여 주겠다고 생각했다. 언제나 생각은 그쪽으로 흘러갔다.

때문에 '이와키빌딩'의 후루야마가 늘 그의 얼굴을 보기만 하면 세상에 '노동자'밖에 없는 것처럼, 그리고 그게 제일 중요한 것처럼 '노동자!', '노동자!' 부르짖는 게 일단 무슨 의미인지 몰랐고, 거기서 조금이라도 빨리 탈출해야겠다고 다짐하는 그에게는 이상하기 짝이 없는 얘기였다.

후루야마뿐만 아니라 와타나베도 자신이 노동자라는 사실이 무엇보다 '자랑스러워 해야 할 일'인 것 같은 말투였던 것이다.

류키치는 지식욕에 불타고 있었기 때문에 다양한 것들을 알고 있는 후루야마의 방에 놀러가는 것을 좋아했지만 후루야마가 '노동자' 얘기를 꺼내면 그는 입을 다물었다. 그래서 '방세' 문제에 대해서도 그는 하품을 참고 참으며 회의에 참가했다. 그것보다는 자신이 그 정도 방세는 아무렇지 않게 낼 수 있도록 성공해야겠다고 생각했다.

하지만 세상은 그렇게 만만하지 않았다. 지금 그 의미를 깨달은 것이다.

"두 개의 세계가 있어. 기계기름 범벅이 되어 허리를 굽히고 일하는 세계와 그 착취 위에 군림하는 큰 응접실과 서재를 가진 세계!……"

와타나베는 뭔가에 흥분하면 할수록 한 마디 한 마디를 천천히 자제해 가며 말하는 버릇이 있었다. 그 말을 듣고 류키치는 방금 보고 온 '큰 응접실'과 '서재'를 떠올렸다.

이노우에가 피투성이가 되어 떨어지고, 죽은 닭처럼 목이 꺾였을 때, 사장이 자기 집의 '화재'와 노동자의 '목숨'을 저울질하면서 마작이나 하고 아무렇지 않게 농담을 했다는 것은 '도덕상의 문제'로 해결되는 것이 아니라, 자본가와 노동자 사이에는 공통점이라고 부를 만한 것이 손톱만큼도 없으며, 그것은 본질적으로 '적'과 '아군' 관계에 놓이게 되기 때문에 거기서부터 바라보아야 한다고 와타나베는 말했다. 류키치는 그 말을 이해할 수 있을 것 같았다.

"무서운 일이야!"

류키치는 순간 겁을 먹은 것처럼 자신의 어깨 주위를 둘러보았다.

"무서운 일이야!"

야마가타는 코 밑을 재빠르게 문지르며 류키치를 의미심장하게 쳐다보았다. 그 다음 바로 와타나베를 쳐다보았다.

"이노우에가 당한 사고라 해서 태평하게 생각하면 큰일 날 거야!"

직공들은 서로 모여 얘기를 하고 있었다. 생전 이노우에에 대한 여러 가지 소문들이 튀어나왔다.

"모두 다 같이 장례식에 가자."

한 사람이 그렇게 말하자 모두가 말했다.

"남의 일이 아니야. 가자고! 진짜!"

"사장은 우리들이 화재 현장에 달려오지 않았다고 공장장한테 설교까지 시켜 놓고, 과연 직공 때는 어떻게 나올는지……."

뒤쪽에서 누군가가 그렇게 말했지만 자신이 말한 내용에 겁이 났는지 말끝을 흐렸다.

모두 갑자기 순간적으로 입을 다물었다.

류키치는 몰래 와타나베 쪽을 훔쳐보았다. 사정을 알고 있는 그는 이런 경우 당연히 '그 일'을 알려야만 한다고 생각했다. 하지만 막상 전하려고 하니 용기가 없었던 것이다!

"나와 오무라 류키치가 오늘 사장 집에 갔다 온 건 다들 잘 알 겁니다."

와타나베는 그렇게 입을 열었다.

이노우에의 죽음을 눈앞에서 목도하고 흥분해 있는 직공들에게 와타나베의 이야기는 가슴에 새겨지는 것처럼 깊은 인상을 주었다. 언제나 반대로 자신의 감정을 억누르며 말하는 그의 말투에는 오히려 강력한 힘이 있었다. 류키치는 끌리는 매력을 느끼고 와타나베를 똑바로 지켜보았다.

와타나베가 말을 마쳤는데도 직공들은 한동안 아무 말도 하지 않았다.

단야장 영감이 한숨을 쉬었다.

"불쌍하구먼, 이노우에도! 이래서는 죽어서도 편치 못할 거야!"
"이노우에 녀석, 사고 나기 조금 전에 화재 현장에 갔던 얘기를 하고 있었어. 이노우에가 사장한테 엄청 칭찬을 받았다고!"
"그래! 못 참겠어!"
누군가 얼굴을 손으로 덮으며 말했다.
"누군가는 오늘 아침 큰일이 생겼을 때는 서로 도와줘야 하는 법이라며 사장 편을 들었지!"
와타나베는 얼마 안 있으면 감독으로 승진할 후쿠하라 쪽을 힐끗 쏘아보았다.
"좋아, 몇 번이라도 말해 주지, 남의 일이 아니야!"
"뭐라!"
"이노우에한테 마누라가 있었나?"
연배가 있는 선반공이 정말 불쌍하게 여기는 듯 물었다.
"마누라도 애도 없으니 차라리 잘됐지!"
"없다고 해도 마찬가지야."
뒤에서 화가 난 목소리가 퉁명스럽게 날아왔다.
"어머니와 어린 동생들이 있을 거야!"
"그래? 가엾게도!"
"그래서 회사에서는 도대체 얼마나 내 줄까?"
보아 하니 그 말을 꺼낸 사람은 야마가타였다. 그는 눈을 두리번거리며 재빠르게 코 밑을 문질렀다.

"그거야!"

두세 명이 동시에 말했다. 그것은 누군가 말을 꺼내 주기를 기다렸다는 것 같은 말투였다. 그러자 모두들 서로의 눈치를 보듯 입을 다물었다.

"잔뜩 내게 만들어야지!"

금방 흥분하는 지바가 얇은 입술을 삐죽거리며 새된 목소리로 말했다.

"사장 돈 벌게 해 주느라 목숨을 잃었으니 남은 가족들 몫도 일 년은 먹고살 수 있을 정도는 챙겨 주는 게 이치에 맞지!"

쇼지는 기쁜 듯 바닥에 나무를 댄 짚신 조리를 껄떡거렸다. 그는 언제나 뭔가 '사건이 일어나는 것'을 즐거워했다.

"과연 내줄까?"

"내줄까라니? 내도록 만들어야지. 직공이라 해도 노동자고, 사람 목숨이야, 사람 목숨!"

지바는 단숨에 말했다.

야마가타는 다시 뒤쪽에서 말했다.

"그렇지 않으면 우리들도 전혀 안심하고 일을 할 수가 없잖아? 그렇잖나?"

"그렇고말고!"

지바는 내 말이 그 말이라는 식으로 맞장구를 쳤다.

"이번 일로 안 좋은 선례를 남기면 큰일이니 많이 받아야 해!"

단야장 영감은 자신의 어깨에서 팔 쪽을 내려다보고 말했다.

"정말이야. 나도 위험한 일을 하고 있으니까!"

류키치는 와타나베가 어려운 말로 얘기했던 '노동자로서의 자각'이라고 불러야 할 것이 그들 가운데 가득 차오르는 것을 느낄 수 있었다. 그것은 이게 바로 자각이라고 깨달아서 행동하는 것이 아니라, 투쟁하지 않으면 그냥 단순히 노동자라는 위치에 놓이게 될 것이라는 사실이 모두를 자각하게 만들었다는 것을 알았다.

하지만 그건 둘째치고 와타나베라는 인물은 도대체 어떤 사람일까?

공장 안은 어두워지기 시작했다. 한 사람의 인간을 질척질척하게 갈은 고기처럼 씹어 버린 벨트가 그 어두컴컴한 가운데 조용히 응시하고 있었다. 즈크 천으로 덮개를 씌운 선반과 플레이너, 드릴링 머신은 그 아래에서 마치 몸을 움츠리고 숨을 참고 있는 것처럼 보였다.

"지금부터 한 사람이라도 더 많이 이노우에 집으로 가자고!"

류키치는 와타나베, 야마가타, 아직 팔팔한 쇼지 등과 함께 이노우에의 집에 들르기로 했다.

그는 어젯밤 '회의'가 끝난 뒤 캔제조공장에 다니는 후지코와 함께 요즘 변두리 영화관에서 상영하는 〈오코치 덴지로大河內傳次郞〉를 보러 가기로 한 약속을 떠올렸지만, 여자를 화나게 만든다 해도 어쩔 수 없다고 생각했다. 하지만 그건 평소의 류키치답지 않은 행동이었다.

무엇보다 오늘 집에 돌아가면 후루야마를 만나 꼭 여러 가지에 대해 이야기를 해 봐야겠다고 생각했다.

## 8

'나카지마철공소' 옆의 제1호 매립지와 제2호 매립지를 연결하는 워런식 교량을 건너면 그곳부터는 석탄 더미가 시커먼 봉우리들로 산맥을 이룬 것처럼 쌓여 있는 '저탄장'이었다. 배후지에 유바리, 비바이, 이쿠슌베쓰 같은 큰 탄광이 자리 잡고 있어 수십 대의 '대형 철제석탄차'가 낡은 소형 기관차에 이끌려 끊임없이 드나들고 있었다. 지네처럼 안벽 바로 옆까지 이어져 있는 선로 위를 기관차가 '대형 철제석탄차'를 밀고 갔다. 화차의 석탄 위에는 삽을 든 인부들이 겨울이 다가오면 불어오는 칼바람에 어깨를 움츠린 채 타고 있었다. 그들은 석탄 범벅이라 멀리서 보면 마치 까마귀가 앉아 있는 것처럼 보였다. 정해진 곳에 이르러 화차 측판에 붙어 있는 걸쇠를 풀면, 검은 먼지가 풀풀 일어나며 선로 아래로 석탄이 눈사태처럼 떨어졌다. 가끔 '개미지옥'처럼 발을 헛디뎌 인부가 미끄러져 떨어지는 일이 발생했다! 당황한 사람들이 화차에서 뛰어내려 석탄 더미를 파헤치는 가운데 석탄재를 마셔 질식해 죽는 사건도 있었다. 이 노선은 간선을 이루고 있는 임해철도에서 수십 개로 갈라져 나와 부채꼴 모양으로 이어져 있었다.

안벽에는 거룻배가 옆으로 붙어 있어 반나체의 인부 수백 명이 유연하게 휘는 디딤널을 건너 석탄바구니를 지고 갔다. 오타루 지역에서는 석탄을 나르는 날품팔이를 가리켜 '우글'이라고 불렀다. 그 단어는 수백 명의 더러운 인부들이 우글우글 모여 석탄을 짊어지고 가는 모습에서 따 온 말이었다. 천칭 양쪽 끝에 바구니를 걸고 석탄을 넣은 다음 한쪽에 달려 있는 가느다란 삼노끈을 잡아당기면 바구니가 거꾸로 획 뒤집어지면서 석탄이 한꺼번에 떨어지도록 되어 있었다. 디딤널을 건너는 입구에는 감독이 서 있었다. 그리고 한 번 옮길 때마다 딱지를 한 장 주었다. 일이 끝나면 그 딱지를 돈으로 교환할 수 있었다. 그래서 수백 명의 '우글'들은 한 번이라도 더 석탄을 나르려고 안달이었다.

웃싸, 웃싸, 웃싸, …….

그 장단 맞추는 소리 사이로 천칭이 삐거덕거렸다.

"뭐야! 제대로 다 안 차 있잖아!"

감독이 딱지를 건넬 때 힐끔 바구니 안을 들여다보더니 고함을 질렀다.

익숙하지 않은 사람은 점심시간이 되기도 전에 어깨가 다 까졌다. 박자를 맞추지 못해 엉거주춤한 자세로 다리만 굽혔다 폈다 했다. 석탄을 퍼 담는 사람들은 그걸 보고 불쌍해서 조금밖에 석탄을 넣어주지 않았다. 하지만 나르는 양에 따라 임금을 받았기 때문에 한 사람이 일 인분 양을 초과해 저탄장과 거룻배 사이를 왕복했다. 전투라도 하듯 살기를 띠고 서두르는 기색이 역력했다. 개중에는 여자 날품팔이도 많이 섞여 있었다. 아이를 가진 여자들은 집을 비운 사이 아이들을 떼어 놓을 수가 없어 옆쪽에 멍석을 펴 놓고 그곳에서 장난감을 가지고 놀게 했다. 아이가 울기 시작하면 엄마는 바구니를 천칭째 던져 버리고 무릎만 땅에 댄 다음 가슴을 풀어헤치고 젖을 먹였다. 그런 다음 다시 서둘러 바구니를 메고 대열로 합류했다.

저탄장에는 '미쓰이', '미쓰비시', '스미토모' 등의 회사들이 늘어서 있었다. 그곳에서 일하는 날품팔이는 오백 명 이상이었다. 그래서 유리 상자에 찹쌀떡이나 단팥빵, 라무네를 넣은 장사치들이 잔뜩 몰려왔다. 일이 고되다 보니 찹쌀떡, 단팥빵이 잘 팔렸다.

"아이고, 죽겠다!"

이 씨가 석탄 나르는 대열에서 빠져나와 '장사치'가 있는 곳으로 다가갔다. 그리고 라무네를 한 병 사서 가운데 손가락으로 (엄지손가락은 너무 두꺼웠다) 병 입구의 구슬을 떨어뜨린 다음 넘쳐흐르는 라무네를 고개를 젖혀 입으로 가져가 한입에 꿀꺽꿀꺽 다 마셔 버렸다. 날품팔이들 중에는 '이와키빌딩' 사람들이 많이 섞여 있었다. 기선 출항 직전에는 연료로 쓰이는 석탄을 실어 쌓아 두느라 갑자기 바빠졌기 때문에 한꺼번에 많은 날품팔이가 필요했다.

"아!"

워런식 교량을 건너 줄줄이 걸어오는 '나카지마철공소' 직공들 중에서 류키치를 발견한 이 씨가 긴 손을 들었다. 이 씨의 '긴 손'과 넓적한 손바닥은 빌딩 안에서도 유명했다. 이 씨는 그 이유를 조선인이 일본인보다 두 배 이상 일을 해야 했기 때문에 저절로 이렇게 된 거라고 말했다.

"벌써 퇴근하는 거야? ……"

이 씨는 눈을 동그랗게 뜨고 류키치를 쳐다보았다. 그리고 라무네를 마신 입을 지저분한 손등으로 닦았다.

"아니, 오늘은 늦은 편이야. 좀 일이 생겨서……."

류키치가 말했다.

"조금 전에 여기 들것이 지나가던데 아마 나카지마철공소였지. 누가 다쳤나?"

"응."

'이와키빌딩' 사람들은 석탄 바구니를 멘 채 지나가면서 벌써 퇴근하는 거냐며 모두 한 마디씩 말을 걸었다.

"여유롭네. 지금 이 시간에 퇴근이라니, 안 그래?"

그중에는 침을 뱉듯 거친 말을 던지며 지나가는 사람도 있었다.

"뭐라고?"

야마가타가 재빠르게 코 밑을 문질렀다.

"바보 같은 놈, 불평불만 늘어놓을 곳의 번지수를 잘못 찾았어! 지금이 뭐, 벌써 5시나 됐네!"

와타나베는 열을 내는 야마가타를 보며 속으로 웃었다.

이곳에서는 '나카지마철공소', '홋카이캔제조회사'처럼 큰 공장에서 일하는 노동자를 '직공'이라 부르며 노동자와 구별했다. 아무도 직공을 노동자라고는 생각하지 않았다. 노동자라고 하면 그건 석탄을 나르는 날품팔이들이나 목재, 잡곡의 하역 일을 하는 짐꾼, 인부들을 말했다. 직공은 일당도 좋았고 일도 '노동자'에 비해 깔끔했으며 일하는 시간도 아침 7시부터 저녁 5시까지였다. 하지만 그에 비해 짐을 싣고 내리는 일은 힘들 뿐만 아니라 열두세 시간 정도 일을 해야만 했다. 게다가 반 이상은 '일용직'이었기 때문에 매일 일이 있는 것도 아니었다.

날품팔이나 짐꾼들은 언제나 시간이 돼서 나카지마철공소 직공들이 운하 옆 아스팔트길을 따라 퇴근하는 모습을 일손을 놓고 바라보았다. 그 모습을 구경하다 보면 자신들은 두 시간이나 더 일해야 한다는 사실을 떠올렸다……. '캔제조회사'와 '나카지마철공소'의 직공들 중에는 으스대면서 너희들과는 동급으로 취급 받기 싫다는 듯 여전히 일하고 있는 현장 사람들 쪽은 거들떠보지도 않고 돌아가는 사람도 있었다.

노동자들만 사는 '데미야'의 잡화점과 쌀집에서도 '캔제조공장'이나 '나카지마철공소'에 나가는 직공, 동네 공장에서 일하는 사람, 짐꾼이나 날품팔이 사이에 확실하게 구분을 해서 외상 한도를 달리 매겼다.

"불평할 곳의 번지수를 잘못 찾긴 했지만…… 그렇지만도 않아."

와타나베는 굵은 눈썹을 실룩거리며 야마가타에게 말했다.

"현장에서는 파업이 잘 일어나지. 그런데 공장 놈들은 자기들 일이 아니라고 차가운 표정으로 그냥 넘겨 버려."

"음……."

야마가타는 멀대 같은 몸을 잠깐 흔들더니 아이처럼 부끄러워 했다.

"그런 주제에 공장 사람들이 높으신 분들 같은 생활을 하냐 하면, 천만의 말씀이지! 단지 겉보기에 좋아 보이는 정도야! 그것도 날품팔이들에 비해서 말이지!"

"저기, 오무라 씨……."

이 씨는 그곳에 바구니와 천칭을 놓아둔 채 잠깐 할 말이 있다며 능숙한 일본어로 말했다.

와타나베와 다른 사람들은 먼저 걸어갔다. 멍석 위에 놀고 있던 아이들은 추워진 날씨에 다 같이 모여서 두 손을 품속에 집어넣은 채 석탄 바구니를 나르고 있는 어머니의 뒷모습을 눈으로 좇고 있었다. 어머니는 아이들 앞에 오면 지저분해진 볼을 부풀리며 아이에게 장난을 쳤다. 류키치는 오늘 일로 자극을 받아 그런지 왠지 피곤함이 느껴졌다. 그래서 멍석 끝에 잠시 앉았다.

"저기, 있잖아요……."

이 씨는 미쓰이와 미쓰비시 현장 쪽을 가리켰다. 여기서 바라보면 재빠르게 오가며 석탄을 나르고 있는 사람들이 무수히 많은 개미떼를 연상시켰다.

"응?"

"이번에 미쓰이와 미쓰비시에서는 저 옆쪽에 컨베이어장치 석탄적재기계를 만들고 있다네요. 저 안벽 위에 튀어나와 있는 윈치 같은 게 보이죠, 저거."

"응."

"저건, 저탄장 바로 아래까지 갱도를 파 내려가서 폭이 넓은 컨베이어 위에 석탄을 떨어뜨리면 그게 운반되어 저 윈치 앞에서부터 거룻배 위로 바로 실을 수 있게 된다네요……."

류키치는 이 씨가 말하는 내용을 들으며 그 말투가 항상 입을 헤벌리고 있는 조선인 같지 않다는 사실에 놀라 상대방을 쳐다보았다.

"음."

"현장 사무소 옆에 오두막 있잖아요. 그곳이 동력기를 설치해 둔 곳이에요. 미쓰비시 쪽에서는 기계는 이미 어제 다쓰타마루 호에서 육지로 옮겼어요. 그렇게 되면 이곳 항구에서만도 삼백 명의 날품팔이들의 생계가 하루아침에 막막해지는 겁니다!"

모두 뭔가 소리를 쳐 가며 거의 반쯤 뛰는 자세로 열심히 석탄을 나르고 있었다.

"삼백 명……!"

"기계가 가동되기 시작하면 그 다음부터는 그냥 석탄 떨어뜨리는 곳에 석탄을 밀어내는 인부와 거룻배에서 석탄 고르기 작업을 하는 불과 네다섯 명 정도의 인력이면 충분하게 됩니다. 그걸 아니까 이곳 현장 주임까지 성질이 나 있는 겁니다……."

"……그래도, 여기는 괜찮잖아?"

상대방은 열심히 말을 했지만 그게 자신과 무슨 상관이 있는지 잘 이해가 되지 않아 류키치는 조금 모호하게, 어찌 되든 상관없다는 식으로 말했다.

"아뇨!"

이 씨는 놀라서 그를 쳐다보았다.

"사백 명이라는 사람들이 할 일이 없어지게 되면 벌써 연말도 다가

오고 하니 이곳으로 전부 몰려들 겁니다! 그렇게 되면 사장은 콧김이 세져서 단가를 점점 더 낮추겠죠! 벌써부터 그런 낌새를 보이고 있으니까."

"……"

류키치는 그 말을 듣고 자신도 모르게 얼굴을 붉혔다. 열악한 조건하에서 일하고 있는 항만 노동자들 중에는 조합에 가입한 사람이 많았다. 혹시 이 씨도 조합원일지 모르겠다고 생각했다…….

"어머이, 어머이!"

배도 고프고 날도 점점 추워졌기 때문에 참지 못한 멍석 위의 아이가 콧물이 수염처럼 말라붙은 뺨을 실룩거리며 울어 대기 시작했다.

"금방 끝나! 조금만 기다려, 자, 착하지!"

어머니는 오늘 일한 것으로 얼마나 받을 수 있는지 마음속으로 계산하며 늦지 않게 뛰어갔다. 하지만 어머니가 앞을 지나칠 때마다 멍석 위의 여자아이는 어머니를 불러 댔다.

"착하지! 착하지! 한 번만 더 갔다 오면 돼. 진짜 마지막 한 번으로 끝낼 거야! 잘 보고 있어."

거친 남자들 사이에서 석탄을 나르는 것은 쉬운 일이 아니었다. 한 번 나를 때마다 어머니들은 어깨를 위아래로 들썩이며 숨이 찬 듯 헉헉거렸다. 눈이 이상할 정도로 날카로워졌고 과로로 인해 얼굴 전체가 굳어 있었다. 류키치는 멍석 위의 아이를 보고 자신도 어렸을 때 막벌이로 화차를 밀던 부모 옆에서 주린 배를 안고 기다리던 기억을 떠올렸다.

그는 수중에 15전 정도가 있었기 때문에 슬슬 돌아갈 채비를 하고 있는 장사꾼에게 '찹쌀떡' 세 개를 사서 아이들에게 나누어 주었다. 처음에는 아이들이 놀라 멍하니 쳐다보더니 그의 얼굴과 찹쌀떡을 번갈아 보며 몸을 움츠렸다.

"어머이 금방 오실 테니 이거 먹고 기다려라."

그렇게 말하니 겨우 머뭇머뭇 손을 내밀었다. 하지만 일단 받아들자 아이들은 이번에는 순식간에 입 한가득 베어 물더니 급하게 소리를 내며 먹기 시작했다. 아무한테도 빼앗기지 않으려고 정신없이 먹는 듯했다. 그래도 눈만은 경계하듯 눈을 치켜뜨고 류키치만 쳐다보았다.

"이런, 이런!"

어머니가 지나가다가 류키치에게 감사 인사를 하고 지나갔다.

이 씨는 그에 대해서는 아무 말 하지 않고 호의를 보이며 말했다.

"그래서 말인데,"

천칭을 짊어지며 말했다.

"모두들 앞으로 어떻게 하면 좋을지 의논하고 있는데, ……그래서 혹시 나카지마철공소에서도 응원을 해 줄 수 있을까 해서……."

그 대목에서 잠깐 말을 끊고 류키치를 쳐다보았다.

"후루야마 씨한테도 말을 해 봤는데……."

반대편 쪽에서 서서 얘기를 나누며 류키치를 기다리고 있던 와타나베와 일행이 그를 불렀다.

"저……."

류키치는 지금까지 다른 사람이 그런 의논을 해 온 적이 없었다. 그는 잠시 입을 다물고 귀 위를 긁었다.

"저쪽 녀석들이 동료니까 의논해 보지."

"그럼 부탁합니다."

이 씨는 와타나베 쪽을 보더니 꾸깃꾸깃한 사냥모자 챙에 손을 올렸다.

옆 석탄 현장에서는 적재가 끝나자 모두들 딱지를 돗자리 위에 늘어놓고 숫자를 세고 있었다. 그 현장에서는 딱지를 곧바로 현금으로 교환해 주지 않았기 때문에 회사와의 사이에서 감독이 중간에 불법 할인을 한 뒤 돈으로 바꿔 주었다. 모두 그날그날 먹고사는 것이 힘들었기 때문에 그러면 손해라는 것을 알면서도 감독에게 딱지를 건넸다.

겨울이 다가오자 날품팔이를 하러 나온 여자들은 앞치마 아래에 석탄 덩어리를 몰래 숨겨서 집에 돌아가곤 했다. 빌딩 사람들은 한밤중에 저탄장으로 석탄을 훔치러 왔다. 류키치의 어머니도 아버지가 죽고 난 뒤 몇 번 그런 일을 했었다. 부엌 구석에 놓인 석탄에 대해 류키치가 물어보면 어머니는 아이처럼 당황했다. 하지만 켄 아줌마 같은 사람은 대놓고 그런 일을 했다.

"부족한 걸 남아도는 곳에서 가져오는 게 뭐가 나빠!"

예전에 '이와키빌딩'에 살던 과부가 석탄을 훔치다가 파수꾼에게 발각된 적이 있었다. 경찰에 신고하겠다는 협박을 당해 결국에는 그 파수꾼에게 몸을 맡기게 되어 버렸다. 나중에 그 소문이 쫙 퍼지는 바람에 빌딩에서 이사를 갔다. 연말이 다가오면 그런 일들이 빈번하게 일어났다…….

앞서 가던 사람들을 따라잡은 류키치는 이 씨의 말을 와타나베에게 전했다.

"흠……."

그는 고개를 저었다.

"이 씨라고 했던가? 나무 목木 밑에 아들 자子를 쓰는 '이李'?"

몇 번이고 재차 확인을 했다.

"그 사람이 빌딩에 산단 말이지. …… 그럼 언제 한 번 오무라 류키치네 집에 놀러 가야겠군."

혼잣말처럼 말했다.

석탄 현장을 지나자 창고가 나왔다. 창고들은 전부 입구를 열어 놓고 있었는데 안은 어두웠다. 사각형의 두꺼운 어깻바대를 걸치고 호미를 든 사람들이 그곳을 드나들고 있었다. 창고 앞에는 '선로'가 깔려 있었는데, 대여섯 명의 인부가 한 대의 화차를 천천히 밀고 왔다. 완두콩, 대두, 강낭콩 등의 '출하 시기'라 날이 어두컴컴해졌지만 아직도 일을 하고 있었다.

창고 옆으로 나오자 그곳 공터에서 두세 명의 인부가 희끗한 무늬의 복대를 찬 날품팔이 여자를 희롱하면서 쫓고 있었다.

"이봐, 이봐!"

야마가타가 그 모습을 보고 말을 걸었다.

"이런 나쁜 놈!"

그렇게 말하면서 여자는 껴안으려고 달려드는 인부의 옆얼굴을 있는 힘껏 때렸다. 주먹으로 맞으면서도 인부는 헤헤거리며 웃으며 여자를 놓지 않았다. 여자는 남자에게 안긴 채 벗어나려고 몸부림을 쳤다. 그러자 그곳에 다른 남자가 다가와 겨드랑이 아래로 손을 넣었다…….

날품팔이 여자는 "꺄악!" 진심이 담긴 목소리로 소리를 질렀기 때문에 모두 농담을 멈췄다. 여자는 풀어헤쳐진 옷을 추스르며 말했다.

"이 못된 변태 같은 놈."

여자는 목이 쉰 남자 같은 목소리로 외쳤다.

인부들은 어깨를 으쓱하며 와타나베 일행 앞에서 조금 쑥스러운 듯 무리하게 웃음을 지어 보였다.

"가서 한 잔 할까!"

억지로 갖다 붙인 듯 동료를 향해 어색하게 말했다.

"바닷가에서 일하는 놈들은 마치 종마 같은 놈들뿐이군!"

젊은 쇼지가 불쾌한 표정을 지었다.

"그래서, 그 종마가 되고 싶은 거 아냐, 쇼지 군은? 아니면 벌써 …… 어른인가?"

야마가타가 의미심장하게 히죽거렸다.

하지만 쇼지는 아무 말도 하지 않았다.

"오호, 의외로 귀여운 데가 있네, 쇼지!"

야마가타가 그렇게 말하니 와타나베의 웃음보가 터졌다.

"어때, 쇼지는 한 달에 몇 번 가나? 두 번? 한 번?"

야마가타는 음담패설을 시작하자 진지한 얘기를 할 때와는 완전 딴판이었다. 음담패설로는 주물장 최고였다. 그는 언제나 와타나베에게 이세다 감독의 "더 다듬어야 해!" 같은 말을 흉내 내서 "너는 음담패설을 알아야 해!"라고 말하곤 했다. 야마가타에 따르면 와타나베가 음담패설을 하게 된다면 그건 그가 '한층 더 훌륭한 지위에 올랐을' 때일 거라고 했다. 야마가타는 다른 사람들은 생각지도 못하는 점을 갖고 있었다. 그러면서도 진지할 때는 와타나베보다도 더 심하게 열중했다.

그에 비하면 단조로운 와타나베나 류키치는 어딘가 어린애 같은 느낌이 들었다. 하지만 류키치는 지금 이노우에의 집으로 가려는 시점에 야마가타의 농담에 장단을 맞춰 주고 싶은 생각은 들지 않았다.

와타나베는 야마가타의 상대가 되지 않아 창고를 하나하나 둘러보며 걸어갔다. 주변에는 떨어진 잡곡들로 인해 참새들이 많았다.

인부들이 잡곡을 운반하는 옆에는 '콩줍기'를 하는 지저분한 여자들이 작은 소쿠리와 자루가 짧은 빗자루를 들고 서 있었다.

인부들은 콩선별공장의 여공들이 무리지어 돌아가면 곧바로 일할 때 나오는 음악에 가사를 넣어 불렀다.

아—, 거기 지나가는 여자들,

이거 좋은데,

커다란 엉덩이를 가졌네.

어기여차.

중간에는 휘파람도 불었다. 다들 고된 일을 하다 보니 유난히 더 고함을 질렀다.

"보여 줄까!"

여공들은 꺄르르 웃으며 서로 몸을 부딪쳤다.

일 없는 인부 대여섯 명이 커다란 도시락 보따리를 든 채 수염이 난 입을 벌리고 다리 부근에 모여 있었다. 사과, 감을 늘어놓고 장사하는 여자가 몸을 움츠린 채 먼지 날리는 지면을 보고 있었다. 누군가 앞을 지날 때마다 생각이 난 듯 말했다.

"사과, 감은 어떠세요?"

그 옆에 거지로 보이는 남자가 땅바닥에 주저앉아 옷을 풀어헤친 채 이를 잡고 있었다.

세관 쪽에서는 '후지제지' 마크가 들어간 원통형 신문지를 하나하나 아스팔트 도로에 굴려 가며 거룻배에 싣고 있었다. 감독이 옆에 붙어서 사소한 것까지 끊임없이 잔소리를 해 대며 고함을 쳤다.

"이 얼간아! 어디로 밥을 처먹는 거야!"

이 짐꾼들은 현장이 세세하게 나뉘어져 있었고, 그 하나하나가 전부 '감독제도'로 운영되었다. 임금은 그날 한 일의 몇 할, 이런 식으로 정해져 있었지만 실제 임금은 건네받기도 전에 감독이 다양한 명목으로 미리 웃돈을 떼어 갔다. 게다가 일의 성격상 노동자들은 자신들이 그날 하루 얼마나 많은 일을 했는지 일절 알 수가 없었다. 감독이 그것을 이용해 그날 일한 진짜 내역은 공표하지 않았다. 때문에 어제보다 굉장히 일을 많이 했다고 생각했는데도 불구하고 집에 돌아갈 때는 속으로 계산한 임금보다 놀랄 만큼 적은 경우가 있었다. 너무 심하다고 느껴 머뭇거리며 감독에게 물어보면 도저히 이해할 수 없는 계산법을 들이대거나 시세가 변동되어서 그렇다는 변명을 하기도 했다.

시세와 관련해 골치 아픈 '전문용어'를 늘어놓으면 모두 그냥 수긍하고 돌아갔다. 결국 속으로 눈물을 삼키는 수밖에 없었다.

"나는 우선 오타루 지역에서는 이 항구에서부터 들고일어날 거라고 생각해!"

지금까지 쇼지에게 음담패설만 잔뜩 늘어놓던 야마가타가 갑자기 뭔가 생각이 났는지 코 밑을 문지르며 그렇게 말했다. 하지만 그것은 너무나도 '야마가타 씨'다운 방식이었다.

류키치는 그런 야마가타 씨의 뜬금없는 소리에 조금 전 이 씨가 한 말을 문득 떠올렸다.

이노우에의 집은 류키치의 아버지가 생존해 있었을 때 막과자 가게를 하던 곳과 가까웠다. 같은 데미야라도 그곳에서 이사한 뒤 한 번도 간 적이 없었기 때문에 거리를 지나가게 되자 생각지도 못하게 잊고 있던 감정이 몰려왔다. 이따금 눈에 들어오는 간판 글자 모양이나 차양, 진흙 묻은 길거리의 우체통, 목재가 쌓여 있는 공터, 골목 하나하나와 어두운 곳 등이 모두 생생한 의미를 지니고 있었다. 아직 완전히 날이 밝기 전 희끄무레한 빛이 흐르는 차가운 아침, 류키치는 아버지가 실린 들것 뒤를 따라 그 거리를 걸어가던 기억을 떠올렸다. 이노우에의 들것도 조금 전 아버지와 똑같은 길을 실려 가게 된 것이다. 그는 아직 그 주변에서 들것이 삐걱대는 소리가 들려오는 듯했다.

야마가타와 다른 일행들도 이노우에의 집이 가까워 오자 다시 말수가 적어졌다. 어두운 골목길로 들어서자 이노우에의 집은 그 골목에서 세 번이나 더 꺾어 들어간 구석이었는데도 향 피우는 냄새를 맡을 수 있었다. 그래서 늘 나던 시궁창 냄새도 나지 않았다.

어깨띠를 메고 굵은 팔뚝을 드러낸 이웃 아주머니가 골목 바닥에 깔린 널빤지를 걸떡거리며 정신없이 드나들고 있었다. 이노우에의 집에는 평소보다 밝은 전등이 켜 있었다. 문은 완전히 열려 있었고 밖에서도 사과, 과자가 올라간 불단이 다 보였다. 공장 사람들로 집 안은 정신없이 북적거렸다.

이노우에의 어머니라는 분은 나이 쉰 정도에 작은 체구, 머리숱이 적고, 어딘가 맥이 빠져 기운이 없어 보였다. 뭔가 말을 할 때는 왠지 고개를 기울이고 눈을 깜박거렸다. 보아 하니 하도 울어서 눈이 빨개져 있었다. 야마가타가 조금 허리를 굽히고 위로의 말을 전했다. 그런

데 그게 의외라고 생각될 정도로 익숙해 보였다.

어머니는 야마가타의 뒤에 기름때 묻은 사냥모자를 손에 쥐고 서 있는 와타나베를 보더니 갑자기 소리를 내며 울기 시작했다.

"정말 무리도 아니에요. 무리도 아니죠."

야마가타는 그 말을 이해하고 어머니를 달랬다.

"그놈은 정말 효자였어요!"

어머니는 자식의 승진이 빨랐다는 것, 공장장의 평판도 좋았다는 이야기를 했다. 지금까지 와타나베와 야마가타는 이노우에와 그다지 사이가 좋지 못했다. 이노우에는 공장 일이라면 아무리 무리한 일이라도 불평불만 한마디 하지 않고 열심히 일했다. 화재가 일어났을 때 달려간 사람들 중 누구보다 열심히 일했다.

"덕분에! 아까 이세다 씨가 30엔이나 조의금을 내셨어요."

말을 하면서 어머니는 때때로 어찌할 바를 모르고 당황해서 앞뒤가 맞지 않는 말을 했다. 도와주러 온 사람들이 있는 부엌으로 가서 섰지만 특별히 할 일이 있는 것도 아니었다. 그리고 돌아오자 뭔가 찾는 물건이라도 있는 듯 그 주변을 공허한 시선으로 둘러보았다. 누군가 불러도 깜박깜박 정신을 놓았다.

"어, 네?"

박자 어긋난 사람처럼 가만히 있다가 깜짝 놀란 사람처럼 벌떡 일어섰다. 류키치는 아버지가 들것에 실려 왔을 때 자신의 어머니도 이와 비슷했었다는 사실을 떠올렸다.

네 살 정도로 보이는 여자아이는 사람들이 많이 모여서 좋았는지 신이 나 있었다.

"큰오빠는?"

와타나베가 물었다.

"저어기."

아이는 그렇게 말하더니 불단을 가리켰다.

"무슨 일인데?"

"코오 자고 있어."

그러자 옆에 있던 여섯 살 정도의 남자아이가 말했다.

"거짓말이야!"

하지만 죽은 것과 자고 있는 것을 똑같이 태연하게 말했다. 그 남자아이는 이노우에가 귀여워하던 작은 동생이었다.

"이 녀석만큼은 직공으로 키우지 않을 거야."

이노우에는 늘 그렇게 말했다.

"죽었어?"

"응. 죽어서 자고 있는 거야."

"그렇구나, 죽어서 자고 있는 거구나. 그런데 언제 일어나?"

남자아이는 잠시 입을 다물었다가 모른다고 대답했다.

"저, 어머이가……."

그때 여자아이가 와타나베에게 말했다.

"큰오빠 다리가 없대요."

"얘가, 얘가! 도대체 무슨 말을 하는 거야!"

어머니는 그 말을 듣더니 당황해서 갑자기 여자아이의 소매를 휙 잡아당겼다.

야마가타는 아무도 모르게 살짝 눈가를 훔치고 있었다. 천성이 과격한 데가 있는가 하면 능글맞게 웃으면서 음담패설을 늘어놓는 남자였지만, 오히려 그게 이상할 정도로 자연스럽게 느껴졌다. 그는 류키치에게 들켰다는 것을 깨닫자 이번에는 평소처럼 정신없이 코 밑을 문질렀다.

집은 딱 봐도 이노우에의 집다웠는데, 부엌도 깔끔하고 집 안 정리 정돈이 잘 되어 있었다. 난롯가 열쇠와 자질구레한 도구들도 그가 일하는 중간에 짬을 내 공장에서 만든 것 같았는데 세트로 만들어져 있었다. 어머니는 그것 하나하나를 가지고 와타나베에게 끊임없이 이야기를 들려주었다.

와타나베가 돌아가려고 하자 어머니는 갑자기 안절부절 어쩔 줄을 몰랐다. 그런 다음 뭔가 결심한 것처럼 말을 꺼냈다.

"저기."

와타나베는 헐렁헐렁한 신발을 신으며 뒤를 돌아보았다.

"30엔이나 조의금을 받아 놓고 정말 뭐라고 감사의 말씀을 드려야 할지 모르겠어요……. 저어……."

그 대목에서 다시 한 번 머뭇거렸다가 말을 이었다.

"뒤에 이렇게 작은 애들만 남은 상황이고……. 게다가 무엇보다 공장 일만 너무 열심히 하다 보니 일이 이렇게 된 거고……. 저어, 얼마나 받을 수 있을까 해서요! 그게 너무 걱정이 돼서……."

어머니는 진흙탕에 빠져 발버둥이라도 치듯 앞뒤 맞지 않는 말을 계속했다.

그리고 서둘러 말을 덧붙였다.

"30엔이라는 큰돈을 조의금으로 내 주신 은혜는 절대 잊지 않을 겁니다!"

와타나베는 '역시!'라고 생각했다. 그리고 입을 열었다.

"그건 말이죠, 회사는 아무래도 회사다 보니 아무리 몸을 바쳐 봉사해도 일단 쓸모가 없어지면 거들떠보지도 않습니다. 그런데 우리들도 언제 이노우에 군처럼 되지 말란 법은 없지 않겠습니까? 부모님도 계시고 어린아이도 있고, 나중 일을 생각하면 어떻게든 이번에 상당한 돈을 받아 내야 한다고 생각합니다……."

어머니는 입을 반쯤 벌리고 갑자기 와타나베의 두꺼운 얼굴을 말똥말똥 쳐다보았다.

"잘 부탁 드립니다……!"

공장 사람들이 연달아 찾아왔다. 그러자 어머니는 또다시 와타나베에게 했던 말을 똑같이 반복했다.

골목 시궁창 발판을 잘못 디디는 바람에 어둠 속에서 진흙이 튀었다. '헉' 하는 소리와 함께 야마가타가 뺨을 손등으로 닦아 냈다.

류키치는 아까부터 아무 말도 하지 않았다. 하지만 자신도 모르는 사이에 전신이 흥분으로 울렁대는 것을 느끼고 있었다. 골목을 빠져 나오자 차갑고 건조한 밤바람이 갑자기 발밑에서 불어 올라왔다.

류키치는 걸으면서 자기 아버지의 일과 지금까지 있었던 일을 와타나베에게 털어놓았다. 류키치에게 그런 일은 상당히 드문 일이었다. 이야기를 하면서 학교 문 앞에 서 있던 아버지의 짚신 신은 모습과, 한마디도 하지 않고 빵을 집어지고 돌아갈 때 아버지가 느꼈을 기분이 그대로 생생하게 되살아났다. 와타나베 반대편에서 걷고 있던 야마가타가 류키치 바로 옆으로 다가와 '응', '응' 하며 들어 주었다.

"그게 사실이야!"

와타나베가 마침표로 끝맺음을 하듯 말했다.

"내 생각에 이 세상에서 노동자란 오무라 류키치의 아버지처럼 결국은 스스로 자신의 몸을 망치든가, 이노우에처럼 그놈들을 위해서 죽임을 당하든가……, 그 다음엔……."

그러면서 야마가타 쪽을 힐끔 쳐다보고 말을 이었다.

"또 한 가지는 자신과 같은 노동자의 생활을 완전히 바꾸기 위해 몸을 바쳐 일하든가, 이 세 가지밖에 없다고 봐."

"어느 쪽이 됐든……."

야마가타는 평소처럼 장난치는 어조로 말했지만 문득 입을 다물었다.

"맞아. 그거밖에 없어."

와타나베는 걸으면서 발밑의 작은 돌을 걷어찼다. 그리고 돌이 멈춘 지점으로 가서 다시 차기를 세 번 반복했다. 마지막으로 돌이 옆으로 날아가는 바람에 길 한가운데를 흐르는 강물에 빠져 버렸다. 세 명은 아무 말 없이 흥분했다.

"어이!"

앞에서 걸어오던 학생 두세 명이 갑자기 말을 걸어왔다.

"오무라 군!"

그중 한 명이 친근하게 말했다. 고등상업학교 학생이었다.

류키치는 갑자기 어깨라도 잡힌 듯 흥분이 식었다. 그들은 상업학교에 다니던 시절 그의 친구들이었다. 아마 올해 고등상업학교에 입학한 모양인지 옷도 단추도 새 것 같았다.

류키치는 갑자기 얼굴이 새빨개졌다. 그리고 정신을 차려 보니 그는 본능적으로 자신의 몸을 야마가타 뒤쪽으로 숨기려 하고 있었다.

"예전 살던 곳에 살아. 꼭 놀러 와. 얘기하고 싶은 것도 있고."

상대방은 책이 잔뜩 든 즈크 천 가방을 추켜올리면서 사람 좋은 친절함을 보였다.

류키치는 자신도 어쩔 줄 몰라 당황한 상태에서 뭔가 말을 한 다음 물었다.

"학교는 어때?"

"학교? 재미없어!"

전혀 관심이 없다는 듯 말했다.

"……!"

하지만 류키치는 그 말투 속에서 완전히 정반대의 의미를 느끼고 침묵했다. 그러자 그는 그들에게 갑자기 격렬한 증오심을 느꼈다.

"언제 한 번 내가 찾아가도 되는데……."

그렇게 말한 사사키라는 이름의 친구는 류키치가 갑자기 학교를 그만두게 됐을 때까지 상당히 친하게 지냈다. 하지만 류키치는 '이와키빌딩'의 눈깔사탕이나 딱지를 파는 '막과자 가게'를 떠올리고 당황해서 말했다.

"아니, 내가 갈게."

그들과 헤어진 뒤 와타나베가 말했다.

"그렇군, 오무라 류키치한테는 저런 친구들이 있었군……."

류키치는 그냥 단순히 사사키와 친구들을 만났다는 것만으로 이상하게 마음이 혼란스러워졌다. 그가 학교를 그만둘 즈음, 학교에서는 상업대학을 갓 졸업한 젊은 선생님이 후쿠다 도쿠조의 『국민경제학강화國民經濟學講話』를 가르치고 있었다. 그는 다른 과목은 대부분 싫어했지만 왠지 경제학에만은 흥미를 갖고 있었다. 그런데 고등상업학교에서는 경제학 시간이 훨씬 많을 테고, 『사로잡힌 경제학』이라는 책을 쓴 유명한 오니시 이노스케라는 학자도 있을 테니, 사사키와 친구들은 얼마나 행복할까 생각했다. 사사키도 경제학은 잘했다.

"뭐야, 저 녀석들!"

잠시 뒤 류키치는 전혀 다른 말을 했다.

"부모님 피만 빨아먹고 있으면서!"

와타나베가 말하듯 '우리'에게는 우리가 갈 길이 있다고, 그는 그렇게 생각했다. 하지만 그 생각을 한 뒤 그는 반대로 침잠되듯 기분이 무거워지는 것을 느끼고 그걸 끝으로 입을 닫아 버렸다.

돌아가는 길은 와타나베와 야마가타가 같은 방향이었다. 갈림길에 들어서자 와타나베가 말했다.

"오무라 류키치, 마을 하나 정도 더 멀리 따라가 보지 않을래?"

그곳은 오타루 지역의 노동자 동네와 그렇지 않은 동네와의 경계라고 할 수 있는 '산을 절단해서 만든 길'에서 위쪽으로 벗어난 동네였다. 아이들은 아직 길거리에서 막대기를 가지고 뛰어놀고 있었다. '현장 노동자'나 날품팔이 작업복을 입은 사람이 고개를 가슴에 처박고 두 손을 비스듬히 품속에 찔러 넣은 채 앞으로 몸을 숙이고 돌아오는 길이었다. 길은 혼잡했다.

도중까지 오자 와타나베는 멈춰 서더니 그곳에서 꺾어 들어간 골목 안쪽을 가리켰다.

"저게 조합이야! 오른쪽 2층 건물. 유리문이 열려 있는 곳."

조합?

류키치는 말만 들어봤지 처음 보는 것이었다.

"호오."

그렇게 말하며 그는 자신도 모르게 주위를 두리번거리며 둘러보았다. 이런 곳에 있다가 경찰한테 찍히지는 않을까 생각했다.

"저 앞으로 지나가 볼까?"

"으응?"

류키치는 모호하게 말하며 쇼지를 쳐다보았다. 쇼지는 뭔가 말을 하려는 듯 예의 비꼬는 느낌을 주는 얇은 입술을 두세 번 실룩거렸다. 그는 오늘 아침 화재 일로 쇼지에게 정곡을 찔렸다는 걸 기억해 냈다. 그래서 말했다.

"모르는 척하고 지나가 볼까……."

야마가타는 그런 류키치의 모습을 아무 말 없이 바라보았다.

조합은 너무나도 평범한 보통 집이었다. 류키치는 뭔가 자신의 예상과는 다르다고 느꼈다. 아래 입구는 약간 어두웠고 넓은 봉당으로 이루어져 있었는데 많은 신발과 고무바닥 작업화, 전분으로 만든 신발이 놓여 있었다. 미닫이문이 찢어져서 그 대신 그곳에는 붉은 귀신의 팔 같은 그림과 공장에 있는 망치와 기어 같은 것을 그린 그림이 덕지덕지 붙어 있었다. 반쯤 열려 있는 문 안에서는 안색이 나쁘고 머리가 긴 남자가 절반만 딴 석유 깡통으로 만든 화로에 불을 쬐면서 큰 소리로 뭔가 떠들고 있었다. 금방 앞으로 쏟아져 내리는 머리카락을 번번이 한쪽 손으로 쓸어 올리며 끊임없이 말했다. 유리문 너머라 목소리는 들리지 않았다.

2층에는 아래 전등과는 어울리지 않게 밝은 전등이 켜 있었다. 많은 사람들이 모여 있는지 열려 있는 창문 너머 여러 사람의 목소리가 섞여서 들려왔다.

류키치는 왠지 조합 사람이 끊임없이 앞으로 내려오는 머리를 번번이 대충 쓸어 넘기는 모습이 인상에 남았다. 또 한 가지는 그 사람의 안색이 상당히 안 좋았다는 사실이었다. 그는 자신도 모르게 조합 사람들이라고 하면 '이와키빌딩'의 다테이시처럼 건장한 몸을 가진 사람이거나, 아니면 야마가타 같은 사람일 거라고만 생각한 것이다. '귀신도 꺾어 누를 만한'(그는 그런 말을 알고 있었다) 무서운 사람이어야만 한다고 생각하고 있었던 것이다.

그 말을 하자 와타나베는 조용히 "흐흐흐" 하며 웃었다.

9

후루야마는 집에 가는 길에 오무라네 막과자 가게를 들여다보았다.

눈깔사탕, 단팥빵 상자 뒤로 류키치의 누나가 예쁘고 새하얀 목덜미만 이쪽으로 보인 채 앉아 있었다. 무릎 위로, 뭔가 책을 읽고 있는 듯한 자세였다.

"류키치 군 집에 왔어?"

교코는 고개를 숙이고 있어 빨개진 얼굴을 들었다.

"아, 후루야마 씨. 무슨 일이 있는지 아직 안 왔어요!"

속눈썹이 긴 눈을 잠시 살짝 내리깔았다. 그녀의 하얀 피부에 긴 속눈썹 한 올 한 올이 그대로 떠 있었다. 다음 순간에는 데굴데굴 잘도 움직이는 검은 눈동자가 웃음을 띠었다.

"웬일이세요?"

후루야마는 이상하게 쑥스러워져 자신도 모르게 빨개졌다.

"오늘은 안 마셨네요!"

"아아, 그거? 너한테까지 놀림을 받는구나! 오늘은 전혀 냄새 안 나."

"그 편이 나아요!"

교코는 상대방한테 시선을 떼고 진지하게 얘기했다.

"너한테 미움 받으면 안 되니까……."

후루야마는 농담처럼 말했지만 그녀를 힐끗 쳐다보았다. 그런 다음 옆 호주머니에 손을 집어넣고 말했다.

"담배."

하지만 말해 놓고 나서 관리인 할아범이 말한 것을 떠올리고는 혼자 얼굴이 빨개졌다.

교코는 곧바로 (평소대로) 담배 '두 개'를 작은 테이블 위에 내놓았다.

"류키치 군이 돌아오면 내 방으로 오라고 전해 주겠어?"

"가기로 약속했어요?"

"응."

"그래요?"

그녀는 잠시 이해가 안 간다는 표정을 지었다.

"아까부터 2층 캔제조공장에 다니는 후지 양이 계속 가게를 훔쳐보러 왔어요! 활동사진이라도 보러 가기로 약속한 게 아닐까요? 왠지 요즘 류키치가 계속 마음을 못 잡는 것 같은데 이상하네!"

혼잣말처럼 말을 끝냈다.

"봄인가 보지!"

후루야마는 다시 평소대로 농담을 했다. 하지만 짚이는 데가 있었다. 오무라는 아마 '학교'라는 다른 방향을 바라보며 살아왔기 때문에 뿌리는 노동자이지만 동시에 인텔리겐차적인 성격이 접목되었을 것이다.

"의외로 이렇게 보는 게 진실일지도 몰라."

그는 삐걱대는 계단을 한 계단씩 오르며 그렇게 생각했다…….

후루야마는 와세다대학 출신이었다.

그에게는 학창 시절 잊을 수 없는 사건이 있었다. 벌써 10년도 더 지난 일이었다.

당시 그가 살던 하숙집에서 한 블록 정도 떨어진 곳에 작은 '고무 공장'이 있었는데 아침저녁으로 그 앞을 지나다녔다. 공장 때문에 그 주변 일대에는 고무 냄새가 진동을 했다. 그도 이사를 와서 처음에는 가끔 구역질이 날 때도 있었다. 밥을 먹을 때가 제일 힘들었다.

그 동네에서는 지나가는 사람한테 고무 냄새가 풍기는지 여부로 그 공장 노동자인지 아닌지 금방 알 수 있었다.

공장 벽이 그렇게 높지 않아 공장 앞을 지나갈 때면 공장 안의 일부가 보였다. 벨트가 걸린 커다란 바퀴가 항상 돌고 있었다. 작업장에는 '고무가루'(아마 그럴 거라고 그는 추측했다)가 풀풀 날리는 바람에 모두 입에 손수건을 댄 다음 머리 뒤쪽으로 묶고 일을 했다. 매년 가을

이 되면 공장 입구의 '동양고무공장' 간판 옆에 '임시 여공 모집'이라는 나무 푯말이 나붙었다. 간다로 헌책을 찾으러 나갔다가 밤 10시가 넘어 돌아와도 공장에는 전등이 밝혀져 있었고 덜커덕거리며 기계가 움직이고 있었다.

날씨가 좋은 날에는 그곳 단층 공장 옥상에 수백 켤레의 고무장화를 건조시키곤 했다. 앞치마를 두르고 머리를 손수건으로 질끈 맨 여공들이 옥상에 올라가 고무장화를 늘어놓거나 시간을 두고 뒤집어 놓기도 했다.

"어이 어이, 다 보여!"

바닥에 나무를 댄 짚신을 신은 남자 공원이 밑에서 그 모습을 보고 놀려 댔다.

그런데 주변에서는 그 공장을 아무도 '고무공장'이라고 부르지 않고 '귀신공장'이라고 불렀다. 그러는 편이 알기가 쉬웠다. 그 공장은 전쟁이 일어나면 군수품을 만들어야 하는 지정 공장이었기 때문에 정해진 액수의 보조금이 나와서 그다지 경영이 어렵지도 않았는데도 불구하고 직공들이 받는 대우가 심하게 열악했다. 직공들 중 사분의 삼은 수습공으로 공장 뒤쪽의 텅 빈 건물 안에서 숙식을 해결하도록 했다. 그들에게는 3엔의 월급을 지급했다. 그리고 태연하게 열세 시간 정도 일을 시켰다. 출퇴근하는 직공들에게도 좀처럼 정해진 임금을 지불하지 않았다. 뿐만 아니라 주인은 작업 세세한 부분까지 참견을 하고 심하게 잔소리를 하면서 고함을 쳤다. 조금만 실수를 해도 벌금으로

3엔의 수당 가운데 10전, 20전씩 차감했다. 직공들은 하나같이 거친 고무처럼 윤기가 없었고 칙칙한 피부색에 목도 가늘었다.

공장 반대편에 막과자 가게가 있었는데 10분 내지 20분 정도의 쉬는 시간에 공장 직공들이 2전, 3전을 내고 물건을 사러 왔다. 막과자 가게 주인은 이들의 모습을 차마 볼 수가 없어서 과자 값을 조금씩 깎아 주기도 했다.

후루야마의 하숙집 주인아주머니도 정말 너무 보기 딱하다며 직공들을 붙잡고 늘 말했다.

"이건 자치회에 문제로 건의를 해야 해!"

공장에서 숙식을 해결하며 일하는 수습공들 중에는 가끔 도망치는 사람이 있었다. 그러다가 붙잡혀서 다시 끌려오면 홋카이도 구석의 개간지에 있는 '감옥시설'처럼 비인간적인 일을 당한다는 소문도 나돌았다. 한밤중에 공장 뒤를 지나다가 심하게 당하는 소리를 들은 적이 있다는 사람도 많았다. 그건 비단 소문만이 아니었다.

그러다가 결국 그 '귀신공장'에서 파업이 일어났다. 모두 공장 안에 진을 치고 앉아 한 발자국도 그곳에서 움직이지 않았다. 출퇴근을 하던 직공도 함께 농성을 시작했다. 외부에서 식량이 제대로 조달되지 않으면 아무것도 먹지 않더라도 힘을 내서 파업을 계속하겠다는 각오였다. 요즘 말로 하자면 '단식 파업'이었다. 하지만 그런 단어를 알고 시작한 것이 아니었다. 어차피 일을 계속 해도 이 상태로는 목숨을 빼앗길 게 뻔하고, 그것도 시간문제라는 사실을 모두가 알고 있었기 때문이었다.

보통은 거의 보기 드문 일이었지만 마을 사람들은 그 파업에서 직공들을 동정했다. 그래서 공장에서 전단지를 뿌리면 마을 사람들도 앞다퉈 그것을 읽었다. 그리고 쟁의단이 우세해지면 자신의 일처럼 기뻐했다.

후루야마는 걱정이 되면 아무것도 모르는 척 공장 앞으로 자주 지나다녔다. 건너편 막과자 가게가 쟁의응원단 사무소가 되어 있었다. 공장 정문과 뒷문에는 턱끈을 묶고 검은 각반을 찬 경관이 서 있었고 끊임없이 그 주변을 서성거렸다. 경관들은 여러 차례 후루야마를 수상하다는 눈빛으로 째려보았다.

공장 안에서는 이틀이나 단식이 계속됐다. 그것은 목적을 관철하기 위해 외부에서 들어오는 식량을 거부하고 있기 때문이었다. 후루야마는 그걸 떠올리면 '눈물'이 흘러나왔다. 이것이야말로 '인도적인 차원'의 문제라고 생각했다. 하지만 혼자서는 아무것도 할 수 없다고 생각하니 도저히 가만히 앉아 있을 수가 없었다.

쟁의가 시작되고 딱 일주일이 되던 날, 그는 갑자기 들려온 엄청난 비명 소리에 2층에서 그냥 뛰어내렸다. 큰길로 달려 나가자 여기저기서 드르륵드르륵 문이 열리며 동네 사람들이 밖으로 뛰쳐나왔다. 그는 한달음에 공장으로 달려갔다.

바로 그때 공장 정문 쪽에서는 쟁의단과 경관대 사이에 엄청난 난투극이 벌어지고 있었다. 그 주변 가게들은 모두 전등을 끄고 있었다. 경관과 직공이 몸싸움을 하나 봤더니 갑자기 직공의 몸이 공중에 반원을 그리며…… 후루야마는 그 순간 너무 놀라 눈을 감았다…….
털썩! 땅바닥에 살아 있는 사람의 몸이 바로 내동댕이쳐지는 둔탁한 소리가 들렸다. 직공은 땅바닥 위에서 한 번 몸을 '으음' 하며 뒤로 젖히더니 그 다음 힘없이 늘어졌다. 다른 사람들이 바닥에 쓰러진 그 직공에 걸려 몸을 뒤로 젖히며 넘어지는가 싶더니 자갈 깔린 길 위에 얼굴이 긁혔다. 바닥에 징이 박힌 구두가 쓰러진 사람의 몸을 밟았고 인파가 소용돌이쳤다.

얇은 벽이 와르르 무너지는 소리가 들렸다. 동시에 비명 소리가 들렸다. 후루야마는 인간의 목소리 중에 그런 목소리를 들은 건 처음이었다. 형태가 사라진 경관 모자가 그의 발치까지 날아왔다.

어둠 속에서 갑자기 이쪽을 향한 얼굴의 귀에서 코 부분으로 칼집에 든 서양식 검이 옆에서 후려치듯 날아들었다! 그는 그 순간 '앗' 하고 비명을 지른 남자의 얼굴이 정말 실제로 있을 수 없는 악몽의 한 장면처럼 뇌리에 박혔다.

누군가 돌을 던졌다. 가로등이 쨍그랑하면서 깨지자 갑자기 칠흑처럼 깜깜해졌다. 그러자 고함 소리가 커졌다. 발치에서 유리 조각 부서지는 소리가 들렸다. 그 소리를 듣자 그는 유리가 자신의 발에 그대로 박히는 것처럼 신경이 머리끝까지 곤두섰다.

동네 사람들은 멀리서 그냥 서서 바라보고만 있었다. 그때 소방차처럼 경적을 울리면서 트럭 한 대가 엄청난 속력으로 모퉁이를 돌아왔다. 트럭에는 경관이 가득 타고 있었다. 전부 모자 턱끈을 조이고 검을 짧게 차고 있었다. 그리고 트럭이 정지하자마자 뿔뿔이 흩어져 내렸다.

보고 있을 수만은 없었다! 피투성이가 된 사람과 어깨에서 가랑이까지 반나체가 된 직공이 손과 발이 잡혀 트럭 위로 던져졌다. 땅바닥 위로 질질 끌려가는 사람, 아직 반항하고 있는 사람은 그대로 둥글게 에워싸인 상태로 구두에 차이고 짓밟혔다. 독약을 마신 개의 단말마처럼 두 손을 든 직공의 몸이 두세 번 휙휙 도는가 싶더니 픽 쓰러졌다. 트럭은 순식간에 가득 찼다.

"뭘 보고 있어!"

후루야마는 갑자기 경관에게 차이는 바람에 옆 사람 어깨에 이를 부딪쳤다. 그는 입을 누른 채 두 발을 무의식적으로 휘청거리다가 옆으로 쓰러졌다…….

그는 '고무공장' 이야기를 한 뒤에는 자신이 술을 마시게 된 건 이 일이 있고 나서부터였다며 꼭 이야기하곤 했다. 그는 세상을 이해할 수 없었고 세상을 완전히 불신하게 되었다. 학교 친구들은 그를 두고 "후루야마는 사회주의자가 됐다."고 말했다. 그는 술을 마시는 동시에 그 당시 다양한 책을 읽었다. 책을 읽으면서 그는 점점 더 술을 많이 마셨다. 그 이유는 자신이 어떻게든 해야 한다는 것만 확실히 깨달을 뿐, 결국 아무것도 할 수 없었기 때문이었다. 후루야마는 졸업할 때까지 그런 상태로 지냈다.

학교를 졸업하고 그는 사할린의 작은 지역 신문사 기자가 되었다.

그 지역은 원시림에서 베어 내는 목재의 '적재항'이었는데 인구의 삼분의 이가 인부들이었다. 신문기자의 일은 느긋하게 할 수 있는 일로, 매일 스토브 앞에 다리를 벌리고 앉아 농담 따먹기나 하는 게 다였다. 눈썹 한 올 한 올이 얼어붙을 것만 같은 추운 겨울을 두 번 보내자 후루야마의 주량은 점점 더 늘어 갔다. 잘게 부서져 반짝반짝 빛나는 눈이 내리면 털가죽 옷을 입고 판잣집 술집으로 갔다. 방 안에는 굴뚝까지 새빨개질 정도로 스토브가 타고 있었다. 사람들은 모두 도수가 높은 외국 술을 마셨다.

이듬해 7월 본토에서 '적재선'이 들어올 무렵 임금 체불 문제로 현장 한 곳에서 쟁의가 발생했다. 열일고여덟 명이 참가한 작은 파업이었지만 그것이 계기가 되어 다른 현장 두세 곳에서도 파업이 일어났다. 후루야마는 의도치 않게 잊고 지내던 학창 시절 받았던 강한 인상을 떠올렸다. 술에 취해 마비되어 있던 감정이 되살아난 것이다.

후루야마는 자는 시간을 줄여 가며 쟁의단과 경찰을 돌면서 있는 그대로의 기사를 계속해서 신문에 실었다. 그 지역에는 경쟁 신문사가 또 한 곳 있었다. 그 신문은 현장감독, 경찰에게 유리한 내용만 썼다. 그런데 쟁의가 시작되고 나서 후루야마네 신문이 날개 돋친 듯 팔리기 시작했다. 그것은 그가 쓰는 기사의 힘이었다. 쟁의단으로부터 감사 편지를 받았다. 후루야마는 단지 있는 그대로의 사실을 쓰는데 그것이 쟁의단 편을 드는 일이 된다는 것을 알았다. 참 재미있는 일이라 생각했다.

어느 날 평소처럼 기사를 써서 편집 시간에 맞추기 위해 서둘러 돌아와 보니, 스토브 앞에 고무장화 신은 다리를 벌리고 앉아 사장과 이야기하던 남자가 그를 힐끔 뒤돌아보았다.

"일이 좀 난처하게 됐네, 자네!"

사장은 후루야마에게 소심한 표정을 지어 보였다.

그는 그 순간 어떤 예감 같은 것을 느꼈다.

남자는 상의 안주머니에서 명함을 꺼냈다. 그는 명함을 보자마자 안색을 싹 바꿔 버렸다. 그것은 그에게는 생전 처음 겪는 경험이었다.

"당신은 교육도 받을 만큼 받은 쪽이니 기사를 쓸 때 좀 주의를 해 주었으면 하는데……."

하지만 경찰 쪽에서 나온 사람은 의외로 정중하게 말했다.

그가 쓰는 기사는 그날부터 사장의 검사를 받게 되었다. 후루야마는 쟁의가 시작되고 나서부터 끊기라도 한 듯 입에 대지 않던 술을 다시 마시기 시작했다.

"자네, 자네는 지금 이 사회에 정의, 인륜이 제대로 이루어지고 있다고 생각하나? 어, 자네!"

그는 술이 취하면 아무나 붙잡고 평소의 울분을 토해 냈다. 단골 술집에서는 예의 '자—네—!'가 시작되면 그라는 걸 알 정도였다.

쟁의단은 신문사의 태도가 갑자기 변한 것에 대해 '항의서'를 보내왔다. 이 신문의 태도 변화로 인해 쟁의단은 완전히 난처한 입장에 처하게 되었다. 그는 쟁의단을 방문할 때마다 사정을 설명했지만 도쿄에서 적재 인부로 와 있던 학생풍의 젊은 남자는 그의 면전에 대고 "당신은 배신자야!"라고 말했다. 다음 날 찾아가니 정문에 '○○신문기자 방문거절'이라는 종이가 붙어 있었다.

그런데 후루야마는 그로부터 2, 3일 뒤 신문사에서도 해고를 당했다. 그는 스스로 완전히 자신감을 잃어 버렸다. 자신이 아무리 착한 의도에서 한 일이라 해도 전부 악의로 돌아온다고 생각했다. 그는 사람들 눈에 띄지 않게 '산산조각 나서 상처 받은 마음을 안고' 2년이나 머물렀던 사할린 지역을 몰래 떠났다. 그리고 그는 오타루 지역으로 왔다.

후루야마는 먹고살기 위해 '생명보험회사'의 외판원이 되었다. 그가 '이와키빌딩'에 이사를 온 것은 그로부터 2년 뒤였지만 언제나 손가방을 들고 다닌 건 외판원이라는 직업 때문이었다. 그는 '취하면 나는 타락한 인간'이라든가, '니힐리스트'라고 말하면서 마음속으로는 언제나 이렇게 살 수만은 없다는 초조감에 시달렸다. 후루야마가 '마르크스'를 알게 된 것은 그즈음이었다. 그는 독일에서 돌아온 지 얼마 안 되는 수재로 유명한 경제학자 오니시 이노스케가 지역 공회당에서 한 강연을 통해 처음으로 그 이름을 접했다. 그 고명하고 젊은 학자의 이름은 '칼 마르크스'였다.

처음에 그는 '마르크스'라는 단어가 '마르서스'라는 글자인데 활자판에 글자를 잘못 끼웠거나 발음 차이 정도일 것으로만 생각했다. 그는 매일 헌책방을 돌아다니며 마르크스의 책을 모았다. 그게 즐거움이었다. 하지만 하루 종일 돌아다녀도 오타루에 있는 책방에서는 마르크스의 책이라곤 한두 권 정도밖에 발견할 수 없었다. 그는 다른 책을 읽고 있다가 무심코 '마, 르, 크, 스'라는 글자를 접하고는 깜짝 놀랐다. 일본 책으로는 야마카와 히토시, 사카이 도시히코의 소책자를 여러 차례 반복해서 읽었다. 그리고 그는 자신이 지금까지 기껏해야 '센티멘털'한 인도주의자 정도의 의식밖에 갖고 있지 않았다는 사실을 깨달았다. 프롤레타리아 속이 아니라 옆에서 이것저것 참견을 하거나 행동을 했기 때문에 '그런 일'이 일어난 것이라고 생각했다.

"나는 엄청난 선의의 방관자였다. 방관자란 선의든 악의든 간에 프롤레타리아 투쟁에 있어서는 방해자일 뿐이다!"

그가 노동자들만 사는 '이와키빌딩'으로 이사를 온 것도 프롤레타리아의 '옆에서가 아니라' 그 속에 함께하기 위해서였다. 그리고 그는 한편으로는 오타루 합동노동조합 조사부 일을 맡아 다양한 경제조사를 실시했다. 따로 직업을 갖고 있던 그는 정식 임원으로 조합 일에 참가할 수가 없었다. 물론 스스로는 향후 이렇게 이도 저도 아닌 태도를 그만두고 조합 일에 전력해야 한다고 생각했다.

그는 지금은 아무리 노력해도 끊을 수 없게 된 술을 마실 때면, '자—네—!'를 연발하면서 한 달에 50엔 정도 버는 여자가 부인이 되어 줬으면 좋겠다고 말했다. 그건 사실 그가 실제로 생각하고 있는 내용이었는데, 만약 그런 부인을 맞이한다면 온몸을 바쳐 조합운동에 헌신할 거라고 생각하고 있었다.

그는 생명보험 외판원을 하면서 봉급생활자들 사이에도 의외로 마르크스를 읽는 사람들이 많다는 것을 알게 되었다. 그래서 『자본론』이나 『제국주의론』에 관한 연구회를 만들면 어떨까 생각하고 계획을 세웠다. 만약 연구회를 하다가 우수한 재목이 등장하면 그 사람은 조합의 일꾼으로써 키워 낼 수 있었다. 그래서 후루야마는 '방세' 회의 뒤에 단단한 턱의 남자에게 말을 걸어 본 것이다.

그 남자는 후루야마가 이름을 묻자 다테이시에게 말했을 때와 마찬가지로 그냥 '시마다'라고만 말했다.

이쪽에서 이것저것 말을 걸어도 냉담하고 퉁명스러워서 가까이 하기가 쉽지 않았다. 후루야마는 내심 조금 화가 났다.

시마다는 자신이 삿포로에 있는 홋카이도제국대학 학생이라고 말했다.

"놀러 오지 않을래요?"

후루야마는 그렇게 말하고 자신의 방 위치를 알려 주었다. 그러자 상대방은 표정 하나 변하지 않고 말했다.

"너무 바빠 그럴 시간 없는데요."

서서 이야기를 나누면서 그는 읽을 것도 아니면서 눈앞에서 잡지를 펄럭이며 페이지를 넘겼다. 가만 보니 '마르크스주의'였다. 후루야마는 더욱 흥미를 끌기 위해 말을 걸어 보았다.

"후쿠모토라는 사람이 쓴 책이 있어요."

"읽었습니까?"

상대방은 똑같이 무표정한 얼굴로 되물었다.

"아직……."

그렇게 말하자 시마다는 왼쪽 어깨를 눈에 보이지 않을 정도로 약간 으쓱하며 옆으로 고개를 돌려 버렸다.

그는 어떻게 말을 이어 가야 할지 막막했다. 결국 이런 고압적인 태도 앞에 자신이 완전히 위축됐음을 느꼈다. 최근 조합 회의에서 예전부터 조합 조사부 일을 해 오던 남자가 젊은 사람들이 갑자기 이해 안 되는 논리를 들고 나와서 곤란하다며 불만을 토로한 적이 있었는데, 후루야마는 바로 눈앞의 나이 어린 학생 앞에서 왠지 그것과 비슷한 압박감을 느꼈다.

하지만 그 태도로 봐서는 아마도 '학생사회과학연합회'에 관여하고 있는 게 아닐까 생각했기 때문에 그는 화가 난 기분을 억눌렀다.

후루야마는 빌딩 계단을 오르면서 2, 3일 안에 천천히 시마다를 찾아가 보기로 마음먹었다.

그때 털실로 짠 목도리를 두르고 목도리 끝을 등 뒤로 늘어뜨린 후지코가 허둥지둥 계단을 내려왔다.

"이봐!"

후루야마는 내려오는 후지코의 앞을 가로막았다.

"그렇게 당황해서 어디 가는 거야?"

"몰라요!"

그녀는 외국인처럼 약간 치켜 올라간 주걱턱 끝으로 목도리를 누르며 가볍게 그에게서 몸을 빼냈다.

"아하, 기다리는 사람이 안 오나 보지?"

그는 류키치를 떠올리고 히죽거렸다. 그러자 그 순간 그녀의 동그란 눈이 움직였다.

'?' 의문이라도 생긴 듯 재빨리 그의 표정을 살폈다.

"몰라요!"

하지만 그녀는 그렇게 말하고 아래로 내려갔다.

후루야마의 방은 조금 튀어나와 있어 오타루 항구가 한눈에 보였다. 정박 중인 기선의 수많은 돛대에 켜져 있는 푸른 전등과 선미의 붉은 전등이 어두운 바다를 비추며 길게 꼬리를 끌고 있었다. 항구 왼편에서부터 고가잔교가 지네처럼 검게 이어졌다. 아직 선적 중인 듯 기중기 소리가 간격을 두고 드르륵 하며 바로 옆에서 들려왔다.

그는 책상 위에 '생명보험' 해설서와 소책자, 금리 계산표 등이 든 가방을 던지고, 지금 막 깨달은 것처럼 나는 언제까지나 이런 상태로 살아서는 안 된다는 생각을 하게 되었다. 말을 하면 속이 부글부글 끓어올랐지만 생각해 보면 추호의 망설임도 없이 확고한 자신을 가지고 일을 하고 있는 듯한 시마다가 그에게는 이상하게 매력적으로 느껴졌다. 자신의 대학 시절과 비교하면 확실히 다른 점이 있는 듯했다…….

"있어……?"

"어……."

후루야마는 딴생각에 정신이 팔려 멍하니 대답했다.

류키치가 방으로 슬쩍 들어왔다.

10

'금요일, 오후 9시'였기 때문에 사사키는 삿포로제국대학의 시마다와 연락을 취하기 위해 '이와키빌딩'으로 갔다.

시마다와의 연락은 장소가 장소이니만큼 언제나 밤을 이용했다. 그리고 정문으로 들어가지 않고 번잡한 골목으로 들어가 뒷문으로 출입했다. 구둣가게 아저씨 방 옆에서 2층으로 올라갔다.

마침 시마다의 방으로 들어가려고 하는데 누군가 3층에서 내려왔다. 힐끔 올려다보자 상대방이 놀란 듯 멈칫했다.

"아!"

사사키도 알아보았다.

그는 이런 곳에서 류키치를 만나리라고는 생각지도 못했다. 하지만 더 놀란 쪽은 류키치였다. 고등상업학교를 다니는 사람이 '이와키빌딩'에 도대체 무슨 볼일이 있는지 추측을 할 수가 없었다!

"어, 아까 길에서 오랜만에 만났다고 생각했는데 이런 곳에서…… 또, 이상하네! 너 여기 살아?"

류키치는 고개를 끄덕였다.

"그렇구나! 가끔 여기 왔었는데도 몰랐네. 어디 살아?"

"아래 막과자 가게……."

류키치는 막과자 가게라는 대목에서 조금 우물거리며 말했다.

"아, 모퉁이에 있는 가게. 그렇구나! 다음에 들를게."

그는 '지저분한 곳이니까'라고 말하려다가 갑자기 그만두었다. 그러고는 물었다.

"거기 찾아온 거야?"

시마다의 방 쪽을 힐끗 보며 말했다.

"응."

"……"

문득 시마다가 사는 곳을 찾아온 거라면 예전 학교 친구는 혹시 '마르크시스트라는 것'일지도 모르겠다고 생각했다. 마르크시스트라는 단어는 방금 후루야마에게 들어서 외운 참이었다.

하지만 사사키는 확실히 학교 다닐 때 부잣집 자식이었다. 제빵공장에서 일을 하면서 학교를 다녔던 류키치는 가끔 사사키를 부럽게 여긴 적이 있었다.

그는 자신도 모르게 조금 전 느꼈던 반감을 다시 느끼고 있었다.

……

시마다는 방의 구석 쪽으로 전등을 당겨 놓고 레닌이 쓴 『무엇을 할 것인가』를 읽고 있었다.

"누구 아는 사람이라도 만났어?"

시마다는 책상 옆으로 『무엇을 할 것인가』를 밀어 놓은 뒤 뒤돌아 보았다.

"응. 상업학교 시절 친구를 만났어. 오무라라고."

"아, 알아. 나카지마철공소에 다니지."

사사키는 모자와 즈쿠 천으로 만든 가방을 놓고 『무엇을 할 것인가』를 들여다보았다.

"백이십……삼 페이진가. 읽었구나? 이 자식, 안 되겠네."

"복자伏字*가 너무 많아서 항복 상태야. 넌 독일어 번역본 갖고 있지? 다음에 올 때 빌려 주지 않을래? 그 오무라는 말이지, 꼭 획득하면 좋을 거야. 여기 조합은 아무래도 아직 공장에는 손을 대지 않았으니까. ……"

"할 거야. 그 녀석이라면 바로 가능해!"

시마다는 의미심장하게 웃으며 말했다.

"어젯밤 여기 빌딩에서 재미있는 일이 있었어. 방세 문제로 빌딩회의가 열린 거야. 집단생활이라 가끔 재미있는 일이 일어나나 봐. 후루야마라는 사람이 있는데……."

"술꾼이지? 조금 알아."

"그래……. 어떤 사람이야?"

"쪼끔 조합에 관계하고 있지만 요컨대 절충주의자지."

* 출판 인쇄물에서 내용을 밝히지 않으려고 일부러 비운 자리에 '○', '×' 따위로 표를 찍음. 또는 그 부호. .

시마다는 단단한 턱을 잠시 죄었다.

"그렇겠지. 아직 최근의 방향 전환 마르크스주의적인 이해에 대해 제대로 이해 못하고 있어. 조합과 관계가 있다는 건 어떤 관계가 있다는 거야?"

"별거 없어. 다만 조합의 오래된 멤버들이 드나들고 있는 것 같아."

"음. 하지만 그 오래된 놈들이 문제야. 어제 잠깐 서서 이야기를 나눴는데, …… 그런 녀석과는 결정적으로 인연을 끊을 필요가 있어!"

"그럴지도 몰라……."

사사키는 가방 안에서 가지고 온 종잇조각을 꺼냈다.

"할까?"

'이와키빌딩' 안은 조용했다. 3층 쪽에서 갓난아이 우는 소리가 들리자 문이 열리고 서둘러 복도를 달려가는 발소리가 들렸다. 누르스름한 먼지투성이 전등이 그 바로 아래 부분만 둥그렇고 희미하게 불빛을 떨어뜨리고 있었다. 계단 주위는 어둠에 잠겨 있었다.

"밤이 늦었으니 조용한 목소리로 하지."

"응, 멤버는?"

"우리들 쪽은."

사사키는 전등을 가까이 비추고 종잇조각을 눈 가까이 가져갔다.

"세 명."

"응. 내가 예전부터 말하려고 했는데 너희 쪽은 두 가지 점에서 특수한 방침을 세울 필요가 있다고 생각해. 한 가지는 연한이 3년이라는 점인데,"

사사키는 수첩용 작은 연필을 핥으며 상대방의 얼굴을 응시했다.

"너희 쪽 멤버를 보면 전체 스무 명 중에 3학년이 열여섯 명, 2학년이……."

"세 명."

"그리고 1학년이 딱 한 명이지. 문제는 3학년은 이제 곧 졸업이라는 거야. 3학년은 이제 곧 취직 때문에 불안해서 운동에 신경을 쓸 겨를이 없을 거야. 때문에 스무 명이라고 해도 실질적으로는 자네 쪽이 약하다는 결론이 되지!"

사사키는 연필만 계속 핥았다.

"신입생에게 눈독을 들여서 이쪽 멤버로 획득할 수 있는 건 아무래도 2학년이 되고 나서야. 하지만 2학년 끝나기 전에 획득할 수 있으면 다행인 거고, 사실은 아무래도 3학년이 되고 나서겠지. 그런데 3학년이 되면 바로 취직이 닥쳐오지……."

"응, 알아."

"또 한 가지 문제는 고등학교와 달리 졸업하면 바로 월급쟁이가 되는 놈들뿐이라 다른 학교와 의식 면에서 상당히 달라. 학생이면서 게다가 샐러리맨의 비굴한 이데올로기를 동시에 갖고 있는 거야. 고등학교는 그런 점에서는 대학에 들어가고 나서 더 성장할 가능성을 갖고 있지만 너희 쪽에서는 봉급생활자가 되면 그걸로 끝이 될 위험성이 다분히 존재해!"

"맞아. 우리 쪽은 '군교반대운동' 같은 혁명적인 전통이 있음에도 불구하고 조직률의 약진 템포가 느리거나 조합 동원율이 활발하지 못한 건 확실히 그런 데서 오는 이유라고 할 수 있어."

"문제를 그렇게 새로운 각도에서 바라본 다음 대책을 다시 세워야 한다고 생각해."

"그럼 곧바로 문제에 넣는 걸로 할게. 새로운 멤버 세 명도 3학년이 두 명, 1학년이 한 명이야."

시마다는 자신의 수첩에 그것을 받아 적었다.

"그리고?"

"그리고 연구회 내부구성 확립 문제, 각 멤버를 전문 부문별로 재편성했어."

"응."

시마다는 주의 깊게 고개를 끄덕였다.

"지금까지 활동이 활발하지 못했던 건 겨우 두세 명의 책임자들만 중심이 돼서 막연하게 연구회를 운영했다는 점이 자아비판을 통해 철저하게 비판됐어. 그 결과 각 전문 부문을 만들어서 모든 멤버가 반드시 한 부문에는 소속되도록 하고, 구체적으로 일에 참가하도록 했어. 그리고 전문 부문 각각의 활동을 통해 전체로서의 연구회 활동을 강화해 나갈 거야."

"목소리가 조금 커졌어! 음, 그건 필요하겠군."

사사키는 그 말을 듣자 조금 목을 움츠리고 말했다.

"그래서 지금까지 우리는 우수한 멤버한테만 모든 일을 떠넘기는 경향이 있었기 때문에 되도록 한 사람이 한 가지 일을 하는 원칙을 세웠어."

"음…… 구성은?"

시마다는 잠시 눈썹을 찡그렸다.

"구성은?"

"조직부, 교육부, ……."

"조직부는?"

"책임자는 '수염', 알지? 그 밑에 세 부문으로 나눠서 3학년 담당, 2학년 담당, 1학년 담당으로 했어. 교육부는 연구회 지도를 할 거야. 텍스트를 정하고 토론 과제를 결정하는데, 책임자는 본 씨야."

"그 머리 뽀글뽀글한 사람이지?"

"응. 그리고 조합과 너희 쪽과의 연락 담당이야. 이게 제일 중요한데, 내가 맡았어……."

"응."

"그 밖에 '무신無新', '마르크스주의' 배포 자금모집 책임자는 미우라. 나도 이제야 어깨의 짐을 덜어 내고 이제부터 마음 놓고 일을 할 수 있게 될 거야."

"하지만 말이야."

시마다는 늘 그렇듯 쉼표를 찍듯이 뭔가 깊이 생각하면서 말했다.

"원칙으로서 그런 식의 재편성을 시도한 것은 좋은데, 최근 무산계급운동의 방향 전환을 제대로 인식하지 못하는 사람이 있을 때 공식적으로 일을 분화시키는 건 위험할 거라고 생각해. 문제는 구체적인 부분부터 시작해야 해. 특히 교육부에 본 씨를 배정한 건? 아직 그에게는 아직 다 청산해 내지 못한 유산자적 이데올로기가 많이 남아 있어."

"하지만, 실제로 일을 해 나가는 과정에서 그런 문제는 해결해 나갈 수 있지 않을까……, 특히 미우라의 경우."

"그건 결정적으로 기회주의자적 견해야! 레닌도 말했지만 우리들과 본 씨와의 사이에 견해를 단순히 말의 작은 차이라고 생각하면 우리 운동 전체의 말도 안 되는 패배주의를 의미하는 거야!"

"……"

늘 그렇듯 한 치의 틈도 허용하지 않는 시마다의 이론이었다. 사사키는 잠시 입을 다물었다. 하지만 왠지 자신은 납득이 가지 않는 부분이 있는 것 같았다. 그는 내심 혹시 자신에게는 아직도 어딘가 기회주의적인 부분이 남아 있는 게 아닐까 생각했다. 하지만 그로서는 본 씨가 조금 더 후쿠모토의 책을 읽고 자신이 실제로 그 텍스트로 교육을 해야 하는 책임자가 된다면 바로 그런 의견의 부족함(그에게는 아무리 생각해도 그것이 의견 차이가 아니라 단지 단순한 부족함이라는 생각이 들었다)은 극복해 나갈 수 있다고 생각한 것이다. 하지만 그는 자신의 생각을 다시 한 번 시마다 앞에서 말하는 건 왠지 두려웠다.

"혁명적인 이론 없이 혁명적인 행동은 있을 수 없어. 이론투쟁의 현 단계에서 중요한 의의가 거기 있는 거지."

시마다는 조금도 표정을 바꾸지 않고 말했다.

"너희 쪽 보고에 대해 말할 수 있는 또 한 가지는 조합과의 관계인데, 그냥 단순히 연락을 취하는 것이 아니라 이쪽이 나서서 조합 서기국에 즉각적으로 참가해야 한다는 거야. 아직 끈질기게 남아 있는 조합 안의 야마카와주의적, 조합주의적 경향—경제투쟁과 정치투쟁을 병렬로 생각하거나, 기계적으로 결합시키거나, 전위 활동을 조합 내 좌익으로 해소시키는 등의 생각과 결정적으로 결별하기 위해서 서기국의 지도를 장악해야만 해. 삿포로에서는 이미 실천에 옮기고 있어. 오타루 조합은 야마카와주의로 교육을 받은 노동자가 많기 때문에 곤란하지만 그만큼 시급히 실행에 옮겨야 한다고 생각해."

사사키는 내심 항상 이곳에 올 때마다 그로부터 새로운 지시를 받는다는 것을 확실히 느꼈다.

"그 점에 대해서는 『무엇을 할 것인가』에 아주 확실히 적혀 있어……."

시마다는 그렇게 말하고 페이지를 넘겼다. 그리고 빨간 연필로 줄이 그어져 있는 자연발생적인 노동자의 경제적 투쟁과 그 목적의식적인 '우리들의' 지도 중요성에 대해 골라 가며 읽었다.

"늦었어!"

사사키는 머리를 긁적거렸다.

"지금 조합의 누구와 연락을 취하고 있지?"

"하타쓰카."

“그 자그마한 사람이지?”

“그래.”

“잘 하고 있지?”

“백 퍼센트야! 연설이 서툴러서 공식적인 자리에는 나서지 않지만 소설에 나올 법한 공산주의자야.”

“그럼…….”

무릎 위의『무엇을 할 것인가』페이지를 만지작거리며 잠깐 생각을 하다가 말했다.

“하타쓰카와 의논해서 조합 서기를 이쪽의 우수한 멤버로 굳혀야겠어!”

“응, 알았어. 그렇게 하자.”

“그리고?”

“그리고 최근 오타루, 삿포로에도 좌익 예술단체가 생기고 있어. 그들에 대한 지도 문제와 고교를 포함한 도호쿠, 홋카이도의 ‘학생사회과학연합회’ 지방대표자회의 개최 건이야.”

“응. 이의 없어!”

시마다는 그 내용을 수첩에 적어 넣었다.

11시경까지 자세한 연락 협의가 끝났다.

사사키는 크게 하품을 한 뒤 각종 프린트와 책을 즈크 천으로 만든 가방 속에 챙겨 넣었다. 사사키는 시마다를 만날 때마다 그의 독특한 성격 때문에 중압감을 느꼈다. 예를 들어 사사키는 아직 시마다가 일 이외의 것에 대해 말하는 것을 들어본 적이 없었다. 회의 때는 물론이고 쓸데없는 잡담을 할 때도 회의 때의 그와 조금도 다르지 않았다. 그것이 어딘가 익살스러운 성격을 가진 사사키에게는 이상한 압박감으로 느껴졌다.

고등상업학교의 '학생사회과학연합회'에서는 회의가 끝나면 제각각 단골 찻집의 여자 얘기나 외설스러운 얘기를 꺼냈다. 그게 관례였다. 사사키도 그런 잡담 그룹에 참여하곤 했다. '학생사회과학연합회'의 통제상 내규로 술을 마시지 말 것, 여자를 사지 말 것, 모든 사생활을 일적인 생활에 종속시킬 것 등이 정해져 있었다. 하지만 때때로 얼굴이 시뻘게진 상태로 회의에 출석하는 사람이나 여자랑 만나느라 지각하는 사람, 또 회의와 동료들 안에서는 노동자적으로 행동하면서 거기서 한 발자국만 밖으로 나가면 상당히 윤택한 생활을 하는 사람도 있었다. 사사키는 스스로 조심하긴 했지만 확실하게 그로부터 빠져나오지는 못했고, 때로는 그쪽으로 끌리는 자신을 가만히 긍정하는 일조차 있었다. 하지만 시마다에게는 그 어느 하나도 상상할 수 없는 일이었다.

사사키는 회의에서 반대 의견이 나오면 본인이 금방 흥분해서 성급하게 행동하는 일이 흔히 있었다. 그리고 생각한 것을 전부 말했다. 그가 시마다로부터 배우고 싶은 점 중에는 그런 것도 있었다. 시마다는 아무리 복잡하고 까다로운 문제에 직면해도 말투나 속도조차 바뀌지 않았다. '그건 기회주의적이야!'라든가 '결정적인 분리가 필요해'라든가 그것밖에는 말하지 않았다. 그러면서 회의를 정리해 나가는 시마다의 모습에서 사사키는 뭔가 초인적인 느낌조차 받았다. 회의에서 시마다 한 사람이 있느냐 없느냐에 따라 회의의 긴장감이 달라졌다.

사사키가 언젠가 시마다에 대한 자신의 그런 생각을 홋카이도대학 학생에게 말한 적이 있었다. (그 학생은 그 뒤 바로 시마다와 대립했기 때문에 '학생사회과학연합회'에서 몰락해 갔지만) 그러자 그 학생은 갑자기 싱글거리며 모두 시마다의 그런 수단에 걸려든다고 말했다. 다른 사람들은 회의에 지각하면 미안하다거나 조금 다른 일이 있었다고 말하며 겸연쩍게 웃는다. 그런데 그럴 때 시마다의 경우 진지하고 심각한 표정으로 아무 말 없이 회의에 들어와 아무 말 없이 앉은 다음 토의에 들어간다. 그러면 아무도 말을 하지 못한다. 특히 어디선가 술을 마시고 왔을 때에는 그런 방법을 쓴다. 뿐만 아니라 다른 사람들은 같은 '학생사회과학연합회' 동료와 함께 카페에 가는 실수를 저지르기도 하는데, 시마다는 그런 친구를 분명히 따로 갖고 있다. 때문에 아무도 모르는 거다. 그런 이야기들을 사사키에게 해 주었다.

하지만 그런 말을 한 학생 자신은 회의에서도 상당히 품행이 엉망이었고 통제상 문제가 될 만한 일만 골라 했기 때문에 시마다로부터 매번 경고를 받는 사람이었으며, 특히 그에게는 시마다의 결점을 찾으려 하거나 비판하려는 일은 마치 마르크스나 레닌, 후쿠모토 가즈오의 이론이 어딘가 틀렸을지도 모른다고 생각하는 것과 마찬가지로 있을 수 없는 일이었다.

사사키는 가방을 옆구리에 끼고 일어섰다. 그는 한 번 더 하품을 하려고 하다가 문득 목 안에 그것을 삼켰다. 시마다 앞에서는 스스로도 이상하다고 느낄 만큼 그런 사소한 행동조차 조심스러웠다.

"자, 그럼 가 볼게. 다음은 7일 9시지?"

"응."

시마다는 앉은 채로 말했다. 평소처럼 일어서지도 않았고 쳐다보지도 않았다.

사사키는 처음에 시마다의 그런 태도에 화를 낸 적이 있었다. 오만한 녀석이라고 생각했다. 하지만 얼마쯤 지나자 특별히 그가 오만해서 그런 태도를 취하는 게 아니라는 것을 알게 되었다. 새롭게 조직적인 일을 해 나갈 경우, 일체의 불필요한 것들을 일상생활에서 없애 가야 했고, 일의 성격상 사실 그렇게 되어 간다. 그 증거로 시마다의 그런 방식은 얼마 지나지 않아 '학생사회과학연합회' 전체의 기풍이 되었다. 하지만 사사키는 처음에 많이 힘들었다. 그는 친구와 거리를 쏘다니다가 헤어질 때가 되어도 왠지 헤어지기 아쉬워서 다시 어슬렁거리는 일이 많았다. 특히 회의가 끝나고 나서 시마다와 잡담을 나누고 싶어 말을 걸었다.

"어디서 차라도 마시고 갈까?"

그런 식으로 권유했다. 어딘가 주뼛거리면서. 그러면 시마다는 돌아보지도 않고 말했다.

"나는 그럼 이만 실례할게!"

그 말만 남기고 지체 없이 돌아갔다.

이유 없이 '상대하기 어려운' 사람이 종종 있다. 사사키에게는 시마다가 그런 사람이었다. 하지만 그는 '학생사회과학연합회'의 바쁜 조직 일을 하는 가운데 자신도 모르게 점점 시마다와 닮아 가고 있음을 느꼈다.

다만 그는 딱 한 가지 일로 시마다에게 문득 자신도 모르게 지금까지 '대하기 어려운' 상대라는 느낌이 아닌 이상한 친근감을 느낀 적이 있었다.

후쿠모토 가즈오의『사회의 구성 = 변혁의 과정』을 텍스트로 연구회를 하고 있을 때 시마다가 옆에 앉아 있던 사사키에게 뜬금없이 말했다.

"도쿄에 가면 잠깐이라도 좋으니 후쿠모토를 만나 봤으면 좋겠어!"

그는 놀라서 시마다를 쳐다보았다. 그것은 시마다답지 않은 말이었다! 하지만 시마다는 그렇게 말하고는 바로 다시 생각을 바꾼 듯 갑자기 심각하고 냉담한 표정으로 바뀌었다.

문제가 문제이니 만큼 시마다 방에서 나온 사사키는 당장이라도 조합의 하타쓰카를 만나러 갈까도 생각했지만 너무 늦은 시간이었다. 그래서 내일 만나기로 하고 학교는 완전히 쉬기로 했다.

데미야 동네는 지나다니는 사람이 별로 없었고 다들 이미 잠들었는지 조용했다. 길거리에 보이는 사람은 가끔 노동자를 상대로 하는 갈봇집에서 나온 술 취한 선원 정도밖에 없었다. 그는 걸어가면서 도쿄에서 돌아온 학생에게 배운 지 얼마 안 된 〈인터내셔널가〉를 대충 휘파람으로 낮게 불었다. 자신의 구두 소리가 양쪽 집 사이로 울렸다.

고등상업학교에 '학생사회과학연합회'가 생기기 전에는 '정치연구회'라는 네다섯 명의 작은 모임이었다. 사사키는 그 일원이었던 것이다. 모든 학교에서 다 그렇듯 학생들은 새로 외국에 나갔다가 돌아온 젊은 교수에게 여러 가지 이야기를 들으러 다녔다. '정치연구회'가 생긴 것은 사사키가 마침 독일에서 돌아온 경제학 전공의 다카스기라는 교수를 찾아갔을 때, 독일 학생들은 '사회문제'에 상당히 관심이 많아서 학교 내에 활발하게 연구회를 만들고 있다는 이야기가 나왔고, 그것이 계기가 되었다.

그런데 마침 그 무렵에는 세계대전 뒤의 반동으로 발생한 공황이 휩쓸고 있었는데, 특히 일본에서는 '관동대지진'의 여파로 인해 계속해서 대규모 파업이 일어났다. 그런 사건들은 학생의 관심을 끌 수밖에 없었다. 이 일은 학생들 사이에 '사회학'이나 '경제학'에 대한 연구의 부흥으로 나타났다. 아담 스미스나 데이비드 리카도 같은 고전학파, 오이겐 폰 뵘바베르크나 카를 멩거 같은 오스트리아학파 등의 강의로는 아무도 만족하지 못했다. 그 정도로는 매일매일 신문의 사회 면 기사조차 이해할 수 없었다. 학교에서는 다들 간단하게 가와카미 하지메의 『사회문제연구』를 읽기 시작했다. 그리고 경제학 시간에 선생님에게 기탄없이 질문을 하기 시작했다.

사사키의 친구(지금은 '학생사회과학연합회'의 멤버지만)가 어느 헌책방에서 『공산당 선언』의 영역본을 발견했는데 한 달이나 걸려서 그것을 읽었다. 그가 친구 하숙집으로 찾아가니 메모로 새까매진 그 책의 곳곳을 읽어 가며 들려주었다. 하지만 그 친구도 의미를 제대로 이해하지는 못했다. 그래서 무슨 말을 하고 있는지 사사키도 알아들을 수 없었지만 그 책을 계속 만지작거리며 두 사람 모두 이상할 정도로 흥분했다.

언젠가 그 친구가 거리를 함께 걸으며 이런 말을 한 적이 있었다.

"마르크스는 한편으로는 자본주의 사회가 필연적으로 붕괴되고 다음 사회인 프롤레타리아 사회로 옮겨 간다고 말하면서도 『공산당 선언』의 마지막에서는 '만국의 노동자여, 단결하라!'고 말하고 있어!"

사사키 옆에 있던 친구는 그 말을 듣자 바로 아무렇지도 않은 듯 말했다.

"그건 과학자로서의 마르크스와 혁명가로서의 마르크스 사이의 모순을 나타내는 거야!"

그에 대해 사사키는 이런 말을 했다.

"오히려 나는 '만국의'라고 말할 수밖에 없었던 부분에서 마르크스의 인간미를 느껴!"

사사키는 식은땀을 흘리며 당시 자신이 한 말을 떠올릴 수 있었다. 그때는 다들 그랬다.

하지만 다카스기 교수를 중심으로 '정치연구회'가 만들어진 직접적인 동기는 와세다대학에서 일어난 '군사교련 반대'로부터 발단된 유혈 사건이었다. 이 사건이 부여한 의의는 무엇보다 학교라는 것이 결코 실재 사회 자체로부터 조금도 동떨어진 존재가 아니며 사회와 불가분의 관계에 있다는 것이었다. 하지만 사사키와 동료들은 우선 자신들의 교육부터 시작해야 했다. 먼저 다카스기 교수가 외국에서 가져온 『공산당 선언』과 레닌의 『국가와 혁명』을 텍스트로 해서 매주 금요일 밤 선생님 집에 모였다. 다섯 명이었다. 다카스기 교수도 딱히 마르크스주의를 잘 이해하고 있는 것은 아니었다. 사사키나 다른 학생들이 모르는 곳은 역시 선생님도 몰랐다. 마치 벌레가 기어가는 것 같은 속도로 진행되었다.

추운 밤 연구회가 끝나고 나서 모두들 마을을 향해 긴 언덕길을 내려왔다. 그리고 뜨거운 김을 불어 가며 '볶음우동'을 먹었다. 겨울이 되면 이 지역에서는 '볶음우동'이 유명했다.

"독일 대학의 빈 강의실 칠판에는 오늘 몇 시 몇 분, 교실 몇 호에서 마르크스주의연구회를 개최—이런 식으로 그런 게시판이 당당하게 나와 있었어. 그게 어찌나 부럽든지!"

다들 투르게네프의 소설에 나오는 정열적인 러시아 청년처럼 밤늦게까지 노동자운동이나 혁명에 대해 이야기했다. 그들은 언제까지나 그렇게 열심히 토론하는 것에 뭐라 표현할 수 없는 매력을 느끼고 있었다.

사사키는 그 다음부터 거리를 걸을 때면 이상할 정도로 '노동자'가 눈에 들어왔다. 그는 가끔 하굣길에 항구 쪽으로 돌아서 지나갔다. 부두, 매립지, 석탄현장, 세관 쪽을 걸어 보았다. 그 다음 공장 앞을 지나면서 한동안 멈춰 서서 기계가 회전하는 굉음을 들었다. 상업학교 시절에 자신과 등수 경쟁을 한 적이 있는 오무라가 철공소에 들어갔다는 소문을 들었을 때 문득 찾아가 보고 싶다는 생각을 한 적도 있었다.

1924년 여름, 도쿄에서 제국대학 학생 두 명이 '정치연구회'에 연락을 취해 찾아왔다. 연구회는 그 무렵 상당히 규모가 커져 열네다섯 명의 멤버가 생긴 상태였다.

로이드안경의 굵은 검정 테가 잘 어울리는 말쑥한 얼굴의 학생이 만나자마자 바로 물어본 것은 이 지역에 '조합'이 있는지 여부였다.

"아니……."

그렇게 대답하며 시골 학생답게 쑥스러워했다.

제국대학의 학생이 온 뒤부터 사사키와 학생들이 하고 있던 '연구회'에 급격한 변화가 나타나기 시작했다. 지금까지는 그냥 정해진 텍스트를 순서대로 한 구절씩 읽고 그에 대해 각자 의견을 말하는 것에 불과했다. 그걸로 끝이었다. 하지만 우리가 여러 지식을 자신의 것으로 만드는 것은 그것이 행동 규준으로써 필요하기 때문이며, 그냥 단순히 '박식한 사람'이 되기 위한 것이 아니다. 그 학생은 특히 '행동'을 강조했다.

그가 연구회를 마치고 돌아갈 때 사사키에게 말했다.

"이 정도 규모의 지역에 조합이 없다는 건 말이 안 돼. 연구회야말로 조합 만드는 일의 선두에 서야만 해!"

사사키는 밤새 한숨도 자지 않고 고민했다. 다음 날 그는 다카스기 교수를 찾아갔다. 선생님은 조합 만드는 일은 학생으로서는 무리고 범위 밖의 일이라고 말했다. 그는 그길로 멤버를 찾아다니며 한 사람 한 사람 이야기를 해 보았다. 찬성한 사람은 두세 명밖에 없었다. 사사키 자신도 제국대학 학생과 연구회 동료들 사이를 시계추처럼 왔다 갔다 하면서 방황하고 있었다. 하지만 그는 그러는 동안 갈피를 못 잡는 약한 마음으로 이리저리 차이는 가운데 자신이 단련되면서 점점 확고해져 가는 것을 느꼈다.

조합 문제가 표면화되자 지금까지 열네다섯 명이던 연구회 인원은 점점 줄어들었고 결국 여섯 명이 되었다. 다카스기 교수는 결국 나오지 않게 되었다. 사사키도 역시 암울한 기분이었다. 그러자 제국대학생은 아무렇지도 않은 듯 '탈곡'하는 것이라고 말했다.

"뱀이 탈피해서 성장했다는 증거잖아!"

모두 학교를 빼먹고 사사키 집으로 모였다. 그리고 얼굴과 손이 새카매질 정도로 전단지를 만들었다. 옆에서 지켜보니 도쿄에서 온 두 학생은 놀랄 정도로 신속하게 일을 처리해 나갔다. 그 다음에는 등사판으로 '격문'을 찍었다. 등사판의 경우, 연구회 사람들 중에는 아무도 만질 수 있는 사람이 없었다. 그런 기계(?)를 생전 처음 봤다는 사람도 있었다.

다들 방 한가득 발 디딜 틈 없이 어지러운 방에 앉아 빵을 씹으며 끼니를 때우고 바로 다시 일에 착수했다.

"레닌은 혁명에 대해 쓰는 것보다 혁명을 하는 일이 훨씬 즐겁다고 말했어!"

제국대생은 일을 하면서 그런 말을 했다.

멤버들은 날짜를 정해 놓고 분담해서 오타루 항구 일대에 전단지를 붙이기로 했다. (그 당시에는 전단지를 대놓고 붙일 수 있었다.)

모든 연설은 제국대생이 맡았다. 회의장은 창고 2층이었는데, 연구회 멤버들이 전날부터 각 현장을 돌아다니면서 참가를 권유했다.

그날 연설은 정말 기묘했다. 점심 전부터 시작해서 휴식 시간마다 한꺼번에 들이닥치는 노동자들을 위해 같은 내용을 저녁때까지 계속 반복했던 것이다. 한편 각 멤버들은 열성적으로 인재 확보에 주력했다. 목이 완전히 쉬어 버린 제국대생은 하루에 십수 회 공연이라며 웃었다. 사사키와 동료들은 그 행사를 3일 연속 진행했다.

그런데 그 효과가 나타났다. 항구 노동자들은 연설이 끝난 뒤 사사키와 동료들에게 찾아왔다.

그 사람들이 발기인이 되고, '정치연구회'가 모든 일에 관여한 가운데 오타루 노동조합 결성 제1회 준비회가 열렸다. 오타루의 경우 그 노동조합이 계속 성장을 거듭해 나간 것이다.

제국대생은 한 달 정도 머물다가 돌아갔다. 그는 트렁크를 정리하면서 사사키에게 두꺼운 원고를 넘겨 가며 보여 주었다.

엥겔스의 『독일농민전쟁』을 번역한 것이었다.

"내가 지금 이 책을 번역하고 있는데, 좋은 내용이야! 엥겔스는 정말 대단한 문장가야."

제국대생은 그렇게 말했다.

그 학생은 '마쓰야마 한야'라는 보기 드문 이름을 갖고 있었다. 또 한 명의 학생은 나중에 알았지만 도쿄제국대학의 학생이 아니라 삿포로홋카이도대학에 다니는 학생이었다. 그 사람이 바로 시마다였다.

마쓰야마와 시마다는 처음부터 조직적인 임무를 띠고 오타루로 왔다. 조합을 결성하는 일과 동시에 전국의 대학, 고등학교에서 만들어지고 있는 '사회과학연구회'를 더욱 강화하기 위해 그들의 전국적인 통일, 연락을 취하기 위해서였다.

그리고 '정치연구회'가 '사회과학연구회'로 명칭이 바뀌었다. 그리고 연구회의 질도 이 시기를 경계로 확실하게 그 이전과는 달라졌다. 지금까지 멤버들 사이에 존재하던 운동에 대한 막연한 '동경'이 완전히 사라지고 모두 능숙하고 실질적으로 움직이게 되었다.

사사키는 그 뒤에도 이따금 텍스트 가운데 모르는 부분이 있으면 다카스기 교수에게 물어보러 갔다.

"요즘 어떻게 지내고 있나? 상당히 활발하게 활동하고 있는 것 같던데……."

교수는 그럴 때마다 섭섭한 듯 물었다.

이듬해 가을, 연중행사인 '발화연습' 시기가 다가왔다.

삼백 명 정도의 학생이 눈사태가 난 계단식 밭 위로 일제히 뛰어올라갔다. 그때 군사교련 교관으로부터 (육군소령이었다) 지령이 떨어졌다.

"약 일 킬로미터 전방에 불령한 조선인들이 나타나 시가지에 불을 붙이고 폭행을 저지르고 있다……."

모두 뛰어올라 가면서 서둘러 덜그럭거리며 강관을 열고 장전을 실시했는데, 갑자기 대여섯 명이 지령을 듣고 그 자리에 멈춰 섰다.

"아니, 잠깐만 기다려! 불령한 조선인이라고!?"

"맞아! 맞아!"

"인도적 차원의 문제야!"

평소부터 군사교련에 반대 입장이던 학생이 총 개머리판을 땅바닥에 꽂아 세웠다.

사사키와 친구들은 갑자기 큰 소리로 외쳤다.

"어이, 그런 모멸적인 지령에 움직이는 건 우리 학생들의 수치야! 그만둬! 그만둬!"

학생들은 모두 당황해서 웅성웅성 대오를 흩트려 버렸다. 모두에게는 관동대지진 때 말도 안 되는 헛소문을 퍼뜨려 조선인들을 학살했던 기억이 또렷했다.

3학년 사오십 명은 제각각 총을 늘어뜨린 채 뒤쪽에 있는 소령에게 되돌아왔다. 사사키가 그 선두에 섰다. 의견이 불분명한 학생들은 그 모습을 지켜보다가 다시 천천히 밭을 올라갔다.

예비소령은 안색을 바꾸며 말했다.

"내가 내린 지시는 단순히 가정에 불과해. 특별한 의미는 없어."

사사키와 학생들은 지령을 취소하고 학생 전원 앞에서 '사죄'해 달라고 요구했다. 그러자 소령은 그런 사소한 것에 일일이 집착할 필요가 없다고 주장했다.

"뭐가 사소합니까! 폭언입니다!"

"사소하다고 생각해서 말했을지도 모르지만 그것이 주는 의미는 중대한 사회문제입니다!"

사사키는 확실히 그렇게 말했다.

"너희들은 사회주의자냐?"

교관은 시끄럽다는 듯 지휘도를 어깨에 걸친 채 돌격하고 있는 학생들 뒤를 쫓아갔다.

그날 밤 긴급 대책을 위해 '사회과학연구회'가 열렸다. 다음과 같은 내용이 곧바로 결정되었다.

1. '학생사회과학연합회'를 통해 전국적인 문제로 삼을 것.

2. 오타루 노동조합을 설립해 모든 프롤레타리아의 문제로 삼을 것.

오타루 지역에는 조선인 노동자가 많이 살았다. 조합 안에도 어느 정도 속해 있었다.

연락은 사사키가 맡았다. 다만 이러한 문제로 과연 조합이 설립될 수 있을지 여부가 걱정스러웠지만 조직부의 하타쓰카는 그의 말을 듣자 바로 착수하겠다고 말했다.

"이 지역에서는 조선 노동자를 조합으로 끌어들이는 것이 급선무야. 그런데 아무리 노력해도 일본 노동자들과 반목하고 있어. 이거야

말로 좋은 기회지!"

다음 날 '시 전체 노동자 및 조선 동지 제군에게 고함!'이라는 조합의 전단지가 일제히 나붙었다. '학생사회과학연합회'는 만일의 경우에 대비해 평소 그다지 눈에 띄지 않는 멤버의 하숙집을 '본부'로 삼고 대책을 마련했다. 그날 밤 모두 철야작업을 해 가며 등사판을 찍었다.

학교 안에 전단지가 뿌려졌다. 신문에는 대문짝만 하게 나왔다. 문제가 그런 식으로 커질 줄 몰랐던 학교 당국은 갑자기 당황하기 시작했다. 그런데 거기에 그치지 않고 2, 3일도 지나지 않아 도쿄의 각 대학 '학생사회과학연합회' 대표자들이 문부성으로 찾아가 홋카이도 시골에서 일어난 사건이 전국적으로 확대되어 버렸다.

사사키와 동료들은 퇴학을 각오하고 '군사교련 반대!', '학원의 파쇼화 절대반대!'라는 슬로건을 내걸고 정면 투쟁했다. 학교 안에는 사복을 입은 사람들이 거리낌 없이 드나들었다. 쉬는 시간 휴게실에 네다섯 명이 모여 있으면 꼭 사복 경찰이 옆으로 다가왔다. 사사키와 친구들은 목적을 관철하기 위해 동맹휴교를 감행하려고 했다. 하지만 취직 문제가 코앞에 닥친 고등상업학교 학생들은 의외로 생각대로 움직여 주지 않았다. 오히려 외부 조합이나 도쿄 쪽 운동에 밀리기 일쑤였다. 하지만 이 문제를 계기로 '학생사회과학연합회' 멤버가 눈에 띄게 늘어났다.

응원을 위해 도쿄 학생들이 잠행으로 찾아왔다. 지금까지 약간 형식적이던 전국적 통일, 연락이 상당히 실질적인 것으로 변했다. 예전에 이곳에 온 제국대학 학생에 의해 사사키가 속한 연구회가 질적으로 도약한 것처럼, 이렇게 계속 잠행으로 온 학생들에 의해 완전히 새롭게 발전된 이론이 이식되었다. 얼굴 크기에 비해 눈이 작고 둥그렇게 자른 머리에 가끔 말을 더듬는 버릇이 있는 학생이 바로 그랬다. 그 학생은 최근 운동의 새로운 단계가 특히 '혁명적 인텔리겐차'에게 부과하는 임무를 이해하지 못하면 연구회는 이미 막다른 골목에 다다른 것이라고 말했다.

노동자계급은 자신만의 힘으로는 기껏해야 노동조합주의적인 의식밖에 가질 수 없다. 그런데 사회주의 학설은 유산자계급의 교양 있는 대표자, 인텔리겐차, 예를 들어 마르크스나 엥겔스, 레닌에 의해 만들어진 철학, 역사, 경제이론에서 생겨난 것이므로 이들에 의해 프롤레타리아에게 전해지고 흡수되는 것이다. 때문에 사회주의적인 의식이라는 것은 바로 외부로부터 들여오는 것이며 노동자계급 속에서 자연발생적으로 생겨나는 것이 아니다. 이것은 레닌의 올바른 의견이며, 따라서 우리 학생들은 언제나 노동자의 선두에 서서 그들을 지도해 나가야만 한다는 것이다. 눈이 작은 학생은 그렇게 말했다. 그는 조급하게 허둥지둥 말을 했기 때문에 한층 더 말을 더듬었다.

그렇지 않아도 중앙에서 멀리 떨어져 있는 오타루 학생들은 도쿄에서 온 사람의 말을 열심히 경청했다. 그 내용은 항상 사사키와 학생들에게 갑자기 눈가리개를 벗은 것 같은 광명을 느끼게 해 주는 것이었다.

사사키와 친구들은 지금은 오히려 자신들의 '연구회'가 뒤를 봐 주며 만든 노동조합에 밀리고 있는 상황이었다. 그래서 연구회는 행동하기 위한 존재여야 하지만 이 상황에서 도대체 어떻게 활동을 펼쳐나가야 할지 갈피를 잡지 못하고 있었다. 새로운 이론적 확신은 학생사회과학연합회의 활동에 갑자기 활기를 불어넣어 주었다.

'군사교련 반대운동'은 결국 사사키와 동료들의 승리로 끝났다. 학교 당국은 사회 전체에 사과하고 '불령한 조선인' 운운하는 문장도 취소했다. 이 운동이 그 이전이나 그 이후에 일어난 소위 '학생사건'들과 상당히 달랐던 점은 학내 문제를 가장 적극적으로 노동조합이 다뤄 투쟁한 유일한 경우였다는 것이다. 이 일은 노동조합과 학생사회과학연합회의 활동을 말 그대로 '실천의 과정'에서 상호작용적으로 강화시킨 결과가 되었다.

눈이 작고 말을 더듬는 학생이 돌아갈 때 사사키와 친구들 두세 명이 조용히 커피와 빵으로 송별회를 열었다. 그는 스토브 때문에 얼굴이 붉게 상기된 채 말했다.

"나는 이래 봬도 소설을 잘 써요, 비밀이지만……."

그는 잠깐 아이처럼 웃었다.

"여기 와서 소재를 하나 발견해서 정말 기쁩니다."

그 학생은 돌아갈 때 어떻게 뒤를 밟혔는지 우에노 역에서 내리자마자 잡혀서 그대로 경시청으로 호송되었다.

연구회는 이렇게 또 한 번 방향을 전환했다. '이론'에 대한 관심이 마치 그것이 '행동을 위한' 반동이기라도 하듯 높아졌다. 그리고 연구회가 조합에 대한 이론상의 지도적 장소가 되어야 하고 그렇게 되도록 노력해야 한다고 모두는 생각했다.

『무산자신문』이 처음 나왔을 무렵이었다.

노동조합과의 접촉이 이전보다 긴밀해졌기 때문에 걸핏하면 노동자들의 생활과 학생들의 일상생활이 대조적으로 드러났다. 그 결과 연구회 안에 극단적인 '청교도주의' 풍조가 생겨났다.

집에서는 상당히 풍족한 생활을 하면서 일부러 지저분한 행색을 하고 다니거나 학생복이 있는데도 불구하고 작업복을 사서 그 차림으로 회의에 참석하기도 했다. 모두들 지금까지 피우던 각종 담배를 끊고 값이 싼 배트 담배로 바꾸었다. 배트 담배가 가장 노동자적인 느낌이었다!

이러한 경향이 이론적인 순수함을 추구하는 경향과 하나가 되었다. 모두 회의 때는 물론 밖에 어슬렁거리며 돌아다닐 때에도 무심코 나오는 말실수를 경계했다. 아무것도 아닌 아주 사소한 말이 현미경으로 천 배나 확대된 중대한 의미가 돼서 되돌아올 수 있었다. 모두 전체적으로 중요한 것을 말하는 것에 신경을 쓰기 보다는 작은 부분, 사소한 부분에 주의를 기울여 말하게 되었다. 그런 것에 대한 신경이 이상할 정도로 예민해졌다.

"…… 당내 투쟁은 당에 힘과 활기를 가져다줘. 당의 약한 모습을 나타내는 최대의 증거는 무정형성과 확연한 경계의 둔화야. 당은 자기를 정화해야만 강화될 수 있어."

그것은 위와 같은 유명한 말과 서로 조응되는 것이라고 모두들 생각했다.

'군사교련 반대운동'이 일어난 뒤, 똑같은 일이 규슈대학에서도 발생했다. 그와 동시에 노동총동맹이 좌우 양익으로 분열해 '평의회'가 생겨났고, 『무산자신문』이 발간되어 학생들 사이로 거침없이 파고들거나, 소위 '교토대학 사건'이 일어나기도 했다. 게다가 모든 사건들이 학내 문제건 노동자 문제건 전부 얽히고설켜서 구별이 되지 않았다. 그것이 사회에 대한 학생들의 관계를 밀접하게 만들었다.

세계대전 뒤 만성적으로 깊어지던 세계적인 불황의 늪에서 일본만이 예외일 리 없었다. 특히 관동대지진의 영향이 더해져 중간계급의 동요가 눈에 띄었다. 집에서 받던 돈이 끊기는 학생들이 속출했다. 게다가 모두 취직난에 직면해 있었다.

그런 배경들이 학생들을 사회과학 연구 쪽으로 몰아갔다. '학생사회과학연합회' 멤버는 그 뒤로 점점 늘어 마흔 명을 넘어섰다. 하지만 다른 한편으로는 친구들 사이에서 화제인 '사회과학의 열기'를 하나의 유행처럼 생각해서 들어온 사람도 있었다.

마침 그때 오타루 노동조합의 향배—총동맹 소속이 될 것인지, 평의회 소속이 될 것인지가 문제가 되었는데, 평의회의 야마모토 겐조가 찾아왔다. 그는 제1차 공산당 사건에 연루된 노동자 출신의 투사였는데 맛깔스러운 연설로 유명했다. 하지만 친근한 느낌과 예리함을 겸비한 눈으로도 유명했다. 프롤레타리아트의 투사로서 존경과 애정을 담아 모두들 그를 '야마켄'이라고 불렀다. 사사키는 '학생사회과학연합회'에 야마켄을 초청해 그를 중심으로 한 좌담회를 열기로 했다.

그날 밤 쉰 명 가까운 학생들이 모였다. 8조(4평 정도)와 6조(3평 정도) 크기를 넘는 방이 가득 찼다. 야마켄은 들어와선 모여 있던 학생들을 주의 깊게 둘러보았다. 학생들은 묘하게 긴장이 돼서 무의식적으로 어깨에 힘을 주었다.

사회자 인사 뒤 야마켄이 갑자기 말을 꺼냈다.

"사실 오늘 밤 다른 일 때문에 바로 나가 봐야 할 것 같으니 이야기는 힘들 것 같군. 내일 밤으로 미뤘으면 하는데……."

그리고 반쯤 자리에서 일어나며 말했다.

"나가면서 한마디 해 두자면, 제군들은 전부 곧바로 계급운동의 선두에 서서 싸울 사람들이라고 생각하지만, 이 운동만은 결코 어설픈 마음가짐으로 할 수 있는 일이 아니라는 점을 잘 명심해 줬으면 해!"

그는 그렇게 말하고 특징적인 눈으로 좌중을 둘러보았다. 그리고 자신이 제1차 공산당 사건에서 검거되었을 때 경찰에게 당한 고문 이야기를 했다. "너 같은 나라의 적은 '러시아행 화물'로 만들어 주겠다."는 소리를 들으며 끈으로 온몸이 꽁꽁 묶인 채 이틀간 대들보에 매달려 있었다. '러시아행 화물'이란 공산당 관계자에 대한 고문의 일종이었다. 그는 결국 입술에 핏기를 잃은 채 기절해 버렸다.

"그 뒤 그들 같은 지배계급에 대한 증오와 투쟁심은 백배 강해졌지.

하지만 이 운동을 하고자 하는 사람한테 이 정도 고문은 일상다반사야. 때문에 제군들은 그에 대해 확실히 각오를 다져 둬야 할 필요가 있어!"

야마켄은 그 말만 남기고 돌아갔다.

다음 날 모인 멤버는 서른 명 아래로 급격히 줄어들었다. 야마켄은 들어오자마자 방 안을 힐끔 둘러보더니 싱긋 웃었다. 그리고 그는 모여 있던 서른 명에게 지금까지 본 적이 없을 만큼의 열정으로 여러 이야기를 해 주었다.

나중에 사사키는 너무 감동을 받은 나머지 그 이야기를 시마다에게 했다. 그는 가만히 듣고 있다가 입을 열었다.

"야마켄은 위대한 선동자이지만 현 단계에서 이론의 지도적 임무를 제대로 잘 파악하고 있지는 않아. 때문에 그 증거는 일꾼으로서의 혁명적 인텔리겐차에 대한 과소평가로 나타나고 있어. 그런 의미에서 야마켄에게는 상당히 기회주의자적인 부분이 있어!"

그는 웃지도 않고 말했다.

하지만 '야마켄' 사건이 있고 나서 멤버들은 줄어들긴 했지만 모두의 마음가짐은 어딘지 모르게 달라졌다.

그해 연말 도쿄의 대학에 다니는 친구가 사사키 앞으로 소포를 보내왔다. 열어 보니 후쿠모토 가즈오의 『사회의 구성 = 변혁의 과정』이었다.

—너는 어떻게 해서든 바로 이 책을 자신의 것으로 만들어야 해. 자연발생적인 노동자운동의 정치적 투쟁으로의 변증법적 발전 변화 의의를 파악함으로써, 지금의 현 단계에 대해 몰이해한, 그리고 결국에는 자연성장성에 굴복하는 경제주의자·대중추종주의자들과는 무자비하게 싸워 나가야 해.

—지금 도쿄에서는 모든 혁명적 학생·노동자가 이 책을 읽고 있어. 또 이 책에 대해 전면적으로 이해하기 위해 각종 연구회들이 열리고 있어.

보내온 편지에는 지금까지 들어본 적 없는 단어와 기묘한 사용법이 적혀 있었다.

'파악', '현 단계', '과정을 거치다', '경제주의자', '추종주의자', '쟁취하다' …… 그런 말들이 연속되어 사사키를 놀라게 만들었다. 문장 곳곳에는 '—'(하이픈)이 마구잡이로 등장했다. 그는 의미를 제대로 이해할 수 없었다. 그래서 시마다에게 가져갔다.

"내가 예전부터 간간이 입에 올리던 단어가 기억나지 않아?"

시마다는 그가 가지고 온 책을 보더니 내용은 읽지도 않고 웃었다.

"홋카이도는 뒤처졌다니까. 나는 예전부터 알고 있었어!"

시마다는 다음부터는 꼭 후쿠모토의 책을 텍스트로 사용해야겠다고 말했다.

그 뒤 조합 사람들을 만나면 후쿠모토의 책을 읽고 있었다.

"이 책을 안 읽으면 몰락의 과정을 거치게 된다더군!"

그렇게 말하며 웃었다.

"도쿄에서는 여학생들조차 후쿠모토의 책을 옆구리에 끼고 다닌대!"

그리고 조합 사람들은 정치투쟁으로 변화해 가는 조짐으로 '정당 조직' 문제가 운동의 중심이 될 것이며, 머지않아 무산정당이 결성될 것 같다고 말했다.

날이 갈수록 '학생사회과학연합회' 뿐만 아니라 조합에서도 지금까지 그저 묵묵히 일하던 사람들이 모르는 사이에 가장자리로 밀려났고, 새로운 방향 전환에 대해 뭔가 '이론적으로' 언급하는 사람이 전면에 나서게 되었다. '이론투쟁'(이 단어는 이때부터 사용됐다)에 의해서만 프롤레타리아트 진영은 강화된다는 사상이 압도적이었다. '정치연구회'는 그 조류를 가장 잘 탔다. 사사키와 친구들은 학생모자를 사냥모자로 바꾸고 조합의 각종 회의에 출석했다. 회의는 언제나 그들의 의견에 의해 주도되었다. 예전부터 일해 오던 조합 노동자들은 자신들에게는 무슨 얘긴지 하나도 이해가 되지 않는 의견을 내놓는 '낯선' 학생들을 멀뚱멀뚱 바라보았다. 그리고 그 다음에는 투덜대기 시작했다.

조합의 젊은이들은 자연적으로 사사키에게 모여들었다. 연구회에도 출석했고 연구회를 통해 새로운 지도적 의견을 파악해 나갔다. 때문에 지금까지는 노동자 출신의 위원장이 신뢰를 바탕으로 조합을 움직여 왔지만, 점차 조직부와 서기국에 속한 젊은이들의 의견에 의해 움직이기 시작해 정신을 차리고 보니 '간판' 위원장으로 전락해 있었다.

위원장은 자신의 위치를 회복하기 위해 열심히 적극적으로 의견을 내놓았다. 하지만 의견을 내면 낼수록 그의 의견은 무시되어 갔다. 때문에 위원장은 이번에는 그에 반발해 오히려 다른 의견을 고집스럽게 주장했다.

"위원장은 야마카와주의의 진흙탕에 빠져 버렸어요! 말도 안 돼요!"

"게다가 위원장님, 요즘 배가 좀 나오신 것 같은데. 그건 타락한 간부가 살찌는 전조 증상입니다!"

조합 내 모습은 확연히 달라졌다. 여러 전문부에 부원을 선발하는 일도 지금까지와는 규율이 싹 바뀌었고, 조금이라도 새로운 이론에 의문을 보이는 사람은 곧바로 교체되었다. '자신을 깨끗하게 함으로써만이 강화된다.' 때문에 지금까지 일을 해 오던 동지가 불평불만을 가졌고 따돌림을 받게 되었다. 하지만 그건 '결합하기 전의 분리'였다. 견고한 결합을 위해서는 잡스러운 분자의 분리는 당연히 견뎌 내야만 했다! 만약 그것이 무자비하게(이 말도 쓰이기 시작했다) 이루어지지 않는다면 그것은 최악의 기회주의이며, 결과적으로는 운동을 붕괴시키는 위험을 의미했다.

정치적 투쟁으로의 변화! 이것이 그들이 주고받는 암호였다. 이것을 이해하지 못하는 사람은 조합이든 학생사회과학연합회든 떨어져 나갔다. 그리고 정당 문제와 얽혀서 그로부터 '직업적 혁명가' 양성 문제가 대두되었다. 도쿄의 급진적인 학생들은 그를 위해 적극적으로 일에 뛰어들었다. 일본에 가장 부족한 것은 바로 직업적 혁명가였다. 평생을 무조건적으로 운동에 바칠 수 있는 사람들이 양성되지 않는다면 새로운 단계의 운동은 결코 견고해질 수 없었다.

사사키와 동료들은 자신들을 직업적 혁명가라고 여겼다. 그들은 직업적 혁명가로서의 자부심을 가지고 일했다. 여러 연합과의 회의 때문에 밤늦게 돌아와 책상 앞에 앉으면 눈앞에 붙어 있는, 사냥모자를 쥔 채 몸을 앞으로 비스듬히 기울이고 연설하는 '레닌'의 모습이 담긴 사진을 바라보았다.

"나도 이렇게 될 거야!"

조합의 새로운 지도력은 이미 조직부와 서기국의 젊은 멤버들로 옮겨 갔지만 아직 조직적으로 이루어지지는 못했다. 완전히 시마다가 말한 대로였다. 일본의 노동자 운동에서 획기적인 방향 전환이라 할 수 있는 '정당 조직' 문제를 가장 성공적으로 쟁취하기 위해서는 무엇보다 조합 서기국의 기반을 확고히 해 둘 필요가 있었던 것이다.

사사키는 '이와키빌딩'에서 돌아온 이튿날 저녁에 바로 그 건에 대해 의논하기 위해 조합의 하타쓰카를 찾아갔다.

## 11

조합의 하타쓰카는 백오십 센티미터도 채 안 되는 땅딸막하고 자그마한 체구의 남자였다.

'학생사회과학연합회'에서는 하타쓰카를 '바칠루스(세균)'이라고 불렀다. 원래 '바칠루스'에는 다른 의미도 있었기 때문이지만. 조합에서는 그를 '하타쓰카 씨'라고 불렀다. 조합에서 '씨'를 붙여서 부르는 사람은 연배가 있는 겐 위원장과 하타쓰카 뿐이었다.

'겐 씨'로 말하자면 오타루 지역에서 모르는 사람이 없었다. 노동자 출신으로 체격이 크고 코르덴 옷이 잘 어울리는 당당한 풍채를 갖고 있었으며, 알기 쉬운 말로 선동적인 연설을 하는 데는 최고였다. 부두나 현장 부근을 지나가면 일하던 노동자들이 머릿수건을 풀며 꼭 말을 걸었다. 하지만 그런 의미에서는 하타쓰카의 경우 거의 알려지지 않은 존재였다.

하타쓰카는 하코다테 시영 전차회사에서 파업을 일으켜 직장에서 해고되고 오타루로 왔을 무렵 처음 연단에 선 적이 있었다. 그는 연단에 서기는 했지만 조금 말을 한 뒤 자신이 해야 할 말을 다 잊어 버렸다. 그것도 심한 '사투리'에다가 가나 표기법까지 틀리게 말했다. 그는 입을 다문 채 한동안 서 있었다. 하지만 아무리 노력해도 말이 나오지 않았다. 청중들이 웅성거리기 시작했다. "내려와라!", "꺼져!" 같은 야유가 쏟아졌다. 하지만 그는 그 자리에서 움직이지 않았다. 머리를 긁적이는 것도 아니고 얼굴이 시뻘게져서 벌벌 떠는 것도 아니고, 그냥 그 자리에 뿌리를 내린 것처럼 단상에 그대로 서 있었다.

소란스럽던 청중들은 다들 말문이 막혀 잠시 침묵이 흘렀다. 하타쓰카는 계속 한마디도 하지 않았다. 사회자가 보다 못해 쪽지에 '그만 해'라고 써서 책상 앞으로 가져갔지만 그는 그것을 거들떠보지도 않았다.

"어떻게 된 거야, 멍청이!!"

다시 청중들이 소란스러워지기 시작했다. 정말 바보 아니냐며 화를 내기 시작했다. 대기실에서 조합원들이 튀어나와 그에게 귓속말을 했지만 그는 납으로 된 장식품처럼 꿈쩍도 하지 않았다. 모두 완전히 질려 버렸다.

그는 그렇게 오 분이나 가만히 서 있었다. 그런 다음 입을 열었다.

"잊어 버렸는데 아무리 해도 기억이 안 나니까 여기서 그만두겠습니다."

침착한 목소리로 말하더니 천천히 단상에서 내려갔다.

청중들은 일제히 와 하고 웃으며 박수를 쳤다.

"그놈 대단한 물건이네. 좋은 놈을 건졌어!"

그때 그렇게 말한 사람이 위원장인 겐 씨였다. (그는 스스로 그렇게 자주 말하곤 했다.)

하타쓰카는 그 뒤 연단이나 다른 공적인 장소에는 서지 않았다. 그래서 오타루 지역에서는 그의 이름이 거의 알려지지 않았다. 일단 쟁의가 시작되고 자본가와 직접 담판을 지을 때가 되면 어디서 그런 대담함이 나오는지 의심스러울 정도로 그는 고집스럽게 밀어붙였다. 폭력단을 고용하거나, 경찰을 이용해 협박을 하거나, 다른 교섭위원들이 새파랗게 질려서 겁을 집어먹을 때에도 백오십 센티미터도 안 되는 작은 체구의 그만은 꿈쩍도 하지 않았다. 연설에는 재능이 없었지만 협상에서는 상대방이 입도 뻥긋 못할 만큼 다그쳐 밀어붙였다.

그러한 재능은 또한 예를 들어 쟁의가 이미 결정적으로 참패라는 사실을 인지하고 끝내려 할 때 나타났다. 때문에 다시 한 번 겐 씨를 놀라게 한 적이 있었다.

어느 현장의 작은 파업 때였다. 한 달이나 싸웠지만 아무리 해도 승산이 없었기 때문에 결국 쟁의단을 해산시키려고 한 날, 조합과의 합동 회의가 열렸다. 아침 9시였다.

지금까지의 경과보고가 이루어졌지만 이어서 곧바로 쟁의 종료가 제의되었다. "우리는 권토중래를 기하며 이제 눈물을 머금고 해산한다."는 내용에 대해 쟁의단도, 조합도 이의를 제기하지 않고 가결되었다……. 그런데 하타쓰카가 소리쳤다.

"의장! 이의 있습니다!"

겐 씨는 곤혹스러운 표정을 지었다.

"하지만 이렇게 자네 한 사람 빼놓고 다른 열여덟 명은 모두 찬성이라 찬반으로 보자면……."

하지만 하타쓰카는 그런 말은 들리지도 않는다는 듯 말했다.

"하지만 열여덟 명 전원의 의견이 잘못된 거라면 어떻게 합니까? 그리고 잘못됐습니다!"

"어떻게 하시겠습니까?"

겐 씨는 모두에게 의견을 물었다.

"어차피 더 좋은 생각이 있을 리도 없겠지만 군이 그렇게 말한다면 의견을 말해 보라고 하는 것도 좋겠지."

누군가 그렇게 말했다.

그래서 하타쓰카가 말을 꺼냈다. ―모두들 마치 질 것을 계산해 보고 어차피 질 테니 그만두려고 하는 것이다. 우리들은 완벽하게 진 상태가 아니라면 결코 져서는 안 된다. 아직 '밀어붙일' 여지가 있다고 강조했다.

"말도 안 되는 논리야!"

모두 갑자기 소리쳤다.

"이미 져 버려서 손쓸 방도가 없으니 지금 이러고 있는 거야!"

하지만 그는 져 가는 상태지만 아직 완벽하게 진 것은 아니다, 그것을 이미 졌다고 말하는 것은 이쪽의 소극적인 태도를 합리화하고 있는 것이라며 밀어붙였다.

회의는 결국 그대로 정오까지 이어졌다. 할 수 없이 한 사람을 위해 점심을 먹고 다시 회의를 시작했다. 하지만 논의는 계속 제자리를 맴맴 돌 뿐이었다. 하타쓰카를 신뢰하던 위원장 겐 씨도 결국 버럭 화를 냈다.

"아무리 시간이 지나도 서로 똑같은 주장만 되풀이하고 밀어붙일 뿐이야. 이제 끝내는 걸로 하겠어. 찬반으로 결정하지!"

그러자 열여덟 명은 "이의 없음!", "이의 없음!"을 외쳤다.

"제자리를 맴맴 돌고 있는 건 당신들 열여덟 명이야!"

하타쓰카가 그렇게 말하자 다들 참을 수가 없었다.

"이 자식이!!"

"보자보자 하니까 제멋대로 큰소리를 치네! 혼자 떼를 쓰고 있는 놈은 네 놈이잖아!"

쟁의단 사람들이 갑자기 소리를 치며 하타쓰카를 패 주겠다고 말했다. "하타쓰카! 막말 그만하고 입조심해!"

겐 씨도 고함을 질렀다. 하타쓰카에 대해 지금까지 그런 말을 한 적이 없었다.

하지만 하타쓰카는 예전 연단에 섰을 때와 마찬가지로 눈썹 하나 까딱하지 않았다.

"제자리에서 맴돌게 만드는 사람은 누가 뭐래도 당신들 열여덟 명이야!……."

"제기랄! 아직도!"

누군가 갑자기 벌떡 일어섰다. 그를 다른 사람이 말렸다.

"왜냐하면!……"

그는 여전히 침착한 목소리로 천천히 말했다.

"왜냐하면 이기느냐 지느냐를 결정하는 건 서로 말을 섞는 것으로는 결코 결과가 나오지 않기 때문이야. 한번 봐, 열여덟 명 중 누구 한 사람도 한 번 더 최후의 혈전을 시도해 보려는 사람이 없잖니! 무엇보다도 그게 증거야!"

그 기세에 압도되어 회의는 갑자기 원래 상태로 되돌아갔다. 그리고 다시 한 번 떠오르는 객관적·주관적 조건이 없다는 것이 다른 각각의 면에서 논의되었다. 하지만 결국 역시 제자리를 맴맴 돌았다. 한 시간이나 두 시간이면 끝났을 회의는 이렇게 밤이 깊을 때까지 이어졌다. 모두 완전히 나가떨어졌다. 하타쓰카만 피곤하지 않은 듯 보였다. 할 수 없이 소바를 하나씩 먹고 회의를 계속했다. 모두 투덜거리며 불평을 했다. 게다가 이런 일은 전례가 없던 일이었다. 하타쓰카만 빼고 모두 소바를 먹으며 대책을 세웠다. 하지만 하타쓰카는 아무렇지도 않은 표정으로 소바를 천천히 씹어 먹었다.

회의가 속행되자 시작과 동시에 의장인 겐 씨가 어쨌든 쟁의를 2, 3일 더 계속해 보면 어떻겠냐고 제의했다. 하타쓰카는 아무 말 없이 듣고 있었다.

"그럼 별수 없지. 그렇게 고집을 부린다면!"

그렇게 완고했던 사람들이 이번에는 그렇게 말했다.

하타쓰카는 그건 상당히 좋은 의견이지만 대신 이곳 결의로서, 쟁의단이 결코 자본가와 단독교섭을 하지 말 것, 자신을 조합 대표로 해 줄 것을 요구했다. 그러자 핵심을 찔린 듯 사람들이 갑자기 웅성대며 떠들기 시작했다. 그들은 이 회의를 제외하고 통과시켜 둔 뒤 바로 쟁의단을 해산해 버릴 심산이었던 것이다.

하지만 하타쓰카의 말에는 조금도 틀린 데가 없었고 무리한 점도 없었기 때문에 이의를 제기할 수가 없었다. 회의는 그 조건을 받아들여 8시에 끝이 났다. 열한 시간 동안 하타쓰카가 혼자 고집을 부렸기 때문이었다. 하타쓰카의 집요함 덕분에 그 쟁의는 그로부터 5일째 되는 날 승리했다.

그 일이 있고 나서 '열한 시간', '열한 시간'이라는 말이 조합 내에서 사용됐고, '하타쓰카'가 '하타쓰카 씨'로 변했다. '학생사회과학연합회'가 '바칠루스'라는 별명을 하타쓰카에게 붙인 것도 단순히 그가 백오십 센티미터도 안 되는 작은 키라서가 아니라 이런 일화 때문이었다.

하타쓰카의 아버지는 하코다테에 있는 부두회사의 직공이었다. 그는 소학교 6년 졸업 뒤에 2년 동안 시청 급사로 일했고, 그 뒤 시영 전차회사에 입사했다. 4년째 되던 해에 '임금 삼 할 인상'과 해고수당 문제로 파업을 일으켰다. 열아홉 살에 파업의 주모자였다. 파업은 엄청난 참패로 끝났고 회사에서 해고되었다. 아버지는 경찰에서 돌아온 아들에게 눈물을 보이며 부모 눈에 띄지 않는 곳으로 가 달라고 부탁했다.

하타쓰카는 평소 조합에 있을 때는 마치 다른 사람인 듯 말수가 없고 얌전했다. 평조합원에게 일을 시킬 때는 "이것 이것을 해 주세요."라고 말했다. 그건 아무것도 아닌 일에도 싸우는 것처럼 말하는 사람들 사이에서는 생각할 수도 없는 일이었다. 게다가 막상 마음을 먹었을 때의 하타쓰카를 알고 있는 사람들에게는 그것이 가장 묘한 일이었다.

그래서 항간에는 '선동가로서', '조합의 간판으로서' 겐 씨의 조합 혹은 조합의 겐 씨처럼 알려졌지만, 조합 안에 한 발자국 들여놓으면 겐 씨의 그림자는 지극히 희미했다. 하타쓰카의 의견으로 조합이 움직이고 있었다. 경찰에서는 겐 씨는 이름뿐이고 결국 '확성기' 같은 존재라는 것을 눈치 채고 슬슬 하타쓰카의 냄새를 맡기 시작했다.

하타쓰카는 조합원 두세 명과 2층에서 먹고 잤다.

항상 회의 시간은 늦어졌다. 회의가 끝난 뒤 다들 우르르 일어서면 방 한가득 종이 쓰레기나 떨어진 담배꽁초로 발 디딜 틈이 없을 정도로 지저분해졌다. 게다가 다다미 곳곳이 해진 상태여서 빗자루로 쓸면 쓸수록 먼지가 풀풀 일어났다. 그런 곳에서 모두 잠을 잤다. 얇은 판자처럼 솜이 뭉쳐진 이불을 깔고 누워 잠을 청하면 돌 위에서 자는 것처럼 차가웠다.

"이건 마치 우리가 이불을 데워 주는 거나 마찬가지야!"

모두 두 다리를 오므려 무릎을 배에다 댄 자세로 웅크려 잤다.

이불을 입가까지 끌어당기면 이불깃 언저리가 먼지와 땀 냄새로 인해 뭔가 시큼하면서도 젖내 같은 냄새가 확 풍겼다. 그래도 모두들 추우면 이불을 머리까지 푹 뒤집어쓰고 잠을 잤다. 이불은 일주일에 한 번은 꼭 햇볕에 말리도록 되어 있었지만 바빠서 잊어버리는 경우가 많았다. 그리고 밖에서 바쁘게 돌아다니다가 지저분해진 발과 몸 그대로 이불 위에 뒹굴며 자는 경우가 많아서 이불이 남아나질 않았다.

단속에 걸렸다가 돌아오는 사람들은 하나같이 웃으며 말했다.

"유치장 모포가 훨씬 좋아!"

조합에서 먹고 자다 보면 취침 시간이 불규칙하고 더구나 아무리 피곤해도 혼자 숙면을 취하는 게 불가능했으며 위생도 불결했기 때문에 기간이 길어지다 보면 자신도 모르는 사이에 몸에 무리가 왔다. 모두 얼굴이 창백하고 부어 있었다.

그리고 하루에 밥은 한 끼나 두 끼로 때우고 끼니 내용도 부실했기 때문에 다소 차이는 있어도 모두 영양실조 상태였다.

회의가 있으면 조합의 저녁식사 기금으로 모두에게 1, 2전 정도를 걷어 겨우 파와 된장을 사 왔다. 그나마 뭔가 회의가 있을 때는 괜찮았지만 그것도 아니면 조합에서 숙식을 해결하는 사람들은 각자 목표를 정하고 서로 갈라져서 조합원 집에 저녁을 얻어먹으러 나갔다.

조합에서 숙식을 해결하던 학생 출신 조합원은 한 달도 채 안 돼서 각기병에 걸리는 바람에 고향으로 돌아갔다.

하지만 하타쓰카만은 괜찮았다. 하루에 한 끼로 버티는 일이 계속되어 다른 사람이 불평을 해도 그만은 세 끼를 다 먹는 사람처럼 위원회 의안을 작성하거나 신문을 발송하거나 지구에 연락하기 위해 외출을 했다.

"백오십 센티미터도 안 되니까 그다지 몸에 무리가 가지 않나 보지!"

다른 상임 중에는 '학생사회과학연합회' 학생과 특별한 약속을 맺어서 그쪽으로 밥을 먹으러 다니는 사람도 있었다.

사사키가 연락을 위해 사무소에 갔을 때 2층 구석에서 외투를 입은 하타쓰카가 서서 밥을 먹고 있었다. 보아 하니 반찬도 없이 맨밥만 먹고 있는 듯했다.

"뭐 먹어?"

그렇게 물었다.

"응?"

그러자 그가 이쪽을 보며 대답했다.

"이거."

선반 위에 놓여 있는 주머니를 젓가락으로 가리켰다.

"뭔데?"

"소금."

"소금?"

"응."

하타쓰카는 힘주고 서 있는 다리를 가끔 바꿔 가면서 열심히 턱을 움직여 밥을 씹었다. 그걸 보고 있으려니 뭔가 세상에서 제일 맛있는 음식을 열심히 먹는 것처럼 보였다. 조합에서 숙식을 해결하고 있는 사람들은 노동자 출신이든 뭐든 간에 하나같이 밥에 대해서는 '불만'을 털어놓았다. 하지만 하타쓰카만은 예외였다.

오늘은 "저녁 없음"이라는 말을 들으면 "응"이라고 대답한 뒤 배부르게 밥을 먹은 사람처럼 태평스럽게 밖으로 나갔다.

'이와키빌딩'에 사는 다테이시는 평소 조그만 일에도 감격을 잘 했는데, 그 이야기를 듣더니 오 개월이나 조합비를 내지 않았다며 다음 날 열심히 돌아다니며 자기 책임 하에 있는 조합원들로부터 돈을 모아 사무소로 들고 왔다.

하타쓰카는 언젠가 위원회가 끝날 무렵 조합의 책임 부서에 속해 있는 사람의 '이중생활'(그는 그런 단어를 사용했다)에 대해 의견을 제시했다. 그가 큰소리를 내며 호통을 치는 일은 지극히 드물었다. 그러기는 커넝 평소 다른 조합 임원들보다 훨씬 조용한 말투로 얘기했는데, 언제나 나올 수 있는 반대 이론 서너 가지를 머릿속에 예상한 다음 말을 꺼냈기 때문에 그의 말은 말투는 점잖았지만 모두에게 강력하게 전달되었다.

하타쓰카는 책상다리를 한 다음 두 손을 집어넣고 가끔 흔들면서 말했다. —우리는 언제나 노동자의 단결된 힘으로 어려운 일을 해 나가야만 한다. 예를 들어 우리들이 매번 하루 세 끼 밥을 먹는 것도 노동자들이 힘든 상황 속에서 내준 돈으로 먹고 있다는 사실이 중요한 것이다. 정말 사소하고 아무것도 아닌 것처럼 보이지만 한편으로는 노동자들에게 자신들이 계급적 이해의 선두에 우리를 내세우고 있는 것이라는 자각을 부여하는 것이며, 또 우리에게는 다른 곳에서 빌린 것으로 하고 있는 게 아니라는 확고한 연대성과 순수한 투쟁심을 불러일으키는 것이다.

그런 이야기를 듣자 학생들에게 빌붙던 사람들은 갑자기 입을 다물었다.

자신들이 조합에 모아 오는 돈으로 밥을 먹고 있다는 마음 자세는 당연히 일의 방식에도 나타난다. '농땡이를 부리는' 일은 생각할 수 없다. 하지만 매일 세 끼를 먹을 수 없다고 해서 금세 바로 '빠져나갈 구멍'을 발견한다면, 조합비를 걷음으로써 단결력을 강화시킨다는 조직 활동을 포기하는 것이며, 이론뿐만 아니라 뼛속까지 프롤레타리아적으로 생활하고 행동한다는 마음에 '균열'을 초래하게 된다. 이것이 바로 하타쓰카가 말하는 '이중생활'이었다. 그 일이 있고 나서 조합 안의 분위기가 달라졌다.

하타쓰카는 사사키에게 책을 빌려 오면, 일이 없을 때는 다른 사람들이 왁자지껄 떠드는 가운데 누워서 아무렇지도 않게 책을 읽었다. 전투적인 성격으로 조합원들의 신뢰는 있지만 하타쓰카와는 완전히 정반대인 성격과 벌어진 어깨에 빠른 어조로 거침없이 신랄하게 말하는 말투 때문에 '미친 개'라는 별명이 붙은 가토는 책을 읽을 때는 몰래 조합원의 집에 가서 열심히 읽고 돌아왔다. 조합에서는 하타쓰카를 특별히 '이론가'라고 부르지 않았다. 하지만 가토는 모두 이론가라고 불렀다. 그는 아무리 작은 것을 설명하더라도 자신이 읽고 공부한 모든 지식을 동원했다.

하타쓰카는 대여섯 줄 읽다 보면 누군가 말을 걸거나 의논을 해 오는 바람에 논문 하나 읽는 데도 시간이 많이 걸렸고 좀처럼 머릿속에 들어가지 않았다. 그리고 소학교를 끝으로 학교를 다니지 않았기 때문에 읽는 것도 서툴렀다. 그는 모르는 부분이 나오면 손톱을 물어뜯으며 생각했다. 하지만 아무리 어려운 내용이 쓰여 있어도 자신이 매일 하고 있는 일과 관련된 내용이었기 때문에 한 편의 논문이 '전체적으로' 어떤 내용을 말하는지 바로 파악할 수 있었다.

회의에서는 '레닌처럼 신랄한 말투'를 사용할 수 있는 웅변가 가토 쪽이 언제나 눈에 띄었다. 이론에 관한 것이라면 하타쓰카와 동료들도 말려드는 바람에 입을 다물어 버리는 경우가 있었다. 그래서 가토의 의견으로 의사가 결정되는 일이 비교적 많았다. 그런데 의제 서너 개가 결정된 뒤 갑자기 하타쓰카가 뭔가 떠올린 것처럼 "조금 전 가토의 의견은 틀렸다."고 말하는 바람에 결국 결정이 뒤바뀌는 경우가 있었다.

"가토의 이론에 맞서는 건 성가신 일이야. 그건 구두 한 켤레가 전체적으로 어떻게 만들어졌는지를 보지 않고 구두를 여러 각도에서 뒤집어 보고 어딘가 지극히 작은 한 군데에 흠집이 있으면 그것으로 구두 전체가 전혀 도움이 되지 않는다고 말하는 이론 진행방식을 취하기 때문에 힘들어."

그는 그렇게 말했다.

가토는 한두 마디 정도로 끝날 작은 일에 대해서도 이론가답게 제대로 검토하지 않으면 그냥 넘어가지 않았다. ―조합 사람들은 가토의 이야기를 듣다 보면 아무리 작은 것일지라도 굉장히 중요하다는 것을 알게 된다고 말했다. 하타쓰카의 경우는 완전히 정반대였는데, 그는 아무리 어려운 것도 알기 쉽게 흔히 쓰는 두세 마디 단어로 손쉽게 처리했다. 잡담하고 있을 때와 위원회에 출석했을 때 전혀 차이가 없는 사람이 바로 하타쓰카였다. 그래서 하타쓰카는 아무리 난해하고 복잡한 이론이라도 의외로 '자신들도' 그걸 이해할 수 있다는 인상을 심어 주었다.

하타쓰카는 자신과 관계없는 노동자 집회에도 자주 나갔다. 다른 사람들은 가끔 시간적 여유가 생기면 목욕을 하러 가거나 이발소에 갔지만 하타쓰카는 누군가 강제로 끌고 가지 않으면 한 달이고 두 달이고 잊고 살았다.

그는 자신이 말하는 게 언제나 옳으며 노동자들에게도 바로 전달되는 이유는 자신이 훌륭해서도, 머리가 좋아서도 아니며, 노동자들이 실제로 어떻게 생각하고 있는지를 누구보다 잘 알고 있기 때문이라고 생각했다.

총동맹과 평의회가 분열했을 때 오타루 조합이 어느 쪽으로 붙을 것인가가 문제가 되었다.

조합은 양측으로부터 하루에 두세 통에 달하는 각종 격문, 전단지, 성명서를 받았다. 직접 본부 사람과 아는 사이인 상임에게는 개인 편지를 통해 자신들이 정당하다는 것을 주장했다.

조합에서는 매일같이 양측의 전단지, 격문, 성명서를 늘어놓고 논의를 했다. 일일이 논의를 거쳤지만 양쪽 모두 그다지 틀린 말은 없었다. 그런 서류들을 통해서는 말이 조금 다르다거나, 한쪽이 조금 활기가 있다는 정도의 차이밖에 알 수가 없었다.

"총동맹에는 뭔가 훌륭한 사람들이 많이 남았네!"

"스즈키 분지라든지, 마쓰오카 고마키치라든지."

항구나 현장의 노동자들이 빈 도시락을 들고 오면 그 사람 이름을 보고 말했다.

"훌륭한 사람들이 있으니까 아무래도 총동맹이 좋을지도 몰라."

가토는 이런 문제가 발생하면 하루 꼬박, 혹은 이틀을 숨어 지냈다. 그는 전단지, 격문, 성명서, 잡지를 다 모아서 가져갔다. 그런 다음 홀연히 나타나 하타쓰카를 잡고, 혹은 사무소에 오는 다른 누군가를 잡고 이야기를 했다. 그것은 단순히 자신의 생각을 다른 사람에게 알리는 것뿐만이 아니라 다른 사람에게 말을 하다 보면 스스로 잘 알고 있다고 생각했던 것이 의외로 제대로 이해를 못하고 있었다거나 또 말을 하는 도중에 자기 생각이 발전했기 때문이었다.

그는 평소 방식대로 전단지에 실린 작은 문구의 말꼬리를 잡고 늘어지기 시작했다. 오랫동안 그의 이야기를 듣고 있던 항구 노동자가 물었다.

"그래서 가토 씨, 그렇게 두 개로 나눠지면 항구에서 일해 먹고사는 우리들한테 무슨 일이 생기는 건가?"

그러자 가토는 다시 이야기 앞으로 돌아가 전단지 비판부터 시작했다.

하타쓰카는 옆에서 그걸 듣고 있다가 항구에서 일하는 조합원은 이론도 모르고 운동의 좌익이나 우익도 모르지만 가장 근원적인 부분에서 문제를 도출하고 있다는 것을 깨달았다. 웃기는 것은 이론의 글자에만 사로잡혀 노동자의 머리를 어지럽게 만들고 있는 가토였다. 뿐만 아니라 본인도 계속해서 날아오는 전단지나 성명서에 휘둘리고 있다는 점이었다. 하타쓰카는 말을 하면 할수록 말의 부피만 눈에 보이고 근원적인 문제에서 점점 더 멀어져 가는 가토와, 아무것도 모르지만 그냥 자신의 생각을 말하면서 근원적인 문제를 집어내는 항구 노동자를 비교하며 혼자 기뻐했다.

히죽대면서 "이거야! 이거야!" 하고 생각했다.

마침내 조합이 어느 쪽으로 가입할 것인지 결정해야 할 때가 왔다. 하지만 그럴 경우 의외로 여러모로 힘든 점이 있었다. 1924년, 1925년 즈음 노동조합에는 아직 직업조합적인 성격이 다분히 있었기 때문에 그를 통해 많은 노동자들을 조합으로 끌어들였다. 때문에 조합 안에는 조합이 섣불리 '전투적'으로 변하면 노동자들이 많이 떨어져 나갈 거라고 생각하는 간부들이 많았다.

"노동자라는 존재는 세상에서 가장 실질적인 생각을 가진 사람들이야. 만약 조합에 가입해서 생활 안정에 한 푼의 이득도 없다면 무엇 때문에 조합에 가입했는지 의문을 가지는 사람들이 나오게 될 거야……."

젊지만 자본가와의 협상능력이 좋고, 돈과 관계된 일이라면 언제나 위원회에서 장황하게 자신의 주장을 늘어놓는 마키라는 남자가 그렇게 말했다. 그는 노동자란 가장 실질적인 생각을 가지고 있다고 말했지만 그건 오히려 본인을 보다 더 잘 나타내 주는 말이었다. 노동자에게 전가해서!

그는 내심 조합이 너무 '전투화'되면 자신과 자본가 사이의 협상이 어려워질 거라 생각했다. 그가 지금까지 자본가와의 협상에서 좋은 결과를 낸 이유는 하타쓰카나 가토와 달리 어디까지나 '비'타협적으로 밀어붙여 그 결과로 보다 많은 돈을 획득하는 것이 아니라, 쟁의단의 힘을 억누르고 자본가와 잘 타협한다는 사실을 자본가들 앞에 언제나 넌지시 드러냄으로써 중간에서 몰래 이득을 취하는 방식에 익숙했기 때문이었다. 그래서 본인에게는 큰 문제였다.

마키는 조합에 가입하면 뭔가 혜택이 있다는 '공제조합'적인 사고방식이 노동자들 사이에 있다는 것을 핑계 삼아 자신의 입장을 옹호했다.

하타쓰카는 무엇보다 평소부터 마키의 수법을 알고 있었기 때문에 그가 이번 사건에 대해 그렇게 말했을 때 진의가 뭔지 바로 간파할 수 있었다.

"마키는 도쿄에서 온 전단지와 성명서를 봤나?"

그는 하타쓰카 쪽을 눈이 부신 듯 쳐다보았다.

"응."

"최근 정세를 봤을 때 점점 노동조합이 직업조합이나 공제조합 정도에 그친다면 오히려 노동자의 생활을 안전하게 보장해 주는 것도 어려워질 것이라고는 생각하지 않나?"

하타쓰카는 '평의회'에서 온 전단지 문구를 손가락으로 가리키며 반대편으로 밀었다.

하지만 마키 입장에서는 그렇기 때문에 더욱 그것을 물고 늘어지는 것이다. 마키의 부인은 조합 부인회 일을 하고 있었는데 다른 수입원이 없었다. 그런데 두 사람 모두 상당히 풍족한 생활을 해서 조합 안에서도 이런저런 소문이 돌았다.

다른 사람들은 스스로 이거다 하고 확실히 의식하지는 않았지만 최근 투쟁 상태를 미루어 볼 때 언제까지나 지방적인 (중앙과 강고한 연계, 통제를 하지 않고) 미적지근한 직업조합으로서 존재하는 것에 의문을 품고 있었다.

"계속 줄다리기만 하고 있다가는 프롤레타리아 운동은 불가능해. 하지만 그렇다고 해서 갑자기 조합이 '좌익'이 되면 경찰 감시가 심해지면서 탄압이 시작될 거야. 그러면 조합이 붕괴되는 결과가 되는 거지."

그렇게 말하는 사람은 교육부의 오가와였다. 그는 '계속 줄다리기만 하고 있다가는'이라는 대목에서 일부러 마키 쪽을 쳐다보았다.

오가와의 의견에는 모두 대체로 동의했다.

하타쓰카는 직장 곳곳을 빼놓지 않고 돌아다녔기 때문에 그곳 노동자들이 실제로 어떤 생각을 하는지 잘 알고 있었다. 매달 조합비(보잘것없는 일당을 받는 사람들에게는 큰돈이었다)를 내는 데 비해 조합이 진정으로 선두에 나서 주지 않는 것을 가장 많이 지적했다. 오히려 조합 사람들이 쟁의 때 다만 한 푼이라도 돈만 많이 얻어 내면 그게 승리라는 식으로 섣불리 판단하는 게 과연 옳은 걸까? 그보다는 직장에서 한 사람 두 사람씩 조합원을 불러 나가는 것에 힘을 쏟는 게 좋지 않을까? 노동자들은 그렇게 말했다.

"점점 불경기가 심해지니까 지금 해 놔야 해!"

그럼에도 불구하고 조합 사람들은 지금 상태에 만족하고 있다! 왜 그런지 이유도 모른 채 사람들은 불평불만을 늘어놓았다.

하타쓰카는 벌써부터 그 이유가 조합이 노동자의 불만에 대해 한 발 늦게 대응하기 때문이라고 생각했다. 바로 그는 가토에게 그 이야기를 했다. 그러자 가토는 아무렇지도 않은 듯 원래 아래쪽 대중들이란 '자기 마음대로' 떠드는 법이라고 말하면서 하타쓰카의 의견에 관심을 기울이지 않았다. 나중에 가토가 "생각해 보니 내가 틀렸었다."고 말하긴 했지만.

하타쓰카는 도쿄에서 온 전단지, 격문, 성명서로는 그쪽 사정을 잘 알 수 없었지만 우익과 좌익으로 나뉘게 된 근본적인 이유를 이렇게 이해했다. 한쪽은 부패한 노조 간부들이 (예를 들어 마키 같은) 노동자들의 높아지는 의식을 따라잡지 못하고 자신을 합리화시키기 위해 훨씬 의식이 낮은 노동자들을 목표로 그곳에 안주하려고 하는 데서 시작된 것이며, 다른 한쪽은 노동자들과 함께 일하고 또 노동자들이 움직이려고 하는 쪽을 향해 앞에서 길안내를 해 주려고 하는 데서 시작되었다고 생각했다.

그는 지구(오타루 지역은 옆으로 긴 형태를 띠고 있었는데 양쪽 끝이 노동자 지구였다. 지구는 서부와 중부, 남부, 이렇게 세 개로 나뉘어졌다) 내 유력 멤버들에게, 예를 들어 임금인하반대 운동을 할 때에도 이제는 이렇게 각기 다른 경향이 나오고 있다는 것처럼 실생활에 가까운 예를 들어 가며 설명했으며 오타루 조합을 '평의회' 지지 방향으로 몰고 가기 위한 준비에 착수했다.

마침 그때 총동맹 본부에서 마쓰다 우마키치가 온다는 통지가 도착했다. 그래서 문제는 충분히 사정을 듣고 난 뒤에 해결하기로 했다.

"마쓰다 우마키치가 온다!"

그 유명한 노동운동가는 홋카이도의 커다란 '군기공장' 출신 노동자였다. 공공연하게 노동조합의 거물급 타락 간부라는 딱지가 붙어 있었지만 큰 세력을 갖고 있었다. 그는 조합에 와서 이번에 발생한 분열은 완전히 평의회 측의 책동이고, 그것은 일본처럼 조직률이 낮은 곳에서는 계급적인 배신이며, 평의회 지도부는 대부분 '노동운동가'가 아니라 노동자를 관헌에 묶어다 바치는 '공산주의자'이기 때문에 자칫 그들의 손에 놀아나면 큰일 날 거라고 말했다.

하타쓰카는 여러 가지 당시 사정에 대해 '평의회' 측에서 받은 전단지나 성명서와 비교하면서 일일이 따져 물었다. 곤란한 상황을 많이 겪어 본 마쓰다 우마키치를 앞에 두니 천하의 '열한 시간' 하타쓰카도 점점 심리적으로 불안감을 느꼈다. 하지만 그는 어디까지나 자신의 생각과 사고방식이 옳으며 이를 위해서는 향후 조합의 방침을 보다 전투적으로 만들어 나가야 한다고 생각했기 때문에 대책 마련이 시급하다고 느꼈다.

"어쨌든 상대는 마쓰다 우마키치라고!"

가토는 처음부터 투지를 버린 듯한 말투로 말했다. 그리고 덧붙였다.

"마키가 마치 마쓰다 우마키치의 축음기처럼 떠들고 다닌단 말이야!"

하타쓰카는 손톱을 물어뜯으며 가끔 눈을 치켜뜨고 가토를 쳐다보았다.

"그래서 나는 평의회에 지금 마쓰다 우마키치가 와 있는데, 여기서는 일방적인 말만 들리기 때문에 전혀 진상을 알 수 없으니 아무나 빨리 보내 달라고 부탁할 거야."

"음……. 하지만 평의회에 마쓰다 우마키치와 대적할 만한 사람이 있을까?"

그러자 하타쓰카가 가토를 향해 말했다.

"바보 같은 소리 좀 작작 해."

그건 한 번도 들어본 적 없는 말투였다.

"도쿄에서는 '난카쓰 노동자'라든가 '난카쓰 정신'이라면 가장 투쟁적인 노동자의 대명사가 됐을 뿐더러 그 빛나는 전통이 훌륭한 후계 노동자들을 탄생시키고 있다는 증거도 되고 있어. 지금 우리들이 고작 한 발자국 왼쪽으로 다가갈 건지, 오른쪽으로 빠질 건지에 따라 향후 5년, 10년 동안 오타루 노동운동에 더러운 전통을 남길 것인지, '난카쓰 정신'에 지지 않는 빛나는 전통을 남길 것인지, 둘 중 어느 쪽도 가능한 결단의 순간에 와 있는 거야."

그런데 갑자기 평의회의 야마모토 겐조가 찾아왔다. 이틀 정도 뒤였다. 가토는 그 뒤 하타쓰카가 전보라도 친 게 아닐까 생각했다. 하지만 야마모토 겐조가 찾아온 건 하타쓰카와 전혀 상관없는 우연이었다. 야마모토 겐조가 왔다는 사실을 알았을 때 마쓰다 우마키치는 가토의 표현을 빌리자면 '얼굴 표정이 싹 바뀌었다'.

하지만 야마켄이 온 것은 우연이 아니었다. 평의회는 분열 뒤 바로 전국적인 조직운동을 시작했다. 위원회는 마쓰다 우마키치가 홋카이도로 출발했다는 것을 알고 있었기 때문에 긴급 대책을 세웠다. 조합의 조직책으로는 마쓰다 우마키치에게 충분히 대적할 수 있는 정치적 수완을 가진 사람이 필요했다. 위원회는 '와타마사'를 파견하기로 결정했다. 그런데 마침 그때 와타마사가 전부터 손을 대고 있던 게이힌 지방의 공장에 파업이 일어나는 바람에 도저히 갈 수 없게 되었다. 위원회는 새로운 멤버 결정에 고심했다.

"그러면 내가 아니면 안 되겠군!"

그때 그렇게 말하며 나선 것이 야마다 겐조였다.

그 뒤 그 일이 하나의 이야깃거리가 되어 퍼져 나갔다. 하타쓰카는 자신이 아니면 안 된다고 스스로 나선 점이 너무나도 야마켄답다며 그 이야기가 나올 때마다 말하곤 했다.

하타쓰카는 곧바로 지금까지의 경과를 '야마켄'에게 설명했다. 야마켄은 잘 움직이는 눈동자를 이따금 반짝거리며 그가 말하는 내용을 듣고 있었다.

"대충 그럴 거라고 생각했어. 자네가 생각하고 있는 게 절대적으로 맞아."

야마켄은 그렇게 말했다.

"이럴 때는 단순히 마쓰다 우마키치와 야마켄의 싸움에서 어느 쪽이 이길까 같은 식으로 생각하기 쉽기 때문에 주의해야 해. 우선 부두나 직장 노동자들의 생각에 어느 쪽이 진정으로 해답을 제시하고 있는가부터 문제를 발전시켜 나가면, 이 문제를 명확하게 만드는 동시에 우리 조직을 키우는 결과가 되지. 언제나 이 원칙을 잊어서는 안 돼!"

하타쓰카는 마쓰다 우마키치가 얼마나 훌륭한지는 모르지만 야마켄이 훨씬 자신들에게 가깝다고 느꼈다. 그는 이 두 사람은 격이 다르다고 생각했다.

야마켄은 그때 지역 영화관에서 열릴 예정이던 조합 주최의 '마쓰다 우마키치' 연설회에 같이 참가해서 입회연설을 하기로 작정했다. 그는 그 속에 파고듦과 동시에 하타쓰카나 가토를 시켜서 반드시 마쓰다 우마키치 다음 순서로 자신이 나가게 해 두었다. 하지만 마쓰다 우마키치는 연설 순서 따위에는 그다지 신경도 쓰지 않는 듯 보였다.

"내가 이겼어!"

순서가 정해지자 야마켄은 하타쓰카에게 그렇게 말하며 웃었다.

연설회는 '마쓰다 우마키치'와 '야마모토 겐조'의 이름 덕분에 미어터질 정도로 많은 사람들이 모였다. 야마켄은 마쓰다의 연설을 자세하게 하나도 빼놓지 않고 메모를 해 둔 다음 자신의 차례가 되자 연단에 올랐다. 하지만 그의 연설 때는 마쓰다가 연단에 올랐을 때와 비교해 박수 소리가 적었다. 그는 내심 '본때를 보여 주겠다!'고 생각했다. 얼마 지나지 않아 그의 연설은 점점 분위기가 달아올라 '폭풍' 같은 박수를 불러왔다. 마쓰다 우마키치의 연설 한 마디 한 마디가 다 뒤집히고 이리저리 채였다. 총동맹의 타락한 간부의 자세, 그 계급적인 배신이 철저하게 비판되었다.

연설회가 끝나자 마쓰다 우마키치는 바로 도쿄로 돌아갔다. 하지만 야마모토 겐조는 함께 돌아갈 기색 없이 그대로 눌러앉았다.

“진정한 조직의 일은 지금부터야. 연설회가 준 효과를 조직화하지 않으면 아무 소용이 없어.”

야마켄은 그 뒤 한 달이나 머물며 하타쓰카와 함께 오타루 지역을 돌아다녔다.

오타루 노동자들 속으로 하타쓰카의 소위 ‘빛나는 전통’이 이렇게 뿌리내리게 되었다.

그리고 지금 하타쓰카와 동료들은 새로운 ‘정당 조직’ 문제에 직면해 있었다…….

〈작가 덧붙임〉

이로써 ‘서장’을 끝맺는다. 소설 전체의 극히 일부분으로 아직 각 인물이 한 차례씩 등장한 것에 불과하다.

이 소설은 다음 ‘전편前篇’에서는 후쿠모토이즘의 대두, ‘중편’에서는 오타루의 총파업, ‘후편’에서는 후쿠모토이즘의 몰락으로부터 3·15까지의 진행으로 다룰 예정이다. 따라서 앞으로 일 년 이상 연재해야 하기 때문에 되도록 빨리 조금씩 정리해서 발표하는 편이 좋을 것 같아 우선 여기서 끝맺기로 한다.

# 단고斷稿

류키치의 여동생은 추위로 곱아 새빨갛게 부어오른 손등을 이따금 소맷부리에 집어넣으며 산맥처럼 구불구불하게 이어진 저탄장 골짜기를 기어가는 입환선의 침목을 밟았다. 석탄 덩어리는 얼어붙어 바스락거리는 소리가 났다. 지표면 위로 마른 눈이 얇게 얼어 있었다. 여동생 요시는 이번에는 부어오른 손등을 여러 차례 턱 아래에 집어넣고 녹였다. 손가락 끝에 저릿한 느낌만 있을 뿐 감각이 없어진 상태였다.

요시는 멈춰 설 때마다 귀를 기울였다. 레일을 타고 전해져 오는 소리에 계속 신경을 썼다. '이와키빌딩' 3층에 살던 여자아이가 석탄을 주우러 왔다가 뒤쪽에서 기관차가 다가오는 것도 모르고 깔려 죽은 게 불과 4, 5일 전이었다. 석탄이 쌓인 산이 양쪽으로 펼쳐져 있었고 산들이 구불구불한 형태라 생각지도 못한 때 대형 철제석탄차를 끌고 오는 기관차가 옆에서 돌진해 왔다. 때문에 기차에 깔려 죽는 사람이 많았다. 요시는 집에서 나올 때 어머니에게 항상 레일에 귀를 기울여야 한다고 주의를 받았다. 레일은 상당히 거리가 떨어져 있을 때에도 기관차가 올 때면 지잉, 지잉, 지잉…… 하고 울리기 때문에 미리 알 수 있었다.

요시는 아직 그렇게 많이 줍지 못한 소쿠리를 팔에 건 채, 양쪽 손등을 턱 밑에 집어넣고 녹이면서 허리를 폈다. 그때 지금까지 계속 쭈그리고 앉아 있던 허리에서 우두둑하는 소리가 났다. 보슬보슬 내리는 건조하고 고운 입자의 가벼운 눈은 눈발이 약하긴 했지만 그래도 옆에서 세차게 후려치며 내렸다. 눈보다도 바람이 유리조각처럼 뺨을 아프게 했다. 석탄산은 산등성이에 얇게 눈이 쌓여(군데군데 검게 빛나는 땅거죽을 드러내면서) 있었다. 완전히 하나의 '산맥'을 연상시켰다. 석탄산에서 안벽으로 이어지는 지네 같은 선로 위로 대형 철제석탄차를 밀고 오는 기관차가 내뿜는 증기는 공중으로 뿜어진 채 계속 사라지지 않았다.

구깃구깃한 사냥모자와 중절모 위로 손수건을 푹 뒤집어써서 뺨을 가린 인부가 삽을 어깨에 짊어지거나 질질 끌면서 느닷없이 석탄산에서 튀어나왔다. 추운 듯 작업복 품속으로 두 손을 교차해서 집어넣거나 어깨를 움츠리기도 했다. 한 사람이 요시 옆에서 코를 풀었다. 그런 다음 콧물이 묻은 손을 공중에 두세 번 털었다.

"이봐, 꼬마! 위험하잖아!"

수염이 난 인부가 요시에게 말했다. 여기서 '꼬마'는 '아귀'를 뜻하는 말이었다.

"어때, 그 손 좀 봐, 퉁퉁 부어서는!"

다른 남자가 요시의 손을 보며 말했다.

"아이고, 불쌍해라."

차마 두 눈 뜨고 볼 수가 없다는 듯 얼굴을 찡그렸다.

요시는 인부들이 지나가자 다시 허리를 숙이고 석탄을 줍기 시작했다. 뒤를 돌아보니 인부들이 뭔가 큰 소리로 떠들면서 산을 돌아 나가고 있었다. 그 목소리들이 산에 가로막혀 점점 멀어지는 것이 느껴졌다. 요시는 허리를 구부린 채 잠시 일손을 멈추고 귀를 기울였다. 이미 주위가 어두컴컴해지기 시작한 때였다……. 인기척이 느껴지지 않았다. 다만 멀리서 인부들이 목재라도 굴리는지 '어기여차, 어여차……, 어기여차……' 같은 고함 소리만 들려왔다. 그때 요시는 갑자기 불안하게 주위를 둘러보았다. 그녀는 종종걸음으로 석탄산으로 달려가 서둘러 큰 석탄 덩어리 두세 개를 소쿠리 안으로 집어넣었다.

눈발이 희미하게 바스락바스락 마른 소리를 내며 날리고 있었다.

그러고 나서 요시는 마치 아무 일도 없었던 것처럼 다시 선로를 따라 석탄을 줍기 시작했다. 가공하지 않은 석탄뿐만 아니라 기관차가 기관 보일러에서 떨어뜨리고 간 타다 만 찌꺼기 중에 코크스가 된 것을 주웠다. 요시는 서둘러 그 석탄재를 주워서 소쿠리 안에 있는 저탄소 석탄 위를 덮었다.

올해 겨울은 예상치 못한 속도로 빠르게 다가오고 있다고 했다. 이상하게 얕게 구름이 깔린 추운 날이 2, 3일 계속되나 싶으면 마른 눈이 내렸다. '이와키빌딩' 사람들은 창문에 얼굴을 내밀고 하늘을 올려다보았다. 그리고 진짜 '겨울 하늘'다운 하늘을 보면 환호성을 질렀다. 아직 아무도 석탄이나 장작을 준비해 놓지 않았다. 하지만 석탄이나 땔감을 '준비해 둔다' 하더라도 가게에서 사오는 게 아니었다. '이와키빌딩'에서는 '남편'을 출근시킨 다음 '엄마'들이 '꼬마'들을 데리고 매립지 입환선 주변으로 '석탄줍기'를 하러 나가거나, 창고나 공장 뒤로 '땔감'을 주우러 다녀야 했다. 입환선은 다른 철도노선과 달리 뚜껑 없는 석탄화차가 끊임없이 다니면서 급정차를 하거나 급하게 연결을 끊기도 했기 때문에 주변에 석탄이 많이 떨어져 있었다. 게다가 저탄장이 바로 옆이라 선로에서 줍는 시늉을 하면서 모두 저탄장에서 한두 덩어리씩 석탄을 훔쳐 왔다. '이와키빌딩'에서는 그게 거의 공공연한 일처럼 되어 있었다.

"이번 파수꾼은 어떤 사람이야?"

때문에 저탄장 파수꾼이 어떤 사람인지가 '이와키빌딩' 사람들에게는 상당히 중요했다.

요시가 파수꾼 오두막이 있는 곳을 피해 반대쪽으로 돌아갔는데 운 나쁘게도 그 모퉁이에서 어딜 다녀오는 모양새인 파수꾼과 딱 마주쳐 버렸다. 너무 갑작스러운 일이었기 때문에 평소와 달리 요시는 깜짝 놀라 멈춰 서서 갑자기 어쩔 줄 몰라 했다. 그리고 겁먹은 눈으로 파수꾼의 검고 무서운 얼굴을 올려다보았다.

"이 녀석!" 파수꾼은 할아버지로 약간 허리가 굽어 있었다. 회색의 지저분하고 짧은 수염이 누르스름한 뺨의 주름 사이로 드문드문 나 있었다. 파수꾼은 입을 다문 채 요시의 소쿠리에 손을 댔다.

"뭐하시는 거예요, 할아버지!"

요시는 본능적으로 몸을 비틀며 소쿠리를 뒤로 숨겼다.

"이리 내놔 봐!"

고함을 질렀다.

자그마한 요시의 몸이 중심을 잃고 옆으로 넘어지면서 침목 위에 무릎을 꿇었다. 파수꾼은 잡아챈 소쿠리 안으로 손을 집어넣고 안을 뒤적거렸다. 그러고 나서 요시의 얼굴을 보더니 말했다.

"이 녀석, 겁도 없는 작은 아귀구나!"

"떨어져 있던 거예요!" 지금까지 몇 번이나 경험이 있어 파수꾼에게 어떻게 대응해야 하는지 익숙했기 때문에 요시는 평상시의 침착함을 되찾고 입술을 부풀렸다. 그리고 일어나서 옷 앞을 탈탈 털었다.

"있었겠지, 저탄장 석탄더미에!"

파수꾼은 너 같은 거지한테 걸리면 어른도 못 당하겠다는 표정을 지었다.

"앞으로 여기는 성가신 일이 많아질 거야. 앞으로 걸리면 경찰한테 넘기고 학교에도 알리게 되어 있으니 기억해 둬!"

요시는 '학교'라는 말을 듣자 (경찰쯤은 아무렇지도 않았지만) 깜짝 놀라 아래에서 살짝 파수꾼의 수염이 난 얼굴을 올려다보았다. 하지만 요시는 파수꾼의 말투에서 진짜로 학교에 통보하지는 않을 거라는 것과 파수꾼 오두막에도 끌고 가지 않을 거라는 것까지 금방 알아차렸다. '이와키빌딩'에서는 어른이 그런 일을 하다가 걸리면 조용히 끝나지 않기 때문에 석탄 줍는 일은 일부러 열두세 살 정도의 아이들을 시켰다.

"앞뒤 가리지 말고 바로 엉엉 울어. 알아들었어?"

아이들은 미리 교육을 받았다…….

요시는 누구한테 배우지 않아도 그런 것을 알고 있었는데, 지금은 울지 않아도 되는 상황이라는 것을 작은 머리로 생각했다.

기관차에서 분리된 화차 한 대가 바로 옆으로 달려왔다. 화차 석탄 위에는 조금 전 봤던 지저분한 인부가 삽을 꽂고 서 있는 자세로 두세 명 타 있었다.

"무슨 일이야. 할아범?"

약간 바보 취급을 하듯 큰 소리로 한 사람이 고함을 질렀다.

"훌륭해! 망령 난 할아범, 자기 석탄이라고 여기나보네!"

그렇게 말하고는 웃었다.

"오호, 월급이 아니라 일당이 올라가겠네!"

그 말에 모두가 웃었다.

화차가 조금 저만치까지 가자 한 사람이 몸을 잔뜩 휜 다음 브레이크를 걸었다. 끼익, 끼익, 끼익…… 하고 유리를 긁는 것 같은 소리를 내며 화차가 정지했다.

"이제 적당히 해요, 할아범!"

인부들은 그곳에서 이쪽을 향해 큰 소리로 고함을 쳤다.

나이가 많은 파수꾼은 그게 아니라며 혀를 차면서 말했다.

"다음부터 여기서 어슬렁거리면 정말 혼내 줄 거야!"

그 말을 남긴 채 파수꾼은 돌아가려고 했다.

요시는 일부러 입 가장자리에 손가락을 물고서 촉촉해진 눈을 했다. 가끔 힐끔거리며 파수꾼을 올려다보았지만 그것은 무서워서 오들오들 떠는 게 아니라 상대방의 심기를 살피기 위해서였다. 파수꾼이 돌아가려 하자 요시는 가만히 입술을 내밀고는 '할부지!'라고 말했다. 그리고 요시는 조금 허리를 굽힌 상태에서 왼쪽 다리만 절뚝절뚝거리며 침목 위를 걸어가는 파수꾼의 모습을 뒤에서 흉내 냈다…….

'이와키빌딩'에 돌아오자 요시는 뒤쪽 부엌문으로 얼굴을 내밀고 어두컴컴하고 매캐한 냄새가 나는 집 안을 향해 외쳤다.

"엄마!"

"왜?"

류키치가 철공소에서 돌아올 시간이었기 때문에 모친은 석유통을 잘라 내서 만든 스토브에 코크스를 때고 있었다. 그 코크스는 철도 선로와 공장 뒤 석탄찌꺼기 쓰레기장에서 주워 온 것이었다. 진짜 코크스가 아니었기 때문에 불을 피우면 활활 타지 못하고 부스스 탔으며, 파르스름하고 콧구멍이 아리는 가스를 내뿜어서 온 집 안이 숨이 막힐 것 같았다.

"석탄 주워 왔어."

어머니는 이쪽을 쳐다보지도 않고 말했다.

"그쪽에 놔 둬."

요시는 잠시 입을 다물었다가 말했다.

"오늘 좋은 석탄 있어……." "응……."

어머니는 입안에서 잘 알아듣지 못하게 대답했다. 하지만 어머니는 요시가 무슨 말을 하려고 하는지 알아들었다.

"요시 놀다 와도 돼?"

요시는 소쿠리를 부엌의 어두컴컴한 구석에 놓아두었다. '좋은 석탄'이 있을 때는 언제나 놀다 와도 된다고 했다. 처음에 요시는 파수꾼에게 발각되면 울음을 터뜨리며 집으로 돌아왔지만 지금은 어머니에게 그런 일이 있었다는 말조차 하지 않았다.

요시는 집에서 나오자 '일, 이, 삼……' 박자에 맞춰 뛰면서 '이와키 빌딩' 뒷계단이 있는 공터 쪽으로 돌아서 친구네 집 창가로 달려갔다. 요시는 더러운 유리창에 코, 뺨, 입술이 납작하게 일그러질 정도로 얼굴을 들이대고 안을 들여다보았다.

"우 양!"

함께 노는 친구를 불렀다.

그러자 동네 공장에 다니는 우 양의 오빠 쓰지가 자줏빛 잇몸을 드러낸 채 서 있었다.

"류키치 오빠 집에 왔니?"

"오빠? 아직."

"집에 돌아오면 나한테 놀러 오라고 전해 줘!"

"응. 오빠 요즘 기분 별로 안 좋은데……."

요시가 말했다.

쓰지는 그 말을 듣자 갑자기 몸을 굽히더니 과장되게 웃기 시작했다.

"기분 고쳐 줄게."

그리고 자줏빛 잇몸을 드러낸 채 또 웃었다.

춥고 구름이 껴서 눈이 올 것만 같은 하늘 아래로 바다가 출렁대며 어두운 파도를 만들어 내고 있었다. 정박하고 있는 기선 연기가 옆에서 불어오는 바람에 휘자, 그 연기가 출렁대는 파도 위를 아슬아슬하게 스쳐 지나갔다. 항구 안이 뭔가 일이 벌어지기 직전처럼 엄청나게 음습한 기운을 품고 있었다. 짐이 가득 실린 채 작은 증기선에 이끌려 가는 거룻배가 파도가 칠 때마다 첨벙첨벙하며 앞쪽으로 물방울을 튀기고 있었다. 거룻배의 하역 인부가 두 손을 비스듬히 품속에 찔러 넣은 채 목을 움츠리고 어깨를 둥글게 만 자세로 화물 뒤에서 바람을 피하고 있는 모습이 보였다. 차가운 바람 때문인지 끊임없이 울리는 기적 소리와 징 소리가 뒤얽히다가 도중에 끊기곤 했는데 그 소리가 너무나도 비통한 느낌이었다. 겨울이 코앞이라는 것을 바로 느낄 수 있었다.

류키치와 동료들은 공장에서 운하 옆 아스팔트길로 나오자 다카시마 곶에서 정면으로 불어오는 북풍에 부르르 몸을 떨었다.

운하에서 항구로 나가는 출구에는 네다섯 명의 남자가 고등어 낚시를 하고 있었다. 눈이 조금씩 내릴 무렵 항구 안에서도 작은 고등어가 잡혔다. 모두 추위에 곱은 손으로 끊임없이 낚싯대를 들어 올리고 있었다. 덜렁대고 성질이 급한 야마가타는 그답지 않게 공장에서 접이식 낚싯대를 갖고 와 퇴근할 때면 어두워질 때까지 고등어를 낚아서 집에 돌아갔다.

"류키치, 이거 좀 가지고 있어."

야마가타는 그렇게 말하고 탈의실에서 그에게 덩굴풀이 달린 작은 양철 깡통을 건넸다. 깡통 안에는 쌀겨와 청어기름을 섞어서 만든 고등어 떡밥이 들어 있었다. 류키치는 공장에서 하루 종일 야마가타에게 같이 낚시 하는 건 싫다고 거절했다. 그런데 거절하면 거절할수록 덜렁이 야마가타는 재미있어 하며 같이 갈 것을 강요했다.

"바보구나, 오무라 류키치는. 오늘 정산일이잖아. 나중에 야마 씨가 한턱 낼 거야."

와타나베가 옆에서 그런 농담을 했다.

"안 고마워. 춥단 말이야! ……"

류키치는 급료 정산일에는 자신만의 소소한 즐거움을 갖고 있었다. 그는 한 달에 딱 한 번 정산일에는 곧바로 집에 가지 않고 항상 시내로 외출했다. 시내에는 새 책방과 헌책방을 포함해 열 군데의 책방이 있었다. 책방을 한 집 한 집 도는 것이 그의 습관이었다. 이제는 책방 도는 순서까지 정해져 있었고 그는 어느 책방의 어느 선반에 무슨 책이 있는지조차 알고 있었다. 하지만 수중에 돈이 전혀 없었기 때문에 책방을 돌다가 너무 사고 싶은 책을 발견했을 때는 짜증이 났다. 돈을 갖고 있으면 진짜로 책을 사지 않더라도 자신이 읽고 싶은 책은 전부 자신의 책이라도 된 것처럼 마음이 편해져서 왠지 만족감을 느낄 수 있었다. 하지만 류키치는 책에 기껏해야 1엔 50전이나 2엔 정도밖에 쓸 수 없었다. 그것도 집에 돌아가서 어머니에게 잔소리 들을 각오를 하고 쓰는 것이었다. 그가 좋아하는 책은 주로 '전기류'였다. 그것도 대정치가나 대학자가 아니라 대부호나 '○○왕' 같은 부류였다. 하지만 그것도 엄청난 부를 축적해서 각종 사회사업에 그 재산을 쓰는 내용이 아니라면 감격하지 않았다.

……류키치는 급여가 수중에 들어오면 책방을 한 집 한 집 돌아보는, 뭐라 설명할 수 없는 즐거움에 가슴이 설렜다. 오늘 밤에는 서서 읽어 보고 쉬운 책이 있으면 마르크스나 레닌의 책이라도 사 볼까……도 생각하고 있었다. 하지만 야마가타는 모두들 고등어 낚시를 하러 운하에 올 거라며 류키치를 부추겼다.

"갈게. 갈게."

류키치는 할 수 없이 웃고 말았다.

"하하하하, 이겼다, 이겼어!"

야마가타는 늘 하던 버릇대로 코 밑을 손등으로 빠르게 문질렀다.

아스팔트길 옆으로 나와 안벽을 따라가면 거룻배가 수선을 받기 위해 놓여 있는 곳이 나왔다. 류키치와 야마가타는 그 그늘에서 바람을 피하면서 낚싯대를 준비했다. 상점의 꼬마나 운하 반대편 캔제조 공장의 직공들, 그들보다도 먼저 퇴근한 같은 나카지마철공소의 직공들이 낚싯대를 드리우고 있었다. 얼굴은 알지만 한 번도 말해 본 적이 없는 사람이 한두 명 있었다.

"어때, 오늘은?"

야마가타가 쌀겨와 청어기름을 섞으면서 모르는 직공에게 말을 걸었다.

"……음."

상대방은 조금 찌푸린 얼굴로 하늘을 쳐다보며 말했다.

"날씨가 이래서, 시간이 걸릴 것 같아."

"아, 조금씩 걸려들면 더 좋을 텐데!"

그렇게 말하며 야마가타는 평소 버릇대로 그다지 이상하지도 않은데 "하하하하!" 하고 웃었다.

"이봐, 류키치. 바보 같나? 바보 같다는 표정 짓지 마. 망중한, 이게 영웅의 마음가짐이지."

"아무래도 상관없어. 빨리 하지 않으면 고등어가 도망가."

류키치는 무뚝뚝하게 말했다.

"하하하하하하."

야마가타는 다시 웃었다.

"뭐, 좋아. 어묵으로 한 잔 하러 갈 거니까."

야마가타는 얼굴만 아는 대장장이 옆에 쭈그리고 앉아 어롱 안을 들여다보더니 말했다.

"벌써 이만큼이나 잡았어? 우와! 그럼 아침부터 앉아 있는 편이 그 뭐더라,"

그렇게 말하며 다시 코 밑을 바쁘게 문지르며 말을 이었다.

"공장에 가는 것보다 수입이 더 좋겠는데!"

단야공은 깜짝 놀란 듯 앉은 채로 야마가타를 올려다보았다. 하지만 말수가 적은 직공인 듯 그는 그대로 부표 쪽으로 눈을 돌렸다. 야마가타는 우선 쌀겨와 청어기름을 섞은 떡밥을 뿌렸다. 떡밥이 어두운 바다 위로 떨어지자 자줏빛 기름이 오글거리며 퍼졌다. 류키치는 바늘에 미끼를 끼웠다. 하지만 추위로 손이 곱아서 좀처럼 마음먹은 대로 되지 않았다.

기름을 뿌리자 물고기가 모이는 게 눈에 띄게 좋아졌다. 푸르고 투명한 빛이 스윽 하고 수면 아래를 비스듬히 스쳐 지나갔다. 그것이 고등어였다. 야마가타는 바늘을 던졌다. 부표는 까딱거리면서 우스운 모양으로 흔들렸다. 계속 주시하자 옆에 있던 대장장이의 부표가 갑자기 물 아래로 쑤욱 잠겼다. 그 다음 계속해서 부표가 까딱까딱 움직였다. 그러자 어두운 물에서 작은 칼같이 생긴 차가운 배를 빛내면서 고등어가 뛰어올라 왔다.

"우와, 잡혔다, 잡혔다!"

야마가타가 자신의 일처럼 환성을 질렀다. 뒤쪽 반대편 옆에 앉아 있던 캔제조공장 직공은 그것을 보더니 자신의 낚싯대를 다시 쥐어 잡고 한두 번 부표를 움직여 보았다.

"다른 사람 물고기만 감탄하고 있으면 안 돼."

류키치는 왠지 흥미가 생겨 그렇게 말했다.

"조금만 기다려……."

야마가타는 낚싯대를 가랑이에 끼우고 주머니에서 담배를 꺼내 불을 붙였다.

"자넨 담배 안 피우나?"

담뱃갑째로 대장장이에게 건넸다.

"받아도 될까?"

말수가 적은 남자는 그의 표정을 잠시 보더니 말했다.

"당연히 괜찮지! 담배를 피우면서 낚시하는 것만큼 즐거운 일도 없으니까."

그는 늙은이 같은 말투를 쓰더니 그 다음에는 '캔제조공장' 사람에게 담배를 건넸다. 하지만 그 사람은 담배를 피우지 않았다. 그때 야마가타는 갑자기 뭔가 알아챈 듯 낚싯대를 잡아당겼다. 고등어가 잡혔다. 류키치도 놀랐다. 그는 콘크리트 안벽 위를 튀어 오르는 고등어를 잡기 위해 집중했다. 두 손으로 잡으려고 했으나 몇 번이나 실패했다. 고등어를 겨우 잡더니 말했다.

"정말 야마 씨다운 낚시 방법이야!"

그러자 부근의 상점 꼬마까지 웃었다.

"고래라도 잡는 것 같은 낚시 방법이야!"

야마가타는 별거 아니라는 표정으로 말했다.

"아, 조금만 기다려! 기다려!"

그런 다음 다시 기름쌀겨를 뿌렸다.

"너무 많이 뿌리면 고등어가 배가 불러서 미끼를 물지 않게 돼."

옆에 있던 대장장이가 야마가타에게 주의를 주었다.

"이런, 실수했네! 배가 고프지 않으면 물고기도 이렇게 위험한 건 먹지 않겠지."

야마가타는 도쿄 사람처럼 말했다. 그는 그런 다음 뒤에 있던 오무라를 뒤돌아보며 웃었다.

"이노우에나 우리들도 그러니까! 눈에 차지 않는 일당 때문에 벨트에 휩쓸려서 몸이 갈린 고기처럼 되어야 하니까!"

대장장이는 야마가타 쪽을 힐끔 쳐다보았다. 그때 야마가타가 다시 고등어를 낚았다.

"불쌍한 것들! 바보 같은 녀석이 또 걸려들었네!"

그 말에 주변에 있던 사람들이 와 하고 웃었다. 야마가타는 자신도 큰 소리로 "우하하하" 하고 웃었다. 그 일로 대장장이, 켄제조공장 직공, 상점 꼬마와 야마가타는 갑자기 친해졌다.

"바보 중에서도 다른 사람이 낚시하는 걸 구경하는 사람이 제일 바보라니 여기서 류키치와 교대하지."

그는 류키치와 자리를 바꾸더니 두 손을 바지에 집어넣고 담배를 피우면서 주변을 어슬렁거렸다. 캔제조공장 직공 옆에 가서 어롱 안을 들여다보면서 자신이 잡은 것보다 전부 큰 놈들이라고 말했다. 그 직공은 스무 살 정도의 말수가 적고 수줍음을 많이 타는 듯 보이는 남자였다. 야마가타가 가까이 다가가는 것만으로도 이상하게 머뭇거렸다. 하지만 낚싯대를 잡고 있는 손가락은 그와 어울리지 않게 굵었다. 야마가타는 그것을 바라보았다. 그는 뭔가 생각이 난 듯 남자에게 물었다.

"당신네 공장에 선반을 담당하는 무라야마라는 사람 없어?"

'당신'라는 단어가 평소의 야마가타답지 않아서 류키치에겐 조금 이상한 느낌이 들었다.

"무라야마……?"

그 직공은 부표에 시선을 두면서 고개를 갸우뚱거렸다.

"글쎄요……."

"그럼 벌써 그만둔 건가……. 요즘 자네 쪽 공장 경기는 어때? 우리 쪽은 안 좋은데……."

야마가타는 이번에는 '당신'이라는 단어 대신 '자네 쪽'이라고 말했다.

상대방은 수줍어 하며 말했다.

"아, 음, 안 좋아요."

야마가타를 대신한 뒤 류키치의 바늘에도 고등어가 걸렸다. 그는 어렸을 때 두세 번 낚시를 하러 간 적이 있었지만 이렇게 실제로 생선이 미끼를 물자 점점 재미있어졌다. 어느새 야마가타는 직공 옆에 쭈그리고 앉아 일당 얘기나 일 얘기, 감독(대장) 얘기를 하고 있었다. 벌써 주위는 어두웠다. 야마가타가 피우는 담뱃불만 보였다. 담배를 빨아들일 때마다 희미한 소리가 나며 밝아졌다. 항구에서 아플 정도의 차가운 바람이 불어왔다. 바람은 때때로 소금기를 머금고 있었고, 때로는 매연 냄새를 몰고 왔다. 조금 전까지 들리던, 정박 중인 기선에서 덜컹거리며 사슬을 감는 소리, 고가잔교에서 옆으로 붙인 기선 선창으로 석탄을 떨어뜨리는 소리, 뭔가 바로 통과해 버리는 것 같은 모터의 탕탕거리는 소리가 어느새 잠시 멈췄고 기선에는 불이 들어왔다. 그 뒤로도 두 명, 세 명씩 고등어 낚시를 하는 사람들이 나타났다. 그 사람들은 조금이라도 입질이 뜸해지면 담배에 불을 붙이고 옆 사람에게 말을 걸었다. 그리고 야마가타는 돌아갈 때까지 캔제조공장 직공, 대장장이와 상당히 친해졌다.

"아아, 춥다!"

야마가타는 콘크리트 안벽에서 아스팔트길로 나오자 고개를 돌리고 갑자기 킁킁거리며 손으로 코를 풀었다.

"다음에 그 두 사람한테 놀러 가기로 했어!"

그런 다음 그는 어조를 바꿔서 말했다.

"가엾게도 가난한 사람들은 낚시를 좋아해."

그렇게 말하고는 하하하 웃었다.

류키치는 고등어의 미끄덩거리는 점액 때문에 비린내가 났다. 추위로 곱아서 검붉게 부푼 손을 짧은 외투 주머니에 집어넣고 새삼스럽게 야마가타를 쳐다보았다.

"고등어는 너희 집에 갖고 가서 어머니를 기쁘게 해 드려. 나는 하숙집이라 대여섯 마리면 충분해."

그리고 그는 고등어를 어롱에서 나누며 그 비린내 나는 손등으로 코 밑을 문질렀다.

키 높은 창고들이 양옆으로 늘어서 있는 어두운 길을 나오자 매립지와 항구 거리를 잇고 있는 다리가 있었다. 그곳에 도착하자 등 뒤로 한 단 한 단 높아지는 계단 형태의 산에 각각 전등의 농담을 뚜렷하게 드러내고 있는 오타루 지역이 한눈에 들어왔다. 다리를 건너자 저쪽 모퉁이에 어묵을 파는 노점이 있었는데, 지금은 인적이 드물어진 항구 거리의 어둠 속에 '어묵'이라는 붓으로 쓴 서툰 글씨를 드러내고 있었다. 노점 포렴 아래로 진흙투성이 작업화의 발만 나와 있었다. 야마가타는 익숙한 자세로 불쑥 포렴을 걷고 들어갔다. 하지만 류키치는 그 앞에 서서 망설였다. 그런 곳에는 한 번도 들어간 적이 없어서였다. '어묵'이라는 명칭은 알고 있었지만 그것이 도대체 어떤 음식인지 아직 본 적이 없었다. 류키치는 '어묵'이라는 글자에서 왠지 모르게 '소면'과 비슷한 음식일 것 같다는 생각이 들었다. 그리고 무엇보다도 술을 마시지 않는 사람에겐 인연이 없는 음식이었다. 그때 야마가타가 천막 안에서 류키치의 팔꿈치를 확 잡아당겼다. 그는 할 수 없이 고개를 숙이고 포렴 아래를 통과해 안으로 들어갔다. 술이 데워지는 냄새와 어묵이 익는 냄새가 한꺼번에 훅 끼쳐 왔다. 항구 인부가 바닷바람에 탄 굵은 팔뚝을 내놓고 테이블 위에 팔꿈치를 댄 채 어묵의 무를 먹고 있었다. 그는 거기서 '어묵'이라는 음식을 처음 보았다. 야마가타는 평소에도 이곳에 오는지 노점상 주인과도 그 인부와도 이야기를 나누고 있었다. 주인은 그를 보더니 '못 보던 얼굴'이라고 말했다.

야마가타는 거기서 술 한 병을 주문했다. 류키치는 두부, 곤약, 유부주머니로 밥을 먹었다. 하지만 야마가타는 류키치에게 술은 권하지 않았다. 그는 두세 잔으로 바로 얼굴이 빨개졌다.

"오늘 말이지, 주인장. 커다란 생선을 두 마리 잡아 왔어!"

야마가타가 유쾌하게 말하면서 큰 소리로 웃었다.

류키치는 밤이 늦었기 때문에 한 달에 한 번 하는 '책방 순회'는 포기하고 집으로 돌아갔다. 창고지대를 지나 입환선 건널목을 두세 개 건너고, 강변길을 올라가 오른쪽으로 꺾으면 시와 경계를 이루는 길이 나왔다. '이와키빌딩'은 그 오른쪽 골목으로 들어간 곳에 있었다. 그 아래까지 오면 일그러진 채 불이 켜져 있는 많은 창문에서는 여러 가지 소음이 왁자지껄하게 들려왔다. 창가에는 하나같이 낡아빠진 천이나 작업복, 노점에서 파는 싸구려 화분, 고무바닥을 댄 작업화가 걸려 있었다. 깔끔한 창가는 붉은 커튼이 쳐 있는 '모퉁이에 사는 여자'의 방뿐이었다. 다테이시의 집 창문에는 보기 흉하게 튀어나온 선반이 달려 있었는데 그 선반에는 열 개도 넘는 화분이 늘어서 있었다. '이와키빌딩'에는 가난한 주제에 식물이나 새를 좋아하는 사람이 유난히 많았다. 집에 따라서는 연기를 내뿜고 있는 화로를 창가에 꺼내 놓고 바람을 불어넣고 있는 집도 있었다. '이와키빌딩'에는 식사 시간이 제각각 다 달랐고 밥을 늦게 먹는 집이 많았다. 여러 군데를 돌아다니며 일을 하느라 늦은 시간이 돼서야 겨우 저녁밥과 반찬을 준비하는 집이 많았기 때문이었다. 벌써 8시였지만 '이와키빌딩'은 저녁밥을 먹는 시간인 5시나 6시처럼 소란스러웠다.

집 앞 어두컴컴한 길목에는 아직 아이들이 나무 막대기를 가지고 힘껏 고함을 지르며 뛰어놀고 있었다. 갑자기 골목에서 튀어나온 대여섯 명의 아이들이 류키치와 부딪혔다. 제일 앞의 아이는 부딪힌 데가 아픈지 순간 당황해서 우물쭈물 서 있다가 저쪽에서 '와' 하는 환성이 들리자 울먹대며 그쪽으로 뛰어갔다. 나무 막대기로 싸우는 소리가 들려왔다. 이 동네(데미야) 아이들은 모두 어수선하게 복잡하고 비좁은 집에서 살았기 때문에 집 안에서 노는 법을 몰랐다. 비가 주룩주룩 내려도 아이들은 날쌘 다람쥐처럼 골목에 깔아놓은 판자를 시끄럽게 울려 대며 밖에서 뛰어놀았다. 모든 아이들이 옷의 앞섶을 풀어 헤치고 누런 콧물을 묻힌 채 흙발로 놀았다.

가게의 담배가 놓인 곳 옆에는 누나인 교코가 앉아 있었다. 류키치는 뒷문으로 들어갔다. 어머니는 어두컴컴하고 비좁으며 어수선한 부엌에서 주문이 들어온 '찐빵'을 만드느라 밀가루 안에 저울로 잰 암모니아와 명반을 섞고 있었다. 부뚜막 위에는 삼중으로 포갠 '찜기'가 올라가 있었다. 작은 여동생이 주워 온 석탄으로 불을 때고 있었다.

어머니는 류키치를 보자 말했다.

"애, 오빠 왔다!"

작은 여동생은 난로 옆에서 자고 있었는데 눈을 뜨고 일어났다. 잠이 덜 깨서 주위를 둘러보며 자기 허리끈을 잡고선 계속해서 몸을 방정맞게 흔들었다. 그리고 류키치를 보더니 말했다.

"우 양네 오빠가 잠깐 와 달래!"

어머니는 아래 눈꺼풀이 빨갛게 짓무른 눈을 깜박이며 류키치에게 뭔가 궁금한 듯 그를 쳐다보았다. 오늘은 돈을 받는 날이었기 때문이다…….

"뭐야, 그거?"

어머니는 류키치의 어롱을 발견하고는 물었다.

"고등어 잡아 왔어요. 책방 안 가고."

"그래, 그래. 어디 보자."

갑자기 기분이 좋아진 어머니는 가루투성이 손을 털어 내며 어롱을 들어 올리고 안을 들여다보았다.

"호오!"

어머니는 자신도 모르게 목소리를 높였다. 작은 여동생도 달려와 어머니 소매를 붙잡으며 어롱 입구에 고개를 들이밀고 들여다보았다. 어머니는 류키치가 배운 게 있다는 것에 대해서는 어디에서든 자랑으로 생각했지만 그가 돈이 없으면서도 책을 사 와서 읽는 것은 탐탁지 않게 생각했다. 학교에 다닐 때는 책을 읽어도 괜찮지만 학교도 안 다니는데 책을 왜 읽는지 어머니로서는 도무지 이해할 수가 없었다. 책을 읽었다고 해서 가난한 사람이나 기껏해야 직공밖에 안 되는 사람이 어떻게 될 것도 아니라고 생각했다. 하지만 사실은 류키치가 책을 사면 안 그래도 부족한 그의 일당으로는 다음 달 생활하는 게 불가능했기 때문이었다. 그래서 그가 책방에 가지 않았다는 말을 듣자 어머니는 기분이 좋아졌다.

"음, 그러면 이건 바로 쪄서 저녁밥으로 먹자!"

그렇게 말하고 어머니는 가게에 있는 누나를 불렀다. 근처에서 공양에 쓸 찐빵을 만들어야 했기 때문에 어머니는 다른 일을 할 수 없었다. 류키치의 어머니는 맞춤떡, 찐빵, 팥밥을 조금씩 주문 받아 그것으로 한 되당 10전에서 12전 정도 수고비를 벌었다. 맞춤떡 주문을 받으면 류키치가 공장에 출근하기 전이나 퇴근한 뒤에 떡을 쳤다. 어머니는 솜씨 좋게 절구 안에 떡을 뒤집어서 찹쌀떡을 만들었다.

류키치는 밥을 먹으면서 바지 주머니에서 정산(일당이나 월급이라고 부르지 않았다)한 돈을 마지못해 꺼냈다. 그가 처음에 정산한 돈을 받아 왔을 때 어머니는 그 돈을 석탄화차 밑에 깔려 죽은 아버지 영전에 바쳤다. 그리고 모두가 기뻐했다. 아무것도 모르는 작은 여동생까지 들떠서 류키치의 목에 팔을 걸고 매달렸었다. 하지만 그 뒤 정산한 돈을 받아 오는 날 저녁이면 가족들은 말싸움을 하거나 결국에는 서로 기분이 상했다. 그 이유는 정산하는 날이 되면 돈 들어갈 구멍이 새삼스럽게 가족들 눈앞에 똑똑히 보여서, 40엔이 채 안 되는 돈으로는 아무리 아껴 쓴다 해도 부족하다는 사실을 알고 있기 때문이었다. 그래서 어머니가 무의식중에 류키치가 쓰는 책값을 가지고 푸념을 하면 안 그래도 기분이 별로인 류키치가 화가 나서 소리를 질렀다. 그러면 40엔도 안 되는 수입밖에 없는 게 마치 어머니나 류키치 둘 중 한 사람의 책임이기라도 하듯 두 사람은 서로 으르렁댔다. 그래서 류키치는 돈을 가지고 오는 날 저녁의 집안 분위기가 정말로 싫었다. 정산하는 날 일단 집으로 오지 않고 바로 시장을 돌아다니다가 늦게 돌아오는 이유도 가능한 한 집에 들어오고 싶지 않기 때문이기도 했다.

류키치가 돈을 내놓자 어머니는 아래쪽 눈꺼풀이 짓무른 눈을 글썽이면서 웃었다. '책방 순회'도 하지 않고 왔기 때문에 기분이 좋았다. 그는 어머니가 '앞으로 들어갈 구멍' 계산을 시작하기 전에 쓰지를 만나고 오는 편이 좋겠다고 생각했다. 어머니는 누나 교코를 불렀다.

"종이에 좀 적어 봐……."

어머니는 '앞으로 들어갈 구멍'을 떠올리는 듯 눈을 감았다. 그래서 류키치는 자리에서 일어섰다. 그는 일어나서 하품을 하면서 돈을 봉투째 무릎 위에 올려놓고 싱글벙글 웃고 있는 어머니를 위에서 내려다보는데 문득 어머니가 왠지 가엾어 보였다.

"어디 가니?"

누나 교코가 다리를 모아 옆으로 하고 앉은 채 그를 올려다보았다.

"쓰지네 집에."

"있잖아……."

문득 떠올린 듯 그렇게 말하면서 누나는 가게에서 얇은 책을 들고 왔다.

"후루야마 씨가 두고 갔어."

그는 그 책을 받아들었다.

"사회주의의 발전…… 공상적에서 과학적으로…… 엥—겔……스……."

"이렇게 가을이 깊어지면 니혼슈가 제격이지!"

쓰지는 긴 망토를 걸친 어깨를 으쓱하면서 낮은 목소리로 말했다.

"뜨겁게 데운 거 말이야."

그는 진정한 애주가답게 도중에 그런 말만 해 댔다. 그러다가 생각이 난 듯 류키치에게 물었다.

"너, 요즘 기분이 별로라며?"

"……?"

류키치는 상대방을 쳐다보았다. 후루야마와 가끔 왕래하는 걸 말하는 걸까 생각했다.

"그게 무슨 말이야?"

류키치는 상대방에게 눈을 떼지 않고 일부러 무뚝뚝하게 물었다.

"흐음, 너네 집 여동생이 그렇게 말했거든."

쓰지는 그렇게 말하고 자줏빛 잇몸을 드러내고 말처럼 웃었다.

"그래서 우리 집에 오면 오빠 기분이 나아질 거라고 말해 줬지. 뭣보다 류키치, 넌 너무 쌓아 두고 살아……."

"무슨 소리야, 쌓아 두다니?"

"음, 가끔은 시원하게 해소해 줘야 돼!"

류키치는 어둠 속을 걸어가면서 갑자기 얼굴이 빨개졌다. 그리고 그 모습을 쓰지에게 들킨 것 같은 부끄러움이 몰려왔다. 후루야마와의 일을 얘기하는 것이 아니라 안심은 했지만.

쓰지는 한동안 입을 다물고 있다가 이번에는 진지하게 말했다.

"기분이 개운하지 않을 때는 이게 최고야……."

강변 언덕을 내려가면 왼쪽으로 꺾어진 길 양쪽으로 싸구려 카페와 술집, 선술집이 즐비했다. 난잡한 색유리 문으로부터 축음기의 새된 음악 소리가 길가를 향해 쏟아지고 있었다. 여자들이 입구에 서서 두 사람을 불렀다. 쓰지는 그 주변에 얼굴이 알려져 있는 듯 '쓰지 씨'라든가 '쓰 씨'라고 불렀다.

"어딜 그렇게 놀러 가는 거야!" 쓰지는 그럴 때마다 "아이고, 내가 못 산다, 못 살아!"를 연발하면서 류키치 앞에서 쑥스러워 했다.

그중에는 쓰지를 보자 도로 한가운데까지 달려 나와 그의 망토를 붙잡고 자기 가게로 질질 끌고 가는 사람도 있었다.

"이봐, 이봐, 이것 좀 놔!"

쓰지가 열심히 뿌리쳤다.

"어디 살림이라도 차렸나. 가끔 들러서 놀다 가도 벌 안 받아요!"

빨갛고 두꺼운 팔을 가진 여자는 진짜로 그를 놓지 않았다. 옆에서 걷고 있던 술 취한 사람이 놀려 댔다.

"여자한테 인기 많은 남자도 나쁘지 않네."

류키치가 멍하니 서 있자 다른 여자가 가게에서 뛰어나와 갑자기 류키치를 껴안더니 가게 앞까지 끌고 갔다.

"당신이 들어가면 저 사람도 들어갈 거야!"

여자의 뺨이 그의 목에 닿았다. 류키치는 간이 떨어질 정도로 깜짝 놀라면서도 여자의 얼굴 피부가 굉장히 끈적끈적하고 차가운 것이라고 느꼈다. 그는 턱을 당겨 목덜미를 늘이고 여자의 머리 냄새와 화장품 냄새를 피하면서 질질 끌려갔다.

"어머, 놀라워라! 그렇게 여자가 싫어?"

여자 종업원이 숨이 넘어갈 듯 웃었다.

"어이, 그 녀석은 아직 순진하니까 그만 풀어 줘!"

쓰지가 저쪽에서 말했다.

"당신하고 다르게 말이죠!"

"맞아."

"흥, 알 게 뭐람, 못 믿겠어!"

여자는 진탕 침이라도 뱉을 듯이 말했다. 그러고 나서 여자는 류키치의 양쪽 소매를 잡고 뒤졌다. 그런 다음 허리띠 앞을 만졌다. 그러더니 여자는 갑자기 류키치에게서 떨어져 나갔다.

"뭐야, 구두쇠 같은 놈이네. 한 푼도 없잖아!"

류키치는 참을 수 없는 모욕을 당한 기분과 상대방에게 미안한 짓이라도 한 것 같은 기분이 뒤죽박죽된 채 앞섶을 추스르며 쓰지가 있는 곳으로 돌아갔다.

"저런 못생긴 여자 집에 누가 가겠어!"

쓰지는 잔뜩 골을 냈다.

"저 못생긴 여자들은 모두 1엔짜리야……."

그는 그렇게 말하더니 그곳에서 잤을 때 여자와의 사이에 있었던 일까지 노골적으로 설명했다.

거리 안으로 들어가자 쓰지는 한 작은 카페에 상반신을 들이밀고 들여다보았다. 그리고 류키치를 부르더니 안쪽으로 들어갔다. '몬 파리'라는 그곳은 그가 늘 들르는 단골 카페였다. 이런 곳에 익숙하지 않은 류키치가 어정쩡한 자세로 들어가자 작은 체구에 작은 얼굴을 한 여자와 부딪힐 뻔했다. 그 여자는 입구 바로 앞을 가로막고 있는 가리개에 한 손을 올리고 '어떤 사람이 들어올까?' 불안해 하는 게 한눈에 보이는 시선으로 입구를 쳐다보고 있었다. 때문에 류키치는 그 여자 종업원도 이런 곳에는 아직 익숙하지 않은 여자일 거라고 생각했다. 그는 나중에도 그 여자의 불안한 시선이 마음속에 계속 남아 있었다.

박스석에 앉고 난 다음 여자가 주문을 받아 스탠드 쪽으로 걸어갔을 때 쓰지가 말했다.

"저 여자가 우리 공장에서 일하던 다키라는 여자야."

류키치는 불안한 시선의 이유를 알 수 있을 것 같았다. 쓰지는 조금 취해 있었다. 그는 취하면 자줏빛 잇몸을 한층 더 드러내면서 떠들어 댔다.

"전전번 일이야. 내가 술이 너무 취해서 그 여자한테 술집 여종업원이 됐으니 뭔가 노래라도 부르라고 재촉했어. 그러니까 그 여자가 울 것 같은 얼굴을 하더니 결국에는 노래를 하더군. 뱃사공 노래 중에 강변의 마른 참억새! …… 거의 울고 있었어. 나쁜 짓을 한 것 같았지. 그 여자가 노래를 부르기 시작했을 때 온몸에 막 소름이 돋더라고. 공장에서 그 여자가 잘 부르던 〈마른 참억새〉와는 분위기가 완전히 달랐거든!"

류키치는 쓰지가 하는 말을 듣고 '쓰지'가 정말 그랬을 거라 생각하니 왠지 뭔가 뒤죽박죽 이상한 기분이 들었다. 류키치는 쓰지가 권하는 바람에 자신도 모르게 지금까지 먹어 본 적이 없을 만큼 술을 많이 마셨다. 화장실에 가려고 일어섰을 때 본인은 멀쩡하다고 생각했는데 술병에 손을 대는 바람에 병을 엎었다. 하지만 그의 의식 속에서는 자신이 술병을 쓰러뜨렸다고 생각하지 않고 그냥 막연히 '아, 술병이 쓰러져서 술이 쏟아지네……'라고 생각하며 자신과는 상관이 없는 일처럼 느꼈던 것을 기억하고 있다. 게다가 그는 끊임없이 (하지만 기분이 좋아서) 전후좌우로 비틀대며 상당히 오랫동안 소변을 본 일, 돌아와서 의자에 털썩 주저앉은 일은 기억이 났지만 화장실에 갔다가 올 때까지의 과정은 기억이 나지 않았다. 그는 그 일을 생각하면서 바로 이런 게 취한다는 느낌이구나 생각했다.

처음에는 감상적인 이야기를 하던 쓰지가 점점 취기가 오르자 다키라는 이름의 여자 종업원에게 〈마른 참억새〉를 불러 달라고 조르기 시작했다. 여자가 쭈뼛대며 뒤로 빼자 팁을 주겠다고 말했다.

"바보 취급하지 마. 직공이라도 돈은 있다고!"

그는 잘그락거리며 주머니에서 소리를 냈다. 그리고 꼭 노래를 부르게 할 거라며 애를 썼다. 그는 가게에 있던 다른 여자 종업원 세 명 정도를 자신의 곁으로 불러 "이봐, 안 그래?", "이봐, 그치?"라며 동의를 구했다. 나이 먹어 닳은 느낌의 여자 종업원은 "쓰 씨, 맞아!"라며 상대방에게 대꾸를 해 주며 그의 몸에 달라붙듯이 바싹 걸터앉았다. 다키라는 여자는 뒤로 밀려나 할 수 없이 류키치 옆에 조용히, 그것도 반 정도만 걸터앉았다.

"여자 종업원이라는 건 팁을 주면 노래를 불러야 해! 그치?"

쓰지는 가슴을 내밀며 일부러 소리를 질렀다.

이런 일에 익숙한 여자 종업원은 "맞아! 내가 한 곡 부를게……."라며 도저히 여자라고는 생각할 수 없는 허스키한 목소리로 노래를 불러서 류키치는 상당히 놀랐다. 쓰지는 가슴에 고개를 푹 숙인 채 의미 없이 "잘한다, 잘해!……."라고 중얼거렸다.

다키는 류키치 옆에서 테이블에 손을 대고 있었는데 문득 쳐다보니 그건 여자 종업원의 손이 아니었다.

"어머, 이 사람이 뭘 보는 거야?"

여자는 시선을 알아차린 듯 갑자기 자신의 손을 감추었다.

"자, 이번엔 다키가 불러! 〈마른 참억새〉! 팁 50전 준다니깐, 진짜야!"

쓰지는 술이 취해 어쩐지 기분 나쁘게 가라앉은 눈을 하고 외쳤다.

"자, 50전이라고!"

류키치는 자신도 모르게 갑자기 미칠 것 같이 기분이 언짢아졌다…….

류키치는 그 뒤 얼마나 시간이 지났는지 알 수가 없었다. 뭔가가 자신의 몸을 밑에서부터 들어 올리듯 좁고 어두운 계단 같은 곳을 겨우겨우 끌려 올라가던 일을 막연하게 기억했다. 그러고 나서 조용해진 다음 류키치는 약간 멍한 눈을 떴다. 그는 자신이 어디에 있는지 몰랐다. 눈을 뜨자 도료 냄새가 나는 싸구려 테이블 위에 뺨을 대고 늘어진 모습을 하고 있었다. 전등은 어두컴컴했다. 그리고 방은 다다미였다. 여긴 어디고 쓰지는 어디에 있는지를 생각하며 류키치는 머리를 들어 올리려고 노력했다. 하지만 그 순간 머리가 크고 둥근 돌처럼 무거워져서 자신의 것이 아닌 것처럼 움직일 수가 없었다. 그는 깜박깜박하는 의식과 초점이 안 잡히는 시선으로 자신의 손발이 어디에 있는지 보려고 애썼다. 하지만 볼 수가 없었다. 그는 어찌 됐든 테이블에 늘어져 있었다…….

그때 전등 불빛이 순간적으로 그림자가 져서 누군가 그의 옆에 앉는 기척을 느꼈다. 그는 목소리를 내려고 했다. 그러자 차가운 것이 그의 뺨을 스쳤고 그의 상반신을 안아 일으켰다.

"물……."

류키치는 여자가 내준 컵에 이를 딱딱 부딪쳐 가며 단숨에 물을 마셔 버렸다. 그는 처음으로 눈을 뜬 것처럼 방 안과 여자를 둘러보았다. 여자는 다키였다. 방은 어두웠고 축축했으며 너무 추웠다. 지저분하고 얇은 방석 두 장이 방구석에 짝이 안 맞게 놓여 있었다. 테이블 위에는 술 얼룩으로 싸구려 도료가 지도 같은 모양을 남겨 놓고 있었다…….

"지금…… 몇 시? ……"

류키치는 여자에게 물었다. 그녀는 뒤쪽에서 빛을 비스듬히 받으며 조금 다리를 모아 옆으로 하고 앉아 있었다. 얼굴은 그림자가 져서 잘 보이지 않았다. 그렇게 다다미 위에 앉아 있는 그녀를 보자 체구가 작아서 그런지 어깨 부근이 이상하게 궁상맞아 보였다.

"1시 정도……."

여자는 몸을 움직이지 않고 말했다.

"1시……? 늦었군……."

류키치는 지금까지 그렇게 늦게 집에 간 적이 없었다. 그는 집에 돌아가려고 일어섰다. 하지만 손목, 발목이 전혀 움직이지 않았다.

"쓰지는 어떻게 됐어?"

"건너편 방……." "아!"

류키치가 소리를 냈다.

"이런, 그렇게 큰 소리를 내면 어떻게 해요!"

류키치의 소리가 들렸는지 다른 방에서 쓰지의 목소리가 들렸다.

"어때, 몸은 괜찮아?"

그는 쓰지도 이곳에 있다는 것을 알자 갑자기 안심했다. 그렇지 않았다면 그는 '이런 방에서' 여자와 함께 잠깐이라도 앉아 있을 수 없었다. 지금까지 이런 경험은 한 번도 없었다.

"여기 어디야?"

하지만 다키는 그 질문에 대답하지 않았다. 그는 다시 쓰지에게 말을 걸었다.

"나, 집에 간다……."

"집에 간다고? 바보! 어이, 다키, 너 뭐하고 있는 거야?"

쓰지가 그렇게 말했다. 그러자 그쪽 방에서 여자가 '꺄악' 하며 간지럼을 타는 것 같은 소리를 질렀다. 쓰지가 그에 낮은 목소리로 뭔가 말했다.

류키치는 뭔가 깜짝 놀란 듯 다키 쪽을 보았다. 여자도 류키치 쪽을 힐끔 쳐다보았지만 바로 고개를 숙였다. 그때 잘그락잘그락 술잔 씻는 그릇 안에 술잔이 부딪히는 소리를 내며 누군가 계단을 올라왔다. 여자가 대답을 하더니 일어서서 방문을 열었다. 나이 든 여자가 술이 준비된 쟁반을 가지고 미닫이문 바깥에 쭈그리고 앉아 있었다.

여자는 류키치 앞에 술잔을 놓았다. 하지만 그가 술잔을 쥐려고 하지 않았기 때문에 어쩔 수 없다는 듯 술을 따랐다. 술병을 쥔 여자의 손은 류키치보다도 두껍고 울퉁불퉁 거칠었다. 여자가 눈앞에 다가

왔기 때문에 류키치는 우연히 거칠거칠한 여자의 목덜미를 보게 되었다. 그러자 속옷 옷깃과 겹옷 옷깃 사이로 뭔가 하얀 알갱이 같은 작은 벌레가 나오는 것을 발견했다. 그는 자신도 모르게 눈을 크게 떴다. 가만히 보니 그건 이였다. 납작하고 홀쭉하게 생긴 하얗고 기분 나쁜 이였다. 그는 여자의 얼굴을 쳐다보았다. 그녀는 무슨 생각에 빠졌는지 류키치가 쳐다보는 것도 몰랐다. 속옷 사이에서 나온 이는 마침 꼭대기에 도착하자 마치 무슨 일이라도 생긴 것처럼 잠시 멈춰 섰다. 하지만 꼭대기 위를 조금 옆으로 걷더니 이번에는 조금 전 나왔던 곳으로 다시 되돌아가기 시작했다. 그 모습을 보니 이라는 생물이 의외로 상당히 빠르게 이동한다는 것을 알게 되어 류키치는 감탄했다.

여자는 그것도 모르고 화로 안에 시선을 두고 있었는데 갑자기 모든 사람들이 자신을 '남자를 밝히는 여자'라 공장을 그만두고 카페에 취직한 거라고 말해서 너무 괴로워 미칠 것 같다고 말했다. 그리고 멈칫거리며 하루에 30전 받는 공장 일당으로 어떻게 한 가족이 먹고살 수가 있겠냐며 세세하게 따졌다. 류키치는 자신의 집에서 나올 때 계산했던 '정산'을 떠올렸다. 하지만 그의 일당은 1엔 40전이었다.

여자는 잠시 입을 다물고 있다가 말했다.

"여긴 우리 집에서 그다지 멀지 않아서 집에서 팥밥을 짓거나 호박을 삶으면 어머니가 지금 4학년인 남동생을 시켜서 그릇에 담아 이곳 뒷문으로 몰래 가져다줘요. 그게 말이죠…… 손님과……."

여자는 갑자기 귀와 뺨 언저리를 붉히며 말을 얼버무렸다.

“……그럴 때 정말 난처해요……!”

“오!”

쓰지가 말을 걸었다.

“뭘 그렇게 정답게 얘기하고 있어? 날 새겠다!”

다키는 그 말을 듣자 갑자기 몸을 부르르 떨었다. 쓰지의 상대 여자가 뒤이어 말했다.

“까마귀야 울지 마라, 날도 새지 마라…….”

다키는 아무 말 없이 일어나 방구석의 방석을 가지고 온 다음 그것을 둘로 접고 다다미 위에 몸을 뉘었다……. 그 모습을 보자 류키치는 갑자기 몸속부터 덜덜 떨려 오기 시작했다. 그는 더 이상 앉아 있을 수가 없었다.

“추워요…….”

여자는 그렇게 말하고 류키치를 재촉하듯 바라보았다. 하지만 그 눈은 바로 그가 카페 밖에서 들어오다가 부딪힐 뻔했을 때 두려움에 벌벌 떨고 있던 그대로의 눈이었다.

추웠다. 가장 추운 한밤중 1시를 지난 때였기 때문에 앉아 있으면 무릎 옷 위로부터 스물스물 파고들 정도의 추위였다……. 쓰지 방에서는 여자가 방을 나와 복도에 짚신 끄는 소리를 내며 계단을 내려갔다. 류키치는 그때 안절부절못하며 일어나서 마치 뒤에서 누군가 갑자기 칼이라도 휘두르는 것처럼 복도로 뛰쳐나갔다. 그리고 쓰지의 방문을 덜컥 열고 들어갔다.

"돌아갈 거야!"

그는 외쳤다.

"—? 벌써 끝난 거야……?"

쓰지는 들어온 류키치의 위아래를 깔보듯 보더니 히죽거렸다.

하지만 류키치는 그 물음에는 제대로 대답하지 않고 계단을 내려가기 시작했다. 다키는 굳은 표정으로 그 뒤를 따라 내려갔다.

"바보구나!"

쓰지는 혼잣말처럼 중얼거리더니 바지 밴드를 소리 내서 힘껏 꽉 조였다.

# 독방

獨房

누구나 그렇듯 다구치도 그곳에서 나오자 마치 딴사람이라도 된 것처럼 말수가 많아졌다. 팔 개월 동안 벽, 벽, 벽, 벽의 사이, 즉 좁아터진 독방 한 칸에서 홀로 지냈기 때문에 스스로 혼잣말이라도 하지 않는 이상 자신의 목소리조차 들을 수 없었다. 뭔가 말을 했다 쳐도 혼잣말을 중얼거리는 정도였을 것이다. 자유의 몸이 된 지금, 그렇게 긴 시간 동안 계속 억눌러 두기만 했던 말들이 한꺼번에 터져 나오고 있는 것이다.

보석으로 풀려난 첫날 저녁, 무리하면 안 된다는 말에 일찍 잠자리에 들었으나 결국 다구치는 한숨도 자지 않고 아침이 될 때까지 떠들어 댔다. 본인도 자신은 전혀 흥분하지 않았다고 말했고, 몸 상태도 얼굴색도 평소와 그다지 다르지 않았지만, 약 일 년 만에 마주한 바깥세상이다 보니 알게 모르게 그도 흥분했을 것이다.

이것은 다구치의 이야기다. 딱히 소설이라고 부를 만한 것도 아니다.

빵빵이를 돌리듯 S경찰서에서 Y경찰서로 송치되었을 때였다.

내가 들어가 있던 유치장은 1호 감방이었는데 모두들 그 유치장을 '특실'이라고 부르며 좋아했다.

"자네, 좋은 곳에 들어갔구먼."

그런 말도 들었다.

그곳은 이웃집이 바로 옆에 딱 붙어 있어 아침부터 밤까지 유치장 안에 야구방송에서 연예, 대중음악, 오케스트라방송에 이르기까지 라디오 소리가 그대로 들려왔다. 나는 그 사실을 알고 정말 기뻤다. 이 정도면 특실이라 불릴 만하다고 생각하면서 앞으로 똑같은 생활이 반복될 29일 동안 무료함을 달랠 수 있으리라 여겼다. 하지만 모두가 '특실'이라고 부르는 것은 그 이유 때문이 아니었다. 처음에는 이유를 잘 몰랐다.

그런데 이틀째쯤 소매치기로 잡혀 들어온 무서운 눈매의 남자가 히죽거리며 자기가 앉아 있는 쪽으로 와 보라며 나를 불렀다. 나는 호기심에 옆으로 다가갔다.

"저쪽을 봐봐."

그는 창문 위쪽을 올려다보았다.

나는 그때야 비로소 '특실'의 진짜 의미를 깨달았다.

높은 곳에 위치한 쇠창살 박힌 창문 바로 위로 옆집의 빨래걸이가 있었는데, 때마침 열예닐곱쯤 되어 보이는 소녀가 빨래를 가지고 급경사진 사다리를 오르고 있었다. 그 장면을 바로 아래에서 올려다볼 수 있었다.

그 뒤 누군가 한 사람이 신호를 보내자 모두들 간수에게 들키지 않도록 얼굴은 간수 쪽을 향한 채 몸만 스윽 기울였다.

"칫, 뭐야! 또 팬티 입고 있네!"

점점 익숙해지자 나도 그런 농담을 하게 되었다.

"공산당이 그런 말을 하면 격 떨어져."

공원에서 노숙하던 불량배가 놀려 댔다.

흔히 소설에서 묘사하는 것처럼 우리들이 늘 딱딱하고 심각한 얼굴로 여기 앉아만 있는 것은 아니다. 팬티를 절대 빼먹지 않고 입는 소녀에 대한 매일매일의 '기대' 덕분에 반복되는 길고 긴 29일을 의외로 쉽게 지낼 수 있었다. 물론 그동안 나는 두세 번 조사를 받으러 나갔고 죽도로 얻어맞거나, 신발 신은 발에 차이거나, 묶이는 등 사흘이나 누워서 지낸 적도 있었다. 다른 감방에 수감되어 있던 동지들도 조사를 받고 돌아올 때는 다리 한쪽을 질질 끌거나, 나갈 때는 멀쩡했던 옷이 돌아올 때는 등 부분이 너덜너덜해진 상태로 돌아오기도 했다.

"당했어."

동지들은 핏기 없는 얼굴로 그렇게 말했다.

우리들은 그럴 때마다 이를 갈았다. 하지만 그렇지 않을 때 우리들은 누구보다도 시끌벅적하게 멀쩡한 모습으로 장난을 쳐 댔다.

10일, 7일, 5일, ……. 점점 날이 줄어 갔다. 그렇게 딱 사흘이 남은 날 오후에 소나기가 내렸다.

"빨래! 빨래!"

옆집에서 정신없이 당황해서 허둥거리는 소리가 들려왔다.

빙고! 나는 회심의 미소를 지었다. 그건 천우신조와 같은 기회였다. 오늘은 분명히 까먹었을 거야.

덧문이 덜컹하는 소리와 함께 열리면서 소녀가 사다리를 급하게 올라갔다. 나는 무의식적으로 침을 삼켰다.

젠장! 뭐야, 팬티를 입고 있잖아! 우리들은 실망할 수밖에 없었다.

"6호!"

그때 간수가 큰 소리로 외쳤다.

들킨 것 같아 깜짝 놀랐다. 만약 들킨 거라면 나뿐만 아니라 앞으로 들어올 수백 명의 사람들이 몰래 훔쳐볼 수 있는 즐거움이 사라지게 된다. 창문이라도 닫히는 날에는 이곳은 그야말로 지하 감옥이 되는 것이다.

"조사다. 이리 나와."

나는 천만다행이라 생각했다. 그리고 씩씩하게 일어섰다.

3층으로 올라가자 응접실처럼 보이는 곳에 검사가 서기를 데리고 와 있었다. 나는 그곳에서 두 시간 정도 조사를 받았다. 경찰 조사를 다시 확인하는 정도로, 별로 특별한 건 없었다.

"한여름에 유치장에 있기 힘들죠?"

조사가 끝나자 검사가 지나가는 말로 말했다.

"네에. 뭐 그냥저냥 지낼 만합니다."

나는 쌀쌀맞게 대답했다. 하지만 문득 팬티를 떠올리고는 나도 모르게 킥킥거렸다. 하지만 그때 내 머릿속으로는 '너희들이 아무리 우리를 유치장에 넣고 괴롭혀도 그다지 힘들지 않다'는 생각을 하고 있었던 것이다.

"조금만 더 참으면 됩니다."

검사가 가방을 들고 자리에서 일어나며 그렇게 말했다. 나는 듣지 않았다.

## 콩 이야기

나는 결국 기소되었다. Y경찰서에서 29일을 지낸 뒤 법원에 불려 나가 예비판사로부터 검사의 기소 이유를 들었다. 그 뒤 간단한 조서를 작성했다.

"이제 T형무소로 가시게 됩니다. 일간 그곳에서 또 뵙겠습니다."

미남에 길게 뻗은 하얀 손에 반지가 잘 어울리는 예비판사가 그렇게 말하며 벨을 눌렀다. 문 입구에서 대기하고 있던 특별고등경찰이 곧바로 절도 있는 모습으로 들어왔다. 판사가 말하는 한 마디 한 마디에 구두점이라도 찍듯이 '예', '예에', '옛'을 반복하며 그때마다 고개를 숙였다.

나는 그 경찰에게 잡힌 채 몇 번이고 반복되는 계단을 빙글빙글 돌아 내려와 판자로 지어진 대기실로 돌아왔다. 도중에 바쁘게 지나가는 다양한 사람들과 마주쳤다. 그들은 나를 보더니 잠깐 걸음을 멈추고는 이내 고개를 흔들었다.

"자, 그럼 이걸로 이 세상과는 작별이군. 자네."

특별고등경찰이 말했다.

"2년 전에 수감되어 있던 3·15 사건 놈들조차 아직 공판이 열리지 않고 있으니 순서대로 간다면 상당히 오래 걸릴 거야."

나는 그때 문득 유리문 밖으로 지저분한 공터 구석에서 먼지를 덮어쓰고 있는, 넓은 잎을 가진 이름 모를 풀을 바라보고 있었다. 주위 건물들이 높아서 한낮에 내리쬐는 땡볕도 그곳에는 닿지 않았다. 그 풀은 별 특징 없는 평범한 풀이었지만 나도 모르게 그 풀만 쳐다보고 있었던 게 지금도 묘하게 인상에 남는다. 아무런 이유 없이 일어나는 흔한 일일지도 모른다.

나는 오늘 아침 N이 경찰에 다녀오면서 갖다 준 토마토와 만두를 싼 포장을 열었는데, 한참 동안 멍한 상태로 무릎 위에 올려놓고만 있었다.

대기실에는 나 말고도 수염을 덥수룩하게 기르고 입술이 두툼한 좀도둑 남자가 경찰에게 끌려와 검사의 조사를 기다리고 있었다. 나도 모르게 배가 고팠는지 먹다 보니 만두는 세 개도 채 남아 있지 않았다. 그래서 남은 만두를 그 남자에게 건넸다. 수염을 기른 남자는 금세 우적우적 먹어 치웠다. 그리고 이번에는 토마토를 먹고 있는 내 입을 조용히 바라보고 있었다. 나는 그 남자로부터 이상한 압박감을 느꼈다. 막다른 골목에 다다르자 나는 그 순간 '내가 이 남자만도 못한 존재인가' 생각했다.

자동차는 낮에 도착했다. 나는 창문이라는 창문은 죄다 쇠창살로 덮여 있는 '호송차'를 상상하고 있었다. 그런데 막상 도착한 차는 개방적인 크림색 내시nash 자동차로, 어울리지 않게 최신 유행하는 모델이었다. 나는 두 명의 특별고등경찰 사이에 끼인 상태로 자동차 쿠션에 기대어 앉았다. 아마 이 차는 지금까지 수백 명의 동지들을 실어 나른 자동차일 것이다. 나는 주위를 둘러보고, 천장을 쳐다본 뒤 스프링을 시험해 보았다.

60일 만에 처음으로 본 거리, 그리고 앞으로 적어도 2년간은 보지 못할 세상. 나는 자동차 양쪽으로 무엇 하나도 빼놓지 않고 봐 두어야겠다고 생각했다.

고지마치 O초메—요쓰야미쓰케—시오초—그리고 신주쿠……. 그날은 토요일이라 신주쿠는 사람들로 가득했다. 나는 길가의 무수한 얼굴들 중에서 혹시 동지가 있지는 않은지 찾았다. 그러나 자동차는 소리가 울리는 가드레일 아래를 지나 이윽고 요도바시로 나아갔다.

나를 태운 자동차는 앞에서 다가오는 전차를 느긋하게 기다렸다가 덜컹덜컹 움직이기 시작하는 세이부 전철을 성급하게 추월했다. 세

이부 전철은 내가 예전 매일같이 타던 전철이었다. 바람이 소리를 내며 양쪽 뺨 위를 스쳐 지나갔고, 주위로 낯익은 거리 풍경이 펼쳐졌다.

N역으로 통하는 좁은 길을 돌았을 때 매일 아침밥을 먹으러 다니던 식당의 여주인이 한쪽 손에 파를 든 채 아이를 달래 가며 자동차 앞을 가로질러 가는 모습을 발견했다.

예전에 나는 그 식당에서 '금속'쪽 일을 하던 여자와 15전짜리 밥을 먹은 적이 있었다. 그때 가게 안쪽에서 요리사가 아마 지금 앞을 지나가는 아이에게 말하는 것을 들었다.

"아니, 이 녀석은 벌써부터 콩이라면 정신을 못 차리네. 진짜!"

그런 말을 했었다.

그러자 나와 같이 밥을 먹던 여자가 갑자기 '풉' 하고 웃음을 터뜨리더니 당황해서 얼굴이 시뻘게졌다.

나는 그 일이 갑자기 떠올랐다. 그러자 갑자기 그 여자 동지에 대한 애착으로 가슴이 메어 왔다. 그 여자는 지금 어떻게 됐을까? 잡히지 않고 아직 활동을 하고 있을까?

자동차가 경적을 울렸다. 길이 좁았기 때문이다. 여주인은 힐끗 이쪽을 돌아보았으나 당연히 그렇게 잘 알고 지내던 내가 이런 자동차에 타 있을 것이라고는 꿈에도 생각하지 못한 채 지나쳐 갔다. 나는 있는 힘껏 고개를 돌려 한동안 뒤쪽 창문을 돌아보았다.

"이제 다 왔군. 저 모퉁이만 돌면 형무소 벽이 보일 거야."

나는 그 말에 아무 말 없이 다시 앞을 향했다.

# 푸른색 속옷

자동차는 신호를 보내듯 경적을 울리며 형무소 구내로 들어섰다.

감옥의 콘크리트 벽은 가까이서 보니 생각보다 높아서 올려다봐야 할 정도였으며, 그 아래를 지나는 사람들이 작게 느껴졌다. 자동차에서 내려 그 벽을 몇 번이고 쳐다보며 나는 다시 허리띠를 꽉 졸라맸다.

가죽케이스에 든 권총을 어깨에 걸치고 검을 찬 수위에게 작은 카드를 내밀자 수위는 힐끔거리며 얼굴을 대조한 다음 우리들을 철문 안으로 들여보내 주었다. 안으로 들어서자 뒤에서 무거운 철문이 끼익 하는 소리와 함께 닫혔다.

나는 그 소리를 들었다. 그것은 듣고 난 뒤에도 몸 안에 그 자체로 남아 있을 것만 같은 소리였다. 이 문은 앞으로 2년간 나를 위해 이대로 닫혀 있겠구나 생각했다.

어두컴컴한 면회소 앞을 지나자 그곳에 있던 많은 사람들이 이쪽으로 시선을 던졌다. 나는 피우다 남은 담배를 피우면서 체포될 때 지니고 있던 전 재산이 든 보자기 하나를 들고 들어갔다. 담배도 이걸로 마지막이니 앞으로 몇 년은 구경도 못할 것이다!

화창하고 맑게 갠 좋은 날이었다.

광차 레일이 종횡으로 깔려 있는 어두컴컴한, 언뜻 지하실처럼 보이는 곳을 지나 계단을 올라가자 넓은 사무실이 나타났다. 그곳에서 내 양옆에 붙어 있던 특별고등경찰들이 인수인계를 마쳤다.

"자네는 아키타 출신이라고 했지? 나도 그래. 이것도 인연이겠지. 내가 말하는 것도 좀 웃기지만 무엇보다 몸 잘 챙기게."

땅딸막한 키의 경찰이 조금 쑥스러워 하면서 모자의 챙을 손으로 만지작거렸다.

주걱턱에 눈이 쑥 들어간 예쁜 여자 사무원이 복잡하게 서류가 잔뜩 쌓인 책상 너머 창가 근처에서 타자기를 치면서 가끔 이쪽을 쳐다보았다. 나는 이런 장소에서 그런 여자를 본다는 것이 왠지 이상한 기분이 들었다.

소지품을 전부 조사한 뒤 담당자가 두꺼운 장부를 들고 와 형무소에서 맡아 두게 될 소지현금 수취 절차를 거쳤다. 체포될 당시 나는 교통비로 현금 10엔 정도를 갖고 있었다. 우리들처럼 운동을 하는 사람들은 '교통비'를 목숨처럼 귀하게 여긴다. 도장을 찍으려고 펼쳐진 장부를 보다가 내 이름이 적힌 곳 두세 명 앞에서 아는 사람의 이름을 발견했다. 상당히 유명한 좌익 인물로, 최근에 왜 글을 쓰지 않는지 궁금하게 생각하던 사람이었다. 그런데 그 사람도 이곳에 잡혀 있는 것이다! 그렇게 생각하자 나는 왠지 갑자기 마음이 든든해졌다.

그 뒤 나는 '임시조사소'로 끌려가 나체 상태가 되었다. 완전히 발가벗겨진 상태로 옆으로 돌아보라는 둥, 우향우를 해 보라는 둥, 그들은 내 몸의 모든 특징을 기록했다. 심지어 지금까지 있는 줄도 몰랐던 등 뒤의 점도 알게 되었다. 그곳에서 나는 '푸른색 옷'을 입었다.

나는 푸른색 윗옷, 푸른색 아래옷을 입고, 푸른색 속옷에 푸른색 허리띠를 매고, 짚으로 만든 조리를 신고, 난생 처음 짚으로 만든 갓을 썼다. 하지만 나는 속옷까지 푸른색일 필요는 없지 않나 생각했다.

건너편 콘크리트 건물 사이로 빨간 옷을 입은 죄수들이 일렬로 서서 작업을 마치고 돌아오는 것이 보였다.

나는 그때 비로소 몸이 왠지 떨려오는 것을 느끼며 당황했다.

"어떤가. 처음 입어 보는 죄수복의 느낌이……."

간수가 말했다.

나는 무의식중에 잔뜩 들어가 있던 어깨의 힘을 빼고 천천히 크게 숨을 들이마셨다.

"이 복도를 따라 직진하게. 갓을 쓰고."

나는 간수의 손가락이 가리키는 쪽을 쳐다보았다.

긴 복도 끝에 쇠창살이 빼곡히 박힌 창문이 달린 붉은 벽돌 건물이 서 있었다.

나는 묵묵히 그쪽을 향해 걸어갔다.

## 아파트 생활

'남쪽 방' 계단 위.

독방 — 'No. 19'

공범번호 '세' 63호

경찰에 있다가 이곳으로 오니 어찌나 조용하게 느껴지던지. 긴 복도 양쪽으로는 자물쇠가 달린 수십 개의 독방이 늘어서 있었다. 그 앞을 지나가는데 갑자기 독방 중 한 곳에서 작은 기침 소리가 들려왔다. 나는 그때 갑자기 어깨라도 잡힌 듯 모든 방에 우리 동지들이 팔짱을 끼고 눈을 빛내며 앉아 있다는 것을 느꼈다.

나는 처음에 아직 아무것도 없는 텅 빈 독방에 수감됐다. 좁은 방에 바람을 불어넣듯 문이 닫히자 철커덕하고 날카로운 소리를 내며 자물쇠가 잠겼다. 나는 태어나서 처음으로 혼자가 되었다.

나는 소리 나지 않게 방 안을 배회하면서 벽을 두들겨 보거나 창밖을 슬쩍 내다본 뒤 복도 쪽으로 귀를 기울였다.

누군가 복도를 걸어간다. 서서 계속 그 소리에 귀를 기울이고 있자 몸 깊숙한 곳에서부터 갑자기 떨림이 시작됐다. 공포와 비슷한, 미칠 것 같은 긴장감이 엄습해 왔다. 그때 나는 소리를 지르며 울 수만 있다면 창피함이고 뭐고 간에 어린아이보다 더 큰 소리로 울어 버리고 싶었던 것을 지금도 기억하고 있다.

한참 뒤 빨간 옷을 입은 잡역부가 그들이 '세대 도구'라고 부르는 물건을 이것저것 가져다주었다.

"무슨 일이야? 눈이 빨개."

그는 나를 보고 말했다.

"괜찮아. 금방 익숙해질 거야."

나는 상대방에게서 얼굴을 돌리며 말했다.

"웃기지 마! 공산당이 울겠어?"

빗자루. 총채. 두꺼운 종이로 만든 쓰레받기. 타구. 걸레.

뚜껑 달린 그릇 두 개. 접시 한 장. 타원형 도시락 통 한 개. 젓가락 한 쌍. 그리고 이것들이 담긴 식기 상자. 행주 한 장. 주전자 한 개. 컵 한 개.

검은 옻칠을 한 변기. 세면기. 깨끗한 물 담는 통. 배수통. 국자 한 개.

테두리 없는 다다미 한 장. 장난감처럼 생긴 높이가 낮은 모기장.

거기에다가 번호가 적힌 천과 바늘, 실이 지급되었기 때문에 나는 옷깃에 그것을 꿰매 달았다. 그리고서는 몰래 작고 둥근 거울에 비춰 보았다. 그러자 갑자기 내 얼굴이 죄인으로 보였다. 나는 서둘러 거울을 책상 위에 엎어 버렸다.

잡역부가 일을 마치더니 히죽거리며 말했다.

"자네 이번에 처음 온 모양이지? 이걸로 대충 도구는 다 갖춰졌군. 앞으로 이 방이 오랫동안 자네 아파트가 되는 거야. 그러니까 본인이 깨끗하게 잘 정리해 두는 편이 좋을 거야. 그러면 점차 애착이 생기게 될 거야."

그런 뒤 간수 쪽을 힐끗 쳐다보더니 말했다.

"아이고, 멋지기도 해라, 이 불경기에 아파트에 산다니 말이야!"

그는 그 말을 뒤로하고 방에서 나갔다.

## 기나긴 유럽 항로

감옥을 돌면서 무엇이 가장 좋았느냐고 묻는다면 나는 60일 만에 비로소 비누를 사용해 목욕을 한 것이라고 말할 것이다.

욕조는 콘크리트로 만들어진 아담한 크기였는데, 욕조에 몸을 담근 채 스위치를 돌리면 찰카닥, 우당탕, 찰카닥, 우당탕, 덜그럭덜그럭 소리를 내며 스팀이 들어오게 되어 있었다.

입욕 시간 15분

규정 시간을 제대로 준수하지 않는 자는 입욕 순서를 바꿀 것임

경찰 유치장에 있을 때 고토토이바시 부근의 노숙자들이나 미카와시마의 넝마꾼들이 자주 잡혀오곤 했다. 그런 사람들이 들어오면 냄새나고 축축한 셔츠를 벗어 이를 잡았다. 통통하고 새까만 이가 접히는 부분마다 빼곡하게 박혀 득실거렸다.

한번은 온몸에 옴이 오른 예순 정도의 넝마꾼 할아버지가 들어온 적이 있었다. 노숙을 하면서 음식점 뒷골목을 전전하며 남들이 버린 밥을 주워 먹고사는 불쌍한 할아버지였다. 5년 동안 형무소에 있다가 드디어 1월에 출소했기 때문에 올해 정월만은 바깥세상에서 지내고 싶다고 말했다. 나는 그 할아버지와 같이 자는 바람에 완전히 옴이 옮았다. 그런 연유로 나는 60일 만에 하게 된 목욕에 넋을 잃을 지경이었다.

그곳은 독방과는 달리 창문이 낮아 형무소의 넓은 마당이 다 보였다. 낮고 둥글게 손질된 많은 소나무들이 푸른색 아름다운 잔디 위에서 있었고, 그 사이의 오솔길 이곳저곳에서는 빨간 옷을 입은 사람들이 쭈그리고 앉아 느긋하게 잡초를 뜯고 있었다. 검은 각반을 두르고 고무 다비(일본식 버선)를 신은 간수가 뒷짐을 진 채 그 옆에서 어슬렁거리며 뭔가 말을 걸고 있었다. 석양이 반대편 감옥 벽을 붉게 물들였고, 이쪽 앞마당 절반에 벽돌 건물의 그림자를 비스듬히 드리우고 있었다. 날이 저물기 시작했으나 아직 밤은 아닌 한때, 모든 사물이 움직임과 소리를 멈춘 때였다. 나는 온화한 감옥 풍경을 바라보며 그저 목욕탕에서 철벅철벅 소리를 내며 몸을 씻고 있었다. 모든 것이 고요해진 세계에 목욕물 철벅거리는 소리만 들리던 기억이 왠지 모르게 지금까지도 인상 깊게 남아 있다.

다음 날은 '이발'을 했다. 나는 이곳에 온 뒤 한 가지씩 다른 사람들처럼 해 나갔다. 이곳의 이발사는 빨간 옷을 입고 있었다.

얼굴이 전혀 안 보이는, 망가진 작은 거울이 놓인 창가에 앉으니 그래도 구색은 갖추는지 목에는 수건을 둘러 주고 하얀 커트보도 덮어주었다. '빨간' 이발사는 구불구불한 파마머리에 두터운 눈썹을 한 선원 출신 남자였다. 이곳에 3년 살고 있다고 말했다. 나가고 싶지 않으냐고 묻자 그는 까짓것 긴 유럽 항로를 상륙 안 하고 두세 번 반복하는 거라 생각하면 아무렇지도 않다며 웃음을 지었다. '아파트 생활'도 그렇고, '유럽 항로'도 그렇고, 이곳에 있는 빨간 옷의 죄수들은 모두 이런 일쯤은 별것 아니라는 듯 대수롭지 않게 말한다.

준비가 끝나자 이발사가 뒤로 다가서며 말했다.

"바리캉으로 싹둑싹둑 잘라 버리지, 뭐."

이미 알고는 있었지만……, 막상 듣고 보니 역시 섬뜩했다.

"부탁하네! 조금만 길게 해 주게."

"여기 안에 있으면서 누구한테 보여 주려고?"

이발사는 그렇게 말하며 큭큭 웃었다.

"아, 그렇군, 알겠어. 면회 오는 여자가 있을 테니 말이야."

그렇게 해서 내 머리카락만큼은 무사히 살아남았다. 하지만 이발사는 면도칼을 사용해 여드름이건 뭐건 간에 위에서 아래로 한 번에 밀어냈다.

내가 얼얼해진 뺨을 손으로 누르고 있자 히죽거리는 얼굴로 말했다.

"여긴 긴자의 이발소가 아니란 말이지."

## 붉은색 체조

우리들은 아침 6시 반에 일어난다. 기상 시간은 계절에 따라 조금씩 다르다. 일어나서 바로 이불을 개고, 담요를 접은 뒤 이를 닦고 세수를 한다. 바로 그때쯤 '점검'이 이루어진다. 점검부대는 한 대가 세 명으로 구성되어 있는데, 선두에 선 간수가 철커덩하고 문을 열면 다음으로 부장이 독방 안을 들여다보고 점검부를 확인한 다음 번호를 부른다.

"63번."

옆의 간수가 다시 문을 철커덩 잠그고 간다.

7시 반이 되면 반대편 끝에서 잡역부가 "식사 준비!"를 외친다. 그러면 식기상자의 뚜껑 위에 도시락 통과 국그릇을 올리고 한쪽 손에는 주전자를 든 다음 입구에 서서 대기한다. 밥차가 복도를 도는 것이다. 문이 열리면 그것을 내민다. 번호가 박힌 둥근 모양의 밥을 도시락 통에, 미소 된장국을 두 국자에 한해 국그릇에, 그리고 주전자에 뜨거운 물을 받는다. 미소 된장국 표면에는 가끔 국 끓일 때 휩쓸려 들어간 구더기같이 생긴 하얀색 벌레가 둥둥 떠 있기도 했다.

8시에 '배수'와 '급수'가 이루어진다. 새 물을 받고 사용한 물을 버리며, 변기를 복도에 내놓아 청소를 하게 된다(이 과정이 하루에 두 번으로, 두 번째는 점심 이후에 이루어졌다).

이 과정이 끝나면 그 다음은 자유 시간이다. 작고 딱딱한 책상 위에서 책을 읽는다. 벽에 '라디오 체조' 그림이 붙어 있어서 체조도 할 수 있다.

독방 입구 왼쪽 위에는 간단한 장치가 붙어 있는데, 튀어나온 나무 끝 부분을 누르면 '덜커덕' 소리가 나면서 바깥 복도에 독방 번호가 적힌 부채꼴 모양의 '표시기'가 튀어나오도록 되어 있다. 간수가 그것을 보면 문에 난 작은 창으로 무슨 일인지 용건을 물으러 온다.

점심시간이 지나면 담당 간수가 '내일의 소원'이라 말하며 순회한다.

캐러멜 한 개. 사과 10전.

유치장 차입 책을 희망하는 '청원서'.

서신 봉함엽서 두 장.

형무소에서 입던 옷을 집으로 부쳐 달라는 청원.

운동은 하루에 한 번, 20분. 목욕은 일주일에 두 번, 이발은 일주일에 한 번, 진찰이 격일로 있다. 이틀에 한 번꼴로 진찰을 받을 수 있기 때문에 때로는 마치 전속 주치의를 거느리고 사는 사치스러운 기분을 느끼게 해 주었다. 하지만 물론 그 '전속 주치의'라는 사람이 어떤 의사인지 따지자면 전혀 다른 차원의 문제가 되겠지만.

저녁 8시 취침, 열한 시간 동안 충분한 수면을 취할 수 있다.

우리들은 '바깥'에 있을 때 고된 생활을 했다. 멀쩡한 상태로 한 달 넘게 목욕을 안 하고, 며칠씩 하루 한 끼 식사로 돌아다니는 바람에 홀쭉해진 적도 있었다. 일주일도 같은 곳에서는 머물 수 없었기 때문에 계속 사는 곳을 바꿨다. 그러한 생활을 지속하다 보니 알게 모르게 쌓이고 쌓여 결국 육체적으로 상당한 부담이 되었다. 그래서인지 경찰에 60일간 있다가 형무소로 오는 과정에서 나는 자연스럽게 살이 오르는 것을 느꼈다. 내 경우에는 그러한 현상이 운동부족으로 인한 붓기 따위가 아니라 비로소 몸이 원래 상태로 회복해 가는, 일종의 건강을 되찾아 가는 현상이었기 때문이다.

우리 동지들은 지금도 형무소 가는 것을 '별장행'이라고 부른다. 어떤 경우에도 결코 굴하지 않는 프롤레타리아의 강직함에서 오는 쾌활함이 그 말 속에 포함되어 있는 것이다. 그러나 나는 그뿐만 아니라 우리들에게는 본래의 의미, 이른바 부르주아적인 '휴식'이라는 의미에서도 이곳은 별장이라는 점을 발견했다. 때문에 우리는 이곳에서 나갈 때까지 새로운 마음가짐과 강한 신체를 만들어 두어야 하는 것이다.

그러나 아무리 그래도 이곳 붉은색 별장은 비용 한 푼 안 들 뿐더러, 향락적이기는 커녕 매일같이 꽉 짜인 규율 아래 지내야 한다. 하지만 그러한 생활은 우리들에게 너무나도 딱 맞는 일이라 재미있게 느껴진다.

"자, 이제부터 붉은색 체조를 시작하는 거야."

나는 독방 안에서 '라디오 체조'를 할 때면 늘 그렇게 말한다. 이곳이 붉은색 별장이라면 이곳에서 하는 라디오 체조도 자연히 붉은색 체조가 되는 것이다.

나는 씩씩하게 있는 힘껏 팔을 흔들고 다리를 들어 올린다.

## 솔잎의 'K'와 'P'

운동장은 부채꼴 모양으로 열린 아홉 개의 콘크리트 벽이 서 있어 여덟 개의 공간으로 이루어져 있다. 그 안에 한 사람씩 들어가 달린다. 부채꼴 꼭짓점에 해당하는 곳에는 주위보다 높은 감시대가 설치되어 있는데, 간수가 그곳에 지키고 서서 한눈에 모두를 감시한다.

우리 같은 일로 감옥에 들어온 사람은 운동을 할 때도 혼자다. 모두 원을 이루어 돌면서 걷고 있는 고흐의 유명한 그림 〈죄수들의 운동〉은 도둑이나 살해범들의 운동을 그린 것인데, 우리가 하는 죄수 운동은 역시 고흐도 못 그렸을 것이다.

나는 그 안에서 옷자락을 허리띠에 쑤셔 넣고 웃통을 벗은 상태로 '하나, 둘' 구령을 붙여 가며 달리기 시작한다. 20분이다. 나는 운동을 할 때는 언제나 속력을 내는 힘과 신체 피로도를 통해 건강을 체크하는 소박한 방법을 주의 깊게 실행하고 있다.

달리면서 이쪽이 일부러 큰 소리를 내면 옆에서 달리고 있던 동지들도 큰 목소리를 냈다. '에헴' 하고 기침 소리를 하면 반대편 끝에서 누군가가 '에헴' 하고 답을 한다. 그리고 때로는 팔꿈치로 벽을 쳐서 신호를 보냈다.

콘크리트 벽에는 간수의 눈을 피해 적은 모양인지 진흙, 때로는 어디서 손에 넣었는지 모르지만 분필로 공산당의 '공'이라는 글자나, 쓰다 만 것 같은 '고', '다', K. P.(공산당의 약칭) 같은 글자가 여러 개 적혀 있다. 간수들이 발견하는 대로 지우고 돌아다녔지만 다음 날이 되면 다시 떡하니 적혀 있다. 비가 내린 다음 날 운동을 하러 나갈 때면 나는 진흙을 몰래 손에 쥐고 몇 번이나 기회를 엿보았지만 성공하지 못했다. 나는 아무래도 그런 일에는 재능이 없는 것 같다.

어느 날 아침, 운동장 구석에 있는 불탄 나무 울타리의 갈라진 틈에 솔잎 하나하나를 정교하게 조합해 만든 'K'와 'P'를 발견했다. 나는 그때의 기쁨을 잊지 못한다. 나는 갑자기 춤을 추듯 달리기 시작했다. 간수가 높은 감시대에서 내 쪽을 바라보았다. 간수의 눈을 피하면서 대체 얼마만큼의 준비와 시간을 들여 그것을 만들어 낸 걸까? 그 섬세한 작업을 완성한 동지의 마음이 그대로 내게 전해졌다.

무엇보다 동지는 어디에든 있다는 생각이 들었다. 한번은 책 읽기가 지겨워져 독방 벽을 더듬어 가며 낙서를 찾은 적이 있었다. 독방은 경찰 유치장과는 달리 나 혼자만 들어가 있고, 점검이 가끔 있기 때문에 낙서는 거의 한 적이 없었다. 하지만 나는 한참 뒤 구석 여기저기서 몇십 개에 달하는 '공산당', 깃발, K. P.를 찾아낼 수 있었다. 내가 들어오기 전에 이 감방에 갇혀 있던 동지는 어떤 사람이었을까? 나는 그 낙서들의 냄새라도 맡는 것처럼 무언가 흔적을 찾아내려 했다. '서신실'에 가면 그곳에는 책상이나 벽에 마음 내키는 대로 쓴 낙서가 잔뜩 있다. 나도 편지를 쓰러 갈 때는 반드시 뭔가 낙서를 하고 오기로 결심했다.

그렇다. 난 독방에 있다. 하지만 결코 '혼자'가 아닌 것이다.

## 기침, 재채기, 방귀

방귀 소리로 옆 독방에 있는 동지의 건재함을 알게 된다. 이것은 3·15 동지의 노래 가사로, 내가 바깥에 있을 때 어떤 잡지에서 읽은 적이 있었다. 이곳에 와서 처음 안 사실이지만 어느 감방에서든 모두 방귀를 잘 뀌었다. 하지만 내 경우 하루에 마흔 번에서 쉰 번, 아니 그보다 더 많이 방귀를 뀌는 바람에 힘들었다. 이래서는 오히려 옆방 동지가 내 건강을 걱정하고 있을지도 모른다.

나는 원인이 궁금해 진찰을 받으면서 의사에게 방귀에 대해 말했다.

"그건 발효되기 쉬운 보리밥을 먹은 데다가 운동이 부족해서 그렇습니다."

의사는 별거 아니라는 듯 그렇게 말하며 웃었다.

그 일이 있고 나서 나는 방귀에 대해 생각했다. 이곳에 있으면 어떤 사소한 일이라도 이틀이고 사흘이고 곰곰이 생각할 수 있는 시간이 있다. 그리고 앞으로는 계속 나오는 방귀를 하나하나 정성스럽게 힘을 줘서 큰 소리로 뀌기로 했다. 그것은 그들에게 모멸감을 주기에 더할 나위 없는 행위인 것이다. 특히 콘크리트 벽은 방귀를 한층 소리 높여 울리게 해 주었다.

한참 지나고 나서 깨달은 사실인데, 나보다 훨씬 먼저 들어온 동지들은 방귀뿐만 아니라 본인 특유의 재채기나 기침 소리를 가지고 그것을 사용하고 있었다. 음악적인 것, 시위적인 것, 조소하는 것, ……, 등등으로.

밤이 되어 조용해졌을 때 어딘가 독방에서 재채기와 기침 소리가 들려온다. 특유의 버릇으로 누구의 소리인지 금방 알 수 있다. 그 소리를 들으면 두꺼운 콘크리트 벽 넘어 입으로는 전할 수 없는 감정이

북받쳐 오르는 것을 느낀다.

우리는 동지끼리 인사를 나누는 수단으로 바로 '기침'과 '재채기', '방귀'를 이용하고 있는 것이다. 때문에 콧구멍이 미묘하게 간질거리면서 곧 재채기가 나올 것 같다고 느끼면 그것을 정말 소중하게 여긴다.

나도 얼마 지나지 않아 내 고유 스타일의 기침과 재채기를 개발하는 데 성공했다.

## 온, 아, 라, 하, 샤, 나우

높은 곳에 달려 있는 창문에서 들어오는 햇살이 비치는 위치가 점차 바뀌어 가는 것을 보며 가을이 왔음을 깨달았다. 운동에서 돌아와 문에 달려 있는 쇠장식을 만지자 손가락 끝으로 쇠의 선뜩한 냉기가 느껴졌다.

나는 매일같이 붉은 벽돌과 쇠창살이 박힌 창문에서 보이는 높고 투명한 하늘을 보면서 처음으로 도쿄 가을의 아름다움을 느낄 수 있었다. 북쪽 지방은 이미 눈이 섞인 질척한 비가 내리고 있을 시기다. 지금까지 그런 적이 없다가 옆 독방에서 달그락거리는 소리가 사무치도록 깊이 느껴졌다. 옆방 동지는 '전협(일본노동조합전국협의회)'일까, 아니면 P(무산자신문), 그것도 아니면 Y(전일본무산청년동맹)일까, 혹시 당원인가……? 깊어 가는 가을, 옆방 사람은 어떤 사람인고.

갑자기 문이 덜컹거리는 소리와 함께 열렸다.

"읏차!"

이불을 짊어지고 온 잡역부가 이불을 입구에 휙 내던지고는 땀을 닦으며 말했다.

"이렇게 두껍고 무거운 이불은 처음이네. 아무리 불효자 자식이라도 부모 마음에는 역시 이렇게 두꺼운 이불을 보내 주고 싶나 보네?"

나는 아무 말도 하지 않았다.

혼자가 되자 이불을 구석에 쌓아 놓으면서 잡역부의 말대로 정말 그 이불이 뻣뻣하고 무거우며, 두껍고, 엄청나게 큰 것임을 깨달았다.

나중에 나는 바깥에 있는 사람에게 다음과 센티멘털한 내용의 편지를 쓴 적이 있었다.

'밤에 이불이 너무 무거워 자기 힘들 때, 이 무게가 도대체 어떤 의미의 무게인지 생각하게 된다.'

이불과 함께 겹옷이 들어 있었다.

2, 3일이 지나자 추워져 옷을 갈아입으려는데 겹옷에 뭔가 들어 있는 것 같아 이상하게 여기며 손으로 더듬어 보니 작은 카드 같은 것이 나왔다.

| |
|---|
| 卯歳<br>文殊菩薩<br>守本尊 |

금색과 붉은색으로 쓴 '부적'이었다.

마르크스주의자에게 부적이라니 도저히 있을 수 없는 일이라, 나는 혼자 얼굴을 붉혔다.

그 안을 열어 보니 '문수보살진언'이라고 되어 있고, 조선 문자처럼 생긴 글자체로 '온, 아, 라, 하, 샤, 나우'라고 적혀 있었다.

"온, 아, 라, 하, ……."

나는 두세 번 그 글귀를 입 안에서 되뇌었다.

좀처럼 술술 읽히지 않았다. 하지만 그 글을 되뇌는 가운데 나는 오랫동안 뵙지 못한 어머니의 바보 같은 마음을 절실히 느낄 수 있었다.

사람들은 이렇게 말한다. 우리는 무슨 일이 있어도 울어서는 안 되고, 어떤 여자라도 반해서는 안 되며, 달을 바라보고 감상에 빠져서도, 어머니를 떠올리고 마음이 약해져서도 안 된다고. 하지만 우리 어머니는 내가 이런 곳에 들어와 있다는 사실도 모른 채 내가 좋아하는 참외를 사 두고 '오늘은 돌아오겠지' 하다가 만약 그날 돌아오지 않으면 '내일은 돌아오겠지' 하며 참외를 먹고 싶어 하는 동생들에게 나눠주지도 않다가 결국에는 참외가 상해 버렸다고 했다. 나는 이곳에 와서 작은 여동생이 커다랗고 삐뚤빼뚤한 글씨로 그 이야기를 써서 보낸 편지를 읽었다. 나는 편지를 읽고 오랫동안 소리 내어 울었다.

체구가 작으신 어머니가 동그마니 앉아 허리띠 사이로 손을 집어넣고 계신 모습이 눈앞에 선했다. 왜냐하면 그 모습이 걱정거리가 있을 때면 늘 취하는 어머니의 자세였기 때문이다.

탁, 탁, 탁, …….

옆방에서 벽을 두들긴다.

탁, 탁, 탁, …….

이쪽에서도 곧바로 회답하듯 벽을 두들긴다.

옆방 동지가 벽을 두들기는 방법은 다양하게 바뀌었다. 그 소리들은 우리가 부르는 노래의 박자가 되었다. 나는 바보처럼 〈인터내셔널가〉조차 제대로 알지 못해 당황스러웠다. 상대방이 두들기고 있는 노래가 뭔지 알아차리면 그에 대한 신호로 이쪽에서도 같은 박자로 벽을 두들기며 되돌려준다. 옆방에서는 그 사이 소리를 멈추고 듣는 것이다. 그리고 내가 벽 두드리는 것이 끝나면 다시 소리가 되돌아온다.

쿵, 쿵, 쿵, …….

이것으로 두 동지 사이의 의지가 완전히 합쳐진다.

매일이 똑같고, 무료하며, 기나긴 독방 생활에서 이러한 동작의 반복은 하루 일과 중에 상당히 중요한 위치를 차지한다. 어떤 동지들이 오랜 시간을 들여 벽을 두드리는 방법으로 서로 자신의 이름을 알려주거나, 용건을 서로 주고받은 일이 있다고 들었기 때문에, 나도 두드리는 방법을 다양하게 바꾸거나 간격을 늘렸다 줄였다 하면서 이것저것 시도해 봤지만 잘 되지 않았다.

우리들은 서로 기상했을 때, 취침할 때, 비행기가 왔을 때, 건강할 때, 기분이 저조할 때, 그리고 '우리의 기념일'에 벽을 서로 두들겼다. 부르주아 계급이 다양한 '기념일'을 가지고 있는 것과 마찬가지로 이제 일본의 프롤레타리아트도 자신들의 '기념일'을 갖고 있다!

그런데 너무 아쉬운 점이 한 가지 있었다. 그것은 옆방 동지가 '우리의 기념일'을 너무 잘 알고 있다는 점이었다. …… 아니, 그게 아니었다. 그런 거라면 나도 그에 뒤지지 않을 만큼 알고 있다. 사실은, 그날이 되면 나는 항상 벽 두들기는 일에 있어 옆방 동지에게 주도권을 빼앗긴다. 이번에야말로 내가 선수를 치겠다고 벼르지만 막상 그날이 되면 또 다시 당하는 것이다. 9월 1일도, 10월 7일도, 그리고 아쉽게도 '11월 7일'에도 당했다.

11월 7일 아침, '기상'을 알리는 알림이 울린 순간, 감방이라는 감방에서는 모조리 발 굴리는 소리와 벽 두들기는 소리가 터져 나왔다. 독방의 사방 벽은 콘크리트가 그대로 노출되어 있어서 소리들이 가득 차올라 점점 사방으로 울려 퍼졌다. 휘파람 소리가 들리고, 한쪽에서는 대담하게 노랫소리가 들려왔다.

나는 잠에서 깨자마자 발을 구르며 벽을 두들겼다. 얼굴은 상기되고 눈에는 눈물이 글썽거렸다. 그리고 나도 모르게 어깨를 흔들며 눈썹을 치켜세웠다.

"식사 준비!"

나는 그 말을 기다리고 있었다. 바로 그 시간은 간수와 잡역부가 내가 갇혀 있는 감방(No.19.)에서 제일 멀리 떨어진 감방(No.1.)에 있을 터였다. 나는 급히 창가로 달려가 창틀에 두 손을 대고 힘을 준 뒤 있는 힘껏 위로 뛰어올랐다. 그리고 쇠창살 사이로 얼굴을 들이밀며 밖을 향해 외쳤다.

"러시아혁명 만세!"

"일본공산당 만세!"

확실히 반대편 감방의 열려 있는 창문 쪽에서 '와아!' 하는 함성이 들려왔다. 그쪽에서도 뭔가 말을 하고 있었다. 나는 심장 박동이 빨라지는 것을 느꼈다.

밥차가 내 감방을 지나갈 순서가 되었을 때, 이번에는 반대편 제일 멀리 떨어진 감방인 No.1. 부근에서 "러시아혁명 만세!" 라고 외치는 소리가 들려왔다. 간수는 곤란하다는 표정을 지었다. 누군가 〈인터내셔널가〉를 휘파람으로 불렀다……. 나는 밥은 그대로 둔 채 흥분해서 한동안 그대로 서 있었다.

거의 밥을 다 먹었을 때쯤이었다. 계단 위 나무로 만들어진 복도를 쿵쾅거리는 소리와 함께 누군가 두세 명이 뛰어가는 소리가 들렸다. 어딘가 감방이 거칠게 열렸다. 그리고 누군가 끌려나온 듯했다. 갑자기 뒤엉킨 고함 소리가 들렸다. 몸과 몸이 바닥으로 미끄러져 부딪히는 소리가 들리고 누군가 목이라도 조르는지 숨 막혀 하는 둔탁한 목소리가 들렸다. 그 순간 지금까지 소란스러웠던 감방들이 일제히 숨이 막힐 듯 조용해졌다. 나는 젓가락을 든 채 그대로 얼어서 숨을 죽이고 있었다.

그때 누군가 한 사람이 갑자기 벽을 두들겼다. 그것을 시작으로 이번에는 폭발하듯 모두가 발을 구르고 벽을 두들기기 시작했다.

우리들의 11월 7일을 용감하게 싸워 낸 그 동지는 그 와중에 큰 소리로 뭔가를 외치며 끌려갔다. 우리들은 그 소리가 멀어져 들리지 않을 때까지 발 구르기를 멈추지 않았다.

## 출정出廷

추운 겨울날 아침 간수가 감시창으로 눈만 내민 채 말했다.

"오늘은 법원 출두다."

밥을 먹은 뒤 나는 감방을 나와 간수를 따라 대기실로 갔다. 모두들 화로 옆에 양 다리를 걸치고 불을 쬐고 있었다. '불'을 본 것은 그때가 처음이었다. 나는 구석에서 신체검사를 받았다.

"이건 뭔가?"

소매를 조사하던 간수가 갑자기 그 직업에 딱 맞는 표정으로 뭔가를 끄집어냈다. 나는 소스라치게 놀랐다. 하지만 그건 부적이었다.

"아, 그건 부적입니다."

나는 안도의 한숨을 내쉬며 말했다.

"흠……? 부적? …… 어떻게?"

간수는 뭔가 께름칙한 표정을 지으며 이해가 안 간다는 얼굴로 혼잣말처럼 중얼거렸다.

“어머니께서…….”

내가 그렇게 말을 꺼내자 나이 든 간수는 말을 가로막더니 말했다.

“아아, 그렇군, 그렇지, 그렇겠네! 과분한 일이군.”

간수는 그렇게 말하면서 부적을 이마 위로 받드는 동작을 취하더니, 원래 있던 자리로 정중하게 되돌려 놓았다.

“자, 그럼 두 손을 앞으로.”

간수가 철컹거리는 수갑을 가지고 왔다.

그리고 가지런히 앞으로 내민 나의 두 손목에 수갑을 채웠다. 쇠에서 느껴지는 차가움이란 깜짝 놀랄 정도였다.

“앗, 차거!”

나는 무의식적으로 손을 움츠렸다.

“차갑다고? 그래, 그렇겠네. 그럼 셔츠 소매 끝을 잡아당겨. 그 위에다 채워 주지.”

“고맙습니다. 부탁합니다!”

“이 모습을 본다면 부모님이 뭐라고 하실지, 참. 불효자가 따로 없군!”

나이가 들어 손을 떠는 데다가 추위에 손이 곱아 열쇠 구멍에 열쇠가 잘 들어가지 않아서 구멍 주위만 찔러 댔다. 서로 마주 본 상태에서 나는 상체를 수그리고 있는 간수의 어깨를  바라보고 있었다.

그날 법정에 출두하는 사람은 나 외에도 또 한 사람이 있었다. 작은 체구에 마른 남자로 추운 듯 입술색이 하얗게 변해 있었다. '제2무신(제2무산자신문)' 동지인 것 같았다.

나는 반년 만에 접하는 '바깥세상'이 너무나도 반가웠다. 호송차가 형무소 구내를 빠져나가자 갓을 벗고 창문 커튼을 열어 달라고 부탁했다. 연말이 얼마 남지 않아 거리는 북적거렸고 다양하게 장식되어 있었다. 여기저기 음악대가 음악을 연주하고 있었다.

N초에서 나카노로 들어서자 예전의 느림보 세이부 전철이 어느새 복선화된 모습이 눈에 들어왔으며, 일단 비가 내리면 진흙탕으로 변하던 길은 완전히 아스팔트로 변해 있었다. 꽤 오랫동안 감옥에 있었다는 사실을 새삼 느끼게 해 주었다.

신주쿠는 특별히 돌아오는 길에 지나가기로 하고 자동차는 요도바시에서 오른쪽으로 돌아 요요기로 간 다음 진구 가이엔을 지나갔다. 두 사람은 차 유리창에 뺨, 이마, 코 할 것 없이 얼굴을 완전히 딱 붙인 채 밖만 쳐다보았다. 파란색 버스 뒤에 영화 포스터가 붙어 있는 것이 보이자 옆에 있던 동지가 출소하면 제일 먼저 하고 싶은 일이 영화 보는 것이라고 말했다.

시대착오적인 의사당 건물도 거의 완성되어 가고 있었다. 우리는 의사당 첨탑을 창문에서 올려다보았다. 꼭대기 부근에 조금 남아 있는 발판이 푸르고 투명한 겨울 하늘을 배경으로 그 윤곽을 뚜렷하게 드러내고 있었다.

"이봐, 저기가 자네들이 그리워하는 경시청이야."

간수가 싱글거리며 왼쪽 창문을 조금 열어 주었다. 나와 또 한 명의 동지는 순간 시선을 마주쳤다. 경시청이라 하면, 나는 예전에 재미있는 소설을 읽은 적이 있었다.

경시청 건축공사를 하러 간 노동자의 이야기였는데, 그 노동자가 공사를 하면서 동료들에게 엄청나게 튼튼한 건물로 짓자고 말했단다. 그런데 그 말을 들은 동료들은 그런 말 하지 말라며, 자신의 목을 스스로 조르는 꼴이 될 테니 적당히 해 두라며 그를 놀렸다. 그러자 그 노동자가 말했다.

"바보 같은 소리 하지 마. 일단 정권이 우리들 손에 들어오면 저곳은 GPU(국가정치보안부)의 본부가 될 곳이야. 그때를 위해서라도 지금부터 훌륭하고, 웬만한 일에는 끄떡도 하지 않을 만큼 튼튼한 건물로 지어야 해!"

대충 그런 줄거리의 이야기였다.

소설을 좋아하지 않는 나도 그 이야기는 재미있다고 느꼈기 때문에 기억하고 있었다.

바로 그 경시청의 꼭대기 발판 위에 허리에 밧줄을 매단 노동자가 일을 하고 있었다……. 그가 움직이고 있는 모습이 작게 보였다.

그날 예심 법정 조사를 마치고 다시 자동차를 타자 이번에는 뭐라 말할 수 없이 싫은 느낌이었다. 올 때는 그래도 들뜬 기분이었는데.

신주쿠는 역시나 사람들로 북적거렸다. 예쁘게 생긴 여자가 자동차

앞에서 당황하는 모습을 보자 우리들은 기뻤다. 그런데 왜 이렇게 '여자'들이 많은 걸까. 그리고 내가 속세에 있을 때는 절대 이렇게 많은 여자들이 나다니지 않았다. 뭔가 이상한 느낌이 들었다. 여자, 여자, 여자…… 우리들은 눈이 빠질 정도로 인파 속에서 여자만 찾고 있었다…….

형무소와의 거리가 점점 가까워지고 있다. 우리는 도중에 이것저것 잡담을 나눴다. 하지만 두 사람도 점차 침묵 속으로 빠져들었다.

"거리 구경도 했으니…… 또 다시 독방에 앉아 있겠지……."

나는 툭하니 그 말만 내뱉은 채 입을 다물었다.

자동차는 벌써 기차 건널목 차단기를 지나 N초로 들어섰다.

올해도 5일밖에 남지 않았다.

## 독방의 노래

"……저는 얼마 전에 도스토예프스키의 『죽음의 집의 기록』을 읽고 나서 그런 곳에서 오랫동안 암울한 옥사 생활을 하고 있는 형님이 이래저래 상상이 되어 잠도 못 자고 차라리 안 읽는 게 나을 뻔했다고 후회하고 있습니다."

"하지만 면회를 갈 때마다 형님은 농담이나 장난을 하거나 감옥에 어울리지 않게 큰 소리로 웃거나, 모든 편지에 하나같이 마음 편한 소리만 쓰니 저는 도대체 어떻게 된 일인지 종잡을 수가 없습니다."

나는 그 편지를 읽고 나도 모르게 웃음이 터져 나왔다. 도스토예프스키와 프롤레타리아 투사를 같이 거론하는 사람도 있는 모양이다. 옛날에 나도 지루해 하면서 그 책을 읽은 기억이 났다. 인도주의자에게는 이곳이 엄청나게 비통하고 끔찍하며 암울한 곳으로 보일지도 모르겠지만, 결코 미래에 대한 희망을 잃지 않는 프롤레타리아트는 어디에 있든 '명랑'하다. 심지어 태평하게 콧노래도 부른다.

때때로 복도에서 다른 '삿갓'을 만날 때가 있다. 하지만 딱 보면 한 눈에 그 사람이 우리 동지인지 아니면 좀도둑이나 강도인지 바로 구분할 수 있었다. 삿갓을 머리 뒤쪽으로 젖혀 쓰고 어깨를 흔들며 팔자걸음으로 걷는 사람은 동지였다. 어두운 눈빛으로 시종일관 벌벌 떨며 앞으로 구부정하게 걷는 다른 범죄자와는 확실히 달랐다.

뿐만 아니라 잡역부가 들려준 이야기로는 우리 동지들 중 어떤 사람은 서신실이나 운동장의 일정 장소를 서로 미리 짜 놓고 잡역부를 이용해 다른 독방의 동지와 '보고서'를 교환하거나, '옥내중앙위원회'라는 것까지 만들고 있다고 했다. 그리고 예를 들어 외부의 '국제적색구원회'와 연락을 취해 실제 운동과 연계를 꾀하거나, 안에서는 전원이 단결해 '옥내대우개선'에 관한 요구를 제출하려 하고 있다고 했다.

저들이 우리를 움켜쥐고 어디에 가둬 놓더라도 우리는 우리의 활동을 한순간이라도 멈추지 않을 것이다. '독방', '독방'이라고 하면 왠지 지옥이라도 되는 것처럼 들릴지도 모른다. 때문에 독방에 갇히는 것이 두려워 혹시라도 운동에 뛰어드는 것을 주저할 것이라 생각하는 사람이 있다면 우리는 신(신이라고 말하는 것도 우습지만) 앞에 맹세한다.

진정 근심걱정 없는 곳이라고.

무엇보다 나는 예전에 본 기억이 있는 봉오도리 춤을 추며 이따금 독방 안에서 노래를 부르곤 했다.

독방은 멋진 곳이라네,
아무나 들어오시게,
이영차
……

붙임.

다구치의 이야기는 아직도 굉장히 많으며, 이 글은 그 일부분이다. 다른 기회에 차례로 그 내용을 소개하고자 한다.

(1931. 6. 9.)

## 작품 해제

**『공장 세포工場細胞』**

『공장 세포』는 『개조改造』 1930년 4월호부터 6월호까지 나누어 실렸는데, 16장까지가 4월호, 17장부터 19장까지가 5월호, 20장부터 22장까지가 6월호에 게재되었다. 당시에 꽤 높게 평가 받은 작품이다.

다키지의 『공장 세포』 초고에는 부제로 '직공독본職工讀本'이라 씌어 있고, 제목 옆에는"1919. 12. 18." 시작, 원고 끝에는 "1930. 1. 22. 오후 3시 완료", "1930. 2. 16. 0시 25분 수정 완료", "1930. 2. 24. 오후 1시 15분 다시 수정"이라고 일시를 명기하고 있다. 또한 "이 한 편을 '4·16'의 동지 모리 료겐森良玄에게"라고 써 놓기도 했다. 모리 료겐은 '3·15 사건' 후 오타루의 당 조직 재건 활동에 참가하면서 다키지와 직접 관계를 맺었던 사람으로 얼마간 작품 속 '가와다'의 모델 역할을 하고 있다.

이 작품을 게재하게 된 과정은 『개조』 편집자인 사토 세키佐藤績에게 보낸 1929년 9월 27일, 1930년 1월 30일, 2월 10일, 3월 3일자 등 네 통의 편지에 담겨 있다. 다키지는 이 『공장 세포』의 작품 의도에 대해, "공산당과 연결된 '3·15' 이후의 일본 좌익운동을 그리고 있습니다. 그것은 '기업의 집중'에 따른 산업자본의 몰락을 배경으로 '공장위원회'의 자주화를 향한 투쟁이 펼쳐지는 모습입니다. 작품의 예술적 성과는 차치하더라도 이 방면의 내용은 아직 아무도 구체적으로 다루지 않았다고 생각합니다."(『고바야시 다키지 전집 7』, 1930년 3월 3일)라고 적고 있다.

또한 초고에는 "수정을 할 때 가와다, 모리모토, 기미 세 사람의 과거, 이력, 성격, 버릇을 집어넣을 것. 대화 속에 홋카이도北海道를 분명하게 드러낼 것. 여자 직공의 집회, 남자 직공의 집회(세포의)가 필요함. 정부의 노동자 교육. 문장에서는 상투적인 표현을 삼갈 것. 전무의 과거 모습을 떠올리며 직공 속에 동요가 일어나는 일, 1, 유머러스, 기계의 묘사, 스파이가 되는 동기(사상적 차이, 노농파적, 개인적 성격, 생활난), 1, 기만적인 공장위원회 장면을 묘사할 것" 등 작가의 각서를 남겨 놓았지만, 그 후에 손을 댈 기회는 없었던 듯하다.

데즈카 히데타카手塚英孝가 쓴 『고바야시 다키지』는 "『공장 세포』의 무대가 되고 있는 'H·S공장'은 오타루의 홋카이北海 제관공장이라고 알려져 있다. 홋카이 제관은 당시 북양어업을 독점하고 있던 미쓰비시 계열 니치로日魯 어업의 자회사로, 종업원 팔백 명, 연간 생산 일억 캔을 자랑하는, 오타루에서는 가장 거대한 근대적인 공장이었다."라고 설명하고 있다.

『공장 세포』가 씌었을 때는 전국적으로도 대기업 안의 공장 세포(공산당의 조직)가 아직 매우 드문 시대였다. 공장 내부 취재에는 오랫동안 이 공장의 노동자로 일했던 이토 신지伊藤信二가 협력하였다. 이토는 '3·15 사건'으로 검거당하여 공장에서 해고당한 후에는 오타루 노동조합 서기로 일하고 있었다. 또한 전일본무산자예술연맹(나프)의 오타루지부에 가입해 있던 시인이기도 했다. 다키지는 나아가 제관공장 노동자를 만나 직접 취재를 했다. 초고에는 기계공구 이름, 공장 약도, 직제, 배치 인원표 등의 메모가 남아 있다.

● 발표 당시의 작품 평가

미야모토 겐지宮本顕治는 그달 『문예시평文藝時評 1』에서 열 명 가까운 비평가가 『공장 세포』를 다루고 있음을 소개하며 프롤레타리아문학운동 내부에서 일어난 파문의 확산에 주목하였다. 니시다 이사쿠西田伊作는 「두 사람의 작가」(『프롤레타리아문학』 30/7월호)에서 "자칫하면 껍데기처럼 딱딱해지기 쉬운 작가의 틀을 깨고 『공장 세포』를 완성해 내고야 말았다."고 말했으며, 다케다 린타로武田麟太郎는 「고별」(『프롤레타리아문학』 33/4·5합병호)에서 "『공장 세포』를 읽고 그 힘에 압도당하여 얼마 동안 소설이 무서워서 펜을 들 수가 없었다."고 서술하였다.

나라 바깥에도 소개되어 1930년 11월에 소련 하리코프에서 스물두 개 나라 약 오십 명의 작가, 평론가들이 모여 개최한 '혁명작가 제2회 국제회의'에서 다키지의 『공장 세포』를 다루었다. 일본의 작가동맹에서 직접 대표를 보낼 수 없는 시대 상황이었기 때문에 이 회의에는 베를린에 체재하고 있던 후지모리 세이키치藤森成吉와 가쓰모토 세이이치로勝本清一郎가 몰래 일본 대표로 출석하였다. 이 회의에서는 소련, 독일, 영국, 프랑스의 각 문학위원회와 함께 일본 문학위원회가 열려 일본 프롤레타리아문학운동의 역사와 현상 보고를 기초로 한 토론과 결의가 이루어졌다. 일본의 문학운동은 당시까지 유럽 여러 나라에는 잘 알려져 있지 않았던 사정도 있었던지라 커다란 반향과 주목을 이끌어 내어 독일과 함께 높은 평가를 받았다.

일본 문학위원회는 결의 속에서 다키지의 『공장 세포』에 대해 다음과 같이 평가하였다.

"고바야시 다키지의 중편소설 『공장 세포』는 곤란한 정세의 한복판에 있는 일본공산당이 지하활동을 진행하면서, 그중에서도 운동을 발전시켜 나가는 데 가장 힘겨운 과제로 설정되어 있던 '근대적인 공장' 가운데 하나인 어느 제관공장에서 산업 합리화가 진행되는 와중에 교묘히 기회를 포착하여 마침내 비합법 공장 세포의 뿌리를 내리고, 이윽고 공공연한 공장대표자회의 기타 조직 활동으로 모든 종업원을 참여시키기에 이르는 전 과정을 다룬 작품으로, 참으로 빛나는 의도와 올바른 계급적 관점 아래 창작되었다고 할 수 있다."(데즈카 히데타카, 『고바야시 다키지』, 신일본출판사)

그러나 비판적인 평가가 없지는 않았다.

■ 미야모토 겐지—"세포 가운데 한 사람으로 활동하게 되는 '기미'의 '남자 직공'에 대한 부박한 태도 속에 작가의 비판성 결여, 부자연스러움, 의아한 점"이 드러나 있다.

■ 구라하라 고레히토藏原惟人, 「예술적 방법에 대한 감상」 앞부분—

"우리는 대중과 전위라는 하나의 중요한 문제에 대해 말했다. 하지만 이것은 다른 모든 것에 대해 말할 수 있다. 예컨대 우리는 우리의 정치 방침, 조직 방침에 대해서 확실한 인식을 가져야 함에도 불구하고 정작 우리가 내세울 수 있는 상당히 뛰어난 작품에도 그러한 인식이 결여되어 있음을 확인할 수 있다. 예컨대 고바야시 다키지의 『공장 세포』 속에는 그릇된 분파주의가 두드러지게 긍정적으로 그려져 있고, 무라야마 도모요시村山知義의 『처녀지處女地』 속에는 작가 자신이 말하고 있는 것처럼 부분적으로 그릇된 조직 방침이 무비판적으로 그려져 있다. 물론 운동 전체가 잘못되어 있을 때에 작가만이 거기에서 벗어나 그것을 비판적으로 그려 내기는 쉽지 않은 일일 터이다. 그렇지만 작가가 운동의 단순한 방관자가 아니라 그 적극적 참가자이며, 더구나 현실의 미세한 움직임을 보고 그 미세한 부정적 부분까지도 알아차릴 수 있는 사람이라고 한다면(프롤레타리아 작가는 이와 같은 사람이어야만 하지만), 그는 그것에 대한 비판이 시작되자마자 곧바로 그 문제를 다루어서 남보다 앞서 자기 예술 속에 구상화할 수 있을 것이다. 더구나 여기에서 지적해 두어야 할 것은 고바야시의 『공장 세포』나 무라야마의 『처녀지』는 정치 및 조직 방침의 분파주의나 편의주의가 이미 비판 받기 시작했을 때에 발표되었다는 것이다. 이것을 극복해 내기 위해서는 작가, 예술가는 현실의 표면을 여기저기 쓰다듬고 있을 것이 아니라 그 밑바닥을 꿰뚫는 것이 필요하며, 그것을 이루어 내기 위해서는 그 스스로 실천 운동과 밀접하게 결합하는 것이 필요하다."(『나프(NAPF)』 1931년 9월호)

■ 고미야마 메이빈小宮山明敏, 「고바야시 다키지론」—"이 『공장 세포』에는 중대한 결함이 있다고들 한다. 곧 당은 그 당원 획득 방법 가운데 고바야시의 이 중편 앞부분에 보이는 것과 같은 개인적 대화에 의한 설득 획득의 방법은 우익적 편향으로서……." "종래보다도 더 정확하게 당의 관점에 서야 한다."(1931년 11월)

다키지 자신은 "『공장 세포』를 포함하여 우리의 거의 모든 작품이 생생한 현실을 그리고 있지 못하고 그 현실의 최대공약수밖에 그리고 있지 않다는 것을 발견하였다."(「『고요한 돈 강』의 교훈」)고 자성하고 있다.

### 『당 활동가黨生活者』

『당 활동가』는 고바야시 다키지가 죽기 일 년 전인 1932년 8월에 씌었다. 이것은 그의 만년을 장식하는 역작일 뿐 아니라 당시 프롤레타리아문학의 최고 수준을 보여 주는 작품이었다.

『게잡이 공선』에서 가장 원시적인 착취 아래 놓여 있는 미조직 노동자의 파업을 다룬 그는, 『당 활동가』에서 근대적인 군수공장에서 일어난 계획적인 쟁의를 묘사하고 있다. 전자에서는 파업 지도자 노릇을 하는 사람이 대중 속에서 자연스럽게 이끌려 나온 대표였지만, 여기에서는 그 쟁의 지도자가 '나'를 비롯한 공장 내 공산당 세포이다. 아울러 이 작품은 비합법 상태에 놓인 까닭에 극도로 세심한 주의를 기울여야만 했던 공산당원의 생활과 활동을 구체적으로 묘사하여 일본문학에서 처음으로 공산주의적 인간의 형상화에 성공한 소설로 주목 받아 왔다.

다키지는 자신이 지하 활동가로서 겪은 체험에 바탕을 두고 이 소설의 주인공 '나'를 그려 내고 있다. 이보다 앞서 다키지는 1931년 가을 일본공산당에 입당하여 주로 문화운동을 지도하는 데 참가하고 있었는데, 이듬해인 1932년 3월부터 4월에 걸쳐 프롤레타리아 문화단체에 대한 대규모 탄압이 벌어지고 그로 인해 수많은 지도자를 잃고 난 뒤부터 그는 미야모토 겐지와 함께 비합법적 생활로 접어들어야만 했다. 작중 인물인 '나'의 개인적인 생활에 관한 부분은 대체로 그 사실에 바탕을 두고 있다. 거기에는 "처음 이 새로운 생활에 뛰어들었을 때에는, 어릴 때 누가 제일 오래 물속에 잠수하는가 내기할 때처럼 말로 표현할 수 없는, 가슴이 터져 버릴 듯한 괴로움을 맛"보아야만 하는 비합법 당 생활이 어떻게 인간을 변혁하여 "개인적인 삶이 동시에 계급적인 삶인 그런 생활"로 바꾸어 놓는가 하는 과정이 작가 자신의 체험에 바탕을 두고 생생히 묘사되어 있다.

또한 작품 속의 '구라다공업사'는 다키지가 예전에 관계를 가졌던 후지쿠라전선藤倉電線을 모델로 한 것인데, 그는 그것을 '만주사변'이 벌어지고 있던 이 시대에 이미 '국책'화되어 있던 공장의 한 전형으로 그리고 있다. 이 점에서도 다키지가 항상 그 시대의 가장 중심적인 과제에 자기 작품의 주제를 연결하려고 애썼던 사실을 알 수 있다.

오늘날의 관점에서 보면 이 작품에서 긍정적으로 그려지고 있는 투쟁 방법 자체에는 많은 문제가 있을 것이다. 그리고 이것은 이 작품 속의 인물을 다루는 방법에 일정한 일그러짐이 있다고 비판 받는 점과도 관련되어 있다. 그러나 그 당시 전쟁에 반대하고 인민의 해방을 소리 높여 외치는 유일한 정당이었던 일본공산당은 경찰의 혹심한 추적 속에 아직 소수 정당으로서 극히 부자유스러운 비합법 상태에 놓여 있었다. 당의 과제는 그 투쟁을 수행하기 위한 다수자의 획득에 있었지만, 이러한 상태에서 대중과 접촉하는 일은 매우 변칙적인 방식으로 이루어질 수밖에 없었다. 그러므로 어떻게든 조금이나마 운동을 진전시켜 보려는 초조함이라든가, 지금 와서 돌이켜 보면 사람을 대하고 다루는 방식이 다소 일그러지게 빗어진 사실도 부정할 수는 없다. 그것을 다만 '마땅히 이래야만 한다'는 관점에서 비판하는 것은 전시 하에 아무 일도 하지 않은 채 수많은 인간에 대한 횡포와 학대를 방관하고 있던 사람만이 할 수 있을 따름이다. 물론 그렇다고 해서 그 당시 운동의 비틀림을 긍정하는 것은 아니지만 가장 혹심한 비인간적인 횡포와 학대에 맞서 싸우기 위해서는 때로는 이러한 자그마한 악을 덮어써야만 하는 경우도 있을 수 있다는 것은 말해 두고 싶다.

다키지의 『당 활동가』 속에는 이 시대 운동의 영웅적이고 자기희생적인 면과 그 속에서 빗어진 약간의 비틀림이 투영되어 있다. 작가로서 다키지가 이 약간의 비틀림을 그대로 투영하고 있다는 것은 오늘날의 관점에서 보면 분명히 결점이지만, 당시 현실을 알고 있는 사람이라면 오히려 다키지가 그 시대에 용케도 이런 부분까지 써 냈구나 하는 느낌을 갖게 된다.

문장이나 묘사 면에서도 이 작품은 커다란 진전을 보이고 있다. 다키지는 작품을 평이하게 쓰려고 노력한 작가인데, 이 작품은 그 점에서 이전 작품에 견주어 기교를 부리는 일 없이, 그러면서도 통속화에 빠지는 일 없이 성취해 냈다.

이 작품은 그의 생전에는 발표되지 못하고 1933년 2월 20일에 그가 당의 가두연락 도중에 체포되어 경찰서에서 학살당한 후인 그해 4월과 5월의 『중앙공론中央公論』에 '전환시대轉換時代'라는 가제로 전체의 5분의 1에 이르는 분량이 복자伏字로 처리된 채 발표되었다. 그것이 완전히 복원되어 간행된 것은 그의 사후 십수 년을 경과한, 제2차 세계대전 이후였다.

다키지의 이 작품은 약간의 결함에도 불구하고 일본의 새로운 국민문학의 고전으로써 높게 평가 받아야 하며 일본의 민주화를 위한 투쟁이 얼마나 곤란한 길을 밟아 왔던가를 알기 위해서도 널리 온 국민에게 읽혀야 할 것이다.(1953년 6월, 문예평론가 구라하라 고레히토)

**『전형기 사람들轉形期の人々』**

이 미완의 장편은 『나프』 1931년 10월호부터 같은 기관지에 2회 연재된 뒤 문화운동의 발전적 재조직에 따라 창간된 일본프롤레타리아작가동맹의 기관지 『프롤레타리아문학』 1932년 1월 창간호부터 4회에 걸쳐서 연재되었다. 각 호에 오쓰키 겐지大月源二의 삽화가 들어가 있다.

각 호 게재분은 다음과 같다.

1, 2, 3장 『나프』 1931년 10월호

4, 5장 『나프』 1931년 11월호

6, 7장 『프롤레타리아문학』 1932년 1월호

8, 9장 『프롤레타리아문학』 1932년 2월호

10, 11장 『프롤레타리아문학』 1932년 3월호

11장의 이어지는 부분 『프롤레타리아문학』 1932년 4월호

다키지는 1931년 7월, 작가동맹 제4회 임시대회에서 서기장으로 선출되었다. 이 대회에서 동맹의 재조직과 국제혁명작가동맹 가입이 결정되었다. 10월경에 비합법이었던 일본공산당에 입당하고 작가동맹의 당 그룹에도 참가했다. 문화연맹 결성 뒤에는 예술협의회 일을 맡았다. 이 조직은 나프 해체 뒤 각 예술단체의 연락협의를 위해 설치된 것이었다.

『전형기 사람들』은 다키지가 서기장으로 바쁜 일상을 보내는 가운데 집필된 장편이다. 또한 같은 시기의 작품으로는 「어머니들」 외 기타 단편(『고바야시 다키지 전집 6』에 수록), 중편 『누마지리무라』(『고바야시 다키지 전집 8』에 수록) 등이 있다.

『전형기 사람들』이 최초로 발표된 『나프』 1931년 10월호에는 "이 소설은 천 매를 넘길 예정이다. 매달 백 매씩 발표해 나가고자 한다."라

고 작가가 짧게 밝혀 두었다. 또한 『프롤레타리아문학』 1932년 4월호 마지막에는 "이로써 '서장'을 끝맺는다. —전편 가운데 극히 일부분으로서 아직 각 인물들이 한 차례 등장한 것에 불과하다. 이 소설은 다음 '전편'에서는 후쿠모토이즘의 대두, '중편'에서는 오타루의 총파업, '후편'에서는 후쿠모토이즘의 몰락으로부터 3·15까지의 진행으로 다룰 예정이다. 따라서 앞으로 일 년 이상 연재해야 하기 때문에 되도록 빨리 조금씩 정리해서 발표하는 편이 좋을 것 같아 우선 여기서 끝맺기로 한다."는 작가의 설명이 마찬가지로 붙어 있다.

재조직된 뒤 처음으로 열린 작가동맹 제5회 대회는 1932년 4월 하순에 예정되어 있었다. 그 준비도 있어 일단 마무리를 지은 것이지만 3월 말부터 가해진 탄압으로 지하활동에 돌입해 문화·문학운동의 지도자로서 매우 바쁘게 보냈으며 갑작스러운 죽음으로 인해 후기처럼 「단고斷稿」가 남아 있기는 하지만 이 큰 구상의 장편은 중단되기에 이르렀다.

홋카이도에서 발행된 동인잡지 『단창短唱』 1932년 3월호에 발표한 「『전형기 사람들』의 창작에 즈음하여」 속에서 다키지는 이 장편에 대해 다음과 같이 말하고 있다.

> 프롤레타리아문학 작품은 전 프롤레타리아트가 수행해야 하는 과제에 대해 적극적인 역할을 해야만 한다. 이 올바른 근본 방침에도 불구하고 작품의 고정화와 천편일률화 경향에 대한 비판의 결과, 그것이 일상생활처럼 되었기 때문에 그 과제에 대해 적극적으로 대처하지 못

한 것이 한 가지.

다음으로는 『독방』이나 『애정의 문제』 등의 작품에서는 옛날 작품이 투쟁의 소용돌이 속에 있는 전위투사를 그리고 있다고는 하더라도 단순히 하나의 틀에 박힌 인간, 혹은 프롤레타리아적인 인간에 불과했던 것에 비해, 살아 있는 인간을 그렸다. 하지만 그것은 계급적으로 살아 있는 인간을 나타낸 것이 아니라는 점.

그리고 외국 작품을 보더라도 예를 들어 투르게네프의 루딘을 보면 그 자체만으로도 한 시대를 명확히 이해할 수 있다. 때문에 한 시대를 개괄한 것 같은 인간을 그려 내야 한다. 즉, 예술기록적인 표현으로부터 예술적 개괄로 이행해야 한다는 내용이 제언된 것.

따라서 내 작품을 보자면, 고정화 천편일률화의 대표작으로는 『사회운동』이 있으며, 일상생활적인 것으로는 『독방』이 있다. 이들 작품의 잘못된 경향을 청산하면서 새로운 단계의 지도정신으로 쓰고 있는 것이 『전형기 사람들』이다. 이 작품에서는 위에서 말한 세 가지 관점을 비판하면서 한 시대를 그려 갈 생각이다.

**「단고斷稿」**

49매 분량의 이 유작은 다키지 사후에 그가 지하활동 중 항상 주변에 두고 서적이나 원고를 넣어 두던 대형 트렁크 안에서 발견된 작품이다.

1932년 9월경 『당 활동가』를 완성한 뒤의 다키지의 담화에 따르면, 그는 『당 활동가』의 시대를 더 큰 규모로 그리려는 생각을 갖고 있었다. 그리고 "이 새로운 장편을 쓰기 위해서는 빨리 『전형기 사람들』을 완성해 두고 싶다. 『전형기 사람들』을 끝내지 못하면 이 새로운 장편 집필에 들어갈 수 없다. 하지만 이런 생활을 하면서 장편을 쓰는 것은 쉽지가 않다."는 의미의 말을 언급했다.

1932년 8월 20일자(소인은 12월 12일) 스기나미구 마바시의 집에 써서 보낸, '고바야시 집안 모두에게'라고 수신인이 적힌 엽서 속에도 "『전형기 사람들』도 이어서 쓰겠다."고 적혀 있다.

이 유작은 발견된 뒤 『개조』 1933년 6월호에 '전형기 사람들'이라는 제목으로 발표되었다. 동 잡지의 편집 후기에는 "고바야시 다키지 군의 『전형기 사람들』은 유품 트렁크 속에서 발견되었으며, 이 작품이야말로 최후의 유작이다."라고 적혀 있다. 또한 이 원고는 같은 해 9월 발행된 개조사改造社 판 『전형기 사람들』(46판 가제본 283페이지)에 「단고」로 수록되었다.

『전형기 사람들』의 간행본으로는 개조사 판 외에 1933년 5월 발행된 국제서원國際書院 판, 1935년 6월의 나우카사ナウカ社 판 전집 제3권, 1948년 1월 소삼사昭森社 판 등이 있으나 국제서원 판에는 「단고」가 수록되어 있지 않다.

이 작품은 지금까지 보존 원고가 없으며, 1949년 9월 발행된 일본

평론사日本評論社 판 전집도 발표지와 각종 판본을 참조했다. 1968년 3월 가와나미 히데오川竝秀雄가 보존하고 있던 「단고」의 원고가 발견되어 이 책에서는 그에 따라 교정을 할 수 있었다. 또한 이 책에는 편찬위원회의 협의에 따라 이루어진 약간의 복자가 존재한다.

**『독방獨房』**

이 작품은 1931년 6월 9일에 완성하여 『중앙공론』의 같은 해 7월 여름 특집호에 발표되었다.

같은 해 7월 발행된 전기사戰旗社 판 『사회운동』에 수록(삽화 2장)되어 있으나, 이 판에서는 전편에 걸쳐 극히 일부분에 대해 작가에 의한 글자 정정이 이루어지고 있다. 예를 들어 마지막에 있는 '붙임'은 발표지에서는 다음과 같이 되어 있다. "다구치의 이야기는 아직도 굉장히 많으며, 이 글은 그 일부분이다. 다른 기회에 차례로 그 내용을 소개하고자 한다."

1935년 3월 발행된 나우카사 판 전집을 비롯해 그 뒤의 각종 판본들도 이 전기사 판을 기준으로 삼고 있다.

『독방』은 원형의 자필 원고가 보존되어 있는데 발표 작품과는 상당히 큰 차이가 있다. 자필 원고는 1. 팬티를 빼먹지 않는 소녀, 2. 콩 이야기, 3. 푸른색 속옷, 4. 아파트 생활, 5. 기나긴 유럽 항로, 6. 솔잎의 'K'와 'P', 7. 붉은색 체조, 8. 기침, 재채기, 방귀, 9. '이봐, 뭐 하는 거야?', 10. 온, 아, 라, 하, 샤, 나우, 11. '창녀배', 12. 프롤레타리아의 기념일, 13. 출정, 14. (소제목 없음, 중단됨)으로 이루어져 있으며 13장 원고 끝에 '1931. 3. 11.'이라는 집필 날짜가 기입되어 있으나 각 장 모두 초고 정도의 것이다. 그리고 다음 두 장이 발표 원고에서는 제외되어 있다.

9. '이봐, 뭐 하는 거야?'

> 프로핀테른 제5회 대회에서 전협 운동의 오류가 철저하게 비판 받았다.

나는 아무 생각 없이 펼친 봉함엽서 바로 옆에 펜으로 적혀 있는 그 내용을 발견했다.

서신실에 들어가면 친한 동료들에게 소식을 전할 수 있다는 것도 기쁘지만 책상이나 벽에 새로운 낙서는 없는지, 그것을 찾으러 돌아다니는 것도 즐거움의 하나다.

하지만 이 발견은 무서운 발견이었다. 나는 친구에게 엽서 두 통을 적고 독방으로 돌아온 뒤 그 일을 생각해 보았다.

어떤 식으로 비판을 받았는지는 모른다. 하지만 나는 틀린 것을 고지식하게 실천했다고 해서 일생을 망쳤다고는 전혀 생각하지 않는다. 물론 그 당시 우리들의―'전협' 방침이 틀렸다고 느꼈다면 그것은 절대로 해서는 안 됐겠지만 일단 행해지면 문제는 달라진다.

당시 객관적 정세로 봤을 때 우리 힘으로 열심히 한 일의 경우, 그것 자체는 결코 무의미하지 않았다.

위험한 것은—이렇게 그 방침의 오류를 지적 받았을 때, 그로 인해 바로 '당'은 당 자체에 대한, '전협'은 전협 자체에 대한 환멸로 바뀌고, 해당파解黨派, 무위파無爲派, 혹은 기회주의파로 전락해 가는 것이다. 고립되어 있는 옥중에서는 의외로 그러한 위험성이 높다.

나는 그런 선배들을 많이 알고 있다.

—하지만 당에서도 전협에서도 그것은 전지전능한 '신'인 것일까? 우리들이 만약 틀릴 것을 두려워했다면 아무것도 하지 않는 편이 나았을 것이다. 오히려 그와는 반대로 우리들은 아주 조금밖에는 틀리지 않았던 것이고, 그것은 무엇보다 아주 조금밖에 일을 하지 않았다는 증거라는—그 사실 쪽을 두려워해야 한다.

"나, 는, 괜, 찮, 아!"

나는 천천히 한 글자씩 혼잣말을 중얼거렸다. 그러자 갑자기 까불며 떠들고 싶어졌다. 나는 자리에서 일어나 독방 안을 돌아다니기 시작했다—.

한 걸음, 두 걸음, 세 걸음, 네 걸음, 다섯 걸음……. 그런 다음 되돌아와서,

한 걸음, 두 걸음, 세 걸음, 네 걸음, 다섯 걸음……. 나는 그런 다음 입술을 쭉 내밀고 낮게 휘파람을 불어 보았다. 나는 아직 휘파람을 잊지 않았다. 그로 인해 나는 두 배 더 까불며 떠들어 댔다.

나는 휘파람으로 〈×깃발의 노래〉 멜로디를 불고 있었다. 나는 팔짱을 끼는 자세로 팔꿈치를 굽히고 주먹을 허리뼈에 단단히 댄 다음 보조를 맞춰 걷기 시작했다. ─한 걸음, 두 걸음, 세 걸음……. 한 걸음, 두 걸음, 세 걸음…….

"이봐, 뭐 하는 거야?"

감시창을 통해 갑자기 간수가 소리를 내질렀다.

11. '창녀배'

차입품인 『세계지리풍속대계』의 남양南洋 편을 한 장 한 장 보다 보면 거의 나체인 원주민 여자 사진이 많이 등장한다.─유두가 위를 향해 불룩하게 솟아 있는 양쪽 유방, 매끄러운 배와 배꼽이 움푹 팬 곳, 튼튼하면서도 굵은 허리, 강렬하게 풍기는 처녀의 건강한 느낌! 뜻밖에도 나는 잊고 지내던 욕정을 강하게 느꼈다.

나는 유치장에 있었을 때부터 한 달에 두 번 정도 ×정을 했다. 형무소에 와서도 마찬가지였다. 한 달에 두 번 정도는 생리적으로 보더라도 건강하다는 증거였기 때문에,─반대로 나는 자신의 건강이 조금도 감퇴되지 않았다는 사실에 안심하고 있었다. 미결수 생활이 길어지면 몽×조차도 하지 않는다고 들었다.

형무소 안에 있다 보면 한 달에 몇 번은 강한 욕정을 느낄 때가 있다. 하지만 나는 그럴 때마다 참아 왔다. 가장 소중한 것이 체력이기 때문에 자× 따위로 쓸데없는 낭비는 하고 싶지 않았다. 그 대신 다음 날이 되면 항상 머리가 멍했다.

나는 위험을 느끼고 '남양 편' 보는 것을 그만두었다.

1, 2년 전 일이지만 캄차카 바다에서 4월부터 9월까지 배 위에서 일하는 공선 어부들을 위해 '창녀배'를 진지하게 계획한 자본가가 있었다.

하지만 '창녀배'는 어부들의 건강을 위해서 '자비심 많은' 자본가가 진지하게 계획한 것이 아니다. ―그들에게는 어부들 성질이 거칠어져 파업을 일으키는 일이 무엇보다 두려웠던 것이다. 거칠어진 어부들의 성질을 부드럽게 가라앉히기 위한 '아편'이었다.

이곳에 프롤레타리아의 '창녀배'가 와서 독방 순회라도 해 주지 않을까―억눌린 욕정의 배출구로 인해 나는 이런 바보 같은 생각을 하게 되었다. ―온다면 정말 좋을 텐데…….

점점 가지를 쳐 가는 망상이 제멋대로 머릿속에서 뻗어 나갔다.

그런 상태가 되면 전에도 몇 번인가 있었던 일이지만, 나는 그대로 몇 시간씩 정신없이 넋을 놓고 공상에 빠져들곤 한다. 이곳에 온 뒤로 나도 모르는 사이에 그런 버릇이 들어 버렸다. 그 징후는 몇백 일 동안 신체의 자유를 강제적으로 한 평 반이라는 공간에 묶여 있거나 발성운동이 엄격히 금지되는 상황으로부터 생겨난 것이다.

나는 조용히 입 안으로 노래를 불러 보았다.

3전짜리 우표로 전달이 된다면…….

『독방』이 쓰이던 무렵은 프롤레타리아문학의 작품 고정화가 비판을 받아 작품 다양성이 거론되던 시기였다. 이 작품은 그러한 한 가지 시도로써 쓰인 것이지만 발표 당시 평가를 둘러싸고 상당히 논쟁이 된 작품이다.

전일본무산자예술연맹(나프)의 기관지인 『나프』 1931년 9월호에 발표된 「홋카이도의 동지에게 보내는 편지」(『고바야시 다키지 전집 10』에 수록), 1932년 2월 발행된 동인잡지 『단창』에 실린 「『전형기 사람들』의 창작에 즈음하여」(위와 같음)라는 두 개의 문장 속에서 작가는 『독방』의 문제를 거론하며 "옛날 작품이 투쟁의 소용돌이 속에 있는 전위투사를 그리고 있다고는 하더라도 단순히 하나의 틀에 박힌 인간 혹은 프롤레타리아적인 인간에 불과했던 것에 대해" "살아 있는 인간을 그리려고 한 나머지 하나의 프롤레타리아 작품으로써 당연히 갖추어야 할 적극성, 계급적 관점의 강조, 정치적 관심을 전혀 그리지 못하고 있다."는 감상을 서술하고 있다.

이 책은 일본평론사 판 전집과 마찬가지로 전기사 판을 기초로 하고 발표지, 자필 원고를 참조했다.